Jojo Moyes

Der Klang des Herzens

ROMAN

Aus dem Englischen von
Gertrud Wittich

ROWOHLT
TASCHENBUCH VERLAG

Die Originalausgabe erschien 2008 unter dem Titel «Night Music»
bei Hodder & Stoughton, an Hachette Livre company, London.

1. Auflage

Veröffentlicht im Rowohlt Taschenbuch Verlag,
Kirchenallee 19, 20099 Hamburg, Juli 2025

Covergestaltung SO YEAH DESIGN, Gabi Braun
Coverabbildung Silke Schmidt
Satz aus der DTL Dorian
Gesamtherstellung CPI books GmbH, Leck
ISBN 978-3-499-01737-7

Kontaktadresse nach EU-Produktsicherheitsverordnung:
produktsicherheit@rowohlt.de

FSC
www.fsc.org
MIX
Papier | Fördert
gute Waldnutzung
FSC® C083411

Für Charles
Und alle, die schon mal darüber nachgedacht haben,
Handwerker ins Haus zu holen

Es ist ein Drache, der uns alle verschlingt:
diese obszönen, schuppigen Häuser,
diese unersättliche Gier nach mehr und immer mehr,
dieser Zwang zu besitzen,
um nicht selbst besessen zu werden.

D. H. Lawrence

PROLOG

Wir haben uns eigentlich nie richtig heimisch gefühlt im Spanischen Haus.

Theoretisch hat es uns gehört, es war unser Eigentum, aber keiner, der uns – und das Haus – kannte, wäre auf den Gedanken gekommen, dass wir auch nur die geringste Kontrolle über das gehabt hätten, was sich dort abspielte.

Wir hatten nie das Gefühl, dass es uns gehört, egal was auf dem Papier stand. Es war zu voll, von Anfang an. Zu viele haben ihre Träume auf dieses Haus projiziert, haben die alten Mauern mit ihrer Missgunst und ihrem Neid durchtränkt. Die Geschichte des Hauses war nie unsere Geschichte. Es gab nichts, das uns daran band – nicht einmal unsere Träume.

Als ich klein war, dachte ich, ein Haus sei einfach ein Haus. Ein Ort zum Spielen, wo man isst, sich streitet und schläft, vier Wände, in denen man sein Leben lebt. Ich habe nie viel darüber nachgedacht.

Erst viel später habe ich erkannt, dass ein Haus viel, viel mehr sein kann – die Verkörperung aller Wünsche, ein Abbild dessen, wie man sich selbst sieht und wie man gern gesehen würde. Es kann Menschen dazu verleiten, sich beschämend, ja würdelos zu verhalten. Ich habe gelernt, dass ein Haus – ein Haufen Backsteine, Mörtel, Holz, vielleicht mit einem Stück Land dazu – zur Besessenheit werden kann.

Wenn ich von zu Hause ausziehe, werde ich zur Miete wohnen.

KAPITEL 1

Laura McCarthy zog die Hintertür zu, trat vorsichtig über den schlafenden Hund, der zufrieden auf den Kies sabberte, und durchquerte mit forschen Schritten den Garten. Das Tablett auf einem Arm balancierend, öffnete sie das Gartentürchen, schlüpfte geschickt hindurch und ging in das Wäldchen. Sie erreichte die Senke, durch die der kleine Bach floss, der um diese Jahreszeit aber – es war Spätsommer – fast kein Wasser mehr führte.

Mit zwei langen Schritten überquerte sie den Graben, über den ihr Mann Matt letztes Jahr Bretter gelegt hatte. Bald würde das regnerische Wetter einsetzen und die Bretter schlüpfrig und gefährlich machen. Letztes Jahr wäre sie mehrmals beinahe ausgerutscht, und einmal war ihr das Tablett entglitten und ins Wasser gefallen – ein Fest für die Bachbewohner. Sie erreichte die andere Seite, die feuchte Erde blieb zäh an ihren Schuhsohlen kleben, und sie trat aus dem Wäldchen auf die Lichtung hinaus, die von der Abendsonne in ein weiches, pollenglitzerndes Licht getaucht wurde. Als sie die Abdeckhaube auf dem Teller zurechtrückte, entwich ein fruchtiger Duft nach Tomaten. Sie beschleunigte ihre Schritte.

Das alte Haus war nicht immer so verfallen gewesen, hatte so grimmig, fast abweisend gewirkt. Matts Vater hatte ihm Geschichten von Jagdgesellschaften erzählt, von lauen Sommerabenden mit Musik unter weißen Markisen. Von eleganten Paaren, die auf der niedrigen Gartenmauer saßen und Punsch tranken. Matt konnte sich noch an eine Zeit erinnern, in der prächtige Pferde in den Ställen gehalten wurden, manche davon ausschließlich für Wochenendbesucher. Am Ufer des Sees gab es ein Bootshaus für jene, die gerne ruderten. Früher hatte er ihr diese Geschichten oft erzählt, vielleicht auch, um seine im Vergleich zu ihr ziemlich bescheidene Herkunft wettzumachen; gleichsam als Vorgeschmack auf ihre gemeinsame Zukunft, die dem Leben, das sie aufgegeben hatte, ebenbürtig sein würde.

Sie liebte diese Geschichten und wusste ganz genau, wie das Haus aussehen würde, wenn man ihr freie Hand ließe. Es gab kein Zimmer, das sie nicht in ihrer Phantasie bereits eingerichtet hatte: Vorhänge, Teppiche, Möbel.

Vor der Seitentür blieb sie stehen und tastete intuitiv in ihrer Hosentasche nach dem Schlüssel. Früher war das Haus immer abgesperrt gewesen, doch das war schon lange nicht mehr nötig. Jeder in der Gegend wusste, dass es dort nichts mehr zu holen gab. Das Haus verfiel, schien in sich zusammenzusinken, der Anstrich blätterte ab wie Schuppen. Im Erdgeschoss waren mehrere Fensterscheiben zerbrochen und mit Brettern vernagelt worden.

«Ich bin es, Mr. Pottisworth … Laura.»

Sie wartete, bis von oben ein zustimmendes Grunzen erklang. Es war ratsam, den Alten zu warnen, bevor man eintrat. Laura hatte es einmal vergessen, und da hatte er mit einer Schrotflinte auf sie geschossen – die Kugeln steckten noch immer im Türrahmen. Aber zum Glück war der Alte schon immer ein mieser Schütze gewesen, wie Matt damals bemerkt hatte.

«Ich bringe Ihnen Ihr Abendessen.»

Ein weiteres Grunzen, und Laura konnte es wagen, die knarrende Holztreppe zu erklimmen.

Sie war gut in Form und daher kaum außer Atem, als sie über die steilen Treppen den zweiten Stock erreicht hatte. Dennoch blieb sie eine Sekunde vor dem Schlafzimmer stehen. Ein resignierter Seufzer entfuhr ihr, bevor sie den Türknauf drehte.

Obwohl das Fenster halb offen stand, schlug ihr sogleich der säuerliche Gestank von altem, ungewaschenem Mann entgegen, vermischt mit dem staubigen Geruch schmutziger Polstermöbel, von Kampfer und altem Bohnerwachs. Neben dem Bett lehnte eine alte Flinte, und auf einem kleinen Tischchen stand der Fernseher, den sie ihm vor zwei Jahren gekauft hatten. Aber weder Alter noch Vernachlässigung konnten die einstige Eleganz dieses großen Raums verbergen, die Art, wie sich der blaue Himmel hinter dem hohen Erkerfenster abzeichnete. Dem Besucher wurde allerdings nie viel Zeit gelassen, die ästhetischen Qualitäten des Zimmers zu genießen.

«Sie sind spät dran», murrte die Gestalt in dem alten Mahagonibett.

«Nur ein bisschen», antwortete sie betont munter. Sie stellte das Tablett auf den Nachttisch und richtete sich auf. «Es ging nicht eher. Ich hatte meine Mutter am Telefon.»

«Was wollte sie denn? Konnten Sie ihr nicht sagen, dass ich hier liege und *verhungere?*»

Lauras Lächeln geriet kaum aus dem Gleichgewicht. «Ob Sie es glauben oder nicht, Mr. Pottisworth, es gibt noch andere Gesprächsthemen in meinem Leben als Sie und Ihr Befinden.»

«Matt, darauf wette ich. Was hat er jetzt schon wieder angestellt? Ihre Mutter hat Ihnen sicher Vorwürfe gemacht, weil er nicht gut genug für Sie ist, stimmt's?»

Laura widmete sich dem Tablett. Dass ihre Haltung dabei ein

wenig steifer war als zuvor, entging Mr. Pottisworth. «Ich bin seit achtzehn Jahren verheiratet», erklärte sie bestimmt, «da ist die Wahl meines Ehemannes wohl kaum das Topthema.»

Ein lautes Schnauben. «Was gibt es denn zu essen? Es ist sicher kalt geworden.»

«Hähnchenkasserolle mit Folienkartoffel. Und es ist keineswegs kalt geworden. Es war abgedeckt.»

«Ich wette, es ist kalt. Das Mittagessen war kalt.»

«Zum Mittagessen gab es Salat.»

Ein mit Altersflecken gesprenkelter und mit spärlichem grauem Haar bewachsener Schädel tauchte unter der Tagesdecke auf. Halb unter faltigen Lidern verborgene Augen richteten sich misstrauisch auf sie. «Müssen Sie so 'ne enge Hose anziehen? Wollen wohl zeigen, was Sie zu bieten haben, was?»

«Das ist eine Jeans. Die trägt man so.»

«Sie wollen mich aufheizen, das ist es! Sie wollen mir vor Lust die Sinne vernebeln, damit Sie mich auf heimtückisch-weibische Art töten können! Schwarze Witwen, so nennt man euch Frauenzimmer. Ich weiß Bescheid.»

Sie beachtete ihn nicht. «Ich habe Ihnen etwas braune Soße mitgebracht. Möchten Sie sie auf die Kartoffel haben oder lieber am Tellerrand?»

«Ich kann Ihre Tutteln sehen.»

«Oder möchten Sie lieber geriebenen Käse?»

«Durch Ihr Oberteil. Kann sie deutlich sehen, da, Ihre Tutteln. Wollen mich wohl verführen, was?»

«Mr. Pottisworth, wenn Sie nicht sofort damit aufhören, werde ich Ihnen in Zukunft kein Essen mehr bringen. Also hören Sie auf, meine … meine Tutteln anzustarren.»

«Dann sollten Sie eben nicht so ein durchsichtiges Teil anziehen. Zu meiner Zeit hat eine anständige Frau noch ein Unterhemd angehabt. Ein gutes Unterhemd aus Baumwolle.» Er schob sich etwas höher, und seine krummen Finger zuckten bei der Erinnerung. «Man konnte sie trotzdem ganz gut abgriffeln.»

Laura McCarthy zählte bis zehn. Mit dem Rücken zum Bett warf sie einen verstohlenen Blick auf ihr T-Shirt. War der Stoff wirklich durchscheinend? Letzte Woche hatte er sich noch bei ihr darüber beschwert, wie schlecht es um seine Augen stand.

«Sie haben mir Ihren Jungen mit meinem Mittagessen geschickt. Kriegt kaum den Mund auf.»

Der alte Mann begann zu essen. Es hörte sich an, als würde man ein verstopftes Rohr reinigen.

«Teenager sind nun mal so, Mr. Pottisworth. Sie reden nicht viel.»

«Unhöflich nenn ich das. Sie sollten ihm das sagen.»

«Sicher.» Sie ging im Zimmer umher und sammelte Gläser und Tassen ein, die sie auf das leere Tablett stellte.

«Es ist hier tagsüber so einsam. Ich hatte seit dem Mittagessen nur Byron zu Besuch. Und der will immer nur über Hecken und Hasen und so ein Zeug reden.»

«Ich habe Ihnen doch schon gesagt, Sie könnten jemanden vom Sozialdienst kommen lassen. Die würden hier ein bisschen Ordnung machen. Und Sie hätten Unterhaltung. Jeden Tag, wenn Sie wollen.»

«Sozialdienst!» Er schnitt eine Grimasse. Über sein Kinn rann ein dünnes Rinnsal Soße. «Fehlt mir grade noch, dass die ihre Nasen in meine Angelegenheiten stecken.»

«Wie Sie wollen.»

«Sie haben ja keine Ahnung, wie schwer es ist, wenn man ganz allein ist …»

Lauras Gedanken schweiften ab. Diese Litanei kannte sie auswendig: Keiner verstand, wie schwer es war, wenn man keinen Menschen auf der Welt mehr hatte, wenn man gebrechlich und bettlägerig und auf die Hilfe von Fremden angewiesen war … Sie hatte viele Varianten dieses Klagelieds gehört.

«… ein armer alter Mann wie ich, hab nur noch Sie und Matt. Niemanden, dem ich mein Hab und Gut vererben könnte … Sie haben ja keine Ahnung, wie weh es tut, so allein zu sein», beendete er seine Litanei in fast weinerlichem Ton.

Laura ließ sich erweichen. «Sie sind nicht allein, das hab ich Ihnen doch schon gesagt. Nicht, solange Sie uns als Nachbarn haben.»

«Ich werde Ihnen meine Dankbarkeit schon zeigen, wenn ich nicht mehr bin. Das wissen Sie doch, oder? Diese Möbel da, in der Scheune, die gehören dann Ihnen.»

«So sollten Sie nicht reden, Mr. Pottisworth.»

«Und das ist nicht alles, dazu steh ich! Ich weiß, was Sie all die Jahre für mich getan haben …» Er warf einen Seitenblick aufs Tablett. «Ist das mein Milchreis?»

«Nein, das ist ein Apfelcrumble, aber der ist sehr gut.»

Der alte Mann legte Messer und Gabel beiseite. «Aber es ist doch Dienstag!»

«Ich habe Ihnen nun mal Apfelcrumble gemacht. Der Milchreis ist mir leider ausgegangen, und ich hatte keine Zeit, zum Supermarkt zu fahren.»

«Ich mag keinen Apfelcrumble.»

«Natürlich mögen Sie den.»

«Ich wette, Sie haben die Äpfel aus meinem Garten geklaut.»

Laura holte tief Luft.

«Ich wette, Sie sind nicht halb so nett, wie Sie tun. Ich wette, wenn Sie was wirklich wollen, würden Sie auch dafür lügen.»

«Die Äpfel sind aus dem Supermarkt», stieß sie mit zusammengebissenen Zähnen hervor.

«Sie haben doch grade gesagt, dass Sie keine Zeit hatten, zum Supermarkt zu fahren.»

«Ich hab sie vor drei Tagen gekauft.»

«Dann kapier ich nicht, wieso Sie nicht auch gleich eine Packung Milchreis kaufen konnten. Was sagt Ihr Mann dazu? Ich wette, Sie müssen ihn auf andere Weise bei Laune halten …» Er grinste anzüglich, fletschte unter feuchten Lippen die Zähne, dann machte er sich wieder laut schlürfend über die Kasserolle her.

Als er nach Hause kam, war Laura mit dem Abwasch fertig und stand am Bügelbrett. Wutentbrannt bügelte sie auf seine Hemden ein. Der Dampf stieg in dicken Schwaden auf.

Er bemerkte ihre hochroten Wangen, die angespannten Kiefermuskeln.

«Alles in Ordnung, Schatz?» Matt McCarthy gab seiner Frau einen Kuss.

«Nein, es ist verdammt noch mal nichts in Ordnung! Mir reicht's!»

Er zog seine Arbeitsjacke aus, deren Taschen sich beulten, weil er diverse Maßbänder und Werkzeuge darin aufbewahrte, und hängte sie über eine Stuhllehne. Er war von der Arbeit erledigt, und die Aussicht, Laura beschwichtigen zu müssen, passte ihm gar nicht.

«Mr. P. hat sich einen Blick auf ihre Dinger erlaubt», bemerkte Anthony feixend. Ihr Sohn saß vor dem Fernseher, hatte die Füße auf den Sofatisch gelegt.

«Was?», stieß Matt verärgert hervor. «Den werde ich mir sofort vorknöpfen und –»

Laura knallte das Bügeleisen aufs Abstellgitter. «Ach, setz dich hin! Du weißt doch, wie er ist. Außerdem, das ist es gar nicht. Was mich stört, ist, dass er mich wie ein Dienstmädchen behandelt. Tagaus, tagein renne ich hin und her, um ihm seine Wünsche zu erfüllen. Aber jetzt reicht's mir endgültig.»

Als sie merkte, dass der Alte nicht aufhören wollte, seinem Milchreis nachzumaulen, war sie nach Hause gegangen und hatte ihm Fertigmilchreis gemacht.

Er hatte anschließend den Finger in die Schüssel getaucht und gemeckert: «Schon wieder ganz kalt!»

«Das kann nicht sein. Ich habe ihn erst vor zehn Minuten heiß gemacht.»

«Aber jetzt ist er kalt.»

«Mr. Pottisworth! Ich muss über den Bach und durchs Wäldchen, da kann das Essen schon mal ein bisschen abkühlen.»

Seine Mundwinkel hatten sich mürrisch gesenkt. «Jetzt mag ich ihn nicht mehr. Mir ist der Appetit vergangen.»

Sein Blick war zu ihr rübergehuscht, und vielleicht hatte er das Zucken unter ihrem Auge bemerkt. Sie fragte sich gerade, ob es wohl möglich wäre, einen Menschen mit einem Essenstablett und einem Löffel zu töten.

«Stellen Sie es dahin. Vielleicht esse ich es ja später.» Er hatte seine Streichholzärmchen verschränkt. «Wenn mich die Verzweiflung packt.»

«Mum sagt, sie will beim Sozialdienst anrufen», sagte Anthony jetzt. «Sollen die sich um ihn kümmern.»

Matt hatte es sich gerade auf dem Sofa gemütlich machen wollen, doch nun fuhr er auf. «Sei nicht blöd. Die würden ihn doch bloß in ein Heim stecken.»

«Na und», erwiderte Laura, «dann muss sich wenigstens mal jemand anders um ihn kümmern. Und ihn auf nicht vorhandene Druckstellen untersuchen. Seine Bettwäsche waschen und ihm zweimal am Tag eine warme Mahlzeit bringen! Gern!»

Matts Müdigkeit war verflogen. Er sprang auf. «Er hat doch kein Geld, Laura! Die werden ihn zwingen, eine Hypothek auf sein Haus aufzunehmen, um fürs Pflegeheim zu bezahlen! Denk doch mal nach!»

Sie schaute ihn an. Sie war eine hübsche Frau Ende dreißig, schlank und sportlich, doch nun war ihr Gesicht rot und trotzig, wie bei einem aufsässigen Kind. «Das ist mir egal. Ich hab genug, Matt.»

Mit zwei langen Schritten war er bei ihr und nahm sie in die Arme. «Komm, Schatz, er macht es doch nicht mehr lange.»

«Neun Jahre, Matt», seufzte sie an seiner Brust. «Seit neun Jahren stehe ich auf Abruf. Als wir eingezogen sind, hast du gesagt, er lebt höchstens noch ein Jahr.»

«Denk doch an das herrliche Grundstück, den großen Garten, die Stallungen … Denk an das Esszimmer und daran, wie schön du es einrichten wolltest. Denk an uns, eine glückliche Familie, wie wir Arm in Arm vorm Haus stehen …» Er schwieg, um das Bild, das er gezeichnet hatte, wirken zu lassen. «Schau, der alte Trottel schafft es kaum mehr aus dem Bett. Wirst sehen, das dauert nicht mehr lange. Und wen hat er denn schon, außer uns?» Er gab ihr einen Kuss aufs Haar. «Das mit dem Kredit geht klar, und Sven hat sogar schon die Pläne für uns gezeichnet. Ich kann sie dir nachher zeigen, wenn du willst.»

«Da hörst du es, Mum. So gesehen, was macht es schon, wenn er dir ab und zu auf die Tutteln glotzt?» Anthony grinste. Seine Mutter schlug mit einem frisch gebügelten T-Shirt nach ihm und erwischte ihn am Ohr. Er zuckte jaulend zurück.

«Hab Geduld, Liebes», sagte Matt mit eindringlicher, schmeichelnder Stimme. «Komm, Schatz, nur noch ein bisschen länger, hm?» Er spürte, wie ihr Körper weich wurde, und da wusste er, dass er sie hatte.

Er drückte ihre Hüften, erlaubte seinen Fingern die Andeutung auf eine spätere, intimere Art von Entschädigung. Sie erwiderte seinen Druck. Da wünschte er, er hätte sich den kleinen Umweg zur Kellnerin vom *Long Whistle* heute ausnahmsweise mal verkniffen. Wird Zeit, dass du endlich abkratzt, du alter

Trottel, beschwor er Pottisworth im Stillen. Ich weiß nicht, wie lange ich das noch durchhalten kann.

Auf der anderen Seite des Wäldchens lag der Alte in seinem Bett und schaute sich glucksend eine Sitcom an. Als die Sendung zu Ende war, warf er einen Blick auf die Uhr und legte seine Zeitung beiseite.

In der Ferne bellte ein Fuchs, der wohl sein Revier verteidigte. Kein großer Unterschied zwischen Mensch und Tier, dachte der alte Mann. Dieser Fuchs, der Eindringlinge lautstark vertrieb und das Bein hob, um sein Revier zu markieren, war gar nicht so anders als Laura McCarthy mit ihren zwei warmen Mahlzeiten pro Tag und ihrem Getue um saubere Bettwäsche und was noch alles. Auch sie hob sozusagen bloß das Bein.

Er hatte Lust auf etwas Süßes. Mit einer Agilität, die seine Nachbarn erstaunt hätte, hüpfte er aus dem Bett und ging zu dem großen Schrank, in dem er seine kleinen Schätze versteckte. All die Sachen, die Byron ihm auf Anweisung aus dem Ort mitbrachte. Er öffnete die Tür und tastete hinter Büchern und Akten herum. Dann schloss er die Hand um etwas Längliches. Fühlte sich an wie ein KitKat. Voller Vorfreude auf den Geschmack schmelzender Schokolade nahm er es heraus. Fragte sich dabei, ob es sich wohl lohnte, seine Zähne noch mal reinzutun.

Aber zuerst schloss er sorgfältig wieder die Schranktür zu. Es war besser, seine Vorräte vor Laura McCarthy geheim zu halten. Bei ihr spielte er immer den Hilflosen. Frauen wie sie liebten das Gefühl, gebraucht zu werden. Grinsend erinnerte er sich, wie rot ihre Ohren geworden waren, als er die Bemerkung über ihre enge Jeans gemacht hatte. Sie ließ sich so leicht reizen. Und er reizte sie gern, es war das Highlight seines Tages. Morgen würde er vielleicht mit einer Bemerkung übers Reiten anfangen. Dass sie es nur wegen des Kribbelns tat … Damit traf er immer ins Schwarze.

Immer noch grinsend, machte er kehrt, um ins Bett zurückzugehen. Da hörte er die Titelmelodie einer seiner Lieblingssitcoms. Abgelenkt übersah er völlig die Schüssel mit Milchreis, die er auf dem Boden abgestellt hatte. Er trat mit der Ferse hinein und rutschte weg.

Zumindest reimte es sich der Leichenbeschauer später so zusammen. Der Knall, mit dem Pottisworths Hinterkopf auf das Parkett aufschlug, musste so laut gewesen sein, dass man ihn sicher noch zwei Stockwerke tiefer hätte hören können. Aber eben nicht bis zum Nachbarhaus, wie Matt McCarthy hinterher betonte. So tief im Wald, wo alle Geräusche erstarben, bekam niemand etwas mit. An solch einem Ort konnte so ziemlich alles passieren.

KAPITEL 2

Sag bitte.»

Theresa sah ihn böse an.

Matt verlagerte sein Gewicht. Ihre Wimperntusche war verschmiert, was ihr etwas Nuttiges verlieh. Andererseits, Theresa wirkte eigentlich immer etwas nuttig. Das war eins der Dinge, die ihm so an ihr gefielen. «Sag bitte.»

Sie machte die Augen zu, schien offensichtlich mit sich zu ringen. «Matt …»

«Sag bitte.» Er stützte sich auf die Ellbogen, hob seinen Körper an, sodass kein Teil von ihm sie mehr berührte, außer vielleicht seine Füße. «Komm schon», sagte er leise, «ich will, dass du bettelst.»

«Matt, ich –»

«Bitte.»

Theresa hob verzweifelt die Hüften, aber er wich zurück. «Sag es.»

«Ach, du …»

Er senkte den Kopf und fuhr mit den Lippen über ihren Hals, über ihr Schlüsselbein, hatte sich immer noch aufreizend über ihr abgestützt. Sie rang keuchend nach Luft. Wie leicht es doch war, sie heißzumachen. Und sie dort zu halten. Leichter als bei den meisten anderen. Ihre Augen fielen zu, sie begann zu stöhnen. Er schmeckte ihren Schweiß, einen kalten Film auf ihrer Haut. So war sie schon seit einer Dreiviertelstunde. «Matt …»

«Sag es», brummte er mit tiefer, verführerischer Stimme. Seine Lippen wanderten zu ihrem Ohr, er atmete den Geruch ihres Haars ein und auch die anderen, satteren Gerüche weiter unten. Wie einfach es doch wäre, sich jetzt gehen zu lassen, sich zu erlauben, seinen Bedürfnissen nachzugeben. Aber es bereitete ihm einen noch viel größeren Genuss, die Zügel weiter festzuhalten.

«Sag es.»

Theresas Lider hoben sich ein wenig. Sie gab sich geschlagen, er sah es in ihren Augen. Ihre Lippen öffneten sich. «Bitte», flüsterte sie. Alle Beherrschung aufgebend, packte sie ihn und stöhnte: «*Ach bitte! Bitte. Bitte.*»

Eine Dreiviertelstunde. Matt warf einen Blick auf seine Armbanduhr. Dann stemmte er sich mit einer flüssigen Bewegung von ihr herunter und stieg aus dem Bett. «Menschenskind, schon so spät?» Er suchte den Boden nach seiner Jeans ab. «Sorry, Babe. Muss weg.»

Theresas Kopf zuckte hoch, und das Haar fiel ihr wild ins Gesicht. «Was? Du kannst doch jetzt nicht einfach gehen!»

«Wo sind denn meine Stiefel? Ich hätte schwören können, sie lagen gerade noch da.»

Mit hochrotem Gesicht starrte sie ihn fassungslos an. «Matt! Du kannst mich doch nicht so hängenlassen!»

«Ah. Da sind sie ja.» Matt stieg in seine Arbeitsstiefel und gab ihr einen Kuss auf die Wange. «Ich muss gehen. Es wäre *unglaublich* unhöflich von mir, zu spät zu kommen. Du hast ja keine Ahnung.»

«Zu spät? Zu spät wofür? Matt!»

Er hätte sich natürlich die zwei Minuten nehmen können. Aber manchmal war es schöner zu wissen, dass man etwas haben konnte, als es tatsächlich zu bekommen. Das war etwas, das nur die wenigsten Männer kapierten. Matt lief leichtfüßig die Treppe hinunter. Er grinste. Er konnte sie noch bis zur Haustür schimpfen hören.

Die Beerdigung von Samuel Frederick Pottisworth fand an einem so trüben, regnerischen Tag statt, dass die Leute, die sich in der kleinen Dorfkirche versammelten, schon glaubten, der Abend bräche herein. Samuel war der Letzte der Pottisworths gewesen. Aus diesem Grund – und vielleicht auch, weil er nicht gerade zu den beliebtesten Zeitgenossen gehört hatte – waren nur wenige Trauergäste gekommen. Die McCarthys, Pottisworths Hausarzt, jemand von der Versicherung und ein Rechtsanwalt hatten sich in großzügigen Abständen auf die erste Bank verteilt. Damit es nach mehr aussah, vielleicht.

Ein paar Reihen dahinter saß Byron Firth mit seinen Hunden. Er achtete nicht auf die giftigen Blicke der alten Weiber auf der anderen Seite des Gangs. Er hatte sich daran gewöhnt. Er wusste, dass dieses Getuschel unvermeidlich war, wann immer er es «wagte», im Dorf aufzutauchen. Er nahm es mit steinerner Miene hin. Außerdem hatte er im Moment andere Sorgen. Er hatte beim Weggehen seine Schwester mit ihrem neuen Freund telefonieren hören und konnte sich des unangenehmen Gefühls nicht erwehren, dass sie vorhatte, mit ihm zusammenzuziehen. Und Lily mitzunehmen. Aber allein konnte er sich die Miete für das Haus nicht leisten. Und es war unwahrscheinlich, dass er einen Untermieter finden würde, der nichts gegen ihn und seine Hunde einzuwenden hätte. Aber was noch wichtiger war: Er hatte keinen Job mehr, jetzt, da der alte Mann tot war. Im Moment wurde sein Lohn zwar noch aus dem Nachlass bezahlt, aber das konnte nicht ewig so weitergehen. Ohne viel Hoffnung hatte er die Stellenanzeigen in der

Zeitung durchgeblättert, um zu sehen, ob es irgendwelche Gelegenheitsjobs gab.

Ein paar Leute waren einfach so gekommen. Mrs. Linnet zum Beispiel, die Putzfrau, ließ sich nie eine gute Beerdigung entgehen. Sie konnte sie regelrecht einstufen, nach Besucherzahl, den besten Hymnen, der Qualität des Schinkens und der Würstchen im Schlafrock. Bis zurück ins Jahr 1955. Sie hatte gleich noch zwei alte Damen mitgebracht, «Kundinnen» von ihr, wie sie meinte. Zum Vikar sagte sie, sie hätten Mr. Pottisworth zwar nicht persönlich gekannt, würden sich aber bestimmt über «ein wenig Abwechslung» freuen. Noch dazu, wo zu erwarten stand, dass es anschließend einen üppigen Leichenschmaus geben würde. Schließlich wusste Mrs. McCarthy, was sich gehörte. Leute wie sie wussten das immer.

In einer der hinteren Bänke hatten Asad und Henry die Köpfe über einem Gesangbuch zusammengesteckt.

«Schau sie dir an, sitzen fein rausgeputzt da vorne, als gehörten sie zur Familie», schimpfte Henry leise.

«Vielleicht hilft es ihnen ja über ihren Kummer hinweg», bemerkte Asad trocken. Er war hochgewachsen und schlank und musste einen Buckel machen, um dem Text im Gesangbuch folgen zu können. «Mrs. McCarthy sieht heute besonders hübsch aus. Ich glaube, dieser Mantel ist neu.»

Ein leuchtend roter Mantel im Military-Stil, der in der düsteren kleinen Kirche deutlich hervorstach.

«Wahrscheinlich rechnen sie jetzt mit Geld. Sie hat mir gestern erzählt, dass ihr Mann eine Anzahlung auf einen dieser protzigen Geländewagen mit Allradantrieb gemacht hat.»

«Ich finde, sie hat es auch verdient. Hat sich jahrelang für diesen schrecklichen Mann abgerackert. Ich hätte das nicht gekonnt.»

Asad schüttelte den Kopf. Seine schmalen Züge, die seine

somalische Herkunft verrieten, ließen ihn elegant und ein wenig melancholisch wirken. Er brachte es fertig, unter fast allen Umständen würdevoll zu erscheinen, wie Henry fand. Sogar in seinem Thomas-die-kleine-Lokomotive-Schlafanzug.

«Welchen schrecklichen Mann meinst du in diesem Fall?», brummte Henry.

Die letzte Strophe des Liedes war zu Ende. Man hörte Kleidergeraschel und das dumpfe Geräusch von Gesangbüchern, die auf Holzbänke zurückgelegt wurden, während sich die Gemeinde für den letzten Teil der Messe wieder setzte.

«Samuel Pottisworth war», hob der Pfarrer an, «ein Mann, der … sich sein Leben lang treu blieb.» Er schien nach Worten zu ringen. «Er war einer der … eines der ältesten Mitglieder unserer Dorfgemeinschaft.»

«Die McCarthys waren schon lange scharf auf das Haus», sagte Henry leise. «Schau ihn dir an, wie er da neben ihr steht – als würde ihn das alles nicht betreffen.»

«Weißt du, dass er bis vor einer halben Stunde noch bei dieser Theresa aus dem Pub war? Ted Garner kam vorbei, weil er Weingummis brauchte, und hat mir erzählt, er hätte Matts Lieferwagen vor Theresas Haus stehen sehen.» Henry rümpfte die Nase.

«Vielleicht war ja was kaputt», bemerkte Asad optimistisch.

«Ja, sie lässt sich öfter mal einen Mann ins Haus kommen», sagte Henry und rückte seine Lesebrille zurecht. «Vielleicht war ihr Rohr verstopft.»

«Und man weiß ja, wie gut er im Durchspülen von Rohren ist …»

Die Männer brachen in Gekicher aus und mussten sich Mühe geben, wieder einigermaßen ernst zu werden. Der Vikar schaute mit hochgezogener Braue von seiner Laudatio auf und richtete einen müden Blick auf sie, als wolle er sagen: *Macht es mir nicht noch schwerer.*

Asad richtete sich auf. «Aber wir sind natürlich keine Tratschtanten.»

«Keineswegs. Genau das habe ich vorhin auch zu Mrs. Linnet gesagt, als sie vorbeikam, um Kopfschmerztabletten zu kaufen. Die zweite Packung in drei Tagen. *Nein, wir sind doch keine Tratschtanten.*»

Matt McCarthy hatte trotz des ernsten Anlasses Mühe, bekümmert dreinzuschauen. Er hätte laut lachen können. Singen. Heute Morgen hatte ihn einer der Dachdecker gleich zweimal gefragt, warum er so verdammt gute Laune habe.

«Sie haben wohl im Lotto gewonnen, was?», hatte er gesagt.

«So was in der Art», hatte Matt geantwortet und war zum fünfzehnten Mal verschwunden, die zusammengerollten Pläne unter dem Arm, um die Fassade des Hauses zu bewundern.

Es hätte gar nicht günstiger kommen können. Laura war, was den alten Bock anbelangte, am Ende ihrer Geduld gewesen. Er hatte es sich zwar nicht anmerken lassen, aber die Sache gestern hatte ihm Sorgen gemacht. Wenn Laura sich geweigert hätte, Pottisworth weiterhin das Essen zu bringen, dann wäre er erledigt gewesen. Tatsächlich war die Neuigkeit, die Laura ihm mit zitternder Stimme am Telefon mitgeteilt hatte, eine so großartige gewesen, dass er sofort alles stehen und liegen gelassen hatte, um rechtzeitig da zu sein, als der Arzt eintraf, um den Tod festzustellen. Laura hatte sich dankbar an ihn geklammert. Sie hatte geglaubt, er sei gekommen, um ihr beizustehen. Er wollte es zwar nicht zugeben, aber ein winziger Teil von ihm hatte befürchtet, dass der Alte vielleicht doch nicht tot war. Dass er, wenn Matt ihn nicht scharf im Auge behielt, aufspringen und «ein Scheibchen Braten» verlangen würde.

Die Totenmesse war zu Ende. Das kleine Grüppchen der Trauergäste versammelte sich vor der Kirche, über sich den dunkler werdenden, drückenden Himmel. Einige schauten sich gespannt um, wie es nun wohl weitergehen würde. Dass niemand vorhatte, den Sarg auch noch bis zum Grab zu begleiten, war offensichtlich.

«Ich finde es sehr nett von Ihnen und Mrs. McCarthy, dass Sie die Kosten für Mr. Pottisworths Beerdigung übernommen haben.» Mrs. Linnet legte eine federleichte Hand auf Matts Arm.

«Das war doch das Mindeste, was wir tun konnten. Mr. P. gehörte für uns schon fast zur Familie. Ich bin sicher, dass ihn vor allem meine Frau vermissen wird.»

«Nicht jeder würde heutzutage noch so viel Großzügigkeit von seinen Nachbarn erwarten», bemerkte Mrs. Linnet.

«Und wer kann schon sagen, aus welchen Motiven eine solche entspringt? Er ist wahrlich ein Glückspilz gewesen.»

Asad Suleyman war neben ihm aufgetaucht, einer der wenigen Dorfbewohner, neben denen sich Matt klein vorkam. Matt schaute ihn scharf an, aber Asads Miene war wie immer undurchdringlich.

«Na ja, Sie kennen Laura», antwortete er. «Sie weiß, was sich gehört. So ist sie nun mal erzogen worden.»

«Wir haben uns gerade gefragt … Mr. McCarthy … ob Sie des Toten vielleicht noch auf andere Weise gedenken wollen …» Mrs. Linnet schaute unter dem Rand ihres Filzhuts zu ihm auf. Hinter ihr standen zwei weitere alte Damen, die Handtaschen erwartungsvoll an die Brust gedrückt.

«Äh, anders? Ach ja, natürlich! Nein, Sie sind natürlich alle herzlich eingeladen, meine Damen. Wir müssen den alten Mr. P. doch gebührend feiern, stimmt's?»

«Und Sie, Mr. Suleyman? Müssen Sie wieder zurück in den Laden?»

«Oh nein.» Henry Ross trat vor. «Mittwochs schließen wir immer früher. Sie hätten es nicht besser planen können, Mr. McCarthy. Wir würden uns freuen, ein bisschen mit Ihnen ... äh ... gedenken zu dürfen.»

«Wir sind sehr gern dabei», sagte Asad und lächelte ihn strahlend an.

Heute konnte nichts Matt den Tag verderben. «Na prima! Dann also alle Mann zu mir, damit wir auf den alten Knaben anstoßen können. Ich sage nur rasch noch dem Vikar Bescheid. Meine Damen, wenn Sie bei meinem Wagen warten wollen, dann nehme ich Sie gerne mit.»

Das Haus, das Matt McCarthy mit dem Geld seiner Frau gebaut – oder, besser gesagt, instand gesetzt – hatte, war früher einmal das Kutscherhaus gewesen. Es lag am Waldrand, ein Stückchen abseits der Stelle, an der der Weg zum Spanischen Haus abzweigte. Von außen entsprach es ganz dem neogeorgianischen Stil dieser Gegend, mit hohen, eleganten Fenstern und Feuersteinfassade. Innen jedoch war es moderner, mit Deckenspots, einem großen, offenen Wohnzimmer, Laminatböden und einem Billardzimmer, in dem Matt schon seit Jahren nicht mehr mit seinem Sohn Pool gespielt hatte.

Das Haus lag inmitten von offenem Land, durch ein Wäldchen vom Großen Haus abgeschirmt. Beide Häuser lagen nur zweieinhalb Kilometer vom Dorf Little Barton mit dem Pub, der Schule und dem Dorfladen entfernt. Aber die lange, gewundene Auffahrt zu dem Herrenhaus war fast vollständig zugewachsen, voller Schlaglöcher und hervortretender Wurzeln. Matt und seine Frau hatten sich jeder einen robusten Wagen mit Allradantrieb anschaffen müssen; bei jedem anderen Auto wäre es für den Unterboden gefährlich geworden. Gelegentlich kam Matt Besuchern das letzte, ganz besonders schlimme Stück mit dem Geländewagen entgegen, um sie abzuholen. Bereits zweimal hatten schicke, tiefergelegte Sportwagen auf dieser Strecke einen Auspuff verloren, und Matt war alles andere als dumm, wenn es um seine Geschäfte ging.

Mehrmals war er schwer versucht gewesen, die Löcher mit Schotter zu stopfen, doch jedes Mal hatte ihn seine Frau davon abgehalten. Sie befürchtete, damit das Schicksal herauszufordern. «Wenn das Haus einmal uns gehört, kannst du tun, was du willst», hatte sie gesagt, «aber warum willst du Geld für etwas ausgeben, zu dem ein anderer verpflichtet ist?»

Die Tische standen voller Weinflaschen – viel zu viele für die paar Leute. Aber Matt McCarthy wollte sich nicht lumpen lassen. Außerdem ließen sich mit ein wenig Alkohol leichter Beziehungen pflegen.

«Hast den alten Mann noch bis an die Grube begleitet, was?»

«Jemand musste doch sichergehen, dass er nicht wieder raushüpft.»

Er reichte Mike Todd, dem örtlichen Immobilienmakler, ein großes Glas Rotwein.

«Ist Derek schon da? Will sicher mit mir über den Hausverkauf reden, sobald das Testament offiziell ist. Ich sag dir eins: Das Grundstück mag noch so toll sein, aber man muss tiefe Taschen haben, um der alten Ruine wieder auf die Beine zu helfen. Als ich letztes Mal dort war … das war, wann? Vor vier Jahren? Es war damals schon im Arsch.»

«Ist seitdem nicht besser geworden.»

«Und dieser Fahrweg! Was steht an der Abzweigung? ‹Vorsicht Schlaglöcher!›? Also das trifft den Nagel auf den Kopf.»

Matt beugte sich zu ihm. «Wenn ich du wäre, Mike – ich würde mir mal nicht allzu große Hoffnungen machen.»

«Weißt du was, was ich nicht weiß?»

«Ich will es mal so ausdrücken: So wie es aussieht, wirst du eher dieses Haus hier auf den Markt bringen als das große.»

Mike nickte. «Hab ich mir schon gedacht. Na ja … deins werde ich leichter los. Da muss ich mir meine Courtage nicht ganz so sauer verdienen wie mit dem großen. Wusstest du übrigens, dass unsere Gegend neulich in einem der Sonntagsblätter als kommender Hot Spot auf dem Immobilienmarkt bezeichnet wurde?»

«Dann wirst du ja ziemlich beschäftigt sein. Du machst mir trotzdem einen guten Preis?»

«Mache ich doch immer, Matt. Da fällt mir ein … lass uns doch später kurz reden. Ich hab ein Angebot für die alte Scheune hinter der Kirche. Soll ein schicker Umbau werden. Ich hab der Dame gesagt, ich wüsste genau den richtigen Mann dafür. Ich denke, davon könnten wir beide profitieren.» Er nahm einen großen Schluck und schmatzte zufrieden. «Im Übrigen, wenn du wirklich diese Ruine wiederbeleben willst, brauchst du jeden Penny, Mann.»

Erstaunlich, überlegte Laura, wie viel mehr Leute zum Leichenschmaus erschienen waren als zum Gottesdienst. Draußen hatte es aufgeklart, und man meinte fast, den würzigen Duft des Waldes riechen zu können. Sie war zuvor noch mit dem Hund draußen gewesen und hatte den ersten Hauch von Herbst in der Septemberluft gerochen. Laura gab sich einen Ruck und konzentrierte sich wieder auf den Kuchen, den sie auf einer Platte angerichtet hatte, um ihn ins Wohnzimmer zu bringen. Es sah nicht danach aus, als ob ihre Gäste sich bald verabschieden würden. Wenn es so weiterging, würde sie bis in den Abend hinein die Gastgeberin spielen müssen. Das war das Problem auf dem Land: Die Leute lebten so abgeschieden, hatten so wenig Abwechslung, dass sie jede Gelegenheit, die sich bot, ergriffen und buchstäblich bis zum letzten Tropfen auskosteten. Wenn es noch lange dauerte, würde sie die Vettern bitten müssen, für Nachschub kurz den Dorfladen aufzumachen.

«Alles klar, meine Schöne?»

Matt schlang die Arme um ihre Taille. Er war schon die ganze Woche über aufmerksam, entspannt und gut gelaunt. Sie musste zugeben – wenn auch mit Gewissensbissen –, dass Mr. P.'s Tod ein Segen war.

«Hab mich gerade gefragt, wann wir sie wohl rauswerfen können», murmelte er.

«Wenigstens die alten Damen solltest du vielleicht bald heimfahren. Mrs. Linnet hatte schon drei Gin und wird immer alberner. Und Mrs. Bellamy liegt auf dem Mantelhaufen und schnarcht.»

«Als Nächstes werden sie sich an die Vettern ranmachen.»

Lächelnd legte sie einen Tortenheber zum Kuchen, dann drehte sie sich zu ihm um. Er sah noch genauso gut aus wie an dem Tag, an dem sie ihn kennengelernt hatte. Die kleinen Fältchen an seinen Augenwinkeln, seine wettergegerbte Haut, all das machte ihn nur noch attraktiver. Manchmal versetzte es ihr bei diesem Gedanken einen Stich. Aber nicht heute. Heute war sie ein wenig beschwipst und einfach nur froh darüber. «Jetzt wird sich alles ändern, oder?»

«Oh ja.» Er beugte sich zu ihr und küsste sie. Ihre Hände glitten um seine Taille, streichelten seinen Rücken, die kräftigen Muskeln, die er seiner körperlich anspruchsvollen Arbeit zu verdanken hatte. Sie erwiderte seinen Kuss, erfreute sich an dem beruhigenden Druck seiner Lippen, die ihr sagten, dass er ihr gehörte. Diese Momente waren es, die sie für alles entschädigten, die ihr das Gefühl gaben, dass sie ihn wiederhatte. Dass die Vergangenheit ein Ausnahmezustand gewesen war.

«Störe ich bei was?»

Matt hob den Kopf. «Also wenn du das noch immer nicht weißt, Anthony, dann hast du in Biologie nicht gut aufgepasst.»

Laura entschlüpfte den Armen ihres Mannes und nahm den Kuchen. «Dein Vater und ich haben über die Zukunft geredet. Wie viel besser jetzt alles werden wird.»

Manchmal, dachte Matt McCarthy und zupfte verstohlen seine Hose zurecht, da bin ich richtig zufrieden mit meiner Ehe. Er blickte ihr nach, zählte dabei im Geiste ihre Vorzüge auf: immer noch eine erstaunlich zierliche Taille, hübsche, schlanke Beine, eine anmutige Haltung. Er hätte es schlechter treffen können.

«Hast du heute gar nichts vor?», fragte er seinen Sohn. «Bist ja immer noch da.»

Erst jetzt fiel ihm auf, dass auf Anthonys Gesicht nicht das übliche Grinsen lag.

«Shane hat mich nach dem Fußballtraining heimgefahren.»

«Nett von ihm.»

«Dein Lieferwagen stand vor Theresa Dillons Haus.»

Matt zögerte. «Na und?»

«Und … ich bin doch nicht doof, Dad. Und Mum auch nicht, selbst wenn du so tust.»

Matts gute Laune verflog. In gezwungen leichtem Ton sagte er: «Weiß wirklich nicht, was du meinst.»

«Klar.»

«Willst du mir was vorwerfen?»

«Mum hast du gesagt, du wärst noch beim Großhändler gewesen.»

So ist das also, dachte Matt. In seinen Zorn mischte sich Stolz. Sein Sohn war kein Dummkopf. Und er scheute sich nicht, seinen Vater zur Rede zu stellen. Der Junge hatte Mumm.

«Jetzt hör mir mal zu, Inspector Columbo. Ich hab bei Theresa reingeschaut, weil bei ihr dringend ein Fenster ausgetauscht werden muss. Sie wollte, dass ich ihr ein Angebot mache. Nicht, dass es dich was anginge.»

Der Junge sagte nichts, starrte ihn aber auf eine Weise an, die verriet, dass er ihm kein Wort glaubte. Er hatte schon wieder diese lächerliche Wollmütze auf, tief in die Stirn gezogen.

«Und als sie anrief, dachte ich, zum Baustoffhandel kannst du auch morgen noch fahren», fügte er hinzu.

Anthony musterte seine Füße.

«Glaubst du denn wirklich, dass ich deiner Mutter so was antun würde? Nach allem, was sie für diese Familie getan hat – und für den alten Mann?» Es sah aus, als ob er ihn damit hätte. Matts Reaktion war rein instinktiv – nie was zugeben, nie was erklären – und hatte ihm schon unzählige Male aus der Klemme geholfen.

«Woher soll ich das wissen?»

«Nein, weißt du auch nicht. Also solltest du vielleicht besser erst mal den Verstand einschalten, bevor du das Maul aufmachst.» Jetzt. Jetzt hatte er ihn. «Du hängst zu viel im Dorf rum. Ich hab deiner Mutter immer gesagt, wir hätten dich irgendwo großziehen sollen, wo mehr los ist.» Er tippte sich an die Stirn. «Hier langweilen sich die Leute. Sie haben nichts Besseres zu tun, als irgendwelche Geschichten zu erfinden. Menschenskind – hör dich doch an! Du bist nicht besser als diese alten Klatschweiber da draußen.»

«Ich hab dich schon mal mit ihr gesehen, oder hast du das vergessen?», entgegnete Anthony zornig.

«Ich darf also nicht mal mehr mit einer Frau flirten, was? Mich nicht mit einem hübschen Mädel unterhalten? Soll ich mit gesenktem Kopf rumlaufen und auf meine Füße starren, bloß damit mich keine anspricht? Vielleicht sollte ich Mrs. Linnet bitten, mir eine Burka zu nähen.»

Anthony schüttelte den Kopf.

«Hör zu, Sohnemann, du bist sechzehn, da braucht es noch ein bisschen zum Erwachsenwerden. Aber falls du glaubst, deine Mutter hätte lieber so eine Art Pudel geheiratet, dann täuschst du dich. Und jetzt geh und such dir eine bessere Beschäftigung, als hier Miss Marple zu spielen. Und lass dir verdammt noch mal endlich die Haare schneiden.»

Matt schlug mit einem Knall die Küchentür hinter sich zu und ließ Anthony mit hängenden Schultern stehen.

Der Nachmittag ging in den Abend über, und dann senkte sich die Nacht wie eine samtene schwarze Decke über das Haus, die Wälder und Felder. Aber hinter den hell erleuchteten Fenstern der McCarthys dachten die Trauergäste noch immer nicht daran zu gehen. Tatsächlich dachten sie nicht einmal mehr daran zu trauern. Der Alkohol floss in Strömen und löste die Zungen. Mittlerweile war man bei den weniger respektvollen Geschichten über den alten Pottisworth angelangt. Von seinen langen Unterhosen war die Rede, die er sogar bis in den Sommer hinein getragen hatte und die schon ganz grau gewesen waren. Jemand erwähnte die anzüglichen Bemerkungen, die er zu der netten jungen Pflegekraft gemacht hatte.

Im Nachhinein wusste keiner mehr so genau, wer eigentlich auf die Idee gekommen war, die Party zum Großen Haus zu verlegen. Aber irgendwann ergoss sich die Gesellschaft kichernd und gackernd auf die Terrasse und schlug den Waldweg ein. Als Laura merkte, was los war, lief sie ein wenig verloren hinter ihrem Mann her.

Es war eine ungewöhnlich warme, fast schwüle Nacht. Huschend und raschelnd brachten sich die Tiere der Nacht vor den wackelnden Strahlen zahlreicher Taschenlampen in Sicherheit. Die alten Ladys quiekten vor Schreck und vor Vergnügen, während sie sich tastend ihren Weg durch den dunklen Wald suchten.

«Nicht mal meine Frau hat er mit seinen schmutzigen Bemerkungen verschont», sagte Matt. «Dieser alte Lüstling. Vorsicht auf den Brettern, Mädels.»

«Matt», sagte Laura, die gerade an ihm vorbeiging, «bitte!»

«Ach, nun komm schon, Schatz. Es stimmt doch! Oder willst du behaupten, dass er ein Engel war?» Er zwinkerte Mike Todd zu, der sein Weinglas hochhielt, um ja keinen Tropfen zu verschütten. «Wir wissen doch alle, wie er war, oder, Mike?»

«Trotzdem. Es ist nicht anständig.»

«So über die Toten zu reden? Aber ich sage doch nur die Wahrheit. Stimmt's nicht, Leute? Und ich meine es ja nicht böse.»

«Trotzdem ...»

Vom Mond beschienen, der sich im stillen See spiegelte, ragte vor ihnen das Haus auf. Im bläulichen Schein wirkte das alte Gemäuer beinahe ätherisch, weniger gedrungen als am Tage. Feiner Nebel stieg vom Boden auf, und man hatte den Eindruck, als würde das Haus schweben. Den roten Backsteinmauern des Ostflügels schloss sich der Anbau aus einer späteren Zeit an, mit seinen schlanken gotischen Spitzbogenfenstern und der für diese Region typischeren Feuerstein-Fassade. Über dem riesigen Erkerfenster des großen Schlafzimmers ragten in zwei ungleichmäßigen Reihen Zinnen auf. Ein zwar beeindruckendes, insgesamt aber unschönes, fast widerborstiges Haus, seinem vorherigen Eigentümer nicht unähnlich. Aber es hatte Potenzial. Laura musste ein Schaudern unterdrücken. Das Große Haus. Das Haus, das sie neu erschaffen, in dem sie den Rest ihres Lebens verbringen würde. Das Haus, das ihren Eltern und allen anderen ein für alle Mal beweisen würde, dass es kein Fehler gewesen war, Matt zu heiraten.

«Schaut es euch an», erklang Matts Stimme. «Er hätte es einfach verfallen lassen.»

«Ich erinnere mich an die Zeit, als seine Eltern noch dort wohnten», sagte Mrs. Linnet, die sich an Asads Arm klammerte. «Da war es noch wunderschön. Und so gepflegt. Da und dort drüben standen Pfaue aus Stein, und auf dem See gab es Boote. Und dort am Ufer blühten herrliche Rosen. Die dufteten noch richtig, nicht so wie die, die man heute so bekommt.»

«Das muss großartig gewesen sein», bemerkte Asad.

«Es kann wieder schön werden. In den richtigen Händen.»

«Das wär nichts für mich, so weit ab und mitten im Wald.»

Laura schaute ihren Mann an, der ein wenig abseits der Gruppe stand und gedankenverloren zum Haus aufblickte. Auf seinem Gesicht lag ein Ausdruck von Frieden, als wäre eine jahrelange Anspannung von ihm abgefallen. Ob sie selbst wohl einen ähnlichen Eindruck machte? Aber nein, wahrscheinlich nicht.

«Ach, Matt», sagte Derek Wendell, der Notar, leise, «könnte ich Sie vielleicht kurz sprechen?»

«Hab ich euch eigentlich schon mal erzählt, wie er dieses Feld verkaufen wollte, das hinter der alten Scheune?» Mike Todd war neben Matt aufgetaucht, seine Stimme dröhnte durch die Nacht. «Hat ein gutes Angebot dafür bekommen, sogar mehr, als er verlangen wollte. Alles ging glatt, bis er beim Notar mit dem Käufer zusammentraf.» Er machte eine dramatische Pause. «Ein De-sas-ter.»

«Erzähl weiter, Mike», sagte Laura und musste kichern. Sie hatte zu viel getrunken, was ungewöhnlich für sie war. Normalerweise hielt sie sich bewusst zurück. Es gab nichts Unangenehmeres, als mit einem Brummschädel aufzuwachen.

«Als er merkte, dass der gute Mann Franzose war – das heißt, seine Eltern waren Franzosen, aber er lebte schon seit zwanzig Jahren in England –, war die Sache für ihn gelaufen. ‹Ich verkauf mein gutes Land doch nicht an einen verdammten Kollaborateur! Kein *Frog* kriegt meinen Stammsitz in seine schmierigen Pratzen …› Die Ironie dabei war, dass kein Pottisworth je im Krieg gedient hat. Sind alle entweder als untauglich ausgemustert worden oder haben sich gedrückt.»

«Ich glaube, er hat überhaupt nie an jemandem ein gutes Haar gelassen», sagte Matt, den Blick noch immer zum Haus hinaufgerichtet.

«Aber an Mrs. McCarthy doch bestimmt. Wo sie doch so viel für ihn getan hat …»

«Pah! Nicht mal an Laura. Jedenfalls nicht, dass ich wüsste», sagte Matt.

Er setzte sich auf eine niedrige Mauer. Unweit davon führten flache Stufen zu dem hinunter, was früher einmal die Auffahrt gewesen war. Matts Haltung war entspannt, selbstbewusst, die Haltung eines Eigentümers, der sich fürs Familienalbum ablichten lässt.

«Matt.» Derek Wendell stand jetzt dicht neben ihm. «Wirklich, ich muss mit Ihnen reden.»

Laura bemerkte seine Miene noch vor Matt. Selbst in ihrem beschwipsten Zustand erkannte sie etwas darin, das sie schlagartig nüchtern werden ließ.

«Es geht ums Testament, oder? Kann das nicht warten?» Matt schlug ihm kameradschaftlich auf den Rücken. «Sie sind wohl immer im Dienst, was, Derek?»

«Ich war seit dreißig Jahren nicht mehr hier», verkündete Mrs. Linnet von weiter hinten. «Das letzte Mal auf der Beerdigung des alten Mr. Pottisworth. Zwei Rappen haben den Sarg gezogen. Ich wollte einen streicheln, und er hat mich gebissen.» Sie streckte ihre Hand aus und musterte sie mit schmalen Augen. «Schaut, da ist noch die Narbe.»

Jetzt redeten alle durcheinander, jeder wollte seine eigene Anekdote erzählen.

«Ich erinnere mich noch gut an diese Beerdigung», sagte Matt. «Mein Vater und ich, wir standen am Tor. Er wollte nicht reingehen, stand einfach nur da und ließ den Leichenzug an sich vorbeifahren. Ich weiß noch, dass er weinte. Zehn Jahre war es her, dass sie ihn rausgeschmissen hatten, und er weinte trotzdem um den Alten.»

Laura schwieg und beobachtete alles. Derek war offensichtlich bemüht, Matts Aufmerksamkeit zu erlangen. Sein Blick huschte kurz zu ihr hin, und da wusste sie auf einmal, was er ihrem Mann beizubringen versuchte. Ihre Welt zerfiel in Einzelteile. Sie blinzelte heftig, versuchte, sich einzureden, dass es am schwachen Licht lag und an ihrem alkoholisierten Zustand. Doch dann beugte sich Derek zu Matt hinunter und flüsterte ihm etwas ins Ohr. Matts Züge verhärteten sich. «Was? *Was?*», brach es aus ihm hervor. In der lauen, duftenden Abendluft stehend, wusste sie auf einmal, dass der Vikar recht hatte.

Der alte Mann war sich tatsächlich bis zuletzt treu geblieben. Selbst über den Tod hinaus.

KAPITEL 3

Es ist schwer, Geige zu spielen, wenn man weint. Die Tränen sammeln sich aufgrund der Kopfneigung zunächst in der Vertiefung zwischen Tränenkanal und Nasenwurzel, dann rinnen sie übers Gesicht oder, noch schlimmer, tropfen auf die Geige, wo sie natürlich sofort weggewischt werden müssen, bevor sie das kostbare Holz beschädigen.

Isabel unterbrach sich kurz und holte ein Taschentuch hervor, mit dem sie die winzigen Tröpfchen abwischte, bevor sie die Geige wieder anlegte. Weinen und Spielen. Das eine sollte vom anderen tunlichst getrennt werden. Aber nur wenn sie spielte, konnte sie ihren Gefühlen Ausdruck verleihen, nur wenn sie spielte, musste sie keine tapfere Miene aufsetzen, musste nicht Mutter oder Schwiegertochter sein, kompetenter Haushaltsvorstand oder, Gott bewahre, «tapfere junge Witwe».

«Mum.» Kitty rief schon eine Weile nach ihr. Sie hatte die Stimme ihrer Tochter ausgeblendet, hatte sich nicht die letzten Takte von Mahlers Fünfter verderben lassen wollen, war noch nicht bereit, sich wieder der Realität zu stellen. Aber Kittys Stimme klang jetzt gereizt und ungehalten. «Mum!»

Sie nahm die Geige aus ihrer Halsbeuge und wischte sich die Tränen vom Gesicht. Dann rief sie mit betont munterer Stimme nach unten: «Was ist?»

«Mr. Cartwright ist da.»

Cartwright … Cartwright … Sie legte ihr Instrument in den Geigenkasten. Der Name sagte ihr nichts, aber vielleicht kannte sie ihn trotzdem. Als Laurent noch lebte, hatte sie sich nie so viele Namen merken müssen.

«Ich komme», rief sie und stieg die Treppe vom Dachboden hinunter.

Cartwright. *Mr.* Cartwright. Das klang nach etwas Geschäftlichem. Kein Nachbar. Keiner von Laurents Freunden, von denen noch immer gelegentlich welche auftauchten und ihrem Entsetzen Ausdruck verliehen, weil sie es gerade erst erfahren hatten. Sie saßen dann auf dem Sofa und wollten getröstet werden, als wäre Isabel jetzt irgendwie für die Gefühle der anderen verantwortlich.

Keiner von ihren Freunden. Zu den meisten hatte sie seit ihrem Ausscheiden aus dem Orchester den Kontakt verloren.

Cartwright. Sie schaute ins Wohnzimmer. Erleichtert stellte sie fest, dass ihr der Mann im dunkelgrauen Anzug vage bekannt vorkam. Er war auf der Beerdigung gewesen. Sie versuchte, sich zu sammeln, warf einen Blick zur Küche, wo Kitty gerade Tee aufsetzte. «Kann Mary das denn nicht machen?»

«Heute ist ihr freier Nachmittag, habe ich dir doch schon gesagt.»

«Ach so.» Sie vergaß in letzter Zeit öfter etwas. Ihre Tochter ging voran und brachte Mr. Cartwright den Tee. Dieser kämpfte sich mühsam aus dem modisch niedrigen Sofa und bot Isabel seine Hand, bevor er wieder Platz nahm. Mit seiner etwas steifen Art und den blitzblanken Schuhen wirkte er in dem unordentlichen Wohnzimmer irgendwie fehl am Platz. Sie versuchte, den Raum mit seinen Augen, den Augen des Besuchers, zu betrachten: Auf den Tischen häuften sich Bücher und Zeitschriften. Auf einer Sofalehne hatte jemand eine Halloweenmaske liegen gelassen, auf der anderen lag ein Haufen

Wäsche. Isabel sah, dass einer ihrer Slips daraus hervorschaute und zwischen den Kissen zu verschwinden drohte. Thierry saß versunken vor dem Fernseher.

«Mrs. Delancey, ich hoffe, ich komme nicht ungelegen ...»

«Ach nein.» Sie winkte gespielt beiläufig ab. «Wie nett, Sie zu sehen. Ich war nur ... gerade oben.»

Kitty setzte sich mit untergeschlagenen Beinen in den roten Damastsessel, dessen Überzug schon so zerschlissen war, dass an manchen Stellen das graue Futter hervorkam. Isabel sah, wie sie es verstohlen wieder hineinzustopfen versuchte.

«Mr. Cartwright will mit uns über Geld reden», verkündete sie. «Hier ist auch eine Tasse Tee für dich, Mum.»

«Ach ja. Danke, Schätzchen.»

War er Steuerberater? Finanzberater? Anwalt? Um diese Leute hatte sich immer Laurent gekümmert.

«Soll ich vielleicht etwas unterschreiben?»

Mr. Cartwright beugte sich vor, was nicht leicht war, da ihm auf dem niedrigen Sofa die Knie fast unterm Kinn standen. «Das ist es nicht. Nun ja ... es wäre vielleicht ratsam, wenn wir dieses Gespräch ... ähm ... unter vier Augen führen könnten.» Er warf einen bezeichnenden Blick auf Thierry, dann auf Kitty.

Thierry schaltete zornig den Fernseher ab.

«Du kannst in Marys Zimmer weiterschauen, mein Schatz. Sie hat bestimmt nichts dagegen.»

«Da ist die Fernbedienung kaputt», sagte Kitty.

«Na, dann vielleicht ...»

Aber Thierry war bereits aus dem Zimmer gestapft.

«Ich bleib lieber hier», verkündete Kitty ruhig. «Manchmal ist es besser, wenn zwei Paar Ohren zuhören.»

«Meine Tochter ist ... sehr verständig für ihr Alter.»

Mr. Cartwright sah nicht so aus, als ob es ihm recht wäre, musste sich aber wohl oder übel damit abfinden.

«Ich versuche schon seit Wochen, Sie zu erreichen», begann er. «Es ist äußerst wichtig, dass Sie sich endlich ein umfassendes Bild von Ihrer finanziellen Lage machen, Mrs. Delancey, jetzt, nachdem sich … ähm … der Staub ein wenig gelegt hat.»

Er errötete. Dann nahm er seinen Aktenkoffer auf den Schoß und klappte ihn mit der Miene eines Menschen auf, der sich schon den ganzen Tag auf diesen Moment gefreut hat. Er nahm einen Haufen Papiere heraus, die er fein säuberlich auf dem Sofatisch anordnete. Als er an *den Stapel* stieß, fuhr er erschrocken zusammen.

«Mum öffnet keine Post», erklärte Kitty gelassen. «Wir warten, bis der Stapel so hoch wird, dass er sie unter sich begräbt.»

«Natürlich werde ich die Post öffnen, Kitty. Ich … ich bin nur ein bisschen ins Hintertreffen geraten.» Isabel schenkte Mr. Cartwright ein verlegenes Lächeln.

«Das wird wohl der Grund sein, warum Sie noch nichts von uns gehört haben», fügte Kitty hinzu.

«Es … könnte ratsam sein, die Post durchzusehen», sagte Mr. Cartwright vorsichtig. «Es könnten Rechnungen dabei sein.»

«Ach, das geht schon in Ordnung», sagte Kitty. «Ich mache alles auf, was einen roten Rand hat, fülle die Überweisung aus und gebe sie Mum zum Unterschreiben.»

Er konnte seine Missbilligung nicht ganz verhehlen. Isabel war derartige Reaktionen mittlerweile gewöhnt. Sie sah sie auf den Gesichtern anderer Mütter, wenn sie erzählte, dass bei ihnen die Nanny das Kochen übernahm oder dass sie die Schulfreunde ihrer Kinder nicht mit Namen kannte. Und sie sah sie im Ausdruck derjenigen, die seit Laurents Tod zu Besuch gekommen waren und die Unordnung bemerkten, die jetzt im Hause herrschte. Selbst Mary, ihre Nanny, verzog gelegentlich das Gesicht, wenn Isabel wieder einmal im Bett liegen blieb und wie ein Schlosshund heulte, anstatt morgens die Kinder zur Schule zu fahren. In den ersten Wochen hatte Isabel geglaubt, den Verstand zu verlieren, in fast jedem männlichen Gesicht, das ihr auf der Straße begegnete, hatte sie Laurent gesehen. Sie war zornig gewesen auf Gott und die ganze Welt, weil man ihn ihr genommen hatte. Langsam ließ die Wut nach, aber der Schmerz wurde deswegen nicht erträglicher.

Mr. Cartwright nahm einen Stift zur Hand und klappte seinen Aktenkoffer zu. «Es ist leider nichts Gutes, was ich Ihnen zu sagen habe.»

Isabel hätte beinahe gelacht. Mein Mann ist tot, dachte sie. Mein Sohn steht noch immer unter Schock und weigert sich zu sprechen. Meine Tochter ist in den vergangenen neun Monaten um zwanzig Jahre gealtert und will nicht wahrhaben, dass überhaupt etwas passiert ist. Ich musste das Einzige aufgeben, das ich je geliebt habe, das Einzige, was ich mir geschworen hatte, nie aufzugeben. Und du glaubst, du kannst mir schlechte Neuigkeiten bringen?

«Jetzt, nachdem ein wenig Zeit vergangen und die … äh … rechtliche Seite geklärt ist, habe ich mir Laurents Finanzen mal genauer angeschaut, und es scheint, als wäre er … nicht ganz so liquide gewesen, wie es den Anschein hatte.»

«Liquide?»

«Ich fürchte, er hat weniger gut für Sie vorgesorgt, als Sie vielleicht erwartet hätten.»

Das ist doch nicht so schlimm, hätte sie am liebsten gesagt. Geld war mir noch nie wichtig. «Aber wir haben das Haus. Und seine Lebensversicherung. So schlimm kann es gar nicht sein.»

Mr. Cartwright nahm ein Blatt zur Hand. «Hier ist eine Aufstellung all dessen, was Ihr Mann zum Zeitpunkt seines … Dahinscheidens besaß und …»

«Er ist gestorben», unterbrach sie ihn. «Ich hasse diese beschönigenden Phrasen. Er ist gestorben. Mein Mann ist tot.» Sie fing Kittys vorwurfsvollen Blick auf. Aber es stimmte. Besser, man nannte die Dinge beim Namen.

Mr. Cartwright schwieg einen Moment, und Isabel schluckte mühsam den Kloß in ihrem Hals herunter.

«Es tut mir leid», sagte sie verlegen, «aber Zahlen sind für mich ein Buch mit sieben Siegeln. Könnten Sie es mir vielleicht in einfachen Worten erklären?»

«Einfach ausgedrückt, Mrs. Delancey, hat Ihr Mann mehrere Hypotheken auf das Haus aufgenommen, um Ihren gewohnten Lebensstil aufrechtzuerhalten. Er verließ sich darauf, dass der Wert des Hauses steigen würde, was auch irgendwann so sein mag, und dann wäre Ihre Situation nicht mehr ganz so schlimm. Das Problem ist jedoch, dass er diese zusätzlichen Belastungen nicht durch eine gleichzeitige Erhöhung seiner Lebensversicherung abgesichert hat. Im Gegenteil. Er hat sogar einige Policen aufgelöst.»

«Er … sagte, der neue Job würde viel Geld einbringen. Ich habe nicht ganz verstanden, was er meinte … Um ehrlich zu sein, mir war nie so recht klar, was er eigentlich beruflich gemacht hat.» Sie lächelte entschuldigend. «Irgendwas mit … äh … Zukunftsmärkten?»

Er schaute sie an, als müsse das doch jedes Kind verstehen.

«Ich … könnten Sie mir erklären, was genau das für uns bedeutet?»

«Das Haus ist hoch belastet. Und die monatlichen Ausschüttungen aus der Lebensversicherung decken nicht einmal die Hälfte davon, will heißen, es häuft sich da ein Schuldenberg auf, den Sie, fürchte ich, nicht mehr abtragen können. Bis jetzt reichte das Geld auf Ihren gemeinsamen Konten noch, aber ich fürchte, dass mittlerweile kaum mehr etwas da ist. Natürlich werden Sie einen Teil der Rente Ihres Mannes erhalten, aber was die Hypothekenschulden betrifft, werden Sie einen anderen Weg finden müssen, wenn Sie Ihr Haus behalten wollen.»

Es hörte sich an wie das hässliche Krächzen einer Krähe. Laut. Aufdringlich. Sie schaltete irgendwann einfach ab, verstand nur noch Bahnhof. Versicherung. Ausschüttungen. Hypothekenschulden. Finanzielle Dinge. Entscheidungen. All das, wovon sie nichts verstand. Sie bekam allmählich Kopfschmerzen.

Sie holte tief Luft. «Was kann ich also tun, Mr. Cartwright?»

«Tun?»

«Seine Investitionen? Seine Ersparnisse? Es muss doch etwas da sein, womit ich die Hypotheken abzahlen kann.»

«Ich muss Ihnen leider mitteilen, Mrs. Delancey, dass Ihr Mann in den letzten Monaten vor seinem Tod sehr hohe Ausgaben hatte. Er hat mehrere Konten so gut wie leer gemacht. Und was davon noch übrig ist und was Sie aus den verbleibenden Versicherungspolicen bekommen, müssen Sie zur Bezahlung Ihrer Kreditkartenschulden verwenden. Und ... ähm ... für die aufgelaufenen Alimentenzahlungen an die erste Frau Ihres Mannes. Als Ehefrau müssen Sie natürlich keine Erbschaftssteuer bezahlen. Ich würde Ihnen aber dennoch dringend anraten, Ihre laufenden Ausgaben auf ein absolutes Minimum zu beschränken.»

«Wofür hat er denn so viel ausgegeben?», wollte Kitty wissen.

«Ich fürchte, da müssen Sie sich die Kreditkartenauszüge ansehen.»

Was haben wir in den letzten Monaten zusammen eigentlich gemacht?, versuchte sich Isabel zu erinnern. Aber es war wie mit den Wochen, die unmittelbar auf seinen Tod folgten: ein vager Erinnerungsbrei. Auch an ihre gemeinsamen Jahre mit Laurent konnte sie sich nur noch bruchstückhaft erinnern.

Wir haben ein schönes Leben gehabt, dachte sie sehnsüchtig. Ausgedehnte Urlaube in Südfrankreich, mehrmals pro Woche in Restaurants essen. Ihr war nie eingefallen zu fragen, woher das Geld dafür kam.

«Und die Schulgebühren? Die Nanny?», fragte Kitty.

Isabel hatte fast vergessen, dass ihre Tochter noch da war.

«Ja, es wäre ratsam, darauf zu verzichten», sagte Mr. Cartwright zu Kitty, beinahe erleichtert darüber, dass hier endlich jemand seine Sprache zu sprechen schien.

«Sie wollen sagen, wir werden das Haus verlieren, oder?»

«Wenn ich recht verstehe, hat deine … haben Sie, Mrs. Delancey, kein … ähm … regelmäßiges Einkommen mehr. Sie würden besser zurechtkommen, wenn Sie in eine preiswertere Gegend umziehen würden.»

«Wir sollen hier ausziehen?», fragte Isabel fassungslos. «Aber das ist Laurents Haus! Hier sind unsere Kinder aufgewachsen. Wir können doch nicht ausziehen!»

Kitty hatte diesen energischen Gesichtsausdruck wie früher als kleines Mädchen, wenn sie sich weh getan hatte, aber nicht weinen wollte.

«Kitty, Schätzchen, geh nach oben. Mach dir keine Sorgen. Ich kriege das schon hin.»

Kitty zögerte nur kurz und verschwand dann in verdächtig steifer Haltung. Mr. Cartwright schaute ihr betreten nach, als wäre es seine Schuld, dass sie jetzt litt.

Isabel wartete, bis sich die Tür geschlossen hatte. «Es muss doch was geben, das wir tun können», drängte sie. «Sie kennen sich mit Geld aus. Ich kann doch die Kinder nicht so einfach entwurzeln. Hier, in diesem Haus, ist die Erinnerung an ihren Vater noch lebendig. Sie haben ihn geliebt. Wahrscheinlich haben sie ihn öfter gesehen als mich. Ich habe ja immer so viel gearbeitet. Ich kann ihnen das nicht antun, Mr. Cartwright.»

Er war rot angelaufen und starrte verlegen auf seine Papiere.

«Sind Sie sicher, dass er nicht vielleicht Besitz in Frankreich hatte?», erkundigte sie sich.

«Nur Schulden, leider. Wie es scheint, hat er schon vor gut einem Jahr die Zahlungen an seine Exfrau eingestellt.»

Ihr fiel ein, wie Laurent sich gelegentlich über die Alimente an seine erste Frau beschwert hatte. Wir hatten keine Kinder, hatte er gebrummt, ich begreife einfach nicht, wieso diese Frau es nicht schafft, für sich selbst zu sorgen.

«Hören Sie, Mrs. Delancey, ich sehe keine Möglichkeit, Ihre Schulden irgendwie umzuschichten. Ihnen bleiben immer noch die hohen Hypothekenschulden, selbst wenn Sie die Nanny entlassen und Ihre Kinder aus der Privatschule nehmen.»

«Dann werde ich eben etwas verkaufen», verkündete sie. «Vielleicht ein paar Bilder. Oder Bücher. Ich bin sicher, dass hier irgendwo ein paar wertvolle Erstausgaben stehen.»

Ihr Blick fiel auf die zerfledderten Taschenbücher, die überall im Wohnzimmer herumlagen. Sie musste sich eingestehen, wie unwahrscheinlich das war. «Das kann ich den Kindern einfach nicht antun. Sie haben genug gelitten.»

«Und Sie würden nicht vielleicht in Ihren alten Beruf zurückkehren wollen?»

Du hast ja keine Ahnung, dachte sie. «Im Moment brauchen die Kinder … wenigstens einen Elternteil», sie räusperte sich, «… der für sie da ist. Und das, was ich beim Orchester verdiene, hat noch nie für unseren Lebensunterhalt gereicht.»

Mr. Cartwright blätterte murmelnd in seinen Papieren. «Nun ja, eine Möglichkeit gäbe es.»

«Ich wusste doch, dass Ihnen was einfallen würde!» Sie beugte sich eifrig vor.

Er fuhr mit dem Finger die Liste entlang. «Es gibt nichts, das sich zu Geld machen ließe. Bis auf eins: Ihre Geige.»

«*Was?*»

Er hatte bereits seinen Taschenrechner in der Hand und begann, flink Zahlen einzutippen. «Eine Guarneri, richtig? Sie haben sie für eine sechsstellige Summe versichern lassen. Wenn Sie sie für etwa den gleichen Betrag verkaufen könnten, wird das zwar nicht für die Schulgebühren reichen, aber Sie könnten zumindest das Haus behalten.» Er hielt ihr den Taschenrechner hin. «Es sollte reichen, um die Hypothekenschulden zu begleichen. Und Sie hätten obendrein noch etwas übrig. Es ist das Klügste, was Sie in Ihrer Situation tun können.»

«Meine Geige verkaufen?»

«Es ist eine Menge Geld. Und Sie haben es bitter nötig.»

Als er fort war, ging Isabel nach oben und legte sich aufs Bett. Sie starrte zur Decke, musste daran denken, wie oft sie Laurents Gewicht auf sich gespürt hatte, an die gemütlichen Abende, die sie plaudernd oder lesend verbracht hatten. Ohne zu wissen, was für ein Luxus das war. Wie vergänglich das Glück sein konnte.

Sie strich mit der Hand über den Seidenstoff der Tagesdecke. Ein sinnlicher Genuss, der nun überflüssig geworden war. Sie war Witwe. Und diese Decke, diese scharlachrote Decke mit ihren aufwendigen Stickereien, erschien ihr nun aufdringlich erotisch, ein Hohnlied auf ihr Alleinsein. Sie umschlang ihren Oberkörper und versuchte, die aufkeimende Trauer niederzukämpfen, das Gefühl, amputiert zu sein, das sie jedes Mal empfand, wenn sie allein in dem riesigen Bett lag.

Nebenan saß Thierry vor dem Fernseher, wie sie hören konnte. Oder er war in irgendein Computerspiel vertieft. Sie hatte eine Zeitlang gehofft, dass eins ihrer Kinder ihre musikalische Begabung geerbt haben könnte, doch das war nicht der Fall. Sie hatten wenig bis gar kein Talent und noch weniger Interesse. Vielleicht besser so, dachte sie. Vielleicht ist in dieser Familie ja kein Platz mehr für noch einen, der seine Träume verwirklichen will. Laurent hat mich verwöhnt. Ihm habe ich es zu verdanken, dass ich es konnte.

Sie hörte, wie Mary zurückkam, wie Kitty herunterlief und sich kurz mit ihr unterhielt. Nach einer Weile stemmte sie sich widerwillig auf die Beine, zog die Bettdecke glatt und ging schweren Herzens nach unten. Kitty saß im Schneidersitz am Sofatisch, vor sich *den Stapel*, den sie jedoch bereits zerlegt hatte: Mehrere kleinere Stapel, nach privat und geschäftlich getrennt, lagen auf dem Tisch verteilt.

«Mary ist zum Einkaufen gefahren.»

Ihre Tochter legte einen Umschlag ab. «Ich dachte, wir sollten vielleicht mal ein paar davon aufmachen.»

«Das mache ich schon. Du musst mir nicht helfen.» Isabel strich ihrer Tochter übers Haar.

«Ach, zu zweit geht es leichter.»

Sie sagte es ganz ohne Groll, und Isabel empfand erneut eine Mischung aus schlechtem Gewissen und Dankbarkeit. Laurent hatte Kitty seine «vieille femme» genannt. Jetzt, im Alter von fünfzehn, hatte ihre Tochter diese Rolle wie selbstverständlich übernommen.

«Dann mache ich uns einen Tee», sagte Isabel.

Ich muss stark sein, dachte sie. Es könnte schlimmer sein. In einem Jahr werden wir vielleicht schon wieder lachen können.

Mit zwei vollen Teebechern in den Händen kehrte sie ins Wohnzimmer zurück und drückte ihrer Tochter einen Kuss aufs Haar. Diese blickte auf und wedelte lächelnd mit einem Umschlag. «Die hier müssen wir so schnell wie möglich bezahlen.» Sie reichte Isabel eine Gasrechnung. «Man droht uns mit dem Abschalten.»

Isabel blickte auf die Rechnung. Die Summe erschien ihr auf

einmal grotesk. Sie hatten kein Geld. Das hatte Mr. Cartwright gesagt. «Ich kümmere mich drum», versprach sie ihrer Tochter. Sie würde die Rechnungen bezahlen. Sie würde das Geld schon irgendwie auftreiben. Alles würde in Ordnung kommen. Was soll ich bloß machen?, fragte sie sich. Wenn ich das eine tue, breche ich ihnen womöglich das Herz. Aber wenn ich das andere tue, breche ich ganz sicher meins.

«Von wem ist denn das? Diese Schrift kenne ich gar nicht.» Kitty warf ihr ein dickes weißes Kuvert hin, das mit einer schmalen, eleganten Handschrift beschriftet war.

«Leg es zur Seite, Schatz. Wahrscheinlich von irgendwelchen französischen Verwandten deines Vaters, die es jetzt erst erfahren haben.»

«Nein, es ist an Dad adressiert. Mit dem Vermerk ‹persönlich›.»

«Dann lege es zu den anderen. Gib mir nur das, was wirklich dringend ist. Für alles andere habe ich heute einfach nicht die Kraft.»

Sie war so müde. Sie war immer müde. Sehnsüchtig stellte sie sich vor, wie schön es wäre, sich einfach in die alten, zerbeulten Kissen zurücksinken zu lassen …

«Wir kriegen das doch wieder hin, oder, Mum?»

Isabel setzte sich mit einem Ruck auf. «Ja, natürlich.» Sie konnte überzeugend sein, wenn sie wollte. Sie rang sich ein aufmunterndes Lächeln ab, doch da fiel ihr Blick auf ein Blatt mit Laurents Unterschrift. Plötzlich sah sie ihn vor sich, wie er gerade unterschrieb, auf seine selbstsichere, beiläufige Art, und dabei kaum hinschaute. Ich werde diese Hände nie wiedersehen, dachte sie. Die kräftigen Finger mit den muschelrosa Nägeln. Ich werde sie nie wieder auf meiner Haut spüren. Von ihnen gestreichelt, gehalten werden. Nach neun Monaten kannte sie diese Augenblicke, wenn der Kummer sie traf wie ein Keulenschlag. Nein, Trauer geht nicht gnädig mit einem um. Sie erfasst einen wie eine Flutwelle, reißt einen von den Füßen, droht einen nach unten zu ziehen. Wie konnten diese Hände einfach aufhören zu existieren?

«Mum, das musst du sehen.»

Sie musste all ihre Kraft aufwenden, um sich wieder auf Kitty zu konzentrieren. Ihr war fast schwindlig, ihr Gesicht fühlte sich verzerrt an, als könne sie ihre Züge nie wieder zu einem normalen, entspannten Ausdruck zwingen.

«Sortiere einfach alle Rechnungen aus, Liebes.» *Laurent*, schrie sie innerlich, *wie konntest du uns bloß verlassen?* «Weißt du was? Wir machen das morgen fertig. Ich … ich glaube, ich brauche jetzt erst mal ein Glas Wein.» Sie konnte selbst hören, wie ihre Stimme zitterte.

«Nein. Das musst du dir anschauen.» Kitty wedelte mit einem anderen Schreiben.

Sicher irgendwas, das sie unterschreiben, entscheiden musste. Ich kann das nicht! Wie kann ich alles aufgeben?

«Jetzt nicht, Kitty», presste sie hervor.

«Aber schau doch mal. Da.»

Sie drückte ihr den getippten Brief in die Hand.

«Ich weiß nicht, ob das ein Scherz sein soll, aber da steht, dass dir jemand ein Haus vermacht hat.»

«Ist das nicht alles ein bisschen … überstürzt?»

Fionnuala spielte ebenfalls beim City Symphony Orchestra. Sie saßen in ihrem gewohnten Bistro, in dem sie immer Mittagspause machten (in Isabels Fall gemacht hatten), unweit des Auditoriums, aus dem auch jetzt verschiedene Töne drangen. Ein Kontrabass wurde gestimmt, und jemand versuchte sich an ein paar Tonleitern auf einer Oboe. Isabel überkam eine Welle von Sehnsucht nach ihrem alten Leben.

Vor einem Jahr war ich noch ahnungslos und unschuldig, dachte sie. Da wusste ich noch nicht, was Kummer und Verzweiflung sind. Und jetzt beneidete sie ihre Freundin, die ihr sorglos schwatzend gegenübersaß. Das sollte ich sein, die da sitzt und sich über den Dirigenten beschwert, mit den Gedanken noch halb beim letzten Adagio, dachte sie.

«Geht das nicht zu weit? Ich meine, schüttest du nicht vielleicht das Kind mit dem Bade aus?» Fionnuala nippte an ihrem Wein. «Mann, ist der gut.»

Isabel schüttelte den Kopf. «Es ist besser für die Kinder. Ein hübsches Landhaus, eine gute staatliche Schule, ein kleiner, überschaubarer Ort.»

«Aber hättest du dir das Haus nicht wenigstens zuerst mal anschauen sollen? Dir ein bisschen Zeit lassen?»

«Aber wir *haben* keine Zeit, Fi. Wir haben kein Geld. Außerdem habe ich es schon gesehen. Ich bin als Kind mal mit meinen Eltern dort zu einer Gartenparty eingeladen gewesen. Es war richtig schön.» Sie glaubte fast selbst daran.

«Aber Norfolk? Und es liegt nicht mal an der Küste. So ein Riesenschritt. Ihr kennt doch niemanden dort. Außerdem magst du das Landleben gar nicht. Du bist einfach nicht der Gummistiefel-Typ.» Sie zündete sich eine Zigarette an. «Versteh mich bitte nicht falsch, Isabel, aber du bist manchmal ein wenig zu … impulsiv. Du solltest erst mal wieder zu uns zurückkommen und ein bisschen Geld verdienen. Vielleicht reicht es ja doch. Und ich bin sicher, dass jeder dir helfen wird, ein paar Extra-Engagements zu kriegen. Schließlich bist du die erste Geigerin! Oder du könntest Unterricht geben.»

Isabel hob eine Braue.

«Gut, ich weiß, Unterrichten liegt dir nicht. Aber mir erscheint das, was du da vorhast, so extrem. Was halten denn die Kinder davon?»

«Denen geht es gut», antwortete sie automatisch.

«Aber es ist *unser* Haus. *Daddys* Haus», hatte Kitty gesagt. «Du hast mir versprochen, dass du das hinkriegst.»

Isabel wunderte sich selbst, wie gefasst sie alles hinnahm. Laurent würde mir verzeihen, redete sie sich ein. Er würde nicht wollen, dass ich mich von meiner Geige trenne, die ich von ihm geschenkt bekommen habe, nicht nach allem, was ohnehin schon geschehen ist. «Wieso triffst du eigentlich hier alle Entscheidungen? Diese Familie besteht schließlich aus drei Personen.» Kitty war angesichts dieser schreienden Ungerechtigkeit ganz rot angelaufen. «Warum können wir nicht das neue Haus verkaufen?»

«Weil ... weil wir dann trotzdem noch Schulden hätten. Es ist viel weniger wert als unser Haus.» Etwas versöhnlicher fuhr sie fort: «Ich erwarte ja gar nicht, dass ihr das versteht, Kitty, aber euer Vater ... er hat uns kein Geld hinterlassen. Um überleben zu können, *müssen* wir dieses Haus verkaufen. Es wird schon nicht so schlimm werden. London ist nicht aus der Welt, du kannst deine Freunde besuchen. Und unser neues Haus ist groß – sie können kommen und bei uns übernachten. In allen Schulferien, wenn du willst.»

Was Thierry dachte, zeigte er nicht.

«Es ist einfach kein Geld mehr da. Wir müssen umziehen», hatte sie noch einmal versucht, Kittys Verständnis zu gewinnen.

«Na, ich finde jedenfalls, du machst einen Fehler», sagte Fionnuala, tauchte ihr Ciabattabrötchen in eine Schale Olivenöl und wischte damit ihren Teller leer. «Du hast dich noch nicht erholt und solltest keine so umwälzenden Entscheidungen treffen.»

Marys Reaktion war ähnlich ausgefallen. Aber Isabel musste das jetzt tun. Wenn nicht, würde sie vielleicht einfach zusammenbrechen. Das Haus bot einen pragmatischen Ausweg. Es war die einzige Möglichkeit, etwas von ihrem Leben zu retten, es nicht völlig von dem schrecklichen Verlust unterhöhlen zu lassen. Kinder sind anpassungsfähig, sagte sie sich fast täglich. Denk an die Kinder von Flüchtlingen, von Diplomaten oder Soldaten. Im Übrigen würde dieser Umzug, diese Luftveränderung, Kitty und Thierry vielleicht sogar guttun. Und ihr auch.

«Soweit ich gehört habe, muss das Haus modernisiert werden», hatte der Anwalt gesagt.

Sie hatte ihn persönlich aufgesucht, weil sie es kaum glauben konnte und für irgendeinen Trick gehalten hatte. «Mein Großonkel hat dort bis vor kurzem gewohnt. So schlimm kann es ja wohl nicht sein», hatte sie geantwortet.

«Nun ja, ich weiß nicht mehr als das, was hier in den Unterlagen steht», hatte er gesagt. «Meinen Glückwunsch.»

Sie war die einzige noch lebende Verwandte. Und weil es kein Testament gab, war ihr das Haus zugefallen.

«Du hast lange genug gebraucht, um es bis zur ersten Geigerin zu schaffen. Und du bist verdammt gut», sagte Fionnuala. «Außerdem, wie willst du dort draußen im Nirgendwo einen anständigen Mann kennenlernen?»

«Wer sagt, dass ich das will?»

«Jetzt vielleicht noch nicht, aber irgendwann … Hör zu, ich wollte damit nicht sagen …»

«Nein», entgegnete Isabel fest. «Für mich gab es nur Laurent. Ich könnte mir nicht vorstellen, dass je …» Ihre Stimme brach. Sie riss sich zusammen. «Es ist ein Neuanfang», sagte sie mit fester Stimme. «Dieses Haus ist ein Neuanfang für uns.»

«Na ja, so was ist wichtig, schätze ich», räumte Fionnuala gnädig ein. Sie drückte Isabels Arm. «Mist, ich muss zurück. Sorry, Isabel, aber Burton dirigiert, und du weißt ja, wie ätzend er werden kann, wenn man nicht pünktlich ist.»

Als Isabel nach ihrem Geldbeutel griff, sagte Fionnuala rasch:

«Ach nein, das übernehme ich. Bin grade mal flüssig, weil wir morgen Musik für einen Kinofilm aufnehmen. Vier Stunden rumsitzen für vierzig Minuten spielen. Hab neulich mal ausgerechnet, was das pro Note macht. Enorm, kann ich dir sagen.» Sie warf ein paar Scheine auf die Rechnung. «Du kannst mir ja was Schönes kochen, wenn ich euch besuchen komme. Ein paar Wachteln schießen. Mich mit deinem frisch gewachsenen grünen Daumen überraschen.»

Sie beugte sich über den Tisch und umarmte ihre Freundin. Dann richtete sie sich auf und blickte Isabel forschend an. «Wann, glaubst du, wirst du wieder spielen?»

«Ich weiß nicht», sagte Isabel. «Wenn die Kinder wieder … glücklich sind. Aber es sind ja bloß zwei Stunden mit dem Zug. Nicht die Äußeren Hebriden.»

«Gut, aber beeil dich. Du fehlst uns. Du fehlst *mir*. Der Typ, der deinen Posten übernommen hat, ist unmöglich. Spielt mit gesenktem Kopf und erwartet von uns, dass wir erraten, was wir tun sollen.»

Erneut umarmte sie Isabel. «Ach, Isabel, das wird schon! Das mit dem neuen Haus und allem. Tut mir leid, was ich vorhin gesagt habe. Ich bin sicher, du tust das Richtige.»

Ich auch, dachte Isabel und schaute ihrer Freundin nach, die mit ihrem Geigenkasten unter dem Arm durch die Flügeltür verschwand.

Das Richtige für uns alle.

In manchen Momenten glaubte sie das sogar wirklich.

KAPITEL 4

Henry stupste Asad an und deutete verstohlen auf seine Uhr. Mrs. Linnet suchte jetzt schon seit dreiundzwanzig Minuten nach dem richtigen Tee. Eine neue persönliche Bestleistung. «Können wir Ihnen irgendwie behilflich sein?», erkundigte er sich liebenswürdig von seinem Platz hinter der Theke.

Sie unterbrach ihre Selbstgespräche, die sie in nicht nachvollziehbarer Reihenfolge über verschiedene Themen führte, darunter Überwachungskameras, Küchenarbeitsplatten aus Granit, das schlimme Bein ihres Nachbarn und eine Frau, für die sie einmal geputzt hatte und deren Unfruchtbarkeit sie auf das Tragen von Strumpfhosen im Bett zurückführte. «Ich kenne mich nicht aus mit diesen Teebeuteln für hartes Wasser. Kann man die nur dann verwenden, wenn man hartes Wasser hat? Ich weiß, bei uns gibt es jede Menge Kalk. Mein Kessel ist ganz voll davon.»

«Kalk? Das klingt nicht gut», bemerkte Asad.

«Ist aber gut für die Oberarmmuskeln», sagte Henry, der sich mühsam das Lachen verkniff.

Der Regen prasselte immer lauter aufs Dach; es tat einen Donnerschlag, und alle drei zuckten zusammen.

«Ich wollte uns gerade einen Tee machen – für Sie auch, Mrs. Linnet? Dann können Sie unsere Anti-Kalk-Teebeutel selbst testen. Das heißt, wenn Sie es nicht eilig haben.» Henry zwinkerte Asad schelmisch zu und verschwand im Hinterzimmer.

Der Nachmittag zog sich hin. Der heftige Regen und die Tatsache, dass im Moment Ferienzeit war, sorgten dafür, dass der Laden, bis auf ein paar ganz verzweifelte Kunden, leer blieb. Andere Ladenbesitzer schimpften über das schlechte Geschäft und über alte Stammkunden, die sich von den Billigangeboten und dem Lieferservice der Supermärkte weglocken ließen. Aber die Inhaber von Suleyman & Ross betrachteten solche Tage als willkommene Gelegenheit zu einem ausführlichen Schwätzchen mit guten Kunden. Unbelastet durch Schulden und abgesichert durch eine gute Rente, die sich beide in langen Arbeitsjahren in London verdient hatten, hatten sie den Laden ohnehin nicht mit der Aussicht auf Gewinn eröffnet. Aber ihre günstigen Preise, das ausgefallene Sortiment und die fürsorgliche Betreuung gefielen den Leuten und hatten ihnen viele treue Kunden eingebracht. Und sie möglicherweise auch vor den Vorurteilen jener bewahrt, die sie sonst nicht gerade herzlich willkommen geheißen hätten. Mittlerweile jedoch waren sie im ganzen Dorf als «die Vettern» bekannt und beliebt – obwohl eine Verwandtschaft zwischen den beiden schon auf den ersten Blick ausgeschlossen werden konnte.

Die Schaufenster waren beschlagen, man konnte kaum noch in den strömenden Regen hinaussehen. Asad schaltete das Radio ein. Muntere Jazzmusik erfüllte den Raum. Mrs. Linnet quietschte vor Vergnügen, und mit ihren Händen vollführte sie ein paar kokette Wackelbewegungen. «Aaah!», rief sie aus. «Ich liebe Jazz! Aber mein Kenneth kann ihn nicht ausstehen.» Sie senkte verschwörerisch die Stimme. «Findet ihn zu … stimulierend. Aber ihr seid ja, soweit ich weiß, geradezu dafür gemacht, nicht?»

Asad war viel zu höflich, um seine Pause länger als ein paar Sekunden andauern zu lassen. «Wir?»

Sie nickte. «Die Braunen. Äh ...» Sie geriet ins Stammeln. «Ihr habt doch den Rhythmus im Blut. Das – na ja – das ist euch doch angeboren, oder?»

Asad ließ es sich durch den Kopf gehen. «Das muss dann wohl der Grund dafür sein, dass ich an Tagen wie diesen kaum an mich halten kann.»

In diesem Moment ertönte die Türglocke, und Deirdre Linnet wandte sich mit sichtlicher Erleichterung um.

Eine bekannte Stimme befahl den Hunden, brav draußen zu bleiben, dann betrat Byron Firth den Laden und schüttelte sein Haar, dass die Tropfen nur so flogen. «Guten Tag, Byron», sagte Asad lächelnd.

«Ich bräuchte eine Karte.»

«Für jemand Bestimmten?»

«Für Lily», antwortete er leise. «Meine Nichte. Sie hat Geburtstag.»

Der Laden wirkte auf einmal viel beengter, obwohl Byron nicht so groß war wie Asad und sich alle Mühe gab, möglichst klein, ja unsichtbar zu wirken. Vielleicht arbeitet er deshalb im Wald, dachte Asad, versteckt zwischen Bäumen.

«Tag, Mr. Firth», sagte Henry, der soeben mit einem Teetablett aus dem Hinterzimmer auftauchte und Byrons tropfende Regenjacke und die schlammigen Stiefel kritisch musterte. «Wie ich sehe, haben Sie mit der Natur gerungen. Und die Natur ist, heute zumindest, siegreich geblieben.»

«Wo sind eigentlich die handgefertigten Karten, Henry?» Asad blickte sich suchend um. «Wir haben doch noch welche, oder?»

«Die, wo das Alter draufsteht, führen wir nicht mehr», erklärte Henry.

«Ah, da.» Asad hielt eine rosarote, mit Strasssteinchen beklebte Karte hoch. «Eine Frau aus dem Dorf hat die für uns gemacht. Es ist die letzte, und der Umschlag ist ein bisschen verknickt. Ich gebe Ihnen fünfzig Pence Preisnachlass, wenn Sie möchten.»

«Danke.» Byron gab ihm das Geld und wartete, bis Asad die Karte in eine kleine braune Papiertüte gesteckt hatte. Dann nickte er den beiden Ladeninhabern zu, schob die Karte in die Innentasche seiner Jacke und verschwand. Durchs beschlagene Schaufenster konnte man verschwommen erkennen, wie seine Hunde aufsprangen und ihr Herrchen freudig begrüßten.

Mrs. Linnet hatte sich derweil mit ungewöhnlicher Hingabe dem Studium diverser Etiketten gewidmet. «Ist dieser Mensch wieder weg?», fragte sie überflüssigerweise.

«Mr. Firth hat das Gebäude verlassen, ja», antwortete Henry.

«Also wenn ich Sie wäre, ich würde den nicht bedienen. Bei der Sorte kriege ich eine Gänsehaut.»

«Was hat Mr. Firths ferne Vergangenheit damit zu tun, ob wir ihm eine Geburtstagskarte für seine kleine Nichte verkaufen dürfen oder nicht?», fragte Asad. «Zu uns war er immer nett, wenn auch wortkarg. Ihnen als gutem Christenmenschen, Mrs. Linnet, sollten Begriffe wie Vergebung und Verzeihung doch bekannt sein.»

«Der ist doch nur die Spitze des Eisbergs, wenn Sie mich fragen», entgegnete sie und tippte sich verschwörerisch an die Nase. «Der Mann wirkt doch wie ein Magnet auf alle möglichen Verbrecher. Als Nächstes werden uns die Pädiater heimsuchen, das können Sie mir glauben.»

Henry riss mit gespieltem Entsetzen die Augen auf. «Gott bewahre!»

Abermals bimmelte die Türglocke, und ein Mädchen trat ein,

nicht älter als fünfzehn, sechzehn. Sie war nass, hatte aber weder eine Jacke an noch einen Schirm dabei. Sie wirkte irgendwie zerknittert, als wäre sie schon eine Weile unterwegs.

«Entschuldigen Sie, dass ich störe», sagte sie und strich sich die Haare aus dem Gesicht, «aber wissen Sie vielleicht, wo ich …» Sie warf einen Blick auf den Zettel in ihrer Hand. «… das Spanische Haus finde?»

Stille.

«Doch, das wissen wir», sagte Mrs. Linnet dann. «Es ist gar nicht weit weg.» Die schwere Prüfung von vorhin schien sie vollkommen vergessen zu haben. «Dürfte ich fragen, wen du dort suchst?»

Das Mädchen machte eine verständnislose Miene.

«Der alte Pottisworth ist nämlich vor kurzem gestorben», erklärte Mrs. Linnet, «und jetzt wohnt dort niemand mehr. Falls du zur Beerdigung willst, bist du zu spät.»

«Ach, nein, das weiß ich», sagte das Mädchen. «Wir ziehen dort ein.»

«Wo?», fragte Henry.

«Ins Spanische Haus. Diese junge Dame zieht ins Spanische Haus.» Mrs. Linnet platzte fast vor Freude über diese aufregenden Neuigkeiten. Sie bot dem Mädchen ihre Hand. «Nun, in diesem Fall sind wir beinahe Nachbarn, Liebes. Ich bin Deirdre Linnet …» Sie versuchte, durchs beschlagene Fenster zu spähen. «Ich nehme an, du bist nicht allein?»

«Mum ist draußen, mit meinem Bruder. Aber jetzt muss ich weiter, der Möbelwagen wartet. Ähm … wo sagten Sie noch mal ist das Haus?»

Asad deutete in eine Richtung. «Beim Schild für die Schweinefarm links abbiegen, dann an der Kreuzung rechts und immer den Weg entlang, bis du zu dem Schild ‹Vorsicht Schlaglöcher!› kommst.»

«Falls ihr was braucht – wir haben bis siebzehn Uhr geöffnet», fügte Asad hinzu. «Und fahrt vorsichtig, der Weg ist ein bisschen holperig.»

Das Mädchen kritzelte etwas auf den Zettel. «Schweinefarm links, Kreuzung rechts, Straße folgen.» Sie bedankte sich.

«Bis bald», sagte Henry.

Sie warteten, bis die Tür zugefallen war, verharrten eine Anstandssekunde lang und stürzten dann alle ans Fenster. Henry wischte ein Guckloch in die beschlagene Scheibe. Sie beobachteten, wie das Mädchen auf der Beifahrerseite eines ziemlich schäbigen alten Citroën einstieg. Hinter dem Wagen stand ein großer Möbelwagen, dessen Wischer hektisch hin- und herflogen.

«Na so was!», sagte Henry. «Junge Leute im Großen Haus.»

«Jung mag sie ja sein», bemerkte Mrs. Linnet missbilligend, «aber deshalb muss man doch seine Schuhe nicht derart vernachlässigen!»

«Schuhe sind wahrscheinlich ihr geringstes Problem», meinte Henry. «Mal sehen, was ihre neuen Nachbarn sagen werden.»

Kitty saß stumm neben ihrer Mutter, die sich alle Mühe gab, den Wagen über den holprigen Trampelpfad zu steuern. Sie blickte dabei immer wieder in den Rückspiegel, zum Möbelwagen, der gefährlich schwankend hinter ihnen herfuhr, und murmelte ein Stoßgebet.

«Bist du auch ganz sicher, dass das der richtige Weg ist?», fragte sie Kitty zum vierten Mal.

«An der Kreuzung abbiegen. Ich hab es extra aufgeschrieben.»

Erneut holperte der Wagen in ein tiefes, mit Wasser gefülltes Schlagloch. Die Stoßstange kratzte über den Boden, die Räder drehten kurz durch, und der Motor heulte auf. Dann kamen sie mit einem Ruck weiter. Um sie herum ragten hohe, finstere Tannen auf, die dem ohnehin trüben Tag noch mehr Licht nahmen.

«Das kann nicht sein, Kitty. Das kann doch nicht die Straße zum Haus sein. Da braucht man ja einen Traktor.»

Kitty war im Grunde froh, dass die Straße so fürchterlich war. Vielleicht brachte das ihre Mutter ja endlich zur Besinnung. Wochenlang hatte sie gehofft, ihre Mutter würde einsehen, was für ein Fehler der Umzug war, dass sie doch noch einen Weg finden würde, finanziell so weit über die Runden zu kommen, um in London bleiben zu können. Aber nein. Kitty hatte ihrer alten Schule, ihren Freunden wohl oder übel Lebewohl sagen müssen, nur um irgendwo aufs Land zu ziehen, wo sie nichts und niemanden kannte. Und das auch noch mitten im Schuljahr. Ihre Mum meinte, sie könne mit allen in Verbindung bleiben. Aber Kitty war klar, dass sie für ihre Freundinnen nicht mehr existieren würde, sobald sie weg war und sie einander nicht mehr ständig Nachrichten schickten und den neuesten Gossip austauschten. Selbst wenn sie gelegentlich nach London käme, wäre sie außen vor und könnte nicht mehr mitreden.

Die Wischerblätter fuhren ruckartig und wie mit letzter Kraft über die Windschutzscheibe. Heute vor einem Jahr bin ich glücklich gewesen, dachte sie. Sie hatte ihr Tagebuch vom letzten Jahr aufgehoben und extra nachgeschaut. Manchmal quälte sie sich mit den Einträgen: «Dad hat mich von der Schule abgeholt. Wir haben Schach gespielt. Ich hab gewonnen.»

Wie sie sich wohl heute in einem Jahr fühlen würde? Ob sie dann wieder zurück in London sein würden? Schwer vorstellbar. Ob sie wieder glücklich sein würde? Noch schwerer vorstellbar.

Thierry, der hinten saß, nahm kurz seine Ohrstöpsel raus. «Wir sind fast da, T», sagte sie.

«Na komm schon, Dolores, ich weiß, dass du das schaffst.»

Kitty zuckte zusammen. Sie hasste es, wenn ihre Mutter mit dem Auto sprach. Da tauchten sie plötzlich aus den Bäumen auf und holperten auf eine Lichtung. «Da ist ein Schild.» Kitty deutete darauf.

«‹Vorsicht Schlaglöcher!›», las Isabel.

«Das ist das Schild», sagte Kitty aufgeregt. «Von dem haben sie in dem Laden geredet.»

Isabel spähte mit schmalen Augen durch die regennasse Windschutzscheibe. Weiter links erkannte sie verschwommen ein ordentliches zweistöckiges Haus. Aber es hatte keinerlei Ähnlichkeit mit der Fotografie. Sie fuhr holpernd weiter, um eine waldige Biegung herum – und da war es.

Ein dreistöckiges Backsteinhaus, halb zugewachsen mit Efeu. Auf dem Dach ragten seltsame, irgendwie nicht zueinanderpassende Zinnen auf. Der Vorgarten war so zugewachsen, dass man nur noch anhand der Buchsbaumhecke erkennen konnte, wo er aufhörte. Das Haus selbst war eine seltsame Mischung aus allen möglichen Stilrichtungen, als wäre es dem Erbauer irgendwann einfach langweilig geworden, oder er hätte etwas ausprobieren wollen, um zu sehen, wie es sich machte. Hohe, elegante georgianische Fenster duckten sich unter mächtige gotische Spitzbögen.

Isabel bog in die Auffahrt ein und hielt vor der Eingangstür. «Also, Kinder», sagte sie, «da wären wir.»

Auf Kitty wirkte das Haus modrig und abweisend. Sehnsüchtig dachte sie an ihr gemütliches Heim in London mit seinen warmen Zimmern, den guten Gerüchen nach frisch zubereitetem Essen, nach Gewürzen und Parfüm, den beruhigenden Hintergrundgeräuschen des Fernsehers. Das ist doch eine Ruine, hätte sie am liebsten gesagt, verkniff es sich aber, um ihre Mutter nicht zu verletzen. «Sieht nicht sehr spanisch aus.»

«Wenn ich mich recht erinnere, sollte es eher maurisch sein.

Ach, und da ist der See! Ich hatte ihn gar nicht so groß in Erinnerung. Schaut nur!»

Isabel holte einen dicken Umschlag aus dem Handschuhfach und kramte darin herum. Sie nahm einen Schlüssel und einen Zettel heraus. «Also, der Anwalt schreibt, wir hätten rund 25 Hektar verkaufen müssen, um die ganzen Erbschaftssteuern bezahlen zu können, und weitere acht, um wieder ein bisschen flüssig zu sein. Aber es bleiben uns immer noch knapp drei Hektar, dort links …» Es war schwer, durch die Bäume etwas zu erkennen. «… und natürlich alles bis zum See. Wir haben also den herrlichen Ausblick, den Wald und den See. Stellt euch das mal vor! Gehört alles uns, so weit das Auge reicht.»

Na toll, dachte Kitty böse. Ein schlammiger Weiher und ein unheimlicher Wald. Hatte ihre Mutter denn keine Horrorfilme gesehen?

«Wisst ihr, wenn Oma noch leben würde, hätte sie das alles geerbt. Er war schließlich ihr Bruder. Könnt ihr sie euch in so einem großen Haus vorstellen? Nach ihrer winzig kleinen Wohnung?»

Kitty konnte sich, ehrlich gesagt, niemanden in diesem Haus vorstellen.

«Das Wasser, ach! Einfach zauberhaft. Daddy hätte den See geliebt! Er hätte … angeln gehen können …» Isabels Stimme erstarb.

«Mum, er war in seinem ganzen Leben nicht ein Mal angeln», entgegnete Kitty und griff sich die Abfalltüte, die im Fußraum zwischen ihren Beinen stand. «Wir sollten jetzt lieber aussteigen. Der Laster ist da.»

Thierry zeigte auf den Wald.

«Gute Idee, Schatz. Lauf und schau dich ein bisschen um.» Kitty konnte sehen, wie froh ihre Mutter darüber war, dass Thierry ein bisschen Interesse zeigte.

«Und du, Liebes? Möchtest du auch auf Erkundung gehen?»

«Ich helfe dir lieber erst mal, alles reinzubringen», entgegnete Kitty. «Thierry, zieh deine Jacke an und verlauf dich nicht.»

Knallend schlugen sie die Wagentüren zu und ging mit knirschenden Schritten über den nassen Kies auf das Haus zu.

Das Erste, was ihnen entgegenschlug, war der Geruch. Kalt und modrig, legte er Zeugnis ab über die lange Vernachlässigung. Eine Andeutung von verstecktem Schimmel lag in der Luft, von feuchten Wänden und wurmstichigen Balken, den auch die hereinströmende frische Luft nicht vertreiben konnte. Eine Reisetasche über der Schulter, blieb Kitty wie angewurzelt stehen und nahm den Geruch mit einer Art fasziniertem Entsetzen auf.

Das war ja schlimmer, als sie es sich je hätte vorstellen können. Die Diele war mit altem, abblätterndem Linoleum ausgelegt; an den Stellen, an denen es sich gelöst hatte, schimmerte ein undefinierbarer Bodenbelag durch. Eine Tür stand offen und gab den Blick auf eine Tapete frei, die noch aus viktorianischen Zeiten stammen musste. Dort stand auch ein wackeliges Sideboard, wie man es typischerweise in einer Küche aus den Fünfzigern hätte finden können. Zwei Fensterscheiben waren zu Bruch gegangen und mit Brettern vernagelt, was die Diele noch düsterer wirken ließ, als sie ohnehin schon war. Von der Decke hing ein Kabel. Ohne Fassung, ohne Glühbirne.

In so einem Haus konnte doch keiner wohnen! Ja, es sah nicht mal aus, als ob je jemand hier gewohnt hätte. Jetzt muss sie es sehen, dachte Kitty. Jetzt muss sie wieder mit uns nach Hause fahren. Hier können wir unmöglich bleiben.

Aber Isabel gab ihrer Tochter einen Wink. «Komm, lass uns mal nach oben gehen. Und dann suchen wir die Küche und machen uns eine schöne Tasse Tee.»

Die beiden oberen Stockwerke waren kaum besser. Die meisten Zimmer schienen seit Jahren nicht mehr benutzt worden zu sein. Auch hier roch es kalt und modrig, und die Tapete löste sich an manchen Stellen streifenweise von den Wänden. Nur zwei Zimmer wirkten so, als hätte hier jemals jemand gewohnt: ein großes Schlafzimmer mit nikotingelben Wänden, einem großen Bett und zwei Schränken voller nach Zigarettenrauch stinkender Männerkleidung. Wenigstens stand hier ein Fernseher. Und ein kleineres Zimmer, gleich daneben, das in den siebziger Jahren neu hergerichtet worden zu sein schien, womit seine Einrichtung immerhin zwanzig Jahre neuer war als alles andere im Haus. Das Bad sah fürchterlich aus: eine abblätternde alte Badewanne, total verkalkte Armaturen. Das Wasser, das gurgelnd aus den Leitungen kam, war dunkel und rostig. Der Holzfußboden im Flur knarrte, ebenso die alten Treppenstufen. Und winzige Kotspuren deuteten auf Mäuse hin.

Jedes Zimmer, jedes Stockwerk brachte neuen Horror. Jetzt *muss* sie es sehen, dachte Kitty jedes Mal. Sie muss sehen, wie unmöglich das hier ist. Aber ihre Mutter schien mit Blindheit geschlagen zu sein. Gelegentlich murmelte sie etwas vor sich hin, das sich wie «mit ein paar netten Teppichen ...» anhörte.

Kitty zählte im ganzen Haus drei rostige Heizkörper. Und oben im zweiten Stock fehlte über der Diele ein ganzes Stück Decke. Da schauten nackte Balken heraus, und es tropfte herunter in eine große Zinkwanne.

Die größte Enttäuschung aber war die Küche. Breite Steinstufen führten vom Erdgeschoss hinunter. Kitty hätte heulen können. Falls die Küche tatsächlich das Herz eines Hauses war, dann verriet diese hier deutlich, wie hässlich, wie ungeliebt dieses Haus sein musste. Ein langgezogener, rechteckiger Raum, auf einer Seite eine Reihe schmutziger, blinder Fenster. Auch hier war es düster, und es roch nach altem, ranzigem Fett.

Neben dem verdreckten Spülbecken stand ein ebenso verdreckter Kochofen aus Gusseisen. Auf der anderen Seite stand ein Elektroherd, zwar nicht ganz so verdreckt, aber offensichtlich ebenfalls nicht gerade liebevoll behandelt. Die Armaturen schienen allesamt aus den fünfziger Jahren zu stammen, aber in den Küchenregalen, die die Wände säumten, häuften sich immerhin jede Menge Kochutensilien, dazu Essensvorräte, die schon ganz verstaubt waren. Auch hier bemerkte Kitty die winzigen Kotspuren, dazwischen die eine oder andere mumifizierte Leiche einer Kellerassel.

«Wie nett», sagte Isabel betont munter und strich mit dem Finger über den alten Fichtenholztisch, der in der Mitte des Raums stand. «Wir hatten noch nie einen richtig schönen großen Küchentisch, nicht wahr, Schätzchen?»

Über ihnen hievten die Möbelpacker bereits polternd ein schweres Möbelstück herein. Kitty starrte ihre Mutter an, als ob sie den Verstand verloren hätte. Hier sieht es aus wie nach dem Krieg, dachte sie, und Mum schwärmt vom Küchentisch!

«Und da, schau», sagte Isabel, die inzwischen ans Spülbecken getreten war und den Hahn aufgedreht hatte, «das Wasser kommt jetzt ganz klar. Schmeckt sicher himmlisch. Wasser ist auf dem Land immer besser als in der Stadt. Habe ich mal irgendwo gelesen.»

Kitty war zu erregt, um den Anflug von Hysterie in der Stimme ihrer Mutter zu bemerken.

«Mrs. Delancey?» Der bulligste Möbelpacker kam zu ihnen herunter. «Wir haben das erste Möbelstück ins Vorderzimmer gestellt, aber da ist es ziemlich feucht. Ich dachte, ich frag Sie lieber, bevor wir weitermachen.»

Isabel schaute ihn verständnislos an. «Was meinen Sie?»

Der Mann schob verlegen seine Fäuste in die Hosentaschen. «Na ja, es ist nicht gerade die Beste … Ich dachte, vielleicht wollen Sie sich es ja noch mal überlegen und die Sachen inzwischen einlagern. Bis es hier …» Er brach verlegen ab.

Kitty hätte ihn umarmen können. Endlich jemand, der keine Tomaten auf den Augen hatte.

«Diese Feuchtigkeit ist nicht gut für die alten Möbel.»

«Ach, die haben Jahrhunderte überstanden. So ein bisschen Feuchtigkeit wird ihnen schon nicht schaden», sagte Isabel wegwerfend. «Das kriegen wir schon hin. Ein paar Heizlüfter, und es wird hier schön warm und trocken.»

Der Mann warf Kitty einen Blick zu. Sie glaubte, so etwas wie Mitleid in seinen Augen zu lesen. «Wie Sie wollen», sagte er.

Kitty stellte sich vor, wie er und die anderen sich über diese Irre lustig machten, die ihre Kinder zwang, in eine feuchte Bruchbude einzuziehen, und dazu noch Lobeshymnen auf einen zerkratzten Fichtenholztisch anstimmte. Sie stellte sich die Häuser dieser Männer vor: warm und gemütlich, mit Zentralheizung, Polstersofas und Großbildfernsehern.

Kitty gab sich einen Ruck und sagte: «Also, wo sind die Küchensachen? Am besten fangen wir damit an, hier ein bisschen Ordnung zu machen.»

«Die Küchensachen?»

«Putzmittel. Lebensmittel. Ich hab extra zwei Umzugskisten damit vollgepackt und sie neben die Haustür gestellt, damit sie beim Umzug nicht untergehen.»

Schweigen.

Dann: «Die waren für uns?»

Kitty drehte sich langsam zu ihrer Mutter um.

«Ach, Mist», sagte Isabel. «Ich dachte, das wäre Abfall. Ich habe sie zu den Mülltonnen gestellt.»

Und was sollen wir jetzt essen?, hätte Kitty am liebsten gebrüllt. Wie sollen wir heute über die Runden kommen? Hatte ihre Mutter nichts anderes im Kopf als ihre verdammte Musik?

Kitty wandte Isabel den Rücken zu. Sie sollte nicht sehen, wie sehr sie sie in diesem Moment hasste. In ihren Augen standen Zornestränen. Warum konnte sie keine Mutter haben, die ein winziges bisschen praktisch veranlagt war? Die organisieren konnte? Die sich vorbereitete? Kitty fuhr ein Stich ins Herz. Wie sehr sie ihren Vater vermisste! Und Mary, die gute Mary, die dieses Haus als das gesehen hätte, was es war – ein gigantischer, peinlicher Fehler.

Aber jetzt gab es keine Erwachsenen mehr. Nur noch sie. «Ich fahre zum Einkaufen. In diesen Laden», verkündete sie gepresst. «Und ich nehme das Auto.»

Sie erwartete halb, dass ihre Mutter widersprechen, dass sie fragen würde, wie sie überhaupt auf den Gedanken kam, schon fahren zu können. Aber Isabel war tief in Gedanken versunken. Kitty wischte sich verstohlen mit dem Handrücken über die Augen und ging.

Als ihre Tochter trotzig abgerauscht war, drehte Isabel sich langsam um. Sie hörte, wie die Wagentür zugeschlagen und der Motor angelassen wurde. Da drehte sie sich zum Fenster um, schloss die Augen und machte sie eine ganze Weile nicht mehr auf.

Es hatte aufgehört zu regnen, aber der Himmel war nach wie vor düster und verhangen, als könne er sich nicht entscheiden, ob er aufklaren wollte oder nicht. Kitty brauchte fast zwanzig Minuten bis zum Ende des Weges. Ihr Vater hatte ihr nur ein paarmal erlaubt zu fahren, während der Ferien, und das auch nur auf Privatstraßen oder Feldwegen. Der Wagen rutschte und holperte über Wurzeln, und Kitty betete, dass sie nicht in diesem grässlichen Wald liegenblieb. Sie musste andauernd an Horrorfilme denken, sah sich schon auf der Flucht vor irgendwelchen Monstern.

Am Ende des Wegs ließ sie den Wagen stehen und ging die restlichen fünf Minuten zu Fuß ins Dorf.

«Ach, hallo, da bist du ja wieder», wurde sie freundlich von dem großgewachsenen dunkelhäutigen Mann im Laden begrüßt. «Habt ihr gut hingefunden?»

«Allerdings.»

Kitty konnte ihre Enttäuschung nicht verbergen. Sie nahm einen Einkaufskorb und begann, sich in dem netten kleinen Laden umzusehen. Hier war es schön warm, und es roch gut nach Obst und frischem Brot.

«Nicht ganz das, was ihr erwartet habt, hm?»

Sie wusste nicht, ob sie sich über diese Bemerkung ärgern sollte, doch sein Ton war so sanft, so gütig, dass sie verzweifelt herausplatzte: «Es ist einfach schrecklich. Fürchterlich! Ich kann nicht glauben, dass da jemand gewohnt hat.»

Er nickte mitfühlend. «An Tagen wie diesen sehen die Dinge immer besonders schlimm aus. Wenn die Sonne rauskommt, wird alles besser, wirst sehen. Das gilt übrigens auch für uns Menschen. Warte.» Er nahm ihr den Einkaufskorb ab. «Komm, setz dich. Ich werde Henry bitten, uns einen Tee zu machen.»

«Ach, nein! Nein danke.» Kitty musste sofort an irgendwelche Horrorstorys von entführten Teenagern denken und fragte sich unwillkürlich, was er wohl im Schilde führte. Sie kannte diese Leute ja überhaupt nicht. In London wäre es ihr nicht mal im Traum eingefallen, sich in einem Laden etwas vom Besitzer anbieten zu lassen. «Ich sollte … ich muss …»

«Ach, hallo.» Nun tauchte auch Henry aus dem Hinterzimmer auf. «Wie läuft's? Können wir irgendwie helfen? Ihr könnt hier auch was bestellen. Alles, was ihr wollt. Gummistiefel, Regenmäntel … Wie ich höre, könnt ihr das dort gebrauchen.» Er sagte es freundlich und senkte nun verschwörerisch die Stimme, obwohl außer ihnen niemand im Laden war. «Wir haben übrigens ausgezeichnete Mausefallen hier. Die töten die kleinen Racker nicht, da drin werden sie lediglich gefangen. Dann fährst du mit ihnen ein paar Kilometer weit raus und lässt sie in der freien Wildbahn laufen.» Er kräuselte die Nase. «Ist wie eine Art Abenteuer für die Viecher.»

Kitty schaute zu dem anderen Mann auf, der soeben Streichhölzer und Kerzen in ihren Einkaufskorb legte.

«Der erste Korb geht auf uns», verkündete Henry. «Ein Geschenk zum Einzug, nicht wahr, Asad? Aber du musst uns dafür versprechen, mindestens dreimal pro Woche in den Laden zu kommen und uns alles haarklein zu erzählen ...» Er zwinkerte ihr schelmisch zu.

Asad schaute ihm über die Schulter. «Und Henry zuhören und dem Tratsch, den er für Lokalnachrichten hält.»

«Du bist ja so gemein.»

Kitty lächelte schwach, vielleicht zum ersten Mal an diesem Tag. Sie setzte sich.

«Ach, eine Tasse Tee wäre eigentlich ganz schön», sagte sie.

«Das ist so romantisch», schwärmte Henry etwas später, als sie den Laden zumachten. «Eine Witwe, Armut, Geigen ... bisschen interessanter als die Letzten, die hierhergezogen sind, diese Allensons.»

«Jeder ist in irgendeiner Hinsicht ein Gewinn fürs Dorf, Henry.»

«Na ja.» Henry drehte den Schlüssel zweimal um und drückte dann sicherheitshalber noch mal die Türklinke runter. «Trotzdem frage ich mich, wie es ihnen wohl dort draußen ergehen wird. Mit den McCarthys als Nachbarn.»

«Du willst doch nicht andeuten ...»

«Nein. Ich glaube nicht, dass er irgendwas tun wird, aber es könnte schon sein, dass es ihnen da draußen ein bisschen einsam wird. Ein so großes Haus, mitten im Nirgendwo.»

«Umso dankbarer bin ich für unser nettes Cottage.»

«Und die Zentralheizung.»

«Und dich.»

Sie spähten den Hügel hinauf, auf dem sich eine Reihe windschiefer Tannen vor dem dunklen Horizont abzeichnete und wo die Straße verschwand, die Kitty genommen hatte. Asad bot Henry seinen Arm, und Henry hakte sich bei ihm unter. Gemeinsam gingen sie nach Hause.

Im Winter, wenn die Laubbäume ihre Blätter abgeworfen hatten und nur noch die Tannen im Grün standen, war es möglich, das Große Haus durch die Bäume zu erkennen. Matt stand mit einem Glas Whisky am Fenster und starrte hinüber.

«Komm ins Bett.»

Laura bewunderte den muskulösen Rücken ihres Mannes, die Art, wie sich seine Muskeln beim Heben des Glases bewegten. Matt schien einfach nicht zu altern. Er konnte noch Sachen anziehen, die er schon getragen hatte, als sie sich kennenlernten. Manchmal war sie deswegen fast böse auf ihn, vor allem, wenn sie sich selbst, ihre Schwangerschaftsnarben und ihren schlaffer werdenden Busen betrachtete. Jetzt jedoch spürte sie ein Kribbeln im Bauch, freute sich über ihr Glück, so ein Prachtexemplar von Mann zu haben. «Komm, du stehst jetzt schon ewig vor dem Fenster.» Sie schob einen Träger ihres Nachthemds herunter und entblößte ihren Brustansatz.

Das letzte Mal war jetzt schon mehrere Wochen her. Sie wurde langsam ein wenig nervös. «Matt?»

«Was wollen sie damit anfangen?», brummte er.

Seine schlechte Laune hielt sich hartnäckig. Mit einer Mischung aus Zorn und Verzweiflung war ihr klargeworden, dass er es einfach nicht fertigzubringen schien, das Haus loszulassen, sein Leben weiterzuleben. «Du solltest es dir wirklich nicht so zu Herzen nehmen. Außerdem, es kann immer noch alles passieren.»

«Alles ist bereits passiert», entgegnete Matt. «Der alte Mistkerl hat es Fremden vermacht. Verdammt, die sind ja nicht mal von hier.»

«Matt, ich ärgere mich doch genauso darüber wie du. Immerhin war ich diejenige, die sich jahrelang für den Mann abgerackert hat. Aber deswegen lasse ich mir doch das Leben nicht vermiesen.»

«Er hat uns reingelegt. Hat uns jahrelang rumgescheucht. Wahrscheinlich sitzt er jetzt dort oben oder wo immer er ist und lacht uns aus. Genauso, wie Pottisworth senior meinen Dad ausgelacht hat.»

«Ach, nicht das schon wieder.» Ihre erotische Stimmung verflog. Wenn er so weitermachte, würde sie bald zu zornig sein, um noch an Liebe und Zärtlichkeit denken zu können.

Matt schien sie überhaupt nicht zu hören. «Er muss es seit Monaten gewusst haben – seit Jahren. Er und diese Leute stecken bestimmt unter einer Decke.»

«Er wusste es nicht. Niemand wusste es. Er war einfach dumm genug, kein Testament zu machen. Das ist alles.»

«Er muss es ihnen schon vor Jahren gesagt haben. Und sie haben rumgesessen und nichts gemacht. Haben nur darauf gewartet, dass er abnippelt. Vielleicht hat er ihnen ja sogar von seinen dämlichen Nachbarn erzählt, die sich für ihn ein Bein ausreißen. Bestimmt haben sie sich kaputtgelacht.»

Es war ein so feiner Grat zwischen Lust und Zorn. «Weißt du was?», fragte sie böse. «Wahrscheinlich lacht er dich genau jetzt aus, wie du da vor dem Fenster stehst und wie ein trotziges Kind zum Haus rüberstarrst. Wenn es dich so stört, dann gehen wir morgen einfach mal hin und versuchen rauszufinden, was sie damit vorhaben.»

«Ich will sie nicht sehen», entgegnete er störrisch.

«Jetzt sei nicht so. Irgendwann müssen wir sie mal kennenlernen. Wir sind ihre nächsten Nachbarn.»

Er sagte nichts.

Du darfst ihn nicht verlieren, sagte sie sich. Du darfst ihm keinen Vorwand geben. «Hör zu, vielleicht stellst du ja fest, dass sie es gar nicht mehr wollen, sobald sie gesehen haben, wie viel Arbeit man reinstecken muss. Die Äcker und Weiden haben sie ja bereits verkauft – wenn du ihnen ein Angebot machst … Ich bin sicher, meine Eltern würden uns noch ein bisschen Geld leihen.» Sie schlug auf seiner Seite einladend die Bettdecke auf. «Komm, Schatz … das meiste Land haben wir doch bereits und Außengebäude dazu; und das zu einem guten Preis. Sieh es doch mal positiv. Das ist doch schon was, oder?»

Matt stellte sein Glas ab. Mit schweren Schritten ging er ins Bad und brüllte barsch über die Schulter: «Was nutzt uns das verdammte Land ohne das Haus?»

KAPITEL 5

Isabel fror erbärmlich. Sie konnte sich nicht erinnern, dass ihr je so kalt gewesen wäre. Die Kälte des Hauses schien ihr förmlich in die Knochen zu kriechen. Egal was und wie viel sie auch anzog, ihr wollte einfach nicht warm werden. Irgendwann, mitten in der Nacht, war sie bibbernd aufgestanden und hatte ihre Straßenkleidung über ihren Schlafanzug angezogen. Dazu hatte sie noch ihren Wollmantel übers Bett gebreitet und so viel Kleidung von den Kindern draufgehäuft, wie sie finden konnte. Über all das hatte sie eine Chenille-Decke gebreitet, die sie in einem Schrank gefunden hatte. Der Tag war so anstrengend gewesen, dass Isabel ganz vergessen hatte, die Heizung in Gang zu bringen, und als sie gegen zweiundzwanzig Uhr müde zu Bett gehen wollten, waren sie von einer zugigen, kalten Höhle und klammer Bettwäsche empfangen worden. Sie hatten sich daher am Ende zu dritt in das große Bett gekuschelt, um sich gegenseitig zu wärmen.

Isabel, die zwischen ihren beiden schlafenden Kindern lag, ahnte jedoch, dass es nicht nur die Wärme war, die die beiden brauchten, sondern auch die tröstliche Anwesenheit einer Mutter – etwas, das sogar sie zustande brachte, einfach, indem sie existierte. Was habe ich bloß getan?, fragte sie sich. Sie lauschte dem unheimlichen Knarren und Ächzen des Hauses, den geschäftig herumhuschenden, unsichtbaren kleinen Wesen oben im Dach. Draußen war es geradezu unnatürlich still. Keine vorbeifahrenden Autos, keine Fußgänger, überhaupt keine Zivilisationsgeräusche. Der weite See und der Wald schluckten alle Geräusche. Auch die Dunkelheit war schier erdrückend – keine Straßenlaternen, keine Lichter aus einem Nachbarhaus. Sie kam sich fast vor wie in einer urzeitlichen Wildnis und war froh, dass die Kinder bei ihr lagen. Verstohlen streichelte sie ihre schlafenden Gesichter. Dann griff sie vorsichtig über Thierrys Kopf hinweg und überzeugte sich davon, dass ihr Geigenkasten noch dort lag, wo sie ihn hingelegt hatte.

«Was habe ich bloß getan?», flüsterte sie. Sie versuchte, sich Laurents Gesicht vorzustellen, seine Stimme, wie er sie tröstete, doch es gelang ihr nicht. Da verwünschte sie sich dafür, hierhergezogen zu sein, und weinte sich in den Schlaf.

Schlaf half immer. Und so war es auch diesmal. Als sie am nächsten Morgen die Augen aufschlug, lag sie allein im Bett. Es war ein heller, schöner Tag mit einem Frühlingslicht, das sogar die hässlichste Umgebung verzaubert. Spatzen zankten sich zwitschernd in den Hecken und flogen am Fenster vorbei. Unten dudelte ein Radio, und sie hörte ein hohes Summen, das ihr verriet, dass Thierry sein ferngesteuertes Auto durch die weiten Räume des Hauses jagte. Ihr erster Gedanke war: Dieses Haus ist wie wir, verloren, verlassen. Jetzt wird es sich unserer annehmen, und wir werden es wiedererwecken.

Dieser Gedanke half ihr aufzustehen – und dann auch, sich mit eiskaltem Wasser zu waschen, denn weder ihr noch Kitty war es am Tag zuvor gelungen, das antike, vertrackte Heißwassersystem in Gang zu bringen. Danach schlüpfte sie wieder in die Sachen, die sie gestern und auch in der Nacht angehabt hatte. Langsam stieg sie die Treppe hinunter. Dabei fielen ihr kleine und größere Schäden auf, die ihr am Vortag entgangen waren: Hier löste sich der Putz, dort war ein angefaulter Fensterrahmen, und hie und da fehlten Holzdielen … Es wollte gar nicht aufhören. Immer eins nach dem anderen, befahl sie sich, als die Situation sie zu überwältigen drohte. Wir sind hier, und wir sind zusammen. Das ist es, was zählt. Ihr fielen ein paar Takte aus Dvořáks Symphonie *Aus der Neuen Welt* ein. Irgendwie passend, fand sie. Ein gutes Zeichen.

Aber als sie die Küche erreichte, vergaß sie die Musik. «Kitty!», rief sie fassungslos.

Ihre Tochter hatte ganze Arbeit geleistet: Die Regale waren ausgeräumt und sauber gewischt, die Oberflächen waren zwar immer noch zerkratzt und rissig, aber nun fleckenrein sauber und staubfrei. Der Fußboden war auch einige Grade heller als gestern, und durch die sauberen Fenster hatte man nun einen schönen Blick auf den Garten. Kitty hatte außerdem auf dem Elektroherd einen Topf Wasser aufgesetzt und die schlimmer verschmutzten Töpfe und Pfannen im großen Spülbecken in heißer Seifenlauge eingeweicht. Sie war gerade dabei, das bisschen, was sie zu essen hatten, auf den Tisch zu bringen. Das Radio dudelte leise vor sich hin, und auf dem Tisch stand eine große Tasse Tee. Isabel freute sich riesig über die «neue» Küche, hatte aber auch ein fürchterlich schlechtes Gewissen, weil ihre Tochter sich darum hatte kümmern müssen.

«Hier können wir die verderblichen Sachen lagern», sagte Kitty und zeigte auf die Speisekammer, «bis wir einen Anschluss für den Kühlschrank haben.»

«Muss man den nicht einfach einstecken?»

«Doch, natürlich, aber es gibt keine Steckdose. Ich hab überall gesucht. Ach ja, und ich habe da unten eine Mausefalle aufgestellt. Da werden sie aber nicht getötet. Wenn wir ein paar gefangen haben, müssen wir sie irgendwo aussetzen.»

Isabel schüttelte es.

«Es sei denn, Thierry will sie als Haustiere behalten», bemerkte Kitty.

Ihr Bruder blickte hoffnungsvoll auf.

«Nein», sagte Isabel.

«Den Ofen kriege ich nicht in Gang, aber wir haben Müsli und Brot und Butter. Die Männer aus dem Dorfladen backen es selbst. Ist ziemlich gut.»

«Mmm, selbstgebackenes Brot. Toll.» Isabel hatte auf einmal einen Kloß im Hals. Laurent, du wärst so stolz auf sie, dachte sie.

«Allerdings haben wir nur Marmelade dazu.»

«Ach, Marmelade ist prima», sagte Isabel. «Kitty, dieser alte Herd sieht ja toll aus. Vielleicht kriegen wir ihn ja heute in Gang. Diese Dinger heizen angeblich das ganze Haus.»

«Thierry hat es schon ein paarmal probiert und dabei eine ganze Schachtel Streichhölzer verbraucht. Ach ja, und das Telefon geht. Wir hatten einen Anruf, leider nur verwählt.»

Isabel begutachtete stolz ihre neue Küche. «Ein Telefon! Kitty, du bist unglaublich.»

«Ist nur ein Telefon, brauchst nicht gleich auszuflippen.»

Kitty wich vor der Umarmung ihrer Mutter zurück, schmunzelte aber.

Zwei Stunden später war die optimistische Stimmung verflogen. Der Boiler weigerte sich trotz aller Bemühungen anzuspringen. Jetzt mussten sie sich auf einen weiteren Tag ohne Warmwasser einstellen. Und auch die Heizung schien nicht zu funktionieren. Der Ofen wollte sich partout nicht entzünden lassen, und die vergilbte Gebrauchsanweisung, die sie in der Messerschublade gefunden hatten, war derart unverständlich, dass sie ebenso gut für ein ganz anderes Gerät hätte sein können. Thierry war rausgegangen und hatte Holz zum Feuermachen gesammelt, den Kamin jedoch leider mit feuchten Ästen bestückt. Das

Holz begann heftig zu qualmen, und das Wohnzimmer füllte sich mit Rauch.

«Vielleicht ist der Kamin verstopft», hustete Kitty – und in diesem Moment fiel eine mumifizierte Taube auf das Holz. Alle kreischten vor Schreck, und Kitty brach in Tränen aus.

«Warum hast du nicht vorher in den Kamin geschaut, du Trottel?», schrie Kitty ihren Bruder an.

«Ich glaube, sie war bereits tot», sagte Isabel.

«Das kannst du nicht wissen. Er könnte sie umgebracht haben.»

Thierry zeigte seiner Schwester den Mittelfinger.

«Wie kann man nur so dumm sein und feuchtes Holz zum Heizen nehmen?», fuhr sie ihn an. «Und schau dir deine Schuhe an. Du hast überall Dreck reingetragen.»

Thierry warf einen Blick auf seine verkrusteten Turnschuhe.

«Das macht …», begann Isabel.

«Bei Mary hättest du dir das nie erlaubt!», schrie Kitty.

Thierry stürmte davon. Isabel rief noch hinter ihm her, hörte aber nur noch das Zuknallen der Vordertür. «Schätzchen, musste das sein?», fragte Isabel.

«Dieses Haus ist eine einzige Bruchbude! Einfach hoffnungslos. Alles ist hoffnungslos.» Kitty stürmte an ihrer Mutter vorbei und verschwand in der Küche. Die fröhliche kleine Hausfrau hatte sich in Luft aufgelöst.

Isabel stand im verrauchten Wohnzimmer und schlug die Hände vors Gesicht. Mary hatte immer gewusst, was in solchen Fällen zu tun war. Ob sie sich jetzt öfter stritten, weil nur noch sie, ihre Mutter, da war? Oder hatte sie es früher einfach nur nie mitgekriegt, so vertieft, wie sie in ihren Beruf gewesen war?

Sie trat in die Diele hinaus. «Thierry? Kitty?», rief sie zögernd. Aber sie hatte keine Ahnung, was sie zu ihnen hätte sagen sollen.

Kurz darauf streckte sie zögerlich den Kopf in die Küche. Kitty saß mit hängenden Schultern über einer Zeitschrift und trank einen Becher Tee. Sie blickte auf und schaute Isabel mit einer Mischung aus Trotz und schlechtem Gewissen an. Auf der Wange hatte sie einen Rußfleck. «Ich wollte ihn nicht so anfahren», gestand sie kleinlaut.

«Ich weiß, Liebes.»

«Er leidet immer noch wegen Dad und allem.»

«Wir doch auch. Thierry hat nur ... seine eigene Art, das zu zeigen.»

«Es ist einfach nur ... das hier funktioniert nicht, Mum. Das musst du doch einsehen. Es gibt weder Heizung noch Warmwasser. Wie sollen wir uns sauber halten? Thierry muss am Montag in seiner neuen Schule anfangen. Wie willst du seine Sachen waschen?»

Isabel versuchte, sich nicht anmerken zu lassen, dass ihr dieser Gedanke noch gar nicht gekommen war. «Na, dann gehe ich eben in einen Waschsalon. Bis die Waschmaschine angeschlossen ist.»

«Waschsalon? Mum, hast du das Dorf nicht *gesehen*?»

Isabel ließ sich auf einen Stuhl sinken. «Irgendwo muss es einen Waschsalon geben. Dann fahre ich eben in die nächste Stadt.»

«Aber die Leute gehen nicht mehr in Waschsalons. Sie haben Waschmaschinen.»

«Dann wasche ich seine Sachen eben mit der Hand und föhne sie trocken.»

«Können wir nicht wieder nach Hause fahren?», flehte Kitty. «Wir werden das Geld schon irgendwie auftreiben. Ich könnte mit der Schule aussetzen und ein Jahr lang arbeiten gehen.»

Isabel spürte schmerzhaft ihre eigene Unzulänglichkeit.

«Ich werde dir helfen, Mum, ganz ehrlich. Und Thierry auch.

Selbst arm sein ist besser als das hier. Hier ist es einfach fürchterlich. In so einem Haus – da würde doch höchstens ein Landstreicher hausen.»

«Liebes, es tut mir leid, aber das Haus in London ist bereits verkauft. Wir können nicht mehr zurück. Und je eher du dieses Haus hier als dein neues Zuhause betrachtest, desto leichter wird es für dich. Für uns alle. Schau doch nicht nur auf die Probleme; versuch, auch das Schöne zu sehen. Stell dir vor, wie es hier einmal sein könnte. Schau», sagte sie in versöhnlichem Ton, «jeder Umzug bedeutet eine Umgewöhnung. Ich sag dir was: Ich werde einen Klempner anrufen, der uns den Boiler repariert. Und dann rufe ich uns noch einen Schornsteinfeger. Alles wird gut, warte ab.» Es war immerhin ein Plan.

Isabel verließ mit einem aufmunternden Lächeln die Küche. Allerdings wusste sie nicht, ob sie sich nur so schnell wie möglich an die Arbeit machen wollte oder ob sie vor dem tief enttäuschten Gesicht ihrer Tochter davonlief.

Die orientalische Seidenjacke ihrer Mutter wirkte in diesem schäbigen alten Haus regelrecht fehl am Platz. Kitty legte ihre Zeitschrift weg, stützte den Kopf in die Hände und sah sich in der Küche um. Ihre Mutter hatte sie wegen ihrer Säuberungsaktion über den Klee gelobt, aber Kitty hatte es nur deshalb gemacht, weil es sie davon abhielt, in Tränen auszubrechen. Wenn sie arbeitete, konnte sie sich vorstellen, dass alles nur ein Abenteuer war. Und man konnte hinterher sehen, was man geschafft hatte. Aber sobald sie aufhörte, musste sie an Dad denken oder an ihr Haus in London oder an Mary, die beim Abschied geweint hatte, als ob sie ihre eigenen Kinder verlieren würde. Und deswegen wollte sie Mum anschreien, weil Mum die Einzige war, die man noch anschreien konnte. Aber das konnte man ja auch nicht. Mum war irgendwie zerbrechlich. Fast selbst wie ein

Kind, hatte Mary gesagt. «So was findet man oft bei Menschen, die ein großes Talent haben. Sie mussten nie erwachsen werden. Stecken ihre ganze Energie in das, was sie lieben.» Kitty hatte nie herausfinden können, ob sie es als Kritik gemeint hatte oder nicht.

Aber Mary hatte recht, und als Kitty klein gewesen war, hatte sie die Guarneri so gehasst, dass sie sie öfter versteckt hatte. Voller Schuldgefühle, aber seltsam fasziniert hatte sie dann zugesehen, wie ihre Mutter kreidebleich durchs Haus stürmte und verzweifelt nach ihrer Geige suchte. Dieses Instrument hatte ihrer aller Leben beherrscht. Wenn Mum übte, durfte sie nicht gestört werden. Der Fernseher durfte nicht zu laut sein. Und man durfte sich auch nicht beklagen, wenn Mum mal wieder auf eine längere Konzerttournee musste. Es durfte einem nichts ausmachen, dass Mum nie draußen mit einem rumtollte oder etwas mit einem bastelte, weil sie ja ihre Hände schonen musste. Zu Kittys nachhaltigsten Erinnerungen gehörte, wie sie stumm vor Mums Tür saß und ihrem Geigenspiel lauschte – als ob sie ihr dadurch irgendwie näher sei.

Beinahe wäre sie ein Einzelkind geblieben, denn Mum hatte eigentlich keine weiteren Kinder gewollt, da sie fürchtete, zwei Kinder würden zu viel Zeit in Anspruch nehmen – Zeit, die sie für ihren Beruf brauchte. Aber auch nach Thierrys Geburt hatte sie Kitty nie zu Schulveranstaltungen begleitet, weil sie abends immer Auftritte mit dem Orchester hatte. Wenn ihr älter seid, werdet ihr das verstehen, hatte Dad gesagt. Wenn ihr das im Leben gefunden habt, worin ihr richtig gut seid.

Daher war Mary meist mitgekommen. Sie hatte Dad auf so viele Veranstaltungen begleitet, dass die meisten Leute geglaubt hatten, sie sei seine Frau.

Kitty merkte plötzlich, wie wütend sie war, wütend und trotzig wie ein Kind. Ich hasse dieses Haus, dachte sie. Ich hasse es, weil Dad und Mary nicht hier sind. Und weil ich nicht mal ich selbst sein darf.

Der Klempner versprach, am nächsten Tag zu kommen, machte sie aber darauf aufmerksam, dass er das als Notfalleinsatz würde berechnen müssen. Als Isabel ihm erklärte, sie wisse nicht genau, was los sei, das Haus sei lange unbewohnt gewesen, hatte er geseufzt und gesagt: «Dann kann ich für nichts garantieren. Alte Häuser, alte Rohre – das kann alles verrostet sein.» Sie hatte ihn beschwichtigt, sich entschuldigt und sich hinterher dafür gehasst.

Der Schornsteinfeger dagegen war weitaus freundlicher, stieß einen Pfiff aus, als sie ihm die Adresse nannte, und meinte, diese Kamine habe er zuletzt vor fünfzehn Jahren gekehrt. «Der Alte war ein Geizkragen», sagte er. «Hat, soweit ich weiß, jahrelang in einem einzigen Zimmer gehaust und den Rest verfallen lassen.»

Ja, es sei tatsächlich ein wenig ... renovierungsbedürftig, gab sie zu. Als er meinte, er könne gleich am Nachmittag vorbeikommen, bedankte sie sich überschwänglich bei ihm.

«Ich werde Ihnen ein paar Klafter Feuerholz mitbringen, wenn Sie möchten.»

Die Aussicht auf ein warmes Kaminfeuer hob Isabels Laune beträchtlich. Sie legte auf und dachte, wie klein und verloren ihre Möbel in dem großen Haus wirkten – obwohl so viele Räume unbenutzbar waren. Aber ein schönes Kaminfeuer, und alles sähe gleich viel besser aus, redete sie sich ein.

Dann überlegte sie, wie sie das trostlose, düstere Wohnzimmer ein wenig hübscher machen konnte. Es sollte wenigstens einen Raum im Haus geben, in dem es gemütlich war, selbst wenn sie die anderen erst mal leer stehen ließen. Die Südseite schien ihr ein klein wenig trockener zu sein und auch weniger baufällig; also begann sie, dort einen Raum einzurichten. Sie schleppte ein paar Teppiche herbei, zwei Bilder, ein Tischchen, eine Vase und versuchte, dem Zimmer damit eine wärmere Note zu geben. Die Teppiche konnten den Holzboden zwar nicht ganz zudecken, doch immerhin kaschierten sie die schlimmsten Schäden. Sie hängte Bilder an die Stellen, an denen der Putz abbröckelte, und schob einen Sessel vor eine Ecke, wo Schimmel die Wände hochkroch. Sie schüttelte die Vorhänge aus und musste husten, als eine mächtige Staubwolke aufstieg. Dann begutachtete sie ihre Bemühungen. Immerhin ein Anfang.

Draußen sah sie Thierry, eine bedrückte kleine Gestalt im grünen Pulli, der aus dem kahlen Grau und Braun der Landschaft deutlich hervorstach. Er hatte einen langen Ast in der Hand und schlug damit auf irgendwelche Büsche ein. Sein Atem stand in kleinen Wölkchen vor seinem Gesicht. Sie sah, wie er sich mehrmals verstohlen mit dem Ärmel über die Augen rieb.

Auf einmal kam ihr ihr kleiner Erfolgsmoment billig und unwichtig vor. Ihr fiel ein, was eine Kollegin, eine Cellistin, einmal zu ihr gesagt hatte: Du kannst nicht glücklich sein, solange eins deiner Kinder unglücklich ist. Ich muss mich mehr anstrengen, nahm sich Isabel vor. Ich muss uns hier ein Zuhause schaffen, einen Ort, der nicht von dem dominiert wird, was fehlt. Ich bin schließlich alles, was sie noch haben.

Mr. Granger, der Schornsteinfeger, tauchte wie versprochen am Nachmittag auf. Er schnalzte nur kurz mit der Zunge und machte sich dann sofort an die Arbeit. Im Nu hatte er drei Kamine gefegt. Und obwohl dabei eine Riesenmenge Ruß herunterkam, machte er keine einzige abfällige Bemerkung. Zwinkernd sagte er zu Thierry, Kamine seien wie Nasenlöcher, sie müssten regelmäßig «mal richtig durchgepustet werden».

Er demonstrierte dies, indem er sich kräftig in ein großes Taschentuch schnäuzte und Thierry dann das schwarze Ergebnis präsentierte. Thierry grinste, aber Kitty schüttelte sich.

Als es zu dämmern begann und die Kinder mit Mr. Granger beschäftigt waren, der ihnen erklärte, wie man ein richtiges Kaminfeuer macht, zog es Isabel nach oben, aufs Dach. Sie hatte am gestrigen Abend bemerkt, dass eine Tür aufs flache Dach hinausführte, und machte sich nun, mit dem riesigen Schlüsselbund bewaffnet, auf den Weg.

Sie hatte eigentlich vorgehabt, nur kurz frische Luft zu schnappen und den Ausblick zu genießen, aber kaum erblickte sie den pfirsichfarbenen Sonnenuntergang über dem stillen blauen See, da wusste sie, was sie jetzt brauchte.

Sie schlüpfte ins Haus zurück und holte ihre Geige. Dann trat sie an die Zinnen, legte die Geige in ihre Halsbeuge und begann zu spielen. Sie hatte sich nicht vorher überlegt, was sie spielen wollte, doch nun merkte sie, dass es das Violinkonzert in h-Moll von Edward Elgar war.

Sie hatte das Stück eigentlich nie richtig gemocht, fand es zu sentimental. Ihre Kollegen beim Symphonieorchester waren derselben Meinung: ein hoffnungslos verschlungenes, altmodisches Stück. Doch nun schien es überraschenderweise genau das Richtige zu sein, ja verlangte geradezu, gespielt zu werden. Es ist fast genau ein Jahr her, seit du gestorben bist, Laurent, sagte sie sich. Ich bin hier raufgekommen, um für dich zu spielen. Ein Requiem für alles, was wir beide verloren haben.

Die Noten bekamen ein Eigenleben, wurden tief und leidenschaftlich, schallten weit übers Tal, über die kahle, kalte Landschaft, durch die stille, weiche Luft, auf den Schwingen der Vögel. Sie machte nur wenige Fehler, und die kümmerten sie nicht. Sie brauchte weder Notenblatt noch Anleitung: Das Concerto, das sie seit über einem Jahr nicht mehr gespielt hatte, strömte ihr wie von selbst aus den Fingern. Im dritten, besonders dramatischen Satz vergaß sie alles um sich herum, verlor sich in der Musik. *Laurent*, dachte sie, *Laurent*. Sie glaubte, seine Stimme in dem melodischen Thema zu hören, versenkte sich ganz in die technische Komplexität des Stücks. *Laurent*. Keine Tränen diesmal, all ihre Gefühle, ihr Kummer, ihre Wut und Frustration, alles strömte aus ihren Fingern und in die Geige.

Der Himmel wurde dunkler, die Luft kälter. Die Noten wurden vom Wind übers Land geweht wie Vögel, wie Hoffnungen, wie Erinnerungen. *Laurent*, rief sie ihm zu, *Laurent, Laurent* … und dann hörte selbst das auf. Sie dachte nicht mehr. Sie litt nicht mehr. Sie spielte.

Asad hievte die Obstkiste in den Laden. Henry sprang hinter der Theke hervor und hielt ihm die Tür auf. «Mrs. Linnet hat gerade angerufen», erzählte er. «Sie sagt, die Neue hat ihr Radio aufgedreht wie eine Wahnsinnige, es schallt durchs ganze Tal. Klingt wie ein Sack voll ertrinkender Katzen, sagt sie. Sie kann kaum ihre Schlager im Radio verstehen. Sie sagt, wenn die das jetzt jeden Abend macht, dann ruft sie die Polizei.» Er grinste. «Klang nicht gerade glücklich, die Gute.»

Asad stellte die Kiste beim Obstregal ab. «Das ist kein Radio. Sie hat zweimal unterbrochen. Ich hab zugehört, als der Obstlaster kam. Wenn du rausgehst, kannst du es selbst hören.»

«Du meinst, sie spielt?»

Asad nickte. «Wenn man die Ohren spitzt, kann man es hören.»

Die beiden Männer gingen nach draußen. Die Dämmerung brach herein, und die Dorfstraße lag verlassen da. Aus den Häusern, die die Straße säumten, fielen lange Lichtrechtecke auf den Asphalt.

Henry schüttelte den Kopf. «Ich höre nichts.»

«Warte», sagte Asad. «Vielleicht hat der Wind gedreht. Da ...» Er fixierte Henry. «Hörst du es?»

Henry stand stocksteif da, als wäre das eine Voraussetzung, um besser hören zu können. Dann drang die leise Geigenmusik auch an sein Ohr. Ein ehrfürchtiges Lächeln breitete sich auf seinem Gesicht aus, und sie genossen die unerwartete Darbietung.

Auch auf Asads Gesicht lag ein Lächeln, als sei er ganz woanders, nicht in einem kalten englischen Dorf.

«Glaubst du, sie kann die Titelmelodie von *Cats* spielen?», fragte Henry, als die Musik verklungen war. «Die würde ich unheimlich gerne hören. Wir könnten sie ja mal fragen, ob sie auch Privatauftritte macht.»

Die zwei Müllsäcke lagen unter einer Esche, unpassend inmitten des sprießenden Grüns des nahenden Frühlings. Als Matt sie auf halbem Weg zum Haus entdeckte, hielt er seinen Lieferwagen an und stieg fluchend aus. Verdammte Leute. Ihren Müll einfach so in die Gegend zu schmeißen. Irgendwas stimmte doch nicht mit der Welt, wenn die Leute sich lieber die Mühe machten, einen Kilometer weit in einen Wald reinzufahren – über diese grässliche Piste! –, anstatt ihren Müll zur Müllkippe zu bringen. Der passende Abschluss eines Tags, der ebenfalls zum Wegwerfen gewesen war. Heute hatte es bei beiden Aufträgen Probleme gegeben. Ein Zimmermann hatte sich fast den ganzen Daumen abgetrennt und würde sicher für Wochen ausfallen. Dann dieser weinerliche Anruf von Theresa, die sich endlos darüber beschwerte, dass er schon seit sechs Wochen nicht mehr «richtig» Zeit für sie gehabt hätte. Sie gehörte offenbar zu der Sorte Frau, die keinen Wink mit dem Zaunpfahl verstand. Er hoffte bloß, dass sie ihm keine Schwierigkeiten machen würde.

Er war stehen geblieben, um sich die Hände mit einem Lappen abzuwischen, als er den langgezogenen Ton hörte. Ein Tier, ein Vogel vielleicht, allerdings kein einheimischer. Er hielt still und lauschte. Nein, das war Musik. Irgendwas Klassisches.

Matt war viel zu schlecht gelaunt, um sich von Musik verzaubern zu lassen.

«Das hat mir gerade noch gefehlt», brummte er, während er ins Führerhaus kletterte. Er wollte den Motor anlassen und warf einen bitterbösen Blick auf das Herrenhaus, das hinter den dichtstehenden Bäumen nur undeutlich zu erkennen war.

Aber anstatt den Motor anzulassen, blieb er still sitzen. Und hörte zu.

«Da ist der Docht, sehen Sie? Den müssen Sie anzünden. Sie machen hier dieses kleine Türchen auf und halten ein Streichholz rein … zumindest geht das so bei meinem, und der hier ist nicht anders, soweit ich es sehen kann.»

Mr. Granger spähte in die verschlungenen Eingeweide des Ofens. Da klopfte es plötzlich laut an der Tür. Isabel, die ihr Spiel unterbrochen hatte, als die Kinder ihr erzählten, was Mr. Granger vorhatte, ärgerte sich über die Störung. Gerade jetzt, wo das Ungetüm kurz davorstand, seine Geheimnisse preiszugeben.

«Erwarten Sie Gäste?»

Isabel wischte sich die Hände an ihrer Hose ab. «Ich kenne hier niemanden.» Sie rief nach oben: «Kitty? Thierry? Könntet ihr mal aufmachen? Mr. Granger, könnten Sie mir das noch mal erklären? Wie war das noch gleich, wenn die Flamme gelb brennt?»

Man hörte Getrampel, dann wurde die Tür geöffnet.

«Also, dem Rohr fehlt nichts», sagte Mr. Granger. «Hab vorhin reingeschaut, da sieht man durch bis zum Himmel. Daran kann es nicht liegen.»

Die Küchentür ging auf, und ein Mann in Arbeitskleidung

trat ein. Er trug eine ausgebleichte Khakijacke mit zahlreichen Taschen, aus denen hier und da Stifte hervorschauten. Hinter ihm kamen die Kinder in die Küche.

«Hallo, Matt», sagte Mr. Granger. «Sie werden doch wohl nicht schon Feierabend machen? Passt gar nicht zu Ihnen. Sie kommen doch sonst nie vorm Dunkelwerden heim. Wollen wohl mal die neuen Nachbarn beschnuppern, was? Na, da wartet Arbeit auf Sie.»

Der Mann bot Isabel nach kurzem Zögern mit einem schmallippigen Lächeln die Hand. Ihr fiel auf, wie rau seine Handflächen waren.

«Hallo», sagte sie ein wenig befangen. «Isabel Delancey. Das sind meine Kinder, Kitty und Thierry.»

«Matt McCarthy», sagte er.

Er wusste offenbar, wie gut er aussah. Der Begriff «Alphamann» kam ihr in den Sinn.

«Bin grade dabei, ihnen beizubringen, wie man 'n richtiges Kaminfeuer macht.»

«Wir machen gleich noch eins im Schlafzimmer», verkündete Kitty fröhlich.

«Ach, lass uns doch in jedem Zimmer eins machen.» Isabel warf ihr eine Schachtel Streichhölzer zu. «Um das Haus mal so richtig aufzuwärmen.»

«He, Moment mal!» Mr. Granger lachte. «Da reicht euch das Holz ja nicht mal bis morgen. Ihr seid wohl mehr an Zentralheizung gewöhnt, was? Einfach aufdrehen und so. Sehen Sie, was ich meine, Matt? Ich fürchte, ich hab hier ein paar richtige kleine Feuerteufel erschaffen.»

«Sind wohl nicht von hier, was?»

Matt McCarthy musterte sie so eingehend, dass Isabel sich unwillkürlich fragte, ob sie Ruß im Gesicht hatte. Sie musste gegen den Impuls ankämpfen, sich über die Wange zu reiben.

«Nein», sagte sie mit einem Lächeln, um ihre Verlegenheit zu kaschieren. «Wir sind aus London. Und mit Kaminen kennen wir uns überhaupt nicht aus. Mr. Granger war so nett und hat uns ein wenig Nachhilfe gegeben.»

«Sehe mir gerade diesen alten Ofen an», bemerkte Mr. Granger. «Hab gehört, dass es übermorgen noch mal Frost geben soll. Dann wird es hier drinnen richtig kalt.»

«Dieser Herd ist schon seit Jahren nicht mehr benutzt worden», sagte Matt McCarthy mit eigenartiger Bestimmtheit.

«Also, ich kann nichts finden. Scheint ganz in Ordnung zu sein, das alte Geschütz.»

«Habt ihr Öl nachgefüllt?»

«Öl?», fragte Isabel.

«Öl», wiederholte Matt McCarthy. «Brennstoff?»

«Der Ofen braucht Öl?»

Mr. Granger lachte. «Sie haben mir nicht gesagt, dass Sie das gute Stück nicht aufgefüllt haben. Da hätten wir ja das Problem. Was glauben Sie denn, womit es läuft? Mit frischer Luft?»

«Ich weiß nicht. Ich hatte noch nie so einen Ofen. Holz? Kohle? Daran hatte ich überhaupt nicht gedacht», gestand Isabel.

Mr. Granger schlug ihr herzhaft auf den Rücken, was sie sichtlich zusammenzucken ließ. «Sie müssen Heizöl bestellen. Am besten bei Crittenden's, die sind am schnellsten. Sagen Sie, es ist ein Notfall. Dann kommen sie in ein, zwei Tagen. Alle anderen würden Sie eine ganze Woche warten lassen.»

«Was soll ich denn auffüllen lassen?», fragte sie und wünschte dabei, nicht gar so unwissend zu sein.

«Den Tank.» Es war das erste Mal, dass Matt McCarthy richtig lächelte. Aber etwas an diesem Lächeln war nicht ganz freundlich. Doch er redete bereits weiter, nun allerdings in einem etwas wärmeren Ton. «Der steht hinten, im Anbau. Aber

Sie sollten Ihren Mann bitten, sich ihn genau anzusehen. Er könnte Löcher haben. Ist ein rostiges altes Ding.»

«Danke», antwortete sie ein wenig steif, «aber es gibt nur uns, mich und die Kinder.»

«Gefällt mir gar nicht, eine Lady mit ihren Kindern ohne warmes Wasser stehen lassen zu müssen. Aber wenigstens haben Sie heute Abend schon mal ein warmes Feuerchen.» Mr. Granger wischte sich die Hände sauber und wandte sich zum Gehen.

«Ich bin Ihnen so dankbar», sagte Isabel und kramte hastig in ihrer Tasche nach ihrem Geldbeutel.

«Ach, deswegen machen Sie sich mal keine Gedanken. Ich bin öfter hier in der Gegend», sagte er. «Richten Sie sich erst mal ein bisschen ein. Ich schaue dann am Freitag noch mal vorbei, um zu sehen, wie es Ihnen geht. Ich werde Ihnen einen Anhänger Feuerholz mitbringen, wenn ich es damit über diesen holprigen Waldweg schaffe. Was diesem alten Haus fehlt, ist ein bisschen Wärme, je mehr, desto besser. Damit die Feuchtigkeit rausgeht.» Er wies durch die Fenster nach draußen, auf die Bäume. «Holz wär jedenfalls genug vorhanden. Nächstes Jahr brauchen Sie sich sicher keine Sorgen darum zu machen. – Matt.» Er nickte und ging. Die Kinder folgten ihm.

Nun, da er fort war, war es auf einmal sehr still. Wie schäbig es hier ist, dachte Isabel betreten. Und ich sehe sicher fürchterlich aus. Seit Laurents Tod war sie in Gegenwart von Männern oft verunsichert. Als hätte sie eine Art Schutzschicht verloren. «Wir sind also Nachbarn», sagte sie zu Matt McCarthy, um Fassung bemüht. «Sie müssen in dem Haus wohnen, an dem wir auf dem Weg hierher vorbeigekommen sind. Möchten Sie vielleicht eine Tasse Tee? Ich fürchte, etwas Stärkeres kann ich Ihnen derzeit nicht anbieten. Hier ist alles noch … ziemlich durcheinander.»

Matt McCarthy schüttelte den Kopf.

«Aber das wird schon», plapperte sie verlegen weiter, wie sie es oft tat, wenn sie mit Menschen zu tun hatte, die besonders selbstbewusst wirkten. «Sie haben wahrscheinlich schon gemerkt, dass wir nicht unbedingt zu den praktisch veranlagten Leuten gehören … Ich muss noch viel lernen.»

Sie strich sich das lange Haar aus dem Gesicht.

Er musterte sie mit einem undurchdringlichen Gesichtsausdruck. «Das wird schon», sagte er.

Laura hatte den Gefrierschrank in der Garage soeben fertig aufgeräumt, als Matt in seinem Lieferwagen auftauchte. Sie wischte sich die Hände an der Jeans ab und ging ihm entgegen. Matt stieg aus und überraschte sie mit einem Kuss auf den Mund.

«Hallo», sagte sie, «hast wohl einen guten Tag gehabt, was?»

«Nein», entgegnete er, «aber er wird besser.»

Mein Gott, es war so schön, ihn wieder lächeln zu sehen. Laura hakte ihren Zeigefinger in seinen Gürtel und zog ihn zu sich heran. «Vielleicht kann ich ihn noch besser machen.» Sie schmunzelte vielsagend. «Es gibt Steak zum Abendessen. Mit meiner Spezial-Pfeffersoße.»

Er brummte behaglich, ein Laut, den sie bis tief in den Magen spürte.

Er schlug die Wagentür zu, legte einen Arm um ihre Schultern und ging mit ihr auf das Haus zu. Sie ergriff die Hand, die über ihrer Schulter lag, um den schönen Moment noch zu verlängern. «Heute sind zwei Schecks gekommen – der Pinkerton-Auftrag. Hab sie gleich eingelöst. Hast du diese Musik gehört? Anthony hat es für einen Fuchs gehalten, der in eine Falle geraten ist.»

«Hab ich gehört. War übrigens gerade bei unseren neuen Nachbarn.»

Laura stolperte über den alten Hund, der mit einem Winseln protestierte. «Ach, Bernie … Du warst dort?»

«Dachte, es könnte nicht schaden, mal guten Tag zu sagen. Wir sind schließlich Nachbarn.»

Sie wartete auf eine hässliche Bemerkung, auf die bitter gekräuselten Lippen. Nichts. Ach bitte, lass ihn darüber hinweggekommen sein, betete sie. Lass ihn das Ganze vergessen und wieder gute Laune haben.

«Das finde ich gut. Ich werde diese Woche auch mal rüberschauen.» Sie versuchte, sich ihre Sorgen nicht anmerken zu lassen. «Matt, es ist schön, dich wieder lachen zu sehen. Wirklich schön.»

Ihr Mann blieb stehen und gab ihr einen Kuss auf die Nasenspitze. Seine Lippen fühlten sich kalt an. «Ich habe nachgedacht», sagte er.

KAPITEL 6

Es gab nicht viele Leute aus ihrer Generation, die von sich behaupten konnten, den ersten Mann, in den sie sich verliebt hatten, geheiratet zu haben. Aber Isabel Hayden hatte sofort, als sie Laurent Antoine Delancey sah, gewusst, dass sie nicht weiterzusuchen brauchte. Diese Erkenntnis war ihr mitten in Bruchs *Romanze für Violine und Orchester* gekommen – zu ihrer großen Überraschung, denn an den bleichen, strebsamen Jünglingen im Musikkolleg hatte sie nie auch nur das geringste romantische Interesse gehabt. Überhaupt war sie bereits zu dem Schluss gekommen, wahrscheinlich sowieso nie heiraten zu wollen, aus Angst, es könne sie zu sehr von ihrer Musik ablenken. Aber während sie sich durch das Solo kämpfte, musste sie an den ernsten, etwas zerknittert wirkenden Mann denken, der sie am Vorabend in ein Restaurant in Les Halles ausgeführt hatte – ein richtiges Restaurant, kein Bistro. Sie hatte an dem Tag auf der Straße gespielt, an der Metro Clignancourt, und er meinte, noch nie habe ihn Musik so sehr bewegt. Und sie erkannte, dass es den mystischen «Einen», von dem ihre Freundinnen schwärmten, tatsächlich gab, dass er im seltsamsten Moment und auf unerwartetste Weise auftauchen konnte.

Natürlich gab es Hindernisse – wie in jeder guten Liebesgeschichte. Eine Exfrau – eine «neurotische» Schauspielerin –, von der er nie richtig geschieden worden war, ihre Eltern, die einwandten, mit zwanzig sei sie zu jung, zu impulsiv zum Heiraten, ihre Musiklehrer, die fürchteten, sie könne eine vielversprechende Karriere wegwerfen ... Ja, sogar der Pfarrer hatte sie umständlich auf gewisse Fallstricke aufmerksam gemacht, darunter der große Altersunterschied von zwölf Jahren, die kulturelle Kluft zwischen Franzosen und Engländern – er machte Andeutungen auf eventuelle Mätressen und die Wichtigkeit von Deodorant –, alles Dinge, die zu einem Scheitern der Ehe führen konnten.

Aber Laurent hatte nur auf sehr französische Weise mit der Schulter gezuckt. Für ihn zählte nur eins: seine Leidenschaft für das Mädchen mit der langen, wilden Goldmähne. Und Isabel durfte feststellen, dass eine Ehe, im Gegensatz zu dem, was ihre Altersgenossen zu glauben schienen, nicht zwangsläufig in Enttäuschung, Zynismus oder Kompromissen münden musste. Laurent liebte sie. Er liebte sie, wenn sie über dem Frühstück einschlief, weil sie wieder mal bis spät in die Nacht hinein ein Musikstück geübt hatte; er liebte sie, wenn das Essen, das sie für ihn gekocht hatte, mal wieder ungenießbar war. Er liebte sie, wenn sie Arm in Arm den Primrose Hill hinaufschlenderten und sie ihm dabei ein Musikstück, das sie ganz besonders mochte, vorzusingen versuchte, begleitet von heftigen Armbewegungen für Basstrommel und Tuba. Er liebte sie, wenn sie ihn um drei Uhr morgens weckte, weil sie ihn unbedingt in sich spüren wollte, seinen Geschmack auf ihren Lippen. Er führte sie in ein Hotelzimmer, in dem sie ein unvergessliches Wochenende verbracht hatten, und dort lag sie, auf dem Bett, die neue Geige, die er ihr gekauft hatte, ihre herrliche Guarneri. Er liebte sie, wenn sie vor lauter Freude darüber keine Luft mehr bekam. Er liebte sie.

Doch schon kurz nach den Flitterwochen hatte sie zu ihrem größten Entsetzen feststellen müssen, dass sie schwanger war.

Sie war nicht bereit gewesen, ein anderes Wesen in ihre Zweisamkeit hineinzulassen. Aber Laurent gestand ihr, er habe sich schon in seiner ersten Ehe Kinder gewünscht. Überwältigt von ihrer Leidenschaft für diesen Mann, beschloss sie, ihm dieses Geschenk zu machen.

Es war eine einfache Schwangerschaft gewesen. Und als das Kind, ihre Tochter, da war, musste sie zu ihrer noch größeren Überraschung feststellen, dass ihre Liebe zu dem kleinen Wesen geradezu überwältigend war. Sie beschloss, sich ganz ihrer Mutterrolle zu widmen; das war sie ihrem Baby schuldig. Aber es war einfach hoffnungslos, von Anfang an. Sie brachte es nicht fertig, diese mysteriöse «Alltagsroutine» einzuführen, die ein Säugling, laut Hebamme, brauchte. Der Wäscheberg wuchs ihr schnell über den Kopf, und sie konnte sich nicht mit den Spielnachmittagen anfreunden, die andere Mütter so zu mögen schienen. Das war damals die einzige Zeit gewesen, in der sie sich dauernd mit Laurent gestritten hatte. Sie wurde zunehmend gereizt, fühlte sich als Märtyrerin, glaubte, zu viel geopfert zu haben. Und gab ihm die Schuld dafür.

«Weißt du was? Ich würde jetzt wirklich gerne meine Frau wiederhaben», sagte er eines Abends auf seine hochtrabende Pariser Art nach einem besonders heftigen Streit über liegengebliebenen Abwasch, ihren Mangel an Freiheit und ihr Desinteresse an Sex. Sie warf das Babyphone nach ihm. Aber als sie am nächsten Morgen die Stelle in der Wand sah, wo der Putz abgesplittert war, wusste sie, dass sich etwas ändern musste.

Laurent hatte sie in die Arme genommen. «Ich würde es dir nie vorwerfen, wenn du wieder zu deiner Musik zurückkehren wolltest. Immerhin war das einer der Gründe, warum ich mich in dich verliebt habe.» Und nachdem sie sich mehrmals davon überzeugt hatte, dass es ihm wirklich ernst war und er sie deswegen nicht hassen würde, hatten sie sich Mary gesucht. Isabel hatte ihren Entschluss, ihr wunderschönes Baby jemand anderem anzuvertrauen, damit gerechtfertigt, dass nun alle Parteien glücklicher seien.

Außerdem war Kitty ein so gutes Kind. Sie wäre doch sicher weniger fröhlich, weniger zufrieden gewesen, wenn sie mit Mary unglücklich gewesen wäre oder ihre Mutter unbedingt gebraucht hätte. Aber alles, auch das Muttersein, hat seinen Preis; das musste sie auch in diesem Fall lernen: Wenn Kitty sich weh tat, rannte sie immer als Erstes zu Mary, selbst wenn sie, Isabel, im selben Zimmer saß. Oder wenn Laurent sich mit seiner Tochter über deren Freundinnen oder irgendeine Schulveranstaltung unterhielt, die er besucht hatte. Und dann die Schuldgefühle, die erdrückenden Schuldgefühle, wenn sie wieder einmal irgendwo in einem Hotel war, weit weg von zu Hause, und daheim ihr Kind krank im Bett lag. Oder die rührenden Zettel, die Kitty ihr manchmal in den Koffer schmuggelte: «Ich hab dich lieb, Mummy. Du fehlst mir, wenn du weg bist.» Ihr fehlte ihre Familie auch, sehr sogar. Aber dank Laurent und Mary besaß sie die Freiheit, das zu tun, was sie am meisten liebte. Und je älter sie wurde, je mehr Mütter sie kennenlernte, desto froher war sie darüber, zu jenen wenigen Glücklichen zu gehören, die der Heirat und dem Muttersein nicht ihre Kreativität hatten opfern müssen. Oder, noch wichtiger, ihre Leidenschaft.

Aber es war nicht immer leicht. Laurent liebte noch immer ihre Impulsivität, ließ sie gewähren, selbst wenn sie ganz wilde Ideen hatte, wie das eine Mal, als sie die Kinder aus dem Unterricht herausholte, um eine Ballonfahrt zu unternehmen. Oder wenn sie Teller wegwarf, weil die Farbe sie irritierte, dann aber vergaß, neue zu kaufen ... Was er aber nicht vertrug, war, wenn er das Gefühl hatte, nicht das Wichtigste in ihrem Leben zu sein. Sie lernte die Gefahrenzeichen zu erkennen. Dann wurde er gereizt und schnippisch und sagte, er würde sich freuen, wenn seine Frau gelegentlich mal wieder beschließen könnte, anwesend zu sein, wenn sie anwesend war. Er merkte es immer, wenn sie mit ihren Gedanken woanders war – bei einer besonders kniffligen Symphonie zum Beispiel –, aber so tat, als würde sie sich mit ihm über Kittys Tag unterhalten. Sie war klug genug, in solchen Fällen nachzugeben und ihm interessierte Fragen nach seiner Arbeit zu stellen – soweit sie dazu in der Lage war. Laurents Beruf als Investmentbanker war ein Buch mit sieben Siegeln für sie. Sie kapierte nie, was genau er eigentlich machte. Alles, was sie wusste, war, dass er genug Geld verdiente, um die Rechnungen bezahlen zu können und regelmäßig Urlaub mit der Familie zu machen. Bei diesen Gelegenheiten ließ sie dann gewöhnlich ihre Geige zu Hause und widmete sich ganz Mann und Kindern.

Die größte Krise erlebte sie, als sie feststellte, dass sie wieder schwanger war. Sie konnte es trotz aller Anzeichen kaum glauben, als sie den blauen Punkt auf dem Test sah. Sechs Jahre nach Kittys Geburt hatte sie mit so etwas nicht mehr gerechnet, und sie geriet in Panik. Sie konnte jetzt kein Baby bekommen. Sie hatte es gerade erst geschafft, zur ersten Geigerin aufzusteigen; für den Frühling waren Konzerte in Wien und Florenz geplant. Wenn sie schon mit einem Kind – noch dazu einem so umgänglichen wie Kitty – nicht zurechtkam, wie sollte es dann erst mit zweien werden?

Sie überlegte mehrmals, es Laurent gar nicht erst zu sagen, bis sie es dann doch tat.

Er reagierte auf die Neuigkeit, wie nicht anders zu erwarten, mit Freude und Begeisterung – und dann mit Entsetzen, als sie ihm gestand, was sie in Betracht zog.

«Aber wieso denn?», rief er aufgebracht. «Du hast doch Mary und mich. Und Kitty würde sich riesig über eine Schwester oder einen Bruder freuen.»

«Aber Laurent», entgegnete sie, «wir waren uns doch einig: keine Kinder mehr. Zwei Kinder, das würde ich einfach nicht schaffen.»

«Du brauchst ja nicht mal eins zu schaffen», versetzte er, «und mich hat es nie gestört. Wie kannst du bloß daran denken, mir – uns – dieses Kind zu verwehren, bloß weil es nicht in deinen Terminplan passt?»

Seine Miene war eindeutig: Sie musste nachgeben. Er verlangte ja sonst nur so wenig.

Sie verschwieg ihm ihre dunkleren Gedanken während der Schwangerschaft. Aber er behielt wieder einmal recht: Als Thierry auf die Welt kam, die Ärmchen protestierend von sich gestreckt – vielleicht eine instinktive Reaktion auf die Unerwünschtheit seiner Existenz –, da passierte das Gleiche wie bei Kitty: Sie verliebte sich rettungslos in ihr Kind. Und war heilfroh, drei Monate später wieder zur Arbeit zurückkehren zu dürfen.

Isabel wickelte sich den Schal um den Hals und schlug den schmalen Waldweg ein. Üppiger, feuchter Wiesenkerbel und hohes Gras klebten an ihren Stiefeln und behinderten ihr Vorwärtskommen. Es war das erste Mal seit Wochen, dass sie allein war. Sie hatte die Kinder zwei Stunden zuvor zur Schule gebracht. Thierry war ihrer Umarmung entschlüpft und hatte sich mit hängenden Schultern in seiner Schuluniform auf den Weg ins Schulgebäude gemacht. Kitty hatte ihre übliche, wildentschlossene Miene aufgesetzt.

Isabel hatte sich danach gesehnt, mal wieder allein sein zu können – endlich ein wenig Zeit ganz für sich. Aber nun vermisste sie die Kinder. Ohne ihr Getrampel und Geschrei wirkte das Haus seltsam traurig, ja erdrückend. Eine Stunde später wurde ihr klar, dass sie etwas tun musste, wenn sie nicht depressiv werden wollte. Die Umzugskartons weiter auszupacken brachte sie einfach nicht über sich. Und die geradezu herkulische Aufgabe anzupacken, das Haus zu putzen, überstieg ihre Kräfte. Daher entschloss sie sich, einen Spaziergang zu machen. Schließlich gab es nichts, das ein Spaziergang nicht wieder in Ordnung bringen konnte, wie Mary ihr oft genug versichert hatte.

Sie beschloss, durch den Wald zum Dorfladen zu laufen. Milch einzukaufen, etwas fürs Abendessen – das war immerhin ein Ziel. Sie würde einen Eintopf für die Kinder zubereiten oder ein Brathähnchen.

Irgendwie fiel es ihr draußen im Freien leichter, an Laurent zu denken. Fast ein Jahr nach seinem Tod gelang es ihr immer öfter, sich an all das Schöne zu erinnern, das sie miteinander erlebt hatten. Die Traurigkeit würde zwar nie ganz verschwinden, aber es würde mit der Zeit immerhin erträglicher werden.

Die Hände in den Manteltaschen, atmete sie tief die würzige Luft ein. Ihr Blick fiel auf kleine Knospen, die überall aus der Erde sprossen und einen Hinweis darauf gaben, wo früher vielleicht einmal Blumenbeete gewesen sein mochten. Vielleicht sollte ich dir einen Garten anlegen, Laurent, dachte sie. Aber wie unwahrscheinlich das war, wusste sie selbst: Harken, jäten und in der Erde graben gehörten zu den Dingen, auf die eine Geigerin tunlichst verzichten sollte.

Wo war noch diese Lücke im Gehölz, die sie gesehen hatte? Ach ja, da war sie. Geduckt schlüpfte sie hinein. Sie drehte sich kurz um und spähte zu dem großen, dunkelroten Herrenhaus mit seinen ungleichen Fenstern zurück. Es wirkte kalt und abweisend. Noch nicht ihres. Noch kein Zuhause.

So darfst du nicht denken, schalt sie sich. Es wird unser Zuhause werden, wenn wir es nur wollen. Immerhin hatten sie jetzt warmes Wasser, wenn auch zu einem exorbitanten Preis. Und in einigen Zimmern herrschte eine vage, metallisch riechende Wärme. Der Klempner hatte gemeint, die Heizkörper gehörten dringend entlüftet, war aber so arrogant gewesen, dass sie sich nicht getraut hatte nachzufragen, was er damit meinte. Und da die Badewanne einen klaffenden Riss aufwies, mussten sie sich, sehr zu Kittys Entsetzen, jeden Morgen in einer Zinkwanne waschen. Oder am Spülbecken in der Küche.

Sie blieb kurz stehen und bewunderte ein paar riesige, schirmartig geformte Pilze, die auf einem umgefallenen Baum wucherten. Die Luft war kalt und feucht. Es roch herrlich nach Moos, feuchtem Holz und gesundem Verfall, anders als im Haus, wo sie oft nicht sicher war, was genau da ungesehen verrottete.

Das scharfe Knacken eines Zweigs ließ sie erschrocken innehalten. Als Großstädterin dachte sie natürlich sofort an irgendwelche axtschwingenden Mörder. Mit angehaltenem Atem drehte sie sich langsam zu dem Geräusch um.

Keine zehn Meter von ihr entfernt stand ein prächtiger Hirsch, dessen Geweih den kahlen Ästen der Bäume ähnelte. Aus seinen mächtigen Nüstern drangen stoßweise weiße Atemwölkchen. Er blinzelte mehrmals.

Isabel war viel zu verzaubert, um Angst zu haben. Hingerissen starrte sie dieses herrliche, wilde Geschöpf an. Dass solche Wesen noch frei herumliefen! In diesem kleinen, dichtbesiedelten Land.

«Oh.»

Vielleicht war es dieser Laut, der den Bann brach, denn der Hirsch fuhr herum und sprang übers offene Feld davon.

Isabel blickte ihm nach. Ein Musikstück kam ihr in den Sinn: *Metamorphosen-Symphonie Nummer drei – Verwandlung Actaeons in einen Hirsch.*

Das Tier verlangsamte seinen Lauf, blieb zögernd stehen und

schaute sich zu ihr um. In ihrem Kopf ertönte die Eröffnungsfanfare, das Arpeggio, ein Symbol für die jungen Männer, die zur Jagd gekommen waren, gefolgt von einem zarten Adagio, Flöten, die für das Murmeln eines Bachs, das Rauschen des Winds standen.

Die Stille wurde jäh von einem Schuss zerrissen. Der Hirsch setzte erschrocken davon, stolperte dabei mehrmals über die feuchten Ackerfurchen. Noch ein Schuss. Isabel sprang panisch hinter einen Baum. Doch dann wollte sie wissen, woher die Schüsse gekommen waren.

«Stopp! Aufhören!», schrie sie. «Wer immer Sie sind! Hören Sie auf zu schießen!» Ihr Herz raste. «Stopp!», kreischte sie in der Hoffnung, den unsichtbaren Jäger auf sich aufmerksam zu machen. Der Hirsch schien entkommen zu sein; dennoch wartete sie mit wild klopfendem Herzen auf den nächsten Schuss.

In diesem Moment sah sie den Mann übers Feld auf sie zukommen. Mühelos schritt er über die zähe, unebene Erde. Sie konnte sein Gewehr sehen, das er nun, mit dem Lauf nach unten, in der Armbeuge hängen hatte.

«Was *machen* Sie denn da?» Vor Schreck klang ihre Stimme lauter als beabsichtigt.

Das Gesicht des Mannes war gerötet. Er konnte nicht älter als sie sein, aber seine Größe verlieh ihm Autorität, und seine dunklen Haare waren kurzgeschoren. Sein Gesicht besaß den wettergegerbten Teint eines Mannes, der die meiste Zeit im Freien verbringt; scharfe Züge, vom Wind geschliffen.

«Ich schieße, was sonst?» Auch er wirkte erschrocken über ihr unerwartetes Auftauchen.

Isabel pochte das Blut in den Ohren. «Wie können Sie es wagen? Was sind Sie – ein Wilderer?»

«Ein Wilderer? Pah!»

«Ich rufe die Polizei.»

«Und was wollen Sie denen sagen? Dass ich versuche, das Wild vom frisch besäten Acker fernzuhalten?»

«Ich werde sagen, dass Sie ohne Erlaubnis mein Land betreten haben.»

«Das ist nicht Ihr Land.»

«Wie kommen Sie denn darauf?»

«Es gehört Matt McCarthy. Alles, bis zum Wald. Und ich habe seine Erlaubnis, jeden davon zu vertreiben, der mir vor die Füße läuft.»

Isabel schien es, dass er dabei vielsagend auf sein Gewehr schaute. «Soll das eine Drohung sein?»

Er folgte ihrem Blick und hob dann ungläubig die Brauen. «Eine *Drohung*?»

«Ich will keine Waffen so nahe bei meinem Haus.»

«Ich hab nicht mal in die Richtung Ihres Hauses gezielt.»

«Mein Sohn streift hier herum. Sie hätten ihn versehentlich treffen können.»

Der Mann machte den Mund auf, schüttelte dann den Kopf, machte auf dem Absatz kehrt und stapfte mit hängenden Schultern übers Feld davon. Der Wind wehte ihr seine Entgegnung zu: «Dann müssen Sie ihm eben zeigen, wo die Grenzen sind, oder?»

Sie blickte ihm nach, und dabei fiel ihr der letzte Teil der Symphonie ein. Der Hirsch war in Wirklichkeit ein verzauberter junger Prinz, der in einen verbotenen Teil des Waldes vorgedrungen war. Am Ende wurde er von seinen eigenen Hunden in Stücke gerissen.

Asad war mit den Eiern beschäftigt, nahm hie und da ein, zwei heraus und tat sie in andere Schachteln. Das Problem mit den Bio-Eiern war, dass, nun ja, biologische Materie dran klebte.

An manchen zumindest. Er hatte die Hände voller schmutziger Eier, die er sauber wischen wollte, als die Frau seinen Laden betrat.

Sie blieb einen Moment auf der Schwelle stehen und schaute sich beinahe ängstlich um. Sie trug einen langen, blauen Samtmantel, dessen Saum mit Schlamm bespritzt war. Aufgrund der Familienähnlichkeit erriet Asad, um wen es sich handelte.

«Mrs. Delancey? Bitte entschuldigen Sie mich einen Moment, ich lege die hier nur kurz weg.»

Als sie so unversehens mit Namen angesprochen wurde, riss sie erschrocken die Augen auf.

«Wir haben nicht oft Fremde im Laden», erklärte er und kam, sich mit einem Lappen die Hände abwischend, zu ihr zurück. «Und Sie ähneln Ihrer Tochter sehr.»

«Ach – Kitty. Natürlich.»

Er zögerte. «Alles in Ordnung? Sie sehen ein bisschen … verschreckt aus.»

Sie hob eine Hand ans Gesicht. Wunderschöne, weiße, schmale, langfingrige Hände. Sie zitterten. «Sagen Sie», begann sie, «besitzen in dieser Gegend viele Menschen eine Waffe?»

«Eine Waffe?»

«Ich bin soeben bedroht worden … Nun, vielleicht nicht bedroht, aber ich hatte eine Konfrontation mit einem Mann, der mit einem Gewehr schoss. Auf meinem Land, wie ich zunächst glaubte.»

«Das … würde mich auch erschrecken.»

«Ja, ich bin ein wenig durcheinander. Ich bin es nicht gewohnt, Leuten mit Waffen über den Weg zu laufen. Ich glaube, ich habe bis jetzt nicht mal eine aus der Nähe gesehen.»

«Wie sah er aus, dieser Mann?»

Sie beschrieb ihn.

«Hört sich nach Byron an, Mr. Pottisworths Landverwalter.

Er macht zurzeit ein paar Jobs für Matt. Aber soviel ich weiß, benutzt er nur ein Luftgewehr.»

«Matt McCarthy.» Die Frau schien sich das durch den Kopf gehen zu lassen. Sie wirkte enttäuscht.

«Ich wollte gerade Wasser aufsetzen», verkündete er. «Eine schöne heiße Tasse Tee ist immer noch das beste Mittel gegen einen Schock. Darf ich mich vorstellen? Mein Name ist Asad Suleyman.»

Ein trauriges kleines Lächeln war Ausdruck ihrer Dankbarkeit für sein freundliches Angebot. Keine Schönheit im konventionellen Sinn, dachte Asad, aber zweifellos attraktiv. Und ihr Haar, dieses lange, wilde Haar – und das in einer Zeit, in der die meisten Frauen ordentliche Kurzhaarschnitte mit Strähnchen bevorzugten.

«Nun, das muss er dann wohl gewesen sein. Das beruhigt mich ein wenig. Dennoch – ich möchte nicht, dass jemand so nahe an meinem Haus mit einem Gewehr herumspaziert. Aber es ist schwierig», gestand sie, «denn ich weiß nicht, wie weit mein Grundstück reicht und wo Mr. McCarthys anfängt.»

Darjeeling. Sie sah aus wie der Darjeeling-Typ. Asad drückte ihr eine große Tasse in die Hand und legte seinen Kopf schief. «Haben Sie schon mal daran gedacht, Ihren Rechtsanwalt nach den Besitzurkunden zu fragen?»

«Würde man sie mir denn zeigen?»

«Ich denke schon.»

«Vielen herzlichen Dank. Ich habe nicht viel Erfahrung mit … Land.»

Sie saßen in einvernehmlichem Schweigen beisammen und nippten an ihrem Tee. Asad warf dabei immer wieder verstohlene Blicke auf sie, um sich alles genau einzuprägen, denn Henry würde natürlich alles haarklein erfahren wollen. Kleidung eher ausgefallen – wenn auch in den zurzeit üblichen gedeckten

Braun- und Grüntönen. Die schlanken weißen Hände. Er konnte sich leicht irgendein magisches Instrument in ihnen vorstellen. Das lange dunkelblonde Haar, auf ziemlich chaotische Weise hochgesteckt – der genaue Gegensatz zum glatten, glänzenden Bob ihrer Tochter. Augen, deren Blicke häufig zur Seite schweiften, leicht nach unten weisende Augenwinkel, vielleicht ein Hinweis auf den kürzlich erlittenen Verlust.

«Das hätte ich nicht erwartet», sagte sie.

«Wie bitte?»

«Ihr Laden. Er ist wunderschön. Und Sie haben so viele Dinge, die ich gerne esse. Parmaschinken! Süßkartoffeln ... Ich dachte immer, in Dorfläden finden sich nur die üblichen Obstkisten voller Äpfel, alter, verschwitzter Käse und hinter der Theke eine dicke Frau mittleren Alters, nicht ein großer ...» Sie brach verlegen ab.

«... schwarzer Mann», beendete er ihren Satz. «Ich bin Somali von Geburt.»

«Wie sind Sie denn hier gelandet?» Sie wurde rot. Offenbar war ihr bewusst geworden, dass ihre Frage als zudringlich aufgefasst werden konnte. «Entschuldigen Sie. Sie müssen nicht ... Ich hatte in letzter Zeit nicht gerade viel Gelegenheit, mich zu unterhalten.»

«Aber das macht doch nichts. Ich bin in den sechziger Jahren nach England gekommen. Hier habe ich meinen Partner Henry kennengelernt, und als wir das Großstadtleben satthatten, sind wir nach Little Barton gezogen. Hier ist es ruhig und friedlich ... und besser für meine Gesundheit. Asthma, wissen Sie», erklärte er.

«Ja, ruhig ist es hier wirklich.»

«Und wie kommen Sie zurecht, Mrs. Delancey? Im Großen Haus?» Er griff unter die Theke und holte eine Gebäckdose hervor, die er öffnete und ihr anbot. Sie nahm sich einen Keks.

«Isabel. Na ja, so langsam wird es. Warmes Wasser und Heizung sind nach wie vor Luxus. Es gibt so viel zu tun! Ich habe zwar ein bisschen beiseitegelegt, aber mir war nicht klar, was wir uns da aufgehalst haben. Was *ich* mir aufgehalst habe», korrigierte sie sich. «Als ich das Haus zuletzt gesehen habe, war es in einem viel besseren Zustand.»

Er überlegte, ob er etwas sagen, sie warnen sollte. Dass sie mit ihrem Einzug vielleicht nicht nur Landverwalter verprellte, sondern auch noch einige andere. Dass sie sich nicht nur vor waffenschwingenden Männern hüten musste. Aber sie erschien ihm so verletzlich, dass er es einfach nicht übers Herz brachte, ihr noch mehr Sorgen zu bereiten, als sie ohnehin schon hatte.

«Hier bei uns sind Sie jederzeit willkommen, Mrs. Delancey. Isabel», sagte er. «Wann immer Sie bei uns hereinschauen wollen, habe ich eine Tasse Tee für Sie. Für Sie und Ihre Familie. Wir möchten, dass Sie sich hier wohlfühlen.»

«Du hast ja gar nichts gemerkt.»

Matt hob den Blick von seinem Bierglas und schaute in Theresas grüne Augen. Sie stand so dicht vor ihm, dass er trotz der Bier- und Essensgerüche ihr Parfüm riechen konnte.

«Was denn?»

«Etwas an mir ist anders.»

Sie lehnte sich zurück, die Hände auf die Bar gelegt, die lackierten Fingernägel gespreizt. Hinter ihr rangen zwei Jugendliche in Trainingsanzügen mit dem Spielautomaten. «Hast du dir die Nägel machen lassen?»

«Nein!»

Sie hatte diesen Büstenhalter mit der lila Spitze an. Er blitzte aus ihrem tiefen Ausschnitt hervor.

«Rate noch mal», befahl sie.

Er musterte sie gründlich, sein Blick wanderte über ihren Körper, genau wie sie es gewollt hatte.

«Na, *so* genau musst du auch wieder nicht schauen», sagte sie in gespielter Empörung.

«Wenn ich aber will?», entgegnete er mit gesenkter Stimme.

«Versuch es noch mal», forderte sie ihn auf.

«Du hast abgenommen.»

«Schmeichler.»

«Neuer Lippenstift?»

«Nö.»

Er nahm einen tiefen Schluck. «Weiß nicht. Ich bin nicht gut in solchen Spielen.»

Ihre Blicke trafen sich. Von wegen, schien der ihre zu sagen. Er musste daran denken, wie sie sich letzte Woche unter ihm angefühlt hatte, in ihrem Schlafzimmer, wie sie sich unter ihm gewunden hatte. Er spürte, wie er steif wurde, und warf einen Blick auf seine Uhr. Er hatte Laura versprochen, um halb acht daheim zu sein.

«Matt.»

Matt fuhr herum. Byron setzte sich neben ihn auf einen Barhocker. «Alles klar, Mann? Ein Pint?»

Byron nickte, und Matt gab Theresa einen Wink. «Ein Stella, bitte.»

«Gibst du auf?», fragte sie mit einer Schnute.

«Kann ein Mann nicht mal in Ruhe sein Bier trinken?», sagte Matt, an Byron gewandt. «Also gut. Ich gebe auf. Ich habe die Frage sowieso vergessen.»

«Meine Haare», erklärte sie und hob eine Hand vom Zapfhahn. «Hab mir Strähnchen machen lassen. Zwei Farben, schaut.» Sie senkte den Kopf und bauschte ihr Haar auf. Dann stellte sie Byron sein Bier hin.

«Hübsch», sagte Matt wegwerfend. Als sie daraufhin eingeschnappt abrauschte, schaute er Byron an und verdrehte die Augen, als wäre er ein Leidensgenosse, wenn es um die Unergründlichkeit von Frauen ging. «Alles klar?»

Byron nahm einen Schluck Bier. «Kann nicht klagen. Hab die Weideflächen gespritzt. Bin mir nicht sicher, was die Bodenqualität angeht, aber es schaut nicht schlecht aus. Haben ja lange genug brachgelegen. Hat dem Boden sicher nicht geschadet.»

«Na toll. Mir ist es ja egal, aber Laura wird es freuen.»

«Auf der Lichtung zwischen dem Saumweg und dem Wald treibt sich Rotwild rum. Habe heute einen Hirsch gesehen und gestern ein paar Rehe. Habe sie mit ein paar Schüssen verjagt, aber die kommen wieder.»

«Das hat uns gerade noch gefehlt. Die fressen uns die ganze Saat weg. Behalte sie im Auge.»

«Deine neue Nachbarin kam rausgelaufen und hat mich zusammengestaucht, weil ich angeblich die Tiere erschrecke.»

«Ach was.»

«Hat mich sogar beschuldigt, ich hätte auf sie geschossen.» Byron verzog die Miene. «Weiß nicht, ob sie jetzt deswegen einen Wirbel machen wird. Ich hätte ihr sagen sollen, dass es bloß ein Luftgewehr ist.»

Matt stieß ein bellendes Lachen aus. «Ach, diese Großstädter! Gott segne sie! Wollen die süßen kleinen Bambis retten? Großartig.»

Theresa kam schon wieder zu ihnen rüber.

«Wenn du sie das nächste Mal siehst», fuhr Matt fort, «sag ihr, wir werden extra für sie ein kleines Naturschutzreservat anlegen. Da kann sie dann alle Häschen und Rehchen sehen, die es in dieser Gegend gibt. Und ein paar Vögel werden wir auch noch beisteuern – Krähen und Stare –, die kann sie dann füttern. Wie ein richtiges Schneewittchen.»

Byron lächelte unbehaglich, als läge ihm Spott nicht.

«Ich sag dir was, lass uns doch später noch mal reden. Ich möchte, dass du ein bisschen mehr für mich machst. Ich könnte dich auf etwas längere Zeit anstellen … ich schätze, Pottisworths Land wird dieses Jahr erst mal jede Menge Arbeit machen, und ich könnte ein Extrapaar Hände brauchen. Du bist doppelt so groß wie mein Sohn. Ist zwar nicht viel Forstarbeit dabei, aber was hältst du davon?»

«Das … würde mich freuen.»

Byron war ganz rot geworden. Matt vermutete, dass er sich mehr Sorgen um seinen Job gemacht hatte, als er zugeben wollte. Das und seine Vergangenheit konnten Matt unter Umständen dienlich sein – er würde sicher nicht allzu viel Geld verlangen. Pottisworth hatte ihm bestimmt nur einen Hungerlohn bezahlt.

Matt fing Theresas Blick auf und zwinkerte ihr schamlos zu. Er würde Laura anrufen und sagen, dass er sich etwas verspäte. Wäre ja eine Schande, diesen schönen Abend zu vergeuden. Wo er doch so prächtige Laune hatte.

KAPITEL 7

«Wie Sie sehen können, muss hier ein bisschen was getan werden, aber diese Immobilie hat Potenzial, daher der Preis. Sie wissen ja sicher, dass dieses Viertel groß im Kommen ist.»

Nicholas Trent schenkte der jungen Frau, die den Riss in der Wand betrachtete, der sich von einer Fensterecke blitzförmig bis zur Decke zog, ein aufmunterndes Lächeln.

«Wahrscheinlich bloß frischer Putz», erklärte er, ihrem Blick folgend. «Das kommt beim Trocknen schon mal vor. Lässt sich leicht zuspachteln.»

Sie warf einen Blick ins Exposé und besprach sich leise mit ihrem Lebensgefährten. Dann fragte sie: «Wo ist das dritte Schlafzimmer? Wir haben nur zwei gesehen.»

«Das dritte Schlafzimmer.» Nicholas öffnete eine Tür und tastete nach dem Lichtschalter.

«Das soll ein Schlafzimmer sein?», fragte der Mann fassungslos. «Aber es hat ja gar kein Fenster.»

Dem konnte Nicholas beim besten Willen nicht widersprechen. Früher hätte man so einen Raum als «begehbaren Schrank» bezeichnet – oder als Rumpelkammer.

«Das ist aber winzig», bemerkte die Frau.

«Es ist tatsächlich recht überschaubar», stimmte er ihr zu. Das schlecht beleuchtete Kämmerchen konnte nicht größer als eins achtzig auf eins zwanzig sein. «Aber ich muss Sie darauf aufmerksam machen, Ms. Bloom, dass Immobilien wie diese nur selten ein drittes Zimmer haben. Die meisten haben bloß zwei Schlafzimmer. Soweit ich weiß, wird dieser dritte Raum hier – der, wie gesagt, sehr selten ist! – gerne als Arbeits- oder Computerzimmer genutzt, wo eine natürliche Lichtquelle keine so große Rolle spielt. Sollen wir uns jetzt vielleicht die Küche ansehen?»

Es dauerte trotz der recht überschaubaren Größe der Wohnung weitere zwanzig Minuten, bis sie mit der Besichtigung fertig waren. Und in jeder einzelnen dieser zwanzig Minuten hörte Nicholas Trent sich die nicht vorhandenen Vorzüge der Wohnung loben, während ihm sein Verstand etwas ganz anderes zuflüsterte. Diese Wohnung ist das Allerletzte, hätte er am liebsten gesagt. Sie liegt an einer verkehrsreichen Hauptstraße in einem Viertel, in dem man an jeder Straßenecke einem Dealer über den Weg läuft. Unter der Wohnung führt eine U-Bahn-Linie durch, und darüber verläuft eine Flugschneise. Höchstwahrscheinlich hat eine gewisse Absenkung stattgefunden, und in den Zimmern, in denen keine ordentliche Tapete verwendet worden war, kommt bereits der Schimmel durch. Die Wohnung ist hässlich, in schlechtem Zustand, eng, unübersichtlich und nicht mal ein Drittel des verlangten Kaufpreises wert.

Aber er wusste, dass es kaum Sinn hatte, das zu sagen. Die jungen Leute würden am Ende des Tages ihr Gebot abgeben, und wahrscheinlich würde es nicht einmal allzu weit unter dem von ihm geforderten Kaufpreis liegen – nahe genug jedenfalls, um Verhandlungen zu ermöglichen. So war nun mal die derzeitige Lage. Immobilien, über die noch vor fünf Jahren jeder die Nase gerümpft hätte, gingen nun weg wie warme Semmeln. Die Leute halsten sich bedenkenlos Hypotheken auf, bei denen einem schwindlig werden konnte.

Erinnert ihr euch denn nicht an die letzte Krise?, hätte er am liebsten gefragt. Wisst ihr nicht, was ihr euch antut, wenn ihr euch an ein derart schlechtes, überteuertes Objekt bindet? Ihr wärt nicht die Ersten, die sich mit so etwas ruinieren.

«Haben Sie noch viele Interessenten?», fragte der junge Mann und trat näher an Nicholas heran.

«Heute Nachmittag noch zwei», antwortete er automatisch. Es war die Standardantwort.

«Wir werden uns melden.» Der junge Mann bot ihm seine Hand.

Nicholas drückte sie überrascht und dankbar. Es gab nicht mehr viele Leute, die einem heutzutage noch die Hand schütteln wollten, am allerwenigsten einem Immobilienmakler wie ihm.

«Machen Sie sich keine Sorgen», sagte er. «Falls es mit dieser Wohnung nichts werden sollte, werden wir was Besseres für Sie finden.»

Der junge Mann runzelte die Stirn. Nicholas wusste, was er jetzt dachte: Ist das wieder so ein Verkaufsmanöver? Oder was bezweckt er damit? Nicholas seufzte. Das Immobiliengeschäft macht uns alle zu paranoiden Narren, dachte er traurig. «Ich meine … die Entscheidung liegt natürlich ganz bei Ihnen.»

«Wir werden uns melden», wiederholte der junge Mann, und Nicholas hielt dem Pärchen die Tür auf. Die Köpfe zusammengesteckt, verschwanden sie, um sich ihr neues Leben in dieser Wohnung auszumalen.

«Ihre Frau hat angerufen», nuschelte Charlotte mit vollem Mund.

«Sorry, Ihre Exfrau», korrigierte sie sich fröhlich und hielt ihm einen Zettel hin. «Ich mag das Wort nicht. Klingt irgendwie unnatürlich.»

Das fand er auch. Kein Wort, das man auf sich selbst bezogen sehen wollte. Exmann. Gescheiterter Ehemann. Gescheiterte Existenz. Nicholas nahm den Zettel und schob ihn in die Tasche. Die Glastür fiel hinter ihm zu und dämpfte den Lärm von der Hauptstraße.

Das Büro brummte vor Betriebsamkeit. Derek, der Filialleiter, saß über seinen Schreibtisch gebeugt und redete wild mit dem Arm fuchtelnd in den Telefonhörer. Paul, der andere Makler, zeichnete soeben ein Diagramm auf das große Sales-Board. Eine Frau mittleren Alters – eine Besucherin – hielt sich schniefend ein Taschentuch an die Nase und sprach mit dem Vermietungsagenten.

«Ach ja, und ein Mike Sowieso hat angerufen», fuhr Charlotte fort. «Er will Sie zu sich zum Abendessen einladen. Sie seien alte Bekannte, meint er. Hab ihm das von Ihrer Frau erzählt, weil er es noch nicht wusste. Tat ihm richtig leid. Schönen Gruß, soll ich ausrichten.»

Nicholas nahm hinter seinem Schreibtisch Platz. *Mrs. Barr anrufen*, stand auf einem Zettel, *unzufrieden mit der neuen Begutachtung.*

«Mike Sowieso.»

«Sagt, er lebt in Norfolk. Ist schön dort.»

«Wo in Norfolk?»

«Weiß nicht. Überall, schätze ich.»

Drew House. Käufer kurz vor Vertragsunterzeichnung ausgestiegen. Bitte dringend Mr. Hennessy anrufen.

Er schloss kurz die Augen.

Kevin Tyrell möchte den Besichtigungstermin verschieben. Will nicht beim Fußball gestört werden.

Jetzt musste er allen vier Interessenten, die er für diesen Termin gebucht hatte, absagen. Alle würden sauer sein. Und das nur, weil Kevin sich in Ruhe ein Fußballspiel im Fernsehen anschauen wollte!

«Sagt, er war bei Ihrer Hochzeit. Muss ja unglaublich gewesen sein, Nick. Sie haben uns gar nicht erzählt, dass Sie auf Doddington Manor geheiratet haben.»

«Nicholas», sagte er, «mein Name ist Nicholas.»

«Nicholas. Wusste ja gar nicht, dass die Familie Ihrer Frau so reich ist. Sorry, Ihrer Exfrau. Sie sind mir ja einer! Stille Wasser, was? Als Nächstes erzählen Sie uns, Sie wohnen am Eaton Square.» Ihr Gackern wurde vom Klingeln des Telefons unterbrochen.

Eaton Square. Er hatte mal überlegt, sich dort eine Immobilie zu kaufen. Anfang der achtziger Jahre, noch vor dem Boom, als es in London an allen Ecken und Enden heruntergekommene, billige Wohnungen gab. Alles günstige Objekte, wo man mit einer Renovierung ein Vermögen hätte machen können. An dieses spezielle Objekt konnte er sich noch gut erinnern, weil es einen eigenen Ballsaal gehabt hatte. Ein Haus am Eaton Square mit einem eigenen Ballsaal! Aber er hatte nicht zugegriffen, weil ihm die Gewinnspanne zu gering erschienen war.

Sie verfolgten ihn geradezu, all diese Häuser, die er nicht gekauft hatte, weil er nicht risikofreudig genug gewesen war.

Er seufzte. Er sollte wohl besser Mrs. Barr anrufen. *Unzufrieden*, dachte er. Da ist sie nicht die Einzige.

«Nick.»

Derek beugte sich über seinen Schreibtisch. Nicholas legte den Hörer auf die Gabel zurück. Der Mann hatte kein Gespür für Nähe und Distanz. Er beugte sich so weit vor, dass man nicht nur seine letzte Mahlzeit riechen konnte, sondern auch sein aufdringliches Rasierwasser.

Nicholas rang sich eine freundlich-neutrale Miene ab. «Derek.»

«Das war die Zentrale. Wir sind schon wieder hinter den Vorgaben zurückgeblieben. Palmers Green hat zweihundertachtzig Riesen mehr an Courtage gemacht als wir. Das ist gar nicht gut.»

Nicholas wartete ab.

«Wir müssen einfach besser werden. Sogar Tottenham East läuft uns jetzt schon den Rang ab.»

«Mit Verlaub, Derek, ich habe diese Woche vier Abschlüsse gemacht», sagte Nicholas so gelassen wie möglich.

«Ein blinder, einbeiniger Taubstummer hätte diese Abschlüsse machen können! Bei der derzeitigen Marktlage! Die Immobilien fliegen nur so weg, Nick. Wir müssen unser Einsatzgebiet ausweiten, bessere Immobilien in die Finger kriegen, unseren Schnitt erhöhen. Wir müssen aggressiver verkaufen. Sie sind doch hier angeblich das Verkaufsgenie. Wann zeigen Sie es mal?»

«Derek, Sie wissen ebenso gut wie ich, dass vierzig Prozent der Objekte in unserer Gegend ehemalige Sozialwohnungen sind. Da erzielt man nun mal nicht dieselben Profite wie bei normalen Objekten.»

«Und an wen gehen die anderen sechzig Prozent? An Jacksons. An Tredwell Morrison. HomeSearch. In diesen lukrativeren Markt müssen wir auch vorstoßen, Nick. Ich will Harrington-Estates-Schilder sehen – überall in der Stadt. Wie einen verdammten Pilzbefall.»

Derek streckte die Arme hinter den Kopf. In seinen Achselhöhlen zeichneten sich dunkle Flecken ab. Mit erhobenen Armen stolzierte er im Büro umher. Wie ein Orang-Utan in seinem Revier, dachte Nicholas. Dann kam er wieder zurück, stützte sich mit beiden Händen auf Nicholas' Schreibtisch ab. «Was haben Sie heute Nachmittag für Termine?»

Nicholas öffnete seinen Kalender. «Ich muss noch ein paar Anrufe erledigen, aber dann nichts mehr. Die Arbour-Square-Besichtigung muss verschoben werden.»

«Ja, hat Charlotte schon erwähnt. Wissen Sie was, Nick? Sie sollten raus, auf die Straße. Ein bisschen die Werbetrommel für uns rühren.»

«Was meinen Sie? Ich verstehe nicht.»

Derek griff hinter sich und nahm einen Stapel Hochglanzflyer zur Hand. «Werfen Sie die bei den Leuten ein. Aber bitte in der besseren Gegend – Laurel Avenue, Arnold Road und unten bei der Schule. Sollte doch mit dem Teufel zugehen, wenn es uns nicht gelingt, den schicken Agenturen ein bisschen das Wasser abzugraben.»

Er knallte den Stapel auf Nicholas' Schreibtisch.

Nicholas sah aus dem Augenwinkel, wie sein Kollege Paul höhnisch ins Telefon grinste. «Sie möchten, dass ich von Tür zu Tür gehe und Flugblätter verteile?»

«Tja, Paul und Gary sind dicht. Und Sie sagten ja gerade, dass Sie keine Termine mehr haben. Wozu sollten wir irgend so einen Rotzlöffel von Schüler dafür bezahlen? Der wirft die Flyer doch bloß in die nächste Mülltonne. Nein, Nick», er schlug dem Älteren herzhaft auf den Rücken, «bei Ihnen weiß ich wenigstens, dass die Arbeit ordentlich erledigt wird. Auf Sie ist Verlass.»

Die Arme in Siegerpose in die Luft gereckt, schlenderte er zu seinem Schreibtisch zurück. «Tut Ihnen gut, sich ein paar Pfunde abzulaufen», fügte er noch hinzu. «Sie werden mir dankbar sein.»

Wenn das mit den Flyern nicht gewesen wäre, dachte Nicholas später, hätte er Mike Todds Einladung zum Abendessen am Samstag sicher nie angenommen. Seit Diana ihn verlassen hatte, waren seine sozialen Kontakte gegen null gesunken, was teilweise daran lag, dass er nun weniger Einladungen bekam

– Diana war immer die Geselligere von ihnen beiden gewesen –, hauptsächlich aber, weil er den Leuten, die ihn von früher kannten, seine neue Lebenssituation nicht erklären wollte. Er kannte die Reaktionen mittlerweile zur Genüge: vonseiten der Frauen ein mitleidig-erschreckter Blick, ein kurzes Mustern seiner schütter gewordenen Haare, vonseiten der Männer kaum verhohlene Ungeduld, der Wunsch, das Thema so schnell wie möglich abzuhaken, als könne sein Absturz irgendwie ansteckend sein.

Er wusste selbst, dass er, vier Jahre nach seinem ganz persönlichen Crash, anders aussah als früher. Die Leute kannten ihn in seinem Savile-Row-Anzug, dem schicken Audi, charmant, stahlhart. Was sie dagegen jetzt sahen, war ein Mann mittleren Alters mit grauen Haaren und einem nicht länger sportlich gebräunten Teint, wie er ihn sich früher bei Trips nach Genf oder zu den Malediven geholt hatte. Er war nun ein kleiner Makler in einem schäbigen kleinen Immobilienbüro in einem noch schäbigeren Londoner Viertel.

«Sie haben die Einladung angenommen, was?», bemerkte Charlotte, sobald er aufgelegt hatte. «Tut Ihnen gut, mal rauszukommen.»

Sie hatte Schokolade am Kinn. Er beschloss, es ihr nicht zu sagen.

Auf halbem Weg aus der Stadt hinaus fragte er sich, warum zum Teufel er diese dumme Einladung angenommen hatte. Ein Abendessen. Keine Chance, unangenehmen Fragen auszuweichen.

Doch dann fiel ihm wieder der Donnerstag ein, als er den ganzen Nachmittag lang irgendwelche Flyer durch Briefkästen geschoben hatte, das trostlose Klappern der Briefschlitze, misstrauisch beiseite gezogene graue Gardinen, das gedämpfte

Bellen wütender Hunde. Der Regen, der langsam, aber stetig seinen einst guten Wollanzug aufweichte. Die deprimierende Erkenntnis, dass er neunundvierzig und dies aus ihm geworden war. Die einsame Aussicht auf unentwegte Enttäuschungen und Erniedrigungen.

Aber Mike war ein guter Kerl. War nie so erfolgreich gewesen wie er selbst. Der würde ihn wohl kaum wegen seines Absturzes quälen. Und er hatte Diana nur ein Mal getroffen. Das allein war schon gut. Das Getriebe seines alten Passats knirschte, als er hochschaltete und auf die mittlere Spur wechselte. Er versuchte, nicht an die lautlose, glatte Automatik seines Audis zurückzudenken.

Sein Finanzverwalter hatte hinterher gesagt, es habe schon ganz schön was dazugehört, eine derart spektakuläre Bruchlandung hinzulegen, während sich der Rest des Marktes in rasantem Aufstieg befand. Sein kompliziertes Empire aus Hypotheken, Bauprojekten und Mietimmobilien war zusammengeklappt wie ein Kartenhaus. Er hatte eine nicht erstattungsfähige Anzahlung auf ein Anwesen mit acht Schlafzimmern in Highgate geleistet, um den anderen Bauspekulanten zuvorzukommen, die das Objekt ebenfalls umkreisten. Dann war der Verkauf eines bereits fertiggestellten Hauses in Chelsea geplatzt, und er war gezwungen gewesen, sich den Rest der Anzahlung zu borgen. Kurz vor dem Abschluss des Highgate-Deals waren dann zwei weitere Geschäfte geplatzt. Er hatte daraufhin mehrere Hypotheken auf Objekte aufnehmen müssen, die ihm bereits gehörten. Nie würde er vergessen, wie er nächtelang im Büro gesessen und mit Zahlen jongliert, Zinsdarlehen gegen Bankkredite abgewogen hatte. Es war alles langsam in sich zusammengefallen. Die Zinsen hatten den Gewinn aufgefressen. Und was er für eine uneinnehmbare Festung aus Immobilienzinseinnahmen gehalten hatte, verwandelte sich innerhalb atemberaubend kurzer Zeit in einen finanziellen Trümmerhaufen.

Selbst sein eigenes Haus war nicht verschont geblieben. Diana war gerade mit dem Einrichten des Kinderzimmers fertig geworden – für Kinder, die sie noch gar nicht hatten –, als er ihr die bittere Wahrheit eröffnete. Sie hatte ihr goldblondes Haupt gehoben und gesagt: «Da mache ich nicht mit, Nicholas. Ich gehe nicht mit dir bankrott.»

Wenn er damals schon richtig hingehört hätte, dann wäre ihm sofort klar gewesen, dass dies das Ende ihrer Ehe bedeutete.

Aber er schlug sich wacker, alles in allem. Es war ihm gelungen, der Insolvenz um Haaresbreite zu entgehen. Und jetzt, vier Jahre später, hatte er die größten Schulden abbezahlt. An manchen Tagen konnte er sich sogar einreden, dass es wieder aufwärtsging. Neulich war sein Konto zu seiner Überraschung sogar erstmals im Plus gewesen. Aber die Statussymbole hatte er alle verloren: Häuser, Autos, Lebensstil. Respekt. Und Diana. Und doch hatten Menschen schon Schlimmeres überstanden. Das redete er sich zumindest ein.

Der Verkehr ließ nun merklich nach, ein Zeichen, dass er die Vororte hinter sich gelassen und nun wirklich auf dem platten Land war. Nicholas drehte das Radio an, ohne sich an dem Rauschen zu stören, das von der kaputten Antenne kam.

Er war seit Jahren nicht mehr bei Mike Todd gewesen. Vage erinnerte er sich an ein Wochenende in einem geräumigen Cottage mit Balkendecke im Landhausstil. Extra hohe Decken, hatte Mike stolz verkündet. Nicholas hatte sich trotzdem mehrmals den Kopf angestoßen.

Er hatte soeben das erste Schild mit dem Hinweis auf Little Barton passiert, als er merkte, dass er es nicht länger aushalten konnte. Er brauchte dringend eine Raststätte oder Tankstelle.

Aber er befand sich mitten im Nirgendwo, konnte nicht einmal ein Pub sehen. Er fuhr noch ein paar Kilometer weiter, doch dann war Schluss. Kurzerhand bog er nach links in einen Feldweg ein. Wenn es schon kein ordentliches Klo gab, dann würde er sich eben irgendwo in die Büsche schlagen.

Aber das bereute er bereits nach den ersten holprigen Metern auf diesem Höllenweg. Leider gab es keinerlei Möglichkeit umzukehren, und er sah sich gezwungen weiterzufahren, über Schlaglöcher, durch Pfützen und über Wurzeln. Endlich kam eine etwas breitere Stelle, wo ihn zumindest der Gegenverkehr passieren konnte, und er hielt an und sprang bei laufendem Motor aus dem Wagen.

Es gibt nichts Schöneres, als sich endlich zu erleichtern, wenn einem die Blase schon seit mehreren Kilometern zu platzen droht. Nicholas trat von dem Baumstamm zurück und überprüfte kurz, ob er sich auch nicht auf die Schuhe gepinkelt hatte. Dann stieg er wieder ein. Auch jetzt blieb ihm nichts anderes übrig, als weiterzufahren, weil einfach nirgends Platz zum Wenden war. Fluchend versuchte er, die Federung zu schonen, indem er so vorsichtig wie möglich fuhr. Irgendwann muss es ja aufhören, sagte er sich. Alle Wege hören irgendwo auf.

Er rumpelte über eine Wurzel, und der Unterboden des Wagens knirschte unheilvoll. «Nächstes Mal pinkle ich an den Straßenrand», sagte er laut und fragte sich, ob dies ein Zeichen für ein gesundes Selbstbewusstsein war oder für einsetzende Senilität.

Der Pfad teilte sich. Zur Linken war in einiger Entfernung ein weiß gestrichenes Kutschenhaus zu erkennen. Er fuhr geradeaus weiter. Kurz darauf tauchte über den Bäumen eine Reihe ungleicher Zinnen auf, und er erkannte ein majestätisches Herrenhaus mit einem seltsamen Mix aus Backstein und Feuerstein. Er trat auf die Bremse und starrte es einen Moment an – aber nicht nur das Haus, das, wie er sofort erkannte, ein architektonischer Fehlgriff war. Wahrscheinlich eine Narretei aus dem neunzehnten Jahrhundert, ein schlecht durchdachtes Stück Größenwahn. Aber die Umgebung! Beschirmt von Wäldern, lag das Haus an einem stillen See. Nicht einmal der zugewachsene Garten und die wilden Hecken konnten verbergen, was früher einmal ein ästhetisch unwiderstehlicher Ausblick auf diese Landschaft, auf die Großartigkeit dieses klassischen Hintergrunds gewesen sein musste.

Kein Lüftchen störte die glatte, graue Oberfläche des Sees, in dem sich der verhangene Himmel spiegelte. Eine sanft ansteigende, schmale Grasbank umschloss das Ufer, hinter der der Wald begann. Ein herrlicher Wald mit altem Baumbestand, überwiegend Eichen und Tannen, deren hohe Wipfel den fernen Horizont des Tals streiften, wo die Farben, wie auf einem impressionistischen Gemälde, diesig ineinander verschwammen. Grandios. Und gleichzeitig beschaulich, intim. Wild und zivilisiert zugleich. Weit genug von der Straße entfernt, um vollkommene Ruhe zu gewährleisten. Aber mit einem ordentlichen Zufahrtsweg …

Er schaltete den Motor ab und stieg aus, über sich das Flügelschlagen von Wildgänsen, das Rauschen der Bäume. Das war die schönste Umgebung, die er seit langem gesehen hatte. Und das Haus war seit Jahrzehnten nicht mehr renoviert worden. Dass es unter Denkmalschutz stand, war unwahrscheinlich; dafür war die Architektur zu unschön, zu willkürlich. Es gab keinen Hinweis auf eine klare Stilrichtung, auf eine bestimmte bauliche Herkunft. Es war ein Mischmasch, ein anglomaurischer Bastard, dessen Alter lediglich in den Verfallszeichen sichtbar wurde. Die Art Gebäude, die man heutzutage kaum mehr findet – buchstäblich unberührt, aber mit unglaublichem Potenzial.

Sein Auto vergessend, trat er ein wenig näher. Halb erwartete er das wütende Bellen eines Hundes oder den zornigen Auftritt des Hausbesitzers. Aber das Gebäude lag verlassen da. Kein Wagen stand in der Auffahrt, was ihn vermuten ließ, dass, wer immer hier wohnte, offenbar gerade nicht zu Hause war. Er spähte durch ein Fenster. Kaum Möbel zu sehen. Vielleicht schon seit längerem unbewohnt. Die Felder dagegen waren offensichtlich bestellt worden, und auch die Wallhecken waren ordentlich beschnitten.

Hinterher wusste er nicht mehr so genau, welcher Teufel ihn geritten hatte. Er war in den letzten Jahren vorsichtig geworden, hatte Risiken gemieden. Aber er probierte die Klinke, und als die Tür aufging, warf Nicholas Trent jede Vernunft über Bord und trat ein. Die Lichtschalter in der großen Diele schienen noch aus den dreißiger Jahren zu stammen, ein Sekretär, den er durch eine offene Tür erblickte, aus den Vierzigern. Er betrat das, was er fürs Wohnzimmer hielt – zumindest schien es vor kurzem noch bewohnt gewesen zu sein. In einer Ecke stand ein IKEA-Sessel, aber insgesamt wirkte auch dieser Raum heruntergekommen und vernachlässigt. Die angenehme Größe wurde durch Löcher in den Wänden und fehlende Fußleisten gestört. Und überall dieser modrige Geruch. Auch an den hohen Stuckdecken zeichneten sich sepiabraune Flecken ab. In einigen Fenstern fehlten die Scheiben, und die Fensterrahmen waren an mehreren Stellen angefault. Wo würdest du hier anfangen?, fragte sich Nicholas und hätte fast gelacht. Was für eine Frage. Solche Häuser gab es heute nicht mehr. Sie waren von Bauspekulanten wie ihm abgerissen oder schon vor Jahren in Apartmentwohnungen umgewandelt worden. Still erklomm er die Treppe und betrat ein Schlafzimmer mit einem riesigen Erkerfenster, von dem man einen herrlichen Blick auf den See, ja, über die ganze Umgebung hatte. Er trat ans Fenster und holte tief Luft. Den kalten, abgestandenen Zigarettengeruch versuchte er zu ignorieren.

Nicholas Trent war kein Träumer, das war ihm spätestens nach der Trennung von seiner Frau vergangen. Aber jetzt schaute er auf den See hinaus und über die Wälder, lauschte der tiefen Stille des Hauses und konnte sich des Gedankens nicht erwehren, aus einem ganz bestimmten Grund hierhergeführt worden zu sein.

Erst jetzt fiel sein Blick auf einen aufgeklappten Koffer voller Kleidung. Hier lag ein Taschenbuch, dort eine Bürste. Diese kleinen häuslichen Gegenstände brachten ihn zur Besinnung. *Ich stehe in einem fremden Schlafzimmer.* Jemand wohnte hier. Auf einmal kam er sich wie ein Eindringling vor. Rasch verließ er das Zimmer, rannte die Treppe hinunter und aus dem Haus.

Erst am Auto blieb er stehen und drehte sich um. Ein letzter Blick, um es sich fest ins Gedächtnis einzuprägen.

Denn Nicholas Trent sah kein halb verfallenes Haus. Er sah ein Bauprojekt, er sah zwölf Villen mit je fünf Zimmern, diskret um den See herum angeordnet. Er sah einen Apartmentblock, ein hypermodernes Ensemble, das einen Architekturpreis gewinnen und über das in *Country Life* berichtet werden würde.

Zum ersten Mal seit fünf Jahren sah Nicholas Trent wieder eine Zukunft für sich.

«Erzähl mir vom Spanischen Haus.» Es fiel ihm sehr schwer, beiläufig zu klingen, aber er hatte keine Wahl. Wenn einer wusste, was es mit diesem Objekt auf sich hatte, dann Mike Todd. Er verkaufte schon seit dreißig Jahren Häuser in den Bartons.

Mike reichte ihm ein Glas Brandy. Sie saßen mit hochgelegten Füßen vorm Kamin. Mikes Frau, ein ungewöhnlich genügsamer Charakter, hatte darauf bestanden, dass die «Männer» sich ausruhen sollten, während sie sich um den Abwasch kümmerte. Das war Nicholas' Stichwort gewesen. Er konnte nicht länger warten.

Mike musterte ihn abschätzend. «Das Spanische Haus, hm? Was willst du damit?»

«Ich hab mich vorhin verfahren und bin aus Versehen dort gelandet. Fürchterlicher Weg! Seltsames Haus.»

«Ein Schandfleck ist es. Eine Ruine.»

Mike nahm einen tiefen Schluck Brandy und schwenkte sein Glas.

Er hatte während der ganzen Mahlzeit immer wieder mit Kennermiene an den verschiedenen Weinen geschnuppert, von denen Nicholas keinen besonders bemerkenswert fand. Jetzt befürchtete er, sich gleich einen Vortrag über Cognac anhören zu müssen. Er hatte ganz vergessen, wie langweilig Mike manchmal sein konnte. «Denkmalgeschützt?»

«Dieser Schutthaufen? Nein. Hat man übersehen, als hier alles eingestuft wurde, weil es so versteckt im Wald liegt.» Er schwieg kurz. «Ist übrigens eine interessante Geschichte mit diesem Haus. Hat seit Ewigkeiten den Pottisworths gehört, weiß nicht genau, seit wann. Die waren hier eine der einflussreichen Familien, aber mehr am Draußen als am Drinnen interessiert, wenn du verstehst, was ich meine: Fischen, Jagen, Schießen, so was. Und der alte Samuel Pottisworth hat es in den letzten fünfzig Jahren total verfallen lassen. Hat es Matt McCarthy versprochen, einem alten Freund von mir. Er und seine Frau haben sich jahrelang rührend um den alten Knaben gekümmert. Aber dann ging es an seine letzte noch lebende Verwandte. Eine Witwe, wie ich hörte.»

«Rentnerin?» Wenn sie alt ist, dachte Nicholas hoffnungsvoll, wird sie wahrscheinlich kein Interesse an einem derart renovierungsbedürftigen Haus haben.

«Nein. Mitte dreißig, schätze ich. Zwei Kinder. Sind erst vor ein paar Monaten hergezogen.»

«Also wohnt dort tatsächlich jemand?»

Mike gluckste. «Frag mich nicht, wie – das Haus bröckelt ja schon an allen Ecken und Enden. Aber Matt ist ganz schön sauer. Ich glaube, er wollte es selbst herrichten. Sein Vater war lange dort angestellt. Es gab böses Blut zwischen ihm und den Pottisworths. Wollte damit wohl eine alte Rechnung begleichen.»

«Und was hat sie jetzt damit vor?»

«Wer weiß? Das Landleben scheint ihr nicht zu liegen. Wie ich höre, ist sie …», er senkte die Stimme, als fürchtete er, belauscht zu werden, «… *exzentrisch.* Musikerin. Du kennst die Sorte.»

Nicholas nickte, obwohl er keine Ahnung hatte.

«Aus London – so was nenne ich eine Feuertaufe.»

Mike hob sein Cognacglas ins Licht. Was immer er sah, schien ihn zufriedenzustellen. «Ja, dieses Haus ist das, was ich ein Fass ohne Boden nenne. Kannst hundert Riesen reinstecken und hast nicht mal eine Ecke ausgepolstert. Trotzdem, der arme Matt war bitter enttäuscht, dass er es nicht gekriegt hat. Man sollte sich nie zu sehr auf ein Objekt versteifen, sollte nie sein Herz dran hängen. Er hat den Fehler gemacht, das Ganze persönlich zu nehmen. Ich hab ihm den alten Rat von uns Maklern gegeben: ‹Es gibt immer ein anderes Objekt.› Und wer weiß das besser als du, was, Nicholas? Was macht der Londoner Markt?»

«Du hast absolut recht. Es gibt immer ein anderes Objekt», wiederholte Nicholas und streckte die Hand nach seinem Glas aus. Aber er konnte an nichts anderes denken als an das Spanische Haus.

KAPITEL 8

Laura war übel von dem betäubenden Geruch acht verschiedener Parfüms. Verstohlen öffnete sie ein Wohnzimmerfenster, obwohl es draußen nicht gerade frühlingshaft warm war. Um sie herum saßen sieben andere Frauen auf Sofas und Sesseln. Einige hatten ihre seidenbestrumpften Beine untergeschlagen, andere balancierten Kaffeetassen auf dem Schoß.

«Kaum zu glauben, dass sie die Einzige war, die nichts geahnt hat. An der Schule wusste fast jeder Bescheid.»

«Aber er war auch nicht gerade diskret, oder? Geraldine hat gesehen, wie sie sich auf dem Lehrerparkplatz geküsst haben. Und das an einer kirchlichen Schule! Sie ist nicht gerade ein Aushängeschild für das sechste Gebot, oder?» Annette Timothys Hals war immer länger geworden und ihre Stimme immer lauter.

«Du meinst wohl das siebte.» Michelle Jones stänkerte gern ein bisschen. «Im sechsten geht es um Mord.»

«Wenn sie als Lehrerin an einer kirchlichen Schule schon kein Vorbild sein kann, wer dann?», fuhr Annette fort. «Aber die arme Bridget tut mir leid. Was wird jetzt aus ihr? Sie ist das reinste Wrack. Obwohl – ich finde, wenn sie sich ab und zu ein wenig mehr Mühe mit ihrem Äußeren gegeben hätte, wäre er vielleicht gar nicht erst fremdgegangen …»

«Sie hat nach der letzten Schwangerschaft fürchterlich zugenommen.»

Laura klinkte sich aus. Ein ausgeprägtes Moralempfinden – und vielleicht auch ein Schuss Selbstschutz – veranlassten sie, an Gesprächen wie diesen so gut wie nie teilzunehmen. Die Klatschrunden, wie sie sie insgeheim nannte, waren eine Lieblingsbeschäftigung der hiesigen Hausfrauen. Zufrieden schaute sie sich in ihrem Wohnzimmer um. Alles, wie es sein sollte, geschmackvoll, sauber. Die Pfingstrosen machten sich ausgesprochen gut in der chinesischen Vase.

Matt bemerkte solche Dinge nie. Er merkte immer nur, wenn etwas fehlte – ihre rebellischen Momente, wie sie sie insgeheim nannte. Wenn er dreimal hintereinander abends zu spät heimkam, dann sorgte sie dafür, dass er keine sauberen Socken mehr hatte. Oder sie nahm ihm seine Lieblingssendungen nicht auf. Er verließ dann gewöhnlich am nächsten Morgen kopfschüttelnd das Haus und brummte vor sich hin, dass er die Welt nicht mehr verstehe. So würde es sein, wenn du mich nicht hättest, teilte sie ihm dann stumm mit. Deine Welt, wie du sie kennst und liebst, würde in sich zusammenfallen.

«Wann wollte sie denn kommen, Laura?»

Laura zwang sich, ins Hier und Jetzt zurückzukehren. Hazels Kaffeetasse war fast leer, wie sie bemerkte. Sie erhob sich, um eine frische Kanne zu machen. «Zwischen zehn und halb elf, habe ich gesagt.»

«Es ist schon fast elf», bemerkte Annette pikiert.

«Vielleicht hat sie sich verirrt», sagte Michelle grinsend.

«Das kurze Stück? Wohl kaum.» Annettes Ton verriet genau, was sie dachte. «Also, ich finde es unhöflich, sich zu verspäten.»

Laura war sich gar nicht sicher, ob sie überhaupt kommen würde.

«Ein Kaffeeklatsch?», hatte Isabel Delancey verwirrt gefragt, als Laura vor zwei Tagen bei ihr an die Tür geklopft hatte.

«Nur ein paar Nachbarinnen. Als kleine Begrüßung, sozusagen. Die meisten haben auch Kinder.»

Es war seltsam, jemand anderen in Mr. Pottisworths Haus zu sehen, in *ihrem* Haus. Aber noch seltsamer war die Frau selbst, fand Laura. Es war fast halb zehn, und sie hatte immer noch ihren Morgenmantel an, einen gelben Männer-Morgenmantel aus Seide. Die langen Haare standen wild nach allen Seiten ab, als hätten sie wochenlang keine Bürste mehr gesehen. Mrs. Delanceys Augen waren rot und geschwollen – vielleicht hatte sie geweint, vielleicht aber auch nur schlecht geschlafen.

«Danke», hatte sie nach kurzem Schweigen gesagt. «Das ist … das ist sehr nett. Was soll ich machen?»

Laura konnte hinter ihr einen Wäscheständer erkennen, auf dem sich feuchte, knittrige Wäsche türmte. Alles hatte einen rosa Stich, als wäre eine rote Socke dazwischengeraten. «Wie meinen Sie das?»

«Nun, zu dem Kaffeeklatsch. Soll ich was spielen?»

Laura blinzelte verwirrt. «Spielen? Nein, Sie müssen nur kommen. Bloß keine Umstände, es ist ein ganz formloses Beisammensein. Damit wir uns mal kennenlernen. Hier draußen ist es ja ziemlich einsam.»

Die Frau hatte zu den verfallenen Wirtschaftsgebäuden hinübergeschaut, dann auf den stillen See. Laura hatte das Gefühl gehabt, dass sie genau das mochte.

«Danke», sagte Isabel schließlich. «Nett, dass Sie mich einladen.»

Laura hatte sie eigentlich gar nicht dabeihaben wollen. Zwar ließ sie es sich Matt gegenüber nicht anmerken – sie war der Meinung, dass es sinnlos war, sich über etwas aufzuregen, was man doch nicht ändern konnte –, aber sie hasste die neue Nachbarin fast ebenso wie Matt. Dass die Frau aus London kam und keinerlei Bezug zu dem Haus und der Gegend hatte, machte alles nur noch schlimmer. Aber jetzt wollte Matt auf einmal, dass sie sich mit ihr anfreundete. «Führ sie ein bisschen rum, zeig ihr die Gegend. Lernt euch kennen», hatte er sie gedrängt.

«Aber vielleicht mögen wir uns ja gar nicht. Die Vettern sagen, sie ist ein bisschen … anders.»

«Ich finde sie ganz okay. Sie hat Kinder. Das habt ihr schon mal gemeinsam. *Noblesse oblige* und so weiter, du verstehst?»

«Nein, ich verstehe nicht, Matt», hatte sie protestiert. «Letzte Woche wolltest du sie nicht mal sehen, und jetzt willst du, dass wir beste Freundinnen werden.»

«Vertrau mir, Laura», hatte er gesagt. Und ein amüsiertes Lächeln umspielte seine Lippen. «Alles wird gut.»

Vertrau mir, dachte sie erbost, während sie Kaffeepulver in den Filter löffelte. Wie oft hatte sie das schon gehört?

«Glaubst du, sie weiß, worauf sie sich einlässt? Michelle, reich mir doch bitte mal die Kekse. Nein, die mit Schokolade. Danke.»

«Es ist in einem fürchterlichen Zustand. Laura müsste es wissen – Laura, hast du nicht gesagt, dass es in einem fürchterlichen Zustand ist?»

«Ja, das habe ich.» Laura stellte das Tablett auf den Sofatisch und sammelte eine leere Tasse ein.

«Also ich wüsste nicht mal, was man damit anfangen sollte. Es ist so ein eigenartiges Haus. Und so einsam, mitten im Wald. Von eurem Haus kann man wenigstens fast die Straße sehen, Laura.»

«Vielleicht hat sie Geld. Ich meine, wenn man ein solches Haus erbt, hat man praktisch eine *carte blanche* – man kann alles damit machen, denn da ist ja nichts, was bewahrenswert wäre.»

«Also, ich würde erst mal die Außengebäude niederreißen, baufällig, wie die sind. Nicht gerade sicher dort, mit Kindern.»

Laura wusste, was jetzt kommen würde, noch bevor Polly Keyes den Mund aufmachte. «Und du, Laura? Macht es dir denn gar nichts aus? Wo du dich doch so um diesen schrecklichen alten Mann gekümmert hast. Und jetzt habt ihr nicht mal das Haus gekriegt. Ich finde, es ist ganz schön großherzig von dir, sie einzuladen.»

Auf solche Kommentare war Laura gefasst gewesen. «Ach nein», log sie, «ich war nie sonderlich scharf auf das Haus. Das ist mehr Matts Leidenschaft. Ihr kennt ihn ja … Er und seine Projekte. Das Haus war so was wie eine weiße Leinwand für ihn. Möchte jemand Zucker?»

Annette stellte ihre Tasse ab. «Als mir das Pfarrhaus durch die Lappen ging, hab ich eine Woche lang geheult wie ein Schlosshund. Ich kannte jeden Zentimeter dieses Hauses. Hab jahrelang darauf gewartet. Und dann durfte man nur versiegelte Gebote abgeben. Der Makler sagte, die alten Eigentümer hätten sich für die Durfords entschieden. Obwohl wir mehr geboten haben. Was soll man da machen? Aber wir sind ganz glücklich mit unserem Häuschen. Vor allem, wo der Anbau jetzt fertig ist.»

Polly rümpfte die Nase. «Ich finde es ausgesprochen gemein von Mr. Pottisworth, euch überhaupt nichts zu hinterlassen. Wo ihr so viel für ihn getan habt.»

Laura wünschte, sie würden das Thema wechseln. «Ach, er hat uns schon das eine oder andere hinterlassen, ein paar Möbelstücke und so. Die hatte er uns schon lange versprochen. Steht alles noch in der Garage. Ich glaube, Matt möchte sie erst gründlich säubern und gegen Wurmbefall behandeln, bevor wir irgendwas damit machen.»

Sie musste an den schäbigen alten Schreibtisch denken, der nun in der Garage unter einer Decke stand. Matt hatte ihn nicht gewollt, und sie fand ihn hässlich, aber er meinte, er wolle verdammt sein, wenn er diesem Weib etwas überließe, worauf sie kein Anrecht hatte.

«Matt will später bei ihr vorbeischauen und ihr helfen festzustellen, was alles gemacht werden muss. Immerhin kennt er das Haus besser als jeder andere.»

«Also, ich finde es sehr großzügig von euch, dass ihr euch unter diesen Umständen mit der neuen Besitzerin anfreunden wollt. Oh! Hat es gerade geklingelt?» Polly richtete sich erwartungsvoll auf.

«Versucht, nicht zu viel über eure Männer zu reden, Mädels», mahnte Annette. «Die Vettern haben gesagt, sie hat ihren Mann erst kürzlich verloren.» Dann schien ihr ein Gedanke zu kommen. «Nancy, du könntest über deinen Mann reden. Du lässt ja nie ein gutes Haar an ihm.»

Isabel Delancey betrat den überheizten Raum und fühlte das Gewicht von acht Augenpaaren auf sich ruhen. Die Blicke der Anwesenden verrieten, was sie wussten: dass sie Witwe war, dass sie ihre Aufmachung exzentrisch fanden und ihr Zuspätkommen missbilligten. Verblüffend, wie man innerhalb weniger Sekunden abgeurteilt werden konnte, fand sie. Dann richteten sich die Blicke auf ihre Füße. Ihre dunkelroten Lederstiefel waren mit feuchter Erde verkrustet.

«Ach du meine Güte!», rief sie aus, als sie die Fußspuren bemerkte, die sie hinterlassen hatte. «Das tut mir so leid!» Sie bückte sich und machte Anstalten, sich die Schuhe auszuziehen, wurde aber von einem Stimmenchor davon abgehalten.

«Ach, bitte, bloß keine Umstände!»

«Dafür sind Staubsauger schließlich da.»

«Sie sollten mal sehen, was meine Kinder so reintragen.»

Also behielt sie ihre Schuhe wohl oder übel an, obwohl sie sah, dass die meisten Frauen die ihren ausgezogen hatten. Isabel wurde zu einem Sessel geführt und aufgefordert, Platz zu nehmen. Sie lächelte zögernd, wusste jetzt schon, dass es ein Fehler gewesen war zu kommen.

«Kaffee?», erkundigte sich Laura McCarthy lächelnd.

«Danke», antwortete sie leise. «Schwarz. Ohne Zucker, bitte.»

«Wir haben uns schon gefragt, ob Sie überhaupt noch kommen würden», bemerkte eine dünne, früh ergraute Frau. Es klang wie eine Anschuldigung.

«Ich habe geübt. Und wenn ich übe, vergesse ich leider alles um mich herum. Bitte verzeihen Sie», sagte sie zu Laura.

«Sie haben geübt?»

«Geige.»

«Wie schön! Meine Sarah lernt auch Geige. Es macht ihr großen Spaß. Ihre Lehrerin sagt, sie hat Talent. Üben Sie schon lange, Mrs. Delancey?»

«Ich … Um ehrlich zu sein, es ist mein Beruf.»

«Ach! Wie interessant», warf eine kleinere Frau ein. «Deborah würde unheimlich gern Geige spielen lernen. Könnten Sie mir vielleicht Ihre Telefonnummer geben?»

«Ich unterrichte nicht. Ich war beim City Symphony Orchestra.»

Die Vorstellung, dass hier jemand tatsächlich einen Beruf zu haben schien, verblüffte die Frauen.

«Und Sie haben Kinder?»

«Zwei.» Mein Gott, wie heiß es hier war. «Ein Mädchen und einen Jungen.»

«Und Ihr Mann?» Zwei Frauen warfen der Fragerin böse Blicke zu.

«Er ist letztes Jahr bei einem Unfall ums Leben gekommen.»

«Ach, das tut mir so leid», sagte die Frau. «Wie furchtbar.» Ein allgemeines mitfühlendes Gemurmel.

«Ich finde es ganz schön mutig von Ihnen, so völlig neu anzufangen. Und so weit weg von London.»

«Für Kinder ist es eine wirklich gute Gegend», versicherte jemand tröstend. «Die Schule ist sehr gut.»

«Und wie kommen die Kinder mit dem Umzug zurecht? Dieses riesige Haus und nur zu dritt. Und so baufällig obendrein ... Und das ohne ...»

An diesem Punkt erwartete man allgemein, dass Isabel ein bisschen einknickte. Wenn sie jetzt zugab, wie schrecklich das Haus war, in was für einem schlimmen Zustand, wie unglücklich ihre Kinder waren und dass ihr nicht nur ihr Mann fehlte, sondern sie ihren übereilten Entschluss hierherzuziehen bereute, dann wären die harten Blicke vielleicht ein wenig weicher geworden. Dann hätten die Frauen sie bemitleiden und trösten können. Aber etwas in Isabel ließ das nicht zu.

«Den Kindern geht es gut», entgegnete sie. «Wir haben uns gut eingelebt.» Ihr Ton verriet, dass sie dieses Thema nicht weiter zu verfolgen wünschte.

Eine kurze Stille trat ein.

«Ja», sagte die Grauhaarige, «dann jedenfalls herzlich willkommen im Dorf.»

Als Isabel ihre Tasse an die Lippen führte, fiel ihr ein seltsamer Ausdruck auf Laura McCarthys Gesicht auf. Aber er verschwand sofort wieder, und sie erwiderte Isabels Lächeln.

Byron Firth hob den Stahlzylinder und schlug ihn mit beiden Händen so kräftig auf den Zaunpfosten, dass die Erschütterung seinen Körper durchlief und das Holz ein ganzes Stück in die Erde einsank. Er hatte schon zweiundzwanzig geschafft und konnte bald den Draht spannen, der die Grenze von Matt McCarthys Besitz markieren würde. Eine Maschine hätte die Arbeit in einem Zehntel der Zeit erledigen können, aber Matt wollte sich keine ausleihen. Er zahlte Byron einen Wochenlohn und sah nicht ein, wieso er noch mehr Geld ausgeben sollte. Byron würde so lange weitermachen, bis die Arbeit getan war. Aber die Erde war hart, ein Hauch Winterfrost steckte noch darin. Byron wusste, dass ihm am Ende des Tages die Schultermuskeln brennen würden, aber da der Freund seiner Schwester mittlerweile Dauergast im Haus war, bestand nur geringe Aussicht auf ein heißes Bad.

Sie würde in vier Wochen ausziehen, hatte sie ihm neulich mitgeteilt. Sie und Lily würden zu Jason ans andere Ende des Dorfs ziehen. «Du wusstest doch, dass ich nicht ewig hier wohnen bleiben kann», hatte sie sich entschuldigt. «Bei Lilys Bronchitis und diesen feuchten Wänden. Und jetzt hast du ja wenigstens wieder Arbeit. Du findest schon was anderes.»

«Mach dir keine Sorgen, mir geht es gut», hatte er geantwortet. Was er nicht gesagt hatte, war, dass alle Cottages, die er sich angesehen hatte, mehr als doppelt so viel Miete kosteten, wie Matt ihm an Lohn bezahlte. Und in der einen Wohnung, die er sich vielleicht hätte leisten können, waren Hunde nicht willkommen. Und Meg konnte jeden Tag ihre Welpen bekommen. Der Mann beim Wohnungsamt hatte schallend gelacht, als Byron sich dort um eine Wohnung zu bewerben versucht hatte. Offenbar wurde hier nach einem Punktesystem verfahren, und er als gesunder junger Mann, der nicht einmal arbeitslos war, hatte null Chancen.

«Ich würde dich ja gern zu uns mitnehmen. Aber ich glaube, Jason möchte einen richtigen Neuanfang mit mir und Lily …»

«Hör auf, Jan, mach dir keine Sorgen. Er hat recht. Ihr solltet versuchen, eine Familie zu werden.» Er hatte den Arm um seine

Schwester gelegt. Er würde Lily und sie schrecklich vermissen.

«Für Lily wird es gut sein, wieder einen Vater zu haben.»

«Und dir geht es auch wieder besser, oder? Ich meine … jetzt ist doch alles vorbei, du hast es hinter dir.»

Er seufzte. «Ja, sicher. Ich kann gut auf mich selbst aufpassen.»

«Ich weiß. Aber … Na ja, ich fühle mich irgendwie schuldig.»

«Es war nie deine Schuld.» Sie schauten sich an, sprachen aber nicht aus, was zwischen ihnen hing.

«Dann musst du aber wenigstens an den Sonntagen kommen. Ich mache uns ein richtig schönes Sonntagsessen. Okay?»

Rrumms! Er schlug den Stahlzylinder abermals auf einen Pfosten. Er hatte überlegt, ganz woanders hinzuziehen, wo es billiger war. Aber in den Stellenanzeigen wurden nur qualifizierte Landverwalter gesucht, Leute, die Agrarwissenschaften studiert hatten. Einer wie er – noch dazu mit seiner Vergangenheit – hatte da keine Chance. Außerdem kannte er die Gegend wie seine Westentasche, hatte hier immer noch ein paar Kontakte. Und ein Job bei Matt McCarthy war besser als gar keiner.

Byron hob den Stahlzylinder, doch als er ihn gerade auf den Pfosten hauen wollte, bemerkte er aus dem Augenwinkel eine Bewegung. Ein Junge stand hinter der Hecke. Das lenkte ihn ab, und er klemmte sich den Daumen zwischen Zylinder und Pfosten ein. Eine laute Verwünschung ausstoßend, schob er den schmerzenden Daumen zwischen die Knie. Die Hunde sprangen jaulend auf. Byron schaute sich um. Der Junge war verschwunden.

Isabel hatte eine übertrieben aufrechte Haltung, hielt den Kopf gewöhnlich kerzengerade – als Ausgleich zur schiefen Kopf- und Schulterhaltung beim Geigespielen. Doch nun ging sie mit gesenktem Kopf den Waldpfad entlang nach Hause. Was war ihr bloß eingefallen, überhaupt zu diesem Kaffeeklatsch zu gehen? Hatte sie sich eingebildet, auch nur irgendetwas mit diesen Frauen gemein zu haben? Der Rest der Unterhaltung war reichlich steif verlaufen. Laura hatte sich nach Isabels Kindern erkundigt, aber als sie gestand, wie sehr sie die Nanny vermisste, dass sie nicht kochen konnte und überhaupt keinerlei hausfrauliche Qualitäten hatte, war die Enttäuschung spürbar gewesen. Und Isabel, anstatt den Mund zu halten, war immer rebellischer geworden. Ein wenig taktlos hatte sie bemerkt, sie fände Hausarbeit alles andere als erfüllend. Da waren ihnen die Kinnladen heruntergeklappt, als hätte sie verkündet, ihre Lieblingsspeise sei Menschenfleisch. «Ach ja», hatte eine der Frauen gesagt und ihr herablassend den Arm getätschelt, «jetzt, da Sie nicht mehr berufstätig sind, können Sie Ihre Kinder ja endlich *richtig* kennenlernen.»

Isabel riss zornig die Haustür auf, die sie vergessen hatte abzuschließen. Sie rannte nach oben und holte ihre Geige. Dann ging sie in die Küche hinunter, den einzigen Raum im Haus, wo noch ein Hauch Wärme herrschte, und schlug ein Notenheft auf. Zornig begann sie zu spielen. Kratzend, rücksichtslos fuhr ihr Bogen über die Saiten. Sie vergaß die feuchte Küche, vergaß die Wäsche, die noch auf dem Wäscheständer hing, vergaß das liegengebliebene Frühstücksgeschirr. Sie vergaß die Frauen aus dem Dorf und deren kaum verhohlene Ablehnung, Lauras seltsamen, undurchschaubaren Gesichtsausdruck. Sie konzentrierte sich allein auf ihre Musik, bis sie sich darin verlor, zog die Noten in die Länge, bis sich ihr Körper entspannte.

Irgendwann ließ sie schließlich den Bogen sinken, rollte die Schultern, dehnte ihre Nackenmuskeln, holte langsam tief Luft. Da klatschte jemand hinter ihr in die Hände, und sie fuhr erschrocken herum.

«Entschuldigen Sie», sagte Matt McCarthy, «Sie haben die Tür offen gelassen. Ich wollte Sie nicht stören.»

Isabel fühlte sich entblößt, ertappt, als habe er sie bei etwas Verbotenem erwischt. Sie griff sich mit der freien Hand in den Nacken. «Mr. McCarthy.»

«Matt.» Er wies mit einem Nicken auf ihr Instrument. «Sie können sich richtig vertiefen, was?»

Sie legte die Geige vorsichtig auf einen Stuhl. «Nun ... es ist mein Beruf.»

«Ich hab die Zahlen, nach denen Sie gefragt haben. Dachte, wir könnten sie uns kurz mal ansehen, falls Sie fünf Minuten Zeit haben.»

Es war kühl draußen, kühl genug für Isabel, um ihren Mantel anzubehalten. Matt dagegen trug nur ein graues T-Shirt. Alles an ihm verriet eine völlige Unempfindlichkeit gegen Kälte. Sein durchtrainierter Oberkörper ließ sie unwillkürlich an Laurent denken, was sie kurz aus dem Konzept brachte. «Ich mache uns eine Tasse Tee», verkündete sie.

«Der Kühlschrank läuft immer noch nicht?» Er zog sich einen Stuhl heran und setzte sich an den Küchentisch, wies dabei mit einer Kopfbewegung auf das Gerät, das nutzlos in einer Ecke stand.

«Keine Steckdose.»

Sie schob ein Fenster hoch und holte den Karton Milch herein, der draußen auf dem Fensterbrett stand.

«Ja. Ich glaube, hier ist seit den dreißiger Jahren nichts mehr gemacht worden.»

Während Isabel Wasser aufsetzte, holte Matt Block und Bleistift heraus und ging summend die Zahlen durch, die er sich notiert hatte. Als sie sich ebenfalls an den Tisch setzte, schob er den Block zu ihr hin.

«Also gut, das wären die ersten Dinge, die meiner Meinung nach gemacht werden müssten. Das Dach. Muss komplett neu gedeckt werden. Das Haus muss abgedichtet werden, damit keine Feuchtigkeit mehr eindringen kann. Die Wände müssen entsprechend behandelt werden. Einschließlich Materialien würde Sie das in etwa … so viel kosten.» Er tippte auf den Block. «Drinnen wird es noch komplizierter. Sämtliche Wände müssen mit einer wasserabweisenden Farbe behandelt werden. Die Fußböden im Ess- und im Wohnzimmer müssen raus, weil darunter alles verrottet sein dürfte. Mindestens acht Fenster sollten neu gemacht werden, beim Rest muss das angefaulte Holz entfernt und die Rahmen müssen instand gesetzt werden. Und dann natürlich die ganze Elektrik. Sie sollten sicherheitshalber alles neu verlegen lassen.»

Isabel starrte fassungslos auf die Zahlen.

«Weiß nicht, wie solide das Gebäude insgesamt noch ist. Im hinteren Teil könnte es zu einer Absenkung gekommen sein. Das müssen wir natürlich überprüfen und eventuell den Bereich stabilisieren. Aber wir könnten als Erstes ein paar von den Bäumen an der Rückwand entfernen und ein paar Monate warten, um zu sehen, ob es sich vielleicht von selbst stabilisiert. Was das kosten würde? Warten Sie …» Er verzog den Mund. Dann lächelte er ihr beruhigend zu. «Wissen Sie was? Das lassen wir mal für den Moment.»

Matts Stimme war in weite Ferne gerückt. Das konnte nicht stimmen. Isabel starrte auf die Zahlen. Das Komma war doch sicher um zwei Stellen nach hinten verrutscht? «Hier steht nichts über Heizung und Warmwasser. Wir brauchen unbedingt wenigstens ein funktionstüchtiges Bad.»

Matt lehnte sich zurück. «Ja, Heizung und Warmwasser, das wird schwierig. Und kostspielig. Sie haben sich wahrscheinlich schon gedacht, dass das alte System komplett rausmuss. Der Küchenofen ist auf die Dauer nicht stark genug, um das ganze Haus mit Heizung und Warmwasser zu versorgen. Was Sie brauchen, ist ein neuer Boiler, dazu Heizkörper und ein neues Rohrsystem – das alte ist total verrostet. Ein ganz schöner Brocken, ich weiß, aber so ist das nun mal bei einem Haus wie diesem. Da kann man keine halben Sachen machen.»

Isabel wurde schwindlig. Allein der Einbau eines neuen Heizungs- und Warmwassersystems würde fast alles verschlingen, was sie vom Verkauf des Hauses in London übrig hatte.

«Hören Sie, erkundigen Sie sich ruhig woanders. Holen Sie verschiedene Angebote ein», sagte Matt, als er ihre Besorgnis bemerkte. «Vergleichen Sie die Preise, mir ist das nur recht. Ich habe genug andere Aufträge.» Er fuhr sich mit den Fingern durchs Haar. «Aber ich glaube nicht, dass es Ihnen irgendjemand billiger machen wird als ich.»

«Nein», entgegnete sie schwach. «Ich wüsste sowieso nicht, wie ich andere Angebote einholen sollte und bei wem. Also … also machen wir einfach das Allerdringendste, und über den Rest zerbrechen wir uns später den Kopf. Es geht schon noch ein Weilchen ohne Zentralheizung.»

Matt grinste schief. «Mrs. Delancey, das ist alles dringend. Und die Verputzarbeiten, das Streichen, neue Decken und so weiter habe ich noch nicht mal mit einkalkuliert …» Er schüttelte den Kopf. «Es gibt hier kaum einen Raum, der nicht gründlich renoviert werden müsste.»

Sie schwiegen. Isabel versuchte, das alles zu verdauen.

«Ganz schöner Schock, was?», bemerkte Matt schließlich.

Isabel stieß langsam die Luft aus. «Um diese Dinge hat sich immer mein Mann gekümmert», sagte sie leise.

Sie stellte sich vor, Laurent würde jetzt neben ihr sitzen, die Zahlen mit dem Mann durchgehen, mit ihm diskutieren, Fragen stellen. Er hätte gewusst, was in so einem Fall zu tun wäre.

«Selbst wenn er da wäre, eine simple Sache ist das nicht», sagte Matt. «Wenn man ein Haus kauft, das derart runtergekommen ist, dann hört die Arbeit nie auf.»

Isabel schloss kurz die Augen. Manchmal hatte sie das Gefühl, in einem fremden Leben gelandet zu sein.

«Ich muss Sie warnen. Dieses Haus ist so schlimm, wie es aussieht.» Er kniff die Augen zusammen, als würde er ihr gleich eine schmerzhafte Mitteilung machen. «Ich meine, ich kenne Ihre finanzielle Situation nicht, aber Sie sollten sich gut überlegen, wie viel Zeit, Energie und Geld Sie investieren wollen. Ich kann Ihnen zwar viel abnehmen, aber die wichtigen Entscheidungen müssen trotzdem Sie treffen …»

Ich könnte wieder weggehen, überlegte Isabel. Ich könnte das Spanische Haus zum Verkauf anbieten. Wir könnten wieder nach London zurück. Wäre es wirklich so schlimm, in einer kleinen Wohnung zu wohnen? Und nicht mehr in einem großen Haus, wie sie es bisher gewohnt waren?

Die Baumwipfel wiegten sich sanft vor dem grauen Himmel. Auf einmal sah sie Thierry vor sich, wie er, einen Ast schwingend, den Garten durchstreifte. Ihre Geige lag neben ihr auf dem Stuhl, kostbar glänzend in der schäbigen Küche. Ihre einzige Verbindung zu ihrem alten Leben.

«Nein», sagte sie, «ich kann die Kinder nicht schon wieder hier rausreißen. Sie haben so viel durchgemacht. Wir werden es schon schaffen.»

Matt zuckte mit den Schultern.

Entschlossen sagte sie: «Wir machen nur das Allernötigste. Das Haus steht schon so lange – es wird uns schon nicht auf den Kopf fallen, oder?» Sie lächelte tapfer.

Seine Miene war ausdruckslos. Unmöglich zu sagen, was er dachte.

«Wie Sie wollen», erwiderte er schließlich und klopfte mit dem Stift auf den Tisch. «Ich werde es Ihnen so preiswert wie möglich machen.»

Er sah sich noch einmal das Haus an, vermaß hier etwas, notierte sich dort etwas. Isabel versuchte derweil, in der Küche weiterzuspielen, aber seine Anwesenheit machte es ihr unmöglich, sich zu konzentrieren. Das Geräusch seiner Schritte und sein Pfeifen machten sie nervös, ihr Spiel wurde unstet, abgehackt. Am Ende verließ sie die Küche und fand ihn im Wohnzimmer vor, wo er in den Kaminschacht spähte.

«Ich werde mir eine Leiter nehmen und raufklettern müssen», verkündete er. «Sieht aus, als ob ein Teil des Schornsteinaufsatzes in sich zusammengefallen wäre. Keine Sorge», fügte er hinzu, «ist eine ganz einfache Sache. Das berechne ich Ihnen nicht.»

«Das ist sehr nett. Vielen Dank», sagte Isabel.

«Also gut. Dann gehe ich jetzt und besorge die Materialien.» Er wies mit einem Nicken aufs Fenster. «Wie war es heute Vormittag bei uns?»

Isabel hatte ganz vergessen, dass Laura Matts Frau war. «Ach …», stammelte sie, die hinter dem Rücken verschränkten Hände knetend. «Es war wirklich nett von Laura, mich einzuladen.» Zu spät merkte sie, dass ihre Stimme alles andere als begeistert klang.

«Hausfrauen-Overkill, was?»

Isabel errötete. «Ich … ich glaube, ich bin nicht ganz das, was sie erwartet haben.»

«Zerbrechen Sie sich deshalb bloß nicht den Kopf. Die haben nichts Besseres zu tun, als über Sofastoffe zu faseln. Richtige Hühner. Immer am Gackern. Ich sag andauernd zu Laura, dass sie viel zu viel Zeit mit ihnen verbringt.» Er hatte die Tür erreicht. «Machen Sie sich keine Sorgen über das alles. Morgen früh geht es los, werde um acht hier sein. Falls Sie bis dahin vielleicht das Esszimmer ausräumen könnten, dann fangen wir dort mit den Dielen an. Mal sehen, was drunter ist.»

«Danke», sagte Isabel. Sie war ihm überaus dankbar. Er hatte sie zuerst ziemlich nervös gemacht, aber jetzt fühlte sie sich seltsam getröstet.

«He», sagte er und hob grüßend die Hand, «wozu sind Nachbarn da?»

Es gibt keinen einsameren Ort als ein leeres Doppelbett. Der Mond schien durchs Fenster herein, und Isabel lauschte den fernen Rufen der Waldtiere. Sie ängstigten sie zwar nicht mehr, unterstrichen aber ihr Gefühl, ganz allein auf der Welt zu sein.

Als sie vor einiger Zeit zu Bett gegangen war, hatte sie ein Weinen gehört. Sie war noch einmal aufgestanden, in ihren Morgenmantel geschlüpft und zu Thierry ins Zimmer gegangen. Er hatte sich die Decke über den Kopf gezogen und wollte nicht hervorkommen. «Bitte sprich doch mit mir, Schatz», hatte sie geflüstert. Doch er wollte nicht. Aber eigentlich musste er auch gar nicht. Sie hatte ihre Hand auf die Decke gelegt und seine zuckenden Schultern gespürt, bis auch sie anfing zu weinen. Am Ende hatte sie sich zu ihm gelegt und sich an ihn geschmiegt. Als er schließlich eingeschlafen war, hatte sie die Decke zurückgeschlagen und sein Gesicht gestreichelt. Fast widerwillig war sie dann die knarrende Treppe hinauf in ihr Schlafzimmer zurückgegangen.

Jetzt stand sie am Fenster, spürte die rauen Dielen unter ihren nackten Fußsohlen und blickte auf die geheimnisvolle Landschaft. Die Bäume in der Ferne waren ein undurchdringlicher Wall. Etwas Dunkles flitzte durch den Garten und verschwand in der Schwärze des Waldes. Auf einmal sah sie ihn zwischen den Bäumen hervortreten, die Jacke über der Schulter. Dann war er plötzlich verschwunden, wie eine Täuschung.

«Laurent», flüsterte sie und wickelte sich fester in ihren Morgenmantel. Traurig kletterte sie ins kalte Bett. «Komm zu mir zurück.»

Sie stellte sich vor, wie er sich zu ihr legte, wie die Matratze unter seinem Gewicht einsank, das Quietschen der Sprungfedern, wie er seinen schweren Arm um ihre Taille legte. Ihre eigenen Hände an der Seide ihres Morgenmantels waren zu schmal, zu leicht, besaßen kein Gewicht. Sie spürte die weite Leere des Lakens neben sich, das kalte Kissen. Hörte die Stille im Zimmer, in dem außer ihr niemand atmete. Sie stellte sich Matt vor, ihren Nachbarn, wie er seine Frau an seinen starken Körper zog, sie fest in die Arme nahm, sah ihr verschlafenes Lächeln. Sie sah all die anderen Paare da draußen, atmend, sich flüsternd unterhaltend, Hand in Hand, Haut an Haut. Niemand wird meine Haut je wieder streicheln, dachte sie. Niemand wird sich mehr so an mir erfreuen wie er. Sie wurde von einer so starken Sehnsucht gepackt, dass sie glaubte, ersticken zu müssen.

«Laurent», flüsterte sie in die Dunkelheit. Tränen sickerten unter ihren geschlossenen Lidern hervor. Sie begann, sich am Laken zu reiben. «Laurent», rief sie, während ihre Hände vergebens versuchten, Musik aus einem Körper hervorzulocken, der taub geworden zu sein schien.

Unweit davon rief Byron seine Terrierhündin Elsie zurück, die erregt im Unterholz herumschnüffelte. Die Jungs im Pub hatten erzählt, dass im Wald ein paar Wilderer Fallen aufgestellt hätten. Er wusste zwar, dass seine Elsie klug genug war, nicht in so ein Ding zu tappen, wollte die Fallen aber entschärfen, bevor es einem anderen Tier passierte. Wer einmal einen Fuchs oder einen Dachs gesehen hat, der tagelang in so einer Falle hing und sich das Bein oder die Pfote fast abgenagt hat, um freizukommen, der vergisst das nie wieder. Außerdem, besser hier draußen mit den Hunden herumstreifen, als ganz allein im leeren Haus sitzen und sich den Kopf über die Zukunft zerbrechen.

Sein Handy klingelte. Bevor er ranging, pfiff er Elsie zurück. Sie kam angesprungen und blieb hechelnd halb auf seinem Stiefel sitzen.

«Byron?»

«Ja?»

Matt machte sich mittlerweile nicht mal mehr die Mühe, sich mit Namen zu melden, ganz so, als würde Byron ihm bereits gehören. Selbst um diese Uhrzeit.

«Bist du mit den Pfosten fertig?»

Byron dehnte seinen Nacken. «Ja.»

«Gut. Ich brauche dich morgen im Spanischen Haus. Du musst helfen, die Esszimmerdielen rauszureißen.»

Byron überlegte einen Moment. «Im Esszimmer? Aber ist das nicht der einzige Raum im Haus, der noch einigermaßen in Ordnung ist?»

Der Witz hatte in der Kneipe die Runde gemacht: Pottisworths einziges noch brauchbares Zimmer war eins, für das er seit Jahrzehnten keine Verwendung mehr hatte, weil er ja nie Gäste einlud.

Stille.

«Wer sagt das?»

«Na, immer wenn ich im –»

«Wer ist hier der Fachmann, Byron? Du oder ich? Kennst dich mit Holzfäule aus, ja? Hast es wohl im Knast gelernt, was?»

«Nein.»

«Komm morgen um halb neun hin. Und wenn ich das nächste Mal deine Meinung über Baufragen hören will, dann frage ich danach, kapiert?»

Außerhalb des Strahls seiner Taschenlampe war es stockfinster. Er konnte kaum sehen, wo er hintrat. «Du bist der Boss.»

Er steckte sein Handy ein und stapfte, die Hände in den Hosentaschen, mit hängenden Schultern weiter.

KAPITEL 9

Kitty saß, die Knie an die Brust gezogen, in der Zinkwanne. Sie hatte sich ein zusammengelegtes Handtuch in den Nacken gelegt. Es wurde zwar klitschnass, aber das war die einzige Möglichkeit, in dieser Wanne zu liegen, ohne sich den Kopf abzutrennen. Sie hatte den Heizstrahler dicht neben die Wanne gestellt und voll aufgedreht, damit sie, selbst wenn das Wasser kalt wurde – was ziemlich schnell geschah –, noch volle zwanzig Minuten lang drinbleiben konnte, ohne allzu sehr zu frieren. Mum meinte, sie würde irgendwann einen elektrischen Schlag kriegen, aber Kitty war der Meinung, dass es angesichts des Zustands dieser Ruine egal war, wo sie sich den Tod holte.

Sie hörte, wie draußen ein Auto vorfuhr, und fand nun, dass es Zeit wurde, sich ans mühsame Leeren der Wanne zu machen. Nie wieder würde sie einen Abfluss für selbstverständlich halten, nahm sie sich vor. Es war unglaublich mühsam, Eimer um Eimer ins Wasser zu tauchen, bis die Wanne leer und damit leicht genug war, um sie anzuheben. Da überlegte man sich zweimal, ob man sie überhaupt füllen wollte. Als sie sich ins Handtuch wickelte, hörte sie unten Matts Stimme.

Die meisten Leute schimpften, wenn sie die Handwerker im Haus hatten. Kitty musste an die Mütter ihrer früheren Schulfreundinnen denken, wie sie sich über den Staub, den Dreck, die

Kosten und das Chaos beschwert hatten. Sie redeten darüber, als ob es ein Martyrium wäre, das man durchstehen musste.

Kitty fand das gar nicht. Es ging nun schon zehn Tage so, und obwohl sie auf Schritt und Tritt aufpassen musste, um nicht in irgendwelche Löcher im Boden zu treten, und keine Unterhaltung führen konnte, ohne durch das Kreischen eines Bohrers oder das Knallen irgendwelcher Dielen gestört zu werden, die aus ihren Verankerungen gerissen wurden, gefiel es ihr. Es war schön, Gesellschaft zu haben und nicht immer nur allein zu sein mit Mum, die meistens mit dem Kopf woanders war, und Thierry, der nie etwas sagte.

Matt McCarthy redete mit ihr wie mit einer Erwachsenen, und seinen Sohn kannte sie von der Schule. Es fiel ihr schwer, einen Raum zu betreten, in dem sich Anthony aufhielt. Irgendwie machte er sie verlegen, und sie geriet ins Stottern. Sie wünschte, sie hätte mit ihren alten Freundinnen quatschen können. Die hätten ihr sagen können, ob er süß war oder ob sie sich das bloß einbildete.

Als Matt zum ersten Mal mit seinem Sohn aufgetaucht war, hatte sie sich geschämt, dass Anthony ihr Haus so zu sehen bekam. Er musste ja denken, dass sie immer so gelebt hatten! Sie hätte am liebsten gesagt: «Früher haben wir in einem normalen Haus gewohnt, weißt du. Mit Kühlschrank und allem.» Mum hatte angefangen, die Sachen, die gekühlt werden mussten, in Körben draußen vor dem Fenster aufzuhängen, wo die Füchse nicht an sie herankonnten, und das Obst in Orangennetzen, um es von den Mäusen fernzuhalten. Das gefiel Kitty irgendwie, weil es von außen ein bisschen wie in einem Lebkuchenhaus aussah, andererseits jedoch schämte sie sich. Wer musste schon sein Essen raushängen? Sie hatte Angst, Anthony könnte in der Schule eine Bemerkung machen und alle würden sie auslachen, aber bis jetzt hatte er nichts gesagt.

Einmal, letzte Woche, als Matt herausfand, dass sie in dieselbe Schule gingen, hatte er gefragt: «Warum führst du Kitty nicht mal aus, Junge? Ihr könntet in die Stadt fahren, du könntest ihr die Sehenswürdigkeiten zeigen.» Einfach so. Als ob es gar nichts wäre. Anthony hatte so komisch mit den Schultern gezuckt. Es hatte den Eindruck gemacht, als hätte er schon Lust dazu, aber vielleicht war er auch nur darauf eingegangen, um seinen Vater nicht zu kränken. «Du findest es hier sicher langweilig, nach dem aufregenden Leben in der Großstadt», hatte Matt gesagt, als sie ihnen einen Tee brachte – als ob sie in London andauernd durch die Discos gezogen wäre. Sie war sich sicher, dass Anthony die Augenbrauen hochgezogen hatte, und da war sie gleich wieder rot geworden.

Byron, der fast immer nur draußen zu tun hatte, redete kaum. Sie hatte den Eindruck, dass er sich in Häusern unwohl fühlte und sich lieber im Freien aufhielt. Er war größer als Matt und ziemlich attraktiv, aber er schaute seinem Gegenüber nie in die Augen. «Byron ist unser großer Redner, nicht wahr, Kumpel?», scherzte Matt gelegentlich, und Byron lächelte dann auf eine Weise, die deutlich machte, dass er das nicht witzig fand.

Mum war die meiste Zeit gestresst. Sie hasste es, dass die Männer andauernd das Radio laufen ließen. Sie mochte keine Popmusik, kapierte sie einfach nicht, und Dad hatte immer gesagt, Musik einfach so dudeln zu lassen sei akustische Umweltverschmutzung. Aber sie schien es nicht über sich zu bringen, die Männer zu bitten, das Radio abzuschalten. Sie hatte das große Schlafzimmer räumen müssen, da dort zu viel renoviert werden musste, und war in den Abstellraum gezogen. Zum Geigespielen ging sie jetzt immer rauf aufs Dach – der einzige Ort, wo sie genug Ruhe hatte, wie sie sagte. Wenn Kitty ihre Mutter oben auf dem Dach spielen hörte und unten Matts Radio plärrte, dann kam ihr das fast vor wie ein Wettstreit.

Thierry schien überhaupt nichts mitzukriegen. Er verbrachte fast seine ganze freie Zeit draußen im Wald, und Mum sagte, man solle ihn lassen. Kitty hatte ihn gefragt, was er die ganze Zeit dort draußen trieb, aber er hatte bloß mit den Schultern gezuckt.

Ein Stockwerk über Kitty entrollte Matt McCarthy die Pläne, die der Architekt ihm vor achtzehn Monaten gezeichnet hatte. Er hielt sie ans Fenster und überlegte, welche der sorgfältig ausgetüftelten Umbaumaßnahmen sich am besten als Renovierungsarbeiten tarnen ließen. Einige, wie zum Beispiel der Anbau hinten, gingen natürlich nicht, aber andere, wie das Verlegen des Badezimmers, die Umgestaltung des Schlafzimmers und die neuen Fenster in den oberen Stockwerken, ließen sich Mrs. Delancey ganz leicht verkaufen. In der Küche etwas anzufangen hatte dagegen wenig Sinn, bevor er nicht ihr Okay für den Anbau hatte. Aber es gab genug grundlegende Arbeiten, die man zuvor machen konnte. Tatsächlich, dachte Matt, lag er gar nicht so falsch, wenn er davon ausging, dass er Arbeit für mehrere Monate vor sich hatte. Die er der Hausherrin natürlich in Rechnung stellen würde.

Er atmete den vertrauten Geruch des alten Hauses ein. Jetzt war er froh über die Wendung der Dinge. Es war schön, hier zu arbeiten. In diesem alten Gemäuer hatte er das Gefühl, sein Leben wieder im Griff zu haben.

Er rollte die Pläne zusammen und schob sie sorgfältig zurück in die Pappröhre, drückte die Kappe drauf und legte sie in seine große Tasche. In diesem Moment tauchte Byron im ersten Stock auf. Für einen Mann seiner Größe war er erstaunlich leise. Zu leise, für Matts Geschmack.

«Okay», sagte Byron, «was machen wir heute?»

«Gute Frage. Und eine Million möglicher Antworten.»

«Wie läuft die Arbeit am Haus?» Asad polierte Äpfel mit einem Lappen, Kitty saß auf einer Obstkiste neben dem Kühlschrank und nippte an ihrem Tee. «Mr. McCarthy scheint ja mittlerweile fast täglich bei euch zu tun zu haben.»

«Er und sein Sohn. Und Byron, aber der kommt nicht jeden Tag.»

«Und? Geht es voran? Habt ihr es jetzt schon ein bisschen besser?»

«Das würde ich nicht unbedingt sagen.» Kitty atmete tief ein – Henry hatte Olivenbrot gebacken, und es roch einfach himmlisch. «Aber sie haben eine ganze Menge rausgerissen.»

«Ich hab gehört, dass es dort nicht viel geben soll, das rettenswert wäre.» Henry war aus dem Hinterzimmer aufgetaucht und legte behutsam zwei Laibe Brot in den Brotkorb. «Gibt es noch antike Einrichtungsgegenstände?»

Kitty verzog das Gesicht. «Glaube nicht. Höchstens vielleicht Spinnen. Hab neulich eine in meiner Sockenschublade gefunden. Die war so riesig, ich dachte schon, sie wollte sich eine Socke klauen.»

Asad legte den Kopf schief. «Und wie geht es deiner Mutter?» Er sagte es, als ob er erwartete, dass es ihr irgendwie schlecht ging.

«Ach, ganz gut. Sie macht sich Sorgen wegen der Kosten. Sie sagt, es ist viel teurer, als sie dachte.»

«Na, Matt McCarthy ist wohl nicht gerade billig», bemerkte Henry schnaubend.

«Ach, Mum sagt, dass er das meiste fast umsonst macht.» Henry und Asad wechselten einen Blick. «Matt McCarthy?»

«Sie sagt, wir haben Glück, so gute Nachbarn zu haben. Wenn das in London passiert wäre, dann würden wir jetzt schön in der Klemme stecken. Er tut, was er kann, damit es nicht zu teuer wird.»

Sie blickte sehnsüchtig zum Brot. Das Frühstück war eine Ewigkeit her.

«Möchtest du eins davon haben? Du kannst es beim nächsten Mal bezahlen, wenn du willst.»

«Echt? Dann bringe ich das Geld morgen vorbei.»

Asad schüttelte ungeduldig den Kopf, als ob das nicht wichtig wäre. «Sag mal, Kitty, hat Matt eigentlich schon was über ... die Geschichte des Hauses erzählt?»

Kitty war zu sehr auf das Brot fixiert, um den Blick zu bemerken, den Henry seinem Lebensgefährten zuwarf.

«Nein», sagte sie zerstreut. Was hatten die Leute hier bloß immer mit der Geschichte?

«Natürlich nicht», sagte Asad. «Warte, ich gebe dir eine Tüte für das Brot.»

Byron war seit einer halben Stunde damit beschäftigt, das Gehölz auf Stock zu setzen, als er plötzlich merkte, wofür Elsie sich so sehr interessierte. Seit Meg, seine Colliehündin, letzte Woche ihren Wurf bekommen hatte, war Elsie seltsam unruhig und winselte ständig. Nun sah er den eigentlichen Grund für ihre Nervosität. Seine Axt sauste gerade auf einen weiteren Eschenschössling herab, als er im Augenwinkel etwas Blaues aufblitzen sah.

Der Junge folgte ihm schon seit Tagen. Wenn er die Fasanenküken fütterte, den Elektrozaun installierte oder jetzt, beim Stockausschlag des Waldstücks zwischen dem Spanischen Haus und Matts Haus. Immer hatte er einen kleinen, blassen Schatten. Der Junge beobachtete ihn gewöhnlich eine Viertelstunde oder länger, aber sobald Byron auch nur die geringsten Anstalten machte, sich in seine Richtung zu bewegen, verschwand er.

Byron war mittlerweile natürlich klar, um wen es sich dabei

handelte. Er warf den abgeschlagenen Eschentrieb zu den anderen auf den Haufen und drehte sich zum Wurzelstrunk um. Mit seinem Akkubohrer begann er, ein paar Löcher hineinzubohren, in die er Gift streuen wollte, damit der Baum nicht mehr nachwachsen konnte. Eschentriebe konnten nämlich zu einer Plage werden.

«Willst du mir helfen?», fragte er ruhig, ohne sich umzudrehen.

Stille.

Byron bohrte weitere sechs Löcher. Er konnte dabei die Blicke des Jungen auf sich spüren. «Schon gut. Ich rede auch nicht gern.»

Er drehte sich noch immer nicht um, doch kurz darauf hörte er zögernde Schritte näher kommen.

«Lass die Finger von der Hündin. Sie kommt von selbst zu dir, wenn sie so weit ist. Und wenn du helfen willst, dann nimm diese kleineren Triebe da. Aber vorsichtig», mahnte er, während der Junge sich bückte und einen Arm voll hochnahm.

Byron schleifte drei der jungen Bäume hinaus aufs Feld. Er hatte sie eigentlich später holen und die größeren zu Feuerholz zersägen und für den Winter lagern wollen. Aber das hatte nicht viel Sinn, da er ja nicht wusste, wo er dann wohnen würde.

Er dachte an die Holzdielen, die sie aus dem Spanischen Haus herausgerissen hatten und die sich nun neben der großen Scheune türmten. Das meiste davon war, soweit er es beurteilen konnte, trocken und völlig in Ordnung gewesen. Aber er hatte seine Lektion gelernt und hütete sich, Matt noch mal zu kritisieren.

«Wirf sie hierhin», befahl er und deutete auf den Haufen. Der Junge schleifte einen Schössling durchs hohe Gras am Feldrand und ließ ihn ächzend auf den Haufen fallen.

«Willst du mir noch ein bisschen helfen?»

Der Junge schaute ihn unter dunklen Wimpern ernst an. Er nickte.

«Wie heißt du?»

Der Junge schaute auf seine Füße. Elsie schnüffelte an seinen Turnschuhen, und er blickte zu Byron auf, wie um sich zu vergewissern, dass es in Ordnung war, den Hund zu streicheln. Dann beugte er sich vor und rubbelte Elsie den Kopf. Elsie warf sich auf den Rücken und zeigte schamlos ihren rosa Bauch. «Thierry», sagte er so leise, dass Byron es kaum hören konnte.

«Magst du Hunde, Thierry?», fragte er betont gelassen.

Der Junge nickte schüchtern. Elsie grinste ihn auf dem Rücken liegend an. Dabei hing ihr die Zunge seitlich aus dem Maul.

Byron hatte den Jungen ein paarmal im Haus gesehen, doch selbst dort war er nur ein blasser Schatten, verbrachte seine Zeit zusammengesunken vor irgendeinem Computerspiel. Byron wusste selbst nicht so recht, warum er ihn angesprochen hatte. Er war normalerweise lieber allein.

«Wenn du mir noch ein bisschen mit denen da hilfst, frage ich deine Mutter nachher, ob du dir unsere neuen Welpen anschauen darfst. Na, wie wäre das?»

Das Strahlen des Jungen traf ihn völlig überraschend, und er bekam sofort ein unbehagliches Gefühl. Worauf hatte er sich da eingelassen? Er war sich nicht sicher, ob er wirklich für so viel Glück verantwortlich sein wollte.

«Hell wie der neue, neue Tag.» Das waren Thierrys letzte zusammenhängende Worte gewesen. Mit lauter, klarer, glockenheller Jungenstimme hatte er sein Gedicht vorgetragen und die letzte Zeile mit einem Lächeln beendet. Er hatte einen Preis dafür gewonnen, hatte es den Eltern bei einer Schulveranstaltung vorgetragen. Und Isabel, die zur Abwechslung mal nicht von ihrem Orchester beansprucht gewesen war, hatte im Publikum gesessen und wie verrückt geklatscht. Gelegentlich hatte sie einen Blick auf den leeren Plastikstuhl neben sich geworfen und sich gefragt, wo Laurent blieb. Er hatte hoch und heilig geschworen, auf jeden Fall zu kommen. Aber sie war nicht verärgert wie die anderen Mütter, deren Ehemänner nicht erschienen waren. Sie freute sich, zur Abwechslung mal diejenige zu sein, die gekommen war.

«Er war sehr gut, nicht?», sagte Mary leise. In der Stuhlreihe vor ihnen drehte sich eine Mutter um und strahlte sie an.

«Einfach perfekt.» Isabel lächelte. «Wunderbar.»

Als Thierry von der Bühne ging, fing sie seinen Blick auf. Er hatte ihr schüchtern zugewinkt und versucht, sich seinen Stolz nicht zu sehr anmerken zu lassen. Sie hatte überlegt, ob sie aufstehen und zu ihm hinter die Bühne gehen sollte, wollte dann aber die anderen Schüler, die ihre Auftritte noch vor sich hatten, nicht stören. Sie wusste selbst am besten, wie lästig es war, wenn ein Einzelner aufstand, um einen vollen Saal zu verlassen. Also war sie sitzen geblieben. Das bereute sie bis heute. Wäre sie doch bloß zu ihm gegangen und hätte ihn noch einmal das Gedicht aufsagen hören, das er tausendmal geübt hatte, mit seiner glockenreinen, sorglosen, achtjährigen Stimme, den Kopf voller Schuljungensorgen, *Star Wars*, Süßigkeiten und dem bevorstehenden Übernachtungsbesuch seines besten Freundes. Wäre sie doch vor der Polizei bei ihm gewesen. Er hatte ihr zuvor zugeflüstert, dass er sie liebhatte, aber so, dass seine Freunde es nicht hören konnten. «Hell wie der neue, neue Tag.» Diese Stimme. Anstatt der wenigen, niederschmetternden Worte des ernsten Polizeibeamten. *Ja*, hatte sie gesagt und Thierrys Schulter umklammert, als würde ihr Körper bereits wissen, was ihr Verstand noch leugnete, *ich bin Isabel Delancey. Was für ein Unfall?*

«Entschuldigen Sie – das habe ich nicht ganz verstanden.» Isabel stand in der Küche und schaute zu Byron auf. Thierrys

Hände waren ganz grün, und auf seinem Sweatshirt klebten Rindenstücke. Sie wiederholte, was er gerade gesagt hatte. «Sie möchten, dass mein Sohn zu Ihnen nach Hause kommt, um sich irgendwelche Welpen anzuschauen?»

«Meine Hündin hat letzte Woche Junge gekriegt. Thierry würde sie sich gerne ansehen.» Er sprach es wie «Terry» aus.

«Ihre Welpen.»

Als Byron hörte, wie sie das sagte, verdüsterte sich seine Miene. «Meine Schwester und ihre Tochter werden auch da sein», sagte er steif.

Isabel errötete. «Ich wollte nicht ...»

«Der Junge ist mir zur Hand gegangen. Ich dachte, vielleicht würde er ja gerne meine Nichte und die Hündchen kennenlernen.» Seine Stimme klang rau und abweisend.

«He, Byron. Schon fertig?» Matt tauchte hinter ihr auf, und Isabel zuckte zusammen. Er gehörte zu den Männern, die eine übergroße Präsenz besaßen.

Byrons Kiefermuskeln traten hervor. «Ich hab etwa vierzig Triebe entfernt, hauptsächlich Esche. Aber ich möchte, dass du es dir erst mal anschaust, bevor ich weitermache.» Er wies auf seine Hündin, die aus der Küche lief. «Ich sagte gerade zu Mrs. Delancey, dass ich nichts dagegen habe, wenn sich ihr Sohn unsere Welpen anschaut. Aber das sollten wir vielleicht doch lieber lassen.»

Sie konnte sehen, wie zornig er war. Sie hatten während der beiden Tage, in denen er im Haus beschäftigt gewesen war, kaum ein Wort gewechselt. Er hatte ihr grüßend zugenickt, und sie hatte sich nicht getraut, den Vorfall mit dem Gewehr noch einmal zu erwähnen.

Thierry schaute seine Mutter flehentlich an.

«Na gut, ich hab nichts dagegen», sagte sie unsicher und trat beiseite, um Matt in die Küche zu lassen.

«Bei Byron geschieht Ihrem Jungen nichts. Welpen anschauen heißt in der Stadt was anderes.» Er stieß ein bellendes Lachen aus. «Pass lieber auf, wie du dich in Zukunft ausdrückst, Byron.»

«Ich habe nie auch nur einen Augenblick ...» Sie fuhr sich mit der Hand an die Kehle. «Byron, ich wollte damit nicht sagen, dass ...»

«Das macht nichts», wies Byron sie ab und wandte sich zum Gehen. «Lassen wir das mit den Welpen. Ich muss jetzt gehen. Bis morgen, Matt.»

Thierry zerrte am Ärmel seiner Mutter, aber Byron war schon fort. Der Junge starrte auf die Stelle, wo der Mann soeben noch gestanden hatte, dann schoss er seiner Mutter einen wütend-enttäuschten Blick zu und rannte davon. Sie hörte seine Schritte bis hinauf zur Tür, die er laut zuknallte.

«Sie sollten nicht auf das hören, was die Leute über Byron reden», sagte Matt, und irgendetwas glitzerte in seinen Augen. «Er ist ein guter Kerl.»

Isabel hatte keine Zeit, über diesen rätselhaften Satz nachzudenken. Sie rannte die Stufen ins Erdgeschoss hinauf und aus dem Haus. «Byron!», rief sie. Als er nicht reagierte, schrie sie: «So warten Sie doch! Bitte!»

Außer Atem holte sie ihn schließlich ein. «Es tut mir so leid», sagte sie, und ihre Absätze sanken tief in die lehmige Erde. «Ganz ehrlich. Ich wollte Sie nicht beleidigen.» Er wirkte eher resigniert als zornig. «Bitte, lassen Sie Thierry mitkommen.» Sie ließ die Arme sinken. «Er hat eine schwere Zeit hinter sich ... Er redet nicht viel. Eigentlich gar nicht. Aber ich weiß, wie sehr es ihn freuen würde, sich Ihre Hunde ansehen zu dürfen.»

Byrons Terrier hatte bereits das Ende des Gartens erreicht und wartete dort erwartungsvoll auf ihn.

«Ich hole ihn», sagte sie, sein Schweigen als Einwilligung

auffassend. «Wenn Sie nur fünf Minuten warten. Ich geh ihn holen.»

«Nicht nötig.» Byron wies mit einer Kopfbewegung zur Gartenhecke, hinter der man einen blauen Pulli erkennen konnte. «Er wäre mir sowieso nach Hause gefolgt.»

Laura McCarthy strich die sechste Testfarbe an die Schlafzimmerwand und trat zurück. Egal, welche Farbmischung, welchen Farbton sie auch versuchte, irgendwie stimmte es nicht. Auch die Stoffproben für die neuen Vorhänge, die sie aus der Stadt mitgebracht hatte, passten nicht. Keine ihrer klassischen Kombinationen wollte funktionieren. Sie hatte sich entschlossen, ihr gemeinsames Schlafzimmer ein wenig umzugestalten, um sich von dem Verlust des Spanischen Hauses abzulenken. Aber irgendwie war ihr der Spaß an der Sache vergangen. Die Wände waren die alten Wände, und die neuen Vorhänge würden nicht an den großen Erkerfenstern des Schlafzimmers im Spanischen Haus hängen, von dem aus man einen herrlichen Blick auf den See hatte.

Sie hatte sich dieses Haus so sehr gewünscht. Matt gegenüber hatte sie nichts gesagt, weil sie seine schlechte Laune nicht noch hatte verschlimmern wollen, aber sie fühlte sich betrogen, bestohlen. Als hätte sich ein Hausbesetzer dort eingenistet – in dem Haus, das ihrer Familie zustand. Sie neigte nicht zum Melodramatischen, aber ihr kam es fast vor, als habe sie ein Kind verloren. Und vor den anderen Frauen neulich so tun zu müssen, als mache es ihr nichts aus, war furchtbar schwer gewesen. Sie hatte so viele Pläne gemacht, hatte jeden Raum durchdacht, schon alles vor sich gesehen. Es wäre so schön geworden. Ein Schmuckstück. Dennoch war es nicht so sehr das Haus, um das sie trauerte, sondern um das, was ihre Familie dort hätte sein können.

Laura drückte seufzend den Deckel auf die kleine Farbdose, den Blick auf die bunten Quadrate an der Schlafzimmerwand gerichtet, während sie auf Matts fernes Hämmern lauschte. Er war seit Wochen guter Laune, aber auch irgendwie abwesend, als wäre er mit den Gedanken permanent woanders. Heute früh hatte er ihr einen Scheck von der Delancey überreicht und scherzhaft gesagt, sie solle ihn schnell einlösen, bevor er platze. Sie hoffte, dass es nicht diese Vorstellung war, über die er sich so freute, und nicht etwas anderes.

Die Frau war so seltsam, so verletzlich. Es war offensichtlich, dass sie keine Ahnung vom Landleben hatte oder von der Sanierung eines Hauses. In Gesellschaft anderer wirkte sie linkisch, schien sich nicht mal richtig unterhalten zu können. Wie ein Fisch auf dem Trockenen hatte sie in ihren komischen Sachen in Lauras Wohnzimmer gestanden, und Laura war angesichts der Fehler, die die Frau machte, leichter ums Herz geworden. Dennoch konnte sie nicht umhin, sich vorzustellen, wie es wohl für sie sein mochte, ganz allein mit zwei Kindern in diesem baufälligen Haus. Sie wirkte verloren, aber auch eigenartig wild und trotzig, als würde die kleinste falsche Bemerkung eine heftige Angriffsreaktion hervorrufen. Für die Vettern war sie ein «frischer Wind» im Dorf, aber die beiden waren zu allen nett. In letzter Zeit sah Asad sie so eindringlich an, wenn sie den Laden betrat, als wolle er ihr sagen, er wisse über Matt Bescheid, und dann fühlte Laura sich sehr unbehaglich. Er lächelte auf so eigenartig mitleidige Weise. Vielleicht sah er sie ja genauso, wie sie selber Isabel Delancey bei dem Kaffeeklatsch gesehen hatte. Matt hatte seine Frau mehrmals gedrängt, doch rüberzugehen und sie zu besuchen, aber damit hatte er jetzt aufgehört. Vielleicht hatte er ja gemerkt, wie unangenehm ihr das war. Laura hielt es für besser, Distanz zu wahren. Verstellung lag ihr nicht. Was sollte sie sagen, wenn

Mrs. Delancey sie nach ihrer ehrlichen Meinung zum Haus fragte?

Aus dem Spanischen Haus drangen ein Ächzen und dann ein lautes Krachen. Sie fragte sich, was Matt dort anstellte. Er sagte, es würde am Ende ihnen gehören. Das war alles, was sie interessieren musste. Diese Frau passte nicht in dieses Haus, passte nicht hierher. Und es war alles erlaubt, in der Liebe wie im Krieg. Und bei Immobilien.

Laura McCarthy zog den Vorhang zurecht. Auf sie wartete ein Berg Bügelwäsche. Ruby, ihre Haushaltshilfe, schaffte es einfach nicht, die Hemden so zu bügeln, wie Matt es mochte.

KAPITEL 10

Aus dem Frühling wurde allmählich Sommer, und Isabel hatte in eine Art von Routine gefunden, die sie noch vor einiger Zeit für unmöglich gehalten hätte. Aber ihr derzeitiges Leben hätte sie sich ohnehin nicht vorstellen können. Jeden Morgen schickte sie die Kinder über den Waldweg zum Schulbus. Nach einer Tasse Kaffee ging sie ans Bettenmachen, dann brachte sie einen Korb Wäsche in die Küche hinunter, wo die neue Waschmaschine stand. Wenn es das Wetter erlaubte, hängte sie die Wäsche zum Trocknen nach draußen, spülte das Frühstücksgeschirr, kümmerte sich um die Post und überlegte, was sie den Kindern zum Essen kochen sollte. Anschließend versuchte sie gewöhnlich, die staubigen und schmutzigen Fußspuren, die sich durchs ganze Haus zogen, wegzuwischen.

Sie machte Matt – und wem immer er dabeihatte – die erste von zahllosen Tassen Tee und versuchte, ein Dutzend Fragen zu beantworten, die ihr nie in den Sinn gekommen wären: Wo sie die neuen Lichtschalter hinhaben wolle? Welche Anschlüsse sie bevorzuge? Wie breit sie diese Öffnung haben wolle? Nie hatte sie sich mehr gelangweilt. Mittlerweile wusste sie Marys Arbeit erst richtig zu schätzen. Was die Gute alles in ihrer unauffälligen Art geleistet hatte, während sie, Isabel, in ihre Musik vertieft gewesen war! Und währenddessen wartete sie ungeduldig auf ein stilles Stündchen, in dem sie sich zum Geigespielen zurückziehen konnte, in dem sie den Kopf freibekommen und mehr sein konnte als die Putzfrau, Köchin und Teekellnerin, die aus ihr geworden zu sein schien.

Ihren Kindern gefiel diese neue Mutter vermutlich ganz gut. Sie konnte mittlerweile mehrere Gerichte ganz passabel kochen, hatte den Ostflügel so weit hergerichtet, dass er einen Anflug von Gemütlichkeit verströmte – zumindest die Räume, die nicht mit Plastikplanen verhüllt waren. Sie half, wo sie konnte, bei den Hausaufgaben. Sie war immer da, die ganze Zeit.

Was sie jedoch am meisten hasste – und das war ihren Kindern wohl nicht bewusst –, war das Uferlose an diesen Arbeiten. Kaum war etwas geputzt, wurde es schon wieder schmutzig. Und der Wäscheberg wollte einfach nicht kleiner werden; selbst kaum getragene Kleidung fand ihren Weg in den Korb. Dann schrie sie Kitty und Thierry an und hasste sich für ihre schrille Stimme. Einmal war sie so dermaßen vom Wäscheaufhängen angeödet gewesen, dass sie einfach den Korb fallen gelassen hatte und zum See gegangen war. Nur ihre Schuhe hatte sie ausgezogen. Das Wasser war so eisig gewesen, dass sie lachend nach Luft geschnappt hatte, aus reiner Freude daran, überhaupt wieder etwas zu fühlen. Matt hatte mit seinem Sohn auf dem Gerüst gestanden, und beide hatten verblüfft zu ihr heruntergeschaut.

«Ist das Ihre Art, mir zu verstehen zu geben, dass ich mit dem Bad vorankommen soll?», hatte er gewitzelt, und sie hatte mit klappernden Zähnen genickt.

Manchmal fragte sie sich, was Laurent wohl sagen würde, wenn er sähe, wie sie in Gummihandschuhen eine Pfanne schrubbte. Oder wenn er sie schwitzend und fluchend den antiken Rasenmäher durchs hohe Gras schieben sähe, um im Garten wenigstens den Anschein von Ordnung zu erwecken. Manchmal stellte sie sich vor, wie er mit einem amüsierten Lächeln in einem Sessel saß und sagte: «*Alors, chérie! Mais qu'est-ce que c'est?*»

Aber all das war nichts gegen den wachsenden Berg von Problemen, der durch Matts Bemühungen verursacht wurde. Jedes Mal, wenn sie ihm über den Weg lief, schien er mit dem Stift in irgendeinem verrotteten Stück Holz zu bohren oder einen rostigen Belag prüfend zwischen Daumen und Zeigefinger zu reiben. Das Haus war in noch schlechterem Zustand, als sie angenommen hatte.

Jeder Tag brachte eine neue unangenehme Überraschung: wurmstichige Balken, leckende Rohre, eine undichte Stelle im Dach. Zögernd eröffnete Matt ihr dann jedes Mal das Problem, fügte aber sofort hinzu: «Das kriegen wir schon hin.» Für ihn schien jedes Problem lösbar zu sein. Er wirkte so zupackend, so unerschütterlich. Es gebe nur sehr wenig, was er in seinem Leben nicht gesehen hätte, versicherte er ihr, und noch weniger, das sich nicht richten ließe. Sie hatte ihm bis jetzt fast die Hälfte ihrer Ersparnisse ausgehändigt. Für Holz, Kabel, Isolierplatten und Schindeln. Alles lagerte in sauberen Stapeln in den Außengebäuden. Daneben türmten sich Berge aus Bauschutt. Sie kam sich fast vor, als lebte sie in einem Baustoffhandel.

Er hatte sie gewarnt, dass sie wahrscheinlich monatelang im Haus zu tun haben würden. «Wir versuchen, Ihnen so weit wie möglich aus dem Weg zu gehen», hatte er ihr versprochen, aber schon bald war ihr klargeworden, dass das unmöglich war. Der Mörtelstaub drang überallhin, in jedes Zimmer, aber, was noch schlimmer war, auch in jede Körperöffnung. Kittys Augen waren ganz rot, und Isabel musste dauernd niesen. Lebensmittel mussten immer zugedeckt werden. Es kam regelmäßig vor, dass Isabel einen Raum betrat und dort plötzlich keinen Bodenbelag mehr vorfand oder keine Tür, die dann gewöhnlich irgendwo ausgehängt lehnte. «Wenigstens passiert was, Mum», versuchte Kitty sie zu trösten. «Und es bedeutet, dass wir am Ende ein schönes Zuhause haben werden.»

Daran versuchte Isabel zu denken, wann immer sie sich auf der Baustelle umsah, die sie bewohnten. Die erschreckende Vorstellung, dass ihr auf halbem Wege das Geld ausgehen könnte, versuchte sie zu verdrängen.

Isabel saß mit untergeschlagenen Beinen auf dem Sofa und blätterte in einem Karton mit Rechnungen und Kontoauszügen. Gelegentlich hielt sie stirnrunzelnd zwei Blätter hoch, als ob sie sie vergleichen wollte, nur um sie sogleich verzweifelt sinken zu lassen. Kitty, die mit ihren Hausaufgaben kämpfte, versuchte, sich nicht davon ablenken zu lassen. Thierry saß im Fernsehsessel und spielte ein Videospiel. Nur seine Daumen bewegten sich. Mr. Granger war in der Küche und erneuerte die Verkleidung eines Rauchfangs. Über ihnen waren Matt, Byron und Anthony mit irgendetwas Gigantischem beschäftigt, denn ihre Bohrer ließen das ganze Haus erzittern. Unterdessen regnete es unaufhörlich, und der Himmel hing grau über dem Land und verstärkte die bedrückte Stimmung im Haus. Mehrere Eimer standen in der Diele und in einem der Schlafzimmer, in die monoton Wasser tropfte.

«Ich kann keine Zahlen mehr sehen!», rief Isabel aus und schob den Karton von sich. «Wie hat euer Vater das bloß geschafft, tagaus, tagein? Ich begreife es nicht.»

«Ich wünschte, er könnte mir mit Mathe helfen», sagte Kitty wehmütig. «Ich kapiere es einfach nicht.»

Isabel streckte sich und schaute ihrer Tochter über die Schulter. «Oh, Schätzchen, tut mir leid, aber das ist mir zu hoch. Dein Daddy war der Schlaue in der Familie.»

Sie schwiegen. Thierry stand auf und schlug mit den Fäusten

auf die schweren Vorhänge ein, dass es nur so staubte. «Lass das, T», befahl Kitty gereizt.

Thierry haute nur noch fester zu und wirbelte dicke weiße Staubwolken auf.

«Mum!» Kitty verzog das Gesicht.

Und als Isabel nichts tat: «Mum! Schau, was er macht!»

Ihre Mutter ging zu ihm und strich mit einer weißen Hand über sein Haar. Sie schaute an den Vorhängen hinauf und sagte: «Die sind furchtbar, oder? Man sollte sie wirklich mal gründlich ausklopfen.»

«Aber nicht jetzt», beschwerte sich Kitty, aber es war bereits zu spät. Ihre Mutter begann, die Vorhänge heftig zu schütteln. Mächtige Staubwolken wallten auf, und Thierry musste husten.

«Keine Sorge», sagte Isabel, während sie die Vorhänge ausschwang. «Ich werde nachher staubsaugen.»

«Mum, wie kannst du ...?», keuchte Kitty, doch da ertönte ein lautes Knarren, und die schweren Vorhänge stürzten mitsamt der Stange und einem ganzen Stück Wand zu Boden. Putzbrocken flogen, es staubte, und ihre Mutter warf instinktiv die Arme über den Kopf. Nach einer kurzen, geschockten Stille, in der Kitty die riesigen Löcher in der Wand anstarrte, wo jetzt der Ziegel hervorschaute, begann Isabel zu kichern.

«Ach, Mum ... Was hast du bloß angerichtet?» Kitty trat näher, um das ganze Ausmaß der Verwüstung in Augenschein zu nehmen.

Isabel schüttelte sich Gipsstaub aus den Haaren. «Ach, sie waren scheußlich.»

«Ja, aber wenigstens waren es Vorhänge. Jetzt haben wir keine mehr.»

Ihre Mutter konnte manchmal richtig nervtötend sein. Jetzt ging sie zur Stereoanlage. «Ist mir egal, Kitty. Es sind doch bloß Vorhänge. Seit heute früh habe ich mit nichts anderem zu tun als mit blöden Vorhängen, Rechnungen und Hausarbeit. Mir reicht's. Kommt, machen wir uns ein bisschen Musik.»

Über ihnen hatte das Gehämmer aufgehört. Oh nein, dachte Kitty, bitte nicht jetzt. Nicht, wenn Anthony da ist. «Mum, ich muss Hausaufgaben machen.»

«Aber du musst auch Spaß haben. Ich helfe dir nachher bei den Hausaufgaben. Komm, Thierry, bring mir einen Vorhang. Zieh ihn von der Stange. Ich weiß genau, was wir damit machen können.»

Ihre Mutter trat von der Stereoanlage zurück, und Kitty hörte die ersten Takte von *Carmen* von Bizet. Oh nein, dachte sie, das kann sie doch nicht bringen. Aber Isabel war neben Thierry in die Hocke gegangen und hatte sich einen Vorhang geschnappt. Den wickelte sie sich nun um die Hüften.

«Mum, bitte ...», flehte Kitty. Aber ihre Mutter begann sich bereits in der rhythmischen Musik zu verlieren, tänzelte durch den Raum, wirbelte den Vorhang herum, schlang ihn sich um die Schultern. Thierry nahm sich den anderen und tat es ihr nach. Sein Mund formte dabei Worte, die er nicht länger laut aussprechen wollte. Gereizt stakste Kitty zur Anlage, um die Musik abzuschalten, doch dann sah sie, wie sehr ihre Mutter sich darüber freute, dass Thierry tanzte, und da wusste sie, dass sie keine Wahl hatte. Mit verschränkten Armen stand sie da und schaute zu, wie die beiden umeinander herumtanzten, wie sie Oper spielten, und betete, dass es bald vorbei sein und, vor allem, dass die anderen nichts davon mitbekommen würden.

Natürlich kam Anthony genau in diesem Moment herunter. Byron ging mit einem Arm voll Holz, das sie rausgerissen hatten, an der Tür vorbei. Aber Anthony blieb stehen, die Wollmütze tief in die Stirn gezogen, und spähte, einen Hammer in der Hand, ins Zimmer. Kitty fing seinen Blick auf und wäre am liebsten im Boden versunken. So sehr hatte sie sich noch nie im Leben geschämt. Dachte sie jedenfalls. Doch dann erblickte ihre Mutter Anthony, schrie: «He, Anthony, Stierkampf!», und warf ihm ihren Vorhang zu. Thierry legte die Zeigefinger an die Stirn und ging in Angriffsstellung.

Kitty wollte sterben. Stierkampf war ein Spiel, das sie immer mit ihrem Vater gespielt hatten. Er hatte mit einem Handtuch gewedelt, und sie und Thierry hatten ihn attackiert, wobei er leichtfüßig aus dem Weg gesprungen war. Ihre Mutter konnte doch nicht wirklich Stierkampf spielen! Das war einfach nicht richtig. Und jetzt würde Anthony allen in der Schule erzählen, dass sie verrückt waren.

Aber er fing den Vorhang auf, legte seinen Hammer beiseite und stellte sich in Positur. Thierry rannte mit gesenktem Kopf auf ihn zu, und Anthony wich geschickt aus. Die Anwesenheit eines anderen Jungen schien Thierry förmlich zu elektrisieren; seine Angriffe wurden immer temperamentvoller, immer ungehemmter. Die Musik nahm an Tempo zu, und Thierry stürmte durchs Zimmer wie der sprichwörtliche Bulle, rannte Tischchen um, ließ Teppiche fliegen, zwang Anthony mehrmals, beherzt aufs Sofa zu springen. Ihre Mutter stand in der Ecke und lachte sich kaputt. Thierry brüllte und scharrte mit einem «Huf». Anthony wedelte mit dem Vorhang und schrie: «*Olé!*»

Und auf einmal schrie auch Kitty, feuerte sie an. Und zum ersten Mal seit wer weiß wie lange war sie glücklich. Sie lachte, alle lachten, die Musik, der Lärm – ja, sie war glücklich, richtig glücklich. Ihre Mutter schnappte sich Thierrys Vorhang und begann wieder zu tanzen. Kitty lief zu ihr und versuchte, ihr den mottenzerfressenen Stoff zu entreißen. Es war wundervoll, sich um den Vorhang zu balgen. Doch dann ertönte oben ein fürchterliches Krachen, dass das ganze Haus erzitterte. Die CD blieb hängen, und alle standen einen Moment lang stocksteif vor Schreck da. Isabel schaltete die Musik ab.

«Verdammt, was war das?», fragte sie, und da ertönte ein weiteres, nicht ganz so lautes Krachen, gefolgt von einem gedämpften Ausruf.

Kitty warf den Vorhang beiseite und rannte zusammen mit den anderen nach oben. Dicke Staubwolken quollen aus dem großen Schlafzimmer. Matt kam hustend herausgestolpert und rieb sich die Augen. «Mannomann, das war knapp», keuchte er. «Ein paar Minuten eher, und es hätte Anthony erwischt.»

Anthony starrte erschrocken ins Zimmer. Die Hände über Mund und Nase gelegt, folgte ihm Isabel, trotz Matts Warnungen. Auch Kitty betrat vorsichtig das Schlafzimmer.

Die Zimmerdecke war verschwunden. Wo einst eine glatte, weiße Fläche gewesen war, gähnten nun nackte Balken, und man konnte den Speicherboden erkennen. In der Mitte des Zimmers türmte sich ein großer Haufen Putz und Balken, deren Enden spitz hervorragten. Da steht Mums Bett, dachte Kitty. Das alles hätte auf ihr landen können.

«Ich hatte mir das Stromkabel in der Decke angeschaut, um zu sehen, in welchem Zustand es ist», erklärte Matt, «und auf einmal ist die ganze Unterdecke runtergekommen, *krach*, und noch ein paar Balken. Das hätte uns umbringen können.»

Mr. Grangers Gesicht war vom Laufen gerötet. «Gott sei Dank, Ihnen ist nichts passiert», keuchte er. «Dachte schon, das Haus stürzt zusammen. Mir ist fast die Pumpe stehen geblieben.»

«Sind wir denn sicher?», fragte Isabel.

«Was?», fragte Matt.

«Ich meine – bleibt es bei diesen fauligen Deckenbalken? Oder müssen wir damit rechnen, dass noch mehr runterkommt?» Ihre Augen bohrten sich förmlich in die seinen.

Matt sagte nichts.

«Hab noch nie gesehen, dass eine Decke einfach so runterkommt», bemerkte der alte Mann.

«Aber damit hat es sich, oder?», beharrte Isabel. «Alles andere ist in Ordnung? Es war bloß dieses Zimmer?» Kitty sah, dass sie ihre Geige an sich drückte. Sie musste sie an sich gerissen haben, als sie dachte, das Haus stürze zusammen.

Eine kurze Stille trat ein. Sag was, flehte sie Matt stumm an, bitte sag was.

«Die anderen Räume sollten in Ordnung sein», sagte Anthony, der hinter ihr stand. «Ich verstehe das nicht. Die anderen Decken hier oben sind alle in Ordnung. Ich hab sie mir selbst angeschaut. Es war sicher bloß die hier.»

«Mag sein, Anthony, aber hast du genug Erfahrung, um das beurteilen zu können?», wandte Matt ein.

«Aber ich bin sicher …»

«Fängst du jetzt schon an, Garantien zu geben, Sohn? Du bist dir absolut sicher, dass dieses Gebäude solide ist?» Er starrte seinen Sohn an, als wolle er sagen: Wage es ja nicht, mir zu widersprechen.

«Was soll das heißen, Matt?»

Stille.

«Ich kann nichts versprechen, Isabel.» Er schüttelte den Kopf. «Ich habe Ihnen gesagt, was ich von dem Haus halte. Ich will Ihnen nichts vormachen.»

Kitty wollte gerade wieder nach unten gehen, als plötzlich ein lauter Knall ertönte, der im ganzen Haus widerhallte. «Was zum Teufel …» Isabel brach ab.

Es war, als sei plötzlich die ganze Luft aus dem Haus gesaugt worden. Matt stürzte, die Haare voller Gipsstaub, die Treppe hinunter, dicht gefolgt von Kitty und ihrer Mutter. Mein Gott, dachte sie, dieses Haus wird uns noch alle umbringen.

An der Tür stieß sie mit Matt zusammen. Byron stand mitten

in der Küche, ein rauchendes Gewehr über der Schulter. Ein paar Meter von ihm entfernt, an der Türschwelle, lag eine tote Ratte.

«Verflucht noch mal», sagte Matt und trat ein. «Was machst du denn da?»

Der Ratte quollen die Innereien aus dem Bauch, rot und feucht glänzend. Byron schien ebenfalls einen kleinen Schock abbekommen zu haben. «Ich kam rein, um die Schlüssel vom Lieferwagen zu holen, und da saß diese Ratte auf der Türschwelle, frech wie Oskar.»

«Igitt», hauchte Thierry, sich für den Moment ganz vergessend.

Kitty starrte das Tier mit einer Mischung aus Ekel und Mitleid an. Ihre Mutter krallte sich in ihren Arm. Nun richtete sie sich zu ihrer vollen Größe auf. «Was zum Teufel denken Sie sich eigentlich dabei, ein Gewehr in mein Haus zu bringen? Sind Sie verrückt?» Ihre Stimme war ganz heiser.

«Ich hab nichts mitgebracht», entgegnete Byron, «es ist Potsworths Flinte.»

Isabel riss ungläubig die Augen auf. «Was?»

«Hat sie da oben aufbewahrt.» Byron deutete auf den Vorratsschrank. «Ich dachte, Sie wüssten das.»

«Aber warum haben Sie geschossen?»

«Weil es eine Ratte ist. Was wollten Sie denn mit ihr machen – sie freundlich bitten zu gehen? Ratten in der Küche? Das dürfen Sie nicht zulassen.»

«Sie sind vollkommen verrückt! Ein Irrer sind Sie!», rief Isabel, drängte sich an Kitty vorbei und gab Byron einen heftigen Stoß. «Raus! Raus aus meinem Haus!»

«Mum!» Kitty packte ihre Mutter, die am ganzen Leib zitterte.

«Isabel, regen Sie sich nicht auf», sagte Matt. «Kein Grund zur Panik.»

«Sagen Sie es ihm», forderte sie ihn auf. «Er arbeitet schließlich für Sie. Sagen Sie ihm, dass man nicht einfach im Haus von jemandem ein Gewehr abfeuern darf!»

Matt legte seine Hand auf ihre Schulter. «Genau genommen, war es ja nicht direkt im Haus. Aber Sie haben recht. Byron, Mann, das war heftig.»

Byron rieb sich den Hinterkopf. «Tut mir leid. Ich wollte nicht, dass solche Viecher hier rumlaufen – wo Kinder im Haus sind. Ich hab hier noch nie eine Ratte gesehen. Ich dachte, wenn ich sie gleich erwische …»

«Also haben Sie in meiner Küche um sich geballert?»

Isabel starrte das tote Tier an. Sie war kreidebleich.

«Beruhigen Sie sich, ist ja nichts passiert», sagte Mr. Granger beschwichtigend. «Ich mach das für Sie weg. Hier, Junge, gib mir mal die Zeitung da. Kommen Sie, Mrs. Delancey, jetzt setzen Sie sich erst mal hin und trinken eine schöne Tasse Tee. Sie haben einen Heidenschreck gekriegt. Hier wird es nie langweilig, was?»

«Einstürzende Decken, Ratten, Waffen? Was ist das hier?», stieß Isabel fassungslos hervor. «Was hab ich bloß getan?»

Und dann, während Kitty dastand, schwer atmend, machte ihre Mutter auf dem Absatz kehrt und ging wie eine Schlafwandlerin davon, ihre Geige fest an sich gedrückt.

An diesem Abend war die Musik wild und zornig, schrill schallten die Töne übers Wasser. Keine getragene, melancholische Melodie wie sonst.

Kitty lag im Bett und lauschte. Sie wusste, dass sie zu ihrer Mutter hinaufgehen und sie beruhigen sollte, aber irgendwie war ihr das mit Byron und der blöden Ratte ziemlich egal. Sie konnte nicht aufhören, an Anthony zu denken, wie er mit dem roten Vorhang den Torero gespielt hatte, wie er sie angegrinst hatte, als ob er ihre Familie cool fände und überhaupt nicht verrückt. Zum ersten Mal war Kitty beinahe froh, hier zu sein.

Auf der anderen Seite des Wäldchens war Laura McCarthy gerade mit dem Abwasch fertig. «Diese Katzenmusik», beschwerte sie sich, während sie sich die Hände an einem Geschirrtuch abtrocknete, «die treibt mich noch in den Wahnsinn.»

«Du hättest sie vorher hören sollen», bemerkte Matt, der schon den ganzen Abend über prächtige Laune hatte. Nicht einmal, als sie ihm gebeichtet hatte, dass ihr Wagen zwei neue Reifen brauchte, hatte das seiner guten Stimmung etwas anhaben können. «So was hab ich noch nie erlebt.»

«Was meinst du?», fragte Laura.

Matt machte sich zischend eine Dose Bier auf. «Die ist völlig irre. Bis Weihnachten gehört das Haus uns, Laura, glaub mir. Bis Weihnachten. Allerspätestens.»

KAPITEL 11

Es gibt kaum einen schöneren Anblick als Norfolk im Frühsommer, dachte Nicholas, während er die letzten Kilometer nach Little Barton zurücklegte, vorbei an malerischen Cottages und hohen Fichten, deren einziges Grün sich an den Kronen befand, hoch oben auf spindeldürren Stämmen.

Zugegeben, wenn man Nordost-London hinter sich gelassen hat, erscheint einem im Vergleich dazu alles malerisch und grün. Aber heute, nach Kläranlagen, Industriegebieten und Strommasten, kamen ihm die üppig wuchernden Hecken und das frische Grün fast unerträglich intensiv vor. Ein Symbolismus, der nicht spurlos an Nicholas Trent vorüberging.

Er hatte sich bei der Bank nach Darlehen erkundigt, und man hatte sich bereit erklärt, sein Projekt bis zu einem gewissen Punkt zu finanzieren, wollte aber zuvor Einsicht in die Pläne nehmen. «Schön, Sie wiederzusehen», hatte Richard Winters gesagt und ihm auf den Rücken geklopft. «Einen guten Mann kann so schnell nichts unterkriegen, was?»

Er sagte sich immer wieder, dass die Frau vielleicht gar nicht würde verkaufen wollen. Dass es genügend andere Orte gab, an denen er seine Pläne genauso gut verwirklichen konnte. Aber wenn er die Augen zumachte, sah er das Spanische Haus und dessen Umgebung vor sich. Er sah das wunderschöne Tal, eine Landschaft wie aus dem Bilderbuch.

Und obwohl er wusste, dass ihn daheim in London ein kleineres Bauprojekt auf einer Industriebrache irgendwo in der City erwartete, war er nun – schon zum dritten Mal in diesem Monat – auf dem Weg nach Little Barton. Um noch einmal wie zufällig auf diesen Ort zu stoßen, der ihn nicht mehr losließ, den er in seinen Träumen in Hochglanzbroschüren vor sich sah.

Auf der Arbeit hatte er kein Wort gesagt. Er kam jeden Tag pünktlich und erledigte gewissenhaft seine Pflicht, schlug sich mit den immergleichen gestressten Kunden herum, den immergleichen, nicht nachvollziehbaren Rückziehern in letzter Sekunde, denselben platzenden Deals und nicht erreichten Monatsvorgaben. Derek wurde immer gereizter – man hatte ihn wieder mal bei der Beförderung zum Bezirksleiter übergangen – und ließ seinen Frust an Nicholas und den anderen aus. Er scheuchte alle herum und ließ sich pausenlos Kaffee bringen. Nicholas wurde weiterhin zum Flugblätterverteilen verdonnert, aber das machte ihm mittlerweile nichts mehr aus – im Gegenteil, er war froh, der dicken Luft im Büro, den kleinlichen Eifersüchteleien und Streitereien zwischen den Kollegen eine Zeitlang zu entkommen, um draußen ungestört seinen Gedanken nachhängen zu können. Sein Verstand surrte, sein Kopf steckte auf einmal voller Ideen.

«Wieso haben gerade *Sie* so gute Laune?», fragte Charlotte ihn gelegentlich, als wolle er sie damit ärgern.

Zwölf Energiesparhäuser mit Solardächern und Abwasserheizung, hätte er dann am liebsten geantwortet. Fünf Villen mit jeweils gut viertausend Quadratmetern Grundstück. Ein Luxus-Apartmentblock mit Glasfronten und atemberaubendem Seeblick. So viele Möglichkeiten, so viel Potenzial. Und alles hing einzig und allein davon ab, ob die Witwe bereit war zu verkaufen oder nicht.

Du warst mal ein Verkaufsgenie, sagte er sich, während das

Ortsschild von Little Barton vor ihm auftauchte und er die Geschwindigkeit drosselte. Früher hättest du Eiswürfel an Eskimos verkaufen können. Es gibt keinen Grund anzunehmen, dass du hier versagen solltest. Du musst es nur geschickt anstellen. Nicht zu viel Interesse zeigen, sonst meint der Kunde, er hätte eine Goldmine an der Hand. Aber auch nicht zu wenig bieten, sonst ist er so beleidigt, dass er gar nicht mehr verkaufen will.

Es hat keinen Zweck, alle Hoffnung auf ein einziges Objekt zu setzen, schärfte er sich ein, egal wie großartig es sein mag. Das wusste er besser als jeder andere. Das führte nur in den Ruin. Im Dorf fuhr er kurz an den Straßenrand und rang mit sich. Nein, bloß kein Übereifer. Er würde heute noch nicht zu dem Haus fahren. Erst würde er versuchen, ein wenig mehr herauszufinden, würde vielleicht ein bisschen rumfahren, einen Blick in die Schaufenster der hiesigen Maklerbüros werfen. Immerhin war diese Gegend im Kommen. Klapprige alte Scheunen wurden zu Luxuswohnungen umgebaut, alte, baufällige Cottages zu Einfamilienhäusern. Die Nachfrage stieg. Erst würde er alle Optionen ausloten. Er würde mit dem Verstand und nicht mit dem Herzen handeln. Was er vor allem anderen fürchtete, war, sich zu große Hoffnungen zu machen, nur um hinterher umso bitterer enttäuscht zu werden. Nein, das könnte er nicht ertragen.

Nicholas Trent blieb minutenlang im Auto sitzen und überlegte. Dann stieg er aus.

«Was dieser Mann tut, ist schlicht unmoralisch.»

«Das kannst du nicht wissen, Asad. Du hast keine Beweise.»

«Beweise!» Asad schnaubte. Er war gerade dabei, die Paprikaschoten in säuberlichen Reihen anzuordnen: rot, gelb, grün. «Es ist offensichtlich, dass der Mann das ganze Haus einreißt! Erwähne seine Arbeit dort mal Mrs. McCarthy gegenüber, und du wirst sehen: Sie wird so rot wie die hier!» Er hielt eine Paprika hoch. «Sie weiß genau, was er macht. Vielleicht haben sie den Plan sogar zusammen ausgeheckt.»

«Dass Mrs. McCarthy verlegen wird, beweist noch gar nichts. Vielleicht ist das Haus an sich ja ein heikles Thema für sie. Nachdem sie sich so um den alten Knaben gekümmert hat – ohne irgendwas dafür zu bekommen.» Henry schüttelte den Kopf. «Nein, es gibt alle möglichen Gründe, warum Laura McCarthy bei der Erwähnung ihres Mannes verlegen wird. Das weißt du ebenso gut wie ich.»

«Ich weiß, was ich weiß. Und du auch. Was dieser Mann da macht, ist Diebstahl. Er bestiehlt Mrs. Delancey. Und er tut es mit einem Lächeln im Gesicht, gibt sich als barmherziger Samariter aus.»

Die Sonne fiel durch die Schaufenster hinein und ließ die Schnittblumen aufleuchten, die in Eimern vor dem kleinen Laden standen und sich sanft in der Frühlingsbrise wiegten – Vorboten des Sommers. Aber die Pfingstrosen, Freesien und Hyazinthen passten nicht zu der angespannten Stimmung. Asad richtete sich auf. Henry, der ihn heimlich beobachtete, hielt nach Anzeichen von Kurzatmigkeit Ausschau. Die Heuschnupfensaison nahte, immer eine besonders schwierige Zeit für den Asthmatiker Asad.

«Ich denke», sagte Henry, «es wäre besser, wenn du dich deswegen nicht zu sehr aufregen würdest.»

«Und ich denke», widersprach Asad gepresst, «es wird Zeit, dass mal endlich jemand diesem Matt McCarthy die Stirn bietet.»

In diesem Moment ging bimmelnd die Tür auf, und ein Mann trat über die Schwelle. Mittleres Alter, Mittelschicht, guter Anzug, dachte Henry. Ein Durchreisender wahrscheinlich. «Kann ich Ihnen behilflich sein?»

«Äh … noch nicht, danke.» Er trat an die Frischtheke. «Ich wollte mir etwas zum Lunch besorgen.»

«Nun, da können wir Ihnen ganz gewiss behilflich sein», versicherte ihm Henry. «Wenn Sie sich entschieden haben, sagen Sie mir Bescheid.»

Er ließ den Mann in Ruhe und ging zu Asad, der sich nun, da das Gemüse perfekt angeordnet war, an den Regalen zu schaffen machte.

«Der Dosenfisch muss nicht unbedingt alphabetisch geordnet sein», flüsterte Henry.

Asad antwortete ebenso leise: «Diese Sache macht mir zu schaffen, Henry. Sie bedrückt mich.»

«Aber das alles geht uns nichts an. Und das weiße Krabbenfleisch sollte neben den Sardinen stehen.»

«Kitty kommt jeden Tag hier rein und erzählt uns, dass er diese Wand eingerissen hat und jene Decke runtergestürzt ist. Und Mrs. Delancey ist ganz blass vor lauter Sorge ums Geld.»

«Renovierungsarbeiten machen nun mal Arbeit und Sorgen. Und sie sind teuer. Du weißt doch noch, wie es bei uns war, als wir unsere neue Küche bekommen haben.»

«Aber dieses Haus ist fünfzig Jahre ohne Renovierung ausgekommen.»

«Das ist es ja», murmelte Henry. «Deshalb muss ja jetzt wahrscheinlich so viel eingerissen werden.»

«Sie weiß nichts über Häuser und Renovierungen. Sie weiß gar nichts. Außer über Musik. Und sie trauert noch immer um ihren toten Mann. Er nutzt das schamlos aus.» Asad hatte sich in Rage geredet.

«Aber wir wissen doch gar nicht, was an dem Haus gemacht werden muss und was nicht.»

Asad biss die Zähne zusammen. «Jeder andere Baufachmann, Henry, jeder andere und ich wäre bereit zu glauben, dass dieses

Haus so viel Investitionen und derart drastische Maßnahmen braucht.» Er stellte eine Dose kalifornische Sardinen ins Regal.

Der Kunde begutachtete den Brotkorb.

«Aber sag mir eins, Henry, ganz ehrlich: Glaubst du nicht auch, tief in deinem Herzen, dass Matt McCarthy das bloß macht, weil er das Haus in die Finger kriegen will?»

Henry schaute auf seine Füße.

«Und?»

«Ich weiß nicht, Asad. Ich traue ihm genauso wenig wie du, aber das alles geht uns nichts an. Wenn wir uns einmischen würden, dann käme nichts Gutes dabei raus, glaub mir.»

In diesem Moment tauchte der Kunde neben Asad auf, und die beiden verstummten abrupt. Er schenkte ihnen ein höfliches Lächeln. «Bitte entschuldigen Sie, dass ich unterbreche, aber könnte ich vielleicht ein Vollkornbrötchen mit diesem Ziegenkäse dort haben?»

Henry flitzte hinter die Theke. «Selbstverständlich. Möchten Sie vielleicht noch ein paar Strauchtomaten dazu? Die sind im Moment einfach köstlich.»

Nicholas Trent verließ mit einer braunen Papiertüte in der Hand den Laden, aber Hunger hatte er keinen mehr. Er warf die Tüte auf den Beifahrersitz und ließ den Wagen an. Sein Kopf schwirrte, sein Magen krampfte sich vor Nervosität zusammen. Langsam fuhr er aus dem Dorf hinaus und hielt Ausschau nach der Abzweigung zum Spanischen Haus.

Eine Frühlingssinfonie. Ein ansprechendes Arrangement aus Freesien, Narzissen und Hyazinthen, erhältlich in Weiß, Mauve oder Himmelblau. Als Strauß, handgestecktes Arrangement oder, gegen Aufpreis, in einer Glasvase. Ab dreißig Pfund, zuzüglich Liefergebühr. Laura hatte es im Internet nachgeschlagen. Blumen für den Spätfrühling. Blumen, die das Herz erfreuen. Als Dankeschön. Oder um zu sagen: Ich denke an dich. Oder gar: Ich liebe dich.

Blumen, die sie nicht erhalten hatte.

Blumen, die Matt letzten Monat mit seiner Kreditkarte bezahlt hatte.

Den Auszug hatte sie natürlich nicht zu Gesicht bekommen. Matt hatte längst gelernt, seine Papiere nicht mehr herumliegen zu lassen, und sie wusste, dass er alles, was sie nicht sehen sollte, über seine Arbeits-Kreditkarte abrechnete. Aber sie hatte vor dem Waschen in die Taschen seiner Jeans gegriffen und war, neben ein paar Schrauben und Kleingeld, auf die zerknüllte Quittung gestoßen.

Laura McCarthy ging Richtung Wald und ließ ihre Tränen ungehindert fließen. Der Hund rannte vor ihr her. Sie konnte nicht glauben, dass er es schon wieder getan hatte. Nach allem, was er gesagt hatte, nach all den Schwüren und Versprechungen. Sie hatte geglaubt, das alles läge hinter ihnen. Sie hatte dieses ängstliche, nervöse Gefühl der Unzulänglichkeit abgelegt, das Gefühl, irgendwie nicht genug für ihn zu sein. Sie hatte aufgehört, jede gutaussehende Frau als potenzielle Konkurrentin zu betrachten.

Närrin.

Laura schnäuzte sich. Ihr Magen war ein einziger nervöser Knoten, ihre Gedanken ein Chaos aus Wut und Schuldzuweisungen. Alles, was sie sah, war Matts Gesicht, sein laszives Grinsen, das einer anderen galt … Nein! Das war der sichere Weg in den Wahnsinn, das hatte sie schon vor langer Zeit gelernt. Die Warnungen ihrer Mutter klangen ihr im Ohr, sie sei selbst schuld, wenn es schiefgehe; was müsse sie auch eine derart «unpassende» Verbindung eingehen. Sie sah sich selbst, in der Zukunft, wie sie die zahlreichen Seitensprünge ihres

Mannes höflich ignorierte, bis er zu alt war, um weitere zu begehen.

«Zur Hölle mit dir, Matt!», brüllte sie.

Was sollte sie bloß tun? Was *konnte* sie tun? Wo er doch alle Trümpfe in der Hand hielt? Wie konnte er ihr das antun, wo sie ihn doch so liebte, ihn vom ersten Augenblick immer nur geliebt hatte!

Aber tief in ihrem Herzen hatte sie geahnt, dass etwas nicht stimmte. Er war zu gut gelaunt, zu abwesend. Seit drei Wochen hatte er nicht mehr mit ihr geschlafen, und bei Matt konnte das nur eines bedeuten – trotz aller Ausreden, er sei zu müde oder wolle sich unbedingt diesen oder jenen Film ansehen.

«Ach Gott …» Laura ließ sich schluchzend auf einen Baumstumpf sinken. Sie war eine starke Frau, aber heute war sie von einem kleinen Zettel niedergestreckt worden. Ihre Ehe war ein Witz. Egal, was er auch sagte – dass es nichts mit ihr zu tun habe, dass er einfach so gestrickt sei. Selbst wenn er es abstritt. Sie liebte ihn, und es hatte keinen Zweck.

«Entschuldigen Sie, ist alles in Ordnung mit Ihnen?»

Laura riss ihren Kopf hoch. In fünfzig Metern Entfernung stand ein Mann im Anzug. Die Fahrertür seines Autos war offen, der Motor lief.

Laura wischte sich erschrocken übers nasse Gesicht. «Mein Gott.» Mit hochroten Wangen sprang sie auf. «Ich bin gleich weg.» Sie fand es entsetzlich, dass jemand sie in diesem Zustand sah.

Fahrig suchte sie in ihren Taschen nach einem Taschentuch. Dabei hörte sie ihn näher kommen, und plötzlich tauchte ein Taschentuch in ihrem Gesichtsfeld auf. «Bitte», sagte er.

Zögernd nahm sie es und tupfte sich das nasse Gesicht ab. Niemand benutzt heutzutage noch Stofftaschentücher, dachte sie zerstreut. Aber irgendwie fühlte sie sich ein wenig wohler, als könne ein Mann mit altmodischen Stofftaschentüchern nichts Übles im Sinn haben.

«Es tut mir leid», stieß sie hervor. «Sie haben mich in einem schlechten Moment erwischt.»

«Kann ich … kann ich vielleicht etwas für Sie tun?»

Sie hätte fast gelacht. Was für ein Gedanke! Als ob jetzt noch irgendwas getan werden könnte. «Ach … nein», stammelte sie.

«Ich war nicht sicher, ob Sie mich gehört hatten. Ich wusste nicht, ob Sie nicht vielleicht diese …» Er deutete Ohrhörer an. «Leute, die ihre Hunde ausführen, haben heutzutage oft solche Dinger in den Ohren.»

«Nein …» Sie schaute sich nach Bernie um, wollte dem Fremden dann das Taschentuch zurückgeben, merkte jedoch, wie feucht es war, und zog ihre Hand verlegen wieder zurück. «Entschuldigen Sie. So wollen Sie das sicher nicht zurückhaben.»

«Ach, das …» Er winkte ab, als wäre es das Unwichtigste auf der Welt.

Sie packte den Hund am Halsband, blieb aber noch einen Moment mit gesenktem Kopf stehen, um Worte verlegen.

«Dann lasse ich Sie jetzt wohl besser in Frieden», sagte er, sichtlich zögernd, als wolle er sie noch nicht verlassen. «Und Sie sind sicher, dass es Ihnen gut geht?»

«Es geht mir gut, danke.»

Auf einmal wurde ihr bewusst, wo sie sich befanden. «Sie wissen, dass dies ein Privatweg ist, oder? Suchen Sie jemanden?»

Nun schaute er sichtlich verlegen drein.

«Ach», sagte er, «ein Privatweg. Ich muss wohl falsch abgebogen sein. Überrascht mich immer wieder, wie leicht man sich in einem Wald verirren kann.»

«Das ist eine Sackgasse. Wo wollten Sie hin?»

Er schien diese Frage nicht beantworten zu wollen und deutete stattdessen auf sein Auto. «Ich habe bloß einen Ort gesucht, wo ich in Ruhe meinen Lunch essen kann. Für mich ist hier alles schön. Ich komme aus der Stadt, wissen Sie.» Er schaute sie mit einem so ehrlich entschuldigenden Lächeln an, dass Laura sich wieder entspannte.

Sie musterte seinen feinen, wenn auch schon ein wenig abgetragenen Anzug, die traurigen, gütigen Augen. Und wurde von einem verwegenen Impuls erfasst. Wieso nicht? Wieso sollte sie ein schlechtes Gewissen haben? Nach allem, was Matt ihr angetan hatte?

«Ich kenne da ein hübsches Plätzchen am See, wo es sich gut sitzen lässt», sagte sie. «Es liegt auf der anderen Seite, nur ein paar Minuten zu Fuß von hier. Wenn Sie Ihren Wagen dort an der Böschung abstellen möchten, könnte ich Sie hinführen.»

Nicht weit entfernt saß Kitty in einem stickigen Klassenzimmer und hing ihren Gedanken nach. Sie hatte eine Entdeckung gemacht. Eine verstörende Entdeckung. Sie hatte versucht, fair zu sein, aber wie sie es auch drehte und wendete, die Nachricht konnte nur eines bedeuten.

«Hallo, Mrs. Delancey, Cartwright hier. Haben Sie über meinen Vorschlag nachgedacht? Mr. Frobisher hat mich nämlich noch mal angerufen. Er ist nach wie vor sehr an Ihrer Ge… Guar… – an Ihrem Instrument interessiert. Ich weiß nicht, ob Sie meine früheren Nachrichten bekommen haben, aber es wäre ein sehr gutes Angebot – mehr als doppelt so viel, wie Ihr Mann bezahlt hat. Wie gesagt, es würde Ihre finanzielle Situation beträchtlich verbessern …»

Ihre finanzielle Situation beträchtlich verbessern. Kitty konnte sich noch gut an Cartwright erinnern, mit seinem großen, glänzenden Aktenkoffer und seiner Verlegenheit über das Durcheinander im Wohnzimmer. Mum hatte sie aus dem Zimmer geschickt. Jetzt wusste Kitty, warum. Sie wollte nicht, dass Kitty erfuhr, dass sie doch eine Wahl gehabt hatten. Diese dumme, dumme Geige war ihr trotz allem viel wichtiger als alles andere. Sogar wichtiger als das Glück ihrer Kinder.

Und von Thierry war keine Unterstützung zu erwarten.

«Wusstest du es?», hatte Kitty ihn gestern Abend in seinem Zimmer gefragt, wo er vor einem Computerspiel saß und mit seinen Daumen einen apokalyptischen Rhythmus in die Steuerung hämmerte. «Hast du was von diesen Anrufen mitgekriegt? Hast du gewusst, dass Mum ihre Geige hätte verkaufen können?»

Er starrte reglos auf den Bildschirm, als wolle er nichts hören.

«Kapierst du denn nicht? Sie wusste, dass sie die Geige hätte verkaufen können, Thierry! Wir hätten gar nicht in dieses Dreckloch hier ziehen müssen. Wir hätten unser Haus vielleicht behalten können.»

Thierry starrte vor sich hin.

«Hast du mich gehört? Macht es dir denn gar nichts aus, dass Mum uns angelogen hat?»

Da hatte er die Augen zugemacht, als würde er sich wünschen, dass sie wieder ging. Sie hatte ihn angeschrien, er sei ein Freak, der immer nur im Mittelpunkt stehen wolle, und war rausgestürmt.

Mum hatte natürlich gemerkt, dass irgendwas nicht stimmte, sich mehrmals nach der Schule erkundigt und gefragt, ob es Kitty gut gehe. Kitty war so sauer gewesen, dass sie sie kaum anschauen konnte. Alles, was sie denken konnte, war: Wir könnten noch in unserem Haus wohnen. In unserer alten Straße, mit den Nachbarn, die wir kennen. Ich könnte noch auf meine alte Schule gehen. Vielleicht hätten wir Mary gar nicht entlassen müssen, vielleicht hätte der Erlös für die Geige ja auch noch für sie gereicht.

Ihre Mutter hatte irgendwas davon gemurmelt, sie wolle

jetzt doch Geigenunterricht erteilen, damit ein wenig Geld hereinkomme. Sie habe bei den Vettern im Laden einen Zettel aufgehängt. Es würde schon nicht so schlimm werden. Das sagte sie so oft, dass Kitty wusste, wie sehr ihrer Mutter davor graute, diesen Schritt zu tun. Aber sie hatte kein Mitleid mit ihr. Denn das Gerede vom Unterrichten hatte sie nur wieder an diese Geige erinnert.

«Liebst du uns?», hatte sie irgendwann scharf gefragt.

Ihre Mutter war entsetzt gewesen. «Wie kannst du bloß so etwas fragen? Natürlich liebe ich euch!» Sie war so erregt gewesen, dass selbst Kitty ein schlechtes Gewissen bekommen hatte. «Warum?», hatte Isabel gefragt. «Warum fragst du das?»

«Liebst du uns mehr als alles andere?»

«Mehr als alles, was du dir vorstellen kannst», hatte ihre Mutter von Gefühlen überwältigt geantwortet. Sie umarmte sie, aber Kitty hatte die Umarmung nicht wie sonst erwidern können. Denn es waren bloß Worte, leere Worte. Was Mum am meisten liebte, war offensichtlich. Kitty hätte die Geige am liebsten aus dem Fenster geworfen, wenn sie nicht ihre letzte Hoffnung auf ein wenig Geld gewesen wäre.

An diesem Nachmittag ging sie mit Anthony nach Hause. Sie hatten den Schulbus versäumt. Erst als sie schon fast daheim waren, kam es Kitty in den Sinn, dass er das vielleicht absichtlich getan haben könnte. Sie gingen zurzeit oft miteinander heim, und sie war in seiner Gegenwart deutlich weniger befangen. Man konnte gut mit ihm reden. Und wenn er bei ihr war, fühlte sie sich im Wald sicher. Alleine hatte sie ständig das Gefühl, beobachtet zu werden.

«Was würdest du tun, wenn du wüsstest, dass deine Eltern dich angelogen haben?», fragte sie, während sie durch den Wald schlenderten. Keiner von ihnen hatte es eilig, nach Hause zu kommen.

«Worüber?» Anthony hielt ihr einen Streifen Kaugummi hin, den sie beim Gehen auswickelte.

Kitty war sich nicht sicher, ob sie ihm das verraten wollte. «Was Großes», erklärte sie schließlich, «etwas, das die ganze Familie betrifft.»

Anthony schnaubte. «Mein Vater lügt andauernd.»

«Und du sagst nie was?»

Er schnalzte missbilligend mit der Zunge. «Das mit den Eltern ist so eine Sache. Du musst dich an ihre Regeln halten, aber sie sich nicht. Nicht an dieselben jedenfalls.»

«So war mein Dad nicht», sagte Kitty. Sie sprang auf einen umgestürzten Baumstamm und balancierte darauf entlang. «Er hat auf Augenhöhe mit mir geredet. Selbst wenn er mit einem geschimpft hat, war das eher so, als würde er … einem was erklären.» Mehr konnte sie nicht sagen, sonst wären ihr die Tränen gekommen.

Ein Auto kam den schmalen Weg entlanggeholpert, und sie wichen zur Seite aus. Langsam rumpelte es an ihnen vorbei, und der Fahrer, ein Mann im Anzug, hob dankend die Hand.

Anthony schaute ihm nach, dann trat er wieder in die Mitte des Wegs und rückte seine Schultasche auf seiner Schulter zurecht. «Mein Dad lügt jeden an, und er kommt immer damit durch», sagte er bitter. Dann wechselte er das Thema. «Meine Kumpels und ich, wir wollen am Samstag ins Kino. Komm doch mit, wenn du magst.»

Die Geige war vorübergehend vergessen.

Kitty warf ihm unter ihrem Pony einen verstohlenen Blick zu.

Er starrte geradeaus, als befände sich dort vorne etwas ungeheuer Wichtiges, das er nicht aus den Augen lassen durfte. «Nichts Besonderes. Bloß abhängen und so.»

Der Kloß in Kittys Hals war auf einmal verschwunden. «Okay», sagte sie.

Nicholas Trent fuhr aus dem Wald hinaus und blinzelte ins Sonnenlicht. Er setzte den Blinker und bog auf die Landstraße. Wenn man den langen Weg hier heraus bedachte und die ausführliche Lunchpause, die er soeben gemacht hatte, dann hätte er eigentlich sofort wie geplant die hiesigen Maklerbüros abklappern müssen. Stattdessen fuhr er zerstreut in Richtung Autobahn zurück. Sein Kopf war zu voll, seine Gedanken zu durcheinander.

Aber diesmal waren nicht Häuser der Grund.

KAPITEL 12

Der Junge lag kichernd auf dem Rücken, und die Hundewelpen mit ihren weichen, übergroßen Pfoten und ihren dicken Bäuchen tapsten auf ihm herum. Jungs in diesem Alter sind fast selbst noch Welpen, dachte Byron, während er einen weiteren Karton mit Klebeband verschloss. Thierry hatte den Großteil des Vormittags im kleinen Garten herumgetobt, war mit der Terrierhündin, die aufgeregt bellend neben ihm hersprang, um die Wette gerannt. Hier, ohne seine Mutter, war er ganz anders, unbeschwerter, wissbegierig. Er wollte lernen, wie man einen Zaun repariert, wie man Fasanenküken aufzieht, welche Pilze essbar waren. Und er überschwemmte die Hunde mit einer solchen Liebesflut, dass sie ihn ebenfalls ins Herz geschlossen hatten. Nicht, dass er viel gesagt hätte – es war schwer, auch nur ein «Ja» oder «Nein» aus ihm herauszubekommen –, aber er war entspannter, weniger wachsam.

Er sollte nicht so sein, dachte Byron, ein Junge in seinem Alter, das ist einfach nicht richtig. Wenn er ihn mit seiner Nichte Lily verglich mit ihrem unbeschwerten Geplapper, ihren unkomplizierten Forderungen nach Liebe und Zuwendung, dann wurde er traurig. Die Leute fanden sein Verhalten nachvollziehbar, er hatte schließlich gerade seinen Vater verloren, und jeder reagiert anders auf so eine traumatische Erfahrung. Byron hatte zufällig mitbekommen, wie die Witwe einen Anruf von der

Schule bekam. Man drängte sie, das Kind zu einem Psychiater zu schicken, aber sie hatte gesagt: «Ich habe mit meinem Sohn gesprochen – er will das nicht. Ich habe nichts dagegen, ihn vorläufig selbst entscheiden zu lassen, wie er mit seinem Kummer umgeht.» Ihm war aufgefallen, dass sie zwar ruhig geklungen hatte, ihre Hand den Hörer aber so fest umklammert hielt, dass die Knöchel weiß hervortraten. «Nein – nein, das ist mir durchaus klar. Ja, ich sage Ihnen Bescheid, falls ich es mir anders überlege.» Er hatte ihr im Stillen applaudiert: Er selbst hatte ein ausgeprägtes Bedürfnis nach Privatsphäre. Aber es war schwer, sich nicht den Kopf darüber zu zerbrechen, was wohl in dem Jungen vorgehen mochte.

Er streckte den Kopf in die Küche. «Thierry, ich muss kurz nach oben und noch ein paar Sachen runterholen. Kommst du hier zurecht?»

Der Junge nickte, schien ihn kaum zu hören. Byron zog automatisch den Kopf ein, als er die schmale Stiege zu seinem Schlafzimmer erklomm. Zwei Koffer, vier große Umzugskisten und einen Anhänger voller Kleinkram, dazu einen Korb voll Welpen. Nicht viel für ein Leben. Nicht viel, für das es ein neues Zuhause zu finden galt. Er ließ sich müde auf die Bettkante sinken. Sein Schlafzimmer war einfach und karg, aber er war dort glücklich gewesen in den letzten Jahren, in denen er zusammen mit seiner Schwester und mit Lily gewohnt hatte. Frauen hatte er nie mit raufgenommen – bei den seltenen Gelegenheiten, bei denen er das Gefühl gehabt hatte, weibliche Gesellschaft zu brauchen, war er immer zu der jeweiligen Frau nach Hause gegangen. Da seinem Schlafzimmer also die weibliche Hand fehlte, sah es so unpersönlich aus wie ein Hotelzimmer. Seine Schwester hatte immerhin darauf bestanden, ihm Vorhänge und eine Tagesdecke zu besorgen, die aus dem gleichen Stoff waren – ein Versuch ihrerseits, es wohnlicher zu gestalten. Er hatte gesagt, sie solle sich keine Mühe machen, er sei sowieso die meiste Zeit draußen, in der freien Natur. Trotzdem war es zu einem Zuhause für ihn geworden, und er merkte nun, dass er es vermissen würde.

Vermieter hatten gewöhnlich was gegen Hunde. Der Einzige, der einverstanden gewesen wäre, hatte die Miete für sechs Monate im Voraus haben wollen, «für den Fall, dass die Tiere Schaden anrichten». Eine lachhafte Summe. Der andere Vermieter wollte die Hunde gar nicht im Haus haben. Byron hatte erklärt, seine Hündinnen hätten nichts dagegen, draußen im Auto zu schlafen, sobald die Welpen entwöhnt seien, aber das hatte ihm der Vermieter nicht abgekauft. «Woher soll ich wissen, dass Sie sie nicht ins Haus lassen, sobald ich Ihnen den Rücken zudrehe?»

So war eine Woche nach der anderen verstrichen. Seine Schwester war ausgezogen, und nun war es nur noch eine Sache von Tagen, bis sein Mietvertrag auslief. Er hatte überlegt, ob er Matt vielleicht um ein Darlehen bitten sollte, doch etwas in ihm schreckte davor zurück, diesem Mann noch mehr verpflichtet zu sein als ohnehin schon.

«Was sollen wir bloß machen, altes Mädchen?» Er streichelte den Kopf der Colliehündin. «Ich bin zweiunddreißig, hab weder Frau noch Kinder und einen Job, bei dem ich nicht mal den Mindestlohn kriege. Und jetzt verliere ich auch noch das Dach überm Kopf.»

Die Hündin schaute traurig zu ihm auf, als spüre auch sie die Ungewissheit ihrer Zukunft. Byron lächelte, gab sich einen Ruck und stand auf. Er versuchte, nicht daran zu denken, wie drückend die Stille im Haus war, seit er alleine dort wohnte. Er versuchte, nicht auf die Stimme zu hören, die seine Entschlossenheit mit Verzweiflung unterhöhlen wollte. Er wusste aus Erfahrung, wie leicht es war, sich von solchen Stimmen niederdrücken zu lassen.

Das Leben war nun mal nicht fair. Das wusste auch der kleine Thierry dort unten, der eine viel härtere Lektion lernen musste, und das in einem weit jüngeren Alter.

Byron ging nach unten. Es wurde Zeit, Thierry nach Hause zu bringen. Er schaute den Jungen an, sah, wie glücklich er mit den Hunden war, und war auf einmal froh um diese Ablenkung.

«Komm», sagte er munterer, als ihm zumute war, «wir fragen deine Mum, ob du mit mir im Traktor sitzen darfst, wenn ich das untere Feld umpflüge.»

Ein anerkennender Pfiff begrüßte Isabel, als sie die Treppe hinunterkam. Instinktiv griff sie sich an den Hals und hielt sich den Blusenkragen zu. Matt stand in der Diele und führte ein Kabel durch ein gähnendes Loch in der Wand. Sein Werkzeuggürtel hing tief an seinen Hüften. Neben ihm standen zwei junge Männer, die er schon ein paarmal mitgebracht hatte. Er grinste Isabel an. «Sie sehen aber schick aus, Mrs. D. Haben Sie was Besonderes vor?»

Isabel wurde rot und ärgerte sich darüber. «Ach ... nein», stotterte sie, «das ist bloß eine alte Bluse, die ich ausgegraben habe.»

«Steht Ihnen», bemerkte Matt. «Die Farbe sollten Sie öfter tragen.»

Einer seiner Männer sagte etwas zu ihm, und er widmete sich wieder seinem Kabel. Dabei sang er leise vor sich hin. Isabel brauchte einen Moment, bis sie erkannte, was für ein Lied es war: «*Hey there, lonely girl ... lonely girl ...*»

Sie musste sich zwingen, nicht umzukehren und wieder nach oben zu gehen. Stattdessen durchquerte sie die Diele und verschwand im Wohnzimmer, die Hand immer noch am Blusenkragen. Das war schon das dritte Mal diese Woche, dass Matt ihr ein Kompliment machte. Dabei war es eine alte, marineblaue

Leinenbluse, so ausgewaschen, dass der Stoff schon ganz weich und dünn war. Laurent hatte sie ihr vor vielen Jahren während eines Paris-Urlaubs geschenkt. Diese Bluse gehörte zu einer ganzen Reihe alter Kleidungsstücke, die ihr jetzt wieder passten. Die meisten Sachen waren ihr mittlerweile zu weit geworden und schlotterten an ihrem Körper. Seit Laurents Tod hatte sie kaum Appetit. Wenn die Kinder nicht gewesen wären, sie hätte sich ebenso gut von Obst und Keksen ernähren können. Es gab niemanden, mit dem sie über die Kinder hätte reden können, über Kittys schlechte Laune, über das hartnäckige Schweigen ihres Sohnes. Wahrscheinlich sprach sie mittlerweile mehr mit Matt als mit irgendeinem anderen Menschen.

«Das Bad», sagte er und tauchte im Türrahmen auf, «haben Sie noch mal darüber nachgedacht, es zu verlegen? Es würde viel besser ins große Schlafzimmer passen.»

Sie überlegte kurz, wovon er sprach. «Aber sagten Sie nicht, das würde mehr kosten?»

«Na ja, ein bisschen mehr schon, aber dann hätten Sie Ihr großes Schlafzimmer mit direkt angeschlossenem Bad *und* ein Ankleidezimmer. Die Rohre umzulegen wäre keine große Sache. Und dort wäre es viel besser untergebracht als hinten in dieser Ecke.»

Sie überlegte, doch dann schüttelte sie den Kopf. Seit die Zimmerdecke heruntergekommen war, fiel es ihr schwer, nicht bei jeder Unterhaltung alle paar Minuten nach oben zu schauen. «Das geht nicht. Ich finde, wir sollten uns darauf konzentrieren, erst mal überhaupt ein benutzbares Bad zu haben.»

«Ich sag Ihnen, so wäre es viel besser! Es würde das Haus aufwerten, Sie hätten ein schönes, großes Bad und ein Ankleidezimmer dazu.»

Er konnte sehr überzeugend sein, und sie spürte instinktiv, dass er wohl meistens seinen Willen bekam.

«Ich weiß, Sie haben sich das gründlich überlegt», begann sie, «aber diesmal nicht, nein. Worüber ich eigentlich mit Ihnen reden wollte, ist die Küche. Wir brauchen unbedingt eine Steckdose, damit wir den Kühlschrank anschließen können.»

«Ach ja, die Steckdose. Das ist nicht so einfach, wie es vielleicht aussehen mag. Die Leitungen dort liegen sehr ungünstig.» Er grinste. «Aber keine Sorge, das kriegen wir schon hin. Ich werde mir was überlegen. Ihre Haare sehen übrigens gut aus.»

Sie warf automatisch einen Blick in den Wandspiegel, aber ihre Haare sahen auch nicht anders aus als sonst. Das war jetzt schon das zweite Kompliment heute. Verlegen wandte sie den Blick ab. Es gab Tage, an denen er omnipräsent erschien. Er kam ihr entgegen, wenn sie einen Raum betreten wollte, oder summte vor sich hin, wenn sie Geige spielen wollte. Er machte Kaffeepause in der Küche, wenn sie gerade zu kochen anfing, und kommentierte dabei, was in der Zeitung stand. Es gab Tage, an denen ihr das nichts ausmachte.

«Ich muss Sie warnen. Ich hab beim Entfernen der Leisten Rattenkot gefunden. Könnte sein, dass wir sie mit den Bauarbeiten aufgestört haben.»

Isabel schüttelte sich. Seit dem Vorfall neulich konnte sie kaum schlafen. «Soll ich den Kammerjäger rufen?»

«Das hätte nicht viel Sinn. Jetzt, da der Fußboden aufgerissen ist, gibt es zu viele Orte, an denen sie sich verstecken können. Außerdem könnte es sein, dass sie von draußen reinkommen. Warten Sie, bis wir fertig sind.»

Isabel schloss kurz die Augen. Ihr graute vor der Vorstellung, dass sich nachts Ratten ins Haus schleichen könnten. Seufzend nahm sie die Wagenschlüssel und ihren Geldbeutel.

«Matt, ich fahre kurz zum Einkaufen. Ich bin bald wieder da», rief sie.

Warum sie glaubte, sich bei ihm abmelden zu müssen, wusste sie selbst nicht. Er konnte ohnehin kommen und gehen, wie er wollte – der Hausschlüssel lag unter der Fußmatte vor der Hintertür. Er selbst hatte ihn dort vor einigen Wochen hervorgeholt. Sie war entsetzt gewesen bei dem Gedanken, dass sie und die Kinder seit Monaten in einem Haus wohnten, zu dem offenbar jeder Zugang gehabt hatte.

«Matt?»

Er hörte sie nicht. Als sie die Haustür hinter sich zuzog, konnte sie ihn irgendwo oben pfeifen hören.

Sie musste fast zehn Minuten am Geldautomaten anstehen, was hauptsächlich an dem alten Mann lag, der ratlos davorstand und alles vorlas, was auf dem Bildschirm stand. «Zehn Pfund, zwanzig Pfund, fünfzig Pfund, anderer Betrag …», murmelte er vor sich hin. «Wie viel brauche ich noch mal?»

Isabel schnalzte nicht mit der Zunge wie die Frau hinter ihr, obwohl es regnete und sie keinen Schirm dabeihatte. Sie wusste aus Erfahrung, wie leicht jemand sich von Dingen einschüchtern lassen konnte, die andere für selbstverständlich hielten. Stattdessen tippte sie ihm auf die Schulter, als er vergaß, sein Geld aus dem Automaten zu nehmen, und nahm seinen Dank mit einem Lächeln entgegen.

Weil sie mit den Gedanken noch ganz bei dem alten Mann war, dauerte es ein paar Sekunden, bis die Mitteilung auf dem Bildschirm in ihr Bewusstsein sickerte: *Konto überzogen. Betrag kann nicht ausgezahlt werden. Bitte setzen Sie sich mit Ihrer Bank in Verbindung.*

Sie betrat die Bank. Die Frau hinter dem Tresen begutachtete ihre Karte und tippte dann etwas in ihren Computer. Schließlich bestätigte sie Isabel, was ihr der Automat bereits mitgeteilt hatte. «Sie haben nicht mehr genug auf dem Konto, um diesen Betrag abzuheben.»

«Könnten Sie mir sagen, wie viel noch drauf ist?», fragte Isabel leise.

Die Frau tippte etwas, dann schrieb sie eine Zahl auf einen Zettel und schob ihn ihr zu. «Sie haben bereits überzogen. So weit reicht Ihr Überziehungskredit noch. Für alles, was darüber hinausgeht, müssten wir Ihnen einen erhöhten Sollzinssatz berechnen.»

Isabel überlegte verzweifelt, wofür sie in letzter Zeit Geld ausgegeben hatte. Dann fiel ihr die unerwartete Lieferung von Dachziegeln ein, das neue Abwasserrohr und die neuen Stromanschlüsse, die doppelt so viel gekostet hatten wie erwartet.

«Könnten Sie etwas von meinem Sparkonto aufs Girokonto transferieren? Da müsste noch was drauf sein. Bloß so viel, dass es wieder gedeckt ist.»

Die Frau tat es mit unpersönlicher Effizienz und reichte Isabel dann einen weiteren Zettel, auf dem stand, wie viel sich noch auf ihren Sparkonten befand. Viel weniger, als Isabel gedacht hatte. Daraufhin drehte ihr die Frau, als würde sie ihr einen persönlichen Gefallen tun, den Bildschirm zu und zeigte ihr, was im vergangenen Monat alles abgebucht worden war.

«Ach … unser Haus wird renoviert, wissen Sie», erklärte Isabel zittrig.

Die Frau schenkte ihr ein mitfühlendes Lächeln. «Furchtbar, was?»

Vollkommen niedergeschlagen fuhr Isabel nach Hause. In der Einkaufstasche hatte sie Kartoffeln und Baked Beans anstatt Hühnchen und Salat. Um sich ein wenig aufzuheitern, legte sie eine Händel-CD ein. An die Kosten für Lebensmittel hatte sie bisher noch nie einen Gedanken verschwendet. Aber nun, angesichts des immer größer werdenden Lochs, das sich in ihren Finanzen auftat, wurde ihr klar, dass sie sich einschränken mussten. Wenn sie Fleisch und Fisch wegließe, könnte sie zwanzig Pfund sparen. Gestern Abend hatte sie zum ersten Mal Thierrys Socken gestopft, anstatt sie, wie früher, einfach wegzuwerfen und neue zu kaufen. Es war so still und friedlich gewesen, fast meditativ, vor dem Feuer zu sitzen und etwas so Hausfrauliches zu tun.

Sie bog auf den Feldweg ab und hatte gerade einmal einen halben Kilometer zurückgelegt, als ihr Auto beschloss, ihr auch den letzten Rest Optimismus zu rauben. Der Motor, der schon seit Tagen nicht mehr so recht anspringen wollte – etwas, das Isabel tunlichst ignoriert hatte –, begann zu stottern und ging schließlich aus, als sie soeben durch eine gewaltige Pfütze holperte. Isabel blieb einen Augenblick lang reglos sitzen und starrte die Wischerblätter an. Aus dem Radio drang enervierend aufmunternd die Händel-Symphonie. Sie drehte die Musik leiser und versuchte vergebens, den Motor anzulassen.

«Verfluchte Scheiße!», schrie sie schließlich, stieg aus und versank prompt bis zum Fußgelenk in der kalten, schlammigen Pfütze. Mit nassen Schuhen stakste sie zur Motorhaube, öffnete sie und beugte sich vor. Und was nun?

«Warum?», fragte sie laut. «Warum ausgerechnet jetzt? Konntest du mich nicht wenigstens bis nach Hause bringen?» Zornig trat sie gegen die Felge. Dann zog sie den Ölmessstab heraus – das Einzige, was sie identifizieren konnte. Aber nachdem sie den Ölstand geprüft hatte, wusste sie nicht mehr weiter. Vom schiefergrauen Himmel prasselte ungerührt der Regen.

Sie war sich nicht mal sicher, ob sie überhaupt zum Haus zurückwollte. Es gab Tage, da hatte sie das Gefühl, von dem alten Kasten mit Haut und Haaren verschlungen zu werden. Ihre ganze Energie ging dafür drauf, für ein Fass ohne Boden, einen nimmersatten Schlund. Ihr einst freier Geist wurde nun von einer endlosen Abfolge sinnloser Entscheidungen gefesselt –

wo dieser Stromanschluss angebracht, welche Art von Holz dort verwendet, wie hoch jene Leisten sein sollten.

Sie versuchte, nicht daran zu denken, was wäre, wenn Laurent noch lebte. Es war nicht mehr der Tod ihres Mannes, der sie umwarf, sondern die kleinen Dinge: das Auto, das nicht mehr anspringen wollte, Kontoauszüge, die sie einfach nicht kapierte, Schulzeugnisse, über die sie mit niemandem reden konnte, die Ratte in der Küche. «Es ist mir egal», hätte sie am liebsten geschrien, wenn die Arbeiter sie zum fünfzehnten Mal störten. «Alles, was ich will, ist ein Haus, das funktioniert, an das ich keinen Gedanken verschwenden muss. Ich will an Adagios denken und nicht an Isolierungen!»

«Und ich will ein Auto, mit dem ich zum Einkaufen und wieder zurück fahren kann!», brüllte sie. «Ist das zu viel verlangt?» Sie versetzte dem Vorderreifen einen Tritt und freute sich fast über ihren schmerzenden Zeh. «Ich will mich nicht mit all dem Mist befassen müssen! Ich will mein altes Leben wiederhaben!»

Mit tropfnassen Haaren setzte sie sich wieder ins Auto, kniff die Augen zu und holte ein paarmal tief Luft. Ihr Handy hatte sie dummerweise zu Hause gelassen. Sie überlegte, was wohl länger dauern würde: zurück zum Laden laufen und dort einen Abschleppwagen rufen oder zum Haus gehen. Sie kam zu dem Schluss, dass es im Grunde egal war, in welche Richtung sie sich wandte, es war so oder so ein fünfzehnminütiger Fußmarsch durch den strömenden Regen. Isabel schloss die Augen und ließ sich von der Musik durchdringen, eine kleine Erinnerung daran, dass das Leben auch anderes bereithielt, dass es nicht immer so sein musste wie jetzt.

Als sie sie wieder aufschlug, sah sie, verschwommen durch den Regen, der über die Windschutzscheibe strömte, ein rotes Fahrzeug auf sich zuholpern. Matts Lieferwagen.

Er stieg aus. «Panne?»

«Der Motor ist einfach ausgegangen», sagte sie, erleichtert über sein Auftauchen. «Keine Ahnung, woran es liegt.»

Er schaute unter die Motorhaube, streckte den Arm hinein und fummelte kräftig am Motor herum; dann zog er die Hand wieder zurück. «Lassen Sie ihn mal an.»

Sie versuchte, den Motor anzulassen.

Er wies sie an, die Musik leiser zu drehen, und lauschte. «Noch mal.» Und dann: «Einen Moment.»

«Was können Sie hören?», fragte sie fasziniert. «Was können Sie hören, das ich nicht höre?»

Sie stieg aus. Es erschien ihr nicht richtig, im Trockenen zu sitzen, wenn er draußen im Regen stand und die Arbeit für sie erledigte. Als er sie bemerkte, zog er seine Jacke aus und bedeutete ihr, sie sich über Kopf und Schultern zu halten. Er ging zurück zum Lieferwagen, beugte sich hinein und tauchte mit einem Lappen wieder auf. Er kam zurück, zog einen Schlauch aus dem Motor und wischte ihn gründlich ab. Dann säuberte er mehrere kleine Stecker. Als er fertig war, war sein graues T-Shirt vollkommen durchnässt, und seine Haare klebten ihm nass am Kopf.

«Versuchen Sie es.»

Isabel setzte sich ans Steuer und drehte zittrig am Zündschlüssel. Ihre nassen Finger rutschten dabei ab. Der Motor sprang anstandslos an.

«Oh!», rief sie entzückt und fuhr erschreckt zusammen, als plötzlich Matts Gesicht am Seitenfenster erschien. Seine Haut glänzte nass.

«Verteilerkappe», erklärte er mit zusammengekniffenen Augen, weil ihm das Wasser übers Gesicht rann. «Die säuft bei einem so tiefliegenden Wagen schnell mal ab, vor allem auf diesem Weg hier, mit all den Pfützen. Sie sollten den Unterbau mit WD-40 behandeln lassen. Ich sag Ihnen was: Ich werde bei

Ihnen einsteigen und den Jungs sagen, sie sollen vorne umdrehen und uns zum Haus zurück folgen. Damit Sie sicher heimkommen.»

Bevor sie protestieren konnte, saß er schon auf dem Beifahrersitz und bedeutete ihr, den Lieferwagen zu umfahren. Beim Vorbeifahren spürte sie die Blicke der Männer auf ihrem Gesicht, ihrer nassen Bluse, und auch Matts Anwesenheit war ihr überdeutlich bewusst.

«Jetzt können Sie Ihre Musik wieder lauter machen», sagte er.

Sie drehte sie ein wenig lauter und ließ sich von den triumphierenden Tönen des Cembalos durchdringen. «Händel», sagte sie, als sein Blick auf die CD-Hülle fiel.

«Lese ich das richtig?»

Sie kicherte. «Ja. Genau, es ist Händels *Wassermusik*.»

Er lachte schallend.

Hinterher war sie nicht sicher, ob es an ihrer Erleichterung wegen des Autos lag, an ihrer Verzweiflung über ihre finanzielle Lage oder ob es einfach nur ein Hervorbrechen lange unterdrückter Gefühle war, aber während sie den schrecklichen Waldweg zu ihrem schrecklichen, kostspieligen, undichten alten Haus zurückholperten, wurde aus Isabels Kichern ein Lachen und dann ein hemmungsloses Gelächter. Sie konnte gar nicht mehr aufhören zu lachen; ihr kamen die Tränen, und sie fürchtete schon, es könnte in etwas anderes umschlagen.

Als sie das Haus erreichten, schaltete sie den Motor ab und hörte auf zu lachen. Die plötzliche Stille war drückend.

Sie starrte auf ihre Hände hinab, auf ihren feuchten Rock, ihre Brüste, die sich deutlich unter ihrer nassen Bluse abzeichneten. Sie fühlte seine Blicke und versuchte, sich zusammenzureißen.

«Schön, dich mal wieder lachen zu sehen», bemerkte er leise.

Sie schaute ihn an. Seine intensiven blauen Augen durchbohrten sie geradezu, aber diesmal fehlte dieser typische, wissende Ausdruck darin. Er legte eine Hand auf ihre Schulter.

Isabel wurde von so etwas wie einem Schlag durchzuckt, aber er hatte bereits die Wagentür aufgemacht und stieg aus. Durch den strömenden Regen ging er zu seinem Auto. Isabels Hand hatte sich unwillkürlich auf die Stelle gelegt, die zuvor von der seinen erwärmt worden war.

Es gab keine Wohnungen – nicht mal für jemanden, der doppelt so viel verdiente wie er. Nichts für einen Mann, der in der Gegend wohnen bleiben wollte, in der er aufgewachsen war. Byron saß in seinem Wagen, der Regen trommelte aufs Dach, und die Welpen im Kofferraum winselten und knurrten, während er die Mietangebote studierte. Es gab teure Villen, Dreizimmerwohnungen, Arbeiter-Cottages, in denen längst keine Arbeiter mehr wohnten. Aber nichts für einen Mann mit geringem Einkommen und so gut wie keinen Ersparnissen.

Byron konnte seine derzeitige Lage kaum fassen. So etwas passierte einem selber nicht, das passierte anderen. Andererseits war er vor ein paar Jahren in eine Lage geraten, die er sich auch nie hätte vorstellen können. Wie hieß dieses Sprichwort doch gleich? Wie bringt man Gott zum Lachen? – Indem man ihm von seinen Plänen erzählt.

Byron hatte keinen Plan mehr, außer einem: ein Dach über dem Kopf zu finden. In seiner Verzweiflung hatte er sogar überlegt, die Welpen ins Tierheim zu geben, um leichter eine Wohnung zu finden, aber sie waren so jung, dass dies bedeutet hätte, auch Meg zurücklassen zu müssen. Und auf Meg und Elsie konnte er einfach nicht verzichten. Sie waren im Grunde alles, was er noch hatte.

Er hätte natürlich seine Schwester bitten können, für ein paar

Wochen auf ihrem Sofa schlafen zu dürfen, aber das erschien ihm unfair. Sie hatte gerade erst ein neues Leben angefangen, und sein Stolz verbot es ihm, diesen Neuanfang als richtige kleine Familie zu sabotieren. Er hatte Freunde im Dorf, aber keiner stand ihm so nahe, dass er ihn um so einen Gefallen hätte bitten wollen. Es gab, wie er entdeckt hatte, eine ganze Bevölkerungsgruppe, der es ähnlich ging wie ihm. Niemand hätte sie als obdachlos bezeichnet, nein, sie befanden sich in einer «Übergangsphase», schliefen bei Freunden auf dem Sofa oder in einem vorübergehend freien Zimmer oder in einem Wohnwagen, angewiesen auf das Mitgefühl ihrer Mitmenschen. Er hätte vielleicht auch die dreihundert Kilometer bis zur Küste fahren können, wo seine pensionierten Eltern in einem kleinen Bungalow lebten, aber was hätte ihm das geholfen? Er wäre arbeitslos gewesen. Außerdem hätte er mit seinen Hunden gar nicht in dieses Haus gepasst mit seinen makellosen Teppichböden und dem Nippes überall. Und um Geld konnte er seine Eltern erst recht nicht bitten: Er wusste, wie bescheiden ihre Rente war.

Nein, er hätte es gar nicht fertiggebracht, ihnen zu beichten, wie tief er gesunken war – sie ein zweites Mal zu enttäuschen. Niemand bezeichnet sich gerne als obdachlos. Byrons Gesicht erstarrte zu einer Maske der Verzweiflung. Er grübelte, bis die Dämmerung anbrach und die Hunde unruhig zu winseln begannen, weil sie rauswollten.

Endlich ließ er den Wagen an und fuhr los.

Als er seinen alten Landrover schließlich auf der Lichtung beim Fasanengehege abstellte, war es dunkel. Er hatte diesen Ort ausgewählt, weil er sich auf Matts Land befand; sein Wagen würde hier keinen Verdacht erregen. Es war schon beinahe zwanzig Uhr. Er legte die Welpen in eine Pappschachtel und machte sich dann, mit einer großen Tasche über der Schulter und den Hündinnen an seiner Seite, auf den Weg.

Byron kannte sich hier so gut aus, dass er keine Taschenlampe brauchte. Er durchstreifte diese Gegend seit Jahren, war hier aufgewachsen, kannte jeden Baum, jeden Strauch, jede hervorstehende Wurzel, jeden heruntergefallenen Ast und bewegte sich mit der Sicherheit einer Bergziege. In der Ferne schrie eine Eule, und er hörte den Todesschrei eines Kaninchens, das einem Jäger zum Opfer fiel, darüber hinaus jedoch nichts als das Rauschen des Regens und das leise Schmatzen seiner Schuhe in der lehmigen, feuchten Erde.

Endlich sah er Licht. Zögernd blieb er am Rand des Feldes stehen, fragte sich, ob er das wirklich tun konnte. Da tauchte in einem der hohen Fenster eine schlanke Gestalt auf und zog die Vorhänge zu. Wenn er später an diesen Moment zurückdachte, war ihm klar, dass dies der absolute Tiefpunkt für ihn gewesen war, diese kleine, häusliche Geste. Nie hatte er sich einsamer, nie ausgeschlossener gefühlt.

Die Welpen begannen, in der feuchten Schachtel zu zappeln. Es ist ja nicht für lange, versuchte er, sich zu trösten, und wischte sich mit der freien Hand übers Gesicht. Bloß bis der Wurf entwöhnt ist und ich sie verkaufen kann. Bis ich wieder auf die Beine gekommen bin. Er klemmte sich die Schachtel fester unter den Arm, befahl den Hunden, keinen Laut von sich zu geben, und schritt dann um den Garten herum, bis er die gesuchte Tür erblickte. Sie gehörte zu einem Backstein-Anbau mit Wellblechdach. Das Schloss war schon seit Ewigkeiten kaputt, das Holz drum herum so verrottet, dass der verrostete Zylinder von selbst herauszufallen drohte. Dem leisen Klang einer Geige und der Stimme eines Kindes lauschend, öffnete er die Tür und schlüpfte hinein. Vorsichtig tastete er sich die wenigen Stufen hinab. Es roch leicht nach Petroleum und nach Schwefel, aber wenigstens war es trocken und außerdem einige Grade wärmer als draußen, wo es nachts immer noch recht kalt wurde. Das leise Dröhnen des Heizkessels drang an sein Ohr, doch erst als er die Tür fest hinter sich zugezogen hatte, wagte er es, seine Taschenlampe anzumachen.

Alles war so, wie er es in Erinnerung hatte: der L-förmige Raum unter dem Haus, in einer Ecke der klapprige rostige Heizkessel, neben der Tür der Holzstapel, der ihn vor flüchtigen Blicken schützte. Das schmutzige alte Waschbecken, das früher Handwerker und Hausierer benutzt hatten, und schließlich die Tür, die zur Küche hinaufführte, an der aber seit Jahren ein Vorhängeschloss hing. Hier hatte er nichts zu befürchten, keines der Kinder würde sich hier runter verirren. Niemand hatte einen Grund, überhaupt hier reinzuschauen, ja es konnte gut sein, dass die Witwe gar nichts von diesem Raum wusste.

Byron stellte die Schachtel mit den Welpen auf den Boden und entrollte seinen Schlafsack. Meg legte sich zufrieden und erschöpft auf die Seite und begann, ihren Wurf zu säugen. Den Rest seiner Habseligkeiten würde er am nächsten Tag holen. Er gab Elsie und Meg zu fressen, stellte ihnen eine Schüssel Wasser hin und versuchte, sich, so gut es ging, am Waschbecken zu waschen. Dann knipste er seine Taschenlampe aus und setzte sich in eine Ecke, unter ein vergittertes Kellerfenster, durch das ein Stück Nachthimmel zu sehen war. Er versuchte, sich auf die Geräusche der Hunde zu konzentrieren und nicht auf seine Umgebung, auf seine derzeitige Lage. Er versuchte, an gar nichts zu denken. Das hatte er schon vor langer Zeit gelernt.

Er wollte gerade in seinen Schlafsack schlüpfen, als er etwas Metallisches aufblitzen sah. Neues, glänzendes Metall, nicht das alte rostige, das es überall in diesem alten Haus gab. Byron leuchtete mit seiner Taschenlampe in die Richtung.

Am Boden neben der Tür, die ins Haus hinaufführte, stand ein kleiner Käfig aus Draht mit Transportgriff. Immerhin groß genug, um darin ein Kätzchen unterzubringen.

Als Byron den Käfig hochhob, erblickte er in einer Ecke Kotbällchen. Der Käfig war nicht für den Transport einer Katze verwendet worden.

Und das Schloss zum Küchenaufgang war aufgebrochen worden.

Seine schlimme Lage für den Moment vergessend, setzte sich Byron auf seinen Schlafsack. Er musste an den Besucher denken, der neulich so unerwartet auf der Küchenschwelle aufgetaucht war.

KAPITEL 13

In einem so alten, verfallenen, abgelegenen Haus konnte es in den Wintermonaten ganz schön hart werden. Der Wind würde durch die Ritzen pfeifen, sagte man ihr, Kälte und Nässe würden durchs löchrige Dach eindringen, und das Haus würde die Feuchtigkeit, die vom See her den Boden durchdrang, aufsaugen. Aber auch der Sommer hatte seine Tücken, wie sie jetzt feststellen musste. Man hätte meinen können, die Natur wisse, dass der letzte Pottisworth gestorben war und nun Eindringlinge im Haus wohnten. Es war, als würde sie das Spanische Haus für sich zurückfordern, Backstein für Backstein, Zentimeter um Zentimeter. Glockenblumen, Tulpen und Hyazinthen brachen büschelweise aus der braunen Erde hervor, in den Ritzen der Terrassenplatten tauchten grüne Triebe auf, aus denen jedoch nach kurzer Zeit stachelige Disteln wurden. Rosetten aus giftigem Kreuzkraut krochen über die Steinplatten, und überall wucherte wildes Hornkraut.

Wochenlanger Regen hatte auf den alten Mauern Moos wachsen lassen, und auch die Hecken breiteten sich aus, durchsetzt von Brombeerranken und Efeu. Der spärliche, ausgetrocknete Winterrasen wurde grün und üppig, Löwenzahn und Butterblumen streckten ihre Köpfe hervor, überwucherten Wege und Auffahrt. Zwei alte Obstbäume kippten einfach um – eine stumme Anklage an Isabels Unfähigkeit, den Garten in den

Griff zu bekommen. Auch Tiere folgten diesem Ruf der Natur. Kaninchen buddelten Höhlen in den Rasen, im hohen Gras unsichtbar, und man musste aufpassen, dass man sich nicht den Knöchel verstauchte. Maulwürfe warfen die Erde auf und setzten auf diese Weise markante Schlusspunkte hinter diese Aufmüpfigkeit der Natur.

Im Haus standen die Dinge nicht besser. Matt und seine Leute gingen täglich aus und ein, rissen Löcher in Wände und schienen sie auch hie und da wieder zuzumachen. Einige Fortschritte gab es immerhin: Das Dach war nun zum Beispiel dicht, und der Kamin neigte sich nicht länger gefährlich zur Seite. Sie hatten jetzt ein neues Abwassersystem, das Fäkalien aus der Toilette ableitete, ohne dass man sich länger vor Typhus aus dem Leitungswasser fürchten musste. In einigen Räumen waren neue Böden verlegt, und in der Küche gab es jetzt ein anständiges Spülbecken. Ein paar neue Fenster waren eingesetzt, ein teilweise installiertes Heizsystem sorgte sporadisch für warmes Wasser und versprach etwas mehr Wärme für den Winter, leckte im Moment jedoch noch auf die neuen Fußböden.

Doch trotz wiederholter dringender Bitten hatten sie noch immer kein funktionstüchtiges Bad und auch keine Steckdose in der Küche, um den Kühlschrank anzuschließen. Das Schlimmste jedoch war der wachsende Stapel an Rechnungen und Kontoauszügen, der die explodierenden Ausgaben dokumentierte. Dass sie mittlerweile ein kleines Büchlein angelegt hatte, in dem sie die Arbeiten notierte, die Matt für unbedingt nötig hielt, sowie die Kosten, die er dafür veranschlagte, half auch nicht viel. Die vielen Nullen schockierten sie jeden Tag aufs Neue.

Den ganzen Vormittag lang saß sie am Küchentisch und ordnete ihre Kontoauszüge. Nun sah sie schwarz auf weiß, wie es um sie stand. Ihr wurde schwindlig, als stände sie am Rand einer Klippe. Das ist alles, was noch übrig ist, dachte sie. Und es gibt bloß mich. Ich bin für alles verantwortlich. Die Kinder sind von mir abhängig.

In diesem Moment betrat Matt die Küche, in der Hand eine Tüte Croissants vom Bäcker. Er ließ sich ihr gegenüber auf einen Stuhl fallen.

«Probier mal», forderte er sie auf und hielt ihr ein Croissant unter die Nase. «Die sind köstlich. Los, beiß ab.»

Verlegen öffnete sie den Mund. Ihr war peinlich bewusst, dass sein Blick auf ihre Lippen gerichtet war. Er grinste. «Gut, was?»

Er hatte große, schwielige Arbeiterhände mit breiten Fingern und trockener, rauer Haut. Als sie nickte, lächelte er. Er brachte ihr jetzt öfter etwas mit: Kaffee, damit sie ihm eine Tasse davon machen konnte. Eier, die sie bei einem anderen Einsatz geschenkt bekommen hatten, Kuchen, wenn einer seiner Jungs in die Stadt fuhr. Sie wusste nie, ob sie sich über seine Anwesenheit freuen sollte, da sie bedeutete, nicht mit so unangenehmen Dingen wie Ratten in der Küche, leckenden Rohren oder einem Ofen, der mal wieder versagte, allein fertigwerden zu müssen. Oder ob sie sich davor fürchten sollte, denn es schien mittlerweile, als ob er der Herr im Haus wäre und nicht sie. Er besaß zweifellos Charisma. Immer wieder gelang es ihm, sie zu Dingen zu überreden, die sie gar nicht wollte, einen Weg einzuschlagen, den sie ursprünglich nie im Sinn gehabt hatte.

«Diese Hände!», rief er aus, als sie erneut zum Croissant griff. Byron stand im Türrahmen. «Schau sie dir an, Byron. Hast du je solche Finger gesehen?» Zu ihrer großen Verlegenheit ergriff er einen davon.

«Ich habe sie immer geschützt», erklärte sie errötend, «habe nie viel damit gemacht, außer Geige zu spielen.»

«Makellos. Ma-kel-los», schwärmte er. «Wie … wie …», er schaute Byron an, «wie bei einer Marmorstatue, was meinst du?»

Byron brummte etwas Zustimmendes, aber Isabel kam sich lächerlich vor. Matt trank seinen Kaffee aus und erhob sich. «Nicht alle auf einmal aufessen», sagte er, bevor er ging.

Isabel schaute verzweifelt auf ihr dünn gewordenes Scheckbuch und auf die zerknüllte Papiertüte daneben. Nicht einmal das beste Croissant hätte sie heute aufheitern können. Die Bankauszüge verkündeten eine unwiderrufliche Wahrheit. Sie schob sie zu einem Stapel zusammen. Durchs Fenster sah sie, wie Matt draußen seine Männer dirigierte, die mit dem Bagger die Vorbereitungen dafür trafen, ein zweites Zuleitungsrohr zu verlegen.

Das muss aufhören, sagte sie sich. Egal, in welchem Zustand das Haus ist, es ist fast kein Geld mehr übrig.

Isabel überquerte den Rasen. Sie trug einen weiten Rock und einen Wollpulli. Das Haar fiel ihr offen über die Schultern. Der steife Wind wehte es ihr immer wieder ins Gesicht. Matt ging zum Bagger und verstaute rasch die Pläne des Architekten.

«Ich bringe euch Tee», verkündete sie, zwei große Tassen in der Hand.

Matt grinste Byron zu. «Mrs. D weiß wenigstens, wie man sich um jemanden kümmert, was? Im Gegensatz zu manch anderen.»

Byron nahm seine Tasse entgegen, seine Hände waren mit Erde verkrustet.

«Wir haben gerade darüber geredet, dass es dort hinten einen Küchengarten gab, bevor die Mauer einstürzte.» Matt deutete auf einen Bereich des Gartens, der an zwei Seiten von einer bröckligen Backsteinmauer umgeben war. Er sehe ihn noch vor sich, sagte er: Spalierobst, Äpfel mit so klingenden Namen wie *Gascoyne's Scarlet*, *D'Arcy Spice* und *Enneth's Early*.

«Ein paar stehen noch. Ich denke, du wirst im Herbst eine

hübsche Ernte einfahren.» *Falls du dann noch da bist*, schoss ihm plötzlich durch den Kopf.

Byron ließ seine Tasse sinken. «Hinten sind ein paar alte Beete. Dort haben sie früher Gemüse angebaut. Thierry könnte vielleicht Spaß dran haben, etwas auszusäen. Meine Nichte liebt es, selbst etwas zu pflanzen.»

Das war so ziemlich die längste Rede, die Matt ungefragt aus Byrons Mund gehört hatte.

«Wenn du willst, dann zeige ich es ihm», erbot er sich. «Wicken zum Beispiel sind total unkompliziert.»

«Ja, ich glaube, das würde ihn freuen», sagte Isabel und strich sich die Haare aus dem Gesicht. «Danke.»

Byron trat verlegen ein paar Schritte vor. An seinen Stiefeln klebten Erdbrocken. «Ich wollte mich auch wegen der Sache mit der Ratte entschuldigen. Ich hab das Gewehr auf den Speicher gebracht, da kommt niemand dran.»

«Danke», wiederholte sie.

«Glaub nicht, dass sich noch mal eine Ratte blickenlässt.»

«Das kannst du nicht wissen», fuhr Matt dazwischen.

«Doch, das kann ich», entgegnete Byron fest. Sein Blick war auf eine Stelle dicht vor Matts Füßen gerichtet. «Ich kann mit Sicherheit sagen, dass es ein einmaliger Vorfall war.»

«Also … da bin ich aber erleichtert», gestand Isabel zögernd. «Ich habe Albträume gehabt wegen dieser Ratte. Konnte nächtelang kaum schlafen. Also, eigentlich …», sagte sie nun zu Matt, «könnte ich kurz mit dir sprechen? Es geht um die Bauarbeiten.»

Byron machte sich wortlos am Bagger zu schaffen.

Isabel öffnete den Mund, schloss ihn dann aber wieder. Schließlich hob sie den Kopf und schaute mit einem beinahe entschuldigenden, gleichzeitig jedoch trotzigen Ausdruck zu Matt auf. Ihre Haare hatte sie mit einer Hand zusammengefasst und hielt sie sich aus dem Gesicht. «Ich muss das beenden.»

Matt hob eine Augenbraue.

«Die ganze Renovierung», erklärte sie. «Du hast bis hierhin wunderbare Arbeit geleistet, aber mehr geht nicht. Jedenfalls nicht im Moment.»

«Wir können nicht einfach aufhören», widersprach er. «Wir haben alle möglichen Arbeiten angefangen. Die können wir nicht halbfertig liegen lassen.»

«Nun, das muss aber leider sein. Ich bin die Zahlen durchgegangen und zu dem Schluss gekommen, dass es im Moment nicht viel Sinn für uns, für mich, macht fortzufahren. Ich bin dir wirklich dankbar, Matt, ehrlich, aber ich muss tun, was vernünftig ist.» Sie war während dieser kleinen Rede ganz rot geworden.

«Aber jetzt aufzuhören ist alles andere als vernünftig.» Er wies auf den Bagger. «Das hier sind grundlegende, wichtige Arbeiten. Du wirst nicht weit kommen ohne eine Hauptrohrleitung. Und mit dem Bad sind wir erst halb fertig. Den Einbau der Heizung in den oberen Räumen könnten wir vielleicht vorerst lassen, aber ich würde dir dringend raten, nicht gerade jetzt abzubrechen. Wenn der Winter kommt, kriegst du niemanden mehr, und wenn ich mal hier aufhöre, bin ich woanders beschäftigt und hab keine Zeit mehr.» Er merkte auf einmal, wie blass sie geworden war.

«Du verstehst nicht, Matt.»

«Dann sag es mir.» Sie roch ein wenig nach Zitrone.

«Also gut. Das alles hat mehr gekostet, als ich erwartet hatte. Ich kann dich nicht mehr bezahlen.»

Sie war den Tränen nahe. Ihre Wimpern glitzerten feucht wie kleine schwarze Sterne.

«Aha, verstehe.»

Er trat von einem Fuß auf den anderen. Am Rand des Grabens lag frisch aufgeworfene Erde, daneben die Rohre, die noch verlegt werden mussten. Das neue Bad stand verpackt auf der

Terrasse und wartete darauf, eingebaut zu werden. Matt hatte es schon vor Monaten bestellt, eine Sonderanfertigung, viktorianisch, mit einer großen, gusseisernen Klauenfußwanne und einem extragroßen Waschbecken. Genau das, was Laura sich gewünscht hatte. Er vergaß in letzter Zeit immer öfter, dass dies Isabels Haus war.

«Glaub mir», sagte sie leise, «wenn ich weitermachen könnte, würde ich es tun.»

«So schlimm, hm?»

«Ja.» Sie wich seinem Blick aus.

Beide lauschten dem durchdringenden Krächzen einer Schar Krähen in der Ferne.

«Mach dir im Moment mal bitte keine Sorgen. Ich werde den Jungs sagen, sie sollen die angefangenen Arbeiten fertig machen, dann hören wir auf.» Sie wollte etwas sagen, doch er hob die Hand. «Keine Sorge. Du musst mich nicht bezahlen, nicht sofort. Wir finden schon eine Lösung.»

Hinterher kam er zu dem Schluss, dass er seine Worte nicht sorgfältig genug gewählt hatte. Tatsächlich hatte er kaum überlegt, was er sagte. Denn obwohl er schon seit Monaten auf diesen Moment gewartet hatte – eigentlich schon seit ihm klargeworden war, wie weltfremd die neue Hausbesitzerin war –, konnte Matt sich nicht so recht freuen. Byron hatte ihn abgelenkt, Byron und die Art, wie er das mit der Ratte gesagt hatte. Und wie er Isabel angesehen hatte, als sie ihm die Teetasse reichte.

Matt McCarthy war unversehens aus dem Gleichgewicht gebracht worden.

Als Isabel sich umwandte und mit gesenktem Kopf und hängenden Schultern über den Rasen davonschritt, wandte er sich dem jüngeren Mann zu. «Auf ein Wort», sagte er beiläufig.

Byron schaute auf.

«Die Witwe», sagte er, «lass besser die Finger von ihr.»

Zu seiner Überraschung protestierte Byron weder, noch tat er, als wisse er nicht, wovon die Rede war. Er richtete sich auf, war nun gut einen halben Kopf größer als Matt und hielt dessen Blick stand – länger, als Matt gedacht hätte.

«Soll das eine Warnung sein?»

Als Matt daraufhin nichts sagte, schaute er ihn noch ein paar Sekunden lang an und wandte sich dann wortlos ab. Doch seine Miene war unmissverständlich gewesen: *Nicht einmal du kannst mir etwas verwehren, was gar nicht dir gehört.*

Am späten Nachmittag wurde der Wind richtig heftig. Regen prasselte herab, und der Boden weichte zunehmend auf. Matt und seine Leute mussten schließlich durchnässt aufgeben und früher Feierabend machen. Der Bagger blieb reglos auf dem immer schlammiger werdenden Rasen stehen. Isabel warf hin und wieder einen Blick aus dem Fenster, doch das gelbe Ungetüm erinnerte sie nur an ihre prekäre finanzielle Lage. Um sich ein wenig aufzuheitern, beschloss sie, Kekse zu backen. Nachdem sie die Bleche in den Backofen geschoben hatte, ließ sie sich jedoch durch eine Schubert-Symphonie ablenken. Überdies war bei dem alten Ofen ohnehin schwer einzuschätzen, wann etwas fertig war. Jedenfalls – als die Kinder nach Hause kamen, hatte sich das Backwerk in Briketts verwandelt und roch auch dementsprechend.

Thierry warf seinen Schulranzen auf einen Stuhl, nahm sich einen Keks vom Auskühlgitter, schnüffelte daran und legte ihn angeekelt wieder zurück. Kitty zog lediglich die Augenbrauen hoch.

«Habt ihr einen schönen Tag gehabt, Kinder?», fragte Isabel.

Thierry zuckte mit den Schultern, Kitty kramte in ihrer Schultasche.

«Kitty? Wie war dein Tag?»

«Na, wie wohl?», erwiderte sie unfreundlich.

Isabel runzelte die Stirn. «Was soll das heißen?»

Kittys spitzes kleines Gesicht fuhr zornentbrannt zu ihr herum. «Das soll heißen: Ich hocke in einer Schule, an der ich keine Freunde habe, in einem Haus, das ich hasse, in einer Gegend, die ich nicht kenne. Wie soll mein Tag da wohl sein? Beschissen natürlich!»

Isabel hatte das Gefühl, als hätte ihr jemand einen Tritt in die Magengrube versetzt. So hatte Kitty noch nie mit ihr geredet.

«Kitty, was ist bloß in dich gefahren?», fragte sie erschrocken.

Ihre Tochter schnaubte verächtlich. «Tu bloß nicht so, als ob du das nicht wüsstest!»

«Aber ich *weiß* es doch nicht!», rief Isabel mit wachsender Verzweiflung. Nicht auch das noch, nicht ausgerechnet heute. Das war einfach zu viel.

«Lügnerin!»

Isabel riss einen Stuhl zurück und ließ sich ihrer Tochter gegenüber nieder. Thierrys dunkle Augen zuckten erschrocken zwischen ihr und seiner Schwester hin und her.

«Kitty, bitte sag mir doch, worüber du so wütend bist. Wenn ich es nicht weiß, kann ich doch nichts machen!»

«Du», stieß Kitty hasserfüllt hervor, «du und dein Gerede! Du liebst uns doch gar nicht! Selbst jetzt, wo Dad tot ist, spielen wir nur die zweite Geige! Ha!» Sie schnaubte. «Die zweite Geige! Kapierst du? Dein Instrument ist dir immer noch wichtiger als wir!»

«Wie kannst du bloß so was sagen! Ich habe für euch meine Karriere aufgegeben. Ich bin immer da, morgens, wenn ihr zur Schule geht, nachmittags, wenn ihr zurückkommt. Ich bin immer da! Ich hab nicht mehr gearbeitet, seit wir hierhergezogen sind.»

«Darum geht es doch gar nicht!»

«Doch, genau darum geht es! Du und Thierry, ihr seid das Allerwichtigste in meinem Leben.»

Du ahnst ja nicht, wie viel es mich kostet, meine Karriere für euch geopfert zu haben, hätte sie am liebsten gesagt, doch diese Last wollte sie ihrer Tochter nicht aufbürden.

«Ich *weiß* es!», brüllte Kitty. «Ich weiß das mit Mr. Cartwright. Ich weiß, dass du deine Guarneri hättest verkaufen können. Dass wir gar nicht hätten wegziehen müssen!»

Isabel erbleichte. Das hatte sie in der ganzen Aufregung um das Spanische Haus fast vergessen.

«Du hast uns angelogen! Du hast zu mir gesagt, wir können es uns nicht leisten, weiter in London wohnen zu bleiben, wo alle unsere Freunde sind und auch Mary. Du hast gesagt, wir müssen hierherziehen – dabei hättest du die ganze Zeit die Möglichkeit gehabt, deine Geige zu verkaufen, und wir hätten zu Hause bleiben können! Du hast gelogen!» Sie holte tief Luft und versetzte ihrer Mutter dann den Todesstoß. «Dad hätte uns nie angelogen!»

Thierry stieß seinen Stuhl zurück und rannte davon.

«Thierry – Kitty – ich weiß nicht mal, ob … Wenn ich …»

«Ach, hör doch auf! Ich hab gehört, was Mr. Cartwright gesagt hat!»

«Aber ich …»

«Das hier ist doch gar kein neues Zuhause für dich! Das war es nie! Du wolltest doch bloß deine scheiß Geige behalten!»

«Kitty, das ist …»

«Ach, lass mich doch in Ruhe!»

Kitty schleuderte ihre Schultasche auf den Tisch und stürmte, sich mit dem Ärmel das Gesicht abwischend, davon. Isabel wollte ihren Kindern nachlaufen, wollte alles erklären, sah aber ein, dass es keinen Zweck hatte. Denn Kitty hatte recht. Und es gab wenig, was sie zu ihrer eigenen Verteidigung hätte sagen können.

Beim Abendessen herrschte gedrückte Stimmung. Thierry sagte nichts, ließ sich aber immerhin dazu überreden, eine Portion Makkaroni mit Käse zu essen. Den Apfel als Nachspeise lehnte er allerdings ab und verschwand danach sofort in seinem Zimmer. Kitty hielt die ganze Zeit den Kopf gesenkt und beantwortete Isabels Fragen nur einsilbig.

«Es tut mir leid», sagte Isabel, «ehrlich, Kitty. Es tut mir so leid. Aber du musst wissen, dass mir nichts auf der Welt wichtiger ist als du und dein Bruder.»

«Sagst du.» Kitty schob ihren Teller von sich.

Sie und Thierry gingen widerstandslos zu Bett, was an sich schon beunruhigend war. Isabel blieb allein im Wohnzimmer zurück.

Sie legte Holz nach und trank zu schnell eine halbe Flasche Wein. Doch das Kaminfeuer konnte sie heute Abend nicht trösten. Erleichtert stellte sie fest, dass im Fernsehen eine Sitcom lief, doch kaum hatte sie sich hingesetzt, da knackte es laut, das verrauschte Bild schrumpfte auf Stecknadelkopfgröße zusammen und verschwand dann ganz. Auch die Lichter im Raum gingen aus. Isabel saß im Dunkeln. Sie empfand es fast als Beleidigung, als würde sich das große alte Haus über sie lustig machen. Reglos saß sie auf dem Sofa, nur das flackernde Kaminfeuer erhellte den Raum. Ihr Gesicht verzerrte sich, und sie begann zu schluchzen.

«Verdammtes Haus!», brüllte sie. «Scheiß Haus!»

Sie stand auf und tastete nach Streichhölzern, dann suchte sie nach Kerzen. Aber wo genau sie die hingetan hatte, wusste sie nicht mehr. Fluchend tappte sie im Haus herum. Draußen fegte heulend der Wind.

Matt verbrachte den Abend im Long Whistle. Theresa mied er seit einiger Zeit, und sie hatte das mit ihrer feinen Antenne natürlich gemerkt. Zunehmend gereizt und schmollend ging sie hinter der Theke auf und ab und warf eindeutige Blicke in seine Richtung. Aber er begegnete ihren Annäherungsversuchen mit Gleichgültigkeit. Er hasste nichts mehr als eine Frau, die einen Wink nicht verstand.

Außerdem hatte er anderes im Kopf.

Er war ins Pub gegangen anstatt nach Hause, weil Laura zwar über vieles hinwegsah, doch seine zunehmende Unruhe und Rastlosigkeit würden ihr nicht entgehen. Er fühlte sich eigenartig, als habe er sein inneres Gleichgewicht verloren. In Gedanken sah er Byrons Gesicht, wie er Isabel anstarrte. Etwas Rohes, Unverstelltes hatte in diesem Blick gelegen, etwas, das eine Saite in ihm selbst anschlug. Wenn er die Augen zumachte, sah er nicht Theresa vor sich oder seine Frau, sondern Isabel Delanceys weißes Schlüsselbein, die vereinzelten Sommersprossen dort, wo sie Sonne abbekommen hatte. Er sah sie vor sich, wie sie sinnlich lächelnd und mit wiegenden Hüften auf ihn zutänzelte, ganz versunken in ihre Musik.

Byron hatte recht. Sie gehörte ihm nicht. Sie gehörte niemandem. Sie war ungebunden, nicht so wie er. Schon bei dem Gedanken, dass Byron sich an sie ranmachen könnte, stieß ihm sein Bier sauer auf. Er musste die Zähne zusammenbeißen, wenn er sich vorstellte, irgendein Kerl könnte bei ihr einziehen, in dieses Haus, das er von Grund auf kannte, dem er seinen Stempel aufgedrückt hatte.

«Wird stürmisch heut Nacht», bemerkte der Wirt, in ein Kreuzworträtsel vertieft.

«Ja.» Matt leerte sein Glas und knallte es auf die Bar. «Kannst recht haben.»

Er wusste nicht, wie er sein spätes Heimkommen diesmal

erklären sollte. Aus einem unerklärlichen Impuls heraus stieg er eine Viertelstunde vor Zapfenstreich in seinen Lieferwagen und fuhr in Richtung Little Barton.

Unten im Heizungskeller brachte Byron die Hunde zur Ruhe, schaltete das Radio aus und nahm ein Buch zur Hand, das er im Schein der Kerzen, die er heute Vormittag gekauft hatte, lesen wollte. Seltsam, wie schnell man sich an jede Umgebung anpassen konnte, solange man das Allernötigste hatte. Sein neues Zuhause verfügte nun sogar über mehr als das: einen Klappstuhl, ein batteriebetriebenes Radio, den Hundekorb und einen Spirituskocher. Das kleine Waschbecken hatte er gesäubert. Er konnte sich etwas kochen und Tee machen. Obwohl er natürlich alles andere als glücklich war, hatte er sich nun zumindest ein wenig mit seiner Lage versöhnt. Nur für drei Wochen, sagte er sich, bis die Welpen groß genug sind, um sie verkaufen zu können. Ein Bauer im Ort hatte ihm bereits zweihundert für den robustesten versprochen. Wenn er für alle so viel bekäme, hätte er sich die Kaution schon halbwegs verdient.

Sobald er finanziell wieder einigermaßen auf die Beine gekommen war, würde er sich irgendwo anders einen Job suchen. Die Arbeit mit Matt machte ihm zunehmend Kopfschmerzen. Irgendetwas stimmte nicht. Er konnte zwar nicht genau sagen, was, aber er hatte das deutliche Gefühl, dass Matt das Spanische Haus noch nicht aufgegeben hatte. Irgendwann würde die Situation eskalieren, oder Isabel würde das Haus aufgeben müssen, aber bis dahin wollte Byron schon weit weg sein.

Es war fast elf, als sich plötzlich der Heizkessel abschaltete. Byron warf einen überraschten Blick auf die Uhr. Der Timer war auf halb zwölf eingestellt. Er kroch aus seinem Schlafsack, die hoffnungsvollen Blicke seiner Hunde ignorierend, und warf einen Blick nach draußen. Alle Lichter waren ausgegangen.

Kurz darauf hörte er ein lautes Schluchzen. «Verdammtes Haus!», schrie sie. «Scheiß Haus!»

Ein Stromausfall. Er erstarrte. Vielleicht war bloß eine Sicherung rausgesprungen, aber Isabel wusste wahrscheinlich gar nicht, wo sich der Sicherungskasten befand. Er hätte das für sie in Ordnung bringen können, aber dann hätte er seine Anwesenheit erklären müssen.

Byron rührte sich nicht. Meg, die seine Unruhe spürte, begann zu winseln. Er befahl ihr, still zu sein.

Voller Unbehagen hörte er Isabel Delancey oben herumtappen. Das war einfach nicht richtig. Aber er war machtlos. Plötzlich ertönte Geigenmusik. Er war kein Experte, aber er hatte noch nie etwas so Trauriges gehört. Er musste daran denken, wie sie heute Nachmittag mit Matt gesprochen hatte, in der Hand ihr abgegriffenes Kontobuch, das Gesicht abgehärmt vor Sorge und Schlafmangel. Also konnten selbst die Reichen am Abgrund landen. Sie war gar nicht so anders als er.

Es war dieser Gedanke, der ihn schließlich bewog rauszugehen – das und die Erkenntnis, dass ein solcher Stromausfall seine Schwester und Lily genauso hätte treffen können. Er würde zur Vordertür gehen und anklopfen. Er würde sagen, er sei zufällig in der Nähe gewesen. Er würde sich besser fühlen, wenn sie und die Kinder wieder Licht hatten.

Doch als er gerade die Tür hinter sich zuziehen wollte, kamen ihm Bedenken. Wie sollte er seine Anwesenheit erklären, wenn sein Auto nicht hier war? Nein, er konnte es sich nicht leisten, gesehen zu werden. Lautlos zog er sich in den Heizungskeller zurück. Dort saß er im Dunkeln und wartete.

Kein Licht brannte, und einen Moment lang befürchtete Matt, sie könnte mit den Kindern ausgegangen sein. Warum ihn das enttäuschte, hätte er nicht sagen können. Doch dann legte sich kurzzeitig der Wind, und er konnte sie Geige spielen hören. Die Musik gefiel ihm, was vielleicht daran lag, dass er ein paar Biere getrunken hatte. Oder auch daran, dass er diese Art von Musik in den letzten Monaten schätzen gelernt hatte. Wie auch immer, Matt McCarthy blieb, wo er war, und hörte gebannt zu, das Fahrerfenster heruntergelassen, den kalt heulenden Wind im Gesicht, der ein eigenartig passendes Gegengewicht zu der traurigen, leidenschaftlichen Musik bildete. Still saß er im Wagen vor dem Haus, das ihm gehören sollte, und ließ sich von Gefühlen durchdringen, die ihm eigentlich fremd waren.

Immer noch schaltete sie kein Licht an.

Was ihn schließlich dazu bewog hineinzugehen, hätte er später selbst nicht genau sagen können. Das Bedürfnis, ihr zu helfen – vielleicht war der Strom ausgefallen. Oder die Musik. In beiden Fällen belog er sich selbst. Die Vordertür war wie immer unverschlossen. Er trat ein und schloss sie leise hinter sich. Dann stand er einen Moment lang in der Diele und lauschte den Geräuschen des alten Hauses, das knarrte wie ein Schiff im Sturm. Er überlegte, ob er sich bemerkbar machen sollte, doch wusste er, dass dann die Musik aufhören würde. Und das wollte er nicht, wie er überrascht feststellte. Auf leisen Sohlen durchquerte er die Diele und stahl sich die Stufen zur Küche hinunter. Dort stand sie und spielte mit geschlossenen Augen. Tränen liefen ihr übers Gesicht, wie er in dem schwachen Mondlicht erkennen konnte, das durchs Fenster hereinfiel.

Irgendetwas löste bei ihm einen Kurzschluss aus. Ihr Mund war leicht geöffnet, sie hatte den Kopf zur Seite gelegt, die Schultern zurückgenommen, vertieft in etwas, das er nicht besitzen konnte. Als die Musik ein Crescendo erreichte, biss sie sich in die Lippe und verzog das Gesicht, als würden ihr die Töne Schmerzen bereiten. Er konnte die Augen nicht von ihr abwenden, fühlte sich auf einmal wieder wie ein kleiner Junge, der Zeuge von etwas Verbotenem wird, etwas, das ihm verwehrt ist. Mit zugeschnürter Kehle stand er da und sah, wie sie plötzlich die Augen aufschlug, wie diese Augen sich bei seinem Anblick erschrocken weiteten.

Er machte den Mund auf, um etwas zu sagen, aber sie spielte weiter, ohne die geringste Unterbrechung, die Augen jetzt fest auf ihn gerichtet. Ihr Arm schien sich wie von selbst zu bewegen, ihre Geige sich selbst zu spielen und sie unfähig aufzuhören.

Sein Blick hing wie hypnotisiert an ihr. Langsam trat er näher, angezogen von ihrem Busen, der sich hob und senkte, ihrem schlanken, anmutigen Körper, der sich zitternd bog. Von ihrer Kühle, ihrer Distanziertheit, die in blankem Gegensatz zu dem stand, was er nun in ihren Augen las: Verzweiflung, Sehnsucht, Trauer.

Noch bevor er sie erreichte, ließ sie die Arme sinken und stieß einen leisen Laut aus; es klang fast wie eine Kapitulation.

Er schlang die Arme um ihre Taille und riss sie an sich, bog ihren Oberkörper zurück, drängte sie rückwärts in die Küche hinein. Sie tastete hektisch nach dem Tisch, legte dort ihre Geige ab, und dann waren ihre langen, weißen, kalten Finger plötzlich in seinen Haaren, ihr Mund presste sich offen an den seinen. Er hörte sie aufkeuchen, fühlte sie an seiner Haut, fühlte die schockierende Wärme ihrer Schenkel, als er mit beiden Händen unter ihren Rock griff. Wie verlockend sie sich an ihn drängte. Da begann etwas in Matt McCarthy triumphierend zu singen, zu jubilieren, wurde betäubend laut, während er mit seinen Fingerspitzen ihr Pulsieren spürte. Er stieß einen tiefen, gutturalen, fast tierischen Laut aus.

In einer wenig eleganten Bewegung sanken sie zu Boden. Er drückte sie mit seinem Gewicht auf die Fliesen, sie lag unter ihm, dort, wo er sie haben wollte, wo er sie schon haben wollte, seit er ihr zum ersten Mal begegnet war. Jetzt wusste er auch, was er wollte: *sie* besitzen, nicht nur dieses Haus, auch diese Frau. Er biss sie in den Hals, zwang sie, sich ihm zu unterwerfen, spürte, wie sich ihre überraschend starken Finger in sein Fleisch gruben. Sein letzter Gedanke, während der Wind heulend ums Haus strich und das Haus ächzte wie ein lebendes Wesen, war eine vage Überraschung darüber, dass ihre Augen fest geschlossen waren, während die seinen weit offen standen, als würde sich ein ganz neues Universum vor ihnen auftun.

Er wusste nicht, wie lange er geschlafen hatte, vielleicht Stunden, vielleicht auch bloß Minuten. Als er die Augen aufschlug, spürte er die kalten Steinfliesen unangenehm unter seinem nackten Rücken und merkte, dass jemand eine Decke über ihn gebreitet und seinen Kopf auf ein paar zusammengeknüllte Kleidungsstücke gelegt hatte. Um ihn herum herrschte undurchdringliche Dunkelheit. Er wusste im ersten Moment nicht, wo er war, was er hier zu suchen hatte, doch dann sah er sie vollständig angekleidet am Küchentisch sitzen, als ob nichts geschehen wäre. Sie schien ihn anzusehen, ihre Silhouette hob sich vor der Dunkelheit ab.

Er setzte sich auf, und dabei stieg ihm vage ihr Geruch in die Nase, der seiner Haut anhaftete. Gleichsam wie ein Echo verspürte er eine heftige Erregung, wurde von einer Bilderflut überschwemmt, sah sie unter ihm liegen, wie es sich angefühlt hatte, er in ihr drin, ihr lustvolles Stöhnen. Er streckte die Hand aus. «Komm her», murmelte er, «damit ich dein Gesicht sehen kann.»

«Es ist fast zwei», entgegnete sie. «Du musst nach Hause.»

Nach Hause. Gott, wie sollte er das daheim erklären?

Matt stand auf, ließ die Decke zu Boden gleiten. Er zog sich die Jeans an und machte den Gürtel zu. Es war kalt in der Küche, doch er fühlte sich erstaunlich, unglaublich, als wäre er ein ganz neuer Mensch. Er trat zu ihr, konnte ihren Gesichtsausdruck aber noch immer nicht richtig erkennen. Er strich über ihre Haare, in die er sich zuvor gewühlt hatte.

Jetzt war alles anders. Und er war froh darüber, so seltsam es ihm auch erscheinen mochte.

«Danke», sagte er. Er hätte ihr gerne gesagt, was es ihm bedeutete, wie es ihn veränderte. Doch als er mit seinem Daumen über ihr Gesicht strich, merkte er, dass sie weinte – und ihm wurde plötzlich klar, dass er etwas dagegen tun konnte. «Sei nicht traurig», sagte er sanft, «jetzt wird alles gut.»

Sie sagte nichts.

«Hör zu», sagte er, weil er wollte, dass sie wieder lächelte, dass sie wieder froh wurde, «wegen des Geldes: Vergiss die nächste Rate. Wir finden eine andere Lösung.» Er war einen Moment lang versucht, ihr zu sagen, wie sehr sich nun alles ändern würde, aber selbst er war nicht verrückt genug, um das zu tun. «Isabel?»

Etwas war anders an der Stille zwischen ihnen. Isabel hatte sich versteift, schien vor seiner Berührung zurückzuweichen.

«Ich hab das noch nie getan», sagte sie. Ihre Stimme klang auf einmal ganz kalt.

«Was denn?» Er versuchte, ihr Gesicht zu erkennen.

«Ich werde alles bezahlen, was ich dir schulde.»

Er stand da, wie vom Blitz getroffen, konnte gar nicht fassen, was sie da dachte. «He, hör zu – deswegen bin ich doch nicht hergekommen … ich … Menschenskind!» Er stieß einen verblüfften Laut aus, konnte nicht glauben, was er hörte. «Ich wollte doch nicht andeuten …» Er hatte sich falsch ausgedrückt. «Ich hab noch nie … ich hab noch nie im Leben dafür bezahlt.»

«Und ich habe mich nie angeboten.» Ihr Ton war eisig. «Ich möchte, dass du jetzt gehst.»

Kurz darauf stand Matt draußen im kalten Wind. Wie betäubt stapfte er zu seinem Lieferwagen. Sie musste verstehen. Er musste es ihr begreiflich machen. Immer noch konnte er nicht fassen, dass sie glaubte, es sei dabei um Geld gegangen. Doch noch während er über den knirschenden Kies schritt, hörte er, wie hinter ihm der Riegel vorgeschoben wurde, schwer und endgültig.

Auf der anderen Seite der Tür sank Isabel mit einem stummen Schrei zu Boden, voller Selbsthass, voller Abscheu vor dem, was sie getan hatte. Was sie zugelassen hatte. Sie ließ den Kopf auf die Knie sinken, spürte den weichen Stoff unter ihren wunden Lippen, versteckte ihr Gesicht vor dem Verrat, den sie an sich selbst begangen hatte.

Ihr tat alles weh, ihre Seele schmerzte vor Einsamkeit, ihr Herz vor Sehnsucht nach ihrem toten Mann, ihr Körper von der groben Vereinigung mit einem Mann, der nicht Laurent gewesen war. Sie war nüchtern, und sie fühlte sich leer, ausgehöhlt. So leer wie noch nie.

Laurent!, schrie sie. *Was hast du aus mir gemacht? Wozu hast du mich gebracht?*

Die einzige Antwort, die sie bekam, war Stille. Eine betäubende, erdrückende Stille.

KAPITEL 14

Der Zug von London zurück in ihr neues Zuhause fuhr nur alle zwei Stunden, und Isabel hatte sich ausgerechnet, dass sie, selbst wenn er pünktlich war, wahrscheinlich nicht rechtzeitig zum Schulschluss der Kinder zurück sein würde. Resigniert ließ sie den Blick durchs Abteil schweifen. Ihr gegenüber saß ein Mann, der sich systematisch durch seine Zeitung arbeitete. Rechts von ihr, auf der anderen Seite des Gangs, saßen zwei Rucksacktouristen, die sich in einer harten, nordischen Sprache unterhielten. Isabel ließ sich vom monotonen Rattern der Räder einlullen.

Sie dachte an Mary, mit der sie sich in London auf einen Kaffee getroffen hatte. Sie hatten sich über die Schule und die Kinder unterhalten und darüber, wie sehr man durch die Schulzeiten angebunden war, das Hinbringen, das Abholen. «Sei froh, dass du das nicht in London machen musst», hatte Mary fröhlich gesagt. «Ich verbringe mein halbes Leben im Auto.»

Es war schön gewesen, sie wiederzusehen, eine Erinnerung daran, dass sie einst ein anderes Leben geführt hatte. Mary erkundigte sich begierig nach Kitty und Thierry, meinte, Isabel sehe schon besser aus (eine Höflichkeitslüge, wie Isabel vermutete), und versprach, sie bald zu besuchen. Aber es war klar, dass sie nun zu einer anderen Familie gehörte. Sie hatte einen ihrer neuen Schützlinge mitgebracht, ein rehäugiges Baby, das sie auf den Knien schaukelte und mit dem sie ebenso gelassen und selbstbewusst umging, wie sie es mit Isabels Kindern getan hatte.

«Sie waren wohl nicht zum Shoppen in der Stadt, was?»

Isabel hob den Kopf und sah eine Sitzgruppe weiter vorne eine Frau, die ihr vage bekannt vorkam. Sie trug einen adretten pastellfarbenen Regenmantel und einen komischen Hut. Die Frau lächelte ihr zu.

«Linnet. Deirdre Linnet. Wir kennen uns aus dem Laden der Vettern. Sie wohnen im Spanischen Haus.» Das sagte sie, als würde sie Isabel eine Neuigkeit erzählen. «Ich dachte, Sie waren vielleicht zum Shoppen in London, aber Sie haben keine Tüten.»

«Tüten?», wiederholte Isabel verwirrt.

«Einkaufstüten.»

«Nein», sagte sie, «diesmal nicht.»

«Ich selbst habe es ein bisschen übertrieben. Ich fahre nur zwei Mal im Jahr nach London, und dann gehe ich so richtig schön bummeln. Das ist meine kleine Belohnung.» Sie tätschelte die Plastiktüten zu ihren Füßen, allesamt mit Markennamen, die verrieten, wohin Mrs. Linnets Erspartes geflossen war.

«Mir geht es fürchterlich», hatte Isabel Mary anvertraut. «Ich hab alles falsch gemacht. Die Kinder sind furchtbar unglücklich. Und es ist alles meine Schuld.»

Mary hatte sich mitfühlend alles angehört (ein bestimmtes Detail hatte Isabel bewusst weggelassen) und dann herzlich gelacht, als ob Isabel viel Lärm um nichts machte. «Sie ist ein Teenager, die müssen unglücklich sein. Ich finde, du bist bis jetzt sogar eher glimpflich weggekommen. Thierry … na, der wird schon irgendwann wieder anfangen zu reden. Sie sind gut in der Schule. Sie kommen jeden Tag nach Hause. Sie essen. Ihnen scheint es gut zu gehen. Du bist diejenige, die unglücklich ist.»

«Geschäftlich, was?»

«Wie bitte?»

«Sie waren wohl geschäftlich in London?», sagte Mrs. Linnet.

Isabel lächelte schwach. Ihre Augen fühlten sich vor Müdigkeit ganz heiß an. Sie hatte fast die ganze Nacht lang wach gelegen. «So etwas Ähnliches.»

«Sie sind Musikerin, stimmt's? Asad hat es mir erzählt. Er ist keine Tratsche, das sind sie beide nicht, er und Henry, nicht wirklich. Aber Sie haben vielleicht schon gemerkt, dass es in diesem Dorf nicht viel gibt, das nicht früher oder später den Laden durchläuft.»

Isabel fragte sich dumpf, wann ihre Eskapade mit Matt wohl Dorfklatsch werden würde.

«Ich hab Ihren Zettel gesehen, wegen des Geigenunterrichts. Ich habe früher ganz passabel gesungen, wissen Sie. Mein Mann sagt immer, ich hätte Sängerin werden können. Aber dann kamen die Kinder …» Sie seufzte. «Sie wissen ja, wie das ist.»

Isabel wandte den Kopf zum Fenster. «Ja.»

«Du solltest wieder arbeiten gehen», hatte Mary ihr geraten. Sie hatte den Kaffee bezahlt, was Isabel als unerträgliche Demütigung empfand. «Du solltest wieder in deinem Orchester spielen, wenigstens ab und an. Dann verdienst du wieder was und bist nicht mehr so unglücklich. Du kannst sie ruhig mal einen Tag lang allein lassen. Kitty ist mittlerweile alt genug, um auf ihren Bruder aufzupassen.» Sie hatte Isabel umarmt und war gegangen, den Kinderwagen vor sich herschiebend, zurück zu ihrer neuen Familie.

Der Zug passierte die letzte Station vor Long Barton. Mrs. Linnet stand auf und sammelte geschäftig ihre Tüten ein, obwohl es viel zu früh dafür war. Dann verließ sie das Abteil und ging zur Tür. Isabel sah die mittlerweile vertrauten Landmarken an sich vorbeiziehen – Kirche, Häuser und die Hauptstraße. Ihr Blick fiel auf die sattgrünen Böschungen, die üppig sprießenden Hecken. Sie fragte sich, was es wohl brauchte, bis man sich irgendwo heimisch fühlte.

Erst als sie im Bahnhof einfuhren und Isabel sich erhob, tat sie etwas, das sie sich geschworen hatte, nicht zu tun: Sie streckte ihre Hand nach einem Geigenkasten aus, der nicht mehr da war.

Als sie nach Hause kam, saßen die Kinder vorm Fernseher. Kitty lümmelte auf dem Sofa, die Beine auf den Tisch gelegt, und aß eine Tüte Chips. Thierry fläzte sich auf einem alten Fernsehsessel. Seine Schulkrawatte lag zusammengeringelt auf dem Boden.

«Du warst nicht da», sagte Kitty anklagend. «Und Matt auch nicht. Wir mussten den Schlüssel unter der Matte nehmen, um überhaupt reinzukommen.»

Isabel legte ihre Schultertasche auf einem Beistelltischchen ab. «Thierry, hast du dein Pausensandwich gegessen?»

Die Augen nicht vom Fernseher abwendend, nickte ihr Sohn.

«Das ganze?»

Seine Augen huschten kurz zu ihr hin, dann nickte er wieder. Es war so still und friedlich im Haus. Was natürlich daran lag, dass die Handwerker nicht da waren, wie Isabel erst jetzt klarwurde. Selbst wenn sie nicht rumhämmerten oder bohrten, verbreiteten sie eine Unruhe, eine Vibration im ganzen Haus. Oder lag das nur an Matt McCarthy? Isabel rieb sich die Augen.

«Ich mache mir rasch eine Tasse Tee», verkündete sie.

«Wo warst du?»

Kittys Vorsatz, nicht mehr mit ihrer Mutter zu reden, war offenbar von ihrer Neugier verdrängt worden.

«In London. Ich erzähle es euch gleich.»

Als Isabel mit ihrem Tee zurückkam, hatten die Kinder den Fernseher ausgeschaltet. Bei ihrem Eintreten fuhren sie auseinander, als hätten sie etwas miteinander zu tuscheln gehabt, das sie nicht hören durfte. Bloß dass es ein einseitiges Getuschel gewesen sein musste, denn ihr Sohn redete ja nicht.

Isabel schaute ihre Kinder an und verkündete: «Wir können wieder nach London zurück.»

Sie war sich nicht sicher, was sie erwartet hatte – tumultartigen Applaus vielleicht nicht gerade, aber doch irgendein Zeichen von Freude oder Aufregung, ein Lächeln, ein fröhliches Aufspringen. Aber sie saßen nur da und starrten sie an.

«Was soll das heißen?», fragte Kitty, immer noch ein wenig aggressiv.

«Was ich sage. Wir können wieder nach London zurück. Wir lassen dieses Haus so weit herrichten, dass man es verkaufen kann, und dann werden wir hoffentlich genug Geld haben, um uns ein Haus in London zu kaufen, in unserer alten Gegend. In der Nähe deiner Freunde», fügte sie hinzu.

Sie starrten sie noch immer an.

«Wahrscheinlich nicht so groß wie unser altes Haus, aber wir finden sicher etwas, wo wir uns wohlfühlen werden.»

«Aber … wie können wir uns das leisten?» Kitty runzelte die Stirn, drehte unbewusst eine Locke um ihren Finger.

«Darüber brauchst du dir nicht den Kopf zu zerbrechen», wehrte Isabel ab. «Ich wollte es euch bloß sagen.»

Kitty starrte sie misstrauisch an. «Ich verstehe das nicht. Du hast doch gesagt, wir haben kein Geld. Du hast gesagt, es wäre alles für die Renovierung draufgegangen. Was ist passiert?»

«Ich … ich habe unsere Finanzen geordnet.»

«Damit kennst du dich doch überhaupt nicht aus. Ich kenne unsere Finanzen – wir haben keine.»

In diesem Moment fiel der Groschen.

Kittys Blick flog durchs Zimmer, zum Beistelltischchen, zum Schreibtisch.

«O … mein … Gott», stieß sie hervor.

Isabel setzte ein gelassenes Lächeln auf; das hatte sie geübt. Ein Lächeln, das ihren Kindern nichts von dem verriet, was sie durchgemacht hatte, wie viel es ihr abverlangt hatte, dem Händler das Instrument auszuhändigen. Es war, als hätte sie eines ihrer Kinder weggegeben.

«Du hast sie doch nicht verkauft?»

Isabel nickte.

Kitty brach in hysterisches Schluchzen aus. «Oh nein!», schrie sie. «Oh nein! Und ich hab dich dazu gebracht!»

Isabels Lächeln erlosch.

«Ich wollte doch nicht wirklich, dass du sie verkaufst! Ich weiß doch, was sie dir bedeutet. Jetzt bist du bestimmt todunglücklich und wirst mich für immer hassen. Ach, Mum, es tut mir so leid.»

Isabel ließ sich schwer aufs Sofa sinken und nahm ihre Tochter in die Arme.

«Nein», sagte sie und streichelte ihr übers Haar, «du hast recht. Dieses Instrument war eine Extravaganz, die wir uns nicht mehr leisten konnten. Außerdem hat Mr. Frobisher einen Ersatz für mich gefunden – viel billiger und mit einem hübschen Klang. Er richtet sie für mich her und schickt sie mir nächste Woche.»

«Du wirst sie hassen», sagte Kitty gedämpft.

«Nein, werde ich nicht», widersprach Isabel, obwohl sie wusste, dass ihre Tochter recht hatte. «Kitty, ich habe einen großen Fehler gemacht, und den mache ich jetzt wieder gut», erklärte sie fest. «Meine Musik kommt ab sofort an zweiter Stelle. Und je eher wir genug Geld für die Renovierung dieses Hauses zusammenbekommen, desto schneller können wir wieder hier ausziehen.»

Erst jetzt bemerkte sie Thierrys Miene. Er sah alles andere als erfreut aus. «Du willst doch nach London zurück, oder, Thierry? Das wünschst du dir doch?»

Stille. Dann schüttelte ihr Sohn langsam den Kopf. Isabel starrte erst ihn an, dann Kitty. «Thierry?», fragte sie ratlos.

«Nein», sagte er da mit leiser, aber fester Stimme.

Isabel sah Kitty an, die ihr auf einmal nicht mehr in die Augen schauen konnte.

«Eigentlich», begann Kitty zögernd, «eigentlich gefällt es mir hier ganz gut ...» Sie warf einen Blick über ihre Schulter, auf ihren Bruder. «Ich meine, ich könnte schon noch ein bisschen länger hierbleiben. Wenn Thierry das möchte.»

In diesem Moment fragte sich Isabel, ob sie ihre rätselhaften, unberechenbaren Kinder je verstehen würde. Sie holte tief Luft.

«Na gut», sagte sie. «Wir bezahlen Mr. McCarthy, was wir ihm schulden, und dann sehen wir weiter. Aber zumindest stehen uns jetzt mehrere Möglichkeiten offen. Und nun», sie erhob sich, «mache ich mich mal an diesen Papierkram hier.»

Hinter den großen Wohnzimmerfenstern ging langsam die Sonne unter, und die Kinder schalteten den Fernseher wieder ein. Isabel setzte sich an den Tisch und begann, die Post zu öffnen, vor der sie sich bis jetzt gedrückt hatte. Sie schrieb eine Liste von Dingen, die erledigt werden mussten. Den Verlust ihrer Geige empfand sie fast wie den Verlust eines Arms oder Beins. Ihr graute vor der Zukunft, vor den langen Monaten ohne ihre geliebte, kostbare Geige. Und dennoch. So seltsam es ihr auch erschien, es ging ihr so gut wie lange nicht.

Er hat nein gesagt, rief sie sich ins Gedächtnis zurück und warf beim Öffnen eines weiteren Kuverts einen verstohlenen Blick auf ihren Sohn. Das ist immer noch besser als gar nichts.

«Sie hat einfach schrecklich ausgesehen», verkündete Mrs. Linnet genüsslich. «Bleich wie ein Gespenst, und sie hatte dunkle

Ringe unter den Augen. Hat während der letzten zwei Stationen kaum ein Wort zu mir gesagt.»

Asad und Henry tauschten einen Blick.

«Dieses Haus wird sie zugrunde richten. Irgendwann kriegt sie einen Nervenzusammenbruch. Habt ihr gehört, dass neulich eine Zimmerdecke runtergekracht ist? Da hätte wer weiß was passieren können. Ihre Kinder hätten darunter begraben werden können.»

«Aber das wurden sie nicht», entgegnete Henry.

«Ich weiß nicht, was sich dieser McCarthy eigentlich denkt. Ein Mann mit seiner Erfahrung! Ich würde so ein Haus doch erst mal absichern, wenn ich er wäre. Besonders, wo dort Kinder rumlaufen.»

«Das möchte man meinen», sagte Asad, der gerade Kassensturz machte.

«Ach, so was passiert sicher nicht noch mal», warf Henry ein.

«Ich würde mich ja nicht wundern, wenn Samuel Pottisworths Geist dahintersteckt. Kann mir gut vorstellen, dass der in dem alten Haus noch umgeht.» Mrs. Linnet schüttelte sich dramatisch.

«Also, Mrs. L, Sie glauben doch nicht an Gespenster!», sagte Henry vorwurfsvoll.

«An böse Geister aber schon, nicht wahr, Henry?» Asad wickelte ein Gummiband um ein Bündel Geldscheine.

«Bevor ich an was glaube, brauche ich Beweise, Asad», sagte Henry und schenkte seinem Partner einen bedeutungsvollen Blick.

«Ach, es gibt Erscheinungen, die viel zu clever für so was sind.»

«Und es gibt Leute, die Dinge sehen, die es gar nicht gibt.»

Mrs. Linnet vergaß für einen Augenblick ihre spannende Geschichte und starrte die beiden mit offenem Mund an.

Asad schob die Kassenschublade zu. «Es gehört zu deinen vielen liebenswerten Eigenschaften, dass du in jedem Menschen immer nur das Gute sehen willst, Henry, aber das macht dich manchmal blind für die Realität.»

«Ich weiß ganz genau, was läuft, aber ich bin der Meinung, dass man sich aus Dingen raushalten sollte, die einen nichts angehen.»

«‹Das Böse kann nur bestehen, weil gute Menschen danebenstehen und nichts tun.›»

«Aber du hast keine *Beweise.*»

Mrs. Linnet stellte ihre Tasche ab. «Habe ich irgendwas nicht mitbekommen?»

In diesem Moment ging die Tür auf, und Anthony McCarthy trat ein. Dass die Anwesenden bei seinem Anblick verstummten und Blicke tauschten, bemerkte er nicht, da er mit dem Handy telefonierte. Mrs. Linnet fiel ein, dass sie ja Marmelade kaufen wollte, und die beiden Männer machten sich geflissentlich hinter der Theke zu schaffen.

«Guten Tag, Anthony.» Asad lächelte. «Wie kann ich dir behilflich sein?»

«Hm, ja.» Er ging vor der Frischtheke in die Hocke und biss sich auf die Lippe. «Mum hat gesagt, ich soll Oliven mitbringen und geräucherten Truthahn und noch irgendwas.» Er grinste. «Aber ich hab vergessen, was.»

«Ihr Männer», bemerkte Mrs. Linnet durch das Marmeladenregal, «ihr seid doch alle gleich.»

«Käse?», schlug Asad vor.

«Obst?» Henry hielt einen Korb hoch. «Die Trauben sind heute besonders gut.»

«Brot?»

Der Junge ist seiner Mutter so ähnlich, fand Asad. Die gleiche Nase, die gleiche angenehme, ein wenig zurückhaltende Art.

Die gleiche eigenartige Mischung aus Stolz und Trotz, als wäre die Verwandtschaft mit einem wie Matt McCarthy sowohl ein Grund zum Jubeln als auch zum Heulen. «Sie wird mich umbringen», verkündete er fröhlich.

«Ich werde mal die Oliven und den Truthahn für dich einpacken», sagte Asad, «vielleicht fällt es dir ja noch ein.»

«Ist es ganz bestimmt was zu essen?», fragte Mrs. Linnet, die einer guten Herausforderung nicht widerstehen konnte.

«Früchtekuchen? Den mag sie.» Henry hielt einen hoch.

Anthony schüttelte den Kopf.

«Milch», verkündete Mrs. Linnet triumphierend. «Ich vergesse immer die Milch. Und das Klopapier.»

«Warum rufst du sie nicht einfach an?»

«Das hab ich gerade. Aber es ging nur die Mailbox dran. Es fällt mir bestimmt wieder ein, wenn ich im Wagen sitze.»

Asad reichte die Plastiktüte über die Theke. «Hilfst du noch immer deinem Vater im Großen Haus?», erkundigte er sich. Anthony hielt ihm einen Schein hin.

«Manchmal.»

«Und wie läuft's? Geht es voran?» Asad ignorierte Henrys warnenden Blick.

«Sie hat uns gebeten, für den Moment aufzuhören», erklärte Anthony. «Aber ich glaube, es läuft gut. Nicht, dass ich das beurteilen kann. Ich tu nur, was Dad mir sagt.»

«Verstehe», sagte Asad. Er zählte Anthony das Wechselgeld in die Hand. «Und wie geht es der jungen Kitty?»

Der Junge errötete. «Sie ... äh ... ganz gut, glaube ich.»

Jetzt musste Henry ein Schmunzeln unterdrücken.

«Schön, dass sie ein paar Freunde gefunden hat», bemerkte Mrs. Linnet. «Ein so junges Ding wie sie in einem so großen Haus – das muss ganz schön einsam sein. Ich wollte gerade erzählen, wie schlecht ihre Mutter aussieht ...»

In diesem Moment ging die Tür auf, und Matt kam herein. Anthony fing zufällig Henrys Gesichtsausdruck auf.

«Warum brauchst du so lange? Wir hätten schon vor einer Viertelstunde bei Mr. Nixons Haus sein sollen.»

«Hab vergessen, was Mum wollte», erklärte Anthony.

«Tja, mein Sohn», sagte Matt mit einem Grinsen, «was die Frauen so wollen, wird uns Männern immer ein Rätsel bleiben.» Als ihm bewusst wurde, zu wem er das sagte, wurde er wieder ernst. «Aber jetzt mal los, komm.»

Asad lächelte. «Mr. McCarthy, ich wollte Anthony gerade erzählen, dass ich gestern Abend eine interessante Sendung über Handwerker gesehen habe.»

«Ach ja?» Matt warf einen Blick zur Tür, als hätte er es eilig.

«Es ging dabei um Handwerker, die armen, naiven Hausbesitzern zu viel berechnen und Arbeiten erfinden, die gar nicht nötig wären. Einfach schrecklich, finden Sie nicht?»

Eine jähe Stille trat ein. Henry schloss die Augen.

Matt kam wieder rein und machte die Tür zu. «Ich weiß nicht, was Sie meinen, Asad.»

Asads Lächeln schwankte nicht. «Ach, Sie sind doch gewiss ein viel weltgewandterer Mann, als Sie es nach außen zur Schau stellen, Mr. McCarthy.»

Matt trat an die Seite seines Sohnes. «Freut mich, dass Sie das sagen, Asad, aber Sie werden feststellen, dass solche Dinge in unserem Dorf nicht vorkommen. Wir hier leben von unserem guten Ruf, nicht wahr? Wir Handwerker – und auch die Ladenbesitzer.»

«Allerdings. In diesem Laden wissen wir ganz genau, in welchem Ruf jemand steht. Aber ich freue mich, dass Sie das so positiv sehen. Denn Sie werden mir sicher zustimmen, dass, wenn so etwas hier vorkäme, man etwas dagegen unternehmen müsste.»

Matts Lächeln war geradezu stählern. «Asad, mein Freund, ich würde Ihnen ja beipflichten, wenn ich nur wüsste, wovon Sie reden. Komm jetzt, Anthony. Wir müssen gehen.» Die Tür fiel um einiges lauter zu als gewöhnlich, und die Glocke bimmelte noch mehrere Sekunden lang.

Mit hochroten Ohren stieg Matt in den Lieferwagen. «Was für eine Frechheit! Wofür hält sich der Kerl eigentlich? Hast du gehört, was er angedeutet hat, Ant?» Seine Angst, dass die Nacht mit Isabel herauskommen könnte, ließ seine Emotionen höher kochen, als es sonst der Fall gewesen wäre. «Dieser scheinheilige Bastard. Ich könnte ihn wegen übler Nachrede verklagen. Blöder Mistkerl – der ist mir schon immer auf die Nerven gegangen!»

Das Rauschen in Matts Ohren war so stark, dass er sein Handy nicht hörte. Anthony nahm es schließlich vom Armaturenbrett und ging ran.

«Es ist Theresa», sagte er schroff, und auch er wandte sich von seinem Vater ab.

Als Isabel am nächsten Morgen die Hunde bemerkte, war es kurz vor sieben. Es war Samstag, und sie hätte nicht so früh aufstehen müssen, aber in letzter Zeit schlief sie ziemlich schlecht.

Wie sollte sie sich die Pläne erklären, die sie im gelben Bagger gefunden hatte? Sie bezogen sich eindeutig auf das Spanische Haus, waren eine Art Schablone für die Arbeiten, die Matt bisher durchgeführt hatte. Das Bad war an der Stelle eingezeichnet, die er vorgeschlagen hatte, daneben ein Ankleidezimmer. Aber er hatte nie Pläne oder Architekten erwähnt. Und von Samuel Pottisworth konnten sie nicht stammen, dafür sahen sie zu neu aus. Außerdem glaubte sie nicht, dass ihr

Großonkel so umfangreiche Renovierungsmaßnahmen geplant hatte, während er das Haus gleichzeitig jahrzehntelang verfallen ließ.

Aber wenn Matt einen Architekten dafür bezahlt hatte, diese Pläne zu entwerfen, dann hätte sie doch sicher ein Mitspracherecht haben müssen. Ihr wurde ganz schlecht bei dem Gedanken, ihn diesbezüglich zur Rede stellen zu müssen.

Und dann war da das Geld. Zu Laurents Lebzeiten hatte sie sich nie den Kopf darüber zerbrochen. Das war seine Sache gewesen. Isabel war schockiert über ihren einst so verschwenderischen Lebensstil.

Jetzt wusste sie ganz genau, wie viel Geld sie im Portemonnaie und wie viel sie auf dem Konto hatte. Wenn sie Matts bisher letzte Rechnung bezahlt hatte, würde für sie und ihre Kinder gerade noch genug übrig bleiben, um drei Monate über die Runden zu kommen. Drei oder vier Geigenstunden pro Woche würden das noch ein wenig strecken. Wenn sie es schafften, wenigstens ein Zimmer in Ordnung zu bringen, und ein funktionstüchtiges Badezimmer besäßen, könnten sie vielleicht untervermieten. Aber es war ein gewaltiges *Wenn*. Sie mussten sich nach wie vor in der Küche waschen und die Toilette im Erdgeschoss benutzen. «Kann mir nicht vorstellen, dass ein Mieter in einem Zinkeimer baden will», hatte Kitty bemerkt.

Isabel stand verschlafen am Fenster und beobachtete die Enten und Gänse, die kreischend über den Himmel zogen. Das war der Moment, in dem sie die Hunde erblickte, die fröhlich auf der anderen Seite des Sees herumtobten.

Kurzentschlossen schlüpfte sie in ihren Morgenmantel, lief die Treppe hinunter und zog ihre Gummistiefel an. Dann rannte sie, die Arme vor der frischen Kühle des Morgens um den Oberkörper geschlungen, über den Rasen zum See.

An der Stelle, an der sie die Hunde gesehen hatte, blieb sie stehen. Das Unkraut streifte ihre nackten Waden. Überall zwitscherten Vögel. Die Hunde waren nirgends zu sehen.

«Byron?», rief sie, und ihre Stimme schallte über den See. Da tauchte plötzlich in einiger Entfernung ein Kopf im See auf, ein glatter, dunkler Kopf, darunter ein kräftiger, nackter Oberkörper.

Er wandte ihr den Rücken zu, sodass Isabel einige Sekunden Zeit hatte, ihn zu bewundern. Er sah einfach atemberaubend aus, wie sie überrascht, ja schockiert feststellte – breite, kräftige Schultern, die in schmalen Hüften ausliefen. Er wischte sich das Wasser aus dem Gesicht. Isabel war hin- und hergerissen zwischen Bewunderung für seine Schönheit und Scham über ihre letzte Begegnung mit einem männlichen Körper. Und Trauer – über den Verlust schlichter, unkomplizierter Körperlichkeit, ein harter Männerkörper an einem weichen, nachgiebigen Frauenkörper, sinnliche Genüsse, die sie – und davon war sie überzeugt – nie wieder würde genießen können.

Als er sie sah, zuckte er sichtlich zusammen. Sie blickte schnell zur Seite, voller Scham, von ihm dabei ertappt worden zu sein, wie sie ihn anstarrte.

«Entschuldige», sagte sie, und das Haar fiel ihr ins Gesicht, «ich … ich wusste nicht, dass du hier bist …»

Offenbar fast ebenso betreten wie sie, watete er zum Ufer. «Ich komme oft in der Früh hierher zum Schwimmen», sagte er. Seine Kleidung lag neben einem Lorbeerbusch. «Ich hoffe, du hast nichts dagegen.»

«Nein … nein, natürlich nicht. Du hast ganz schön Mut. Das Wasser muss ja eiskalt sein.»

«Ach, man gewöhnt sich dran», sagte er.

Eine Stille entstand. Die Hunde rasten mit heraushängender Zunge vorbei. Byron schmunzelte. «Äh … Isabel … ich würde gerne aus dem Wasser raus …»

Mit hochroten Wangen drehte sie ihm den Rücken zu. Was glaubte er, wie lange sie schon da stand? Noch dazu im Morgenmantel. Sie überlegte, wie das wohl auf andere wirken musste. Ob Matt ihm von ihrer Nacht neulich erzählt hatte? Ihren Morgenmantel am Ausschnitt zusammenhaltend, sagte sie: «Wir reden ein andermal. Ich muss wieder ins Haus.»

«Isabel, du musst nicht ...»

«Doch. Doch, wirklich, ich ...»

In diesem Moment sah sie ihren Sohn zwischen den Bäumen hervorkommen. Er schien etwas in seinem Pulli zu tragen. Pilze, wie sie jetzt erkannte. «Thierry?», fragte sie perplex. «Ich dachte, du wärst noch im Bett.»

«Er kommt jeden Samstag mit mir raus», sagte Byron hinter ihr. «Ich dachte, das wüsstest du.»

Sie hatte keine Ahnung gehabt. Mary hätte es sicher gewusst. Sie hätte es gewusst, wenn Thierry in aller Herrgottsfrühe im Wald herumstreifte. Isabel war kalt. Ihr seidener Morgenmantel bot nicht viel Schutz vor der klammen Kälte.

«Tut mir leid», sagte Byron, der noch immer bis zur Hüfte im Wasser stand. «Wenn ich das gewusst hätte, hätte ich ihn zurückgeschickt.»

«Nein, das macht nichts. Wenn es ihm Freude macht ...», sagte sie leise. Thierry trat zu ihr und zeigte ihr seine Fundstücke, von denen ein erdiger, würziger Duft aufstieg.

«Die sind in Ordnung», erklärte Byron, «bloß Pfifferlinge. Die sammle ich schon seit Jahren. Sie wachsen zwar auf Matts Land, aber er hat nichts dagegen.»

Bei Matts Erwähnung ließ Isabel ihr Haar noch weiter ins Gesicht fallen. Sie beugte sich vor und begutachtete Thierrys Beute. Hinter sich hörte sie Byron platschend aus dem Wasser steigen. Ihn in solcher Nähe zu wissen und noch dazu unbekleidet, machte sie schrecklich verlegen. Sie sagte etwas Belangloses zu Thierry, der seine Fundstücke fachmännisch untersuchte.

«Ich wollte dich eigentlich um einen Gefallen bitten», sagte sie an Byron gerichtet. «Ich möchte unser Land nutzen – davon leben, soweit es geht. Du meintest, du könntest Thierry beibringen, wie man Gemüse anbaut – vielleicht könnte ich ja auch etwas lernen. Ich weiß, du arbeitest für Matt und bist wahrscheinlich ziemlich beschäftigt, aber ich wäre dir für jeden Ratschlag dankbar ... Ich habe sonst niemanden, den ich fragen könnte.»

Als er nicht gleich antwortete, plapperte sie weiter: «Ich will keine Kühe oder Schweine halten, und auch kein Feld beackern oder so. Aber es muss doch was geben, was wir tun können, um uns von unserem Land zu ernähren.»

«Dann wirst du dir aber deine Hände schmutzig machen müssen.»

Sie drehte sich zu ihm um. Er hatte Jeans und T-Shirt angezogen, und auf seiner Haut glitzerten Wassertropfen. Sie warf einen Blick auf ihre Hände, die sie dreißig Jahre lang vor den Unbilden des Lebens geschützt hatte. Schon jetzt klebte Erde von den Pilzen daran. «Ach, die werden sich schon dran gewöhnen.»

Byron rubbelte sich mit einem Handtuch die Haare trocken. Sein Blick schweifte über das Haus und den Garten. «Tja, hier wäre schon mal ein Anfang.» Er deutete auf die Pfifferlinge. «Die kannst du bis in den Herbst hinein sammeln. Tatsächlich könnt ihr euch monatelang über Wasser halten, wenn du das wirklich willst.»

Sie wartete.

Ein leises Lächeln umspielte seine Lippen. Wenn er lächelte, war er ein ganz anderer Mensch. «Ähm», sagte er und deutete auf ihren Morgenmantel. «In dem da wirst du aber nicht weit kommen.»

«Ach!», rief sie aus und lachte. «Gib mir fünf Minuten.»

Nahrung gab es überall, wenn man nur richtig hinschaute. Das stellte Isabel im Laufe des Vormittags fest. Kitty war im Haus geblieben und telefonierte mit irgendwem, während Isabel und Thierry Byron durch den Garten und um den See herum folgten. Isabel versuchte, sich alles zu merken, was er ihr erklärte, über ihr Grundstück und die Möglichkeiten, die es bot. Auf einmal kam das Anwesen ihr gar nicht mehr vor wie ein nimmersatter, seelenzerstörender Geldschlund, sondern mehr wie ein Füllhorn, aus dem sie sich bedienen konnten.

«Am einfachsten ist es, zunächst mal mit Kartoffeln, Tomaten und Zwiebeln anzufangen. Da kann man nichts falsch machen, und die Erde ist gut dafür. Vielleicht auch noch Bohnen. Und in dieser Ecke hier könnt ihr Rhabarber anbauen.»

Thierry verzog das Gesicht.

«Im Streuselkuchen schmeckt er dir sicher», sagte er und stupste ihn an.

Ich muss einen backen, nahm sich Isabel vor. Aber sie hatte Mary nie nach dem Rezept gefragt.

«Draußen bei den Ställen steht das alte Gewächshaus. Darin könnt ihr mit der Aussaat anfangen, die Pflänzchen sind da geschützt vor dem Frost. Obwohl es dieses Jahr vielleicht schon ein bisschen spät dafür ist. Wenn wir hier Ordnung machen», er rupfte Unkraut aus, das vor der roten Backsteinmauer wucherte, «finden wir vielleicht sogar noch ein paar Himbeersträucher … Ah, da sind sie ja. Die schneidest du etwa so weit zurück», er deutete die Höhe mit den Daumen an, «dann solltest du einen guten Ertrag kriegen. Und diese anderen Sträucher kannst du so lassen. Sind alles Brombeeren.»

Zunehmend munterer und selbstbewusster schritt er umher. Hier, in seinem Element, legte er seine Zurückhaltung ab und lächelte sogar dann und wann. Seine Stimme war sanft und leise, als wolle er den Frieden der Natur nicht stören.

«Hier wachsen alle Sorten von Äpfeln. Die werden im Herbst erntereif sein. Du solltest dir eine Gefriertruhe kaufen, dann kannst du das, was ihr nicht sofort verbraucht, aufheben. Damit kommt ihr auch durch den Winter. Koch so viel wie möglich ein. Den Rest wickelst du in Zeitungspapier», er tat, als poliere er einen Apfel, «und lagerst sie in einem der Außengebäude. Irgendwo, wo es kühl ist und wo die Mäuse nicht rankönnen», fügte er hinzu.

«Und dort hast du Victoria-Pflaumen, Birnen, Holzäpfel, Damaszenerpflaumen …» Er wies mit einer ausholenden Armbewegung auf die Obstbäume. Isabel konnte sie nicht auseinanderhalten. «Hier Reineclauden, dort an dem Busch Stachelbeeren. Daraus könnt ihr Marmelade oder Chutneys machen. Pass auf die Dornen auf, wenn du sie pflückst, Thierry. Ihr könnt sogar was davon verkaufen, wenn ihr wollt. Viele Bauern verkaufen einen Teil ihrer Ernte am Straßenrand.»

«Wer würde ausgerechnet hierherkommen, um Marmelade zu kaufen?», fragte Isabel.

«Wenn sie gut genug ist, könntest du die Vettern fragen, ob sie sie für euch verkaufen. Als Bioprodukt. Hier ist seit Jahrzehnten nicht mehr gespritzt worden.» Er hielt inne. «Das Einzige, was dir Probleme bereiten wird, sind Salat und Möhren.»

«Wegen der Kaninchen», riet Isabel.

«Genau. Aber wir könnten ein Stück einzäunen, damit sie nicht rankommen. Du könntest jeden Abend Kaninchenragout essen, wenn du willst.»

«Du meinst, wir sollen sie *umbringen?*»

«Ist in dieser Gegend, als würde man auf Fische in einem Regenfass schießen.»

Es schauderte sie bei dieser Wortwahl.

«Ein Kaninchen zu häuten ist gar nicht so schwer. Thierry hat es schon mal gemacht.»

Verblüfft schaute sie Byron an. Der machte plötzlich wieder ein unbehagliches Gesicht. «Ich hab auf ihn aufgepasst. Wegen des Messers.» Aber das war es gar nicht, was Isabel erstaunte; es war der Ausdruck auf Thierrys Gesicht, dieser scheue Stolz, mit dem er zu Byron aufblickte, als dieser ihn lobte.

«Er ist ziemlich gut, dein Sohn. Stimmt's, T? Hat eine natürliche Begabung dafür.»

«Hast du das gern gemacht, Thierry?» Sie hoffte, dass er vielleicht etwas sagen würde, aber er nickte nur. Sie fing Byrons Blick auf, er hatte offenbar einen ähnlichen Gedanken gehabt, ließ sich aber nichts anmerken.

«Und dann gibt es noch Fasane und Rotwild. Eine Rehhälfte, und du kommst problemlos durch den Winter. Du kannst das Fleisch in einem Nebengebäude aufhängen. Ist sehr gut. Sehr mager.»

«Ich glaube nicht, dass ich so weit gehen möchte», sagte sie schmunzelnd.

Sie standen einen Augenblick lang schweigend beisammen. Dann rannte Thierry mit einem der Hunde davon, flitzte zwischen den Bäumen hin und her.

«Du wärst überrascht, wie weit man gehen kann», sagte Byron, «wenn man keine andere Wahl hat.»

Sie gingen den Pfad entlang, der um den See herumführte und wieder zurück zum Haus. Ein paar Bienen flogen summend an ihnen vorbei. Isabels Kopf schwirrte vor Ideen.

«Und du würdest es mir beibringen?», fragte sie. «Wie man schießt?»

Das schien ihn unbehaglich zu machen. «Mit einem Luftgewehr, ja. Ich hätte diese Knarre nicht benutzen dürfen. Ich hab keinen Waffenschein. Aber ich kenne jemanden, der es dir beibringen könnte.»

«Das kann ich mir nicht leisten», entgegnete sie.

«Kaninchen kann man auch mit einem Luftgewehr schießen. Dafür braucht man keinen Waffenschein. Du kannst dir meins ausleihen. Ich zeig dir, wie man damit schießt.»

Innerhalb von vierundzwanzig Stunden ist aus der ersten Geigerin eine Pistolen schwingende Biogärtnerin geworden, überlegte Isabel.

Sie saß auf der wackeligen Gartenbank, Byrons Gewehr in der Hand, eine Reihe Dosen auf der Mauer, die den Garten abgrenzte, damit sie nicht versehentlich etwas erschoss. Sie hob das Gewehr an die Schulter und nahm eine Dose ins Visier. Du musst sie in den Kopf treffen, hatte er gesagt. Klarer Todesschuss. Es wäre grausam, sie nur zu verwunden.

Das sind keine flauschigen Kuschelhäschen, sagte sie sich. Das ist Nahrung für mich und meine Kinder. Geld, das ich fürs Haus sparen kann. Für unsere Zukunft.

Peng! Der Schuss schallte durchs Tal. Mit einem zufriedenstellenden Knattern traf das Projektil die Dose und fegte sie von der Mauer. Sie hörte, wie ihr Sohn vortrat und ihr seine kleine Hand auf die Schulter legte. Sie wandte sich zu ihm um, und er strahlte sie an. Sie bedeutete ihm, wieder zurückzutreten.

Das war es dann, Laurent, sagte sie sich im Stillen. Ihr schlanker weißer Finger krümmte sich erneut um den Abzug. Zeit, nach vorne zu schauen.

KAPITEL 15

Seine Eltern hielten ihn wohl für taub. Sie hatten die Tür des Arbeitszimmers hinter sich zugemacht und kamen gar nicht auf den Gedanken, dass sie im ganzen Haus zu hören waren.

«Das ist wirklich nicht zu viel verlangt, Matt. Ich will doch bloß eine ungefähre Vorstellung davon haben, wann du abends nach Hause kommst.»

«Ich habe dir gesagt, das weiß ich nicht. Das kann sich ganz plötzlich von einem Tag auf den anderen ändern.»

«Aber früher hast du mir wenigstens *ungefähr* sagen können, wann du kommst. Und jetzt weiß ich die halbe Zeit nicht mal, wo du bist, weil du dein Handy nicht einschaltest.»

«Und wieso zum Teufel musst du wissen, wo ich jede Minute des Tages bin? Ich bin schließlich kein Kind mehr. Immerhin bin ich es, der dafür sorgt, dass wir jeden Monat Geld auf dem Konto haben!»

Anthony sank im Wohnzimmersessel zusammen und überlegte, ob er sich die Ohrhörer reinstecken sollte.

«Warum regst du dich überhaupt so auf? Ich will doch bloß wissen, wann ich dich zu Hause erwarten kann.»

«Und ich sag dir zum hundertsten Mal, dass ich das nicht weiß. Es kann passieren, dass ich drüben im Haus arbeite und auf ein Problem stoße. Oder jemand ruft an, und ich muss schnell weg. Ich muss flexibel sein, das weißt du. Mann, wo hab ich die Umsatzsteuererklärung hingetan?»

Schubladen wurden aufgerissen und wieder zugeknallt.

«In die blaue Mappe, wie immer. Da.» Eine Pause. «Ich verstehe das ja, Matt, aber warum kannst du mich nicht kurz anrufen und mir Bescheid sagen? Dann kann ich meinen Abend planen. Und das Abendessen.»

«Meine Güte, dann stell es doch einfach in den Ofen! Mir macht es nichts aus, es aufzuwärmen. Wozu der ganze Zirkus?»

«Weil du mir ausweichst.»

«Nein, du willst alles kontrollieren – dieses Haus, jenes Haus, die Finanzen, Anthony und jetzt auch noch mich. ‹Tu dies, tu das›, dauernd bist du am Meckern!»

«Wie kannst du so was sagen?»

«Ist doch wahr. Und es geht mir auf den Keks.»

«Mir scheint, dir geht so ziemlich alles, was ich tue, auf den Keks, Matt.»

Das war schon das dritte Mal diese Woche. Aus irgendeinem Grund hatte Dad nicht erzählt, dass die Arbeiten am Großen Haus vorerst ruhten. Anthony fragte sich, ob es daran lag, dass Kittys Mutter das Geld ausgegangen war. Vielleicht wollte Dad ja erst rausfinden, was er jetzt tun sollte, bevor er zu Hause darüber sprach.

Jedenfalls stimmte irgendwas nicht. Wenn sein Dad normalerweise irgendwo zu tun hatte, nahm er Anthony nach der Schule mit, um ihn auszubilden, damit er das Geschäft irgendwann würde übernehmen können. Jedenfalls sagte er das. Aber Anthony glaubte, dass er bloß eine billige Arbeitskraft brauchte. In letzter Zeit jedoch hatte er ihn nicht mehr mitgenommen. Byron arbeitete irgendwo draußen im Gelände. Den hatte er also auch nicht dabei. Anthony wusste nicht mal, wo sein Vater zurzeit zu tun hatte – in Theresas Cottage wahrscheinlich.

Nicht, dass man das *arbeiten* nennen konnte. Aber das störte Anthony nicht wirklich. Eigentlich war es ihm sogar ganz recht, denn es bedeutete, dass er nach der Schule zu Kitty rübergehen und bei ihr rumhängen konnte. Besser, als sich den Scheiß hier antun zu müssen. Er holte sein Handy aus der Tasche. *Glaubst du, ich könnte meine Eltern in ein Heim einweisen?*, schrieb er Kitty.

«Ich will mich nicht mit dir streiten, Matt …»

«Das überrascht mich. Du suchst doch ständig Streit.»

«Das ist unfair. Ich will doch nur nicht mit … mit einem Vakuum verheiratet sein. Denn genau so fühlt es sich an. Selbst wenn du da bist, bist du nicht richtig bei uns.»

Anthonys Handy piepte. Er schaute aufs Display. *Frag mich nicht. Meine hat angefangen, mit einem Gewehr rumzufuchteln. K XX.*

«Du machst mich wahnsinnig. Ich geh jetzt.»

«Matt, bitte …»

«Ich hab keine Zeit für diesen Mist.»

«Aber für *sie* hast du schon Zeit.»

Plötzlich war es still. Anthony legte sein Handy weg und setzte sich auf. Er spitzte die Ohren, als lausche er dem Zischen einer Zündschnur.

«Was soll das heißen?»

«Ich bin doch nicht blöd, Matt!», stieß seine Mutter nun hervor. «Ich weiß, was los ist. Aber das mache ich nicht noch mal mit.»

«Ich weiß nicht, wovon du redest», sagte sein Vater mit kalter, abweisender Stimme.

«Wer ist es diesmal, Matt? Irgendeine Verkäuferin? Eine Kellnerin? Eine dankbare Kundin? Vielleicht ja sogar die Frau drüben im Großen Haus? Genug Zeit verbringst du ja dort.»

Sein Vater explodierte. «Wer hat gesagt, ich soll rübergehen? Wer wollte, dass ich den Kasten instand setze? Also beklag dich nicht, wenn ich tue, was du willst!»

«Hör auf, mir die Worte im Mund herumzudrehen!»

«Ich hör mir das nicht länger an», fauchte sein Vater. «Ich geh zur Arbeit.»

Anthony schob sich hastig die Hörer ins Ohr. Die Bürotür sprang auf, und sein Vater stürmte heraus. «Ich komme heim, wenn ich heimkomme, okay? Anthony, du solltest in der Schule sein und nicht hier rumhocken und lauschen wie so ein altes Weib.»

«Hör auf, mir was vorzumachen, Matt, ich bin schließlich nicht blöd.» Seine Mutter weinte jetzt. «Ich werde nicht danebenstehen und zuschauen, wie du dich durchs halbe Dorf vögelst. Matt! Matt?»

Der Lieferwagen seines Vaters stob im aufspritzenden Kies davon. Seine Mutter kam ins Wohnzimmer, und Anthony nahm die Ohrhörer wieder raus. Als sie ihn sah, zuckte sie erschrocken zusammen, wischte sich über die Augen und versuchte, sich zusammenzureißen.

«Was machst du denn noch hier, Schatz? Ich dachte, du wärst in der Schule.»

«Muss heute erst um zehn da sein.» Er beschäftigte sich mit seinem Handy, um ihr Zeit zu geben, ihre Haare in Ordnung zu bringen. Ihre Frisur war immer makellos, und wenn sie so zerzaust war wie jetzt, wirkte sie seltsam verletzlich. «Wollte nur noch sehen, ob es dir gut geht.»

Sie hatte rot geränderte Augen und Flecken im Gesicht. «Mir geht es gut, ehrlich. Du kennst ja deinen Dad … Er kann manchmal ganz schön … schwierig sein.»

Scheinbar beiläufig fügte sie hinzu: «Du weißt nicht zufällig, wo er zurzeit zu tun hat?»

«Nein. Aber nicht im Großen Haus», fügte er hinzu. «Kitty sagt, er hat sich die ganze Woche nicht blickenlassen.»

«Wirklich?»

«Sie muss es ja wissen.»

Seine Mutter seufzte, als wäre sie nicht sicher, ob das eine gute oder eine schlechte Nachricht war. «Dort ist er also nicht», überlegte sie. «Anthony, darf ich dich was fragen? Glaubst du … glaubst du, es könnte was zwischen ihm und Mrs. Delancey sein?»

Anthony war froh, dass er nicht lügen musste. «Nö, ganz bestimmt nicht. Sie ist … anders als wir.» Er hatte sagen wollen, sie ist nicht sein Typ.

«Er ist in letzter Zeit so …» Laura setzte dieses ganz bestimmte Lächeln auf, mit dem sie Anthony versichern wollte, dass alles in Ordnung war. «Entschuldige. Ich sollte dich nicht in all das hineinziehen. Du musst mich für eine schöne Närrin halten.»

Er hätte seinem Dad eine reinhauen können, so richtig eine reinhauen.

Bevor er wusste, was er sagte, rutschte es ihm heraus. «Wir könnten ihn verlassen.»

Seiner Mutter fiel die Kinnlade herunter.

«Ich meine, bleib bitte nicht meinetwegen mit ihm zusammen. Mir würde es nichts ausmachen. Ich wäre nicht am Boden zerstört oder so.»

«Aber Anthony, er ist dein Vater.»

Der Junge zuckte mit den Schultern. Er wusste jetzt schon, dass nichts, was er noch sagte, etwas ändern würde. «Das macht noch lange keinen guten Menschen aus ihm, oder?»

Erst hatte Isabel gedacht, es wären die Vettern gewesen. Wer sonst sollte ihr zwei Kartons Eier vor die Tür stellen? Sie wäre frühmorgens fast draufgetreten. Sie hatte sich gebückt und einen Karton geöffnet. Eine Reihe unterschiedlich großer, gesprenkelter Eier lag darin, einige noch mit Flaum oder Stroh dran. Als sie eines davon in die Pfanne schlug, blieb es fast stehen, anstatt auseinanderzulaufen. Wie ein Silikon-Brustimplantat, hatte Kitty gemeint. «Die Vettern sagen, das bedeutet, dass sie ganz frisch sind.»

Sie war mittags zum Laden gegangen, um sich für das unerwartete Geschenk zu bedanken.

«Sie waren einfach köstlich. Beinahe fleischig haben sie geschmeckt. Ich wusste gar nicht, dass Eier so schmecken können. Und diese Farbe! So eine satte Farbe!»

Henry hatte sie verständnislos angestarrt. «Also, ich würde ja liebend gern zugeben, zu Ihrem Eiervorrat beigetragen zu haben, aber wir machen keine Lieferungen. Nicht mal an unsere liebsten Kunden.»

Wenige Tage später war ein Klafter Holz aufgetaucht. Ein Zettel hing daran, auf dem stand: *Muss mindestens ein Jahr lang gelagert werden. Der Rest liegt in der Scheune neben dem Obstgarten.*

Sie war rausgegangen und hatte einen sauber gehackten Stapel Holz vorgefunden. Aus einigen Scheiten sickerte noch Harz. Sie hatte den Duft tief eingeatmet, mit den Fingern über die raue Rinde gestrichen. Ein Stapel Feuerholz hatte etwas unheimlich Tröstliches.

Zwei Tage später war ein rostiger Transportkäfig mit sechs Hühnern aufgetaucht, die böse zwischen den Drahtmaschen hervorschauten. *Legehennen (Eier müssten bald kommen)*, stand auf einem Zettel. *Mit Maiskörnern oder Legehennenfutter füttern. Brauchen regelmäßig Haferschrot und Wasser. Altes Hühnerhaus neben dem Gewächshaus. Nachts einschließen. Colin von Dorney's Farm will vorbeikommen und sich die alten Paletten hinter der Garage als Bezahlung abholen.*

Thierry und Isabel hatten im Garten ein behelfsmäßiges Gehege aus Maschendraht und Pflöcken errichtet. Das hatte Thierry richtig Spaß gemacht. Eifrig hatte er mit dem Maschendraht hantiert und die Pflöcke eingeschlagen. Und mit dem ersten Ei, das er fand, war er sofort zu ihr gelaufen und hatte es ihr an die Wange gehalten, damit sie fühlen konnte, dass es noch warm war. Sie hatte gebetet, dass dies vielleicht einen Wendepunkt für ihren Sohn bedeutete.

Und dann passierte die Sache mit den Kaninchen. Sie war oben und hatte sich im halbfertigen Bad die Zähne geputzt, als Kitty plötzlich einen schrillen Schrei ausstieß. Isabel war im Morgenmantel runtergelaufen, den Mund noch voller Zahnpasta. Ihre Tochter stand kreidebleich neben der Hintertür, die Arme schützend um den Oberkörper geschlungen. «Mein Gott, Mum, irgendjemand muss uns fürchterlich hassen!»

«Was ist?», hatte Isabel geschrien. «Was ist passiert?»

«Schau!»

Thierry an ihrer Seite, hatte Isabel vorsichtig die Hintertür geöffnet. Und dort, auf der Schwelle, lagen drei tote Karnickel, an den Hinterläufen zusammengebunden. An jedem der kleinen Köpfe prangte ein kleiner blutiger Fleck, der verriet, woher sie stammten.

«Byron», sagte Thierry glücklich.

«Was hast du gesagt?», fragte Isabel. Aber er ergriff nur die Kaninchen und legte sie behutsam auf den Küchentisch.

«Igitt! Leg sie doch nicht dahin! Die sind doch tot!», kreischte Kitty und drückte sich in eine Ecke, als fürchte sie, die Kaninchen könnten plötzlich wieder lebendig werden und sie anspringen.

«Schon gut, Schatz», beruhigte Isabel sie. «Die hat man uns als Geschenk gebracht. Thierry wird sie für uns häuten.»

«Jemand hat uns Kaninchen gebracht, die er von der Straße gekratzt hat?»

«Die sind nicht von der Straße, Dummerchen. Früher haben die Leute ständig Kaninchen gejagt.»

«Ja, früher haben die Leute auch Kinder in Kamine klettern lassen. Deswegen ist es noch lange nicht in Ordnung.» Kitty schien das Ganze regelrecht abstoßend zu finden. «Wenn ihr glaubt, ich würde tote Kaninchen essen, dann täuscht ihr euch. Igitt! Ihr seid ja widerlich!» Sie rauschte davon.

Thierry grinste.

«Zeig mir, wie man das macht, Schätzchen», bat Isabel. «Zeig mir, was Byron dir beigebracht hat. Dann können wir es zusammen probieren.»

So ging es beinahe zwei Wochen lang. Frühkartoffeln, aus deren schrumpeliger Haut zarte Triebe hervorbrachen, Saatgut in kleinen Kuverts mit ausführlicher Gebrauchsanleitung, zwei Säcke Mist. Isabel hielt überall nach Byron Ausschau, um sich bei ihm bedanken zu können, aber er ließ sich nicht blicken. Tatsächlich herrschte bis auf sie und die Kinder eine gähnende Leere im Haus. Auch Matt war noch nicht wieder aufgetaucht.

Thierry breitete eine Plastiktüte auf dem Tisch aus und legte ein Kaninchen darauf. Er drehte es auf den Rücken, mit dem Kopf zu ihm hin. Dann nahm er ein kleines Küchenmesser zur Hand, setzte es neben dem flauschigen weißen Bauch an, nahm etwas Fell zwischen die Finger und begann zu schneiden. Isabel musste gegen den Drang ankämpfen, ihm das scharfe Messer wegzunehmen, aber seine Finger machten die Arbeit so geschickt und präzise, wie sie die Geige führte. Auch war er, ebenso wie sie beim Geigespielen, vollkommen in seine Aufgabe versunken. Isabel sah ihm bewundernd zu. Wie sanft er das machte! Dann legte er das Messer beiseite und begann, das Kaninchen aus seinem Fell zu schälen, beinahe wie aus einem Mantel. Darunter kam das rohe rosa Fleisch zum Vorschein.

Sie wusste nicht, was sie wegen dieser einen Nacht zu Matt sagen sollte. Sie konnte sich ihr Verhalten nicht erklären, geschweige denn das seine. Alkohol mochte eine Rolle gespielt haben, aber es wäre zu einfach gewesen, das Ganze auf den Rotwein zu schieben. Wenn sie ehrlich war, hatte sie sich ihm in gewisser Hinsicht verpflichtet gefühlt – obwohl die hässliche Wahrheit seiner Offerte ihr Blut zu Eis hatte erstarren lassen.

Sie war auf einem absoluten Tiefpunkt gewesen, als er erschien, ein starker Mann, der es gewohnt war, die Dinge in die Hand zu nehmen … und dort, im Dunkeln, verloren in ihrer Musik, hatte sie sich weisgemacht, dass er kein Fast-Fremder war. Dass die Nacht und der Wind Laurent zu ihr geschickt hatten. Oder zumindest seinen Geist.

Sie konnte nicht behaupten, es nicht gewollt zu haben.

Ihr Sohn hatte mittlerweile den Kopf des Kaninchens abgeschnitten. Sie sah zu, wie er die Messerspitze in den Unterleib des Tiers bohrte, einen Schnitt machte und die Eingeweide hervorzog. Dabei biss er sich konzentriert auf die Unterlippe. Seine Hände sehen aus wie früher, als er noch kleiner war, kam es ihr in den Sinn. Als er noch mit Fingerfarben gemalt hatte.

Sie hatte sich geradezu schamlos darüber gefreut, Matts Hände an ihrem Körper zu spüren, seine Berührung, seinen Atem, seine starken Arme, mit denen er sie fest an sich zog – sich ihm hinzugeben. Zu spüren, wie ihre ungezügelte Lust erwidert wurde. Die jähe, fast schmerzhafte Freude, ihn in sich zu spüren.

Doch dann war der Zauber verflogen, früher, als es noch einigermaßen angenehm gewesen wäre. Er war nicht ihr Mann. Er war nicht jemand, den sie wollte, auf sich, in sich. Aber die Dinge waren zu dem Zeitpunkt schon zu weit gediehen, um noch abbrechen zu können. Also hatte sie die Augen zugemacht und es erduldet. Hatte sich ausgeklinkt, sich in jemand Kaltes, Gefühlloses verwandelt. In jemanden, der sich fürchterlich schämte. Am schlimmsten war jedoch, wie liebevoll er hinterher gewesen war, so zufrieden, so glücklich. Er schien zu glauben, dass sie es hinauszögern, es vielleicht sogar noch einmal hätte machen wollen.

Und jetzt wurde sie, zusätzlich zu allem anderen, auch noch von drückenden Schuldgefühlen geplagt. Nicht nur wegen seiner Frau, auch ihrer selbst wegen. Sie hatte erst vor einem Jahr ihren Mann verloren, trauerte immer noch um ihn, dachte Tag und Nacht an ihn. Und ausgerechnet sie hatte sich so beiläufig einem anderen hingegeben. Sie hatte das verraten, was sie und Laurent gehabt hatten. Mehr noch: Sie hatte das Gefühl, dass die Sache mit Matt alles auslöschte, was gewesen war.

Ein scharfes Knacken riss Isabel aus ihren Gedanken. Thierry drehte gerade die Gliedmaßen ab. Der Pelz war verschwunden, auch der Kopf, die Pfoten und jetzt auch die Hinterläufe. Alles, was übrig blieb, war der nackte Torso, ein roher, blutiger Fleischklumpen. Thierry wusch ihn unter dem Wasserhahn ab, wobei er sich auf die Zehenspitzen stellen musste. Dann zeigte er ihn stolz vor. Der Torso war vollkommen leer, ausgehöhlt. Dort, wo das Herz gewesen war, befand sich eine nackte Vertiefung.

Isabel unterdrückte ein Schaudern. «Ganz toll, Schätzchen. Das hast du wirklich gut gemacht.»

Er griff zum nächsten Kaninchen, legte es behutsam auf die Plastiktüte und machte sich ans Werk.

Isabel legte den bereits ausgeweideten Kadaver in Salzwasser, so wie Byron es ihr empfohlen hatte. Das machte das Fleisch anscheinend zarter.

Laura sah sein Auto zwischen den Bäumen aufblitzen, auf der anderen Seite des Sees. Dort war die Stelle, die sie ihm gezeigt hatte, wo sie sich zum ersten Mal unterhalten hatten. Sie war seitdem öfter dort gewesen, vor allem an Tagen, an denen Matt sich besonders unmöglich verhalten hatte. Ihr klangen noch die Worte ihres Sohnes in den Ohren.

«Wir sind verheiratet», hatte sie ihm entgegengehalten, «und das bedeutet etwas, ob du es glaubst oder nicht. Es bedeutet, dass man in schweren Zeiten nicht einfach abhaut. Man muss versuchen, das durchzustehen, mit seinen Problemen fertigzuwerden.»

«Wenn du es sagst», hatte Anthony gebrummt.

«Was soll das schon wieder heißen?»

«Na, ich werde bestimmt nicht heiraten, wenn es bedeutet, so zu werden wie ihr. Schaut euch doch bloß an», sagte er. «Ihr seid nicht mal Freunde. Ihr lacht nie miteinander. Ja, ihr *redet* nicht mal richtig miteinander.»

«Das ist unfair.»

«Ihr seid wie so ein Pärchen aus einer Fünfziger-Jahre-Sitcom. Er betrügt dich, du verzeihst ihm. Er stellt was an, du kehrst hinter ihm auf.»

Sie warf beim Vorbeigehen einen Blick in Nicholas' Auto, sah die Landkarte, die herumliegenden Papiere und wusste bereits, dass es nur einen Grund geben konnte, warum er zurückgekehrt war. Laura rückte ihre Bluse zurecht. Jetzt war sie froh, dass sie sich nach dem Streit frisch geschminkt hatte.

Er saß auf dem Baumstumpf. Bei ihrem Anblick stand er hastig auf, und ein entzücktes Lächeln breitete sich auf seinem Gesicht aus. Sie lächelte zurück. Es war schon eine Weile her, seit jemand, der kein Fell oder Pfoten besaß, sich so über ihren Anblick gefreut hatte.

«Du bist es wirklich!», sagte er. «Ich hatte so gehofft, dass du es bist.»

Er hatte eine wundervolle Stimme, so sanft, so leise und klar akzentuiert. Ein wenig wie ihr Vater. Auf einmal war sie fürchterlich befangen. «Du genießt wohl den Ausblick, was?», fragte sie lahm.

Er beugte sich vor und streichelte Bernie, der ihn anstandslos willkommen hieß. «Eine wundervolle Stelle. Ich träume davon, seit wir … seit wir uns zuletzt so nett unterhalten haben.»

Auf der anderen Seite des Sees war das Große Haus zu erkennen; teilweise verdeckt von Hecken und Bäumen spiegelte es sich im Wasser. Wie oft hatte sie hier gesessen und geträumt, hatte sich vorgestellt, wie sie Arm in Arm mit ihrem Mann die Steinstufen zum See hinunterging. Die Partys, die sie auf dem Rasen veranstalten, die eleganten Vorhänge, die sie in die hohen Fenster hängen würde. In letzter Zeit jedoch hatte sie es kaum über sich gebracht, diesen Teil des Waldes zu betreten, das Haus zu sehen, ohne voller Neid und Frustration mit sich zu hadern, dass es ihr trotz allem durch die Lappen gegangen war.

Heute jedoch war das alles zum ersten Mal unwichtig. Das Haus war weder ein Objekt der Begierde noch Anlass zu Frust, sondern nur ein großes, schäbiges altes Haus.

Eine kurze Stille trat ein, unterbrochen von ein paar Enten, die sich im Schilf zankten. Nicholas kraulte den Hund hinter den Ohren. Sie musste daran denken, was sie diesem Mann letztes Mal alles erzählt hatte. Es stimmte: Es war leichter, sich einem Fremden anzuvertrauen.

«Du … siehst hübsch aus», bemerkte er.

Sie hob unbewusst die Hand ans Haar. «Jedenfalls besser als letztes Mal.»

«Auch letztes Mal hast du wundervoll ausgesehen», widersprach er und erhob sich. «Möchtest du vielleicht eine Tasse Kaffee? Ich habe eine Thermoskanne dabei. Und … eine zweite Tasse.»

Beide mussten lachen.

Laura ließ sich auf dem Baumstumpf nieder. «Ja, gerne.»

Sie wisse nicht, wer es sei, vertraute sie Nicholas kurz darauf an, aber sie wisse genau, dass ihr Mann mit einer anderen schlafe. «Das macht einem das Leben im Dorf fast unmöglich.» Sie mied geflissentlich seinen Blick, denn sie wusste, dass sie nur weiterreden konnte, wenn sie so tat, als wäre er nicht da. «Wo ich auch hingehe, ständig frage ich mich: Könnte es die sein? Oder die? Die junge Verkäuferin in dem Stoffladen. Die Kellnerin in dem Restaurant, in das wir ab und zu gehen. Er wirkt anziehend auf Frauen. Das war schon immer so.»

Nicholas saß still neben ihr und hörte zu.

«Ich kann mit niemandem darüber reden. Nicht mit meinen Freunden, nicht mit den Nachbarn – ich weiß zumindest von einer, mit der er geschlafen hat, obwohl sie das nie zugeben würde. Und ihn brauche ich gar nicht erst zu fragen. Er kann einem weismachen, dass Schwarz Weiß ist und umgekehrt, und man würde es ihm abkaufen. Ich habe es oft genug erlebt. Selbst jetzt will er partout nichts zugeben. Im Gegenteil, er gibt mir das Gefühl, mich idiotisch zu verhalten, weil ich ihn verdächtige.»

Nun wandte er sich zu ihr, musterte ihr Gesicht. Sie wusste, was er denken musste, obwohl es seine Miene nicht verriet. *Wie kann man nur so blöd sein.*

«Beim letzten Mal ist ihm nichts anderes übriggeblieben, als es zuzugeben. Er hat eine SMS an mich geschickt statt an sie. Muss wohl durcheinandergekommen sein. *Wir treffen uns im Taylor's Arms*, hat er geschrieben. *Ich hab noch zwei Stunden Ausgang.* ‹Ausgang›. Das werde ich nie vergessen. Als ob ich so eine Art Gefängniswärterin wäre.»

«Was hast du gemacht?»

Sie stieß ein trockenes Lachen aus. «Ich bin zu dem Pub gefahren. Als er mich sah, ist er kreidebleich geworden.»

Nicholas lächelte mitfühlend.

Laura zupfte an ihrem Ärmel herum. «Er hat alles zugegeben und gesagt, es täte ihm leid. Wir haben damals versucht, noch ein Baby zu bekommen. Ich dachte, es würde uns einander näherbringen. Aber er sagte, er hat sich unter Druck gefühlt und deshalb … dieses *junge Ding*. Das war vor drei Jahren.»

«Und jetzt?»

«Ich weiß nicht. Ich unterhalte mich mit den Verkäuferinnen und mit der Friseurin, mit meinen Freundinnen und Nachbarinnen und … ich hab keine Ahnung, welche von ihnen mit meinem Mann schläft.» Den Tränen nahe, rang sie um Fassung. «Das ist das Schwerste, weißt du. Dass sie mir ins Gesicht schauen, mit mir reden und mich hinter meinem Rücken auslachen. Eins von diesen hübschen jungen Dingern, mit ihren straffen Körpern und der makellosen Haut. Das ist es, was mir nicht aus dem Kopf will. Er mit so einer. Wie sie sich über mich lustig machen.» Sie biss die Zähne zusammen.

«Bitte entschuldige», sagte sie nach kurzem Schweigen. «Du wolltest ja bloß eine Tasse Kaffee trinken und die Aussicht genießen. Und ich gehe dir mit meinen Eheproblemen auf die Nerven.»

Sei jetzt bloß nicht nett, dachte sie, sonst verliere ich die Beherrschung.

Doch während sie auf das Große Haus starrte, legte sich auf einmal eine Hand auf die ihre, eine warme, feste, unvertraute Hand. Und eine Stimme, die überraschend rau klang, sagte: «Dieser Mann ist ein Narr.»

Zwei Stunden vergingen, bevor er einen Blick auf seine Uhr warf. «Ziemlich ausgiebige Mittagspause», bemerkte sie. Er nickte und sagte lächelnd: «Was das Mittag*essen* betrifft, aber eher karg.»

Beide schauten das zerknüllte Schokoriegelpapier an.

Über Matt hatten sie nicht mehr gesprochen. Nicholas hatte galant das Thema gewechselt und ihr von einem ähnlichen Ort erzählt, an dem er und seine Geschwister ihre Kindheit verbracht hatten, wo sie herumgetobt und gezeltet hatten. Dann hatten sie sich über die Haustiere unterhalten, die sie als Kinder gehabt hatten, über ihre Eltern und die Sorgen, die sie einem mit zunehmendem Alter machten, darüber, warum manche Menschen Beziehungen mieden, und über die Gründe dafür, dass sie beide hier am Waldrand saßen.

«Vielleicht erlaubst du mir mal, das wiedergutzumachen», sagte er. «Eine bessere kulinarische Offerte.»

Sie verstand, was er meinte. Und ihr Lächeln erlosch. Er wollte sie zum Lunch ausführen. In ein Restaurant. Aber es war eine Sache, jemandem zufällig im Wald über den Weg zu laufen, selbst sich zu ihm zu setzen und zwei Stunden zu plaudern, als sich in einem Restaurant zum Mittagessen zu verabreden. Das implizierte Planung. Das implizierte Absicht.

Etwas also, das Matt mit seinen diversen Eroberungen machen würde.

Er sah ihr wohl an, was sie dachte, denn auf seinem Gesicht machte sich Enttäuschung breit. «Entschuldige», beeilte er sich zu sagen, «ich sehe ein … Die Dinge sind kompliziert.»

«Es liegt nicht an dir …»

Er zuckte zusammen.

«Du … bist ein guter Zuhörer. Man kann so gut mit dir reden.»

«Mit dir auch, Laura.» Er erhob sich und bot ihr seine Hand. «Ich habe diesen Nachmittag mehr genossen, als ich sagen kann.»

«Ach, das Geschwätz einer betrogenen Hausfrau …» Sie zog ihre Bluse zurecht.

«Nein», widersprach er, «einer ehrlichen. Ich fühle mich geehrt.» Er wollte ihre Hand gar nicht mehr loslassen. «Ich bin seit langem allein. Zum Teil, weil ich es so will, aber es tut gut, mal wieder mit jemandem zu reden – mit jemandem, der so klug und so freundlich ist und …»

«Ich glaube, ich sollte jetzt besser gehen.»

Er ließ ihre Hand los. «Natürlich, ich verstehe.»

«Vielleicht laufen wir uns ja mal wieder über den Weg», sagte sie. Sie konnte nicht fragen. Sie konnte sich nicht einmal eingestehen, dass sie vielleicht wollte.

Er griff in seine Tasche, holte einen Stift hervor und schrieb etwas auf einen Zettel.

«Falls du es dir doch noch anders überlegen solltest. Wegen des Essens», erklärte er.

Und sie ging davon, den radioaktiven Zettel in der Tasche. Er rief ihr nach: «Drei Gänge oder nur ein Schokoriegel, mir ist beides recht.»

Er schaute ihr nach, wie sie, ein wenig befangen, den Pfad entlangging – als wüsste sie, dass ihr seine Blicke folgten. Aber sie würde sich nicht zu ihm umschauen, das wusste er, selbst wenn sie gewollt hätte. Alles an ihr verriet eine Feinfühligkeit, wie man sie heutzutage immer seltener fand. Selbst die Art, wie sie eine Tasse hielt, war elegant. Er hätte sie stundenlang anschauen können. Er hatte sich regelrecht zwingen müssen, stattdessen auf das Haus zu schauen, um sie nicht mit der Intensität seiner Gefühle zu erschrecken. Aber dass sie neben ihm saß, war ihm überdeutlich bewusst, vor allem dann, wenn eine leichte Brise ihm ihr Parfüm zuwehte. Ihm war der Atem gestockt, als sie ihn auf einmal mit ihren großen, traurigen grauen Augen angeschaut hatte.

Jetzt jedoch konnte er ihr hemmungslos nachschauen, so lange, bis sie zwischen den Bäumen verschwand, wo ihr blondes Haar ein letztes Mal in der Sonne aufleuchtete.

Er befürchtete, dass er diese schöne, sanfte Frau, die er kaum kannte, nur zu gut verstand. Seit ihn seine Frau verlassen hatte, hatte er keine mehr so leidenschaftlich, so ohne jeden Zweifel begehrt. Und ob er seine Frau überhaupt je so begehrt hatte? Wohl nicht.

Langsam ging Nicholas zu seinem Auto. Dabei befahl er sich, sich keine allzu großen Hoffnungen zu machen. Er musste Geduld haben, abwarten, ebenso wie beim Großen Haus. Er war trotz allem im Grunde seines Herzens ein Händler, ein Verkäufer mit Leib und Seele – selbst wenn er nicht genug Selbsteinsicht besaß, um dies zu erkennen. Und ein Rivale, selbst ein unbekannter, von dem er nicht wirklich wusste, für wie gefährlich er ihn zu halten hatte, stachelte ihn nur noch mehr an.

An diesem Abend ließ Byron sich endlich blicken. Es klopfte an der Küchentür, und weil Isabel durch die Scheibe sehen konnte, wer draußen stand, machte sie auf. Er stand im T-Shirt vor ihr, scheinbar unempfindlich gegen die abendliche Kühle.

«Hallo», sagte er, und sein Lächeln traf sie so unerwartet, dass sie es automatisch erwiderte. «Ich hoffe, ich störe nicht. Aber ich muss kurz mit dir reden, wenn es dir nichts ausmacht.»

«Möchtest du reinkommen?», fragte sie und trat beiseite. Thierry, der an seinen Hausaufgaben saß, sprang auf.

«Nein, nein», wehrte Byron ab, «lieber draußen.» Isabel trat hinaus in den Garten und zog die Tür hinter sich zu.

Mein Gott, dachte sie, sicher will er jetzt Geld für all die Sachen, die er uns gebracht hat.

«Ist alles in Ordnung?», fragte sie besorgt.

«Es geht um Thierry», sagte er leise.

«Was ist mit ihm?», fragte sie alarmiert.

«Nichts, nichts», beruhigte er sie hastig. «Es ist nur so … ich habe die meisten Welpen verkauft – na ja, zumindest für bestimmte Leute reserviert –, aber bevor ich die letzten zwei loswerde, wollte ich fragen, ob Thierry vielleicht einen haben will. Ich glaube, sie sind ihm sehr ans Herz gewachsen.»

Auf dem Boden stand eine Schachtel, in der sich zwei schwarz-weiß gefleckte Hündchen balgten.

«Sie sind jetzt fast entwöhnt», fuhr er fort, «und ich dachte … Na ja, er scheint sich in Gesellschaft von Tieren sehr wohlzufühlen.» Er verstummte, als habe er zu viel gesagt. Dann fügte er hinzu: «Ich bringe ihn dazu, dass er sie ruft.»

«Er ruft sie?»

«Ja. Ich sag ihm, das muss er, um sie zu trainieren. Meistens gehen wir dazu in den Wald.»

«Und das macht er?»

Byron nickte. «Manchmal sogar ziemlich laut.»

Isabel hatte auf einmal einen dicken Kloß im Hals. Ihr kleiner Junge. Sich vorzustellen, dass seine helle Stimme durch den Wald schallte. «Was sagt er denn?»

«Nicht viel. Er ruft ihre Namen und ‹Sitz!›, ‹Bei Fuß!› und so was. Ich dachte, es wäre gut, ihn dazu zu bringen, ein bisschen aus sich rauszugehen. Im Wald fällt ihm das leichter.»

Schweigend schauten sie sich an.

«Für wie viel hast du denn die anderen verkauft?».

«Ach, zweihundert pro Stück.» Als er ihr Gesicht sah, fügte er rasch hinzu: «Aber nicht für dich. Es ist für Thierry. Ich wollte nicht …»

«Was?»

«Ich will kein Geld dafür.»

Isabel wurde rot. «Ich bezahle, was alle anderen bezahlen.»

«Aber das hab ich nicht gemeint …»

«Es ist besser, wenn ich bezahle. Dann sind wir quitt.» Sie verschränkte die Arme.

«Isabel, ich bin doch nicht hergekommen, um dir einen Welpen zu verkaufen. Ich wollte nur fragen, ob Thierry vielleicht einen haben will. Geschenkt. Aber ich musste ja erst dich fragen, ob es überhaupt recht ist.»

Warum willst du uns was schenken?, hätte Isabel am liebsten gefragt, verkniff es sich aber.

«Es ist ohnehin der kümmerlichste aus dem ganzen Wurf», sagte er und deutete auf den dunkleren der beiden.

Das wollte sie nicht glauben, konnte ihm aber nicht gut widersprechen. Sie bückte sich und hob den Welpen aus der Schachtel. Er begann sofort zu zappeln und versuchte, ihr den Hals abzulecken.

«Du hast uns schon so viel geschenkt», sagte sie ernst.

«Hier hilft man sich gegenseitig, das ist ganz normal.»

«Aber all diese Sachen. Das Feuerholz, die Hennen …»

«… waren nicht von mir. Ich hab doch geschrieben, dass Colin sie für die Paletten eintauschen will. Ehrlich, es ist nicht der Rede wert.» Er nahm das andere Hündchen auf den Arm. «Freut mich, wenn der Kleine ein gutes Zuhause findet.»

Sie schaute ihn an, diesen verschlossenen Mann, der ebenso befangen zu sein schien wie sie. Da fiel ihr auf, dass er wahrscheinlich jünger war, als er wirkte. Seine Größe, seine Stärke, seine beherrschte Art, all das ließ ihn älter erscheinen. Und dahinter verbarg sich Verletzlichkeit, wie sie jetzt erkannte. Also versuchte sie, ihren Stolz herunterzuschlucken. «Dann danke ich dir», sagte sie lächelnd. «Ich glaube – nein, ich weiß, dass er sich über einen eigenen Hund sehr, sehr freuen würde.»

«Er ist …»

In diesem Moment tauchte ein Lieferwagen zwischen den Bäumen auf, und Byron brach ab. Isabel wurde rot, als sie das markante Geräusch des Dieselmotors erkannte. Kindischerweise wäre sie am liebsten ins Haus gerannt und hätte die Tür hinter sich zugeschlagen.

Was sie natürlich nicht tat. Matt sprang aus dem Führerhaus und schlenderte zur Hintertür. Als er sie beide erblickte, stutzte er, dann kam er auf sie zu. Isabel registrierte abwesend, dass Byron ein, zwei Schritte von ihr zurückwich.

«Byron, hast du die Isolierung abgeholt?», fragte Matt.

«Ja.»

«Und den Abfluss gesäubert?»

Byron nickte.

Nun, da Byron seine Fragen beantwortet hatte, wandte Matt sich halb von ihm ab, als wäre er nun überflüssig. Byron hatte sich, wie Isabel bemerkte, ganz in sich selbst zurückgezogen, wirkte fast wie eine leere Hülle. Seine Miene war ausdruckslos.

«Tut mir leid, dass ich erst jetzt komme.» Matt hatte sich direkt vor ihr aufgepflanzt. «Ich musste einen anderen Auftrag erledigen, in Long Barton.»

«Das macht nichts», versicherte Isabel, «ehrlich.»

«Aber ich wollte dir sagen, dass ich ab morgen wiederkommen werde. Wie immer.» Er schaute sie dabei auf eine Weise an, als wolle er damit mehr ausdrücken.

Isabel hielt das Hündchen fest an ihre Brust gedrückt. Sie war froh, Blickkontakt vermeiden zu können. «Na gut», sagte sie.

Er rührte sich nicht. Da straffte sie die Schultern und schaute zu ihm auf. Er hielt ihren Blick länger fest, als nötig gewesen wäre, konnte aber offensichtlich nichts darin lesen.

«Wem gehören die Welpen?», fragte er.

«Mir», entgegnete Byron.

«Bisschen jung, um schon draußen zu sein, was?»

Byron nahm Isabel den Welpen ab und setzte ihn zurück in die Schachtel. «Ich wollte sie gerade nach Hause bringen», sagte er.

Matt machte keine Anstalten zu gehen. Sein Blick huschte zwischen ihr und Byron hin und her. «Da fällt mir ein – ich möchte, dass du ab morgen den Dawson-Auftrag übernimmst, klar? Da muss Land gerodet werden. Ach ja, und ich hab noch was für dich.» Er holte einen Umschlag heraus und begann, großspurig Geldscheine abzuzählen. «Hier, da hast du deinen Lohn.» Er grinste. «Aber gib nicht gleich alles auf einmal aus.»

Byron nahm das Geld mit sichtlichem Widerwillen.

«Also, Byron, wir wollen Mrs. Delancey doch nicht den ganzen Abend aufhalten, was? Soll ich dich mit ins Dorf nehmen?»

«Nein. Mein Wagen steht auf der anderen Seite des Sees», entgegnete Byron. Er stieß einen Pfiff aus, und seine Hunde kamen angesprungen. Dann stapfte er davon. Isabel musste an sich halten, um ihn nicht zurückzurufen.

Matt schaute ihm nach, dann wandte er sich Isabel zu. Jetzt wirkte er auf einmal weniger aufgeplustert. «Isabel», sagte er leise, «ich wollte mit dir reden …»

In diesem Moment ging die Küchentür auf, und Kitty tauchte auf, eine Haarsträhne im Mundwinkel, die sie kurz herausnahm, um zu fragen: «Hilfst du mir jetzt beim Abendessen oder nicht? Du stehst ja schon ewig hier draußen.»

Isabel wandte sich erleichtert an Matt. «Tut mir leid, das geht jetzt nicht.»

Kitty hielt ein Sieb hoch. «Aus den meisten Kartoffeln wachsen so weiße Dinger raus.»

«Hör mal …», sagte sie abrupt, «wir … ich habe genug, um diese anderen Arbeiten, die du erwähntest, bezahlen zu können.»

Ihr fiel auf, wie erleichtert er bei diesen Worten aussah, und ihr kam der Gedanke, dass er möglicherweise mehr hinter ihrer Entscheidung vermutete, dass sie ihn doch noch hierbehalten wollte.

«Die Rohre, das Heizsystem und das Bad. Vor allem das Bad. Das brauchen wir dringend.»

«Morgen bin ich wieder da», versprach er.

«Gut.» Sie schlüpfte zurück in die Küche und machte erleichtert die Tür hinter sich zu.

KAPITEL 16

Byron Firth war ein Mann, der grundsätzlich nur wenig vom Leben erwartete, aber selbst er musste zugeben, dass das Haus in der Appleby Lane ganz und gar nicht dem entsprach, was er sich vorgestellt hatte. Er hatte eine kleine Doppelhaushälfte vor Augen gehabt, ein bisschen so wie die, in der er mit seiner Schwester gewohnt hatte, oder so was aus den Siebzigern, in einer Sackgasse, mit einem winzigen, schuhschachtelgroßen Vorgärtchen und einem kaum größeren Garten nach hinten.

Er hatte sogar befürchtet, es könnte eine Sozialwohnung sein. Aber das hier war ein bildhübsches reetgedecktes Cottage mit schweren Deckenbalken, einem großzügigen Garten mit Blumenbeeten, das in einer stillen, friedlichen Straße lag – wie ein altenglisches Idyll.

«Magst du noch was, Byron?»

Er lehnte sich auf dem bequemen Sofa zurück. «Nein danke, bin pappsatt. Es war einfach köstlich.»

«Jason setzt grade den Kessel auf. Wir haben uns ein paar Sachen für den Garten überlegt. Darüber wollte Jason gern mit dir sprechen. Hecken und dergleichen. Vielleicht könntest du ihm ja ein paar Tipps geben.»

Byron wusste, dass Jason keine solchen Absichten hatte. Die beiden Männer waren nie miteinander warm geworden. Byron betrachtete Jans Männer – und potenzielle Stiefväter für Lily – grundsätzlich mit großer Skepsis. Aber er verstand, dass sie es nur gut meinte. Und weil er ihre Gastfreundschaft nicht mit Brummigkeit vergelten wollte, sagte er: «Sicher, gerne. Mal schauen, wie ich helfen kann.»

Der Sommer war in diesem Winkel Englands ganz abrupt gekommen, was bedeutete, dass im Wald nun das pralle Leben herrschte. Aus Baumstämmen und -stümpfen schossen grüne Triebe, und auf der Ostseite blühte seit Wochen ein Blumenteppich.

Seine Schwester verschwand in der blitzsauberen Küche. Byron ließ erschöpft den Kopf an die Lehne sinken und schloss die Augen. Der Rinderbraten war wirklich gut gewesen. Und dieses Sofa … Wie weich und bequem ein Sofa sein konnte, wusste wohl nur der, der wochenlang im Schlafsack auf einem Betonboden geschlafen hatte. Byron war hart im Nehmen, aber im Moment hatte er Zweifel, ob er noch eine Nacht im Heizungskeller würde aushalten können.

Es zog sich länger hin als erwartet. Der alte Mann in Catton's End hatte noch nicht für den Welpen, eine kleine Hündin, bezahlt, und Mrs. Dorney vom Gartencenter wollte das Hündchen, das sie sich ausgesucht hatte, erst nach ihrem Umzug nehmen.

Er hatte ein Cottage aufgetan, etwa fünf Kilometer vom Dorf entfernt, das zu einer riesigen Milchfarm gehörte. Dort hatte man nichts gegen die Hunde, würde ihn vielleicht sogar hie und da auf der Farm brauchen können, aber er konnte die Kaution erst bezahlen, wenn er alle Welpen verkauft hatte. Und selbst dann fehlte ihm noch was. Er musste so viele Überstunden machen, wie Matt ihn ließ.

«Kannst du mir helfen, diesen Stuhl zusammenzukriegen?»

Lily kletterte auf seinen Schoß und streckte ihm das Stühlchen hin, das er ihr, zusammen mit ein paar anderen Möbeln, für ihr neues Puppenhaus mitgebracht hatte. Sie hatte ihm vor dem Essen stolz ihr Zimmer vorgeführt und auch das neue Puppenhaus, das «Onkel Jason» für sie gemacht hatte. Es war fast einen Meter hoch und besaß ein Strohdach.

«Er wollte, dass sie sich zu Hause fühlt», hatte Jan erklärt. «Er hat es selbst gemacht. Es ist eine Kopie dieses Häuschens.»

Es hatte ihn überrascht, dies über den einsilbigen Jason zu erfahren. Eine solche Liebestat hätte er dem verschlossenen Mann gar nicht zugetraut. «Reich mir mal den Kleber, Lily.» Er beugte sich vor, um nicht aufs Sofa zu tropfen.

«Könntest du als Nächstes die Sachen für die Küche machen?»

«Klar.»

Ein schelmisches Lächeln umspielte ihre Lippen.

«Mums Freundin Sarah steht auf dich. Mum hat gesagt, sie kann dich haben, aber nur, wenn sie auch deine Wäsche wäscht.»

Das hatte Jan auch gesagt, als er ihr seine schmutzige Wäsche aushändigte. «Du meine Güte, Byron, seit wann sind denn die nicht mehr gewaschen worden? So was machst du doch sonst nicht.» Sie hielt den Wäschesack angeekelt von sich.

«Die Waschmaschine meines Kumpels hat den Geist aufgegeben. Deshalb konnte ich eine Weile nichts waschen.» Er tat, als würde ihn der Garten ablenken.

Das war das Schlimmste an seiner Behelfsunterkunft. Der nächste Waschsalon lag fünfundzwanzig Kilometer entfernt, aber die Fahrt dorthin kostete ihn wertvolles Benzin – das er sich nicht leisten konnte. Wenn er die Sachen im See auswusch, waren sie hinterher auch nicht viel sauberer. Und es dauerte Tage, bis sie wieder trocken waren. Manchmal, wenn er im Keller saß und Isabel beim Geigespielen zuhörte, stellte er sich vor, er würde sich raufschleichen und ihre Waschmaschine benutzen. Aber solche Heimlichkeiten waren einfach beschämend. Und was, wenn sie eine vergessene Socke fände?

Jetzt lauschte er zufrieden dem Surren von Jans Waschmaschine. Ein voller Magen, ein weiches Plätzchen zum Ausruhen und die Aussicht auf saubere Kleidung. Er gab Lily das fertige Puppenstühlchen. Wenn man es recht überlegte, dann brauchte es gar nicht so viel im Leben, um glücklich zu sein.

«Sie ist ziemlich hübsch», bemerkte Lily, «sie hat lange Haare.»

«Byron.» Jason kam herein und setzte sich in einen Sessel.

Byron richtete sich ein wenig auf. Es wäre so leicht gewesen, einfach einzuschlafen. «Wirklich hübsch hier», bemerkte er. «Alles ist so hübsch hier.»

«Hab das Häuschen vor ein paar Jahren größtenteils selbst hergerichtet, zusammen mit meinem Dad.»

«Du wirst doch nicht etwa Matt McCarthy Konkurrenz machen wollen?»

«Nimm es mir nicht übel, Kumpel, aber dieser Mensch käme mir nicht ins Haus. Bei allem, was man so über ihn hört.»

Was hört man denn?, hätte Byron gerne gefragt.

Lily stellte summend ihre Puppenmöbel um. Schließlich sagte Jason: «Lily, Schätzchen, geh doch mal zu deiner Mum und frag sie, ob wir ein paar Kekse haben können.»

Elektrisiert durch dieses Zauberwort, sprang Lily auf und verschwand in der Küche. Sobald sie außer Hörweite war, sagte Jason: «Hör zu, Byron, ich weiß, du bist nicht gerade begeistert darüber, dass deine Schwester mit mir zusammen ist …»

Byron versuchte, ihn zu unterbrechen, aber Jason hob eine Hand. «Nein, lass mich ausreden. Sie hat mir erzählt, was mit dir passiert ist. Gefängnis und so. Und ich wollte, dass du eins weißt.»

Er schaute ihm tief und aufrichtig in die Augen. «Ich würde nie gegen deine Schwester oder Lily die Hand heben. Ich bin nicht … so ein Mann bin ich nicht. Ich wollte, dass du das weißt. Und ich wollte dir sagen, dass ich an deiner Stelle wahrscheinlich dasselbe gemacht hätte.»

Byron musste schwer schlucken. «Ich wollte nicht …»

«Was?»

«Er ist ungeschickt hingefallen», sagte er nach kurzer Pause zögernd. «Das ist lange her.»

«Ja. Hat sie gesagt.»

Das «aber» hing in der Luft. Durch die offene Küchentür konnte Byron sehen, wie das Wasser kochte, konnte hören, wie Jan mit den Teetassen klapperte.

«Und damit du es gleich weißt: Ich werde sie wahrscheinlich bitten, mich zu heiraten. Sobald sie und die Kleine sich ein bisschen hier eingelebt haben.»

Byron ließ den Kopf langsam auf die Lehne zurücksinken. Diese Überraschung musste er erst mal verdauen. Wer hätte das gedacht? Diese neue Version eines Mannes, den nicht zu mögen beschlossene Sache für ihn gewesen war. Er war anders, hier, in seinen eigenen vier Wänden. Aber das traf vielleicht auf die meisten Menschen zu.

Einige Minuten verstrichen.

«Mal schauen, was der Tee macht», verkündete Jason schließlich und stemmte sich aus dem Sessel. «Milch, ohne Zucker?»

«Danke», sagte Byron.

In diesem Moment erschien seine Schwester mit dem Teetablett. «Weiß nicht, was du dauernd mit den Keksen hast», sagte sie und stupste Jason spielerisch mit dem Ellenbogen an. Dann setzte sie sich neben ihn. «Du weißt doch, dass wir heute früh die letzte Packung aufgegessen haben.»

Sie schenkte eine Tasse voll und reichte sie ihrem Bruder.

«Du hast mir die ganze Wäsche aufgehalst, aber immer noch nicht gesagt, bei wem du jetzt eigentlich wohnst.»

Thierry hörte es seit drei Tagen. Wenn er bei der Scheune hinter dem Haus vorbeiging. Dort war es, dieses Knurren und Winseln, aber irgendwie gedämpft, als käme es von unter der Erde.

«Wahrscheinlich junge Füchse», hatte Byron gesagt. «Bestimmt haben sie hier irgendwo ihren Bau. Aber jetzt komm, wir müssen die Fasane füttern.»

Byron hatte ihm eingeschärft, ein wildes Tier nie ohne Grund zu stören, ganz besonders nicht Jungtiere. Wenn man eins hochnahm oder streichelte, ein Nest störte, dann konnte es sein, dass die Eltern solche Angst bekamen, dass sie ihre Jungen im Stich ließen.

Aber heute war Byron nicht da. Thierry stand in der Sonne und lauschte mit schiefgelegtem Kopf. Oben, aus Kittys Zimmer, drang Musik. Sie und Mum strichen dort gerade die Wände. Mum hatte gesagt, Kitty könne sich die Farbe selbst aussuchen, egal welche. Für sein Zimmer wollte er fragen, ob er die Planeten haben könnte. Er mochte es, das Sonnensystem an der Decke zu haben. Drinnen und draußen.

Um ihn her rauschten die Tannen, und dann und wann wehte der warme Wind ihren würzigen Duft zu ihm her. Da war es wieder, dieses Winseln. Thierry nahm die Hände aus den Taschen und ging um die Hausecke herum. Vor der verrotteten alten Tür zum Anbau blieb er stehen. Byron hatte ihm das Spurenlesen beigebracht. Und wenn er auf den Boden schaute, dann wusste er, dass diese Tür in letzter Zeit öfter aufgemacht worden war.

Er runzelte die Stirn. Wie konnte ein Fuchs eine Tür aufmachen? Noch dazu eine so schwere? Er krallte die Finger um die Kante und zog. Dann trat er ein und wartete einen Moment, bis seine Augen sich an das Halbdunkel gewöhnt hatten. Das Winseln hatte aufgehört.

Alles, was Thierry erkennen konnte, war die L-Form des Raums. Als er die Stufen hinabstieg, setzte das Geknurre und Gewinsel wieder ein. Er folgte den Lauten und wurde von einem vertrauten Anblick begrüßt. Er bückte sich und hob einen Welpen aus der Schachtel, hielt ihn an seine Brust gedrückt. Byron musste sie hier reingebracht haben, damit sie in Sicherheit waren, solange er arbeitete.

Thierry sank auf den Betonboden und ließ die Welpen auf sich rumkrabbeln. Sie sprangen begeistert an ihm hoch und leckten ihm das Gesicht ab, was seine Schwester ausgesprochen widerlich fand, wie sie ihm pausenlos versicherte.

Erst als sie sich beruhigt hatten und umherzuschnüffeln begannen, bemerkte er die anderen Sachen: den Klappstuhl in der Ecke, den Schlafsack, der auf einer Plane lag, einen Rucksack und mehrere Taschen und Tüten. Und dort standen auch die Näpfe der Hunde. Und auf dem kleinen Waschbecken stand ein Becher mit einer Zahnbürste und einer Tube Zahnpasta. Warum hatte Byron hier sein Quartier aufgeschlagen?

«Thierry!», rief seine Mutter von oben. «Mittagessen! Thierry!»

«Psst», befahl er den Hündchen und hielt einen Finger an die Lippen, «psst!»

Thierry kannte sich mit Geheimnissen aus. Er wusste, wann es besser war, den Mund zu halten.

Die Hand eines Geigers erinnert sich noch lange an ein Musikstück, das sie einmal gespielt hat. Genauso konnten sich Isabels Hände daran erinnern, wie sich die alte Geige angefühlt hatte. Daran musste sie denken, während sie tat, als würde sie Dvořák spielen. Sie erinnerte sich an die Spannkraft der Saiten, das Holz der Geige unter ihrem Kinn. Eine solche Geige würde sie wahrscheinlich nie wieder in Händen halten, ihr seidiges Timbre hören, das vollblütige Vibrieren ihrer Saiten.

Aber nichts ist unersetzlich, versuchte sie sich einzureden.

Mit dem Sommer hatte, nach dem turbulenten Frühling, eine Art Frieden Einzug gehalten. Der Gemüsegarten wuchs und gedieh. Sie hatte einen großen Gefrierschrank gekauft und ihn vorläufig im Esszimmer eingesteckt, da es in der Küche immer noch keinen Anschluss gab. Und jetzt, da die Sommerferien begonnen hatten, hatte Kitty die Aufzucht und Pflege der Hühner übernommen. Sie züchtete schwarze Kotschinchinahühner, kleine Bantamhähne und riesige, plüschig-fedrige Orpingtons. Eier und Küken brachten ein zwar schmales, aber regelmäßiges Zubrot. Da die Haustüren tagsüber ständig offen standen, kam es nicht selten vor, dass Isabel beim Betreten des Wohnzimmers unversehens ein Gockel mit prächtigem, buntem Schwanzgefieder vom Sofa aus böse entgegenstarrte oder im vollen Wäschekorb behaglich eine Bruthenne saß. Sie brachte es nicht übers Herz, die Kinder zu schelten. Sie hatten so eine Freude an den Küken. Und es war gut zu sehen, dass sie wieder Interesse an etwas zeigten und ihren Kummer hinter sich ließen.

Thierry verbrachte die meiste Zeit draußen im Wald mit Byron. Er brachte Pilze mit und verschiedene Kräuter und Pflanzen, deren Blätter sich für Salate verwenden ließen, dazu ganze Karrenladungen Feuerholz für den Winter. Isabel stellte sich dann vor, wie er nach seinem Hündchen rief, das Byron ihm geschenkt hatte. Der Ausdruck auf seinem Gesicht, als er begriff, dass es ihm, wirklich ihm, gehörte! Isabel wären fast die Tränen gekommen. Und sie hatte so gehofft, dass er jetzt etwas sagen würde. Freu dich, hatte sie gebetet, freu dich doch, schrei, juble, wie Jungen es tun, aber er hatte sie lediglich stürmisch umarmt.

Voller Angst, ihre Enttäuschung nicht zu deutlich zu zeigen, hatte sie die Umarmung erwidert.

«Der Hund muss trainiert werden», hatte Byron in Thierrys Anwesenheit bemerkt. «Der Junge kann bald damit anfangen.» Isabel betete, dass der kleine Hund ihrem Sohn die Sprache wiederschenken würde.

An diesem Morgen hatte Byron ihr beigebracht, wie man Feuerholz hackt. Offenbar hatte sie es die ganze Zeit falsch gemacht. Und die Axt sei ganz stumpf, meinte er. Das Scheit aufstellen und mit der Axt versuchen, es in der Mitte durchzuhacken, war viel zu gefährlich, Splitter konnten umherfliegen, und man konnte blind werden. Nein, man musste das Holz spalten, nicht zerhacken. Er zeigte ihr, wie man die Axt aus dem Holz befreite, indem man mit einem Holzhammer auf den Rücken der Schneide haute. Das Scheit war fast lächerlich leicht auseinandergefallen.

«Außerdem ist es gut für dich», fügte er grinsend hinzu, «man bekommt einen klaren Kopf davon. Die reinste Therapie.»

«Solange ich mir nicht die Füße dabei abhacke.»

Isabels Hände waren im Laufe der Zeit rau und rissig geworden und hatten von den Kämpfen mit Stachelbeeren und Himbeeren zahlreiche Kratzer davongetragen. Sie hatte sich beim Abhäuten von Kaninchen mehrmals geschnitten, und ihre Handflächen waren ganz schwielig vom Streichen der Zimmer. Sie war fest entschlossen, ein wenig Farbe in diesen düsteren Kasten zu bringen, selbst wenn Laura McCarthy und ihresgleichen ihre Bemühungen wahrscheinlich primitiv gefunden hätten – der schlampige Anstrich, die billigen Farben. Aber das war ihr egal. Alles, was sie tat, trug dazu bei, aus dem Haus ein Zuhause zu machen und nicht einen Ort, an dem sie, Kitty und Thierry irgendwie gestrandet waren.

Aber erst nach Kittys Bemerkung konnte sie sich eingestehen, dass etwas an diesem Haus seltsam war. «Ich mag das Spanische Haus», hatte ihre Tochter eines Abends gesagt, «viel mehr als am Anfang. Aber irgendwie will es sich einfach nicht wie *unser* Haus anfühlen, findest du nicht?»

Isabel hatte gemeint, sie solle abwarten, bis alles fertig sei, wenn sie erst mal ein schönes Bad hätten und neue Fenster. Aber Kitty hatte recht.

Liegt es an dir?, fragte sie Laurent im Stillen. Können wir uns vielleicht deshalb hier nicht richtig heimisch fühlen, weil du fehlst?

Matt ging sie aus dem Weg, soweit das möglich ist, wenn einer tagein, tagaus im Hause ein und aus geht. Manchmal war es leicht, wenn sie beispielsweise Geigenunterricht gab – wovor ihr nach wie vor grauste. Ansonsten hatte sie alle möglichen Strategien entwickelt, um sich ihn vom Leib zu halten: Wenn sie den Männern Tee brachte, hielt sie sich an Byron oder an die anderen Jungs, und wenn sie irgendwo im Haus oder im Garten zu tun hatte, bat sie meistens die Kinder, ihr zu helfen. Unterhaltungen führte sie nur dann mit ihm, wenn sein Sohn dabei war. Matt spielte wohl oder übel mit, war nun aber bedeutend weniger fröhlich und gesprächig als früher. Sie redete sich ein, dass ihm diese Distanz nur recht sein konnte.

Auch schien er sich nicht mehr sehr gut mit seinem Sohn zu verstehen. Sie redeten kaum miteinander, und Anthony zeigte ihm gegenüber offen seine Verachtung. Wäre Anthony auch zu ihr unfreundlich gewesen, hätte sie vermutet, dass er das mit ihr und seinem Vater rausgefunden hatte, aber das war nicht der Fall.

Als Matt sie schließlich doch allein erwischte, war sie gerade im Gemüsegarten. Es war später Nachmittag, und Kitty und Thierry waren mit dem Hund im Wald. Sie hatte beschlossen, zum Abendessen ein paar Rosa Tannenzapfen auszugraben, eine alte, rosafleischige Kartoffelsorte. Da sie befürchtete, sie zu beschädigen, wenn sie sie mit dem Spaten ausgrub, machte sie es mit den bloßen Händen, wobei sie auf einem alten Sack kniete. Neben ihr stand ein Zinkeimer, in den sie die mit Erde verklumpten Kartoffeln warf. Sie empfand es als eigenartig befriedigend, die knolligen Früchte am Kraut aus der Erde zu ziehen. Es überraschte sie immer wieder, wie groß einige Exemplare waren. Sie hielt inne und strich sich das Haar aus dem Gesicht. Dabei fiel ihr Blick auf ihre Hände. Früher makellos und weiß, waren sie nun sommersprossig, und die kurzen Nägel hatten schwarze Trauerränder. Ach, Laurent, was würdest du jetzt von mir halten?, dachte sie mit einem Lächeln. Dann wurde ihr fast bedauernd bewusst, dass dies das erste Mal war, dass sie ohne einen Stich an ihn denken konnte.

Sie zog die letzte Kartoffel aus der Erde, befreite sie vom Kraut und schüttete das Loch zu. Dann klopfte sie ihre Hände ab. Plötzlich ertönte hinter ihr eine Stimme, bei deren Klang sie zusammenzuckte.

«Sie sind noch immer schön.»

Matt stand hinter ihr und lehnte sich auf den Spaten. «Deine Hände sind immer noch schön.»

Sie versuchte, seinen Gesichtsausdruck zu deuten. Dann stand sie auf und schüttelte den Sack aus. «Wie weit seid ihr mit dem Badezimmer? Ihr wolltet doch bis Ende der Woche fertig sein», sagte sie in bemüht neutralem Ton.

«Darüber wollte ich nicht mit dir reden», wehrte Matt ab. «Seit Wochen weichst du mir aus. Ich will über uns sprechen.»

«Es gibt kein ‹uns›, Matt», entgegnete sie fest und griff zum Eimer.

«Sag das nicht.»

Er trat dicht vor sie hin, und Isabel fragte sich unwillkürlich, wo die Kinder waren und ob jemand sie sehen konnte.

«Ich war dabei, Isabel», sagte er mit leiser, intimer Stimme, «ich habe es gefühlt, du und ich, wie das war. Was ich nachher gesagt habe, war Mist … das war ein Missverständnis. Das geht mir nicht mehr aus dem Kopf. Du gehst mir nicht mehr aus dem Kopf.»

«Nicht, Matt, bitte.» Isabel setzte sich mit forschen Schritten in Bewegung.

«Ich weiß, was ich gefühlt habe, Isabel.»

Sie fuhr zu ihm herum. «Vielleicht wäre es besser, ich würde dich für das bezahlen, was du bis jetzt geschafft hast, und dann gehst du.»

«Du brauchst mich, Isabel. Keiner kennt dieses Haus so gut wie ich.»

«Mag sein. Aber so, wie es jetzt ist, tut es keinem von uns gut, oder? Nur noch das Bad und dann …» Endlich hatte sie die Küchentür erreicht. «Ich muss gehen.» Sie machte ihm die Tür vor der Nase zu und lehnte sich schwer atmend dagegen.

«Isabel? Was hab ich getan, dass du mir so böse bist? Warum bist du nur so?»

Sie hoffte inständig, dass er nicht versuchte, die Tür aufzudrücken.

«Isabel, ich hab das nicht so gemeint, was ich neulich nachts gesagt habe. Ich hab mich einfach falsch ausgedrückt.»

«Ich will nicht darüber reden.»

Ein Augenblick verstrich. Dann hörte sie erneut seine Stimme, diesmal dicht am Holz, als würde er seine Wange dagegendrücken.

Leise, verschwörerisch, sagte er: «Du kannst nicht so tun, als ob sich nichts geändert hätte.»

Sie hielt den Atem an. Schließlich hörte sie, wie er wegging. Sie seufzte erleichtert auf. Dann hob sie eine zittrige, erdige Hand ans Gesicht, die sie beinahe nicht wiedererkannte.

Matt fuhr die kurze Strecke allein nach Hause. Byron, der den ganzen Tag kaum ein Wort mit ihm geredet hatte, war verschwunden, bevor Matt fertig gewesen war. Und Anthony hatte gesagt, er wolle noch ein bisschen bei Kitty bleiben.

«Aber deine Mutter erwartet dich», hatte er gesagt, voller Neid, dass sein Sohn die Freiheit besaß, einfach noch hier im Haus zu bleiben.

«Nein. Ich hab ihr gesagt, dass ich noch einen Film anschaue. Du hörst nie zu.»

Unter anderen Umständen hätte er seinen Sohn für so eine Bemerkung zurechtgewiesen, war aber von Isabel abgelenkt worden, die oben, scheinbar unbekümmert von ihrem vorherigen Wortwechsel, ihre Geige stimmte. Er konnte ihr jetzt nicht mehr beim Spielen zuhören, ohne ein gewisses Unbehagen dabei zu empfinden. Unwillkürlich musste er dann an jene stürmische Nacht denken und daran, wie sie unter ihm gelegen und gestöhnt hatte. Er begriff nicht, was gerade zwischen ihnen vorgefallen war: Er wusste doch, was sie fühlte – warum wollte sie es nicht wahrhaben?

Wütend bog er in seine Auffahrt ein und blieb mit quietschenden Reifen stehen. Er knallte die Fahrertür zu und stapfte zum Haus. Bernie kam ihm entgegengehumpelt, aber er beachtete ihn nicht. *Kein «uns»*, hatte sie gesagt. Als ob es ein Fehler gewesen wäre.

Er klappte den Backofen auf, aber da war nichts drin. «Wo ist mein Abendessen?», brüllte er die Treppe hoch.

Da keine Antwort kam, strich er durch die Küche, hob hier einen Deckel und schaute dort in einen Topf. Nichts.

«Wo ist mein Abendessen?», wiederholte er, als Laura im Türrahmen auftauchte.

«Hallo, Schatz, hattest du einen schönen Tag? – Danke, ja», sagte sie spitz.

«Hallo, Schatz», wiederholte Matt mit übertrieben gespielter Geduld. «Ich wollte bloß wissen, wo mein Essen ist.»

«Tja … im Kühlschrank sind Koteletts oder kaltes Hühnchen, oder du machst dir eine Dosensuppe warm. Käse und Kräcker. Was du willst.»

Er starrte sie an.

«Matt, seit Wochen willst du mir nicht sagen, wann du heimkommst. Oder ob überhaupt. Also dachte ich, ich kann mir die Mühe ebenso gut sparen. Von jetzt an kannst du dir dein Essen selbst machen.»

Er richtete sich erbost auf. «Soll das ein Witz sein?»

Sie schaute ihm fest ins Gesicht. «Nein, Matt, das ist kein Witz. Ich unterhalte hier schließlich kein Restaurant, wo du kommen und gehen kannst, wie du willst. Und ich bin auch nicht deine Putzfrau. Du kannst ja nicht mal freundlich hallo zu mir sagen, wenn du nach Hause kommst. Wieso sollte ich dir dann Abendessen kochen?»

«Mein Gott, lass mich doch in Ruhe, ich will bloß was zu essen.»

«Und ich hab dir gesagt, wo alles ist. Es ist jede Menge da. Du musst es dir nur machen.»

Matt schlug mit der flachen Hand auf die Anrichte, und Laura zuckte zusammen. «Soll das die Rache sein? Deine kleinliche Rache? Wo glaubst du denn, dass ich den ganzen Tag gewesen bin, Laura? Drüben im Großen Haus, mit deinem Sohn, um es für dich herzurichten. Rohre verlegen. Bäder einbauen. Fenster ersetzen. Und du glaubst, du kannst mich verhungern lassen, bloß weil du nicht genug Aufmerksamkeit kriegst?»

«Versuch nicht, mich einzuschüchtern, Matt. Du weißt ganz genau, worum es geht.»

«Ich geh ins Pub. Da muss ich mir wenigstens keine Vorwürfe anhören.» Er drängte sich grob an ihr vorbei zur Tür.

«Gut!», brüllte ihm Laura hinterher. «Und vielleicht kannst du auch gleich da übernachten!»

Nicht mal die Mikrowellen-Lasagne und ein paar Gläser Bier konnten Matt aufheitern. Mürrisch saß er auf seinem Barhocker und fertigte jeden, der ein Gespräch mit ihm anfangen wollte, mit einsilbigen Antworten ab. Seine schlechte Laune blieb nicht unbemerkt.

Er hatte registriert, wie der Wirt Theresa einen Wink gegeben und «Behalt ihn im Auge» geflüstert hatte. Ein paar Stammgäste, die normalerweise den einen oder anderen Scherz in seine Richtung geschickt hätten, bemerkten seine Stimmung und hielten sich zurück.

«Alles klar, Matt?» Mike tauchte neben ihm an der Bar auf. «Noch eins?»

Matts Glas war schon wieder leer. «Ja, danke.»

«Ist ja eher ruhig heute.» Mike, dem Matts Stimmung ebenfalls nicht entging, richtete seine Bemerkung eher an die Allgemeinheit.

«Fußball», erklärte der Wirt. «Ist immer so. Um zehn rum wird es dann schlagartig voll. Außer natürlich, es gibt Verlängerung.»

«Ich hasse Fußball», maulte Theresa, «stinklangweilig. Aber ich geb zu, ich langweile mich schnell.»

«Wie läuft's mit dem Haus, Matt?» Mike schob ihm ein Bier hin. «Hab gehört, du machst da praktisch 'ne Kernsanierung.»

Matt nickte. «Du weißt ja, in welchem Zustand es war.»

«Allerdings. Ich würde gern sehen, was du daraus gemacht hast, wenn es fertig ist.»

«Es wird wunderschön», sagte Matt und hob plötzlich den Kopf. «Einfach phantastisch. Ein Traumhaus. Besser, als du es dir je hättest vorstellen können.»

Mike musterte ihn. «Na, da bin ich ja gespannt. Ich ruf dich diese Woche mal an.»

Theresa wartete, bis Mike sich verabschiedet hatte und der Wirt etwas holen gegangen war, bevor sie zu Matt hinüberging. «Langsam», sagte sie leise, «du kippst dir die Biere ja heute ziemlich schnell rein.»

Seine durchdringend blauen Augen musterten sie streitlustig. «Willst du mir jetzt vorschreiben, was ich zu tun und zu lassen hab?»

Sie wurde rot. «Nein», stammelte sie, «ich will bloß nicht, dass dir was passiert. Mit dem Auto.»

Da schaute er sie an, als ob er sie gerade zum ersten Mal richtig wahrnähme. «Hast mich wohl gern, was?», nuschelte er.

Sie legte verstohlen ihre Hand auf die seine, streichelte mit ihren Fingerspitzen seine Knöchel. «Oh ja, Matt. Mehr als du glaubst.»

Da setzte er sich auf, schaute sich kurz im halb leeren Pub um und sagte leise: «Wir treffen uns draußen. Ich muss ... mit dir reden.»

Theresa war entzückt, aber auch ein bisschen verlegen. Sie stöckelte zum Wirt hinüber und flüsterte ihm etwas ins Ohr. «Aber nur fünf Minuten», hörte Matt ihn sagen und einen stirnrunzelnden Blick in seine Richtung werfen.

Matt trank noch sein Bier aus und ging dann leicht schwankend zum Ausgang.

Theresa stand bereits auf dem Parkplatz, an die Getränkekästen gelehnt. Über ihr flatterten Motten im Schein der Leuchtstoffröhre, die den Parkplatz beleuchtete, damit sich die Gäste sicher fühlten. Als er auf sie zutrat, warf sie sich ihm an den Hals.

«Gott, hab ich dich vermisst», seufzte sie und küsste ihn. «Sag mir, was du sagen willst. Ich dachte schon, du willst nichts mehr von mir wissen.» Sie fuhr ihm mit den Händen unters T-Shirt. «Ich hasse es, wenn du nicht ins Pub kommst. Dann ziehen sich die Abende endlos hin.»

«Du magst mich also?»

Sie drückte ihre Brüste an ihn. Sie roch nach Vanille. «Mehr als alles andere. Mehr als jeden anderen», hauchte sie ihm ins Ohr. Ihre Finger wanderten über seinen Rücken.

«Schieb deinen Rock hoch», befahl er mit belegter, undeutlicher Stimme.

Ihr Zögern überging er. Mit unsicheren, plumpen Fingern schob er ihr den Rock hoch und zerrte an ihrem Oberteil, drückte sie an die Getränkekästen.

«Matt, ich weiß nicht … nicht hier.»

Aber das hörte er gar nicht. Er packte eins ihrer Beine und hob es auf seine Hüfte, dann vergrub er sein Gesicht an ihrem Hals, saugte an ihr, drückte ihre Brüste, ihre Pobacken, packte sie bei den Haaren, bis sie nachgab. Dann drang er rücksichtslos in sie ein, schloss die Augen und versuchte, alles zu vergessen.

Er war wieder im Spanischen Haus, in der dunklen Küche, es war *ihr* Haar, das er gepackt hielt, *sie* war es, die er fickte, die er nahm, es war *ihre* Musik, die er hörte. Es war *sie. Es musste sie sein.* Er verlor sich an finsteren Orten, war grob und ungestüm. Es war ihm egal, wer sie sah. Nur beiläufig nahm er wahr, wie Theresas anfänglich noch lustvolles Keuchen erlahmte, dass sie nun klang, als würde er einfach nur die Luft aus ihr herausstoßen. Er kam mit einem dumpfen Röhren, brach kraftlos über ihr zusammen. Leer. Widerlich.

Es hatte keinen Zweck. Es hatte nichts genutzt, eher alles nur noch schlimmer gemacht.

Matt stieß den Atem aus und trat einen Schritt zurück, wobei er sich mit einer Hand an der Wand festhalten musste.

Er zog seine Jeans hoch und sah dann, dass Theresa ihn fast

ängstlich anschaute. Mit zittrigen Fingern versuchte sie, ihr Oberteil wieder in Ordnung zu bringen, an dem, wie Matt jetzt bemerkte, mehrere Knöpfe fehlten. «Tut mir leid», sagte er.

Er hätte erwartet, dass sie sich ihm gleich wieder an den Hals werfen und auf ihre anhimmelnde Art zu ihm aufschauen würde, als wolle sie sagen: «Egal, was du machst, es ist mir recht.» Aber sie wirkte verstört und schlug seine Hand beiseite.

«Theresa ...»

«Ich muss wieder rein», sagte sie kalt, schob sich auch den anderen Schuh über die Ferse und rannte ins Pub zurück.

Laura war schon im Bett, als er nach Hause kam. Er nahm die Stille wahr, bemerkte die zugezogenen Vorhänge und dass sie das Licht auf der Treppe für ihn angelassen hatte. Alles war sauber und ordentlich, einladend, friedlich. Aber er wollte das gar nicht. Er war nicht bereit, nach oben zu gehen.

Er schüttelte seine Schuhe von den Füßen, tappte ins Wohnzimmer und schaltete den Fernseher an. Dann schenkte er sich einen Whisky ein und kippte ihn herunter. Weil er sich danach kein bisschen besser fühlte, schenkte er sich noch einen ein. Seine Gedanken rasten.

Schließlich, um Viertel vor zwölf, griff er zum Telefon. «Ich bin's», lallte er.

Laura lag oben im Ehebett und lauschte den schweren Schritten ihres Mannes. Er war offensichtlich betrunken. Das hatte sie sich schon gedacht, als er nach dem Schließen der Pubs nicht gleich nach Hause gekommen war. Sie hatte mit sich gehadert. Sollte sie sich wieder mit ihm versöhnen? In einem raren Anfall von Reue hatte sie im Long Whistle angerufen. Eine junge Frau war rangegangen.

«War Matt McCarthy heute Abend im Pub?»

Fast hätte sie hinzugefügt: «Ich bin seine Frau», wollte aber nicht wie das nudelholzschwingende, böse Eheweib dastehen.

Eine kurze Pause. Laura hielt dies für Barkeeperdiplomatie.

«Ja», gestand die Frau dann, «aber jetzt ist er nicht mehr da.»

Zehn Minuten später hörte sie das Knirschen von Autoreifen auf dem Kies der Auffahrt. Sie wusste nicht, ob sie erleichtert sein sollte, weil er nur im Pub gewesen und dann hierher zurückgekommen war, oder sich ärgern, weil er nicht gleich ins Schlafzimmer raufkam. Aber sie wusste auch nicht, wie sie dann reagiert hätte. Zurzeit wusste sie so gut wie gar nichts mehr. Sie musste an Nicholas denken und daran, wie er ihre Hand berührt hatte, als er gesagt hatte, ihr Mann wäre ein Narr. Sie war ganz verlegen geworden und hatte ihre Hand weggezogen. Sie hatte ihm ihre intimsten Ehegeheimnisse anvertraut. War das nicht auch eine Art Ehebruch? Wie Nicholas sie angesehen hatte, so intensiv. Sie wusste, dass sie nur mit dem Finger hätte winken müssen. Nein, sie mochte ihm ja zu viel verraten haben, mehr aber hatte sie nicht getan.

Der Zettel mit seiner Telefonnummer steckte immer noch in ihrer Hosentasche. Sie würde ihn wegwerfen. Obwohl das ihre Ehe auch nicht leichter machen würde, denn Matt wüsste ja gar nichts von ihrem Opfer. Er fauchte sie immer nur an, ging ins Pub und kam betrunken wieder heim.

Laura setzte sich im Bett auf, vergrub den Kopf in den Händen. Wie verfahren alles war. Sie musste etwas unternehmen. Was hatte ihre Freundin noch gesagt? Willst du recht haben, oder willst du glücklich sein? Sie würde sich entschuldigen. Sie würde versuchen, von vorne anzufangen.

Doch gerade als sie die Schlafzimmertür aufmachte und zu ihm runtergehen wollte, hörte sie, dass er telefonierte. Schweigend trat sie auf den Flur hinaus, vergrub ihre Zehen im dicken beigen Teppich.

«Ich bin's», drang Matts Stimme zu ihr herauf. «Ich muss dir was sagen. Komm, nimm ab. Mir ist grade was klargeworden.» Er hielt inne, und sie lauschte angestrengt. «Du musst abheben», drängte er, «bitte, heb ab … Hör zu, du musst wissen, was ich fühle. Alles, was wir in dieser Nacht gesagt haben – das war alles ein blöder Fehler. Weil ich weiß, was dich wirklich stört. Es ist Laura. Du bist nicht so … du bist nicht so eine. Aber das hab ich auch nie geglaubt, hörst du? Du bist keine für eine Nacht … Wir könnten glücklich werden, du und ich, zusammen, in dem Haus. Es gibt nur dich, Isabel, nur dich …»

Lauras Welt stürzte zusammen. Einen Moment lang fürchtete sie sogar, ohnmächtig zu werden.

«Also ruf mich bitte an», drang die Stimme ihres Mannes schleppend und nuschelnd zu ihr herauf. «Ich werde, wenn's sein muss, die ganze Nacht neben dem Telefon sitzen und auf deinen Anruf warten. Aber ich weiß …»

Er schien eingenickt zu sein. Laura McCarthy ging wie in einem Traum ins Schlafzimmer zurück und machte die Tür hinter sich zu. Sie schlüpfte aus ihrem Morgenmantel und legte ihn säuberlich zusammengefaltet ans Fußende des Betts, trat ans Fenster und schob die Vorhänge zurück. Das Spanische Haus war gerade noch zwischen den Bäumen erkennbar. Ein einziges Licht brannte im ersten Stock. Wenn sie sich anstrengte, konnte sie leise Geigenmusik hören. Sirenengesang, dachte sie, und ein Stich durchfuhr sie so heftig, dass sie es kaum ertragen konnte. Sirenengesang.

KAPITEL 17

Isabel hätte das zwar nie offen zugegeben, aber ihr kam der Wald um das Spanische Haus herum ein wenig vor wie das Meer. Auch der Wald hatte seine Stimmungen, konnte mal so, mal so sein, bedrohlich wirken, einschüchternd oder einfach wunderschön und erholsam. Ihr war mit der Zeit klargeworden, dass der Wald ihre Stimmung reflektierte. Nachts, wenn sie auf dem Tiefpunkt war, wirkte er schwarz und bedrohlich, voller Gefahren, voll Bosheit. Wenn dagegen ihre Kinder lachend und schreiend durch den Wald liefen, der kleine Hund fröhlich bellend an ihrer Seite, dann war es ein magischer Ort, an dem Unschuld und Wunder noch einen Platz hatten. Wenn sie sich Thierry vorstellte, der es nur im Wald wagte, seine Stimme zu benutzen, dann war der Wald für sie wie ein gütiger Vater, ein Ort der Sicherheit, der Schutz vor der weiten, wilden Welt bot.

Jetzt, bei Sonnenaufgang, schenkte er ihr vor allem Frieden, Trost, Heilung. Das Zwitschern der Vögel beruhigte den Aufruhr in ihrem Kopf.

«Achtung, Wurzeln», bemerkte Byron und deutete auf ein dichtes Gehölz, dessen knorrige Wurzeln über den Weg ragten.

Sie setzte sich den Pilzkorb auf ihrer Hüfte zurecht und schulterte das Gewehr. «Ich begreife das einfach nicht. Ich kann gut zielen – ich habe oft genug mit den Dosen geübt. Ich kann einen halben Backstein auf zehn Meter Entfernung treffen. Aber immer wenn ich versuche, ein Kaninchen zu schießen, verschwinden sie, bevor ich auch nur das Gewehr heben kann.»

Byron überlegte. «Bist du auch leise genug? Vielleicht machst du ja mehr Lärm, als dir bewusst ist.»

Sie wich einigen Brennnesseln aus. «Das glaube ich nicht. Ich habe sehr empfindliche Ohren.»

«Und gehst du zur richtigen Tageszeit? Ich meine, wenn sie haufenweise draußen sind?»

«In der Abenddämmerung oder frühmorgens, wie du sagtest. Und ich kann sie ja sehen. Es gibt wirklich genug von den Viechern, Byron. Ich sehe sie überall.»

Er übersprang einen Graben und streckte ihr eine helfende Hand entgegen. Das wäre gar nicht nötig gewesen. Isabel war mittlerweile ziemlich trittsicher von all den Wanderungen und Spaziergängen. Ihre Muskeln waren hart und sehnig vom Schleppen, Streichen und Heben. Sie genoss diese ganz neue Kraft, sie, die ihren Körper früher ausschließlich beim Geigenspiel bewusst wahrgenommen hatte.

«Und du trägst auch nicht deinen knallblauen Mantel», bemerkte er trocken.

Sie grinste. «Nein, ich trage nicht meinen knallblauen Mantel.»

«Woher kommt der Wind?», fragte er. «Weißt du das? Wenn wir nämlich Rückenwind haben, wittern uns die Tiere, da könnten wir noch so leise sein.»

«Wofür soll das gut sein?» Sie deutete auf das grüne Tuch, das er ihr gegeben hatte, bevor sie losgingen. Er hatte gesagt, sie solle es sich um den Hals binden.

«Eine Maske. Damit die Kaninchen dein Gesicht nicht sehen können, wenn du auf sie zielst.»

Sie lachte. «Was? Wie ein Bankräuber, meinst du?»

«Lach ruhig, aber diese Viecher sind verdammt klug. Kein anderes Tier ist so gut darin, eine Bedrohung zu wittern.»

Isabel folgte ihm zum Waldrand. «Hätte nie gedacht, dass ich mal eine Bedrohung darstellen würde.»

Die Hunde hatte Byron heute nicht mitgebracht. Morgens seien sie zu laut, zu unruhig, erklärte er, als sie verschlafen in der Hintertür erschienen war. Sie würden jedes Tier innerhalb eines Acht-Kilometer-Radius alarmieren. Er hatte bereits auf sie gewartet, obwohl sie gesagt hatte, sie würden sich kurz nach halb sechs treffen.

Es war das dritte Mal, dass er sie begleitete, immer ganz früh am Morgen, bevor er bei Matt zu arbeiten begann. Sonnenaufgang sei die beste Tageszeit, meinte er. Sie sahen junge Rehe, Dachse und einmal eine Füchsin mit ihren fast ausgewachsenen Jungen. Er zeigte ihr die Fasane, die er für einen Bauern aufzog, und sie staunte über ihr farbenprächtiges Gefieder, das in deutlichem Gegensatz zu den eher gedeckten Grün- und Brauntönen der englischen Landschaft stand. Fast wie kleine indische Radschas stolzierten sie im Gehege umher. Er pflückte Sauerampfer und Behaartes Schaumkraut und ließ Isabel Blätter von einer Weißdornhecke probieren. Er hielt sie nicht an ihre Lippen, wie Matt es getan hätte, sondern legte sie ihr behutsam auf die Handfläche. Sie versuchte, nicht auf seine Hände zu starren, das wollte sie nicht. So wollte sie ihn nicht sehen. Sie wollte nicht etwas zerstören, was so kostbar für sie geworden war.

Er erzählte ihr, dass er ursprünglich Lehrer hatte werden wollen, und lächelte über ihre verblüffte Miene. «Bin wohl nicht der Typ, was?»

«Nein. Ich selbst hasse es so sehr, Geigenunterricht erteilen zu müssen, dass ich mich frage, wie das jemand freiwillig auf sich nehmen kann.» Sie warf einen Blick zu ihm hoch. «Aber du kannst gut mit Kindern umgehen», sagte sie, «mit Thierry. Du wärst sicher ein guter Lehrer geworden.»

«Ja.» Er hielt inne. «Na ja, mir gefällt dieses Leben hier.»

Er verriet nicht, warum er sich letztlich gegen den Lehrerberuf entschieden hatte, und sie fragte nicht weiter. Außerdem, wer würde sich schon freiwillig in ein Klassenzimmer stellen, wenn er in der freien Natur arbeiten konnte? Sie spürte, dass Byron gerne mit ihr allein war; seine Bewegungen wurden dann freier, ungezwungener. Vielleicht deshalb, vielleicht aber auch, weil sie sonst niemanden hatte, mit dem sie hätte reden können, erzählte sie ihm die Wahrheit über das Haus.

«Es ist schwer», gestand sie, «denn ich wohne mittlerweile sehr gerne hier. Ich kann mir gar nicht mehr vorstellen, in die Stadt zurückzuziehen. Aber manchmal habe ich Angst, dieses Haus wird uns noch ruinieren.»

Byron schien etwas sagen zu wollen, überlegte es sich dann aber offenbar anders. Das überraschte sie nicht; er arbeitete schließlich für Matt.

«Ja, es ist ein großes Haus», sagte er vorsichtig.

«Ein Fass ohne Boden», ergänzte sie. «Es verschlingt buchstäblich alles, was ich habe. Aber ich möchte unbedingt, dass Matt seine Arbeit beendet. Ich weiß, du arbeitest für ihn, aber ich finde es ... schwierig mit ihm. Ich würde liebend gerne verkaufen und in ein kleineres Haus ziehen, aber er hat so viel rausgerissen – es gibt kein Zimmer, das unangetastet geblieben ist. Und dabei haben wir noch nicht mal ein funktionstüchtiges Badezimmer. So kann ich das Haus unmöglich verkaufen – nicht, wenn ich mir dafür etwas halbwegs Anständiges kaufen will. Das Schlimme ist, ich kann es mir eigentlich gar nicht mehr leisten, dass er überhaupt weitermacht. Trotz aller Einsparungen», sie deutete auf die Pilze, «habe ich kaum noch genug übrig, um das zu bezahlen, was er bereits gemacht hat.»

Sie musste an seine fürchterliche Nachricht auf ihrem Anrufbeantworter denken. Entsetzt hatte sie sie gelöscht, heilfroh, dass die Kinder sie nicht zufällig abgehört hatten. *Wir könnten glücklich werden, du und ich.* Dabei wusste er doch überhaupt nichts über sie.

«Na, jedenfalls … Ich bin sicher, ich finde eine Lösung.» Sie lächelte und hoffte, er merkte nicht, dass sie den Tränen nahe war. «Vielleicht besuche ich ja einen Klempnerkurs und baue mir selbst eine Badewanne ein», scherzte sie.

Aber Byron lachte nicht. Wortlos gingen sie weiter. Isabel fragte sich, ob sie ihn mit ihrer Offenheit möglicherweise in Verlegenheit gebracht hatte.

«Was für ein herrlicher Morgen», sagte sie schließlich. Sie hätte ihm nicht ihre Sorgen wegen des Hauses und wegen seines Chefs anvertrauen sollen. «Manchmal habe ich das Gefühl, ich könnte ewig im Wald bleiben.»

Er nickte. «Wenn ich ganz früh im Wald bin, dann stelle ich mir manchmal vor, ich wäre der einzige Mensch auf der Welt.»

Dieses Gefühl kenne ich auch, dachte sie. Manchmal, an einem Morgen wie diesem, genoss sie es regelrecht, von der Zivilisation abgeschnitten zu sein und am Ende mit einem Sack voller Essensvorräte für ihre Lieben zurückzukommen, beinahe wie in der Steinzeit. Das Leben auf dem Lande erschien einem viel weniger schwer, wenn man begriff, dass man sich hier beinahe ohne Geld ernähren konnte.

Byron hob den Arm. «Dort», sagte er leise.

Sie stellte behutsam ihren Korb ab und kauerte sich neben ihn hinter den Baum. Weiter vorn begann das Feld, auf dem nun goldgelb der Weizen stand.

«Großer Bau an der Ecke», flüsterte er. Er befeuchtete einen Finger und hielt ihn hoch. «Gegenwind, das ist gut. Leg das Gewehr an und rühr dich nicht.»

Sie zog sich das Tuch über die Nase, hob das Gewehr an die Schulter und wartete reglos. Byron meinte, sie sei erstaunlich gut darin. Isabel führte das auf ihr Geigenspiel zurück. Sie war stark, vor allem im Oberkörperbereich, wo sie jeden Muskel spürte und ihn auch stillhalten konnte.

«Dort», flüsterte er.

Durchs Visier erkannte sie drei oder vier graue Kaninchen, etwa zehn Meter entfernt. Sie hoppelten herum, hoben aber immer wieder misstrauisch schnuppernd die Nasen.

«Warte, bis sie sich mindestens fünf Meter vom Bau entfernt haben. Und denk dran, du willst töten, nicht verletzen. Ziel auf den Kopf.»

Man hat nur eine Chance, hatte er einmal zu ihr gesagt.

Das Kaninchen, das sie durch den kleinen Metallring sah, war offenbar zu dem Schluss gekommen, dass keine Gefahr drohte. Es knabberte an ein paar Grashalmen, hüpfte hinter ein Unkrautbüschel und kam wieder zum Vorschein. «Das sind keine armen, süßen Häschen», hatte er ihr eingeschärft. «Das sind Gemüsediebe. Das ist Abendessen für Kitty und Thierry. Kaninchenbraten mit Pilzen in einer sämigen Knoblauchsoße.»

«Mach du es.» Sie versuchte, ihm das Gewehr aufzudrängen, aber er wies es zurück. «Nein.»

«Aber wenn ich es nur verletze?» Sie hatte Angst, dem Tier fürchterliche Schmerzen zuzufügen.

Sie spürte Byron dicht hinter sich, eine tröstliche Präsenz.

Tapfer hob sie das Gewehr an die Schulter. Er roch süß und moosig, wie die Erde im Sommer. Er berührte sie nicht. «Das wirst du nicht», sagte er leise.

Isabel kniff ein Auge zu und schoss.

Laura war lange nicht mehr in London gewesen und noch länger nicht in einem Restaurant wie diesem. Daheim waren ihre

Leinenhose und die flachen Pumps elegant, hier jedoch merkte man ihr an, dass sie keine Großstädterin war. Ich sehe aus wie jemand, der sich extra stadtfein gemacht hat, dachte sie.

«Haben Sie reserviert?», fragte die junge Frau am Empfang gelangweilt und schaute sie unter ihrem präzise geschnittenen Pony hervor hochmütig an.

«Ich werde erwartet», antwortete Laura.

Das Restaurant war voller Männer in dunklen Anzügen, die sich monochrom vor den grauen Granitwänden abhoben. «Der Name?», wollte das Mädchen wissen.

Laura zögerte, als wäre die laute Nennung des Namens eine Art Beweis, den man ihr zur Last legen könnte.

«Trent. Nicholas Trent.»

Wie er sich gefreut hatte, von ihr zu hören! Geradezu rührend. Und wie glücklich er über ihren spontanen London-Besuch war, wie eifrig er ihr sogleich versichert hatte, sich an dem Tag für sie Zeit nehmen zu wollen.

«Aber musst du nicht arbeiten?», hatte sie gefragt und vergebens überlegt, was er noch mal beruflich machte.

«Ach, ich habe gerade gekündigt», hatte er fröhlich versichert. «Ich kann so lange Mittagspause machen, wie ich will. Was sollen sie machen? Mich feuern?»

Die junge Frau kam hinter der Theke hervor und stakste forschen Schritts davon. Verunsichert folgte ihr Laura. In London schienen alle so jung zu sein, dachte sie, so schick und modisch. Obwohl sie sich besondere Mühe mit ihrem Äußeren, ihrem Haar gegeben hatte, fühlte sie sich in so einer Umgebung fast alt. Überhaupt war ihr derzeit jedes Gefühl dafür abhandengekommen, wie sie wohl auf andere wirken mochte. Nicht alt, aber auch nicht mehr jung. Geliebt, ungeliebt. Begehrenswert, nicht mehr begehrenswert. Laura holte tief Luft, hielt sie bei seinem Anblick einen Augenblick in der Lunge fest. Er erhob sich, als er sie sah, und auf seinem Gesicht breitete sich ein strahlendes Lächeln aus.

In dieser Umgebung wirkte er attraktiv, als gehöre er hierher. Mehr als das, er wirkte munterer, weniger bedrückt. Vielleicht sogar jünger. Aber wahrscheinlich bildete sie sich das bloß ein. Im Vergleich zur überwältigenden Präsenz ihres Mannes wirkten alle Männer irgendwie blass.

«Du bist gekommen», sagte er und ergriff ihre Hand.

«Ja», antwortete sie. Sie wusste, dass dieses Ja viel mehr bedeutete, dass es einer Einwilligung gleichkam, mit ihm zu schlafen. Das Überschreiten einer Grenze. Das Rührende an ihm war, dass er dies gar nicht so aufzufassen schien; er schien nichts an ihr für selbstverständlich zu halten.

«Ich war nicht sicher. Ich dachte, ich hätte letztes Mal vielleicht …»

«Er liebt mich nicht mehr», erklärte sie, sobald sie sich gesetzt hatte. Diesen Satz hatte sie im Geiste so oft geübt, dass es nun klang, als würde es ihr nichts weiter ausmachen. «Ich habe ihn telefonieren gehört. Ich weiß jetzt, wer es ist. So», sagte sie mit dieser fremden, spröden, gespielt munteren Stimme, «ich kann jetzt also tun, was ich will.»

Ihr Blick verschwamm. Verlegen griff sie zur Speisekarte. Sie hörte, wie Nicholas ihr einen Drink bestellte und den Kellner bat, ihnen noch ein wenig Zeit zu lassen. Als ihr Gin Tonic kam, hatte sie sich wieder im Griff.

«Ich werde dir jetzt das Allernötigste erzählen, und dann reden wir nicht mehr darüber. Ich will das Mittagessen mit dir genießen und nicht mehr daran denken.» Seine Hand lag auf dem Tisch, als würde er gern die ihre nehmen, fürchtete aber, vorschnell zu sein.

«Es ist die Frau, der das Große Haus gehört», erklärte sie, immer noch mit dieser spröden Stimme. «Das Haus auf der anderen Seite des Sees, das Haus, das du so schön fandest.» Er zuckte sichtlich zusammen, und Laura wurde bei so viel Loyalität warm ums Herz.

«Mein Mann führt dort die Renovierungsarbeiten durch, also nehme ich an, dass …»

«*Dein* Mann?» Komisch, wie er das sagte, aber sie achtete nicht weiter darauf. Sie musste weiterreden, oder sie würde es nie herausbekommen.

«Die ganze Zeit hat er zu mir gesagt, er macht das alles für *uns*. Wir wollten dieses Haus unbedingt haben, weißt du. Der alte Mann, der früher dort wohnte, hat es uns so gut wie versprochen. Wir haben uns jahrelang um ihn gekümmert. Als die Witwe einzog, hat Matt sich angeboten, die nötigen Renovierungsarbeiten zu übernehmen. Er hat mir im Stillen anvertraut, dass sie dort nie glücklich sein würde, dass sie sich die nötige Renovierung nicht leisten kann, dass sie das Haus bis spätestens Weihnachten aufgeben würde. Er hat mir weisgemacht, er täte das alles für uns.» Sie hielt inne und nahm einen Schluck.

«Und dann habe ich zufällig dieses Gespräch mit angehört. Und weißt du, was? Er will dort mit ihr leben! Er will bei ihr einziehen. Diese Frau hat also nicht bloß das Haus gekriegt, jetzt kriegt sie auch noch meinen Mann.» Sie lachte, ein scharfes, freudloses Lachen. «Er benutzt die Pläne, die wir zusammen gemacht haben. All die kleinen, schönen Dinge, die ich mir ausgedacht habe. Er wollte sogar, dass ich mich mit ihr anfreunde. Ist das zu fassen?»

Sie hätte gedacht, dass Nicholas jetzt vielleicht ihre Hand nehmen, etwas Tröstliches sagen, ihr versichern würde, wie blöd ihr Mann sei. Aber er war tief in Gedanken versunken.

Du liebe Güte, ich langweile ihn, dachte sie in einem Anfall von Panik. Er wollte sich mit einer gutgelaunten Frau zum

Lunch treffen und kriegt stattdessen eine bittere, betrogene Ehefrau.

«Entschuldige ...», begann sie.

«Nein, Laura, ich muss mich entschuldigen. Es gibt da etwas, das ich dir sagen muss. Etwas, das du wissen solltest ... Bitte. Jetzt schau nicht so ängstlich. Ich ... ach, verdammt!» Er winkte den Kellner fort, der schon seit einiger Zeit um sie kreiste.

«Nein», widersprach Laura, die das Unvermeidliche noch ein wenig aufschieben wollte, und rief den Kellner zurück. «Ich möchte gerne bestellen. Ich nehme die Seebrasse.»

«Ebenso», sagte Nicholas.

«Und ein Wasser», sagte Laura, «still. Ohne Eis.»

Sie fürchtete sich vor dem, was Nicholas ihr zu erzählen hatte. Bestimmt war er verheiratet. Oder er hatte es sich anders überlegt. Er war nie an ihr interessiert gewesen, jedenfalls nicht so, wie sie es sich eingebildet hatte. Er litt unter einer unheilbaren Krankheit.

Als der Kellner weg war, schaute sie ihn an. «Was wolltest du sagen?», fragte sie höflich.

«Ich möchte keine Geheimnisse vor dir haben. Wir sollten ganz offen zueinander sein.» Laura nahm noch einen Schluck.

«An dem Tag, an dem wir uns getroffen haben. Da hatte ich mich gar nicht verirrt.»

Sie runzelte die Stirn.

«Ich wollte noch mal einen Blick auf das Spanische Haus werfen. Ich war ein paar Wochen vorher zufällig darauf gestoßen, habe von seiner Geschichte erfahren und dachte, da ließe sich was draus machen.»

«Was draus machen?»

«Das ist es, was ich beruflich mache. Was ich gemacht habe. Ich bin Immobilienunternehmer. Ich ... nun, ich finde hübsche Fleckchen und versuche, dort etwas Schönes hinzubauen.» Er lehnte sich zurück. «Und, um ehrlich zu sein, etwas, das sehr viel Geld einbringt. Ich habe gesehen, welches Potenzial in diesem Haus steckt. In diesem Grundstück.»

«Aber es steht gar nicht zum Verkauf.»

«Ich weiß. Aber ich habe gehört, in welchem Zustand es ist und dass die Eigentümerin wenig Kapital hat. Ich dachte, ich könnte ihr ja mal ein Angebot machen.»

Laura faltete ihre Serviette zusammen und wieder auseinander. Ein schöner, schwerer, gestärkter Stoff. Der in Kürze beschmutzt werden würde. «Und warum hast du nicht?»

«Weil die Zeit noch nicht reif dafür war. In meiner Branche muss man abwarten können. Außerdem wollte ich zuerst so viel wie möglich über das Haus in Erfahrung bringen. Ich dachte, wenn ich abwarte, bis sich ihre Lage noch verschärft hat, wäre sie eher geneigt, mein Angebot anzunehmen. Das klingt hässlich, ich weiß, aber so läuft das in dieser Branche.»

«Wie praktisch für dich, dass du mich getroffen hast», bemerkte Laura steif. «Jemanden, der so viel über dieses Haus weiß.»

«Nein», entgegnete er vehement. «Im Gegenteil, du hast mich von dem Haus abgelenkt. Überleg doch mal, Laura – wir haben nie über das Haus geredet. Du hast mir nicht das Geringste darüber erzählt. Ich wusste gar nicht, dass du damit zu tun hast. Für mich warst du einfach … diese wunderschöne Erscheinung, die plötzlich im Wald auftauchte.»

Sie war mittlerweile so misstrauisch geworden, sie konnte sich kaum mehr vorstellen, dass jemand sie um ihrer selbst willen mögen könnte.

Jetzt streckte er seine Hand nach ihr aus, und sie nahm sie. Es war gar nicht so schwer. Seine Finger schlossen sich um die ihren – weiche, elegante Hände mit perfekten Nägeln. So ganz anders als die ihres Mannes.

«Seit Jahren wünsche ich mir dieses Haus, schon seit ich verheiratet bin», gestand sie. «Wir sind nie eine richtige Familie geworden, und ich dachte, das würden wir vielleicht, wenn wir in diesem Haus wohnten.»

«Ich werde ein Vermögen für uns machen. Wir können uns ein viel besseres Haus bauen.»

Ihr Kopf zuckte hoch.

«Entschuldige», sagte er, «das war wohl etwas verfrüht. Aber es ist so. Ich habe nicht mehr so empfunden, seit ich meine Exfrau kennenlernte. Aber das ist lange her. Jetzt kennst du die Wahrheit.»

Er war also schon einmal verheiratet gewesen. Das musste sie erst mal verdauen. Aber warum sollte sie das überraschen? «Ich weiß nicht allzu viel über dich, oder?», sagte sie leise.

«Dann frag.» Er lehnte sich zurück. «Alles, was du wissen willst. Ich bin fast fünfzig, und die letzten Jahre waren alles andere als leicht. Ich fürchtete schon, mein Leben verpfuscht zu haben. Aber auf einmal habe ich wieder das Gefühl, dass es aufwärtsgeht. Meine Karriere zieht wieder an, ich fühle mich besser als seit Jahren, ich habe wieder Geld auf der Bank, und ich habe diese wunderschöne Frau kennengelernt, die keiner zu schätzen weiß, nicht mal sie selbst. Die gar nicht weiß, wie unglaublich, wie großartig sie ist.»

Laura brauchte einen Moment, bis sie begriff, dass er von ihr sprach.

«Du bist einfach erstaunlich, Laura», sagte er und hob ihre Hand an seine Lippen. «Du bist klug und freundlich, und du verdienst so viel mehr. In jeder Hinsicht.»

In diesem Moment wurde mit dramatischem Schwung das Essen aufgetragen, und sie mussten einander loslassen. Laura starrte ihren Fisch an, der auf einem auffallend grünen Spinatbett lag. Aber etwas fehlte. Es hatte nichts mit ihrem Magen zu tun. Es war Nicholas. Ihr fehlte seine warme Hand. Sie musterte ihn, während er sich beim Kellner bedankte, musterte seine scharfen Gesichtszüge, seine selbstsichere, gelassene Art. Als der Kellner fort war, streckte sie die Hand wieder aus.

Seine Finger schlossen sich um die ihren. «Wann hast du gesagt, musst du wieder zur Arbeit?» Ihre Stimme klang nun weit selbstsicherer.

«Gar nicht. Ich habe so viel Zeit für dich, wie du willst.»

Sie warf einen Blick auf ihren Fisch, schaute dann wieder Nicholas an. Ihre Blicke verhakten sich. «Ich bin nicht hungrig», sagte sie.

Isabel war so froh, dass sie getroffen hatte. «Hast du das gesehen?», rief sie. «Mein Gott, hast du das gesehen?» Sie packte ihn beim Arm, riss sich das Tuch vom Gesicht und sprang auf.

Byron folgte ihr. «Mitten ins Schwarze», sagte er und ging zu dem Kaninchen. «Hätte es selbst nicht besser gekonnt. Hier, bitte. Abendessen.» Er hielt das Tier an den Hinterläufen hoch. «Jetzt brauchen wir nur noch ein bisschen wilden Knoblauch dazu.» Er überzeugte sich davon, dass das Kaninchen tot war. Dann hielt er es ihr hin. Sie streckte die Hand danach aus, aber als sie fühlte, wie warm es noch war, zuckte sie zurück. Ihr freudiger Gesichtsausdruck fiel in sich zusammen. «Es ist so schön», seufzte sie.

«So sehe ich sie nicht», entgegnete er.

«Aber seine armen Augen ...» Sie versuchte, ihm die Lider zuzudrücken. «Mein Gott, ich habe es wirklich getötet.»

Byron runzelte die Stirn.

«Es ist ein komisches Gefühl: Gerade hat es noch gelebt, und plötzlich ist es tot. Weil ich es umgebracht habe. Ich habe noch nie im Leben irgendwas getötet.»

Es war tatsächlich ein schockierendes Gefühl, einer Kreatur

Schaden zuzufügen, ein Leben zu beenden. Byron suchte nach einer Erklärung, die sie trösten konnte. «Denk an ein Huhn in einer Legebatterie. Und dann denk an dieses Kaninchen, das sein ganzes Leben so verbracht hat, wie ein Kaninchenleben sein soll. Was wärst du lieber?»

«Ich weiß, es ist albern. Aber ich ertrage es einfach nicht, einem anderen Wesen Schmerzen zuzufügen.»

«Aber es war ein blitzschnelles Ende», entgegnete er, «es hat überhaupt nichts gespürt.»

Er sah, wie sie zusammenzuckte, dass sie wie gelähmt vor ihm stand. «Alles in Ordnung? Isabel?»

«Das haben sie auch über meinen Mann gesagt», erklärte sie, die Augen fest auf das tote Kaninchen geheftet. «Er war auf der Autobahn unterwegs. Wollte zu einer Schulveranstaltung von Thierry fahren. Wahrscheinlich hat er während der Fahrt gesungen.» Sie lächelte. «Er hatte eine *furchtbare* Stimme.»

Die Vögel fingen wieder an zu zwitschern. Eine Amsel, wie Byron zerstreut wahrnahm, das rhythmische Gurren einer Ringeltaube. Und Isabels leise, sanfte Worte: «Ein Laster geriet auf die Gegenfahrbahn und ist frontal mit ihm zusammengeprallt. *Er hat überhaupt nichts gespürt.* Das haben sie zu mir gesagt.»

Sie klang so traurig. Er wollte etwas sagen, aber manchmal hatte er das Gefühl, die Dinge so lange in sich verschlossen gehalten zu haben, dass er nicht länger Worte für sie fand.

Sie versuchte zu lächeln. «Er hat Faurés *Requiem* gehört. Die Notärzte sagten, niemand konnte die Musik ausschalten, während sie ihn rausschnitten. Es muss das Letzte gewesen sein, was er gehört hat, bevor er starb … Ich weiß nicht, warum mich das tröstet, aber das tut es.»

Sie stieß einen tiefen Seufzer aus. «Wir sind es, die alles spüren müssen. Er hat nichts gespürt.»

«Es tut mir leid», sagte er aufrichtig.

Sie schaute zu ihm auf. Er hätte nicht sagen können, ob sie ihn für blöd hielt. Ihr Blick war beinahe fragend, als würde sie etwas in seinem Gesicht suchen. Sie war so seltsam. In dem einen Moment lachte sie, schritt energiegeladen einher, im nächsten Moment war sie so, wie er es noch bei niemandem erlebt hatte. In der einen Minute die trauernde Witwe, in der nächsten eine Frau, die Matt erlaubte, mitten in der Nacht bei ihr aufzukreuzen …

Sie gab sich einen Ruck, rieb sich etwas von der Schuhsohle. «Weißt du was? Ich glaube, die Jagd liegt mir nicht. Die Rolle des Mörders. Ich bin dir sehr dankbar, aber ich glaube, ich ermorde in Zukunft nur noch Kartoffeln.»

Feierlich, mit beiden Händen, übergab sie ihm sein Gewehr. Ihm fiel auf, dass Farbspritzer auf ihren Handflächen waren und Schwielen, dort, wo ihre Finger begannen. Er hätte gerne mit dem Daumen darübergestreichelt.

«Wir gehen jetzt besser zurück. Du musst zur Arbeit.» Sie berührte kurz seinen Ärmel, dann schlüpfte sie an ihm vorbei und schritt selbstbewusst den Weg zum Haus zurück. «Komm. Du kannst mit uns frühstücken, bevor Matt auftaucht.»

Sei vorsichtig, hatte Jan ihn gewarnt, als er ihr seinen Verdacht in Bezug auf Matt und das Haus mitteilte. Du brauchst jeden Penny, und Arbeitgeber wachsen nicht gerade auf Bäumen. *Jedenfalls nicht, wenn man im Gefängnis gesessen hat, so wie du.* Das hatte sie zwar nicht hinzugefügt, aber er hatte es auch so verstanden.

Byrons Blick war auf Isabel geheftet, die leise summend vor ihm herschritt. Das war es, was das Gefängnis einem antat: Es reduzierte die Wahlmöglichkeiten noch lange danach, schränkte das Leben ein, die Möglichkeit, sich wie ein ganz normaler Mensch zu verhalten. Es zwang ihn, seine Gefühle vor anderen zu verschließen, Menschen wie Matt McCarthy gewähren zu lassen, ohne etwas dagegen unternehmen zu können. Nur um die Vorurteile der Leute ihm gegenüber nicht zu bestätigen.

«Pennst du, Byron?», fragte Matt ärgerlich. Byron war schon den ganzen Vormittag irgendwie abwesend, als wäre er mit den Gedanken weit weg. «Ich hab dir gesagt, du sollst mir das Rohr reichen. Nein, nicht das, das aus Plastik. Und schieb die Wanne beiseite. Wo steckt Anthony?» Sein Sohn wollte aus irgendeinem Grund kein Wort mehr mit ihm reden. Verließ den Raum, sobald er auftauchte.

Matt brüllte seinen Namen. Dabei musste er an Isabel denken, an ihren gestrigen Besuch beim Juwelier in Long Barton. Er hatte nicht die Absicht gehabt, ihr zu folgen. Er war aus der Bank gekommen, hatte sie zufällig gesehen, wie sie ihren Wagen parkte. Neugierig, was sie im Ort zu tun hatte, war er ihr gefolgt. Sie war kaum zu übersehen in ihrer viel zu bunten Kleidung und den wilden Haaren. Sie hatte die Straße überquert, ein in schwarzes Samt geschlagenes längliches Bündel in den Händen. Damit war sie im Juwelierladen verschwunden. Was hatte sie dort zu suchen? Er war hinterher reingegangen und hatte gesehen, wie der Juwelier den Inhalt des Päckchens mit einer Lupe studierte. «Ist das auch zu verkaufen?», hatte er sich beiläufig erkundigt. Er konnte eine Perlenkette erkennen und sah etwas Rotes aufblitzen.

«Wird es», antwortete der Juwelier. Matt hatte sich eine Visitenkarte mitgenommen, war zu seinem Lieferwagen zurückgegangen und eine Zeitlang nachdenklich darin sitzen geblieben. Seinetwegen hatte sie den Schmuck bestimmt nicht verkauft. Nicht wegen einer seiner Rechnungen. Es war nicht seine Schuld. Wahrscheinlich wollte sie einfach neu anfangen, sich von alten Erinnerungsstücken befreien. Das versuchte er sich jedenfalls einzureden. Aber seine Laune war trotzdem im Keller gewesen.

Matt hatte Byron den Großteil des Vormittags woanders arbeiten lassen, hatte ihn angewiesen, das alte Esszimmer auszuräumen, den ganzen Schutt zum Container zu bringen. Byrons Anblick störte ihn; er wusste selbst nicht so genau, warum. Matt und Anthony hatten im Bad angefangen. Isabel hatte ihm so lange damit in den Ohren gelegen, dass er nun wohl oder übel gezwungen war, so zu tun, als arbeite er daran. Sie hatten eine Stunde gebraucht – vier Mann –, um die schwere Eisenwanne die Treppe raufzuschaffen, worüber Matt sich im Stillen geärgert hatte. In ein paar Monaten, wenn ihm das Haus endlich gehörte, würde er die Wanne noch mal woanders hinschleppen müssen.

Jetzt half Anthony ihm, die Wanne das letzte Stück zu tragen. «Hier rüber.» Matt grunzte vor Anstrengung. «Dort, wo die zwei Anschlüsse sind.»

Sein Sohn begann, an der gusseisernen Wanne zu zerren, hielt dann jedoch inne. «Warte mal, Dad. Das geht nicht.»

«Wieso nicht?»

«Da kann sie nicht stehen. Die Rohre verlaufen direkt unter den Brettern, der Boden ist dort nur ein paar Zentimeter dick. Der kann die Wanne nicht aushalten.»

«Das Bad bleibt ja auch nicht hier», murmelte Matt. Anthony runzelte verwirrt die Stirn, und Matt merkte, dass er laut gedacht hatte.

«Ich versteh das nicht», sagte sein Sohn.

«Musst du auch nicht», entgegnete Matt, «dafür wirst du nicht bezahlt. Und jetzt zieh weiter.»

Anthony zog, hörte aber gleich wieder auf. «Dad, ehrlich. Wenn Mrs. Delancey das Bad hier haben will, sollten wir die Rohre dann nicht seitlich rumführen?»

«Was weißt du schon? Oder hast du inzwischen einen Klempnerbrief?»

«Man muss kein Klempner sein, um zu sehen, dass –»

«Hab ich dich nach deiner Meinung gefragt? Hab ich dich befördert? Soweit ich weiß, hab ich dich und Byron fürs Grobe angeheuert. Zum Aufräumen, Schleppen. Nicht zum Denken.»

Anthony holte tief Luft. «Ich glaube nicht, dass Mrs. Delancey glücklich wäre, wenn sie erfährt, was für einen Pfusch du hier machst.»

«Ach ja? Das glaubst du?»

«Ja.»

Matt lief es kalt über den Rücken. Laura hatte Anthony gegen ihn aufgehetzt. Diese patzigen Antworten andauernd …

«Ich mache da nicht länger mit.»

«Du machst verdammt noch mal, was ich dir sage.» Matt pflanzte sich vor Anthony auf. In den Augen seines Sohnes flackerte Furcht auf. Wenigstens wusste er noch, wer hier der Boss war.

«Matt?»

Byron. Er tauchte immer dann auf, wenn man ihn am wenigsten gebrauchen konnte. «Was willst du?»

«Ich glaube, der gehört dir.»

Matt nahm den Käfig, ohne zu überlegen. Dann erst wurde ihm bewusst, was Byron gesagt hatte. Und was es bedeutete. Eine schwere Stille senkte sich über den Raum.

«Er lag oben im zweiten Schuttcontainer», sagte Byron. «Ist schon der zweite, den ich gefunden habe. Wir wollen doch nicht, dass Mrs. Delancey noch mehr unerwarteten Besuch bekommt.»

Matt warf einen Blick auf seinen Sohn, aber dieser schien noch nicht begriffen zu haben, was Byron meinte. Er drückte sich Richtung Ausgang, als könne er es nicht erwarten, so schnell wie möglich von hier zu verschwinden.

«Ich geh nach Hause.» Anthony nahm seinen Werkzeuggürtel ab und ließ ihn zu Boden fallen.

Matt beachtete ihn nicht. «Mrs. Delancey, Mrs. Delancey.

Wenn es um sie geht, scheint ja jeder hier ein Gedankenleser zu sein. Ich glaube, Mrs. Delancey wäre nicht erfreut, wenn sie von deiner Vergangenheit erfahren würde, was, Byron? Ich habe dir eine Chance gegeben, das hätten nicht viele getan.»

Die Blicke der beiden Männer trafen sich. «Dein Problem ist, Byron, du weißt nicht, wie gut du es hast.»

«Matt, ich will nicht mit dir streiten, aber ich kann nicht einfach dastehen und zuschauen, wie –»

Isabel tauchte im Türrahmen auf. «Ich bringe euch Tee», sagte sie, ein Tablett in der Hand. Sie hatte sich das Haar zurückgebunden und trug Shorts, aus denen ihre schlanken, gebräunten Beine hervorragten. «Eine Cola für dich, Anthony. Ich weiß, du magst lieber was Kaltes. Ach, und Byron, du hast deine Autoschlüssel auf dem Küchentisch liegen gelassen. Ich hätte sie beinahe mit den Resten vom Frühstück in den Abfalleimer geworfen.»

«Frühstück?» Matt konnte es kaum fassen. «Frühstück mit den Delanceys, was? Wie nett.»

Isabel stellte das Tablett auf einer Kiste ab.

«Hast wohl die Füße schon hübsch fein unter dem Tisch, was, Byron?», stichelte Matt.

«Er hat mir geholfen. Tee und Toast waren das Mindeste, was ich ihm anbieten konnte», sagte Isabel.

War sie rot geworden? Oder bildete er sich das bloß ein?

Sein Sohn schob sich mit verächtlichem Blick an ihm vorbei.

Matt war schwindlig. «So nett wärst du sicher nicht gewesen, wenn du Bescheid gewusst hättest.»

Damit hatte er ihn. Byron schloss die Augen und ließ die Schultern hängen.

«Was denn?»

«Du meinst, er hat es dir gar nicht gesagt?»

«Schon gut, ich kündige», sagte Byron leise. «Ich ertrage das nicht länger.»

«Was geht hier vor?», wollte Isabel wissen.

Byron nahm seine Schlüssel, aber Matt war schneller. «Isabel, du weißt doch, dass ich immer gut auf dich achte, ja?»

«Äh, ja», antwortete sie misstrauisch.

«Ich hätte es dir schon früher gesagt, aber ich wollte Byron eine Chance geben. Aber es ist unfair, dass du die Einzige bist, die die Wahrheit nicht kennt, noch dazu, wo du so viel Zeit allein mit ihm verbringst. Wie findest du es, dass ein Exsträfling bei dir am Frühstückstisch sitzt? Oder allein mit deinem Sohn den Wald durchstreift?»

Er sah, wie ihre Miene sich veränderte, sah den aufkommenden Zweifel. Er wusste immer, wie er bei jemandem den Schwachpunkt treffen konnte.

«Du wusstest gar nicht, dass Byron im Gefängnis war? Ich dachte, er hätte es dir bei einem eurer netten kleinen Spaziergänge erzählt. Wie lange hast du noch mal gesessen, Byron? Achtzehn Monate? Wegen schwerer Körperverletzung? Hast du den Kerl nicht rollstuhlreif geprügelt?»

Sie brauchte nicht zu fragen, ob es stimmte; es war Byron anzusehen. Matt bemerkte, wie sich ihr Blick auf ihn änderte, wie plötzlich ihr Vertrauen in ihn zu schwinden schien. Er konnte den Geschmack des Sieges schon auf der Zunge spüren. «Ich dachte, du hättest es Isabel erzählt …»

«Schon gut», sagte Byron. «Ich gehe.»

Ohne Isabel anzuschauen, verließ er den Raum. Seine Miene war versteinert.

«Ja, verschwinde. Und halt dich vom Haus fern», sagte Matt triumphierend. Als sie allein waren, wandte er sich Isabel zu. Unten fiel die Haustür ins Schloss.

«So», sagte er, als habe er damit etwas geklärt.

Isabel schaute ihn mit einem Blick an, als wäre ihr ein Schleier von den Augen gefallen. «Das ist nicht dein Haus», sagte sie.

KAPITEL 18

Es war im Grunde ganz einfach. Die perfekte Lösung. Matt setzte vorsichtig die neue Scheibe ein und begann, mit Daumen und Zeigefinger den Kitt weich zu kneten. Mit behutsamen, geschickten, präzisen Bewegungen, geboren aus langer Erfahrung, begann er, ihn anzudrücken. Die Sonnenstrahlen brachen sich im Glas, im Wald zwitscherten Vögel. Manchmal ist man richtig vernagelt, dachte er, manchmal sieht man den Wald vor lauter Bäumen nicht. Er musste über seinen eigenen Scherz grinsen.

Während der Kitt trocknete, zog Matt seinen Werkzeuggürtel hoch und machte sich an die Holzrahmen, eine teure Sonderanfertigung. Dies würde das schönste Zimmer werden, das er je renoviert hatte. Hier war mehr von ihm eingeflossen als irgendwo anders. Die großen Doppelglasfenster boten einen herrlichen Blick auf den See. Das wäre das Erste, was sie morgens beim Aufwachen sehen würden: die morgendlichen Nebelschwaden über dem See, vorbeiziehende Vögel, den Wald. Er hatte die Karniese und die Stuckverzierungen extra bei einer italienischen Fachfirma bestellt und dann so zugeschnitten, dass sie wie dreidimensionale Puzzleteile ineinanderpassten. Die Decke hatte er so fachmännisch verputzt, dass nicht ein einziger Fingerabdruck auf der weißen Fläche zu sehen war. Er bereute nicht, die alte Decke zum Einsturz gebracht zu haben:

Wenn er so hinaufschaute, hatte es sich auf jeden Fall gelohnt. Den Boden hatte er ganz neu verlegt, makellos und genau, damit ihre nackten Füße auch nicht die kleinste Unebenheit fühlen mussten. All das Schöne, nur für sie.

Er stellte sie sich vor, wie sie morgens die Beine aus dem großen, zerwühlten Bett schwang und in den rotseidenen Morgenmantel schlüpfte. Sie würde ans Fenster treten, die Vorhänge zurückziehen, und die Morgensonne würde ihr ins Gesicht scheinen. Sie würde sich lächelnd zu ihm umdrehen, und das hereinfallende Licht würde die Konturen ihres Körpers unter dem Morgenmantel hervorheben.

Warum war er nicht schon früher darauf gekommen? Das löste alle Probleme. Er würde bei ihr einziehen und seine Arbeit am Haus fortsetzen. Sie würde dann natürlich nicht mehr dafür bezahlen müssen, wenn sie erst mal zusammen waren, ganz klar. Ihre Geldsorgen wäre sie los. Außerdem war es offensichtlich, dass sie nicht für sich sorgen konnte. Sie hatte sich von Anfang an seinem Urteil gebeugt, hatte alles mitgemacht, was er vorschlug, vertraute ihm. Das Haus würde ihnen beiden gehören. Er würde der Herr in seinem Traumhaus sein. Der Besitzer von Isabel Delancey. Laura würde es im Kutschenhaus gut gehen; dann könnte sie ungestört einen Kaffeeklatsch nach dem anderen veranstalten. Und so viel jammern, wie sie wollte.

Sie hatte es ebenso satt wie er. Erstaunlich – er dachte fast gar nicht mehr an sie. Als spielte sie schon jetzt keine Rolle mehr in seinem Leben. Isabel hatte alles andere verdrängt. Sie war jetzt alles für ihn. Alles, wofür er gearbeitet hatte, alles, was er nie hatte haben können. Alles, was er aufgeben musste, als man seinen Vater von diesem Anwesen vertrieb. Er wusste mittlerweile manchmal gar nicht mehr, wo in seinen Gedanken und Wünschen sie aufhörte und das Haus begann.

Mit frischer Entschlossenheit, einem neuen, inneren Rhythmus gehorchend, klopfte Matt ein Rahmenstück in die Fassung. Der alte Fensterrahmen wäre wohl teilweise noch zu retten gewesen, aber er hatte gelernt, dass man sich manchmal von allen Altlasten befreien musste.

Byron wurde durch lautes Hämmern geweckt. Er hob den Kopf und sah, dass ein Streifen Tageslicht unter dem Türspalt hereinfiel. Es dauerte ein paar Sekunden, bis ihm aufging, was das bedeutete. Er warf einen erschrockenen Blick auf seine Armbanduhr. Schon halb acht. Matt war bereits hier.

Die Hunde saßen still und aufmerksam da. Erwartungsvoll starrten sie ihn an. Er setzte sich stöhnend auf, rieb sich das Gesicht, fuhr sich mit den Fingern durch die Haare. Das Gezwitscher der Vögel hatte längst den Überschwang der Morgendämmerung verloren.

«Ihr hättet mich wecken können», sagte er zu Meg und Elsie. «Wie zum Teufel soll ich jetzt hier rauskommen?»

Er hatte kaum geschlafen, war bis Mitternacht im Wald umhergestreift und hatte anschließend stundenlang wach gelegen und sich den Kopf darüber zerbrochen, was er jetzt tun sollte. Seine Schwester anrufen? Aber er wollte sie in ihrem Häuschen nicht stören. Und die Kaution für das kleine Cottage, das zur Milchfarm gehörte, hatte er noch immer nicht beisammen. Er hatte mit sich gehadert, hatte sich gefragt, ob er vielleicht doch zu übereilt gekündigt hatte. Aber er hätte die Betrügereien dieses Menschen einfach nicht länger ertragen können. Außerdem wäre ihm bei Matts ständigen Sticheleien sicher irgendwann der Kragen geplatzt, und er hätte etwas getan, was er hinterher bereut hätte.

Er musste an Isabels Gesicht denken, als sie die Wahrheit über ihn erfuhr. Ihre Überraschung, gefolgt von Verunsicherung. *Aber er schien doch so nett zu sein, so normal.* Byron hatte es viele Male erlebt.

«Himmel!» Byron wich eilig in die Ecke zurück, als die Tür aufging. Thierry und sein Hündchen kamen herein. Der Welpe rannte sofort zu Byron und sprang an ihm hoch.

«Psst – psst!» Verzweifelt versuchte er, den fröhlich bellenden Hund zum Schweigen zu bringen.

Als er wieder aufschaute, stand Thierry vor ihm und balancierte auf einem Bein. Byron richtete sich halb auf. «Thierry, mein Gott, du hast mir vielleicht einen Schrecken eingejagt! Woher wusstest du, dass ich hier bin?»

Thierry wies mit einer Kopfbewegung auf Pepper, seinen Hund, der soeben seine Mutter beschnüffelte.

«Hast du – hast du es jemandem gesagt?» Er stieg aus dem Schlafsack.

Thierry schüttelte den Kopf.

«Mein Gott. Ich dachte, es wäre …» Er fuhr sich mit einer schwieligen Hand übers Gesicht. Thierry schien gar nicht bewusst zu sein, welchen Schrecken er ihm eingejagt hatte. Er kniete bei den Hunden nieder, ließ sich von ihnen das Gesicht ablecken.

«Ich … Es ist nur für ein paar Nächte, bis meine neue Wohnung fertig ist. Bitte verrate niemandem etwas, ja? Es könnte … eigenartig wirken.»

Er war nicht sicher, ob Thierry ihn gehört hatte. «Ich wollte Meg und Elsie nicht im Stich lassen. Das verstehst du doch, oder?»

Thierry nickte. Dann stand er auf und schob die Hand in sein Hemd. Heraus kam ein kleines, rechteckiges Päckchen, in eine weiße Papierserviette eingeschlagen, das er Byron reichte. Byron wickelte es aus und fand darin zwei lauwarme Scheiben Toast, die zu einem Sandwich zusammengeklebt worden waren.

Butter und Marmelade quollen an den Rändern hervor. Dann brachte Thierry einen zerdrückten Karton Orangensaft zum Vorschein und reichte ihn ebenfalls Byron. Er kniete sich wieder bei den Hunden nieder und kratzte Meg behaglich den Bauch.

Byron hatte seit gestern Mittag nichts mehr gegessen. Dankbar biss er in das Sandwich. Überrascht und gerührt über so viel Freundlichkeit, legte er dem Jungen eine Hand auf die Schulter.

«Danke», sagte er, und der Junge grinste.

«Wo bleibst du?», sagte Kitty ins Telefon. «Du wolltest doch um drei da sein.»

Kitty lag auf einer Decke am Seeufer, hörte dem Zirpen der Grillen zu und starrte hinauf in das unendliche Blau des Himmels. Gelegentlich flog eine Hummel an ihrem Ohr vorbei, aber sie zuckte nicht mal zusammen. Es war einfach zu heiß dafür. Außerdem versuchte sie, braun zu werden. In London hatten sie nur ein winziges, dunkles Gärtchen gehabt.

«Meine Mum ist irgendwie total daneben», erklärte Anthony.

Sie kaute an einem Grashalm. «Das sind sie doch alle.»

«Nein. Sie ... Ich glaube, da läuft was ganz Komisches ab zwischen unseren Eltern.»

Kitty ließ den Grashalm fallen. Ihre Mutter war im Haus und hämmerte an irgendwelchen Fußbodenleisten herum. Der Lärm schallte übers Wasser und störte die Stille des Sees. Ihr kam der Gedanke, dass es ihr fast lieber gewesen war, als ihre Mutter nur Geige gespielt hatte. «Was meinst du?»

Er schien sich unbehaglich zu fühlen. «Du darfst nichts sagen, okay? Aber ich glaube, mein Dad betrügt deine Mum. Ich glaube, dass er ihr zu viel berechnet.»

«Wirklich?» Sie schaute blinzelnd zu einer Wolke hinauf, zupfte an einer Haarsträhne. «Aber er ist Handwerker. Tun die das nicht alle?»

«Nein, ich meine nicht ein bisschen hier und da. Eine ganze Menge. Große Summen.»

Anthony senkte seine Stimme. «Ich war heute früh in seinem Büro. Mum war dort, hat sich alle Quittungen, die mit eurem Haus zu tun haben, angeschaut. Du hättest ihr Gesicht sehen sollen …» Anthonys Stimme am Telefon war leise und drängend. «Ich glaube, sie hat rausgefunden, dass Dad viel zu viel verlangt hat. Meine Mum ist ziemlich altmodisch, sie würde so was nicht machen. Ich habe auch einen Blick auf die Rechnungen geworfen. Dieser Wassertank – ich bin fast sicher, dass er deiner Mutter doppelt so viel dafür berechnet hat, wie er selbst bezahlt hat.»

«Aber sind das nicht die Lohnkosten?» Ihre Mutter redete andauernd von irgendwelchen Lohnkosten. «Mum scheint jedenfalls nicht zu glauben, dass irgendwas faul ist. Sie sagt schon, dass es fürchterlich viel kostet, aber wenn man schaut, was er gemacht hat …»

«Du verstehst nicht.»

«Aber das Haus ist 'ne Bruchbude.»

Anthony wurde ungeduldig. «Hör zu, Kitty, mein Dad ist ein Arschloch. Er tut, was er will, und schert sich einen Dreck um andere. Er will euer Haus schon seit Jahren. Er will euch aus dem Haus vertreiben.»

Kitty setzte sich abrupt auf, zog ihre Knie ans Kinn. Ihr war trotz der Hitze auf einmal ganz kalt. «Er will unser Haus?»

«Bevor ihr herkamt, ja. Er und Mum. Aber als ihr eingezogen seid, dachte ich, er hätte es aufgegeben. Es ist ja nur ein Haus, oder?»

«Genau», sagte Kitty unsicher.

«Weißt du, normalerweise schaue ich gar nicht, was mein Dad so macht. In dieser Familie lernt man schnell, sich nur um seinen eigenen Kram zu kümmern. Aber dann hab ich die Rechnungen gesehen. Und Mums Gesicht. Und auch mit dem, was er so im Haus macht, stimmt was nicht. Ich hab neulich was ganz Komisches mitgekriegt, das Asad zu ihm gesagt hat.»

«Asad?»

Er schien zu merken, dass er schon zu viel gesagt hatte. «Hör zu – sag nichts zu deiner Mum. Noch nicht. Ich kann mir vorstellen, dass meine Mum ihn dazu bringt, euch wieder was zurückzuzahlen. Er hat bei ihr im Moment was gutzumachen …» Er rief etwas, eine Antwort auf eine Frage seiner Mutter wahrscheinlich. «Hör zu, ich muss Schluss machen. Treffen wir uns später im Pub? Es gibt ein Barbecue im Biergarten.» Er fügte hinzu: «Ich lad dich ein.»

«Okay», sagte sie.

Isabel kniete am Boden und strich die Dielenbretter mit einer ätzend riechenden grauen Farbe. «Komm nicht zu nahe», sagte sie, als Kitty die Küchenstufen hinaufgesprungen kam. «Ich will keine Fußspuren haben.» Sie setzte sich auf und begutachtete ihr Werk. Sie hatte einen Spritzer graue Farbe an der Wange, und ihr weißes T-Shirt schlotterte ihr um die Schultern. «Wie findest du es?»

«Hübsch», bemerkte Kitty.

«Die Dielen sind derart abgelaufen und hässlich, ich dachte, so sieht es ein wenig freundlicher aus.»

«Ich geh aus», verkündete Kitty. «Im Pub gibt es ein Barbecue. Ich treffe mich mit Anthony.»

«Wie schön, Schätzchen. Hast du Thierry gesehen?»

«Er ist bei den Hühnern.»

Er hatte mit ihnen geredet, hatte die großen ausgeschimpft, weil sie die kleinen wegdrängten. Als er sie sah, war er sofort verstummt.

«Ich hab hier noch eine Weile zu tun», sagte Isabel. «Das muss erst trocknen, bevor ich die andere Seite in Angriff nehmen kann. Glaubst du, dass Farbe bei der Hitze schneller trocknet?»

Matt erschien auf der Treppe. Der Werkzeuggürtel hing tief an seinen Hüften, das T-Shirt klebte ihm schweißnass am Oberkörper.

«Ich bin fertig. Ich dachte, vielleicht hättest …» Er fuhr zusammen, als er Kitty sah, fing sich aber sofort wieder. «Vielleicht hätten die Damen ja Lust auf ein kühles Getränk im Pub?»

«Nein danke», entgegnete Isabel. «Ich hab noch zu tun. Ist das Bad jetzt fertig?»

«Ich habe am großen Schlafzimmer gearbeitet. Das solltest du dir mal ansehen.»

Ihre Mutter schaute zu ihm auf. «Aber ich hatte dich doch gebeten, das Bad zu machen. Wir brauchen ein Bad, Matt. Wir hatten doch ausgemacht, dass du dich darauf konzentrierst.»

«Das mache ich morgen», sagte er wegwerfend. «Ehrlich, du solltest dir das Schlafzimmer mal ansehen.» Es war, als ob er sie gar nicht gehört hätte. «Wird dir gefallen. Es ist richtig schön geworden. Komm – komm, schau es dir an.»

Kitty sah, wie ihre Mutter die Zähne zusammenbiss. Sie hätte gerne etwas gesagt, hatte aber Anthony versprochen, den Mund zu halten.

«Ich hab diese Zinkwanne so was von satt», sagte sie stattdessen. «Es kann doch nicht so schwer sein, eine Badewanne anzuschließen.»

Matt schien auch das überhaupt nicht zu hören. «Man würde kaum glauben, dass die Decke runtergekracht ist. Ich würde sagen, die Stuckarbeiten sind jetzt sogar schöner als vorher. Jetzt komm schon.»

Ihre Mutter strich sich seufzend das verschwitzte Haar aus dem Gesicht. Sie schien ihren Frust nur mühsam im Zaum zu halten. «Matt, ich möchte diesen Boden fertig streichen. Kitty, Schätzchen, sei bitte vor Einbruch der Dunkelheit wieder zu Hause.»

«Okay», sagte Kitty und starrte Matt finster an.

«Anthony wird dich doch nach Hause begleiten?»

«Ja.»

«Ihr geht zum Barbecue, oder? Soll ich dich bis zur Straße mitnehmen?», bot Matt an.

«Nein», sagte sie böse. Als sie den Blick ihrer Mutter auffing, fügte sie hinzu: «… danke.»

«Wie du willst. Und du bist sicher, dass ich dich nicht zu einem Glas überreden kann, Isabel?»

Kitty wartete, bis Matts Rücklichter nicht mehr zu sehen waren, dann machte sie sich auf den Weg durch den Wald. Der Schatten brachte willkommene Abkühlung von der Hitze des Tages, die immer noch drückend über dem Tal hing. Kitty sah jetzt nicht mehr unsichtbare Augen hinter jedem Baum hervorlugen oder irgendwelche axtschwingenden Serienkiller. Jetzt wusste sie, dass die Bedrohung viel näher lag. Sie dachte an Matt, an seine Witze, das lockere Geplauder, die Tüten voller Croissants, daran, wie er ihnen vorgemacht hatte, er sei ihr Freund. *Alle* hatten ihnen das vorgemacht. Wie viele Leute wussten eigentlich über seine Machenschaften Bescheid?

Ihr schwirrte der Kopf, als sie aus dem Wald herauskam. Sie hatte Anthony versprochen, sich um sechs mit ihm im Pub zu treffen, aber im Laden brannte noch Licht, und sie konnte drinnen Leute sehen.

«Und er fragt: ‹Wie können Sie es wagen?›» Henry versuchte, ein ernstes Gesicht zu machen. «‹Mein Name ist *Hucker*. Rudolph Hucker.›» Er schlug mit der flachen Hand auf die Theke und röhrte vor Lachen.

«Bring mich nicht zum Lachen», keuchte Asad, der den abendlichen Kassensturz machte. «Ich krieg keine Luft mehr.»

«Ich kapiere es immer noch nicht», beschwerte sich Mrs. Linnet. «Erzählen Sie es noch mal.»

Die Tür ging auf, und Kitty trat ein und mit ihr ein Schwall heißer Luft und das Geplärr der Musik vom Biergarten gegenüber.

«Unser Lieblingsteenager», rief Henry erfreut. «Ach, wie gerne wäre ich wieder so jung!»

«Wärst du nicht. Du hast gesagt, es war die schlimmste Zeit deines Lebens», entgegnete Asad trocken.

«Na, dann würde ich eben gerne meinen jugendlichen Körper wiederhaben. Hätt ich doch bloß gewusst, wie hübsch und faltenfrei ich damals war, ich wäre andauernd in Stretchshorts rumgelaufen, anstatt mich wegen irgendwelcher nicht vorhandener Pickel zu grämen.»

«In meinem Alter», warf Mrs. Linnet ein, «ist man froh, wenn das Gestell überhaupt noch intakt ist.»

«Stretchshorts könntest du jetzt auch anziehen», schlug Asad vor. «Wir könnten Donnerstag zum Stretchhosentag erklären.»

Henry drohte warnend mit dem Zeigefinger. «Pfui, wie unfein. Als Ladenbesitzer sollte man wahrhaftig nicht so würdelos sein und seine Damaszenerpflaumen zur Schau stellen.»

«Trockenpflaumen, meinst du doch?», kicherte Asad.

Henry versuchte, ernst zu bleiben. «Na ja, ich sollte wahrscheinlich dankbar sein, dass du nicht gleich mit Rosinen angefangen hast.»

«Mrs. Linnet, Sie üben einen schlechten Einfluss auf uns aus», sagte Asad streng. «Hören Sie sofort damit auf.»

«Ja, hören Sie auf, Mrs. Linnet. Wir haben hier immerhin ein junges, unschuldiges Ding in unserer Mitte. Was kann ich für dich tun, Kitty? Oder bringst du uns Eier? Die letzten sind fast alle weg.» Henry beugte sich über die Theke.

«Wie lange wussten Sie schon, dass Matt McCarthy versucht, uns aus unserem Haus zu vertreiben?»

Im Laden trat schlagartig Stille ein. Henry warf Asad einen Blick zu.

«Das soll wohl heißen: ‹Länger als gerade eben›, was?», bemerkte sie bitter.

«Er versucht, euch aus eurem Haus zu vertreiben?», fragte Mrs. Linnet erschrocken.

«Indem er uns zu viel berechnet», erklärte Kitty sachlich. «Und wir sind offenbar die Letzten, die es erfahren.»

Asad schlug die Thekenklappe auf und kam heraus.

«Setz dich, Kitty. Komm, trink einen Tee mit uns, dann können wir darüber reden.»

«Nein danke.» Sie verschränkte die Arme. «Ich bin verabredet. Ich will bloß eins wissen: Wie viele Leute haben sich hinter unserem Rücken über uns kaputtgelacht? Die dummen Städter glauben, das Große Haus wieder instand setzen zu können.»

«So war das nicht», widersprach Asad. «Ich hatte so eine Ahnung, dass was nicht stimmt, aber ich hatte keinen Beweis.»

«Asad wollte was sagen», fiel Henry ein, «aber ich hab gesagt: ‹Du kannst nicht einfach mit wilden Anschuldigungen um dich werfen.› Wir hatten keine Ahnung, was genau im Haus vorging. Was er dort macht.»

«Aber Sie wussten, dass er das Haus selbst haben wollte. Bevor wir kamen.»

Die beiden tauschten hilflose Blicke. «Ja, schon. Das war allgemein bekannt.»

«Aber nicht uns», sagte Kitty kalt. «Es wäre hilfreich gewesen, wenn uns jemand vor diesem Mann gewarnt hätte, der unser Haus einreißt und uns dafür auch noch nach Strich und

Faden ausnimmt. Na ja, jetzt weiß ich wenigstens, wer meine Freunde sind und wer nicht.» Sie wandte sich zum Gehen.

«Kitty!», rief Asad. «Weiß es deine Mutter? Hast du mit ihr darüber geredet?»

«Ich weiß nicht, was sie weiß», antwortete Kitty. «Ich will nicht noch mehr Probleme machen.» Auf einmal war sie wieder wie ein verlorenes Kind. «Ich weiß nicht, was ich tun soll. Obwohl, es ist wahrscheinlich eh egal, er muss sowieso aufhören. Weil wir kein Geld mehr haben. Wir werden eben einfach in unserem halb verfallenen Haus sitzen, ausrechnen, wie viel wir verloren haben, und sehen, wie wir weiterleben können.»

Das klang zwar ein wenig melodramatisch, aber das konnte Henry ihr kaum vorwerfen. «Kitty, bitte warte. Lass mich erklären …»

Aber die Glocke bimmelte, und die Tür fiel hinter Kitty ins Schloss. «Na, so was!», rief Mrs. Linnet in die Stille. Und als niemand etwas sagte, noch einmal: «Na, so was!»

«Die fängt sich schon wieder», beschwichtigte Henry. «Gott weiß, was dieser Mensch in dem Haus angestellt hat. Es tut mir leid, Asad.» Er ging zum Fenster und ließ die Jalousien herunter. «Kannst ruhig sagen: ‹Ich hab es ja gewusst. Wir hätten was sagen sollen, auch wenn wir nur einen Verdacht hatten.›»

«Sie haben gewusst, dass er was ausheckt?», wollte Mrs. Linnet wissen.

«Nein, nicht direkt», wehrte Henry ab und rang die Hände. «Das war ja das Problem. Wir wussten nichts Genaues. Und was kann man schon machen? Ich meine, man kann schließlich nicht irgendwelche Gerüchte in die Welt setzen. Besonders nicht über einen wie ihn.»

«Er ist im Pub», sagte Mrs. Linnet. «Hab ihn vor zehn Minuten reingehen sehen. Er wirkte wie immer.»

Asad knüpfte seine Schürze auf.

«Wo willst du hin?», fragte Henry.

«Ich hab mich noch nie so geschämt. Noch nie», presste Asad hervor. «Das Kind hat recht, Henry. Alles, was sie gesagt hat, war richtig. Wir sollten uns schämen.»

«Aber wo willst du hin?»

«Mit Matt McCarthy reden», erklärte Asad, «bevor Mrs. Delancey zu Ohren kommt, was er gemacht hat. Ich werde ihn auffordern, sich wie ein Mann zu verhalten, der noch etwas Ehre im Leib hat. Und ich werde ihm ganz genau sagen, was ich von ihm halte.»

«Asad, nicht», sagte Henry und versperrte ihm den Weg. «Bitte, misch dich da nicht ein. Das geht uns doch nichts an.»

«Doch, es geht uns was an. Es ist unsere Pflicht als Freunde und gute Nachbarn.»

«Unsere Pflicht? Wer hat sich je um *uns* geschert, Asad?» Henry brüllte fast. Es war ihm egal, wer ihn hören konnte. «Wer hat *uns* gegen diese bigotten Leute geholfen, als wir hier neu waren? Wer hat uns geholfen, als sie unsere Schaufenster bewarfen und hässliche Dinge an die Wände schmierten?»

«Sie hat niemanden, Henry.»

«Hatten wir auch nicht.»

«Das ist lange her.» Asad schüttelte den Kopf. «Wovor hast du solche Angst?» Und damit ging er.

Der Mann am Grill trug eine Schürze, auf die Brüste und ein Spitzenhöschen gedruckt waren. Von Zeit zu Zeit schlug er seine Hände auf diese Brüste oder spießte eine Wurst auf, hielt sie hoch und spitzte die Lippen in einer ordinär eindeutigen Geste. Gelegentlich rollte er auch lasziv mit den Hüften im Takt zur Musik, die aus der Stereoanlage schallte, die jemand auf ein kleines wackeliges Tischchen neben der Hintertür gestellt hatte. Aber das nahm Kitty nur am Rande wahr. Ihre Nerven vibrierten. Die Vettern waren so geschockt gewesen, so entsetzt über das, was sie erzählt hatte. Aber sie hatten offenbar Bescheid gewusst. Warum hatten sie nichts gesagt?

«Das ist sie», sagte Anthony zu Kitty, als eine Frau an den Grill trat und etwas zu dem Mann in der Schürze sagte. Ihr Haar, das sie kunstvoll zerwühlt aufgesteckt hatte, besaß dicke blonde und rote Strähnen. «Das ist die Frau, die mein Dad vögelt.»

Kittys Glas verharrte vor ihrem Mund. «Was?» Sie glaubte, sich verhört zu haben.

«Theresa Dillon. Die Barkeeperin. Mein Dad trifft sie schon seit Monaten.» Das sagte er so gleichgültig, als wäre es ganz normal, dass der Vater mit einer anderen Frau schlief.

Kitty ließ ihre Cola sinken. «Bist du sicher?»

«Klar.» Er musterte die Frau verächtlich. «Und sie ist nicht die Erste.»

Kitty hatte im letzten Jahr manchmal das Gefühl gehabt, der älteste Teenager der Welt zu sein. Die Einzige im Haus, die in der Lage war, vernünftige Entscheidungen zu treffen, Rechnungen zu bezahlen und den Haushalt zu organisieren. Aber es gab auch Momente, so wie diesen, da hatte sie das Gefühl, durch eine ihr völlig fremde Welt zu tappen.

«Aber wenn du das so genau weißt, warum sagst du dann nichts zu deiner Mum?», fragte sie.

Er schaute sie an, als ob sie komplett naiv wäre. Ihr fiel ein, wie sie ihm von ihrer Mutter und ihrem Vater erzählt hatte und wie glücklich sie miteinander gewesen waren. Dass ihre Mum nach seinem Tod vollkommen zusammengebrochen war.

Er hielt ihr die Chipstüte hin. «Du kennst meinen Dad nicht», entgegnete er. Sie saßen eine Weile stumm auf der Bank, und Kitty spürte die Wärme der untergehenden Sonne durch ihr dünnes Baumwollkleid.

«Willst du noch ’ne Tüte Chips?» Anthony kramte in der

Hosentasche nach Kleingeld. Dann erstarrte er. «Oh, was ist denn da los?»

Asad stand vor Matt, der an einem der Biertische saß. Kitty konnte nicht alles hören, was gesagt wurde, aber Matts starre Miene und Asads Haltung verhießen nichts Gutes.

«Sie wissen ja nicht, was Sie da reden, Asad, also halten Sie sich gefälligst aus Angelegenheiten raus, von denen Sie nichts verstehen.» Matts Stimme übertönte selbst die Musik.

«Sie sind einfach schamlos. Sie verlassen sich auf die Tatsache, dass die Leute Angst vor Ihnen haben. Aber ich habe keine Angst vor Ihnen! Und ich fürchte mich auch nicht, die Wahrheit zu sagen.»

Im Garten wurde es ganz still.

«Die Wahrheit?», spottete Matt. «Dorfklatsch. Sie sitzen da in Ihrem lächerlichen kleinen Laden und klatschen wie alte Weiber. Sie alle beide. Witzfiguren.» Er lachte.

Kitty blieb fast das Herz stehen. Sie warf einen Blick auf Anthony, der nur den Kopf schüttelte. «Oh nein», murmelte er.

Matt stand auf, und Kitty wollte hingehen, wurde aber von Anthony zurückgehalten.

Nun kam auch Henry in den Biergarten gestürzt, gefolgt von Mrs. Linnet. Hektisch rannte er zu Asad, doch der schien ihn gar nicht zu bemerken.

«Ich fordere Sie hiermit auf, das Richtige zu tun», sagte Asad ruhig.

«Und für wen halten Sie sich? Für eine Art Moralapostel, der sich als Richter aufspielt?»

«Für jemanden, der nicht zusehen kann, wie eine anständige Frau betrogen wird.»

Nun klang Matts Ton merklich gepresst. «Asad, ein Ratschlag unter Freunden: Hauen Sie ab und spielen Sie mit Ihren Dosenbirnen.»

Asads Stimme wurde nun ebenfalls lauter. «All das Geld – sie ist Witwe. Sie sollten sich schämen!»

«Mrs. Delancey ist sehr zufrieden mit meiner Arbeit», erklärte Matt laut. «Sie können sie ruhig fragen. Fragen Sie sie, ob sie mit meiner Arbeit zufrieden ist.»

«Das ist sie nur, weil sie die Wahrheit nicht kennt.»

«Asad, lassen Sie mich in Ruhe.» Matt nahm sein Glas und trank einen tiefen Schluck. «Sie langweilen mich.»

«Sie weiß nicht, dass Sie sie systematisch ausnehmen, viel zu viel berechnen, sie ruinieren …»

Henry zog an seinem Arm. «Asad, komm, lass uns gehen.»

«Ja, Asad. Verschwinden Sie – bevor Sie noch was sagen, was Sie bereuen.»

«Das Einzige, was ich bereue, ist, dass ich nicht schon früher etwas gesagt habe», erklärte Asad. «Ich werde zu Mrs. Delancey gehen und ihr sagen, was Sie tun.»

Da schlug Matt McCarthys Stimmung plötzlich um. Er sprang auf und baute sich drohend vor dem älteren Mann auf.

«*Verschwinden Sie*», stieß er voller Hass hervor, das Gesicht nur wenige Zentimeter von Asads entfernt. «Sie gehen mir auf die Nerven.»

«Gefällt Ihnen also nicht, dass ihr jemand die Wahrheit sagen könnte?»

Matt stieß seinen Finger gegen Asads Brust. «Nein, *Sie* gefallen mir nicht. Warum verschwinden Sie nicht einfach und halten sich aus meinen Geschäften raus? Was geht Sie das an? Mischen Sie sich nicht ein!»

«Matt …»

Ein Mann legte eine Hand auf seinen Arm, aber Matt schüttelte ihn ab. «Nein! Dieser Idiot geht mir schon seit Wochen auf die Nerven mit seinen versteckten Andeutungen. Ich warne Sie, Asad. Halten Sie sich raus, oder Sie können was erleben.»

Kitty klopfte das Herz bis zum Hals. Drüben beim Grill packte eine Mutter ihr kleines Kind am Arm und zog es hastig zum Gartentor.

Auch Henry zog jetzt an Asad. «Komm, bitte, lass uns gehen, Asad. Denk an dein Asthma.»

Aber Asad rührte sich nicht. «Ich kenne Menschen wie Sie, die andere einschüchtern», stieß er atemlos hervor. «Ihr seid alle gleich. Ihr verlasst euch darauf, dass die Leute zu viel Angst haben, um sich einzumischen.»

«Du kannst es einfach nicht lassen, was? Du dummer alter Mann, du weißt einfach nicht, wann es genug ist!» Er gab Asad einen Stoß mit der flachen Hand, sodass der ins Stolpern geriet.

«Matt!» Die Frau mit den Strähnchen zerrte an seinem Arm. «Nicht!»

«Du steckst immer deine Nase in Dinge, die dich nichts angehen. Aber du weißt *gar nichts*, hörst du?», brüllte Matt. «*Gar nichts.*»

Kitty zitterte, und Anthony rannte zu seinem Vater. Aber jetzt hörte Matt auf niemanden mehr.

«Du hältst von jetzt an gefälligst die Klappe, klar?» Ein Stoß. «Du hörst auf, schmutzige Gerüchte über mich zu verbreiten!» Noch ein Stoß. «Du blöder alter Trottel.» *Stoß*. «Verschwinde!» *Stoß*.

Asad rang mühsam nach Luft. «Du – jagst – mir – keine – Angst – ein», keuchte er.

Als Kitty den Ausdruck sah, der nun in Matts Augen trat, lief es ihr kalt über den Rücken. «Treib es nicht zu weit, Asad», warnte er.

«Matt, hör auf damit. Er ist ein alter Mann.» Nun drängte sich der Mann vom Grill dazwischen, die Grillzange in der Hand. «Henry, schaff Asad von hier weg. Matt, beruhig dich. Wir sollten uns alle beruhigen.»

Aber Matt trat um ihn herum und stieß Asad erneut den Finger gegen die Brust. «Ein Wort zu Isabel Delancey, und du bist tot! Tot, hörst du?»

«Das reicht.» Der Grillmann wurde nun von ein paar anderen unterstützt, die alle versuchten, Matt von Asad wegzuzerren. «Reiß dich zusammen, McCarthy. Geh heim und komm runter.»

«Tot, hörst du?» Er riss sich los. «Ich geh ja schon. Lasst mich in Ruhe. Den da solltet ihr rausschmeißen, nicht mich.»

«Mein Gott!»

Flankiert von Zuschauern, sank Asad langsam zu Boden, seine langen, eleganten Beine knickten einfach unter ihm weg.

«Holt seinen Inhalator!», brüllte Henry. «Jemand muss seinen Inhalator holen!» Er senkte den Kopf. «Ganz ruhig, Liebling. Ganz ruhig atmen.»

Asad hatte die Augen fest zugekniffen. Kitty bemerkte, dass er dunkellila angelaufen war. Immer mehr Menschen drängten sich um ihn. Mrs. Linnet fummelte mit einem Schlüsselbund herum. «Aber ich weiß doch nicht, welcher!», heulte sie. «Ich weiß doch nicht, mit welchem man die Tür aufschließt!»

Anthony stand am Gartentor und redete drängend auf seinen Vater ein.

Auf dem Grill hatte etwas zu brennen angefangen. Ätzender dunkler Qualm stieg in den lauen Abendhimmel. Kitty beobachtete alles wie aus der Ferne, als befände sich eine Glasscheibe zwischen ihr und dem Geschehen. Abwesend bemerkte sie, dass die Vögel noch immer zwitscherten.

«Bitte haltet ihn für mich. Haltet ihn! Ach, bitte, ruft einen Krankenwagen! Wir brauchen einen Krankenwagen!»

Und als Henry an ihr vorbei zum Laden rannte, hörte sie ihn verzweifelt murmeln: «Davor, Asad …» Er weinte fast, sein Gesicht war ganz rot, sein Atem ging keuchend. «Davor hab ich solche Angst gehabt.»

KAPITEL 19

Andreas Stephanides besaß die makellosesten Fingernägel, die Nicholas je gesehen hatte: gleichmäßig rund, glänzten sie in einem perfekten Muschelrosa. Wahrscheinlich eine Maniküre, überlegte er zerstreut. Bei dem Gedanken, Andreas Stephanides zu fragen, ob er sich die Fingernägel maniküren ließ, stieg ein nervöses Lachen in Nicholas' Kehle auf. Er maskierte es durch Husten.

«Geht's?»

«Ja, danke.» Nicholas winkte ab. «Bloß ein Frosch im Hals. Die Klimaanlage.»

Der ältere Mann lehnte sich in seinem Sessel zurück und wies auf die Papiere, die vor ihm lagen. «Wissen Sie was? Sie haben mir einen Gefallen getan. Meine Frau, sie … sie braucht was zu tun.»

Er nahm ein Blatt zur Hand. «Das machen sie jetzt alle, nicht? Die Kinder sind aus dem Haus. Früher waren es bloß neue Vorhänge oder neue Sofabezüge. Vielleicht irgendeine Benefizgeschichte. Jetzt wollen sie gleich ganze Häuser einrichten.» Er zuckte mit den Schultern. «Hab nichts dagegen. Wenn es sie glücklich macht. Und dieses Haus, das mag sie. Sehr sogar.»

«Es hat viel Potenzial.»

Nicholas schlug die Beine übereinander. Er trug einen neuen Anzug. Maßgeschneidert. Der teure Wollstoff fühlte sich herrlich an. Einen Anzug von so guter Qualität hatte er sich lange nicht leisten können. Er hatte ganz vergessen, wie man sich darin fühlte. Wie ein ganz anderer Mensch. Ein ganz anderer Mann. Andreas' erste Überweisung hatte ihn finanziert.

Stephanides nickte. «Das findet sie auch. Wie gesagt, sie ist sehr glücklich. Und wenn sie glücklich ist …»

Nicholas wartete ab. Er wusste aus Erfahrung, dass es klug war, bei Andreas so wenig wie möglich zu sagen. Der Mann war ein Pokerspieler. Er nahm einen ernster, wenn er glaubte, man habe noch ein Ass im Ärmel. «Nur ein Dummkopf lässt sich in die Karten sehen», pflegte er zu sagen. Während er wartete, schaute Nicholas aus dem Fenster, von dem man einen herrlichen Blick über den Hyde Park hatte. Auch heute war ein warmer, sonniger Tag. Zahlreiche Geschäftsleute hatten früher Mittagspause gemacht und saßen mit aufgekrempelten Hemdsärmeln im Gras. Um den Park herum kroch wie eine misslaunige Raupe der Verkehr, Stop-and-go. Aber Nicholas hörte fast nichts, kein Gehupe, kein Motorenlärm. In diesem Büro mit seinen dicken Schallschutzfenstern war man vollkommen isoliert vom Lärm und Dreck der Großstadt. Geld konnte einen vor fast allem schützen.

«Glauben Sie, Sie können noch mehr solche Schnäppchen auftun?»

Nicholas richtete seine Aufmerksamkeit wieder auf den Mann hinter dem Schreibtisch. «Andreas, Sie wissen so gut wie ich, dass solche Häuser nicht vom Himmel fallen. Vor allem nicht in London. Aber ich werde Augen und Ohren offen halten.»

Er hatte die Immobilien «umgesetzt» – den Marktwert heruntergestuft, um sie rasch verkaufen zu können, und im Gegenzug eine Einmalzahlung sowohl vom Verkäufer als auch vom Käufer erhalten, als unsichtbarer Mittelsmann sozusagen. Das war streng genommen zwar nicht legal, aber gerade der

Immobilienmarkt bot eine breite Grauzone. Der Verkäufer, der Sohn des verstorbenen Besitzers, war ganz froh gewesen, keinen Makler einschalten und Courtage zahlen zu müssen.

«Und Sie – Sie haben gut daran verdient?»

«Peanuts, um ehrlich zu sein.»

Andreas griff nach dem Hörer und sprach mit seiner Sekretärin. «Bringen Sie uns doch bitte einen kleinen Imbiss. Und eine Erfrischung.» Er sah Nicholas mit hochgezogenen Brauen an. «Sie haben doch Zeit?»

Nicholas zuckte mit den Schultern, als würde Zeit überhaupt keine Rolle spielen.

Andreas legte auf und zündete sich eine Zigarette an. «Also, was ist für Sie drin? Das ist schon die zweite Immobilie, die Sie unter Marktpreis für mich aufgetan haben. Sie sind kein Dummkopf, Nicholas. Sie sind doch selbst Unternehmer. Warum also tun Sie mir einen Gefallen?»

Nicholas hatte gehofft, dass diese Frage nach den Drinks aufkommen würde. Er holte tief Luft und gab sich alle Mühe, so gleichgültig wie möglich zu erscheinen.

«Nun ja … Ich hatte gehofft, Sie würden mir vielleicht bei einem eigenen kleinen Projekt helfen. Ein altes Haus, auf einem herrlichen Baugrundstück», gestand er vorsichtig. «Etwas ganz Besonderes. Ich möchte Planung und Bebauung selbst übernehmen. Aber mir fehlt die finanzielle Rückendeckung.»

«Warum haben Sie diese zwei Immobilien nicht selbst übernommen?» Andreas wies mit der Hand auf die Papiere, die vor ihm lagen. «Sie hätten eine sechsstellige Summe erzielen können, selbst wenn Sie sie gleich weiterverkauft hätten. Ein guter Baufachmann, ein paar Monate mehr, und es wäre das Doppelte gewesen.»

«Ich wollte mich nicht binden. Das geplante Projekt erfordert viel Aufmerksamkeit. Und ich muss schnell handeln.»

«Aber Sie möchten nicht, dass ich bei diesem ‹besonderen› Projekt mit Ihnen zusammenarbeite? Als Partner?»

Nicholas legte beide Hände auf den Schreibtisch. «Ich möchte ein Darlehen. Ich kann Sie mit einem gewissen Prozentsatz am Gewinn beteiligen, wenn es das für Sie interessanter macht. Aber dieses Projekt ist etwas Persönliches, Andreas.»

«Etwas Persönliches?»

«Da ist diese Frau ...»

«Ha! Da ist immer eine Frau.»

In diesem Moment erschien die Sekretärin mit einem Tablett voller griechischer Vorspeisen: Pitabrot, Hummus, Tsatsiki, Oliven und Halloumi. Sie schenkte den Männern Wein ein, legte Papierservietten hin und verließ den Raum.

«Bitte sehr.» Andreas wies mit einer ausholenden Armbewegung auf das Essen. Nicholas war viel zu nervös, nahm sich aber trotzdem ein paar Oliven.

Andreas nippte an seinem Wein und schwang seinen Stuhl zum Fenster herum. «Die beste Aussicht in ganz London», erklärte er, den Blick auf den weiten grünen Park gerichtet.

«Wirklich einzigartig», pflichtete Nicholas ihm bei. Insgeheim fragte er sich, wo er seine Olivenkerne hinlegen sollte.

«Dieses Anwesen – es gehört Ihnen?»

«Nein.»

«Es liegt eine Baugenehmigung vor?»

«Nein.»

«Es gehört Ihnen also nicht. Und es gibt nicht mal eine Genehmigung», sagte er, als habe er es mit einem Übergeschnappten zu tun.

«Ich kriege beides, das ist nicht das Problem. Ich weiß, was ich tue.»

Sie aßen ein paar Minuten lang schweigend, dann meldete sich Andreas wieder zu Wort.

«Wissen Sie was, Nicholas? Ich war überrascht, als Sie anriefen. Sehr sogar. Als Ihre Geschäfte kollabiert sind, haben viele gesagt, der ist am Ende. Der hat nicht mehr die Kraft, sich noch mal hochzuarbeiten. Sie haben gesagt, ohne das Geld seiner Frau ist er nichts.» Als Nicholas schwieg, fuhr er fort: «Ich will ganz ehrlich sein. Es gibt immer noch Leute, die Sie für eine schlechte Wette halten. Was soll ich zu denen sagen?»

Nicholas zerknüllte seine Serviette in der Hand. Die Banken wollten ihm nicht annähernd so viel leihen, wie er brauchte. Nur wenige Investoren würden ihm überhaupt einen Termin geben. Das alles wusste Andreas. Nicholas überlegte einen Moment. «Diese Leute haben recht», sagte er dann. «Auf dem Papier bin ich tatsächlich eine schlechte Wette.»

Der ältere Mann spitzte die Lippen.

«Ich werde nicht Ihre Zeit verschwenden, indem ich Sie von etwas zu überzeugen versuche, das Sie bereits mehr oder weniger entschieden haben, aber Sie wissen ebenso gut wie ich, dass die schlechtesten Wetten oft den größten Gewinn einbringen.»

Eine quälende Ewigkeit später, wie es Nicholas vorkam, brach ein Lächeln auf dem Gesicht des älteren Mannes auf. Nicholas hatte bereits zu schwitzen begonnen, trotz der Klimaanlage.

«Ha!», sagte Andreas. «Freut mich, dass Ihnen Ihre Exfrau nicht auch noch die *arhidia* abgeschnitten hat. Also gut, Nicholas. Ich mag eine gute Comeback-Story. Sie erzählen mir ein bisschen mehr von diesem Projekt, und dann reden wir über Geld.»

Laura ging erst nach mehrmaligem Klingeln ran, klang ein wenig atemlos, als wäre sie gerannt.

«Ich bin's», sagte Nicholas grinsend.

«Ich weiß.»

«Du hast mich in deinem Handy gespeichert?» Er staunte über ihre Kühnheit.

«Nicht ganz. Du bist ‹Sheila›.»

Er stand auf der Straße. Der Londoner Verkehr rauschte an ihm vorbei, der Abgasgestank hing in der heißen Luft. Wenn er das Handy fest ans Ohr drückte und sich das andere zuhielt, konnte er ganz schwach Vogelgezwitscher hören, konnte sich vorstellen, wie sie im Wald stand, konnte den Honigduft ihres Haars auf seiner Haut riechen.

«Ich musste es dir einfach sagen», erzählte er begeistert, «ich habe das Geld.» Er hatte das Gefühl, als habe er eine Prüfung bestanden, die letzte Hürde für seinen Wiederaufstieg genommen. Jetzt war er wieder jemand. All das wollte er ihr sagen, denn er wusste, dass sie es verstehen würde. Er wollte es für sie tun. Sie hatte ihm einen Grund gegeben, sich wieder beweisen zu wollen.

«Ach.»

«Wahrscheinlich komme ich nächste Woche rauf, um diese Frau aufzusuchen. Ich habe mich gefragt, ob wir uns dann sehen könnten.»

«Du willst ihr ein Angebot machen?»

«So was in der Art.»

Sie schwieg so lange, dass ihm unbehaglich wurde. «Was ist?» Ein Lastwagen donnerte vorbei, und er konnte einen Moment lang überhaupt nichts verstehen.

«Es ist komisch. Sich vorzustellen, dass das Haus abgerissen werden soll.»

«Wär es dir lieber, sie würden dort zusammenleben?»

Das war gemein. Er merkte es, sobald es heraus war. «Entschuldige», rief er über den Verkehrslärm, «das hätte ich nicht sagen sollen.»

Mit etwas brüchiger Stimme antwortete sie: «Nein, du hast ganz recht. Das wäre unerträglich. So ist es besser.»

«Hör zu», sagte er, «wir finden was Besseres. Etwas, das nicht mit schlechten Erinnerungen belastet ist.»

Ihre Antwort konnte er nicht verstehen.

«Laura, ich liebe dich», rief er. Das hatte er schon seit Jahren nicht mehr gesagt. Er sagte es gleich noch mal: «Ich liebe dich.»

Eine kleine Pause. «Ich liebe dich auch», antwortete sie.

Laura schaltete das Handy aus und holte ein paarmal tief Luft, um sich wieder ein wenig zu beruhigen, bevor sie reinging. Ihre Wangen waren ganz heiß. Sie konnte kaum glauben, dass Matt gar nicht merkte, was mit ihr los war, was ihr ins Gesicht geschrieben stand, was sie mit jedem Schritt zu verraten schien. Sie hatte es bei ihm immer gemerkt.

Sie konnte Nicholas' Hände noch spüren. Die Worte hören, die er ihr ins Ohr geflüstert hatte. Sie konnten ihren Kummer zwar nicht beseitigen, aber sie dämpften ihn, machten Matts Abrissarbeiten an ihrem Selbstwertgefühl erträglicher. Dieser Mann liebte sie. Dieser nette, kultivierte Mann liebte sie. Und sie hatte nicht nur wenige Stunden nach ihrem Treffen mit ihm geschlafen, sie hatte ebenfalls gesagt, dass sie ihn liebte. Laura McCarthy war fast vierzig, ein langweiliger Stützpfeiler der Dorfgemeinschaft, mit einem Kleiderschrank, in dem geradezu militärische Ordnung herrschte. Was geschah nur mit ihr?

Matt war in seinem Arbeitszimmer.

«Ich geh einkaufen. Musst du heute nicht arbeiten?», erkundigte sie sich höflich.

Sie hatte aufgehört, ihm Tee zu bringen, denn er ließ ihn sowieso kalt werden. Laura fand dann die unberührte Tasse irgendwann in einem Regal oder auf dem Schreibtisch. «Ich dachte, du hättest im Großen Haus zu tun.»

«Muss auf Material warten.»

«Könntest du nicht stattdessen bei den Dawsons weitermachen?»

«Die haben abgesagt.»

«Wieso das? Sie waren doch einverstanden mit deinem Angebot.»

«Weiß nicht. Sie haben einfach abgesagt.»

«Matt, hat das was damit zu tun, was im Pub passiert ist?» Er fuhr fort, in seinen Papieren zu wühlen, ohne vom Schreibtisch aufzuschauen.

«Anthony hat ein bisschen was erzählt, aber ich dachte, du würdest mir selbst sagen, was passiert ist.» Ihr Ton war bewusst neutral. Sie wollte keinen Streit mit ihm anfangen. Dass die Nachbarn sie mieden oder dass Mrs. Linnet im Vorbeigehen auf dem Supermarktparkplatz gemurmelt hatte, Matt solle sich schämen, erwähnte sie nicht.

«Alles bloß Klatsch», erklärte er wegwerfend.

«Asad ist im Krankenhaus, Matt.»

«Ist bloß Asthma. Der wird schon wieder.»

«Es ist nie ‹bloß Asthma›, Matt. Er ist nicht mehr der Jüngste. Du hättest ihn umbringen können. Was ist denn passiert?»

Er stand auf, drängte sich rüde an ihr vorbei, riss Schubladen auf, zog Akten heraus, stopfte sie wieder hinein. «Er ist mir auf die Nerven gegangen, okay? Wir hatten Streit. Er hat einen Asthmaanfall gekriegt. Nichts Besonderes.»

«Nichts Besonderes? Und warum arbeitet Byron nicht mehr für dich?»

Er schien nach etwas zu suchen. Erst jetzt bemerkte sie, dass die Rechnungen total durcheinander waren. Der Schreibtisch war ein Chaos. Dabei war Matt sonst absolut pingelig, was seinen Bürokram betraf. Er wollte immer ganz genau wissen, wo er stand, bis auf den letzten Penny. In so einem Zustand hatte sie sein Büro noch nie gesehen. Aber es ist mir egal, redete sie sich ein. Das ist nicht mehr mein Problem; darum muss sich bald jemand anders kümmern. Auf mich wartet ein Mann, der weiß, was er an mir hat.

Wär es dir lieber, sie würden dort zusammenleben?

«Matt?» Dieser distanzierte, feindselige Mann war ihr Ehemann. Wie hatte es bloß dazu kommen können? So schnell, so umfassend, so unausweichlich? Weißt du denn nicht, wo das alles hinführt?, hätte sie ihn am liebsten gefragt. Ein anderer Mann hat mir gerade gesagt, dass er mich liebt. Ein Mann, der meinem nackten Körper gehuldigt hat, stundenlang, in einem Londoner Hotel. Ein Mann, der gesagt hat, seine Vorstellung vom Paradies sei, den Rest seines Lebens mit mir zu verbringen. Nur mit mir. Neben mir aufzuwachen, an jedem Morgen seines Lebens. Ein Mann, für den ich alles bedeute, sagt er. *Alles.*

Aber das war Matt egal. Er liebte Isabel Delancey. Laura zwang sich, sich ihre Gefühle nicht anmerken zu lassen. «Matt? Was ist mit Byron?»

«Ich will nicht über ihn reden», sagte er, während er eine Akte durchblätterte. Er schaute nicht einmal auf.

Sie blieb noch einen Moment stehen, dann wandte sie sich ab und ging nach unten.

Ein weiterer heißer Tag wich allmählich der Abendkühle. Über die Lichtung am See zogen neue Laute: Geigenspiel, das aufgeregte Bellen eines Welpen, der begeistert einem Ball nachjagte, das ferne Handygeplauder eines Teenagers. All das drang aus den offenen Fenstern eines müden, alten Anwesens nach draußen, dazwischen das gelegentliche scharfe Summen einer Mücke, gefolgt von einem entschlossenen Klatschgeräusch.

Byron saß auf seinem Klappstuhl im Heizungskeller und

schaute ins Leere. Diese Laute waren ihm vertraut geworden in den zwei Monaten, die er jetzt schon hier hauste. Was für Geräusche er wohl in Zukunft hören würde? Höchst unwillkommene: das unaufhörliche Brausen des Verkehrs, der Fernseher aus der Nachbarwohnung, das endlose Läuten, Piepen und Dudeln zahlloser sich gegenseitig übertönender Handys. Der Lärm von zu vielen Menschen auf zu engem Raum.

Anfangs hatte er sich zutiefst geschämt, hier unterkriechen zu müssen. Jetzt jedoch fühlte er sich fast wie zu Hause in diesem schäbigen kleinen Anbau. Er wurde immer noch gelegentlich von der Geräuschkulisse des Gefängnisses heimgesucht: das Rasseln und Zuknallen von Gittertüren, dröhnende Musik, laute Rufe, Streit, hasserfüllte Auseinandersetzungen. Und über allem diese Aura von Angst, von Bedrohung, von Wut und Reue. Verglichen damit war diese spartanische Umgebung hier kein Asyl für Obdachlose, sondern ein Stück Freiheit, ein Stück Zivilisation und Wärme. Eine andere Art zu leben. Es bedeutete, Thierry, Isabel und Kitty nahe zu sein. Isabels unbekümmertes Lachen zu hören, wenn sie morgens durch den Wald schlenderte. Die Schatten der Sorge in ihrem Gesicht sehen zu müssen, während man gleichzeitig versuchte, sie nicht zu sehen, Schatten, die immer irgendwo da waren, die nie ganz verschwanden. Wenn seine Lage eine andere, wenn seine Vergangenheit eine andere gewesen wäre, er hätte vielleicht versucht, ihr mehr anzubieten als essbares Unkraut und Feuerholz.

Byron zwang sich aufzustehen. Zu viel Denken führte bloß in die Sackgasse der Verzweiflung. Er ging herum und sammelte seine wenigen Habseligkeiten zusammen. Sein großer, muskulöser Körper bewegte sich sicher im düsteren Kellerraum. Er hörte, wie die Tür aufging und Thierry mit seinem Hündchen hereinschlüpfte. Der Junge hatte eine Schale Erdbeeren und

Himbeeren mit dickem Rahm und dazu einen selbstgebackenen Cookie in der Hand.

«Hast wohl deiner Mutter gesagt, dass du das draußen essen willst, was?»

Thierry grinste.

Byron betrachtete ihn, dieses gutmütige, stille Kind, und bekam auf einmal Gewissensbisse. Was er zu sagen hatte, würde dem Jungen nicht gefallen. «Komm», sagte er und deutete zur Tür, «du kannst doch nicht auf deine Nachspeise verzichten. Wir teilen sie uns.»

Sie hat Glück mit dem Wetter in diesem Sommer, dachte Byron, während er und Thierry nach dem Essen Karten spielten, wobei sie den kleinen Hund ständig davon abhalten mussten, die Karten von der Holzkiste zu stibitzen, die sie als Tisch benutzten. Der Geschmack der Beeren lag ihm noch auf der Zunge. Vielleicht besaß sie ja den berühmten grünen Daumen. So was kam vor.

Thierry war seit dem Einzug ein ganzes Stück gewachsen. Seine wächserne Blässe hatte einer gesunden, frischen Farbe, sommersprossigen, roten Wangen und einem verschmitzten Lächeln Platz gemacht. Aber obwohl er seinen Kummer langsam überwunden zu haben schien und unbeschwert wirkte, wenn er draußen mit seinem Hund rumtobte oder durch den Wald streifte, wollte er noch immer nicht sprechen.

Byron räusperte sich hüstelnd. Er mischte und gab. Ohne den Jungen dabei anzusehen, sagte er: «Ich muss dir was sagen, Thierry. Ich ... ähm ... ich muss weiter. Weg von hier.»

Der Kopf des Jungen zuckte hoch.

«Es gibt hier für mich keine Arbeit», erklärte Byron sanft. «Und ich kann nirgends wohnen. Also muss ich meine Sachen packen und mir woanders was suchen.»

Thierry starrte ihn an.

«Ich würde nicht gehen, wenn ich nicht müsste. Aber so ist das, wenn man erwachsen ist. Man braucht einen richtigen Job und ein Dach über dem Kopf.»

Thierry zeigte zur Decke.

«Ich kann mich nicht ewig hier verstecken. Ich brauche ein richtiges Zuhause. Bevor der Winter kommt.»

Der Junge versuchte tapfer, sich nichts anmerken zu lassen, aber Byron konnte sehen, wie hart es ihn traf. «Tut mir leid, T. Ich bin gern mit dir zusammen.» Er hatte sich an Thierry gewöhnt, daran, dass er ständig irgendwo an einem Baum hing, mit den Hunden herumtollte oder mit konzentriert zusammengezogenen Brauen die Waben einer Speisemorchel nach Insekten absuchte. Byron hatte plötzlich einen Kloß im Hals. Er war froh, dass es hier relativ düster war. «Tut mir leid», wiederholte er.

Um einen Vorwand zu haben, sich abzuwenden, griff er nach hinten und kraulte Megs Kopf. Thierry erhob sich und ging um die Kiste herum. Er setzte sich neben Byron und lehnte sich an ihn. So verharrten sie mehrere Minuten lang. Isabels Musik erreichte ein Crescendo und brach dann ab. Er konnte hören, wie sie wieder und wieder dieselbe Note spielte, als würde sie sie einfach nicht richtig hinbekommen.

«Ich lass dich wissen, wo ich bin», erklärte Byron ruhig. «Ich schreibe dir, wenn du willst. Oder du kommst mich besuchen.»

Thierry rührte sich nicht.

«Du verlierst mich nicht, Junge. Du hast ja Pepper, und ich hab seine Mum, das wird uns immer verbinden. Und es gibt ja noch das Telefon.»

Das Telefon. Vollkommen nutzlos. Byron schaute auf den dunklen Haarschopf hinunter. Er wartete einen Augenblick.

«Warum willst du nicht reden, Thierry? Was ist so schrecklich, dass du es nicht sagen kannst?»

Byron konnte sein Gesicht nicht sehen, aber die Art, wie der

Junge plötzlich erstarrte, brachte ihn auf einen fürchterlichen Gedanken.

«Thierry? Ist irgendwas Schlimmes passiert?», stieß er gepresst hervor.

Ein fast unmerkliches Nicken, das Byron mehr spürte als sah.

«Etwas anderes als das, was mit deinem Dad passiert ist?» Wieder ein Nicken.

«Und du willst es nicht sagen?»

Der Junge schüttelte den Kopf.

Byron wartete. Dann sagte er leise: «Weißt du, was ich mache, wenn was Schlimmes passiert? Ich erzähl es Meg oder Elsie.» Er schwieg, ließ seine Worte wirken. «Hunde sind äußerst nützliche Wesen. Du kannst ihnen alles erzählen. Sie hören immer zu, aber sie verraten nichts. Wie wäre es, wenn du es Pepper erzählst, und ich höre weg?»

Keine Regung. Draußen flatterte ein Vogel mit klatschenden Schwingen davon.

«Komm schon, T. Lade es ab. Danach geht es dir besser.»

Byron starrte schweigend zur Wand. Dann, als er es schon fast aufgeben wollte, hörte er ein zögerndes Flüstern. Das Kratzen der Pfoten des Welpen, der in den Armen des Jungen zappelte. Als Thierrys Stimme verklang, schloss Byron die Augen.

Die Sonne, ein feuerroter Ball, versank hinter den Bäumen, sandte leuchtende Strahlen aus, die lediglich als ein schwaches Glimmen durchs dichte Laubwerk drangen. Isabel ging spazieren, im Kopf die Melodie, die sie soeben gespielt hatte. Ihre Finger zuckten, formten wie von selbst die vertrauten Griffe. Einst war die Musik ihr ständiger Begleiter gewesen, in ihrem Kopf, in ihrer Seele, kaum unterbrochen durch die Bedürfnisse ihrer Kinder oder die Unterhaltungen mit ihrem Mann. Jetzt dagegen wurde die Musik häufig unterbrochen und vom Alltag verzerrt.

Auch heute war es, wie fast immer, das Geld. Matt hatte seine nächste Rechnung zwar noch nicht geschickt, aber laut ihrem kleinen Büchlein schuldete sie ihm noch Tausende für neue Fenster und gemietete Baumaschinen. Sie hatte geglaubt, mit dem Verkauf der Geige die restlichen Renovierungsarbeiten finanzieren zu können, aber das Haus war noch immer unfertig, und jetzt redete Mr. Cartwright auch noch von einer Steuer auf Veräußerungsgewinne.

«Wieso sollte ich für den Verkauf von etwas, das mir gehört, Steuern zahlen?», hatte sie ihn entsetzt gefragt, als er sie neulich anrief. «Ich will doch bloß irgendwie über die Runden kommen.» Er hatte keine Antwort darauf gehabt. Sie hatte ihren gesamten Schmuck verkauft, bis auf den Ehering. Trotzdem musste sie zusehen, wie ihr Kapital von Woche zu Woche dahinschmolz.

«Brahms», sagte sie laut. «Zweiter Satz. Komm schon, konzentrier dich.»

Heute Abend war es zwar nur eine schwache Hoffnung, aber sie hatte festgestellt, dass es ihr half, im Wald spazieren zu gehen. Es war nicht nur der dauernde Hintergrundlärm im Haus: der Fernseher, Thierry und sein Hund, Kittys Telefonate. Der eigentliche Lärm war die Stille – und darum umso störender. Das Haus war längst keine Zuflucht mehr für sie: Es war ein Problemberg, der sich immer höher auftürmte, Arbeiten, die noch ausstanden, Arbeiten, die noch bezahlt werden mussten.

Zögernd blieb sie stehen, blickte zwischen den Bäumen hindurch auf den See. Zu dieser Tageszeit war er am schönsten, wenn die letzten Strahlen der Abendsonne eine Straße über den See malten, wenn die Vögel sich in ihre Nester zurückzogen und ihr Zwitschern verklang. Sie konnte fragen, ob sie die restlichen Zahlungen bis zum Verkauf des Hauses aufschieben könne. Sie konnte versuchen, einen Kredit aufzunehmen. Sie konnte Matt alles geben, was sie noch hatte, und hoffen, dass sie über die Runden kommen würden, bis sie wieder mehr Arbeit hatte. Isabel ließ sich schwer auf einen Baumstumpf sinken. Hier konnte sie einfach sitzen bleiben und alles vergessen.

«Isabel?»

Byrons Umrisse hoben sich schwarz vor der Sonne und den Bäumen ab. Sie sprang erschrocken auf.

«Ich habe dich nicht gehört», sagte sie. Seinen Gesichtsausdruck konnte sie nicht erkennen.

«Ich hab aber gerufen.»

Seine Schultern waren so breit – der ganze Körper verriet Kraft und Stärke. Aber jetzt löste diese Kraft Angst in ihr aus. Ein Gefühl der Bedrohung. Was eine solche Kraft alles anrichten konnte ... Seit ein paar Tagen sah sie ihn mit anderen Augen. Ihr sanfter, zurückhaltender Komplize war ein Fremder für sie geworden. Matts Worte hatten alles zerstört, was sie bisher über Byron zu wissen geglaubt hatte.

«Ich war gerade auf dem Rückweg», sagte sie betont unbekümmert. «Wolltest du etwas Bestimmtes?» Unbewusst wich sie ein paar Schritte vor ihm zurück.

Als er ihr sein Gesicht zuwandte, sah sie, dass er noch nervöser zu sein schien als sie. Er hielt ihr ein paar Briefe hin, und sie nahm sie, ohne zu überlegen. Die Schrift kam ihr irgendwie bekannt vor. Beide Umschläge waren geöffnet worden.

«Ich hab sie nicht gelesen», sagte Byron, «aber Thierry schon. Ich sollte dir sagen, dass ... dass er es für gefährlich hält zu reden.»

«Was?»

Isabel las die ersten Zeilen der wunderschönen, verschnörkelten Handschrift. Sie starrte auf die Worte, die die Unbekannte geschrieben hatte. Die Frau, die nicht gewusst hatte, dass Laurent sie nicht mied, sondern gestorben war. Sie las sie noch einmal, musste sich zwingen, ihre Bedeutung zu erfassen, der Wahrheit ins Gesicht zu blicken. Das muss ein Witz sein, dachte sie, halb lachend. Dann las sie den Brief noch einmal.

Es war der Brief, den Kitty ihr vor all den Monaten zu zeigen versucht hatte, nachdem Mr. Cartwrights Besuch sie so sehr beschämt hatte, dass sie sich endlich an den furchteinflößenden «Stapel» gemacht hatte. Es war einer der ersten Briefe; er war kaum eine Woche nach Laurents Tod eingetroffen. Sie hatte ihn nicht geöffnet, sie hatte ja überhaupt keine Post geöffnet. Monatelang. Warum hatte Thierry ihn an sich genommen?

Das konnte nicht stimmen. Der zweite war von Laurents Büro nachgeschickt worden. Als sie die drängenden Worte las, stürzte ihr Herz – oder das, was davon noch übrig war – in einen bodenlosen Abgrund.

Nein, sagte sie sich. Und die Musik verstummte. Zurück blieb die ohrenbetäubende Stille ihrer eigenen störrischen Ignoranz. *Nein. Nein. Nein. Nein.* Byron stand immer noch da und schaute sie an. Da wurde ihr klar, dass er wusste, was in den Briefen stand. Was hatte er noch gesagt? *Er hält es für gefährlich zu reden.* Nicht ihr Mann. – Ihr Sohn! Der überwältigende Schmerz darüber, betrogen worden zu sein, wich einem anderen Gefühl.

«Er wusste es?», fragte sie und hielt zitternd den Brief hoch. «Thierry wusste es? Er hat es die ganze Zeit mit sich rumgeschleppt?»

Byron nickte. «Die Frau hat den ersten persönlich zugestellt. Er hat sie wiedererkannt. Und später hat er den anderen in dem Poststapel entdeckt.»

«Er hat sie *wiedererkannt*? Mein Gott.» Auf einmal ergab alles einen Sinn. Ihr Mann hatte sie betrogen. Und sie selbst war blind gewesen, blind und dumm! In ihrer Blindheit hatte sie ihren eigenen Sohn im Stich gelassen, der sich nicht traute zu reden, weil er zu viel wusste.

Jetzt war nichts mehr übrig von der kleinen Familie, die in einem gemütlichen Haus in London gelebt hatte. Denn es gab keine Erinnerungen mehr, keine Unschuld, nichts, das sie aus diesem Autounfall herausretten konnte. Isabel sank auf den Baumstumpf zurück. Es gab niemanden, der helfen, der alles wiedergutmachen konnte. Ja, jetzt konnte sie nicht einmal mehr um ihren Mann trauern, um seine verlorene Liebe, denn jetzt wusste sie, dass sie sie längst verloren gehabt hatte.

«Isabel? Alles in Ordnung?» Seine Frage blieb dumm und töricht in der Luft hängen.

Thierry, dachte sie wie blind. Sie musste zu Thierry.

Zittrig erhob sie sich. «Danke», sagte sie. Sie wusste selbst nicht, wie sie es schaffte, dass ihre Stimme so normal klang. «Danke, dass du es mir gesagt hast.»

Sie wandte sich um und machte sich mit ausgreifenden Schritten auf den Weg zum Haus zurück. Dabei geriet sie mehrmals ins Stolpern, denn im Wald war es jetzt schon ziemlich dunkel. Byron ging hinter ihr her. «Tut mir leid», sagte er.

Sie wirbelte herum. «Wieso? Hast du mit meinem Mann geschlafen? Warst du am Steuer des Lastwagens, der ihn getötet hat? Hast du meinen Sohn so traumatisiert, dass er die Sprache verlor? Nein. Also mach dich nicht lächerlich. Das hat nichts mit dir zu tun.» Sie war ein wenig außer Atem, und ihre Worte klangen schrill und nachtragend.

«Es tut mir leid, dass ich dir so schlechte Nachrichten bringen muss», sagte er. «Ich dachte nur, du solltest es wissen. Um Thierrys willen.»

«Wie schön für dich.» Sie stolperte über einen Baumstumpf.

«Isabel, ich …»

«Wer weiß es sonst noch? Vielleicht könntest du ja kurz bei den Vettern reinschauen und es ihnen erzählen. Dann weiß es morgen das ganze Dorf.»

«Niemand weiß es.»

Sie blickte auf das Haus. Ihr Sohn war da drinnen. Wahrscheinlich oben in seinem Zimmer vor einem Computerspiel. *Wieso habe ich nichts gemerkt? Wie konnte ich ihn bloß so leiden lassen?*

«Isabel. Warte. So darfst du nicht zu ihm reingehen.»

Er legte seine Hand auf ihre Schulter. Isabel schüttelte sie ab.

«Fass mich nicht an!»

Er zuckte zurück, als habe sie ihm eine Ohrfeige gegeben. Eine kurze Stille trat ein. «Wenn ich gekonnt hätte, ich hätte sie verbrannt. Ich wollte bloß Thierry helfen.»

«Du brauchst ihm nicht zu helfen», fauchte sie. «Wir brauchen keine Hilfe. Nicht von dir oder sonst wem.»

Er schaute forschend in ihr Gesicht, dann biss er die Zähne zusammen und wandte sich ab.

Isabel schaute ihm nach. «Ich kann selbst auf mich aufpassen!», rief sie.

Er hatte sich schon einige Meter entfernt, als sie hinzufügte: «Und auf meine Kinder auch!»

Er ging weiter.

Da brach ein Schluchzen aus ihr hervor. «Byron, sag mir, warum.»

Er blieb stehen und wandte sich um. Sie stand neben einer umgestürzten Eiche. Hinter ihr zeichnete sich zwischen den Bäumen der See ab. Sie hatte die Hände in die Hüften gestemmt.

«Warum zum Teufel hat er es dir erzählt und nicht mir? Warum konnte er es mir nicht sagen? Ich bin doch seine Mutter! Vielleicht war ich nicht immer die beste Mutter. Aber ich habe ihn immer geliebt. Ich bin alles, was er noch hat. Warum hat er es dir gesagt und nicht mir?»

Er sah, wie verletzt sie war, wie geschockt, ja zerschmettert. Das konnte nicht einmal ihre trotzige, fast wilde Haltung verbergen. Ein verwundetes Tier schlug auch auf jeden ein.

«Weil er Angst hatte», antwortete er sanft.

Sie schien ein wenig einzuknicken. Hob kurz den Blick zum Himmel, schloss die Augen. Wäre er nur jemand anders gewesen, kam es Byron plötzlich in den Sinn, egal wer, dann hätte er sie jetzt in die Arme genommen. Dann hätte er dieser zutiefst verletzten Frau ein wenig Trost angeboten.

«Er wollte dich mit seinem Schweigen beschützen.»

Er wartete. Dann ging er fort. Machte sich mit ruhigen, großen Schritten auf den Weg zur Straße.

Thierry war noch wach, als sie zu ihm kam. Sie konnte selbst im Halbdunkel des Zimmers seine Augen erkennen, die sie ansahen. Wahrscheinlich hatte er schon auf sie gewartet, hatte vermutet, dass Byron etwas sagen würde. Und jetzt war sie da und wusste nicht, was sie zu ihm sagen sollte. Sie wusste nicht mal, ob sie selbst überhaupt richtig begriff, was sie gerade erfahren hatte. Aber eins wusste sie: Sie musste ihm diese Last abnehmen.

Sie legte ihm die Hand auf den Kopf, spürte sein vertrautes, weiches Haar. «Ich weiß alles», flüsterte sie, «und es ist in Ordnung.» Sie zwang sich, ganz ruhig zu sprechen. «Die Leute ... die Leute tun manchmal nicht das, was sie tun sollten. Aber das macht nichts. Ich liebe deinen Daddy noch immer. Und ich weiß, dass er mich geliebt hat.»

Eine kleine Hand kam unter der Decke hervor und nahm die ihre. Isabel streichelte seine Finger.

«Es ist egal, was du in diesen Briefen gelesen hast, Thierry. Es ändert nichts daran, wie sehr wir Daddy geliebt haben und er uns. Du darfst dir deswegen keine Sorgen mehr machen.»

Sie machte die Augen zu. «Aber eins sollst du wissen, etwas ganz Wichtiges. Nichts kann so schlimm sein, dass du es mir nicht sagen kannst. Verstehst du? Du darfst so was nie wieder für dich behalten. Dafür bin ich schließlich da.»

Stille senkte sich über den Raum. Draußen war es inzwischen ganz dunkel geworden. Isabel legte sich zu ihrem Sohn aufs Bett. Durchs Fenster sah sie die Sterne am Himmel leuchten wie kleine Stecknadeln, die auf eine größere Helligkeit dahinter schließen ließen.

Was für eine Mutter war sie, dass ihr Kind glaubte, sich ihr nicht anvertrauen zu können? Wie zerbrechlich, nur mit sich selbst beschäftigt, wie egoistisch musste sie ihnen erschienen sein, dass beide Kinder glaubten, *sie* beschützen zu müssen?

«Du kannst mir alles sagen», sagte sie, fast wie zu sich selbst. Sie war vollkommen ausgelaugt, vom Kummer, vom Schock. Kurz fragte sie sich, ob sie nicht einfach hier schlafen sollte. Sie bezweifelte beinahe, es noch die Treppe rauf in ihr Zimmer zu schaffen.

Die Stille wurde von Thierrys Stimme unterbrochen. «Ich hab ihm gesagt …», flüsterte er, «ich hab ihm gesagt, dass ich ihn hasse.»

Isabel war sofort hellwach. «Das ist schon in Ordnung», sagte sie nach kurzem Überlegen. «Du hast das Recht zu sagen, was du denkst. Daddy hat das sicher verstanden. Ehrlich, ich –»

«Nein.»

«Thierry, Schätzchen, du kannst nicht –»

«An dem Tag, als ich sie gesehen hab. Vor dem Konzert. Sie ist zum Haus gekommen, und ich hab sie gesehen … Dad hat so getan, als ob es nichts wäre, aber ich bin nicht blöd. Und da hab ich es gesagt. Ich hab zu ihm gesagt, ich wünschte, er wäre *tot*.»

Er drückte sich an sie und begann, heftig zu schluchzen. Seine kleinen Fäuste krallten sich in ihr T-Shirt. Isabel kniff die Augen zu, vor der Dunkelheit, vor dem finsteren Ort, an dem ihr Sohn so lange hatte verweilen müssen. Den Schrei herunterwürgend, der ihr im Hals saß, schloss sie ihr Kind ganz fest in die Arme.

KAPITEL 20

Heute hatte sie das Haus zweimal verlassen. Das erste Mal, um Kräuter aus dem Gemüsegarten zu holen. Mit gesenktem Kopf war sie den Pfad entlanggegangen, in der Hand ein Sieb. Sie trug ein altes, ausgebleichtes T-Shirt und Shorts. Das Haar hatte sie zu einem buschigen Knoten hochgesteckt, der aussah, als würde er sich jeden Moment auflösen. Das T-Shirt klebte ihr feucht am Oberkörper. Die Hitze hing den ganzen Tag über dem See, schwül und drückend. Nur dann und wann brachte eine leichte Brise ein wenig Erleichterung.

Im Wald war es zwar ein bisschen kühler, aber Matt konnte zwischen den Bäumen sehen, wie das Haus in der Hitze flirrte. Die neuen Dachziegel glänzten in der Sonne, ganz im Gegensatz zu den alten, die mit Moos überwuchert waren. Auch die neuen Schindelbretter hoben sich von dem älteren Holz ab. Er würde das Ganze überstreichen, dann konnte man keinen Unterschied mehr erkennen. Aber selbst jetzt war unübersehbar, dass hier Qualitätsarbeit geleistet worden war. Bald würde es ein ganz anderes Haus sein.

Wenn er nach seinen eigenen Bauplänen vorging, kannte Matt McCarthy keine Kompromisse. Er wusste die Ästhetik wirklich guter Arbeit zu würdigen, hatte über die Jahre genug Erfahrungen gesammelt, um zu wissen, dass es immer die Dinge waren, an denen man zu sparen versuchte – billigere Armaturen, ein preiswerterer Bodenbelag –, die einen hinterher ärgerten. Wenn man etwas echt Schönes wollte, durfte man keine Kompromisse eingehen. Nein, sein Haus würde perfekt werden.

Falls sein guter Geschmack und sein Sinn für Details Isabel Delancey anfangs mehr gekostet hatten, als sie sich leisten konnte, so hatte Matt deswegen kein schlechtes Gewissen gehabt. Es hatte lediglich bedeutet, dass der Zeitpunkt, an dem er endlich mit seiner Familie in das Spanische Haus einziehen und sie mit ihren Kindern nach London zurückkehren konnte – wo sie zu Hause war –, nur umso schneller heranrückte. Die paar Kleinigkeiten, die sie verlangte, die paar Forderungen, die sie stellte, führte er schlampig aus, da es keinen Zweck hatte, sich mit etwas Mühe zu geben, was in ein paar Monaten eh wieder rausgerissen werden musste.

Als sie sich jedoch weder durch Geldforderungen noch durch Ratten oder verfaulte Dielen abschrecken ließ, sah er sich gezwungen, immer mehr Schäden zu erfinden: eine Wand, die eingerissen werden musste, Deckenbalken, deren Ersetzung unausweichlich war. Insgeheim wunderte es ihn, dass sie überhaupt so lange gebraucht hatte, um sein Tun zu hinterfragen.

Matt schlug ungeduldig ein Insekt beiseite, das zum Autofenster hereingeflogen war. Das zweite Mal war sie kurz nach dem Lunch rausgekommen. Sie hatte sich die Augen gerieben, als sei sie gerade erst aufgestanden. Er hatte überlegt, ob er hingehen und mit ihr reden sollte, doch dann war ihr Junge mit seinem kleinen Hund aus dem Haus gesprungen. Sie hatte sich zu ihm hinuntergebeugt und ihm einen Kuss gegeben. Da hatte er daran denken müssen, wie sich ihre Lippen angefühlt hatten, ihr Körper unter dem seinen.

Er hatte zwischendurch die Lehne ein wenig gekippt, um kurz seine Augen auszuruhen. Es war zurzeit nicht einfach, genug Schlaf zu kriegen. Zu Hause hielt er es kaum noch aus, denn Lauras vorwurfsvolle Blicke schienen ihm überallhin zu folgen, und dann dieser bitter-höfliche Ton. Es war einfacher, sich so selten wie möglich blickenzulassen. Er vermutete, dass sie ins Gästezimmer umgezogen war. Jedenfalls war die Tür beim letzten Mal abgeschlossen gewesen. Die Schlafzimmertür aber auch.

Die letzte Zeit war komisch gewesen, die heißen Tage schienen einfach ineinander überzufließen. Er döste so dahin, wachte zu allen möglichen Zeiten auf, manchmal total erschöpft, dann wieder fast manisch energiegeladen. Anthony ging ihm aus dem Weg. Byron hatte sich nicht mehr blickenlassen.

Er war ins Long Whistle gegangen. Konnte sich nicht erinnern, wann er zum letzten Mal was Anständiges gegessen hatte. Theresa würde ihm was machen, würde ihn mit einem freundlichen Lächeln empfangen. Doch stattdessen hatte er sich von ihr sagen lassen müssen, dass sie keine warmen Mahlzeiten mehr servierten, und als er sie anbettelte, hatte sie ihm ein vertrocknetes altes Schinkensandwich vorgesetzt. Und reden wollte sie auch nicht mit ihm, nicht mal, als er einen anzüglichen Scherz über ihren kurzen Rock gemacht hatte. Sie stand mit verschränken Armen am äußersten Ende der Bar und beobachtete ihn wie einen gefährlichen Köter. Erst nach einer Weile fiel ihm auf, dass keiner mit ihm redete.

Als ihm die Blicke zu viel geworden waren, hatte er geknurrt: «Ist mir plötzlich ein zweiter Kopf gewachsen, oder was?»

«Du solltest erst mal den einen in Ordnung bringen, Freundchen. Und jetzt iss dein Sandwich auf und geh. Ich will keinen Ärger.» Der Wirt war mitsamt seiner Zeitung im Hinterzimmer verschwunden.

«Du solltest heimgehen, Matt.» Mike Todd hatte so leise gesprochen, dass die anderen es nicht hören konnten. Hatte ihm auf die Schulter geklopft, mit einem fast mitleidigen Ausdruck. «Geh heim und ruh dich aus.»

«Wann kommst du mal vorbei und siehst dir an, was ich aus dem Haus gemacht hab?», hatte er Mike gefragt.

«Geh heim, Matt», wiederholte er, als hätte er ihn nicht gehört.

Es war am Ende einfacher gewesen, im Lieferwagen sitzen zu bleiben. Er war nicht ganz sicher, wie lange er hier schon saß, aber sicher eine ganze Weile. Er hatte vergessen, sein Handy aufzuladen, aber das war sowieso egal, weil es niemanden gab, mit dem er hätte reden wollen. Matt starrte zum Haus hinüber. Er sah weder das Gerüst noch die sich auftürmenden Schutthaufen noch das mit einer Plane abgedeckte Fenster.

Er sah nur sein Haus.

Das Große Haus im alten, wiedererwachten Glanz. Und da war er selbst, wie er über den Rasen zum See schlenderte. Er konnte sich noch erinnern, wie er als Junge an genau derselben Stelle auf seinem Fahrrad gesessen hatte, und Rache schwor. Sie hatten seinen Vater beschuldigt, zwei Ersatzreifen, die zu den prächtigen Oldtimern der Familie gehörten, gestohlen zu haben. Als die Reifen hinterher irgendwo in der Garage wieder-aufgetaucht waren, hatten sie sich offenbar zu sehr geschämt, um ihren Irrtum zuzugeben – oder es war ihnen schlichtweg egal gewesen. Obwohl George McCarthy fünfzehn Jahre lang ohne Fehl und Tadel für die Familie gearbeitet hatte. Doch da war es bereits zu spät gewesen: Matt und seine Schwester hatten aus dem Chauffeurhäuschen ausziehen und in eine Sozialwohnung in Little Barton übersiedeln müssen. Und der gute Name der Familie war in den Schmutz gezogen worden. Er hatte sich damals geschworen, dass das Haus eines Tages ihm gehören würde. Den Pottisworths sollte das hochmütige Grinsen vergehen. Auch Lauras Familie wollte er es zeigen. Wie sie ihn mit höflicher Verachtung angeschaut hatten – seine Schuhe, die Art, wie er Messer und Gabel hielt.

Er würde das Haus für die McCarthys in Besitz nehmen. Er würde allen hier beweisen, dass unwichtig war, wo man herkam, sondern nur das zählte, was man erreichte. Er würde nicht nur das Haus instand setzen, sondern auch den guten Ruf seiner Familie wiederherstellen.

Es hätte eigentlich ganz einfach sein sollen, die Witwe, den Eindringling, zu vertreiben. Doch dann, in einer stürmischen Frühsommernacht, war aus der Witwe Isabel geworden, die warme, atmende, pulsierende Isabel, die seinen Kopf mit Musik anfüllte und sein bisheriges Leben grau, öde und schal erscheinen ließ. Isabel, die wie eine Elfe durch den Wald schwebte, die ihre Hüften im Takt der Musik wiegte, die ihn mit schmalen, trotzigen Augen angefunkelt, die ihm klargemacht hatte, was er wollte, was ihm die ganze Zeit gefehlt hatte. Die einzige Frau, die jemals eine Herausforderung für ihn dargestellt hatte. Das Haus wollte er natürlich noch immer – oh ja, er wusste, dass es ihm gehören musste. Aber das allein genügte nicht mehr.

Matt McCarthy schloss kurz die Augen und öffnete sie dann wieder, um das Rauschen in seinem Kopf zu verscheuchen. Er legte die CD mit Händels *Wassermusik* ein und drehte die Lautstärke auf. Dann nahm er sein kleines Notizbuch aus dem Handschuhfach und begann, methodisch alles aufzulisten, was noch am Haus zu tun war, von der Versiegelung der Rohre bis hin zum letzten Fenster. Er hatte alles im Kopf, wie viele Nägel, wie viel Putz er noch brauchte. Keiner kannte das Haus besser als er. So saß er und kritzelte hektisch, ohne auf die beschriebenen Blätter zu achten, die in den Fußraum hinabflatterten, während hinter dem Spanischen Haus die Sonne unterging.

Isabel tat drei Tage und zwei Nächte kein Auge zu. Sie wälzte sich herum, durchlitt Tausende stummer Konfrontationen mit ihrem toten Mann. Sie verwünschte ihn für seine Untreue, machte sich Vorwürfe, ihn so oft allein gelassen zu haben, dass er glaubte, sich eine andere suchen zu müssen. Sie ließ Familienfeiern an sich vorbeiziehen, Urlaube, ihre häufige berufliche Abwesenheit und setzte nun diese Frau in das ein, was sie als ihre gemeinsamen Erinnerungen betrachtet hatte. Seine exzessiven Ausgaben, die häufigen Geschäftsreisen im letzten Jahr, all das ergab nun einen Sinn. Jetzt gehörte ihr nichts mehr, nichts mehr gehörte ausschließlich ihnen. Seine Affäre korrumpierte alles. Und sie hasste sich dafür, dass sie zu sehr mit sich selbst beschäftigt gewesen war, um zu merken, was los war, zu bequem, um mal einen Blick auf Kontoauszüge oder Kreditkartenabrechnungen zu werfen.

Sie hatte ihren Ehering um Mitternacht in den See geschleudert, und als sie kein Aufklatschen hörte, hatte sie nicht gewusst, ob sie lachen oder weinen sollte. Die meisten Tränen aber vergoss sie über das, was er unabsichtlich ihrem Sohn angetan hatte. Sie erinnerte sich, dass Laurent Thierry an jenem letzten Morgen, beim Frühstück, einen Kuss aufs Haar gegeben und gemeint hatte, wie erwachsen er doch schon sei. War das eine verschlüsselte Botschaft gewesen? Laurents Art, Thierry zu mahnen, den Mund zu halten? War es ihm wichtiger gewesen, seinen Ehebruch geheim zu halten, als seinem Sohn den inneren Frieden zurückzugeben? Oder hatte er es einfach gesagt, weil er es so meinte?

Es korrumpierte alles, dieses Wissen. Es machte einen ganz wirr im Kopf.

Matt war am Tag nach dieser Entdeckung frühmorgens aufgetaucht. Als sie seinen Lieferwagen hörte und das Klopfen an der Hintertür – sie hatte den Schlüssel unter der Fußmatte einkassiert –, hatte sie aufgemacht und ihm ganz unverblümt gesagt, dass es ihr jetzt nicht passe.

«Aber das Bad, ihr braucht doch das Bad», hatte er gesagt. «Damit liegst du mir doch schon seit Wochen in den Ohren. Ich hab alles hinten im Wagen.»

Er hatte furchtbar ausgesehen, unrasiert, unsauber, sein T-Shirt war ganz grau und knittrig, als habe er darin geschlafen.

«Nein», hatte sie gesagt, «heute passt es nicht.»

«Aber du hast doch gesagt, du willst –»

«Wir baden seit Monaten in dieser winzigen Zinkwanne», hatte sie ihn unterbrochen, «das macht jetzt auch keinen Unterschied mehr.» Und damit hatte sie ihm die Tür vor der Nase zugeschlagen.

Sie hasste Matt dafür, dass er ein Mann war. Dass er mit ihr geschlafen hatte, obwohl er verheiratet war, und hinterher nicht mal so viel Anstand besaß, sich dafür zu schämen. Sie zuckte innerlich zusammen, wenn sie daran dachte, wie gedankenlos sie seine Frau betrogen hatte. Hatte sie Laura nicht genau das angetan, was man ihr angetan hatte?

Sonst tauchte niemand mehr auf. Die wenigen Anrufe ignorierte sie. Äußerlich jedoch gab sie eine virtuose Vorstellung. Sie kochte, bewunderte die neuen Küken und hörte aufmerksam zu, als Kitty mit Anthony aus dem Krankenhaus zurückkam, wo sie Asad besucht hatten, der sich glücklicherweise gut von seinem Asthmaanfall erholte. Sie freute sich, ihren Sohn wieder sprechen zu hören. Zögernd zunächst, unsicher, hatte er beim Frühstück gefragt, was er sich nehmen dürfe, anstatt wie sonst einfach einen Teller Cornflakes runterzuschlingen. Er hatte seinen Hund gerufen, und später am Nachmittag hatte sie ihn lachen hören, als Pepper laut bellend ein Kaninchen verjagte.

Jetzt war sie froh, dass die Kinder nicht mehr nach London

zurückwollten, denn aus dem verlorenen Idyll, ihrem kuscheligen Zuhause war ein Ort der Lüge und des Betrugs geworden.

Nachts, wenn die Kinder schliefen und sie nicht Geige spielen konnte, durchstreifte sie das unfertige Haus, verfolgt von Mücken und dem Huschen nächtlicher Tierchen unter den Dielenbrettern oder den Dachbalken. An den nackten, aufgebrochenen Wänden störte sie sich nicht mehr. Die Tatsache, dass dieses Haus stellenweise nur eine leere Hülle war, machte es nicht weniger zu einem Zuhause als der angeblich sichere Hafen in London. Es ging nicht um Dekor oder Polstermöbel oder darum, wie viele Dielenbretter fehlten. Es ging nicht um Reichtum und Sicherheit.

Sie wusste nicht mehr, was es war, das ein Zuhause ausmachte. Außer natürlich die beiden schlafenden Körper oben in ihren Zimmern.

Lauchhederich. Behaartes Schaumkraut. Wilder Thymian und Pfifferlinge. Byron schritt am Waldrand entlang und pflückte sich im Zwielicht der hereinbrechenden Nacht sein Abendbrot. Er hatte Gewicht verloren, was aber, wie er vermutete, weniger an seinen derzeitigen Lebensumständen lag als daran, dass er kaum Appetit hatte.

Die letzten Tage hatte er unten im Heizungskeller verbracht, hatte die heißen Stunden verschlafen und war erst abends herausgekommen, um im Wald umherzustreifen und sich den Kopf darüber zu zerbrechen, was er jetzt tun sollte.

Sie fürchtete sich vor ihm, so viel war klar. Die Art, wie sie bei seinem Anblick aufgesprungen war, dieses künstliche Lächeln, ihr munterer Ton, als sei sie entschlossen, sich ihre Angst nicht anmerken zu lassen. So eine Reaktion war ihm nicht neu: Er hatte sie bei jenen Dorfbewohnern erlebt, die ihn nicht persönlich kannten, sondern nur Dinge über ihn gehört hatten.

Wenn Byron sich vorstellte, dass Isabel Angst vor ihm hatte, dass sie womöglich glaubte, er wäre fähig, ihr oder ihren Kindern Schaden zuzufügen, dann legte sich ein schwerer, dunkler Schleier über ihn.

Es hatte keinen Zweck mehr hierzubleiben. Seine Vergangenheit, wie verzerrt und fehlinterpretiert auch immer, würde ihn nie loslassen. Sie würde ihn verfolgen wie ein übler Geruch. Jedenfalls solange Menschen wie Matt hier lebten. Und die Natur wurde immer mehr zugebaut, «innovative» Bauprojekte, Industriegebiete, mehr und mehr landwirtschaftliche Nutzflächen. Und das bedeutete, dass sein Tätigkeitsfeld schrumpfte, dass es immer weniger Einheimische gab, die ihm noch Arbeit geben konnten.

Er hatte gesehen, was für «alternative Berufsmöglichkeiten» auf einen wie ihn warteten: Regaleinräumer im Supermarkt, Wachmann bei einem privaten Sicherheitsdienst, Taxifahrer. Wenn Byron sich vorstellte, wie er auf einem asphaltierten Parkplatz oder in einer Tiefgarage arbeiten und sich von einem Vorgesetzten vorschreiben lassen musste, wann er seine fünfzehnminütige Mittagspause machen durfte, dann schien etwas in ihm abzusterben.

Ich hätte mich nicht mit Matt anlegen sollen, sagte er sich zum hundertsten Mal. Ich hätte meine Klappe halten sollen. Aber das glaubte er selbst nicht.

«Hallo?»

Sie hatte ihre Adresse oben aufs Blatt geschrieben. Wie eigenartig für einen Liebesbrief, dachte Isabel. So pingelig. Fast als fürchtete sie, er könnte sie mit einer anderen verwechseln.

Isabel hatte achtundvierzig Stunden nachdem sie die Briefe gelesen hatte bei der Auskunft angerufen und herausgefunden, dass Karen dort noch lebte. Karen Traynor, Zerstörerin von

Ehen und Erinnerungen. Nur zwei Worte. Ein Name. Und so viel Kummer und Elend für so viele unterschiedliche Leute. Isabel stellte sich vor, dass sie groß, schlank, blond, sportlich war. Vielleicht Ende zwanzig. Tadellos zurechtgemacht – typisch eben für eine Frau, die keine Kinder und daher Zeit hatte, sich ausschließlich mit sich selbst zu beschäftigen. Ob sie auch mit Musik zu tun hatte? Oder hatte sich Laurent darin gefallen, sich eine zu suchen, deren Gedanken ausschließlich um ihn kreisten und nicht ständig irgendwo anders waren?

Sie wusste nicht, was sie sagen würde, auch wenn sie sich Hunderte von Varianten ausgemalt hatte, Tausende von Beleidigungen, die sie ihr an den Kopf werfen wollte. Sie anschreien. Sie zur Rede stellen. Wo war das ganze Geld hingekommen? Was hatten sie damit gemacht? Wie viele teure Wochenenden in Paris? Wie viele Aufenthalte in Luxushotels, während sie, Isabel, geglaubt hatte, ihr Mann sei auf Geschäftsreise? Sie wollte dieser Frau klarmachen, was sie angerichtet hatte, dass ihre Ehe – egal, was Laurent auch gesagt haben mochte (was genau *hatte* er gesagt?) – noch nicht tot gewesen war, dass sie noch geatmet, pulsiert, Leidenschaft gekannt hatte. Sie würde diesem egoistischen, selbstsüchtigen, gedankenlosen Biest ordentlich den Kopf zurechtrücken.

Doch dann hörte es auf zu klingeln, und eine gepflegte, ganz gewöhnliche Frauenstimme – nicht viel anders als ihre – sagte: «Hallo?» Und noch einmal: «Hallo?»

Und Isabel, eine Frau, die ihr Leben für leer hielt, wenn ihr Kopf nicht voller Musik war, brachte kein Wort heraus, konnte nur der Stille lauschen.

Der dritte Tag brachte schließlich das Ende der Hitzewelle. Dunkle Wolken zogen auf, rasten über den Himmel, ein fernes Donnergrollen, wie Kesselpauken, die Anlauf nahmen für ein Crescendo, dann ein heftiger Windstoß, und schon brach das

Gewitter los. Die Wildtiere suchten hastig Deckung, Wasser rauschte gurgelnd in Gräben und Ackerfurchen.

Byron saß unter dem Haus und lauschte, zuerst dem Quieken und Kreischen von Isabel und Kitty, die hinausliefen, um die Wäsche von der Leine zu holen, dann, mit einem kleinen Lächeln, Thierry, der am Heizungskeller vorbeirannte und dabei vollkommen selbstvergessen vor sich hin sang: «Es regnet und es gießt, und Großpapa, der niest!»

Die Hunde sprangen auf, warteten auf ein Zeichen von ihm, um auch hinauslaufen zu können, aber Byron hob die Hand, und sie sanken winselnd wieder zurück.

Als er hörte, dass alle wieder im Haus waren, erhob er sich langsam. Er hatte seine paar Habseligkeiten in zwei große Taschen gepackt. Sobald der Regen ein bisschen nachließ, würde er sich auf den Weg machen.

Eine Tür knallte. Über ihm erschallte plötzlich eine laute Opernarie mit voller Orchesterbegleitung. Byron konnte hören, wie Kitty stöhnte: «Oh nein, nicht *das* schon wieder!» Dann wurde ein Fenster geschlossen, und der Gesang drang nur noch gedämpft zu ihm hinab.

Byron holte einen Stift heraus und schrieb eine kurze Nachricht, die er behutsam auf den Heizkessel legte. Dann saß er in der zunehmenden Dunkelheit und wartete.

«Nicholas?»

«Hast du sie bekommen?» Er musste gar nicht fragen, wer dran war.

«Sie sind wunderschön», sagte sie sanft, «einfach herrlich.»

«Ich hab mir Sorgen gemacht, dass er vielleicht … Aber du hast ja gesagt, dass …»

«Er ist nicht da. Ich weiß nicht, wo er sich rumtreibt, aber er ist kaum noch da.» Sie verriet nicht, dass sie den Wagen ihres

Mannes im Wald hatte stehen sehen, als sie mit dem Hund draußen war. *Warum parkst du nicht gleich vorm Großen Haus? Das wäre ehrlicher*, hätte sie am liebsten zu ihm gesagt.

«Ich wollte eigentlich Rosen schicken, aber das wäre vielleicht zu offensichtlich gewesen.»

«Die meisten Rosen heutzutage duften sowieso nicht mehr.»

«Die Verkäuferin hat gemeint, Lilien wären schön. Aber sind das nicht typische Begräbnisblumen?»

Er wollte ihr zeigen, wie viel Gedanken er sich um das Geschenk gemacht hatte. Das bedeutete ihr viel. «Pfingstrosen sind meine Lieblingsblumen. Woher wusstest du das bloß?»

«Ich habe es erraten. Du sollst wissen, dass ich die ganze Zeit an dich denke. Ich will dich nicht drängen, aber …»

«Ich werde mich bald entscheiden, Nicholas.»

«Ich weiß.»

«Es ist nur … Das geht alles so schnell. Aber ich verspreche dir, es wird nicht mehr lange dauern.»

Sie saß auf der Bettkante und schaute auf ihre linke Hand, auf den dicken Diamantring, den ihre Eltern für vulgär hielten. Aber war ein vulgärer Ehering nicht immer noch besser als eine ehebrechende Tochter? «Es ist kompliziert. Mit meinem Sohn und allem.»

«Nimm dir so viel Zeit, wie du brauchst.»

Sie wünschte, er säße neben ihr. Wenn er bei ihr war, wenn er ihre Hand hielt, wenn sie in sein Gesicht sah, die aufrichtigen Gefühle darin, dann war sie sicher. Aber wenn sie allein war, wenn Matts ständige Abwesenheit wie ein Schatten über dem Haus lag, wenn beim Gedanken ans Spanische Haus ihre Phantasie mit ihr durchging, fühlte sie sich schrecklich. War er gerade dort? Lachte er über sie? Schlief er mit dieser Frau?

Im Dorf konnte sie sich kaum noch blickenlassen. Der kleine Laden war noch immer geschlossen. Seit Matts Streit mit

Asad schauten ihr die Leute kaum noch ins Gesicht, als wäre sie irgendwie mitschuldig, bloß weil sie seine Ehefrau war. Mit ihren Freundinnen konnte sie sich auch nicht treffen: Sie war noch nicht bereit, darüber zu reden, was gerade mit ihrer Ehe passierte. Was schon passiert war. Sie lebte lange genug hier, um zu wissen, dass es eh bald die Runde machen würde.

Eine Träne fiel auf ihre Hose, wo sie einen dunklen Fleck bildete.

«Können wir uns immer noch sehen, am Dienstag?»

«Ach, Nicholas», sagte sie und wischte sich über die Augen, «wie kannst du bloß fragen?»

Es war das erste Mal, dass es regnete und nichts undicht war, nirgends Wasser reinlief. Und Isabel, die es längst aufgegeben hatte, irgendetwas für selbstverständlich zu halten, betrachtete dies als kleines Wunder. Vielleicht war Matt ja doch nicht ganz nutzlos. Das Gewitter hatte die Atmosphäre gereinigt, drinnen wie draußen. Die Dinge wurden in eine andere Perspektive gerückt, sodass sie vorübergehend nicht an Rechnungen, Untreue, Laurent und dergleichen dachte und sich am kreischenden Toben ihrer Kinder erfreuen konnte. Nach Tagen drückender Hitze genoss sie den kühlen Regen auf ihrer Haut. Heute wollte sie nicht schimpfen, nicht mal, als die Kinder einander mit nassen Socken bewarfen und den Hund zum Bellen brachten.

Sie hatte sich hinterher auf ihr Bett gelegt und wie eine Tote geschlafen. Ein paar Stunden später war sie vollkommen ausgeruht wieder erwacht, als wäre eine Art Fieber abgeklungen. Sie alle fühlten sich erfrischt von diesem reinigenden Gewitter.

Sie ging zu Thierry. Er lag bereits im Bett, und sein Hündchen lag auf der Bettdecke. Sie sagte nichts: Was waren ein paar schlammige Pfotenabdrücke, wenn er nur glücklich war.

Isabel zog die Vorhänge zu. Draußen ertönte ein ferner Donnerschlag, und der Himmel schimmerte in diesem typischen Blaulila, wie man es oft nach einem Gewitter sieht. Der Sturm war ostwärts abgezogen.

Sie beugte sich über ihren Sohn und gab ihm einen Gutenachtkuss. Er schlang die Arme um ihren Hals und sagte: «Ich hab dich lieb, Mum.» Worte, die ihr Herz höherschlagen ließen.

«Ich dich auch, Thierry», antwortete sie, «sehr sogar.»

«Und ich hab Pepper lieb», sagte er.

«Ach, ich auch», sagte sie diplomatisch.

«Ich wünschte, Byron müsste nicht fort.»

«Fort? Wohin denn?»

Sie steckte die Decke um ihn herum fest, den Blick dabei auf das Poster mit der Sternenkarte gerichtet, das ein hässliches Loch im Putz verdeckte. Noch so eine Baustelle.

«Er weiß nicht, wo er wohnen soll», erklärte er. «Und jetzt muss er weg, weil er sich einen neuen Job suchen muss.»

Beschämt fiel ihr ein, wie sie Byron angeschrien hatte. Die Briefe in ihrer Hand, der erdige, modrige Geruch, der von dem umgefallenen Baumstamm aufstieg. Der hässliche Adrenalinschub angesichts unwillkommener Neuigkeiten.

Sie war derart außer sich gewesen, dass sie gar nicht mehr genau wusste, was sie zu ihm gesagt hatte.

«Kannst du ihm nicht einen Job geben? Er könnte sich um unser Land kümmern.»

Sie gab ihm einen Kuss. «Ach, Schätzchen, wenn wir das Geld dafür hätten, dann …» Sie beschloss, ihn aufzusuchen und sich bei ihm zu entschuldigen. So sollte, so durfte er nicht fortgehen. Nach allem, was er für sie, für Thierry getan hatte. «*Wir brauchen keine Hilfe!*», hatte sie ihn angebrüllt.

«Ich werde mal mit ihm reden. Wo ist er denn?»

Manche Pausen haben mehr Gewicht als andere. Er musterte

sie, als überlege er, ob er ihr vertrauen konnte. Erschrocken wurde ihr klar, dass ihr Sohn anscheinend mehr als ein Geheimnis mit sich herumtrug.

«Alles, Thierry. Du kannst mir alles sagen, weißt du noch?» Sie nahm seine Hand, versuchte, ihre aufkeimende Angst vor ihm zu verbergen.

Ein kleines Zögern. Ein unmerklicher Händedruck. «Er ist unter dem Haus.»

Isabel ging lautlos die breiten Eingangsstufen vor dem Haus hinab, tappte mit ihren nackten Füßen in Pfützen. Sie war so verblüfft über das, was Thierry ihr erzählt hatte, dass ihr erst jetzt, da sie nasse Kieselsteine unter ihren Fußsohlen spürte, bewusst wurde, dass sie gar keine Schuhe anhatte. Aber das war jetzt auch schon egal. Die Dämmerung brach herein, das Tageslicht schwand. Es nieselte noch, obwohl das Gewitter längst abgezogen war. Sie ging um das Haus herum, duckte sich an den Baugerüsten vorbei. Schließlich erreichte sie die Stufen, die zum Heizungskeller hinabführten, einen Raum, den sie noch nie betreten, ja noch nicht einmal richtig wahrgenommen hatte.

Ein schwaches Licht schimmerte dort drinnen. Sie zögerte. Da hörte sie das Knurren eines Hundes. Vorsichtig zog sie die quietschende Tür auf. Zuerst konnte sie gar nichts erkennen, doch ihre scharfen, fein abgestimmten Ohren nahmen ein Rascheln wahr.

Das Herz klopfte ihr bis zum Hals. Und dann kam der Mond hinter den Wolken hervor und beschien einen Mann, der sich an die hintere Kellerwand zu drücken schien. Allmählich gewöhnten sich ihre Augen an die Düsternis. Jetzt konnte sie ihn besser erkennen. Seine Hunde kauerten zu seinen Füßen.

«Wie lange bist du denn schon hier?», fragte sie.

«Seit ein paar Monaten», antwortete er.

Das musste sie erst mal verdauen.

«Keine Sorge», fügte er hinzu, «ich wollte im Morgengrauen sowieso fort sein. Ich hab da ein paar Angebote, in ...» Seine Stimme verklang, als könne er nicht mal sich selbst überzeugen.

Draußen fiel der Regen rauschend auf die Blätter der Bäume, weiter weg rann das Wasser gurgelnd in Gräben. Ein feuchter, erdiger, würziger Geruch hing in der reglosen Luft.

Er ist also die ganze Zeit über hier gewesen, dachte sie verblüfft, hier unter unserm Haus.

«Ich weiß, wie das aussieht, aber ... Ich hab einfach ein Dach über dem Kopf gebraucht.»

«Aber warum hast du nichts gesagt? Warum hast du mich nicht gefragt? Du hättest mir sagen sollen, dass du keine Bleibe mehr hast.»

«Matt. Was er zu dir gesagt hat. Ich wollte nicht, dass du denkst, ich sitze hier unten und ...» Er stolperte. «Mein Gott, Isabel, es tut mir leid, ehrlich, ich ...»

Sie ließ die Tür los und ging auf ihn zu. Angst hatte sie nicht, im Gegenteil: Jetzt, da sie wusste, dass er in diesen letzten schrecklichen Tagen hier gewesen, dass sie doch nicht allein gewesen war, fühlte sie sich seltsam getröstet.

«Nein», widersprach sie, «ich hätte nicht auf Matt hören sollen. Was immer er gesagt hat, es spielt keine Rolle.»

«Ich muss mit dir über ihn reden.»

«Nein», entgegnete sie fest, «ich will nicht über ihn reden.»

«Dann solltest du eins wissen», fuhr er fort. «Ich bin kein gewalttätiger Mensch. Dieser Mann – der Mann, den Matt erwähnte – hat regelmäßig meine Schwester verprügelt. Sie hat es mir nicht gesagt. Lily, meine Nichte, ist schließlich damit zu mir gekommen. Und als er herausfand, dass Lily den Mund aufgemacht hat, hat er sich sie vorgenommen.» Seine Stimme verhärtete sich. «Sie war erst vier.»

Isabel zuckte zusammen. «Byron, nicht. Du musst mir nicht …»

«Aber es war ein Unfall, ein Versehen, ganz ehrlich.» Man hörte ihm an, wie sehr er noch immer darunter litt. «Ich hab alles verloren. Mein Zuhause. Meine Zukunft. Meinen guten Ruf.»

Ihr fiel ein, was er ihr neulich erzählt hatte. «Deshalb konntest du also nicht Lehrer werden.»

«Ich hatte bis dahin noch nie einen Menschen geschlagen. Noch nie, in meinem ganzen Leben nicht.» Seine Stimme sank zu einem Flüstern ab: «Nach so was ist nichts mehr, wie es mal war, Isabel. Und es sind nicht bloß die Schuldgefühle. Es verändert alles. Es verändert dich.» Er hielt inne. «Irgendwann fängst du an, dich so zu sehen, wie die anderen dich sehen.»

Sie starrte ihn an.

«Ich sehe dich nicht so.»

Sie standen im Dunkeln, keiner konnte den anderen richtig erkennen, zwei Silhouetten, zwei bloße Schatten. Monatelang hatte sie in jedem Mann Laurent gesehen. Sie hatte im Schlaf mit ihm geredet, hatte geweint, wenn sie ihn nicht heraufbeschwören konnte. Und in einem Anfall von Wahnsinn hatte sie ihn mit Matt verwechselt. Aber jetzt, endlich, war er fort. Sie spürte es. Seine Abwesenheit. Aber nicht als Schmerz, sondern einfach als das, was es war: Er war weg. Laurent hatte aufgehört zu existieren.

Aber wer war *dieser* Mann?

«Byron?», flüsterte sie und streckte unsicher die Hand aus. Was machte sie da? Sie wusste es nicht. Was wussten diese Finger überhaupt? Die Musik, die sie dem Instrument entlockt hatten, war falsch, eine Ablenkung. Sie hatte ihr Vertrauen in etwas gesetzt, was eine Illusion war. Das wusste sie jetzt. «Byron?»

Sie streckte die Hand noch weiter aus und fand ihn, fand seine Hand, die sich um die ihre schloss. Seine Haut war rau und schwielig, warm in der Abendkühle. Die Welt verschwamm. Sie roch nicht länger die feuchte, erdige Luft, den Duft der Nachtkerzen, den Schwefelgeruch des Boilers.

«Du musst nicht hier unten bleiben», flüsterte sie. «Komm mit nach oben. Komm rauf zu uns.»

Er hob die Hand, ganz langsam, und wischte mit dem Daumen die Nässe von ihrem Gesicht. Sie legte den Kopf zur Seite, in seine Hand. Ihre eigene Hand hob sich wie von selbst, legte sich über die seine, dort, wo sie an ihrer Wange ruhte. Doch dann, als sie einen Schritt näher trat, flüsterte eine Stimme: «Isabel, ich kann nicht …»

Isabel sprang zutiefst beschämt zurück. Sie musste an Matt denken, an seine Hände, an ihre Schamlosigkeit.

«Nein», sagte sie rasch, «ich muss mich entschuldigen.» Sie fuhr herum und rannte die Stufen hinauf, zu schnell, um seine gestammelte Entschuldigung zu hören.

KAPITEL 21

Elf Eier, eins davon noch warm. Kitty nahm es, vorsichtig darauf bedacht, die Schale nicht zu zerdrücken, und hielt es sich an die Wange. Das reichte fürs Frühstück, und ein halbes Dutzend konnte sie den Vettern bringen. Sie wollten den Laden heute wiedereröffnen; Asad hatte sich so weit von seinem Anfall erholt. Sie hatte in den vergangenen Tagen vier Eierkartons für ihn gefüllt. «Damit ihr was habt, wenn ihr wieder aufmacht», hatte sie zu ihm gesagt, als sie vor zwei Tagen an seinem Krankenbett saß.

«Ach was, dann öffnen wir eben nur auf ein Schwätzchen», hatte Asad gesagt. Er sah immer noch ziemlich müde aus. Dunkle Ringe lagen unter seinen Augen, sein schmales, knochiges Gesicht wirkte ausgezehrt. Henry brummte, er habe erst in den letzten zwei Tagen angefangen, wieder einigermaßen ordentlich zu essen.

Sie hatte Angst gehabt, dass beide nicht mehr mit ihr reden würden. Aber als sie gekommen war, um sich zu entschuldigen – unterstützt von einem ebenso verlegenen Anthony –, hatte Asad ihre Hand genommen. «Nein, du musst *mir* verzeihen, Kitty. Ich hätte dich schon lange warnen müssen, auch wenn wir nur einen Verdacht hatten. Aber das wird mir eine Lehre sein. Ist vielleicht gar nicht so schlecht, wenn man merkt, dass man nie zu alt ist, um noch etwas dazuzulernen.»

«Ich jedenfalls habe gelernt, immer einen dicken Stock mitzunehmen. Und einen Ersatz-Inhalator.» Henry machte sich an Asads Kissen zu schaffen. «Er wird eine Weile nichts mehr heben dürfen. Dieser fürchterliche Mensch …»

«Arbeitet er noch immer am Haus?»

«Ich hab ihn seitdem nicht mehr gesehen.»

«Ich weiß auch nicht, wo er ist», warf Anthony ein. «Mum hat ihn gestern gesehen, aber sie hat nicht viel gesagt.»

«Traut sich wahrscheinlich nicht, sein Gesicht zu zeigen.» Henry schlug ein letztes Mal kräftig aufs Kissen. «Ist wohl untergetaucht. Wenn deine Mum Glück hat, war das die letzte Rechnung, die sie von ihm gesehen hat.»

Asad hatte Anthony angeschaut. «Entschuldige, dass wir so von deinem Vater reden, Anthony.»

«Ist nichts, das ich nicht schon mal gehört hätte», hatte Anthony schulterzuckend erklärt. Aber Kitty wusste es besser, und sie hatte kurz seine Hand gedrückt, um ihm zu zeigen, dass sie verstand.

Jetzt streckte Thierry seinen Kopf ins Hühnerhaus, schaute ihr über die Schulter, wie sie die Eier in Kartons verpackte. «Wie viele?»

«Elf. Eigentlich zwölf, aber ich hab eins fallen gelassen.»

«Auf den Stufen, ich weiß. Pepper hat es gefressen. Rat mal, wer im Schlafzimmer ist.»

«In welchem?»

«Im großen. In dem, das Matt hergerichtet hat.» Er grinste. «Byron.»

«Was? Arbeitet er da drin?»

Thierry schüttelte den Kopf. «Er schläft.»

«Warum schläft er bei uns?»

Thierry zuckte gereizt mit den Schultern. «Ist nur vorübergehend. Bis er was anderes gefunden hat.»

Kittys Gedanken rasten. Ein Untermieter! Vielleicht kam ja jetzt ein bisschen Geld rein. Sie dachte dabei an ihren bevorstehenden Geburtstag. Sie hatte Asad und Henry eingeladen, ja fast das halbe Dorf. Das musste sie ihrer Mutter allerdings noch beibringen.

Dass Byron hier war, war toll. Er konnte sich nützlich machen – die schweren Sachen rausschleppen, Tische, Stühle und so. Weil im Esszimmer immer noch mehrere Löcher klafften, hatten sie und Mum sich entschlossen, die Feier draußen zu veranstalten. Sie konnte es sich genau vorstellen: ein langer Tisch auf dem Rasen, ein weißes, flatterndes Tischtuch und darauf jede Menge selbstgemachte Köstlichkeiten. Ihre Gäste könnten die schöne Aussicht auf den See genießen. Ja, sie könnten sogar schwimmen gehen, wenn sie wollten. Sie musste ihren Freundinnen sagen, sie sollten ihre Badeanzüge mitbringen.

Auf einmal war Kitty richtig froh, in diesem verfallenen alten Kasten zu wohnen. Wenn die Sonne schien, machten ihr die Bauarbeiten gar nichts aus, das Gerüst, die staubigen Böden. Wenn sie nur ein anständiges Bad gehabt hätten, sie hätte ewig so weiterleben können. Da klingelte ihr Handy.

«Kitty?»

«Ja?»

«Ich bin's, Henry. Tut mir leid, dass ich dich schon zu so unchristlich früher Zeit störe, Süße, aber du weißt nicht zufällig, wo Byron stecken könnte? Asad und ich, wir hätten da ein paar Dinge, die gemacht werden müssten, und wir möchten natürlich nicht Du-weißt-schon-wen bitten.»

Kitty hörte schwere Schritte im Stockwerk über sich. Sie grinste. «Lustigerweise weiß ich tatsächlich, wo er ist.»

Byron lag in dem weichen Doppelbett und starrte zur blütenweißen Decke. Zwei Monate lang war das Erste, was er nach dem Aufwachen gesehen hatte, eine hässliche Kellerdecke gewesen. Er war vom Zischen und Wummern des ebenfalls erwachenden Heizkessels geweckt worden. Heute früh jedoch schlug er die Augen in einem großen, hellen, warmen, stillen Zimmer auf, in das durch neue Fenster Sonnenlicht hereinflutete. Vögel zwitscherten, und von unten stieg herrlicher Kaffeeduft zu ihm herauf. Barfuß überquerte er den abgeschliffenen Holzboden, blieb vor den Erkerfenstern stehen, reckte und streckte sich und genoss den herrlichen Ausblick auf den See.

Seine Hunde lagen ausgestreckt auf dem Bettvorleger, schienen sich gar nicht mehr rühren zu wollen. Als er sich bückte und Meg den Kopf kraulte, wedelte sie nur ein paarmal träge mit dem Schwanz.

Isabel hatte ihn gestern Abend hier raufgeführt, immer noch ein wenig befangen wegen der Sache zuvor im Heizungskeller.

«Dieses Zimmer ist fertig», sagte sie. «Warte, ich beziehe dir rasch das Bett.»

«Das kann ich selbst.» Er hatte sich die Bettwäsche von ihr geben lassen und war ungewollt zusammengezuckt, als sich dabei ihre Hände berührten.

«Fühl dich wie zu Hause», hatte sie gesagt. «Nimm dir, was du brauchst. Du weißt ja, wo alles ist.»

«Du kriegst Geld von mir. Sobald ich wieder Arbeit habe.»

«Bitte. Komm erst mal wieder auf die Beine. Dann reden wir über Geld, wenn es sein muss.»

Sie hatte so eine Art, heftig zu blinzeln, wenn ihr etwas naheging.

«Hilf uns bei der Nahrungsbeschaffung. Kümmere dich um Thierry, während ich Geigenstunden geben. Das reicht vollkommen.»

Sie schmunzelte, hob endlich den Blick und schaute ihn an. «Schließlich gibt es genug zu tun hier.»

Sie schien ihm vollkommen zu vertrauen. Byron saß auf der Bettkante und konnte sein Glück kaum fassen. Isabel hätte ihn wegen Hausfriedensbruch anzeigen können oder wer weiß was. Jeder andere hätte das getan.

Stattdessen hatte sie ihm die Tür geöffnet, ihn an ihren Tisch eingeladen, vertraute ihm sogar ihre Kinder an. Er rieb sich das Haar und streckte sich erneut. Dann, als er seinen Blick durchs Zimmer schweifen ließ, über das, was Matt hier geschafft hatte, fragte er sich unwillkürlich, was wohl zwischen ihnen vorgefallen sein mochte, verdrängte den Gedanken aber sofort wieder. Wenn Isabel ihn von der Last seiner Vergangenheit befreien konnte, dann konnte er dasselbe ja wohl auch für sie tun.

Außerdem wurde ihm schon beim Gedanken daran, dass sie zusammen gewesen waren, mehr als unbehaglich. Wenn er daran dachte, wie Matt sie ausnutzte, wie er jeden ausnutzte, regte sich etwas in ihm, das er glaubte, vollkommen erstickt zu haben. Wie viel Schaden durfte ein einziger Mann eigentlich anrichten, ohne dass jemand etwas dagegen unternahm?

Er starrte zur Decke, aber es war nicht ihre Schönheit, die ihn plötzlich traf, sondern die Erkenntnis, was für eine tiefe Kluft zwischen ihm und diesem Haus, dessen Besitzerin und seinem eigenen Leben bestand. Sie hatte ihn zwar eingelassen, aber das war nur für eine Übergangszeit. In diesem Zimmer zu schlafen, im Haus zu wohnen war längst nicht dasselbe, wie hierherzugehören.

Ein Klopfen an der Tür riss ihn aus seinen düsteren Gedanken. Thierry streckte den Kopf herein. Als er Byron sah, strahlte er übers ganze Gesicht. Mit einem seltenen Glücksgefühl im Bauch erkannte Byron, wie sehr sich der Junge freute, dass er hier war.

«Mum sagt, Frühstück ist fertig.» Er wischte sich die Nase

am Ärmel ab. «Und Kitty fragt, ob du die Vettern anrufen könntest. Sie brauchen dich für irgendwas.»

Er hatte überhaupt nichts gemerkt. Laura ging leichtfüßig in ihrem Zimmer umher und sortierte ihre Kleidung – was sie mitnehmen, was hierbleiben würde. Sie fragte sich, wie es möglich war, nach drei Tagen unerklärter Abwesenheit einfach wieder heimzukommen und sich dann schlafen zu legen, als ob nichts gewesen wäre. Er war kurz vor Morgengrauen zurückgekommen. Jetzt, da sie praktisch alleine wohnte, schlief sie unruhig und war bei dem Geräusch sofort hellwach gewesen. Bange hatte sie sich auf eine Konfrontation vorbereitet, aber er war einfach am Gästezimmer vorbeigegangen, wo sie schlief. Sie hatte durch die Wand gehört, wie er schwerfällig ins Bett kroch und Minuten später zu schnarchen begann.

Er schlief immer noch. Jetzt war es fast Mittag.

Laura nahm ein Kostüm aus dem Schrank, das sie sich letztes Jahr zu einer Hochzeit gekauft hatte, ein Designerstück, schick, aber dezent, so wie Matt es gernhatte. Eigentlich hatte sie alles so gemacht, wie er es gernhatte, überlegte sie und horchte dabei auf irgendwelche Geräusche aus dem Nachbarzimmer. Das Essen, ihre Kleidung, Anthonys Schulausbildung, die Hauseinrichtung. Und wofür? Für einen Mann, der einfach drei Tage verschwand. Für einen Mann, der direkt vor ihrer Nase mit der Nachbarin eine Affäre anfing.

Nein, sie tat genau das Richtige. Das hatte sie sich jetzt so oft gesagt, und wenn sie doch einmal wankte, dann sagte es Nicholas für sie. Nicholas, der immer für sie da war, egal wann sie anrief. Der jedes Mal überglücklich war, bloß ihre Stimme zu hören. Nicholas, der sie in die Arme nahm und ihren Namen flüsterte, als wäre er eine Offenbarung.

Nicholas würde ihr nie untreu werden. So ein Mann war er

nicht. Er trug sein wiedergewonnenes Glück wie eine Ehrenmedaille, hart erarbeitet und dafür umso mehr geschätzt. Warum konntest *du* nicht dankbar sein, mich zu haben?, fragte sie stumm ihren Mann. Warum war ich dir nie genug?

Sie musste daran denken, wie oft sie im Laufe ihrer Ehe wegen Matt ins Gästezimmer übergesiedelt war – ein stummer Protest gegen sein Fernbleiben, seine gedankenlose Grausamkeit, seine Untreue. Und immer hatte er sie wieder zurückerobert. Er war einfach zu ihr ins Bett gekrochen, ohne auf ihre Proteste zu achten, hatte mit ihr geschlafen und sie so umgestimmt. Jedes Mal. Als ob das alles gar keine Rolle spielte. Als ob es egal sei, in welchem Bett er sich aufhielt.

Sie schaute aus dem Fenster zum Spanischen Haus hinüber. Auf einmal hasste sie es für das, was es ihnen angetan hatte. Wenn die Witwe nicht eingezogen wäre … Wenn Matt es nicht unbedingt hätte haben müssen … Wenn Samuel Pottisworth sie nicht mit so viel Schadenfreude tyrannisiert hätte … Wenn sie sich nur nicht so lange an den Gedanken geklammert hätte, dass dieses Haus all ihre Probleme lösen konnte …

Laura hängte das Hochzeitskostüm wieder in den Schrank zurück. Aber hatte ihr das Spanische Haus nicht auch Nicholas geschenkt? Man kann ein Haus nicht für etwas verantwortlich machen. Die Menschen entscheiden selbst über ihr Schicksal.

Wann Anthony wohl nach Hause kam? Er war derjenige, der ihr vorgeschlagen hatte, Matt zu verlassen. Nun würde sie es wahr machen.

Isabel saß am langen Küchentisch und sah zu, wie Byron und Thierry eine Kaninchenkasserolle zubereiteten. Byron schnippelte Zwiebeln und enthülste Saubohnen. Thierry zerlegte fachmännisch das Kaninchen. Draußen vergoldete die Nachmittagssonne den Garten, und auf dem Küchenregal dudelte das

Radio vor sich hin. Gelegentlich strich eine leichte Brise durch die weißen Musselinvorhänge; eine Fliege kam hereingeflogen, fand aber rasch wieder hinaus. Byrons Hunde lagen neben dem alten Ofen und erfreuten sich an der Wärme. Eine friedliche, gemütliche Atmosphäre. Selbst Kitty regte sich mittlerweile nicht mehr über das Abhäuten toter Kaninchen auf. Sie saß am Tisch und formte Cookies für ihre Geburtstagsfeier.

Byron war vor einer Stunde zurückgekommen, nachdem er auf Wunsch der Vettern ein paar zusätzliche Schlösser an der Ladentür angebracht hatte. Er war mit zwei schweren Tüten aufgetaucht.

«Ich wollte nichts von ihnen verlangen, aber sie meinten, das meiste hiervon sei ohnehin nahe am Verfallsdatum.»

Mit der tiefen Genugtuung des Jägers und Sammlers hatte er seine Beute auf den Tisch gestellt.

Thierry hatte in eine Tüte gespäht. «Schokoladenkekse!»

«Die konfisziere ich gleich für meine Party. Und die Käsestangen. Olivenöl! Risottoreis! Kartoffelchips! Mann!» Kitty war förmlich über die Tüten hergefallen.

Als sich Isabel hinterher die Verfallsdaten auf den Dosensuppen und den sündhaft teuren Keksen angeschaut hatte, stellte sie fest, dass sie alle noch einige Wochen lang haltbar waren. Aber sie hatte nichts gesagt, denn sie erkannte, dass sowohl die Vettern als auch Byron von diesem Tausch profitiert hatten. Zufrieden darüber, zur Abwechslung mal eine volle Speisekammer zu haben, hatte sie Byrons Beute in die Vorratsregale geräumt.

«Glaubst du, es wird reichen?», meinte Isabel. «Ach, wenn wir nur mehr Geld hätten. Dann könnten wir Lachs kaufen oder ein Spanferkel grillen oder so was.»

Kitty wurde plötzlich rot. «Aber wir haben doch genug. Mehr als genug», sagte sie und lächelte ihre Mutter an.

Isabel, die sich sehr über Kittys Verständnis freute, wünschte, sie könnte ihr eine richtig tolle Party zu ihrem sechzehnten Geburtstag ausrichten.

Jetzt sah sie ihrer Tochter zu, wie sie Teig ausrollte. Kitty hatte sich das Haar hinter die Ohren geschoben. Gesicht und Hals waren leicht gerötet, weil sie so lange draußen in der Sonne verbracht hatte. Isabel hatte Kitty nichts erzählt. Thierry würde sowieso nichts sagen. Kitty sollte es nicht erfahren. Ihre Erinnerungen an ihren Vater sollten ungetrübt bleiben. Das war auch eine Art Geburtstagsgeschenk.

Byron saß ihr gegenüber. Den dunklen Schopf über seine Arbeit gebeugt, hörte er Thierrys fröhlichem Geplapper über Peppers neueste Kunststücke zu. Pepper hatte sich offenbar in kürzester Zeit zu einem Superhund entwickelt. Er konnte auf Bäume klettern, war schneller als jeder Hase und konnte das Wild schon aus kilometerweiter Entfernung wittern. Byron hörte sich diese Übertreibungen mit einem verständnisvollen Murmeln an.

Isabel verspürte einen leichten Stich, als sie Byron so mit ihrem Sohn beobachtete. Wo doch sein Vater bei ihm hätte sitzen sollen. Aber Thierry hatte sich wieder geöffnet. Er war nicht länger der bedrückte kleine Junge. Und dafür war sie dankbar.

Und wenn ihr Blick einmal auf Byron haften blieb, konzentrierte sie sich sofort wieder auf ihre Kontobücher. Er hatte ihren Annäherungsversuch sanft abgewiesen. In wenigen Wochen würde er wieder fort sein. Er war ein Freund. Sie schalt sich für ihre Schwäche. Nein, es war für alle einfacher, wenn er ihr Freund blieb. Vor allem für die Kinder.

Der Anruf kam nach dem Lunch. Sie waren nach draußen umgezogen, hatten irgendwo in einem der Außengebäude einige alte Liegestühle aufgetan und sie hinter dem Haus aufgestellt. Ein alter Golfschirm hing an einer Leiter und bot ein wenig Schatten. Thierry lag ausgestreckt im Gras und las laut aus einem Kinder-Witzbuch vor, was gelegentliches Stöhnen bei den Zuhörern hervorrief.

«Isabel?» Byron schaute auf sie hinab. Auf seinem Gesicht zeichnete sich eine vorsichtige Freude ab. «Man hat mir gerade Arbeit angeboten. In der Nähe von Brancaster. Ein Bekannter, für den ich früher schon ab und zu was gemacht habe, will, dass ich ein Wäldchen für ihn auf Stock setze, das er gerade gekauft hat.» Er fügte hinzu: «Und er bezahlt nicht schlecht.»

«Ach», sagte Isabel seltsam enttäuscht. «Brancaster? Wie weit ist das von hier?» Sie hob die Hand und beschattete ihre Augen, um ihn besser sehen zu können.

«Etwa zwei Autostunden. Zwei, drei Tage Arbeit, denkt er. Da ist eine Menge zu tun.»

Isabel rang sich ein Lächeln ab. «Und wann willst du gehen?»

«Sofort. Er möchte, dass ich so bald wie möglich anfange.»

Er war eindeutig mit den Gedanken schon bei seiner neuen Arbeit. Warum war sie enttäuscht? Sie sollte ihm das gönnen.

«Kann ich mitkommen?» Thierry war bereits aufgesprungen. Sein Buch lag umgedreht im Gras.

«Diesmal nicht, T.»

«Du musst uns mit der Party helfen, Thierry», sagte Isabel. «Bis dahin wirst du doch wieder zurück sein, Byron, oder? Zu Kittys Geburtstagsparty?» Sie versuchte, es so beiläufig wie möglich klingen zu lassen.

«Ich werde es versuchen. Ich hätte da auch noch ein paar Ideen für deine Party. Ich dachte, du könntest vielleicht Holundersorbet machen; das ist nicht schwierig mit der Gefriertruhe.»

Er kritzelte das Rezept auf einen Zettel, und Isabel freute sich nun doch für ihn. Für Byron war es schwer, auf andere angewiesen zu sein. Die Aussicht auf eine Anstellung, darauf, gebraucht zu werden, veränderte seine ganze Haltung, sein Auftreten.

«Und ihr kommt zurecht? Allein?» Er reichte Kitty den Zettel und schaute Isabel an.

«Ach, das schaffen wir schon.»

«Was ich sagen wollte: Ruf bei der Bauaufsicht an. Die sollen jemanden vorbeischicken. Dafür sind sie schließlich da. Lass Matts Arbeit prüfen. Nimm nicht einfach alles hin.»

Sie verzog das Gesicht. «Muss ich heute unbedingt an das Haus denken?» Alles kam am Ende wieder auf das Haus zurück. «Es ist so schön hier draußen …»

«Es könnte dir helfen, wenn du mit Matt wegen des Geldes verhandelst. Pass auf, ich werde dort für dich anrufen, wenn ich unterwegs bin.»

«Dann mache ich dir jetzt wohl besser ein paar Brote.» Sie erhob sich und strich ihre Shorts glatt. «Und was für später, zum Abendessen.»

Aber Byron war bereits auf dem Weg zum Haus. «Nicht nötig.» Er hob grüßend die Hand. «Ich werde dort was essen. Bis bald, und genießt den schönen Nachmittag.»

«Ich verstehe nicht, wieso dich das so überrascht.»

Lauras Lächeln geriet ins Wanken. Dabei hatte sie diesen Moment so sorgfältig gewählt, hatte gewartet, bis Matt das Haus verlassen und Anthony sein Abendessen aufgegessen hatte. Sie hatte ihm extra sein Lieblingsessen gemacht, Brathähnchen mit Kartoffelsalat.

Sie versuchte, es ihm so schonend wie möglich beizubringen, es nicht als vollendete Tatsache hinzustellen, sondern als eine Möglichkeit. Einen glücklichen Zufall. Ein besseres Leben, für sie beide. Sie versuchte, sich ihre Verliebtheit nicht allzu sehr anmerken zu lassen, wurde bei der Erwähnung von Nicholas'

Namen rot und zupfte verlegen an ihren Haaren herum, um es vor ihm zu verbergen.

Aber Anthony war total schockiert.

Als die Stille unbehaglich zu werden begann, rückte sie Salz- und Pfefferstreuer zurecht.

«Anthony, du warst es doch, der gesagt hat, ich soll ihn verlassen. Du hast mich dazu gedrängt, weißt du nicht mehr?»

Sie streckte die Hand über den Sofatisch, doch er wich ihr aus.

«Ich krieg die Krise. Ich … Ständig lästerst du über Dad, und dabei vögelst du selbst mit 'nem anderen rum.»

«Nicht dieses Wort, Anthony, bitte, das ist so hässlich!»

«Aber was du tust, ist schön, was?»

«*Du* hast es doch gesagt, Anthony. Du hast gesagt, dass ich ihn verlassen soll.»

«Aber doch nicht für einen anderen Kerl!!»

«Was soll das heißen? Soll das heißen, dass ich keinen Mann mehr haben darf? Für den Rest meines Lebens?»

Anthony zuckte mit den Achseln.

«Er darf tun, was er will, aber wenn ich mal die kleinste Aussicht auf ein bisschen Glück hab, auf eine echte Beziehung, dann bin ich die Böse?»

Er mied ihren Blick.

«Weißt du, wie lange ich schon alleine bin, Anthony? Obwohl dein Vater hier lebt? Weißt du, wie oft er mir untreu war? Wie oft ich die Zähne zusammenbeißen musste, wenn ich im Dorf war, wie oft ich mich gefragt habe, ob dieses Mädchen, mit dem ich mich gerade unterhalte, vielleicht mit ihm im Bett war?»

Sie wusste selbst, dass dies Dinge waren, die sie eigentlich nicht zu ihrem Sohn hätte sagen sollen, aber seine Reaktion war so unfair. Warum sollte sie plötzlich die Schuldige sein?

Anthony zog seine Beine an die Brust. «Ich weiß auch nicht», brummte er. «Es ist nur … das ist ganz schön viel auf einmal.»

Die Uhr draußen im Gang schlug die volle Stunde. Schweigend saßen sie einander gegenüber, beide hatten die Augen auf den Sofatisch gerichtet. Wie zerkratzt er ist, dachte Laura zum ersten Mal und fuhr mit einem Finger darüber.

Schließlich streckte sie noch einmal die Hand nach der ihres Sohnes aus. Diesmal erlaubte er ihr, sie zu ergreifen.

«Lerne ihn doch erst mal kennen, Anthony», bat sie ihn sanft, «er ist ein so netter Mann. Ein gütiger Mann. Gib ihm eine Chance. Gib *mir* eine Chance. Bitte.»

«Du willst also, dass ich ihn kennenlerne und dann bei euch einziehe, wo immer das sein wird?»

«Na ja ... so hatten wir uns das gedacht.»

Da schaute er sie mit einem so kalten, verächtlichen Ausdruck an, dass er sie zum ersten Mal an ihren Mann erinnerte.

«Mein Gott», sagte er. «Du bist genauso schlimm wie er.»

Seit einer Dreiviertelstunde plagte sie sich mit Bruckner ab, doch nun ließ sie den Bogen sinken. Sie war weder mit dem Herzen noch mit dem Kopf bei der Sache. Kitty hatte irgendeine dringende Nachricht von Anthony erhalten und war ins Dorf gegangen, um sich mit ihm zu treffen. Und Thierry lief mit seinem Hund im Wald herum. Byron war schon seit über einer Stunde weg.

Er hatte nur die eine Nacht im Haus verbracht. Sie wusste selbst nicht, warum sie sich so elend fühlte.

Entschlossen klemmte sie sich die Geige wieder unters Kinn, zog den Luftbefeuchter zurecht, der verhinderte, dass sich Risse im Holz bildeten, und setzte den Bogen an. *Die Romantische*, so hieß diese vierte Symphonie von Anton Bruckner. Den zweiten Satz bezeichnete der Komponist als «ländliche Liebesszene». Sie hätte fast gelacht über diese Ironie. «Komm», schalt sie sich, «konzentrier dich.»

Aber es hatte keinen Zweck. Die Romantik des Stücks wollte sich nicht auf sie übertragen. Daran war die neue Geige schuld, an die sie sich einfach nicht gewöhnen konnte. Aber vielleicht war sie auch nur aus der Übung. Isabel saß am Küchentisch und starrte in den Garten hinaus.

Sie war nicht sicher, wie lange sie so dagesessen hatte, als es an der Hintertür klopfte. Er hat es sich anders überlegt, dachte sie sofort und sprang auf. Aber als sie die Tür aufriss, stand Matt vor ihr, seine Werkzeugtasche in der Hand.

«Ach, du bist es.» Sie konnte ihre Enttäuschung nicht verbergen.

Sein Haar stand an einer Seite ab, als wäre er gerade aufgestanden, aber er sah besser aus als vorher, ausgeschlafener, mehr wie der alte Matt.

Verlegen versuchte sie, ihre erste Reaktion zu erklären. «Ich hatte dich gar nicht erwartet.»

«Also, soll ich dann mal? Wände verputzen, Esszimmerleisten und das Bad, richtig?» Er hatte einen schmutzigen Zettel in der Hand.

Isabel wollte ihn nicht hier haben. Sie wollte nicht durch seine Anwesenheit an ihre gemeinsame Nacht erinnert werden. Sie wollte ihn los sein, ihn sofort auszahlen, wenn es sein musste. Sie hatte genug.

Er schien ihren Widerstand zu spüren. «Du willst immer noch dieses Bad, oder? Für Kitty?»

Kitty, dachte sie. Kitty würde sich riesig freuen. Es wäre das beste Geburtstagsgeschenk: ein langes, luxuriöses, heißes Bad. Sie könnte ihr ein Schaumbad kaufen, irgendein gutes Öl.

«Du wirst auch wirklich das Bad machen? Gleich? Heute?»

«Bis zum Nachmittag dürfte es so gut wie fertig sein.»

«Also gut», sagte sie zögernd, «aber nur diese drei Sachen. Und dann rechnen wir ab. Ich habe das Geld da.»

«Ach, darüber können wir später reden», sagte er und drängte sich pfeifend an ihr vorbei. «Meiner mit zwei Stück Zucker, okay?»

Es ging ihm besser, jetzt, da er wieder hier war. Die letzten Tage waren irgendwie komisch gewesen. Er hatte sich schlecht gefühlt, fast als ob er Heimweh gehabt hätte. Aber jetzt, zurück im Spanischen Haus, wo Isabel ihm seinen Tee machte, ging es ihm wieder gut. Seine innere Unruhe, das unbehagliche Gefühl war weg. Er hatte geschlafen, etwas zu essen im Bauch und war dort, wo er hingehörte.

Methodisch arbeitete er sich voran, verlegte die Leisten, steckte die einzelnen Stücke sorgfältig zusammen. In Hellgrau würden sie gut aussehen, überlegte er. Und die Wände vielleicht rauchblau. Es war ein Südzimmer, das konnte eine so kühle Farbe ganz gut vertragen.

Isabel spielte unten in der Küche Geige. Er hielt inne und hörte ihr einen Moment lang zu. Dabei musste er an ihre gemeinsame Nacht denken, wie sie dort gestanden hatte, die Geige unterm Kinn, vollkommen vertieft in ihre Musik. Wie er auf sie zuging, wie sie ihn ansah, als hätte sie ihn erwartet. Worte waren nicht nötig gewesen, ihre Gedanken waren eins. Und dann auch ihre Körper. Ihr wildes langes Haar in seiner Faust. Diese langen, eleganten Finger, die sich an ihm festkrallten.

Der Wasserkessel pfiff, und die Musik brach ab. Er drückte die letzte Leiste an, setzte sich auf, warf einen prüfenden Blick auf seine Arbeit. Ohne ordentliche Leisten wirkte ein Raum einfach unfertig. Im großen Schlafzimmer hatte er die besten und höchsten Leisten verwendet, die es für Geld zu kaufen gab. Leisten, die zu diesem großen, hohen Raum passten, dem eleganten Schwung des Erkers, der hohen Fenster. Ihr war das überhaupt nicht aufgefallen, aber er war ihr deswegen nicht böse. Sie verstand eben nichts von Häusern, von Architektur. So wie er nichts von Musik verstand. Man weiß eben instinktiv, was passt und was nicht. Er hörte etwas im Flur und ging zur Tür. Zu seiner Enttäuschung sah er, dass sie seinen Tee einfach draußen hingestellt hatte. Er hatte halb gehofft, sie würde reinkommen und sich ansehen, was er gemacht hatte, ihn vielleicht loben. Er hätte ihr gerne erklärt, wie wichtig es war, dass die Schlüsselelemente eines Raums miteinander kommunizierten. Die meisten Leute konnten sich nämlich nicht vorstellen, dass sich ein einfacher Handwerker über solche Dinge Gedanken machte.

Aber sie muss ja arbeiten, sagte er sich. Sie muss sich um ihre Musik kümmern. Vielleicht war es ja besser so. Er nahm einen Schluck heißen, süßen Tee. Sie lenkte ihn zu sehr ab. Mit Isabel im Haus war er nicht sicher, wann er fertig werden würde. Tatsächlich hatte er dann das Gefühl, nie wieder arbeiten zu wollen.

Isabel stand in der Küche und hörte Matt oben herumhämmern. Endlich einmal tat er das, was er versprochen hatte. Und er wirkte wieder ein wenig ruhiger. Kitty würde jubeln, wenn sie sah, dass das Bad endlich fertig war. Warum also fühlte sie sich so unwohl?

Weil du seit Wochen nicht mehr richtig gespielt hast, sagte sie sich. Spielpausen machten sie immer nervös. Und es war leicht, in einer so abgelegenen Gegend, einem so großen, leeren Haus Wahnvorstellungen zu kriegen. Kein Verkehrslärm, keine zuschlagenden Türen, keine Menschen, die einen auf den Boden der Tatsachen zurückholten.

Sie würde sich auf das Scherzo konzentrieren, und bis sie es richtig hinbekommen hatte, wäre Matt mit seiner Arbeit fertig und könnte für immer aus ihrem Leben verschwinden. Dann wäre er nur mehr irgendein Nachbar, den man grüßte, wenn man sich über den Weg lief, und vielleicht mal um Hilfe bat, wenn es etwas zu reparieren gab.

Matt hatte die Arbeiten am Bad kurz ruhen lassen, um das Loch in der Wand von Thierrys Zimmer zuzugipsen. Nun strich er mit den Fingerspitzen über die rosa Oberfläche, um sich zu vergewissern, dass es keine Unebenheiten gab. Der Putz war kühl wie Alabaster. Thierrys Sachen, Kleidung, Spielzeug, lagen überall im Zimmer verstreut, als hätte ein Wirbelsturm gewütet. Legosteine schauten unter Schlafanzughosen hervor. Unterhosen, Socken und Bücher mit Eselsohren lagen auf dem Boden herum.

Das erinnerte ihn an Anthony. Matt hatte ihm damals ein prächtiges Parkhaus aus Holz gebaut, mit einem richtigen Aufzug und kleinen Pollern zur Markierung der Parkplätze. Aber Anthony hatte sich geweigert, damit zu spielen, er wollte lieber seine Knete benutzen. Laura meinte, das wäre «pädagogisch wertvoll».

Er hob das Poster auf, das er abgenommen hatte, um das Loch zuzumachen, und legte es behutsam aufs Bett. Dann nahm er das abgetretene alte Abdeckvlies, das vor dem nun zugegipsten Loch lag, und ging damit hinaus ins Treppenhaus, um es auszuschütteln und zusammenzulegen. Dabei fiel sein Blick zufällig ins große Schlafzimmer. Das Bett war bezogen.

Matts Blick glitt über die weiße Bettwäsche. Sie war also endlich in das Zimmer eingezogen, das er für sie hergerichtet hatte – für sie beide. Warum hatte sie nichts zu ihm gesagt? Es war wichtig, ja, unglaublich. Sie war hier, in seinem Zimmer.

Ihre Musik kam jetzt flüssiger, mit weniger Unterbrechungen, eine lange, verträumte Passage. Er fragte sich, ob sie ihm damit eine Botschaft senden wollte. Schließlich drückte sie sich ja über ihre Musik aus. Matt ließ das Vlies fallen und betrat mit behutsamen, dem Tempo der Musik folgenden Bewegungen das Schlafzimmer. Durch die herrlichen Erkerfenster schien die Sonne herein und spiegelte sich im makellos polierten, neuen Holzboden. Es war alles genauso schön, wie er es sich vorgestellt hatte.

Doch dann blieb sein Blick an den Schuhen hängen, die am Fuß des Betts standen. Zwei große, schmutzige, erdverkrustete Stiefel.

Männerstiefel.

Byrons Stiefel.

Matt starrte sie an, dann bemerkte er die zwei großen Taschen in der Ecke. Das Handtuch über dem Heizkörper, den er installiert hatte. Die Zahnbürste auf dem Fensterbrett.

Und etwas in ihm schaltete sich ab, schrumpfte in sich zusammen, hinterließ ein Vakuum, wo zuvor Gefühl gewesen war.

Byron und Isabel im großen Schlafzimmer. In seinem Schlafzimmer.

In seinem Bett.

Matt schüttelte den Kopf, einmal, noch einmal, als würde er ihn damit wieder klar bekommen. Dann stand er ganz still. In seinem Kopf rauschte es, und da war dieses Keuchen. Das musste er selbst sein. Langsam, wie im Traum, ging er auf den Flur hinaus, während unten die Musik spielte.

Ich spiele so gerne im Orchester, dachte Isabel, während sie zu den letzten Takten des Finales kam. Sie kannte Musiker, die ein Orchester als Musikfabrik bezeichneten und die Streicher für eine Art Wurstmaschine hielten, die auf Befehl Musik ausspie. Aber ihr gefiel die Kameraderie. Das erregende Gefühl, einen Klangwall zu bilden, ja selbst das Einstimmen vor dem Konzert. Vor einem guten Publikum konnte selbst das atemberaubend sein. Und dann natürlich die raren Momente wahrer Genialität, die manche großen Dirigenten hervorbrachten. Wenn sie doch bloß wieder in einem Orchester spielen könnte, selbst wenn es nur ein paarmal im Monat wäre. Es würde ihr ein Stück ihrer selbst wiedergeben, ein Stück, das ihr schmerzlich fehlte. Etwas, das über dieses Haus und die damit verbundenen Probleme hinausging.

Sie war gerade dabei, mit einem Harzstück die Bogenhaare einzureiben, als sie etwas hörte.

«Matt?», rief sie in Richtung Treppe, aber es kam keine Antwort.

Isabel setzte die Geige an, überprüfte die Saiten, nahm winzige Stimmkorrekturen vor. Diese Geige, dachte sie abwesend, wird nie so klingen wie die Guarneri. Die spielt wahrscheinlich gerade jemand anders. Jemand anders genoss den satten Klang der G-Saite, die schimmernde Brillanz des A. Und was habe ich?, dachte sie und musste fast lachen. Zwölf Quadratmeter neue Dachziegel und einen neuen Abwassertank.

Sie wollte gerade wieder zu spielen anfangen, als ein dumpfes, rhythmisches Geräusch an ihr Ohr drang, eine Art *wumm, wumm*. Sie stand ganz still da und überlegte, was genau sie Matt aufgetragen hatte. Mit den Leisten war er bereits fertig. Verputzen machte keinen Lärm. Und im Bad mussten ihres Wissens bloß noch die Armaturen angeschlossen werden. Immer wieder kam es, dieses *wumm, wumm*, und dann ein lautes Krachen. Putz rieselte von der Decke.

Isabel sprang zur Tür.

«Matt?»

Nichts. Nur wieder dieses *wumm, wumm, wumm*.

«Matt?»

Sie legte ihre Geige auf den Küchentisch und ging in die Diele. Er war oben, im zweiten Stock. Sie erklomm die Treppe. Jetzt hörte sie es deutlich. Er schien mit einem schweren Gegenstand auf irgendetwas einzuschlagen.

Langsam näherte sie sich dem großen Schlafzimmer – und da war er. Schwitzend vor Anstrengung schlug er mit einem schweren Vorschlaghammer auf die Wand ein. Schon jetzt zeichnete sich ein Loch ab, etwa fünfzehn Zentimeter im Durchmesser, durch das man ins benachbarte, immer noch unfertige Badezimmer schauen konnte.

Isabel starrte ihn fassungslos an. Er schien nichts um sich herum wahrzunehmen, holte weit aus und schwang den schweren Hammer.

«Was machst du da?», schrie sie.

Er schien sie überhaupt nicht zu hören. Wieder holte er aus, schlug mehrere Backsteine heraus. Brocken fielen auf das weiße Bettzeug.

«Matt!», brüllte sie. «Was machst du da?»

Er hielt inne. Sein Gesichtsausdruck war undurchdringlich. Seine leuchtend blauen Augen schienen sie geradezu zu durchbohren.

«Es hat keinen Zweck», sagte er mit erschreckender Ruhe. «Dieses Zimmer. Es hat keinen Zweck.»

«Aber – es ist doch ein wunderschönes Zimmer», stammelte sie. «Ich verstehe nicht.»

«Nein», sagte er und presste die Lippen zusammen. «Du hast es ruiniert. Ich muss es wegmachen.»

«Matt, du hast dir doch so viel …»

«Hat keinen Zweck.»

In diesem Moment wurde Isabel klar, dass sie mit einem Mann zu reden versuchte, der nicht mehr für Vernunftargumente zugänglich war. Sie war ganz allein im Haus. Mit einem Mann, der einen Vorschlaghammer schwang. Ihre Gedanken rasten. Sie musste ihn irgendwie dazu bringen, damit aufzuhören, bevor er sich noch über die anderen Zimmer hermachte. Ein kleiner Teil von ihr versuchte, die Gefahr einzuschätzen, in der sie sich befand. Sei tapfer, sagte sie sich, du darfst dir nicht anmerken lassen, wie sehr du dich fürchtest.

Sie warf einen Blick aus dem Fenster und sah Thierry über den Rasen kommen. Ihr Herz setzte einen Schlag lang aus.

«Matt!», rief sie erneut. «Matt! Du hast ja recht!» Ihre Hände flatterten. «Du hast absolut recht.»

Das schien er nicht erwartet zu haben. Er hörte auf und starrte sie an.

«Ich muss das Ganze noch mal durchdenken.»

«Es ist alles falsch», sagte er.

«Ja, du hast recht. Ich hab Fehler gemacht. Viele Fehler.»

«Ich wollte es doch bloß schön machen», sagte er und schaute zur Decke. Etwas in seinem Ausdruck machte ihr Hoffnung. Sie wagte es, noch einmal zum Fenster zu schauen. Thierry war nicht mehr zu sehen. Sicher war er bereits bei der Hintertür.

«Wir müssen miteinander reden», sagte sie.

«Was anderes will ich gar nicht. Nur mit dir reden.»

«Ich weiß. Aber nicht jetzt. Lass uns noch mal über alles nachdenken und dann vielleicht morgen reden, ja?»

«Nur du und ich?» Hinter ihm klaffte wie eine hässliche Wunde das Loch in der Wand.

«Nur du und ich», willigte sie ein. Sie berührte seinen Arm, wie um ihn zu beruhigen, aber auch, um ihn zum Gehen zu bewegen. «Aber nicht jetzt, okay?»

Er schaute sie forschend an. Sie zwang sich, seinem Blick standzuhalten, obwohl ihr der Atem stockte. «Ich muss gehen, Matt. Ich … ich muss üben. Du weißt ja …»

Er schien wie aus einem Traum zu erwachen, riss seinen Blick von ihr los und kratzte sich am Hinterkopf. Er nickte. «Also gut», sagte er. Was er angerichtet hatte, nahm er überhaupt nicht zur Kenntnis. «Du übst, und wir reden später. Du wirst es nicht vergessen, oder?»

Sie schüttelte den Kopf.

Da wandte er sich endlich ab und ging, in der Hand den lose herabhängenden Vorschlaghammer.

Vierzehn Mal wählte sie Byrons Nummer, nur um gleich wieder aufzulegen. Wie hätte sie ihn auch anrufen können? Er war glücklicher, als sie ihn je erlebt hatte. Die Aussicht auf eine bezahlte Arbeit, ein Abendessen bei einem alten Freund, ein warmes Bett, das er sich verdient hatte und nicht aus Mitleid bekam – er war von jetzt auf gleich ein ganz anderer Mensch geworden. Und was hätte sie überhaupt sagen sollen? Ich habe Angst? Ich fühle mich bedroht? Um das erklären zu können, hätte sie ihm erzählen müssen, was zwischen ihr und Matt vorgefallen war. Und das wollte sie nicht. Sie musste daran denken, wie sich seine Hand angefühlt hatte, Byrons Hand, in der Dunkelheit des Heizungskellers. Seine sanfte Abfuhr. Nein, sie hatte kein Recht, ihn um irgendetwas zu bitten.

Mehrmals überlegte sie, ob sie Laura anrufen sollte, tat es aber dann doch nicht. Wie konnte sie einer Frau, mit deren Mann sie geschlafen hatte, sagen, dass sie sich nun von ihm terrorisiert fühlte, dass sie vermutete, er könne eine Art Nervenzusammenbruch haben? Von dieser Seite konnte sie wohl kaum Mitgefühl erwarten.

Außerdem war es möglich, dass Laura bereits Bescheid wusste. Vielleicht hatte sie ihn ja rausgeworfen, und dann waren bei ihm die Sicherungen durchgebrannt. Vielleicht hatte Matt ihr erzählt, was zwischen ihnen vorgefallen war.

Sie stellte sich vor, Byron würde immer noch unten im Heizungskeller wohnen. Komm zurück, bat sie ihn stumm. Und dann, bevor sie wusste, wie es kam: *Komm heim.*

An diesem Abend erlaubte Isabel den Kindern nicht, bis zum Dunkelwerden draußen zu bleiben. Unter einem Vorwand behielt sie sie im Haus. Sie überredete Kitty, noch ein paar Cookies für ihre Party zu backen, und Thierry, ihr laut vorzulesen. Sie war aufmerksam und fröhlich. Dass sie sich mehrmals vergewisserte, ob Türen und Fenster verschlossen waren, erklärte sie damit, dass Matt wertvolle Geräte im Haus zurückgelassen habe.

Als die Kinder schließlich widerwillig ins Bett gegangen waren, wartete Isabel noch eine Stunde und ging dann in ihr Schlafzimmer. Sie öffnete ihre fast leere Schmuckschatulle und holte einen kleinen Messingschlüssel heraus. Er hatte es auf dem Speicher versteckt, wo es vor neugierigen Kinderhänden sicher war. Sie stieg auf den Dachboden, hob ächzend den schweren Kasten hoch – er war aus massivem Holz – und schleppte ihn die wackelige Speichertreppe hinunter ins Schlafzimmer.

Sie vermied es, das Loch in der Wand anzusehen. In der Nacht wirkte es nur noch unheilvoller, noch bedrohlicher.

Sie schloss den Kasten auf, holte das Gewehr heraus und lud es.

Das Jagdgewehr des alten Pottisworth, das Byron oben auf dem Küchenschrank gefunden hatte.

Sie vergewisserte sich, dass es gesichert war, und spähte durch die Kimme. Dann ging sie im Haus umher, überprüfte noch einmal sämtliche Fenster und Türen. Sie ließ Pepper aus der Küche, wo er normalerweise schlief, damit auch er im Haus patrouillieren konnte.

Sie warf einen Blick auf ihr Handy, um zu sehen, ob Byron angerufen hatte. Dann, als es draußen dunkel wurde und die Vögel aufhörten zu zwitschern, setzte sie sich auf die oberste Treppenstufe, von wo aus sie die Haustür gut im Blick hatte, und legte sich das Gewehr locker über die Knie.

Und dort blieb sie, im Dunkeln, und hielt Wache.

KAPITEL 22

Laura wurde durch ein fröhliches Pfeifen geweckt, schlug die Augen auf und blieb still liegen. Ein Blick auf die Uhr verriet, dass es Viertel vor sieben war. Matt stand im Bad. Sie hörte Wasser laufen und ein kratzendes Geräusch. Er rasierte sich. Laura fiel ein, dass sie keine neuen Rasierklingen gekauft hatte. Er hasste es, sich mit stumpfen rasieren zu müssen.

War er hier gewesen, während sie schlief? Sie richtete sich auf und schaute sich um. Wohl nicht, denn wenn er die beiden Koffer gesehen hätte, würde er wohl kaum pfeifen.

Laura stand auf, schlüpfte in ihren Morgenmantel und ging hinaus. Sie blieb in der offenen Badezimmertür stehen. Ihr Mann stand vorm Waschbecken, mit einem Handtuch um die Hüften.

«Hallo», sagte er, als er sie im Spiegel erblickte. So distanziert, als würde er eine Nachbarin grüßen.

Sie wickelte sich fester in ihren Morgenmantel und lehnte sich an den Türrahmen. Aus solcher Nähe hatte sie ihn seit Wochen nicht mehr gesehen. Sein Körper war ihr vertraut, so vertraut wie ihr eigener. Und dennoch irgendwie fremd. Als hätte sie kein Recht mehr, ihn so zu sehen.

Nervös strich sie sich das Haar aus dem Gesicht. Dieses Gespräch hatte sie unzählige Male im Geiste geprobt. «Matt, wir müssen miteinander reden.»

Er rasierte sich ungerührt weiter. «Keine Zeit. Wichtige Verabredung.» Er hob sein Kinn, um besser sehen zu können, was er mit der Klinge machte.

So höflich wie möglich sagte sie: «Es ist wichtig. Ich muss dir was sagen.»

«Geht nicht. Muss gleich weg. Hab nur noch ...», er warf einen Blick auf seine Armbanduhr, «zwanzig Minuten. Höchstens.»

«Matt, wir ...»

Da drehte er sich zu ihr um, schüttelte den Kopf.

«Hast du nicht gehört, was ich sage? Nie hörst du mir zu, wenn ich was sage, Laura. Ich kann jetzt nicht mit dir reden. Ich hab was Wichtiges vor.»

Eigenartig, wie er das sagte, in einem so schleppenden, eindringlichen Ton. Aber wer konnte schon sagen, was in seinem Kopf vorging. Sie beschloss, darüber hinwegzugehen, atmete langsam und zittrig aus. «Also gut. Und wann wirst du wieder da sein?»

Er zuckte mit den Schultern, rasierte sich weiter.

So soll es also enden? Ohne zu reden? Ohne Streit? Indem ich einen Termin ausmache, um das Allernötigste zu besprechen, während ich zusehe, wie er sich für eine andere rasiert? Typisch für mich, immer Haltung bewahren, ganz Dame, den Ehemann höflich bitten, doch zuzugeben, dass die Ehe am Ende ist.

«Wir müssen das klären», stieß sie gepresst hervor. «Das mit uns, Matt.»

Er sagte nichts.

«Können wir heute Abend reden? Wirst du hier sein?»

«Eher nicht.»

«Und wo wirst du sein? Im Spanischen Haus?» Sie konnte nicht verhindern, dass ihre Stimme kippte.

Er schob sich an ihr vorbei. Ließ sie stehen, als wäre sie nicht wichtiger als der Milchmann. Laura hörte ihn pfeifen und schloss die Augen. Als sie sie wieder aufschlug, sah sie, dass das weiche weiße Handtuch, das er achtlos über die Stange geworfen hatte, blutverschmiert war.

«Papierservietten. Du brauchst Servietten. Es sei denn natürlich, ihr habt genügend von diesen herrlichen Damastservietten.»

«Ist das wirklich nötig? Wir essen doch draußen.»

Henry setzte den Blinker und wechselte zurück auf die linke Spur. Kitty saß auf dem Rücksitz und fügte ihrer immer länger werdenden Liste einen weiteren Eintrag hinzu. Sie hatte noch nie eine Party veranstaltet. Unglaublich, was es dabei alles zu organisieren gab.

«Solche hatten wir mal», überlegte sie, «aber die sind beim Umzug verlorengegangen.»

«Wie meine Inline-Skates», warf Thierry ein, der neben ihr saß. «Die sind auch verschwunden.»

«Die tauchen schon wieder auf, die Servietten. In zwei Jahren wahrscheinlich, wenn ihr gerade neue gekauft habt. Sicher liegen sie noch in einer Umzugskiste», sagte Henry.

«Ich will aber nicht zwei Jahre auf meine Inline-Skates warten.» Thierry hob ein Bein und stemmte es gegen Henrys Sitz. «Dann sind sie mir zu klein. Gibt es da was zu essen, wo wir hinfahren?»

Sie hatte Thierry eigentlich nicht mitnehmen wollen, aber als sie heute früh nach unten kam, hatte sie ihre Mutter auf dem Sofa schlafend vorgefunden. In den Klamotten vom Vortag. Wahrscheinlich hatte sie wieder die ganze Nacht geübt. Es wäre nicht das erste Mal gewesen. Mum sah aus, als könnte sie den Schlaf gebrauchen. Und deshalb hatte sie Thierry und Pepper mitgenommen.

«Cola. Ihr jungen Leute trinkt doch heute alle Cola. Die gibt es günstig im Discounter», überlegte Henry. «Und Saft. Du könntest ihn mit Sprudel mischen und als Schorle anbieten.»

«Dafür reicht mein Geld bestimmt nicht. Ich werde einfach noch mehr Holundersaft machen.»

Asad summte zum Radio mit, trommelte mit den Fingern den Takt aufs Armaturenbrett. «Eiswürfel», sagte er. «Einen großen Beutel. Ihr könnt unsere Kühlbox benutzen, weil ihr ja immer noch keinen Kühlschrank habt.»

«Und wer soll die schleppen?», warf Henry ein. «Die wiegt doch 'ne Tonne.»

«Wir», verkündete Thierry. «Ich bin in den letzten sechs Wochen fast vier Zentimeter gewachsen. Mum hat einen Strich an den Türrahmen gemacht.»

«Du solltest vorher festlegen, wie viel du höchstens ausgeben willst», riet Henry. «Im Discounter bekommst du es zwar viel billiger, aber das wird eine Riesenparty. Viele Mäuler zu stopfen. Wie viel Geld hast du?»

«Zweiundachtzig Pfund», sagte Kitty. Eigentlich wären es zweiundsechzig gewesen, aber heute war eine Geburtstagskarte plus Scheck von ihrer französischen Großmutter eingetroffen.

«Wie wär es mit Grillen?», fragte Henry. «Was meinst du, Asad?»

«Zu teuer. Hot Dogs genügen. Und jede Menge Salate. Reissalat und Nudelsalat für die Vegetarier. Die kann ich für dich machen. Und als Nachspeise? Frische Beeren aus dem Garten, hast du gesagt?»

Das wird die beste Party aller Zeiten, dachte Kitty. Fast alle aus ihrer Klasse wollten kommen. Sie waren ganz begeistert gewesen, als sie ihnen von dem See erzählt hatte. Ein Freund von Anthony wollte ein Schlauchboot mitbringen, und Anthony hatte eine Luftmatratze.

«Wir müssten noch ein paar von diesen Wimpelketten im Keller haben, oder, Asad?», meinte Henry. «Die könnten wir ans Gerüst binden, das würde es etwas hübscher machen.»

«Im Keller? Da haben wir doch ewig nicht mehr reingeschaut. Diese Wimpel stammen wahrscheinlich noch vom silbernen Kronjubiläum der Queen», erwiderte Asad.

«Und Teelichter», sagte Henry begeistert, «den ganzen Weg entlang, bis runter zum See. Die kannst du dann anzünden, wenn es dunkel wird. Teuer sind die nicht, da bekommst du hundert Stück für ein paar Pfund.»

Kitty hatte zwar lange gebraucht, aber jetzt, da sie hier mit Asad und Henry im Wagen saß, wurde ihr bewusst, dass sie kein Heimweh mehr hatte. Wenn ihr vor sechs Monaten jemand gesagt hätte, dass ihre Vorstellung von einem Riesenspaß darin bestehen würde, mit zwei ältlichen Schwulen zum Discounter zu fahren, sie hätte geheult wie ein Schlosshund. Aber jetzt wollte sie gar nicht mehr zurück nach London. Natürlich vermisste sie ihren Dad noch immer – wahrscheinlich würde sie nie an ihn denken können, ohne einen Kloß im Hals zu haben –, aber vielleicht hatte Mum doch recht. Vielleicht war es ja wirklich besser gewesen, wegzuziehen und woanders ganz neu anzufangen.

«Aber was genau hat er gesagt?» Nicholas klemmte sich das Handy zwischen Ohr und Schulter. «Warte, ich fahre kurz auf den Seitenstreifen.»

Er schnitt versehentlich ein Auto, das ihn nun mit zornigem Hupen überholte. Er hob entschuldigend die Hand.

«Was ist das für ein Lärm? Wo bist du denn?», fragte sie.

«Unterwegs, auf der Autobahn.»

«Aber Matt ist noch da», flüsterte sie.

«Ich wollte ja auch nicht vorbeikommen», sagte er und warf

einen Blick in den Rückspiegel. Gott, war das heute ein Verkehr. «Sosehr ich es mir auch wünschen würde.»

«Dann willst du also heute mit ihr reden?»

Nicholas bremste ab und ließ jemanden vorbei, der die Spur wechseln wollte, dann lenkte er den Wagen auf die Pannenspur und blieb mit laufendem Motor stehen. «Ich kann nicht länger warten. Die Finanzierung steht ... Laura?»

«Ja?»

Ihr Schweigen hatte ihn nervös gemacht. «Ist was?»

«Nein, es ist nur ... irgendwie komisch. Ein komisches Gefühl. Dass es jetzt tatsächlich passieren soll.»

Ein Laster raste vorbei, und der Luftzug brachte sein Auto zum Schaukeln. «Hör zu, Veränderungen sind immer ...»

«Ich weiß.»

«Ich versteh dich, Laura. Ehrlich. Ich habe das alles doch selbst durchgemacht.»

Sie zögerte. Ein bisschen zu lange.

«Willst du immer noch dieses Haus? Ist es das?»

«Es ist nicht ...»

«Dann streiche ich das Bauprojekt.»

«Was?»

Das war ihm so herausgerutscht. «Dann streiche ich es eben», wiederholte er, «wenn du das Haus unbedingt haben willst.»

«Aber das ist doch dein großes Projekt. Dein Traum. Wie willst du ohne das weiterkommen? Du hast doch gesagt –»

«Das geht schon irgendwie.»

«Aber die ganzen Pläne, die du gemacht hast. Deine Finanziers ...»

«Laura! Hör zu!» Er musste jetzt brüllen, um den Verkehrslärm zu übertönen. «Ich besorg dir das Haus, wenn du es unbedingt haben willst. Es kann immer noch dein Traumhaus werden. Unser Traumhaus.»

Diesmal hatte ihr Schweigen einen anderen Charakter. «Das würdest du für mich tun?»

«Da fragst du noch?»

«Ach, Nicholas.» Sie klang dankbar, aber wofür genau, da war er sich nicht sicher.

Sie schwiegen einen Moment.

«Es könnte sein, dass er dort sein wird. Aber du wirst nichts sagen, ja?»

«Über uns?»

«Ich finde, das sollte von mir kommen.»

«Du meinst, ich soll nicht sagen: ‹Mr. McCarthy, ich habe mit Ihrer Frau geschlafen. Und ich finde, sie hat den schönsten Pfirsichpopo, den ich je gesehen habe›?»

Sie musste lachen. «Bitte», sagte sie, «lass mich später mit ihm reden.»

«Laura, dein Mann ist ein Idiot, und das würde ich ihm auch gerne sagen, aber erst wenn es dir recht ist. Pass auf, ich muss weiter. Ich ruf dich an, wenn ich mit Mrs. Delancey geredet habe.»

Er legte auf und blieb einen Moment lang sitzen, während der Verkehr an ihm vorbeirauschte. Er hoffte, dass sie ihn nicht beim Wort nahm und er das Projekt würde aufgeben müssen.

Matt holte die kleine Samtschachtel aus seiner Tasche, klappte sie auf und schaute den Rubinring mit den Perlen an, der in der Sonne glitzerte. Der Ring war ihm sofort ins Auge gefallen, als er den Laden betrat. «Hübscher Ring», hatte der Juwelier gesagt. «Viktorianisch. Etwas ganz Besonderes.» So wie Isabel.

Wahrscheinlich hatte er doppelt so viel bezahlt, wie der Mann Isabel dafür gegeben hatte, aber das war Matt egal. Er wollte ihr Gesicht sehen, wenn sie das Schächtelchen öffnete.

Er wollte sehen, wie dankbar sie ihm war für alles, was er für sie getan hatte.

Was spielte Geld jetzt noch für eine Rolle? Er und Laura hatten seit Jahren Ersparnisse auf der Bank liegen, und was hatten sie davon? Er musste Isabel jetzt nur noch begreiflich machen, was er für sie empfand. Und dieser Ring würde ihr beweisen, dass er wusste, was sie wollte und wie viel sie verloren hatte. Es gefiel ihm, dass außer ihm niemand von diesem Ring wusste. Ein Rubin: die Farbe der Liebe, der Leidenschaft. Ihn zu besitzen war, als würde er einen Teil von ihr besitzen.

Er wollte gerade aus dem Wald heraus und auf ihre Einfahrt fahren, als er einen anderen Wagen vor dem Haus halten sah. Ein Mann im Anzug stieg aus, schaute sich um. Ein alter Freund wahrscheinlich. Oder irgendein Beamter. Seine Vorfreude verflog. Er hatte diesen Moment so sorgfältig gewählt, hatte gewartet, bis sie allein war. Es ging nur, wenn sie allein war, wenn die Kinder nicht dabei waren.

Er schob den Ring wieder in die Tasche zurück. Er würde warten. Er hatte Geduld. Er hatte alle Zeit der Welt.

«Ja?»

Er wusste einen Moment lang nicht, was er sagen sollte. Er hatte fast zehn Minuten lang vergebens geklopft und war dann ein paar Schritte zurückgetreten, um an dem Haus hinaufzuschauen, das ihn seit Wochen so sehr beschäftigte.

Ein deutlicher Riss zeichnete sich an einem der oberen Fenster ab, zog sich schräg abwärts bis zum Boden – eine Absenkung oder Verwerfung, was nicht verwunderlich war, da das Haus an einem See lag und überdies von Wald umgeben war. Ein neues Fenster war schlampig eingesetzt worden. Unter dem Rahmen war ein dicker Spalt zu sehen, wo die Abdichtung fehlte. Vor dem Glas flatterte müde eine blaue Plastikplane. Das Dach war unfertig, die Plastik-Regenrinne nicht angeschlossen. Eine Hausseite war teilweise eingerüstet, aber zu welchem Zweck, war nicht erkennbar.

Er trat noch einen Schritt zurück. Auf dem Rasen stand eine Ansammlung alter, schäbiger, nicht zueinanderpassender Gartenmöbel, doch selbst die konnten der Umgebung nichts von ihrer Schönheit nehmen. Der See machte alles wieder wett. Dieser herrliche, friedliche Ort besaß etwas, das man sonst nur irgendwo weiter draußen in der Wildnis fand. Aber dieser Teil von Norfolk lag noch nahe genug an London, um ihn für Pendler interessant zu machen – Mike Todd war ebenfalls dieser Meinung. *In London arbeiten und auf dem Lande leben.* Er konnte die Hochglanzbroschüre fast schon vor sich sehen. Vielleicht würden er und Laura ja eins der Häuser nehmen – dieser Ort besaß eine fast magische Ausstrahlung.

Und dann war sie plötzlich da. Eine zerzauste Frau in einer zerknitterten Leinenbluse spähte blinzelnd zu ihm heraus. «Ja?»

Er wusste einen Moment lang nicht mehr, was er sagen wollte, obwohl er es im Geiste so oft geübt hatte. Aber sie hatte ihn vollkommen aus dem Konzept gebracht.

Dies war also die Frau, die Laura so viel Kummer bereitete.

«Tut mir leid, wenn ich störe», sagte er und streckte ihr die Hand entgegen. «Ich hätte vielleicht vorher anrufen sollen. Ich komme wegen des Hauses.»

«Ach du meine Güte. Das ging aber schnell.» Sie blinzelte wie eine Eule. «Wie spät ist es?»

Er sah auf seine Armbanduhr. «Viertel vor zehn.»

Das schien sie zu überraschen. Wie zu sich selbst sagte sie: «Ich muss kurz eingenickt sein … Hören Sie, ich brauche jetzt erst mal einen Kaffee. Sie auch?»

Sie ging ihm voran in die Küche. Er versuchte, seine spontane Abneigung ihr gegenüber zu unterdrücken. Was er erwartet hatte, wusste er selbst nicht – jedenfalls nicht jemanden, der so chaotisch, so zerknittert aussah. Eine irgendwie berechnendere Frau.

«Hier, bitte», sagte sie. «Nehmen Sie Platz. Das ist jetzt vielleicht eine dumme Frage, aber haben Sie hier irgendwo Kinder gesehen?»

Die Küche gehörte dringend renoviert. Hier war seit Jahrzehnten nichts mehr geschehen. Nicholas' Blick fiel auf das rissige Linoleum, auf die verblasste Wandfarbe. Fotos hingen willkürlich an den Wänden, hier getrocknete Blumen und dort ein angemalter Lehmbrocken – klägliche Versuche, eine Umgebung, die er, ehrlich gesagt, für unbewohnbar hielt, etwas gemütlicher zu machen. Durchs Fenster sah er, dass draußen unter dem Wandvorsprung überall Netze voller Obst und Gemüse hingen.

Sie füllte einen Wasserkessel und setzte ihn auf. Dann streckte sie den Kopf in die Speisekammer, nahm einen offenen Milchkarton und schnüffelte daran. Ging noch. Gerade noch. «Wir haben keinen Kühlschrank.»

«Für mich schwarz, bitte», erklärte er steif.

«Kann ich Ihnen nicht verübeln», sagte sie und stellte die Milch wieder zurück. Als sie ihm seinen Kaffee reichte, fiel ihr auf, mit welchem Gesichtsausdruck er sich umsah.

«Das ist der einzige Raum, in dem noch nichts gemacht worden ist», erklärte sie, wie um sich zu verteidigen. «Hier sieht es noch genauso aus wie früher, als mein Großonkel noch hier lebte. Möchten Sie sich mal umsehen?»

«Wenn ich darf.»

«Sie müssen sich ja alles ansehen.»

Wer konnte ihr verraten haben, dass er kommen würde? Er hatte erwartet, dass sie abweisend, ja misstrauisch sein würde. Stattdessen hätte sie nicht entgegenkommender sein können.

Sie nahm einen Zettel vom Tisch zur Hand und las ihn. Dann warf sie einen Blick aus dem Fenster, auf den See.

«Gehen Sie ruhig», sagte sie und nahm einen Schluck Kaffee. «Ich komme nach. Ich brauche noch einen Moment, um richtig zu mir zu kommen.» Sie lächelte entschuldigend. «Schauen Sie sich ruhig um. Niemand wird Sie stören.»

Das ließ er sich nicht zweimal sagen. Nicholas nahm seinen Kaffee und ging, um sich das Haus, das seine Zukunft darstellte, noch einmal gründlich anzusehen.

Sie tauchte erst zwanzig Minuten später wieder auf, hatte sich umgezogen, trug jetzt ein frisches T-Shirt und einen weiten Rock. Die Haare hatte sie zurückgebunden.

Er stand in der Diele im zweiten Stock und blickte von seinen Notizen auf. Gerade hatte er einen Blick in das große Schlafzimmer geworfen.

«Wollen Sie da einen Durchbruch machen?», erkundigte er sich. Auf dem Bettzeug lag eine Schicht aus Staub und Putz.

«Das», sagte sie vorsichtig, «ist eine lange Geschichte. Aber nein, da soll kein Durchbruch hin.»

«Dann sollten Sie dieses Loch aber so schnell wie möglich wieder zumachen. Das ist eine tragende Wand; so was könnte gefährlich werden.»

Er inspizierte kurz einen Riss in einer Ecke, aber als er sich wieder zu ihr umwandte, spähte sie gerade aus dem Fenster. «Mrs. Delancey?»

«Ja? Oh, ich bitte um Entschuldigung. Ich … ich habe nicht sehr viel geschlafen. Vielleicht könnten wir das alles ja ein andermal besprechen.»

«Würde es Ihnen was ausmachen, wenn wir rausgingen? Hier drinnen habe ich alles Nötige gesehen.»

Jedenfalls genug, um zu wissen, dass Lauras Mann das war,

was man in der Branche als «Cowboy» bezeichnete. Das Haus war eine kuriose Mischung aus Pfusch und hochwertiger Handwerksarbeit, aus Abriss und Aufbau, beinahe als wären hier zwei ganz verschiedene Menschen am Werk gewesen. Eins jedoch war klar: Das Haus erforderte weit mehr Arbeit, als selbst Laura es sich vorstellen konnte. Als Nicholas das letzte Mal hier gewesen war, hatte es lediglich alt und heruntergekommen auf ihn gewirkt, nichts, das sich nicht wieder instand setzen ließe. Aber was er heute gesehen hatte, bestärkte ihn in seiner Meinung, dass es das Beste war, das ganze Haus einfach abzureißen und neu anzufangen. Aber wie sollte er das Laura beibringen?

Er folgte ihr hinaus in den Sonnenschein, wo er sofort bereute, ein Jackett angezogen zu haben, und um die Hausecke, zum Gerüst, wobei er vergebens die Fliegen, die ihn umsummten, zu verscheuchen versuchte.

«Dieser Kamin da oben wird noch gemacht», sagte sie und deutete hinauf. «Ich glaube zumindest, dass es der ist. Und da unten ist ein neues Abwasserrohr ... oder vielleicht auch da ...» Sie zählte noch ein paar andere Arbeiten auf, die sich nur schwer nachvollziehen ließen.

Er hatte auf einmal Mitleid mit ihr. Da saß sie und merkte nicht, dass um sie herum das Haus eingerissen wurde.

«Also, was halten Sie davon?», fragte sie, wohl weil sie seinen betretenen Gesichtsausdruck bemerkt hatte.

«Mrs. Delancey, ich ...»

Sie starrten die rissige Backsteinwand an, die Schutthaufen, die Zementsäcke.

Sie musterte ihn forschend. «Sie finden es schlimm, ja?» Aber sie wartete seine Antwort nicht ab. «Mein Gott, Sie finden es furchtbar, nicht wahr? Ja, ich weiß, es ist furchtbar. Aber wenn man damit lebt, sieht man es irgendwann gar nicht mehr.»

Sie wirkte total geknickt. Nicholas musste sich fast zwingen, sie nicht zu trösten. Jetzt konnte er sich vorstellen, was Lauras Mann so anziehend an ihr fand: Sie war eine hilflose, mädchenhafte Frau. Sie weckte den Beschützerinstinkt, gab einem, unabsichtlich oder nicht, das Gefühl, eine Art Ritter in schimmernder Rüstung zu sein.

Sie setzte ein tapferes Lächeln auf. «Also, was soll ich tun?»

«Nun ja», überlegte er, «vielleicht sollte ich Ihnen einfach erst mal sagen, was alles nicht stimmt. Wenn Sie möchten.»

«Ja», sagte sie fest. «Ja, ich möchte es wissen.»

«Also gut. Fangen wir mit dem Dach an ...»

Matt sah durch die Windschutzscheibe, wie der Mann Isabel in sein Notizbuch schauen ließ und dann zum Dachfirst zeigte. Zuerst hatte er ihn für einen Musiker gehalten, dann für einen Lehrer – es gab hier nur sehr wenige Männer, die Anzug trugen –, aber jetzt unterhielten sie sich offensichtlich über das Haus, über *sein* Haus, *seine* Arbeit. Und aus der Art, wie er den Kopf schüttelte, und aus Isabels angespanntem Gesichtsausdruck konnte er schließen, dass es nichts Gutes bedeutete.

Matt schob das Schächtelchen wieder in seine Tasche zurück, stieg aus seinem Lieferwagen und schloss leise die Tür. Langsam schlich er näher, immer in der Deckung der Bäume. Vom Stadtbauamt kam er nicht. Matt kannte fast jeden von der Bauaufsicht.

«Wie Sie sehen, hat sich hier ein schlimmer Riss gebildet.» Der Mann deutete auf die Hauswand. «Aber da wir weder einen besonders feuchten Winter noch einen besonders trockenen Sommer hatten und der Riss relativ neu aussieht, steht zu vermuten, dass er durch die Bauarbeiten verursacht wurde.»

«Durch die Bauarbeiten?», fragte Isabel, und ihre Stimme klang schockiert.

«Ich fürchte, ja. Wurde drinnen sehr viel eingerissen? Das

Haus sieht aus, als hätte es in letzter Zeit ganz schön was mitgemacht.»

Sie stieß ein unfrohes Lachen aus. «Sie haben es ja selbst gesehen. Ja, da ist viel eingerissen worden, aber ich habe nicht alles mitbekommen.»

Matts Herz begann heftig zu klopfen. Was zum Teufel hatte der Mann vor?

«Was das Abwassersystem betrifft, dazu kann ich nicht viel sagen, aber das Badezimmer ist ganz offensichtlich unfertig, und in der Küche ist überhaupt nichts gemacht worden. Aber das ist alles Kosmetik. Das große Schlafzimmer scheint der einzige Raum zu sein, in dem qualitativ gute Arbeit geleistet wurde, aber da ist dieses Loch in der Wand ... Im Ostflügel gibt es Anzeichen auf Holzfäule und Holzwurmbefall. Ich habe mir erlaubt, ein Stück Leiste zu entfernen, und ich fürchte, das bedarf einer näheren Untersuchung. Unter der Treppe vermute ich einen Klopfkäferbefall. Außerdem scheinen Sie nur ein halbes Warmwassersystem zu haben – der Verlauf einiger Rohre ist vollkommen unverständlich.»

«Und das liegt Ihrer Meinung nach an der Arbeit unseres Bauleiters?»

Der Mann im Anzug schien sich seine Antwort genau zu überlegen. «Nein, das Haus war schon vorher in einem sehr schlechten Zustand. Aber es ist jetzt in keinem besseren Zustand, im Gegenteil, Ihr Bauleiter scheint alles, absichtlich oder unabsichtlich, noch verschlimmert zu haben.»

Isabel riss erschrocken die Augen auf. «Absichtlich?»

Matt konnte es nicht länger ertragen. Er brach aus dem Wald hervor und kam mit langen Schritten auf den Mann zu.

«Was zum Teufel erzählen Sie ihr da? Wer zum Teufel sind Sie?», brüllte er. «Was erzählen Sie für Lügen?»

Er fühlte Isabels Hand auf seinem Arm. «Matt, bitte ...»

Der Anzugträger schaute Matt abschätzend an, als hielte er sich für etwas Besseres. «Sie sind Matt McCarthy?»

«Und wer zum Teufel sind Sie?»

Der Mann sagte nichts, starrte ihn bloß an, was Matt noch wütender machte. «Was bilden Sie sich eigentlich ein, einfach hier aufzutauchen und Isabel irgendwelche Lügen aufzutischen? Hm? Ich habe alles gehört! Sie wissen nichts über dieses Haus und darüber, was ich hier gemacht hab! Nichts!»

Der Mann schien keine Angst vor ihm zu haben. Im Gegenteil, die Miene, mit der er ihn ansah, verriet unverhohlen seine Verachtung.

«Ich habe Mrs. Delancey die Wahrheit über das erzählt, was mit ihrem Haus angestellt worden ist. Und ich kann Ihnen sagen, Mr. McCarthy, dass ich schon vorher von Ihren Machenschaften hier gehört habe!»

«Was soll das heißen?», fragte Isabel.

Jetzt sah Matt rot. Er brüllte nicht länger, er stand kurz davor, diesem gelackten Eindringling eine zu verpassen. «Ach ja? Das glauben Sie? Sie meinen, Sie wissen alles über dieses Haus, was?»

Isabel flehte ihn an, sich nicht so aufzuregen. Er konnte ihr Parfüm riechen, doch selbst das konnte ihn jetzt nicht mehr bremsen.

Laura war gerade im Garten beim Rosenschneiden, als sie Matt brüllen hörte, ein hässliches, tierisches Geräusch. Dann eine Männerstimme, ruhiger. Eine Frauenstimme, voller Angst. Lauras Magen machte einen Satz. Nicholas hatte ihm alles erzählt.

«Mum?» Anthonys verschlafenes Gesicht tauchte im Fenster auf. «Was ist da los?»

Laura schaute erschrocken zu ihm auf. Dann ließ sie die Gartenschere fallen und lief mit großen Schritten, den Hund an ihrer Seite, auf das Spanische Haus zu.

Isabel Delancey hatte sich, die Arme abwehrend ausgestreckt, zwischen die Männer gedrängt. Nicholas hielt sich ein Taschentuch an die Nase. Über sein Kinn rann Blut und tropfte auf sein hellblaues Hemd. Matt stand buchstäblich der Schaum vorm Mund, er brüllte wie ein Stier. Was er brüllte, konnte man kaum verstehen. Die idyllische Landschaft schien die Hässlichkeit dieser Szene nur noch zu unterstreichen. Mein Gott, dachte Laura, was habe ich bloß getan?

«Sie sind hier unerwünscht!», schrie Matt. «Verschwinden Sie, bevor ich mich ganz vergesse!»

«Matt?»

Laura trat näher. Beim Klang ihrer Stimme trat er einen Schritt zurück, drehte sich um.

«Mein Gott, es tut mir so leid», sagte sie. «Ich wollte nicht, dass du es so erfährst.»

Der distanzierte Mann von heute früh war kaum wiederzuerkennen: Mit wilden Augen starrte er sie an, bebend vor Zorn. «Wovon zum Teufel redest du, verflucht noch mal?»

«Laura, nicht ...», warf Nicholas ein.

Aber Isabel Delancey unterbrach ihn. «Stimmt das, was er gesagt hat?», fragte sie Matt. «Du wolltest das Haus für dich selbst? Und deshalb hast du es absichtlich demoliert?»

Es war das erste Mal, dass Laura ihren Mann wirklich erschüttert sah.

«Nein», protestierte er, «nein – so war es nicht. Ich wollte es schön machen.»

«Ha! Halb eingerissen haben Sie es», sagte Nicholas empört. «Das ist jetzt bloß noch eine Ruine.»

«Ich renoviere es!»

«Da gibt es nicht mehr viel zu renovieren! Ist mir ein Rätsel, dass es überhaupt noch steht!»

«Die ganze Zeit?», fragte Isabel, starr vor Entsetzen. «Deine

Witze, deine Ratschläge, deine ‹Hilfe›, die Croissants … Und die ganze Zeit wolltest du uns aus dem Haus vertreiben?»

Matt erbleichte. «Nein, Isabel.»

Er tat einen Schritt auf die Frau zu, und Laura zuckte unwillkürlich zusammen.

«Nein, so war es nicht. Jedenfalls nicht mehr.» Er schaute sich um, als suche er nach Beweisen. «Das große Schlafzimmer, das war ein Liebesdienst. In diesem Raum steckt Wahrheit, Schönheit. Du hast gesehen, wie viel Mühe ich mir damit gegeben habe.»

«Wie kannst du das sagen? Du hast ein riesiges Loch in die Wand geschlagen! Wie ein Wahnsinniger!» Sie machte eine ausholende Bewegung mit den Armen, um es allen zu zeigen. «Du warst kaum zu bändigen.»

«Aber das war doch wegen Byron!», brüllte er. «Byron hat in dem Zimmer nichts zu suchen!»

Laura versuchte zu begreifen, aber das alles überstieg ihren Verstand.

«Okay», mischte sich Nicholas ein. «Lassen wir das jetzt mal.» Er hatte sich wieder im Griff, wischte sich mit dem Taschentuch das Blut von der Lippe. «Dies ist ganz offensichtlich eine sehr vertrackte Situation. Mrs. Delancey, ich würde Ihnen raten, sich dringend zu überlegen, was Sie in Bezug auf das Haus unternehmen wollen.»

«Aber wir haben nichts mehr. Er hat unser ganzes Geld genommen.»

«Das war nicht bloß ich», flehte Matt. «Es stimmt, am Anfang war ich nicht ganz ehrlich, aber ich habe seitdem mein Bestes getan, um es wiedergutzumachen.»

«Mrs. Delancey, ich würde vorschlagen –»

«Hör nicht auf ihn, Isabel. Ich bringe alles wieder in Ordnung, wirst sehen. Habe ich nicht immer gut für dich gesorgt?»

Eine lange Stille trat ein. Laura starrte Isabel an, die ein ganz verzweifeltes Gesicht machte.

«Du hast uns ruiniert», sagte sie leise. «Ich habe dir vertraut, und du hast dieses Haus ruiniert.»

Noch bevor sie wusste, was sie tat, trat Laura vor. «Das werde ich wiedergutmachen», sagte sie mit klarer, lauter Stimme. «Ich werde für sämtliche Schäden, die Matt verursacht hat, aufkommen. Sie haben mein Wort.»

Sie konnte sich nicht dazu überwinden, sich bei dieser Frau zu entschuldigen, aber in ihrer Schuld stehen wollte sie noch weniger.

«Es gibt noch eine andere Möglichkeit», warf Nicholas ein. «Sie könnten sich überlegen, ob Sie mir das Haus nicht verkaufen wollen. Der Zustand des Hauses spielt für mich in diesem Fall keine Rolle.»

«Verkaufen?», fragte Isabel Delancey mit einem Stirnrunzeln.

«Ja», sagte er. «Ich wäre Ihnen dankbar, wenn Sie mir die Chance gäben, mit Ihnen darüber zu reden.»

«Aber wieso will die Stadt mein Haus kaufen?» Das kapierte sie nicht.

«Die Stadt?»

Keiner sagte etwas.

«Sie meinen, Byron hat Sie nicht angerufen?»

«Wer ist Byron?», fragte Nicholas verwirrt. «Mein Name ist Nicholas Trent. Ich bin Bauunternehmer.»

Isabel Delancey starrte ihn an. «Bauunternehmer? Sie sind hier, weil Sie Interesse an diesem Haus haben?»

In diesem Moment fiel der Groschen.

«Mein Gott! Sie *alle* wollen dieses Haus.»

Beide Hände vor den Mund geschlagen, wich sie zurück. «Die ganze Zeit ...», stieß sie, fast lachend, hervor. «Und sind das auch alle? Oder gibt es noch mehr? Die Vettern zum Beispiel? Der Milchmann? Ihr alle wollt dieses Haus!»

«Nein», sagte Laura langsam und schaute Matt an. «Ich nicht mehr. Ich will es nicht mehr haben.» Sie sagte es mit unumstößlicher Gewissheit.

Matt fuhr herum. Sie konnte dabei zusehen, wie ihm klarwurde, was sie da gerade gesagt hatte, wie er das zärtliche Lächeln bemerkte, das Nicholas ihr zuwarf, dass er sich an ihre vorherige Entschuldigung erinnerte, dass Nicholas sie mit dem Vornamen angeredet hatte. Ihr Mann schaute sie an, und als sie dem durchdringenden Blick seiner blauen Augen nicht länger standhalten konnte, wandte sie sich ab.

Das wär's dann, dachte Laura. Jetzt gibt es kein Zurück mehr.

«Hier, nehmen Sie meine Karte.»

Nicholas zog ruhig eine Visitenkarte aus seiner Brusttasche und reichte sie Isabel Delancey. Dann trat er an Lauras Seite.

«Ein wirklich seltsamer Vormittag», sagte er. «Aber denken Sie bitte trotzdem über meinen Vorschlag nach, Mrs. Delancey. Ich bin sicher, wir finden eine Lösung, die für beide Seiten von Vorteil wäre.»

KAPITEL 23

Die schlanken Haselzweige waren nicht älter als sieben Jahre – man konnte sie für den Bau von Hürden oder zum Dachdecken verwenden. Die älteren, dickeren waren gut für Spazierstöcke geeignet oder für Wallhecken. Er hatte einen kleinen Haufen Edelkastanienäste zusammengesammelt, die sich ebenfalls gut zum Bau von Hecken oder Zäunen eigneten, aber am meisten verdiente man mit Haselsträuchern. Man war daher übereingekommen, sie stehen zu lassen sowie neu auf Stock zu setzen. Vorsichtig stapfte Byron durchs Unterholz, sah sich die jungen Schösslinge genau an, überprüfte sie auf Ungezieferbefall. Die Leute glaubten, er würde hier nur alles rausreißen, zerstören, aber das stimmte nicht. Gebüsch und Bäume mussten regelmäßig ausgedünnt, also «auf Stock gesetzt» werden, nur so konnten sie gut gedeihen. Ein Baum, der regelmäßig zurückgeschnitten wird, besitzt eine weit längere Lebensspanne. Byron war sich sicher, dass darin eine Lebensweisheit steckte, aber welche, hätte er beim besten Willen nicht sagen können.

Mit sicherem Schritt durchquerte er den alten Laubwald, brachte einen weiteren Arm voll Zweige zum Waldrand, dorthin, wo die Straße vorbeilief. Heutzutage besannen sich die Leute immer öfter auf die alten Methoden, und das galt auch für das Ausdünnen von Unterholz und Wäldern. Mit Gartenmöbeln aus Naturmaterialien könne man heutzutage das ganz große Geld machen, hatte Frank heute früh gesagt, während er Byron bei der Arbeit zusah. Oder mit rustikalen Zäunen. Darauf waren die Leute in den Baumärkten und Gartencentern ganz scharf. Und aus dem, was übrig war, ließ sich Holzkohle machen. Es gab jetzt jede Menge staatlicher und gemeinnütziger Zuschüsse für Renaturierungsprojekte.

Gelegentlich musste er an Matt denken, und dann spürte er, wie sich seine Nackenmuskeln versteiften. Er holte tief Luft. Matt McCarthy hätte ihn beinahe aus dem Dorf vertrieben und Isabel aus ihrem Haus. Noch immer fragte er sich, ob es nicht besser gewesen wäre, ihr reinen Wein einzuschenken. Ihr die Sache mit der Ratte zu erzählen und wie rücksichtslos Matt sein konnte, wenn er etwas haben wollte. Aber sie war gestern so glücklich gewesen, als könnte sie zum ersten Mal etwas Gutes am Leben finden. Das hatte er ihr nicht verderben wollen. Sein Handy klingelte.

«Ich bin's, Isabel.»

«Hi!», sagte er, unfähig, die Freude darüber zu verbergen, ihre Stimme zu hören. Und dann, etwas gebremster, noch einmal: «Hi.»

«Wie läuft es? Mit deiner Arbeit, meine ich?» Sie hielt inne. «Thierry wollte, dass ich anrufe.»

«Gut, gut.» Sein Blick glitt über den riesigen Haufen Dornenzweige, den er zusammengesammelt hatte. Seine Hände waren total zerkratzt. «Harte Arbeit, aber … gut.»

«Ja.»

«Es ist schön hier. So nah am Meer. Kommt mir mehr wie Urlaub vor.»

«Kann ich mir vorstellen.»

«Und Frank ist toll. Er hat mir noch mehr Arbeit in Aussicht gestellt.»

«Ach … wie schön für dich.»

«Ja, hat mich sehr gefreut. Und wie läuft es bei euch?»

Da merkte er erst, wie angespannt sie klang. Drei Autos fuhren an ihm vorbei, bevor sie weitersprach.

«Ich weiß nicht, wie ich dir das sagen soll, aber wir … Es gab hier einigen Wirbel. Ein Mann kam vorbei, ein Bauunternehmer. Er will das Haus kaufen. Dann tauchte Matt plötzlich auf und ist vollkommen ausgeflippt.»

«Ist dir was passiert?»

«Nein, nein. Aber der Fremde hat eins auf die Nase gekriegt. Zum Glück ist Laura aufgetaucht, und Matt hat sich wieder beruhigt.» Leise fügte sie hinzu: «Byron, ich glaube, Matt hat so eine Art Zusammenbruch.»

«Matt *McCarthy*?»

«Er … er ist nicht mehr er selbst.»

Byron sagte nichts.

«Er kommt mir … Irgendwas stimmt nicht mit ihm. Er ist irgendwie komplett neben der Spur.»

Kann ich mir denken, dachte Byron bitter. Die Vorstellung, jemand anders könnte das Haus in die Finger kriegen. «Mach dir um den keine Sorgen», sagte er barscher als beabsichtigt, «der sorgt schon für sich.»

Sie seufzte. «So was Ähnliches hat der Unternehmer auch gesagt.»

«Was hast du zu dem Mann gesagt? Zu dem, der das Haus kaufen will?»

«Ich wusste nicht, was ich sagen soll. Ich weiß nicht mehr, was ich denken soll. Er hat gesagt … er hat gesagt, dass Matt das Haus absichtlich beschädigt hat, um uns daraus zu vertreiben.»

Byron schloss die Augen.

«Als du weg warst, hat er ein riesiges Loch in die Schlafzimmerwand geschlagen.»

Auf Byrons Brust schien sich ein Bleigewicht zu senken. Er hätte nicht fortgehen dürfen. Er hätte sie nicht im Stich lassen dürfen. Er hätte sie warnen müssen. Er hätte etwas gegen Matt unternehmen sollen. Die Schuldgefühle, die Last des Ungesagten, waren erdrückend.

«Byron, ich weiß nicht, was ich tun soll.»

«Musst du denn was tun? Du brauchst dich doch nicht sofort zu entscheiden.»

«So kann ich nicht mehr leben.»

Er hörte es in ihrer Stimme. Sie hatte ihre Entscheidung bereits gefällt.

«Du willst das Haus verkaufen», sagte er tonlos.

«Was soll ich denn tun? Was sagst du?»

Er wusste nicht, was er sagen sollte. Er hatte danebengestanden und zugesehen, wie Matt sie in diese fürchterliche Lage gebracht hatte. Er würde immer in ihrer Schuld stehen, selbst wenn sie es nicht so sehen wollte. Und was konnte er ihr schon bieten? Sollte er zurückkommen und Holz hacken? Kaninchen häuten? Unter ihrem Dach leben? Wenn er das täte, würden sie einander nie auf Augenhöhe begegnen können, dann hätte er ihr nichts zu geben außer seiner Dankbarkeit.

Er schluckte schwer. «Na ja, wäre wohl nicht unvernünftig, noch vor dem Winter da rauszukommen.»

«Oh.»

Eine längere Pause trat ein.

«Wenn es das ist, was du willst.»

«Ja, du hast wohl recht.» Sie musste husten. «Wie lange, glaubst du, wirst du fort sein?»

«Ich weiß nicht. Hör zu – das wollte ich dir eigentlich erst sagen, wenn ich wieder da bin, aber Frank meint, er hätte möglicherweise einen Job für mich.»

«Dort? Einen Vollzeitjob?»

Frank hatte gemeint, es gäbe, abgesehen vom Wäldchen, noch anderes zu tun. Byron hatte ihn an seine Vorstrafe erinnert.

«Das hält dich doch nicht davon ab, eine Säge anzuwerfen, oder?», hatte der trocken geantwortet.

«Ich kann in einem Wohnwagen wohnen. Er meint, sechs Monate. Mindestens. Es ist ein gutes Angebot.»

«Ja, das ist es wohl. Aber du weißt ja, du kannst jederzeit bei uns unterkommen. So lange du willst. Du musst nichts überstürzen.»

«Ich muss Geld verdienen, Isabel. Ich brauche einen Job. Und solche Gelegenheiten kriegt man nicht alle Tage.» Er trat nach einem Kiesel. «Und du willst ja sowieso wegziehen …»

Eine weitere Pause.

«Dann wirst du den Job also auf jeden Fall annehmen?»

«Glaube schon. Aber das soll nicht heißen, dass ich nicht ab und an vorbeikommen kann. An den Wochenenden. Wenn du willst. Wenn Thierry will.» Er versuchte, ihr Schweigen zu deuten.

«Thierry würde sich natürlich freuen, dich zu sehen.»

Byron ließ sich auf einen umgestürzten Baumstamm sinken. Die Luft kam salzig vom Meer her. Auf einmal brannte sie in seinen Augen.

«Kannst du zu Kittys Party kommen?»

«Ich hab viel zu tun, aber ich werde es versuchen.»

Als das Telefonat beendet war, nahm Byron seine Axt und schleuderte sie mit einem zornigen Grunzen aufs Feld hinaus.

Isabel legte den Hörer auf. Die Kinder waren vom Einkaufen zurück und hatten unten in der Küche Girlanden gebastelt. Jetzt liefen sie damit in den Garten hinaus. Sie lachten, als Pepper sich ein Ende schnappte und damit auf die golden untergehende Sonne zulief.

Die Kinder waren wieder glücklich. Glücklicher sogar als in London, unbeschwerter, wie ihr schien. Für Kitty und Thierry war aus einer leichtsinnigen, unverantwortlichen Entscheidung etwas Gutes geworden. Aber sie, Isabel, konnte nicht länger neben Matt und Laura wohnen, jetzt, da sie wusste, dass jeder Blick, den sie auf das Haus warfen, voller Neid und Missgunst war, dass Isabel und ihre Kinder die beiden permanent an das erinnerten, was ihnen durch die Lappen gegangen war.

Und die Spuren, die Matt überall im Haus hinterlassen hatte, waren alles umfassend, alles durchdringend. Die paar Ecken und Winkel, die die Delanceys für sich beansprucht hatten, fühlten sich jetzt auch nicht mehr heimisch an.

Es muss ja gar nicht so schlimm werden, versuchte sie sich einzureden. Wir könnten hierbleiben und uns im Ort ein Haus suchen, dann könnten Kitty und Thierry auf ihrer Schule bleiben. Sie hatte nichts gegen ein kleineres Haus, ein Cottage im Dorf. Keine Schulden mehr. Wieder Essen kaufen können, statt in der Erde danach buddeln zu müssen. Manchmal hätte sie am liebsten gelacht, wenn sie den Leuten ihre Adresse verriet und merkte, wie diese sofort mit Respekt, ja Ehrfurcht reagierten. Ja, das Große Haus war wohl ein Statussymbol. Aber ob sie ebenso nett wären, wenn sie wüssten, dass ich mir die Kräuter für den Tee meiner Kinder aus dem Garten holen muss? Wenn sie wüssten, dass meine Tochter Eier verkauft, damit ich die Stromrechnung bezahlen kann? In einem neuen, kleineren Haus wäre eigenes Gemüse nur noch ein Hobby, keine Notwendigkeit mehr. Sie würde nie wieder eine Fasergipsplatte sehen müssen.

Isabel sah zu, wie Thierry auf einen Baum kletterte, um die Girlande aufzuhängen. Ihm würde es schwerfallen, von hier wegzugehen. Ihn hatte es nie gestört, kein richtiges Bad zu haben, aber die Freiheit der Wälder und Byrons Freundschaft würden ihm schrecklich fehlen.

Vielleicht würde Byron sie ja besuchen, obwohl sie sich da nicht sicher war. Er klang so anders, jetzt, da er nicht mehr auf ihre Hilfe angewiesen war, selbstbewusster, distanzierter, als habe er sich innerlich bereits von ihnen gelöst. Bitte tu meinem Sohn nicht weh, bat sie ihn im Stillen, ohne in Betracht zu ziehen, dass sie damit eigentlich sich selbst meinte.

Sie wandte sich um und blickte auf das Loch in der Schlafzimmerwand, das hässliche, gähnende Loch. Dieses Stück Nichts erschreckte sie mehr als alles andere, was im Haus passiert war. Die Symbolik war erdrückend, die Aussicht auf eine Zukunft, in der sich ein Loch auftat, ohne Halt, ohne Geld, ohne Sicherheit.

«Ach, verdammt, es ist doch bloß ein Haus – ein beschissenes Haus», sagte Isabel laut, und ihre Stimme hallte durch den weiten, leeren Raum. Es wurde Zeit, sich zusammenzureißen. Das war nicht ihr Haus. Und wenn sie ehrlich war, war es das auch nie gewesen.

Sie zerrte eine Gipsplatte ins Zimmer und lehnte sie vor das Loch. Dann holte sie von unten einen Akkuschrauber und befestigte die Platte an der Wand. Schließlich hängte sie eine gerahmte Zeichnung daran, die José Carreras bei einem Auftritt zeigte. Auf der Badezimmerseite befestigte sie ein weißes Laken über dem Loch und drapierte es ein wenig, sodass es den Eindruck machte, etwas Hübsches würde sich dahinter verbergen.

Sie würde den Bauunternehmer anrufen und ihn um sein bestes Angebot bitten. Dann würde sie bei den hiesigen Immobilienmaklern eine zweite und dritte Meinung einholen. Sie würden sich ein normales Haus suchen, und ihre Zeit im Spanischen Haus würde nur mehr als ein seltsames Intermezzo in ihrem Leben in Erinnerung bleiben. Und sie wollte dafür sorgen, dass ihre letzten Wochen hier schön werden würden.

Kittys Geburtstagsparty sollte ein voller Erfolg werden. Ja, das war eine gute Entscheidung. Eine vernünftige Entscheidung.

Isabel musterte ihr Werk mit fast so etwas wie Befriedigung. Dann eilte sie leichtfüßig die Treppe hinab und nahm die Do-it-yourself-Bücher zur Hand, die sie kürzlich aus der kleinen, schlecht sortierten Stadtbibliothek von Long Barton entliehen hatte.

Sie musste eine Badewanne anschließen.

Ganz in der Nähe machte auch Laura Zukunftspläne. Sie war eigentlich nur in die Garage gegangen, um den großen Koffer zu holen, dann aber von der Unordnung, die hier herrschte, abgelenkt worden. Ohne es zu wollen, hatte sie angefangen, Matts Ersatzwerkzeug, das überall herum- und durcheinanderlag, aufzuräumen und zu putzen. Vielleicht aus Gewohnheit. Vielleicht weil ein Teil von ihr nicht gehen konnte, ohne vorher alles in Ordnung gebracht zu haben.

Sie schob einen Hochdruckreiniger in eine Ecke und rollte zwei Benzinkanister fort, die den Schreibtisch blockierten, den ihnen Mr. Pottisworth hinterlassen hatte. Sie sammelte den Abfall zusammen und häufte ihn in eine Schubkarre, um ihn im Garten zu verbrennen. Laura wusste, dass man das Chaos im Kopf am besten mit Hausarbeit bekämpfte. Sie brauchte beinahe zwei Stunden, um das Gröbste zu beseitigen. Dann richtete sie sich auf und ließ den Blick zufrieden über die ordentlichen Regalreihen gleiten, über die Farbdosen, auf denen fein säuberlich die Zimmer standen, die mit der jeweiligen Farbe gestrichen worden waren – falls mal etwas auszubessern war.

Matt hatte sich mal wieder ohne ein Wort aus dem Staub gemacht. Selbst Anthony hatte sich, so wütend er auch auf sie war, nicht getraut, sich ihm anzuschließen.

«Du musst ihm ein bisschen Zeit lassen», hatte Nicholas ihr

geraten. Sein Taschentuch war blutdurchtränkt gewesen, obwohl seine Nase dem Anschein nach gar nicht viel abgekriegt hatte. «Er hat viel zu verdauen.»

Ihn übers Handy zu erreichen, hatte sie gar nicht erst versucht. Matt ging seit einer Woche nicht mehr ran.

Nicholas war erst vor einer Stunde gegangen. Sie hatten zusammen in seinem Wagen gesessen, wo er ihr gesagt hatte, wie stolz er auf sie war. Er hatte über ihr künftiges Leben gesprochen, es ihr in den schönsten Farben ausgemalt. Mit dem Haus würden sie ihr Glück machen.

«Nicholas?» Sie hatte ihre Hände angeblickt, die sie im Schoß gefaltet hatte. «Du hast mich doch nicht benutzt, um an das Haus ranzukommen?»

Er war entsetzt gewesen. Sie hatten einander angestarrt. Laura war in diesem Moment klargeworden, wie Misstrauen, Betrug und Lügen zu ihrer derzeitigen Situation geführt hatten. Ein Berg aus Schmerz, Kummer und Verzweiflung.

«Das mit dir ist das einzig Ehrliche, was ich je in meinem Leben getan habe», hatte Nicholas geantwortet.

Laura zog die Gummihandschuhe aus und verließ die Garage. Aber sie war noch nicht bereit, wieder ins Haus zurückzugehen. Dort erinnerte sie nur alles an das, was sie hinter sich lassen würde, an die Familie, die sie für immer auseinanderreißen, die Gelübde, die sie brechen würde. Alberne Dinge gingen ihr durch den Kopf: Was sollte aus den Familienfotos werden? Aus dem Silber, das ihrer Tante gehört hatte? Sollte sie die kostbarsten Sachen gleich mitnehmen, damit Matt sie nicht in einem Wutanfall kaputt machen konnte? Was würde Nicholas denken, wenn sie mit mehreren Koffern voller Erbstücke bei ihm auftauchte? Oder würde das die Situation nur verschärfen? Matt war auf einmal so anders, so kühl, so distanziert. Bisher war immer er derjenige gewesen, der sie zurückließ. Wer wusste schon, wie er reagierte, jetzt, da sie diejenige war, die ging? Und was würde ihre Familie von ihr denken?

Sie hätte Nicholas gerne gefragt, wo sie wohnen würden, bis ihr neues Heim fertig war, traute sich aber nicht, weil sie fürchtete, er könnte sie für zu anspruchsvoll halten. Er könnte fürchten, dass er ihr nicht genug war. Sie hatte sein Londoner Haus noch nicht einmal gesehen. Und wenn es ihr dort nicht gefiel? Wenn sie es in London nicht aushielt? Und was um alles in der Welt sollte sie mit ihrem Hund machen? Bernie war zu alt, um sich an das Großstadtleben gewöhnen zu können, aber Matt konnte sie ihn auch nicht dalassen – er würde sich bestimmt nicht um ihn kümmern. Er war ja fast nie zu Hause. Den Hund einschläfern lassen? Bloß, weil er ihr Liebesleben stören konnte? Was für ein Mensch würde so etwas machen?

Als Nicholas sie gefragt hatte, ob sie mit ihm zusammenziehen wolle, hatte er das wohl für eine großartige, romantische Geste gehalten. Sie auch. Aber eine fast vierzigjährige Mutter mit einem kompletten Hausstand, einem Hund, Verpflichtungen im Eltern- und im Gemeinderat konnte nicht einfach ihren Koffer packen und gehen.

Und während sie sich all das durch den Kopf gehen ließ, dachte sie bitter: Das ist der Grund, warum Matt mich nicht mehr liebt. Weil ich nie wirklich leidenschaftlich sein konnte. Ich bin nun mal der Typ, der zögert, der sich Sorgen macht, wer den armen Hund füttern wird.

Laura ging in die Garage zurück. Sie machte Ordnung, sie fegte. Dann blieb ihr Blick an Pottisworths wuchtigem Schreibtisch hängen. Alt, schäbig, zerkratzt. Ausgebleichtes Walnussholz. Der Lack splitterte bereits ab. Sie würde ihm eine Holzwurmbehandlung verpassen. Und ihn gründlich schrubben. Dann würde sie ihn ins Haus schaffen, das würde es ihr leichter machen, den herrlichen Schreibtisch, den sie von ihren Eltern zum achtzehnten Geburtstag geschenkt bekommen hatte, mitzunehmen. Matt hatte sowieso kein Interesse an Möbeln. Außer, wenn sie zu weich waren. Oder nicht weich genug.

Die nächste Stunde verbrachte sie damit, das viktorianische Ungetüm auseinanderzunehmen und zu säubern. Eine Schublade nach der anderen zog sie heraus, putzte sie und strich sie gründlich mit einem Holzschutzmittel ein, ebenso ganz hinten, in den Schubladenfächern. Erst als sie die letzte Schublade herauszog und umgedreht auf dem Schreibtisch ablegte, sah sie die zwei Blätter, die, mehrmals zusammengefaltet, auf die Unterseite geklebt worden waren.

Laura zog die Handschuhe aus und schraubte vorsichtig das Holzschutzmittel zu, wobei sie darauf achtete, dass die ätzende Flüssigkeit nicht an ihre Finger kam. Dann entfernte sie behutsam den Tesafilm vom Papier.

Sie las das erste Blatt einmal, dann noch einmal, prüfte das offizielle Siegel, den ihr unbekannten Namen des Rechtsanwalts. Dann las sie das zweite, es war eine Kopie des ersten. Ganz unten stand noch etwas in der krakeligen Handschrift des alten Pottisworth – ebenso schief und unleserlich, wie er selbst gewesen war.

Mal sehen, ob Sie wirklich 'ne Lady sind, Mrs. M.
Noblesse oblige, nicht wahr?

KAPITEL 24

Ein Bohrer, eine Werkbank, eine Tasche mit Werkzeug, die so schwer war, dass sie sie nur ziehen konnte – eine Stichsäge, eine Elektrosäge, zwei Wasserwaagen und ein Maßband. Ein vollgekritzeltes Notizbuch, ein Radio – ohne Batterien – und ein Sweatshirt, dessen schwache Ausdünstung sie an etwas erinnerte, das sie lieber vergessen hätte. Das alles schaffte Isabel in den Flur hinaus und wischte sich die staubigen Hände an ihren Shorts ab. Sie wollte nichts mehr von diesem Mann im Haus haben. Wenn die Party vorbei war, würde sie das Ganze in eines der Außengebäude schaffen und seiner Frau eine Nachricht zukommen lassen, er könne sich die Sachen von dort abholen.

Ein großer Schinken auf einem Holzbrett, acht Baguettes, eine Käseplatte, zwei Tabletts mit Früchten. Ein großer Karton mit Salatzutaten, zwei sorgfältig verschlossene Tupperdosen mit mariniertem Fleisch und Fisch, eine große Schüssel Reissalat, eine ebenso große Schüssel Nudelsalat. Eine Kiste mit Säften. Zwei Flaschen Sekt.

«Mein Gott!», keuchte Kitty, als sie sah, wie die Vettern das alles aus ihrem Wagen luden. «Das ist doch nicht etwa alles für uns?»

«Spar dir deine Huldigungen noch ein bisschen auf. Du hast

die Krönung noch nicht gesehen», sagte Henry. Er tauchte auf dem Rücksitz ab und brachte eine prächtige, mehrstöckige Torte zum Vorschein. Darauf stand eine Mädchenfigur aus Marzipan. Sie hatte eine Pagenfrisur und verfütterte silberne Kügelchen an Marzipanhühner.

«Alles Gute zum Geburtstag, Mädel.» Er strahlte.

«Das», hauchte Kitty, «ist *abgefahren.*»

«Handelt es sich hierbei um die derzeit gebräuchliche Ausdrucksweise von Teenagern?»

«Ich glaube, sie freut sich», vermutete Asad.

«Ich kann nicht glauben, dass ihr das alles für mich gemacht habt!»

«Nun ja», sagte Henry und machte sich behutsamen Schrittes mit der Torte auf den Weg über den Rasen zu den Buffettischen, «man wird nur ein Mal sechzehn. Und von da an geht es sowieso bloß bergab.»

Zwei schickere Outfits, zwei Jeans, ein Cocktailkleid, brandneue Spitzenunterwäsche von La Perla, ein paar normale Slips für den Alltag. Boots, Sneakers, Joggingschuhe, ein seidenes Nachthemd und ein neuer Schlafanzug. Toilettenbeutel, Föhn mit Aufsatzdüse, ein Fotoalbum und vier Silberrahmen mit Familienfotos in Sepia. Schmuck. Eine silberne Teekanne. Ein Taufbecher und ein Porzellantöpfchen, in dem sie Anthonys ersten Zahn aufbewahrte. Ein Aktenordner mit Investitionsunterlagen, Bankauszügen, Aktienzertifikaten, ihrem Pass und dem Führerschein. Die Besitzurkunde des Hauses, nur zur Sicherheit. Mehr hatte nicht in den Koffer gepasst. Dort drinnen steckte nun ihr Leben.

Laura saß in der Diele auf dem Koffer und nestelte an ihrer Armbanduhr herum, die Jacke auf dem Schoß. Zum x-ten Mal warf sie einen Blick aufs Ziffernblatt. Der Hund lag an der Leine und schnarchte friedlich, ohne zu merken, welch umwälzende Veränderungen ihn auf seine alten Tage erwarteten. Sie beugte sich vor und streichelte seinen seidigen Kopf. Ihre Augen wurden feucht, und sie musste blinzeln, damit ihre Tränen nicht auf sein Fell fielen.

Anthony wollte nicht mitkommen. Er hatte heute früh verkündet, er wolle bei seiner Oma wohnen.

«Aber ich dachte, du kommst mit mir.»

«Dachtest du. Ich nicht.»

«Aber London wird dir gefallen.»

«Ich soll weg von hier? Weg von zu Hause? Von meinen Freunden? Nö, Mum. Das ist *dein* Leben, nicht meins. Ich bin alt genug, um selbst für mich zu entscheiden. Und ich bleib hier.»

«Aber doch nicht bei deiner Großmutter, Anthony! Die macht dich doch verrückt.»

«Dann werde ich eben bei Mrs. Delancey wohnen. Sie sagt, ich kann das Gästezimmer haben, wenn mir die Unordnung im Haus nichts ausmacht.»

Isabel Delanceys Haus? «Aber was willst du denn da?» Allein bei der Vorstellung war ihr ganz übel geworden.

«Sie ist nett. Sie lässt einen zufrieden. Sie liegt Kitty nicht dauernd in den Ohren», hatte ihr Sohn gesagt. Er hatte mal wieder seine Wollmütze aufgehabt, obwohl es draußen sechsundzwanzig Grad waren.

Falls er sie damit verletzen wollte, so war ihm das gelungen. Jetzt wusste Laura, wie sehr sie diese Frau hasste. Sie hatte ihr nicht nur mühelos den Mann gestohlen, sondern jetzt auch noch den Sohn.

«Weißt du denn nicht, dass sie mit deinem Vater schläft?», hatte sie aufgebracht gerufen. Diese Ungerechtigkeit war einfach zu viel für sie gewesen.

Seine Verachtung war wie eine Ohrfeige. «Wie bist du denn

drauf? Blödsinn», hatte er gesagt. «Du warst doch dabei. Du hast gehört, was er mit ihrem Haus gemacht hat. Sie kann Dad nicht ausstehen.» Er hatte bitter gelacht. «Der hat sie nicht flachgelegt, der hat sie höchstens über den Tisch gezogen.»

«Anthony!»

«Weißt du was? Es hat mich immer genervt, wenn Dad behauptet hat, du bist paranoid. Aber vielleicht hat er ja gar nicht so unrecht.»

Als sie protestieren wollte, hatte er nur die Hand gehoben und sich an ihr vorbeigedrängt.

«Ruf an, wenn du mal wieder in der Gegend bist. Ich glaube nicht, dass ich so schnell nach London komme.»

Er wird sich wieder beruhigen. Er wird es sich anders überlegen, redete sie sich entschlossen ein und rückte die verbliebenen Fotos, die auf dem Dielenschränkchen standen, zurecht. Ein paar Wochen Hin- und Herpendeln zwischen Großmutter und Vater würden ihn schon zur Vernunft bringen. Daran, dass er möglicherweise ins Spanische Haus einzog, durfte sie nicht denken. Denn sonst hätte sie ihren Koffer in den Wald geschleudert und wäre schreiend hinter ihm hergelaufen.

Es klingelte, und der Hund hob den Kopf. Sie ging zur Tür, versuchte, ihre geröteten Augen vor Nicholas zu verbergen.

«Alles fertig?» Er küsste sie und warf dann einen Blick auf ihren Koffer. «Ist das alles?»

«Vorläufig, ja. Und … der Hund. Wenn es dir nichts ausmacht. Ich weiß, ich hätte dich fragen sollen.»

«Du kannst auch Pferde mitbringen, wenn du willst. Ich bin sicher, wir könnten zwei auf die Terrasse quetschen.»

Sie wollte lachen, doch dann brach sie in Tränen aus.

«He … he … schon gut. Es tut mir so leid.»

«Nein», schluchzte sie, das Gesicht an seine Brust gedrückt, «nichts ist gut. Mein Sohn hasst mich. Er will bei dieser Frau wohnen. Ich kann nicht fassen, dass er bei dieser Frau wohnen will.»

Nicholas nahm sie in die Arme. «Aber wenigstens nicht für lange», sagte er nach einer Pause.

«Was meinst du damit?»

«Das Haus wird hoffentlich in Kürze uns gehören. Und dann wird er, zumindest theoretisch, wieder unter deinem Dach wohnen. Unter unserem Dach.»

Er bot ihr ein Taschentuch an. Sie nahm es und wischte sich die Augen ab.

Mit bemüht beherrschter Stimme fragte sie: «Dann hat sie also eingewilligt?»

«Nicht direkt ... Aber ich habe heute früh mit ihr geredet, und als ich erwähnte, dass ich herfahren würde, hat sie mich gebeten, bei ihr vorbeizuschauen.»

«Und du glaubst, sie will verkaufen?»

«Kannst du dir einen anderen Grund vorstellen, aus dem sie mich zu sich bitten sollte?»

«Vielleicht will sie ja auch noch dich verführen.» Sie schniefte.

Nicholas strich ihr eine Strähne aus dem Gesicht. «Ach, ich glaube, was das betrifft, bin ich immun. Aber du kannst mitkommen, wenn du willst. Ein Auge auf mich haben.»

Er brachte ihren Koffer zum Auto. Laura zog die Haustür hinter sich ins Schloss. Was das bedeutete, daran wollte sie gar nicht erst denken. Sie brachte Bernie dazu, auf dem Rücksitz Platz zu nehmen, und stieg dann vorne ein. Das war ein anderes Auto, ein viel besseres als das letzte. Die Tür fiel mit einem satten, gedämpften Klang zu.

«Das werde ich nicht.»

«Was wirst du nicht?», fragte er.

«Ich werde nicht aussteigen. Ich will sie nicht sehen. Ich will keinen von denen sehen. Nicht mal das blöde Haus.» Sie starrte bekümmert aufs Armaturenbrett. «Rede du mit ihr. Ich bleibe im Auto und warte auf dich.»

Nicholas nahm ihre Hand. Er wirkt so unerschütterlich, so gelassen, dachte sie.

«Es wird alles gut werden», sagte er und küsste ihre Fingerspitzen. «Heute ist nun mal der schlimmste Tag, das war nicht anders zu erwarten. Aber Anthony wird schon wieder zur Vernunft kommen.»

Ihre andere Hand steckte in ihrer Tasche. Sie konnte die Dokumente fühlen, die alles in Frage stellten, was sie je für richtig und falsch gehalten, was sie je über sich zu wissen geglaubt hatte.

Nicholas setzte zurück und bog dann in den Feldweg ein, der zum Spanischen Haus führte. Laura biss sich auf die Lippe. Sie war froh, dass Nicholas so unerschütterlich war. Aber das bedeutete noch lange nicht, dass er auch recht hatte.

Wer hätte gedacht, dass er einmal so viel Freude daran haben würde, sich in seiner eigenen Küche einen Kaffee zu machen? Byron nahm eine Tasse aus dem Schrank und schaute sich dann in seinem neuen Heim um. Der Wohnwagen war zwar nicht gerade luxuriös, aber hell und sauber. Und nicht allzu beengt. Aber das Allerwichtigste war: Er hatte ein neues Zuhause. In den Schränken lag seine Wäsche, im Bad waren seine Toilettensachen. Seine Zeitung lag auf dem Tisch, wo sie liegen bleiben würde, bis er wieder Zeit dafür hatte. Sein Zuhause. Zumindest für eine Weile.

Seine Hunde lagen erschöpft auf dem Fußboden. Er rieb sich die Augen, versuchte, seine Müdigkeit durch schiere Willenskraft zu besiegen. Er überlegte, sich kurz hinzulegen, wusste aber, dass er sich danach nur noch schlimmer fühlen würde.

Zwei Löffel Kaffeepulver, das sollte reichen. Er brauchte so viel Koffein, wie er nur vertragen konnte. Und Zucker. Viel Zucker.

Er hatte sich gerade hingesetzt, als es ungehalten an der Tür klopfte. Müde stemmte er sich hoch und öffnete. Frank stand mit hochrotem Gesicht vor ihm und wedelte wütend mit einem Zettel. «Was soll das denn heißen?»

«Ich wollte nicht stören», erklärte Byron. «Du sagtest doch, du wolltest deine Steuersachen machen.»

«Du bist seit fünf Minuten hier, und schon willst du wieder wegrennen. Was soll das heißen?»

«Frank …»

«Komm mir nicht mit ‹Frank›! Ich gebe dir eine Chance, ein Dach überm Kopf, lad dich an meinen Tisch ein, und du fängst jetzt schon an, das auszunutzen. Ich bin doch nicht von gestern, Byron Firth.»

«Hör zu …»

«Nein, *du* hörst mir jetzt mal zu, Freundchen. Ich hab dich angestellt, damit du mir den Wald in Ordnung bringst, so schnell wie möglich. Und du glaubst, du könntest mich verarschen, einfach abhauen, hier ein Mädel, da ein Mädel? Vergiss es.»

Er wandte sich ab und schob sich den Hut in den Nacken. «Ich hätte auf die Leute hören sollen. Aber nein, Muriel hat gesagt: ‹Gib dem armen Kerl eine Chance. Er war immer so ein guter Junge.› Tja, da sieht man mal.» Er wollte zornig davonstapfen.

«Aber ich bin doch fertig», sagte Byron.

«Womit?»

«Dem Wäldchen.»

Frank blieb verblüfft stehen. «Was, die ganzen vierzehn Hektar?»

«Ja. Die Haselzweige liegen hinter der Scheune, wie wir es besprochen haben.»

Frank hob ungläubig die Schultern. «Aber …»

Er wies auf den Zettel in Franks Hand. «Du hast nicht zu Ende gelesen. Ich hab jemandem versprochen, zu seiner Geburtstagsfeier zu kommen. Und das ging nur, wenn ich die ganze Nacht durcharbeite. Ich bin gestern Abend nach dem Abendessen noch mal raus.»

«Du hast alles letzte Nacht gemacht? Im Dunkeln?»

Byron grinste.

Frank las den Zettel noch einmal. Auf seinen wettergegerbten Zügen breitete sich ein Grinsen aus.

«Na, da soll mich doch … Du warst schon immer ein Gauner, Byron Firth. Und du hast dich kein bisschen geändert. Teufel noch mal. Hat die ganze Nacht durchgearbeitet. Ha!», rief er.

«Dann hast du nichts dagegen, wenn ich gehe? Am Montag bin ich wieder zurück. Dann kümmere ich mich um das größere Waldstück.» Byron nahm einen Schluck Kaffee.

«Deine Zeit kannst du dir selbst einteilen, Junge. Solange du nicht von mir erwartest, dass ich dir Batterien für die Taschenlampe spendiere. Ha! Die ganze Nacht, was? Das muss ich Muriel erzählen. Sie muss was ins Essen getan haben.»

Sie waren früher da als erwartet, aber das überraschte Kitty nicht wirklich. Autos kamen kiesspritzend auf der Auffahrt zum Stehen, und ihre Freunde purzelten heraus. Oder tauchten in kichernden Grüppchen aus dem Wald auf. Endlich gehörte sie dazu. Und der Zustand des Hauses machte ihr auch nichts mehr aus, denn sie wusste, dass die Leute ohnehin nur die schöne Umgebung und den See sehen würden. Mum hatte gestern Abend erwähnt, dass sie wahrscheinlich wieder ausziehen müssten, aber sie hatte gesagt, dass sie sich was in der Nähe suchen würden, damit sie und Thierry auf ihrer Schule bleiben konnten. Kitty war ein Stein vom Herzen gefallen. Dies war jetzt ihr Zuhause. Sie wollte nicht mehr weg.

«Geht es dir gut?», fragte sie Anthony, der lustlos an einem Schlauchboot zerrte, das Gesicht halb unter seiner Mütze versteckt.

«Sie kommt schon wieder», sagte sie. «Ohne dich hält sie es nicht aus.»

«Ich habe sie gesehen», sagte er. «Sie hatte schon ihren Koffer gepackt.»

Kitty hatte selbst einen Elternteil verloren. Aber wie man sich fühlte, wenn einer einen freiwillig verließ, das konnte sie sich nicht vorstellen. Anthony war so verzweifelt, dass sie Angst hatte, etwas Falsches zu sagen.

Sie saßen minutenlang schweigend am Ufer und ließen die Beine ins Wasser baumeln. Zwei Kohlweißlinge flatterten vorbei, und eine bunte Libelle verharrte summend über ihren Füßen. Mit ihren riesigen Insektenaugen beobachtete sie die beiden.

Als sie wegflog, schaute Kitty Anthony an. «Es wird besser», sagte sie, und er schaute unter seiner Wollmütze auf. «Das Leben. Manchmal ist es einfach beschissen. Und grade wenn du glaubst, dass es nie besser werden wird, ändert es sich.»

«Was soll das sein? *Unsere kleine Farm*?»

«Letztes Jahr um diese Zeit dachte ich, dass Mum und ich und Thierry nie wieder glücklich werden würden.»

Er folgte ihrem Blick, der auf ihrer Mutter ruhte, die, eine verwelkende Gänseblümchenkette um den Hals, mit dem Mann im Anzug redete und dann zu ihrem Bruder ging, der für seinen Hund einen Stock ins Wasser warf.

Sie legte einen Arm um seine Taille und spürte, wie seine Anspannung ein wenig nachließ. Sie lächelte, und schließlich lächelte auch er – als würde sie ihn zu etwas zwingen, was er eigentlich nicht wollte. Da musste sie lachen. Sie konnte ihn zum Lächeln bringen. Sie war sechzehn. Sie konnte alles.

«Komm», sagte sie und zog ihm die Mütze vom Kopf, «gehen wir schwimmen.»

Das Ganze erinnerte sie an Mr. Cartwright und seinen Besuch, damals. Wieder einmal saß sie still da und hörte zu, wie ein Mann geduldig mit ihr redete, als wäre sie ein wenig schwer von Begriff.

«Die neuen Häuser würden sich in die Landschaft einfügen. Wenn es geht, würde ich die alten Gartenmauern gerne erhalten und die Häuser zum See hin ausrichten. Es ist mir wichtig, hier nichts zu zerstören.»

«Aber Sie wollen das Haus und den Grund kaufen. Wir müssten also von hier weg.»

«Nicht unbedingt. Wenn Sie hierbleiben wollen, könnten wir Ihnen eins der Häuser zum Vorzugspreis reservieren. Das können wir gerne in den Kaufvertrag mit aufnehmen.»

Sie saßen zusammen an dem alten, klapprigen Gartentisch. Mr. Trent in seinem feinen, hellen Leinenanzug wollte nicht so recht zu den schäbigen Gartenmöbeln und den rostigen Gerüsten passen. Zwischen ihnen lag sein Notizblock mit den Zahlen. Er schob eine Hand in seine Tasche.

«Kennen Sie sich mit dem hiesigen Immobilienmarkt aus? Den Grundstückspreisen? Nun, ich habe mir die Freiheit genommen, mich ein wenig umzusehen und Ihnen ein paar Vergleichszahlen mitzubringen.» Er reichte ihr ein weiteres Blatt.

«Das sind die Grundstückspreise?»

«Im Schnitt, ja. Das haben die Eigentümer im jeweiligen Fall für Haus und Grundstück bekommen. Und in den meisten Fällen wurden die Gebäude abgerissen, wie es auch hier der Fall wäre.»

«Aber wenn dieses Grundstück so einzigartig ist, wie Sie sagen, dann sind das hier keine sehr zutreffenden Vergleiche.»

«Es ist schwer, wirklich zutreffende Vergleiche zu finden.»

«Und Sie glauben wirklich, ein solches Häuserensemble verkaufen zu können? Dass die Leute hierherziehen würden? An einen so abgelegenen Ort?»

«Die Gegend hier ist auf dem besten Wege, ein begehrter Wohnort für London-Pendler zu werden. Ich halte das Ganze für ein kalkulierbares Risiko.»

Isabel betrachtete das Haus, das unerschütterlich hinter den Gerüsten stand, die roten Backsteine, die in der Mittagssonne glühten. Irgendwo sang eine Drossel träge eine Kadenz, und im Schilf zankten sich quakend ein paar Enten. Teenager liefen auf dem Rasen herum. Vielleicht sah er ihr Zögern, ja, ihr Bedauern, denn er legte eine Hand auf ihren Arm.

«Mrs. Delancey», sagte er eindringlich, «ich will ganz offen mit Ihnen reden – offener, als es gut ist für jemanden in meiner Position. Ich mag diesen Ort, ja, ich liebe ihn. Ich halte ihn für etwas ganz Besonderes.» Er wirkte fast verlegen, als fiele es ihm nicht leicht, so ehrlich zu sein. «Ich kann an nichts anderes mehr denken. Aber ich glaube wirklich nicht, dass es sich lohnen würde, noch mehr Geld in dieses Haus zu investieren.»

«Und warum sollte ich Ihnen glauben, Mr. Trent, wo ich doch offensichtlich von allen anderen getäuscht worden bin?»

Er zögerte einen Herzschlag lang. «Weil Geld spricht. Wenn Sie an mich verkaufen, dann garantiere ich Ihnen, dass Sie finanziell ausgesorgt haben werden. Und wenn Sie hier an diesem Ort bleiben wollen, so ließe sich das auch einrichten.»

«Mr. Trent, Sie verstehen doch, dass ich eine alleinerziehende Mutter bin und für meine Kinder sorgen muss?»

«Selbstverständlich.» Er lächelte.

«Ich stelle mir daher eher folgende Summe vor.» Isabel

schrieb etwas auf den Block und schob ihn zu ihm herüber. Mr. Trent starrte die Zahl an.

«Das … das ist eine ganz schön hohe Summe.»

«Das ist mein Preis. Wie Sie sagen, es ist ein ganz besonderer Ort.»

Er war schockiert, aber das war ihr egal.

In diesem Moment tauchte Thierry neben ihr auf. «Mum?»

«Nicht jetzt, T.»

«Darf ich mir im Haus eine Höhle bauen?»

Sie zog ihn an sich. Er hatte immer versucht, Byron nachzueifern, doch das hatte sich noch verstärkt, seit er weg war. Thierry ging in den Wald, um ihn «auf Stock zu setzen», brachte mehrere Armvoll Zweige mit, suchte nach etwas Essbarem und nach Feuerholz. Und jetzt die Höhle. Sie konnte ihn verstehen. Auch sie vermisste Byron.

«Willst du nicht mit den anderen schwimmen gehen?»

«Nachher.»

«Na gut. Aber wenn du dich im Heizungskeller einrichtest, dann lass bitte nicht mein gutes Geschirr dort liegen.»

Er nickte begeistert und rannte davon. Isabel wandte sich wieder Nicholas Trent zu.

«Tja, so sieht es aus, Mr. Trent. Das ist der Preis dafür, dass ich meine Kinder noch einmal entwurzle und von hier weggehe.»

Er wurde sichtlich rot und polterte: «Mrs. Delancey, Ihnen ist doch hoffentlich klar, dass es ein Vermögen kosten würde, dieses Haus zu renovieren?»

«Wir leben schon seit Monaten unter diesen Umständen. Es macht uns nichts mehr aus.»

Sie dachte an das Bad, an die Wasserleitungen, die sie heute früh endlich selbst angeschlossen hatte. Als die letzte Schraube festgezogen war, hatte sie den Hahn aufgedreht und zugesehen, wie das zunächst braune Wasser allmählich klar wurde, wie es gurgelnd im Abfluss verschwand. Sie war genauso stolz gewesen, als hätte sie eine besonders schwierige Symphonie fehlerlos gespielt.

Er starrte auf den Zettel. «Das liegt weit über dem Marktwert.»

«Was ist der Marktwert? Er ist das, was jemand zu zahlen bereit ist. So sehe ich das jedenfalls.»

Es war offensichtlich, dass sie ihn verärgert hatte. Aber er wollte das Haus. Und sie hatte ihre Hausaufgaben gemacht. Sie hatte nachgerechnet, wie viel sie mindestens brauchte, um etwas Anständiges kaufen zu können und um noch ein kleines Polster übrig zu haben.

Und auf diese Summe hatte sie dann noch ordentlich was draufgeschlagen.

«Nun, jetzt wissen Sie, wo wir stehen. Wenn Sie mich bitte entschuldigen würden, meine Tochter feiert ihren Geburtstag.»

Ja, es war wie mit Mr. Cartwright. Bloß, dass sie jetzt genau verstand, worum es ging. Besser, als sich so mancher hätte vorstellen können.

«Ich würde mich gerne noch mal ein wenig umsehen, wenn Sie nichts dagegen haben.» Nicholas Trent holte tief Luft und erhob sich, sammelte seine Papiere zusammen. «Sie hören von mir.»

Kitty konnte kaum glauben, was ihre Mutter da sagte.

«Du hast es gemacht? Ganz allein? Und das Wasser läuft? Keine Überschwemmung?»

Isabel hob ihre Hände. «Klempnerhände», sagte sie und umarmte ihre Tochter, die sich in ein altes Handtuch gewickelt hatte. An ihrer Haut und an ihren Haaren klebte grünes Laichkraut. Isabel verschwieg ihr, wie sehr sie sich mit den unverständlichen Diagrammen in den Büchern abgeplagt hatte, wie oft sie geflucht hatte, weil sich die Schrauben und Gewinde nicht bewegen ließen, und wie sie vom spritzenden Wasser ganz nass geworden war.

«Alles Gute zum Geburtstag, Schätzchen. Und ich hab dir auch ein schönes Schaumbad gekauft.»

«Mein Gott, eine richtige Badewanne! Kann ich ein Bad nehmen? Jetzt gleich? Haben wir heißes Wasser und alles?»

«Jetzt?», fragte Isabel. «Aber deine Gäste …»

Kitty, die in ihrem Handtuch bibberte, schaute zu ihren Freunden hinüber, die lachend und kreischend im See herumspritzten und sich aus den Schlauchbooten schubsten oder wieder hineinhievten.

«Die können schon eine halbe Stunde ohne mich auskommen. Dann könnte ich wenigstens diesen grünen Schleim abwaschen. Mein Gott, ein richtiges Bad!»

Sie sprang wie ein Kind auf und ab.

«Dann geh», sagte Isabel schmunzelnd. «Ich bereite in der Zeit den Lunch vor.»

Kitty rannte ins Haus und lief, zwei Stufen auf einmal nehmend, die Treppe hinauf. Sie riss die Badezimmertür auf und musste grinsen. Auf dem Wannenrand stand jeweils eine brandneue Flasche von ihrem Lieblingsshampoo und ihrer Lieblingsspülung, teure Sachen, nicht das billige Zeug aus dem Supermarkt, mit dem sie sich monatelang hatte zufriedengeben müssen. Auf dem Boden stand, mit einer roten Schleife, ein sündhaft teures französisches Cremeschaumbad. Über dem Wannenrand hing ein flauschiges, neues Badetuch. Vor der Wanne lag fein säuberlich eine Badematte. Kitty hob die Flasche auf, schraubte den Deckel ab und schnupperte. Mmh, himmlisch.

Sie steckte den funkelnden Messingstöpsel in den Abfluss

und drehte das Wasser auf. Heiß und brausend strömte es in die Wanne. Dampfwolken stiegen auf, der Spiegel beschlug. Kitty sperrte die Tür ab, schlüpfte aus dem Badeanzug und wickelte sich wieder in das alte Badetuch. Sie wollte nicht, dass das schöne neue Handtuch grüne Schmierer kriegte. Sie trat ans Fenster, während sie darauf wartete, dass die Wanne volllief.

Ihre Mutter war dabei, diverse Platten auf dem langen Tisch zu verteilen. Sie unterhielt sich dabei mit Asad, der gerade einen Salat anrichtete. Henry nippte an einem Glas Wein und rief einer Gruppe von Mädchen, die im See planschten, etwas zu, das sie zum Lachen brachte. Er warf ihnen einen Ball zu und sagte dann leise etwas zu ihrer Mutter, die ebenfalls in Lachen ausbrach. Ein richtiges Lachen, sie warf den Kopf zurück, so wie früher, als Dad noch gelebt hatte.

Kitty spürte, wie ihre Augen, wie fast immer, wenn sie an Dad dachte, zu brennen begannen. Aber alles war gut. Zum ersten Mal seit dem Tod ihres Vaters hatte Kitty das Gefühl, dass alles gut war. Mum hatte sich verändert, war eine richtige Mum geworden. Man konnte sich auf sie verlassen.

Und sie, Kitty, konnte wieder einfach nur sechzehn sein.

Sie sah Thierry, der sich mit einem Teller Essen davonschlich, und wusste, wo er hinwollte: zum Heizungskeller. Sie schlug ans Fenster, um ihn auf sich aufmerksam zu machen, und als er aufblickte, schnitt sie ihm eine Grimasse, um ihm zu zeigen, dass sie wusste, was er tat. Er streckte ihr die Zunge raus, und sie musste lachen.

Plötzlich ertönte ein scharfes, reißendes Geräusch, und Kitty sprang erschrocken zurück.

Sie wirbelte herum und sah das Laken flattern, das ihre Mutter vor das Loch in der Wand gehängt hatte. Der Krach kam offenbar von nebenan. In diesem Moment schob Matt McCarthy das Laken beiseite und spähte zu ihr hinein.

«Was … was machen Sie da?», kreischte sie und wickelte sich fester in ihr Handtuch.

Er zog den Kopf ein und trat durchs Loch, rieb sich mit einer staubigen Hand übers Haar.

«Ich werde dieses Loch wieder zumachen», verkündete er ruhig. Er war unrasiert, und sein Werkzeuggürtel hing schief an seiner Hüfte.

Kitty wich unwillkürlich einen Schritt zurück. «Sie können nicht hier drinbleiben. Ich wollte gerade ein Bad nehmen.»

«Ich muss das wieder in Ordnung bringen. Dieses Zimmer war schön. So kann es nicht bleiben.»

Ihr Herz hämmerte so laut, dass es sogar das Rauschen des Badewassers übertönte. Sie warf einen raschen Blick auf ihren Badeanzug, der am Boden lag, und wünschte, sie hätte etwas unter dem Handtuch an.

«Bitte gehen Sie.»

«Es dauert nicht lange.»

Er ging in die Hocke und fuhr mit dem Finger über die Ränder des Lochs. «Ich muss das hier nur rasch zumachen. Würde wohl nicht viel taugen, wenn ich euch mit einem Loch stehen ließe, was?»

Kitty machte einen Schritt zur Tür hin.

Er erhob sich. «Keine Sorge, Kitty, ich werde dich nicht stören.» Und er lächelte.

Kittys Unterlippe begann zu zittern. Sie wünschte, ihre Mutter würde raufkommen oder Anthony oder … Irgendjemand musste ihn doch reingehen gesehen haben. Das Bad erschien ihr auf einmal erdrückend klein, als würden die Wände auf sie zukommen. Die Stimmen draußen im Garten waren plötzlich so weit weg, unerreichbar.

«Matt», sagte sie so ruhig, wie sie trotz ihres Zitterns konnte, «ich möchte wirklich, dass Sie jetzt gehen.»

Er hörte sie gar nicht.

«Matt», wiederholte sie, «bitte gehen Sie.»

«Weißt du», sagte er, «du bist wie deine Mutter.» Und er streckte den Arm aus, um ihre Wange zu streicheln.

Da war es um Kittys Selbstbeherrschung geschehen. Sie wirbelte herum, nestelte panisch am Türschloss, riss die Tür auf und rannte die Treppe hinunter. Ob er ihr folgte, wusste sie nicht. Sie stieß ein ersticktes Schluchzen aus.

«Mich braucht ihr nicht zu fragen», sagte Henry. «Wenn es um Musik geht, bin ich der reinste Banause. Wenn es kein tränenreiches Finale hat, ist es völlig an mich verschwendet.»

«Er ist nur einen winzigen genetischen Schritt von Judy Garland entfernt», bemerkte Asad und entfernte die Klarsichtfolie von einer Salatschüssel.

«Ich kenne leider keine Judy-Garland-Songs», sagte Isabel.

«Spielen Sie nur klassische Musik?», erkundigte sich Asad, während er die Servierlöffel neben die Schüsseln legte. Er warf sich eine Olive in den Mund.

«Ja. Aber das muss deshalb nicht langweilig sein.»

«Ich glaube nicht, dass klassische Musik dasselbe emotionale Drama bietet wie ein guter Musical-Song», überlegte Henry. «Ich meine, ich glaube nicht, dass sie mich zu Tränen rühren würde.»

«Emotionales Drama? Mr. Ross, Sie sind falsch informiert.»

«Wie? Sie glauben doch nicht etwa, dass Sie mich zum Weinen bringen können? Mit Ihrer Geige?»

Isabel lachte. «Härtere Männer als Sie sind bereits unter meinem Bogen dahingeschmolzen.»

«Also gut.» Henry nahm ein Geschirrtuch. «Ich werfe hiermit den Fehdehandschuh. Tun Sie Ihr Schlimmstes. Wringen Sie mich richtig aus.»

«Ach, ich bin außer Übung. Ich habe seit Monaten nicht mehr richtig gespielt.»

«Uns egal.»

«Aber meine Geige ist in der Küche.»

Henry bückte sich und holte den Geigenkasten unter dem Tisch hervor.

«Nicht mehr.»

«Ich habe das Gefühl, ich wurde ausgetrickst.»

«Wir mussten doch dafür sorgen, dass wir eine kleine Privatvorstellung kriegen», sagte Henry. «Also los. Eine kleine Kostprobe. Es wäre doch unhöflich, am Geburtstag Ihrer Tochter nicht zu spielen.»

Isabel klemmte sich die Geige unters Kinn. Dann zog sie den Bogen über die Saiten und ließ die ersten Noten von Elgars Violinkonzert in b-Moll erklingen.

Sie erhaschte noch einen Blick auf Asads und Henrys hingerissene Gesichter, dann schloss sie die Augen und überließ sich der Musik. Und während sie spielte, kam ihr der Gedanke, dass diese Geige doch nicht so schlecht war. Sie sang von ihrer Traurigkeit, dieses Haus verlassen zu müssen, ihrer Trauer um ihren Mann, oder den Mann, für den sie ihn gehalten hatte. Sie sang davon, dass man jemanden vermissen konnte, von dem man gar nicht vermutet hatte, dass man ihn vermissen würde.

Sie schlug die Augen auf und sah, dass Kittys Gäste sich aufs Gras setzten und gebannt zuhörten. Als sie mit dem ersten Satz fertig war, drehte sie sich ein wenig. Und da sah sie ihn zwischen den Bäumen stehen. Einen Moment lang war sie nicht sicher, ob sie nur träumte oder ob er wirklich gekommen war. Er hob grüßend die Hand. Da breitete sich ein Strahlen auf ihrem Gesicht aus, rückhaltlos, ehrlich.

Henry und Asad drehten sich um, um zu sehen, worüber sie sich so freute, und dann stupsten sie sich verstohlen an.

Auch er strahlte bei ihrem Anblick. Er war zwar nicht ihr Mann, er war nicht Laurent, aber das machte jetzt nichts mehr.

«Du bist gekommen», sagte sie und ließ die Geige sinken. Er wirkte müde, aber zufrieden.

«Ich habe ein Geschenk für Kitty», sagte er. «Meine Schwester hat es ausgesucht. Ich weiß wirklich nicht, was Mädchen heutzutage mögen.»

«Es wird ihr ganz bestimmt gefallen», sagte Isabel. Sie konnte nicht aufhören, ihn anzustarren. «Ich bin so froh, dass du es geschafft hast. Ehrlich.»

Er war auf einmal ganz anders, nicht mehr scheu und verdruckst. Aufrecht stand er da.

«Ich auch», sagte er.

Jetzt, wo er nicht mehr in Matts Schatten stand, war er regelrecht beeindruckend, fand sie.

Versunken blickten sie einander an. Die neugierigen Blicke ihrer Zuschauer bemerkten sie nicht.

«Schon gut, schon gut», sagte Henry und wedelte mit der Hand. «Setz dich, Byron. Sie muss doch deinetwegen nicht gleich zu spielen aufhören. Ich kam grade so richtig in Stimmung.»

Byron grinste. «Sorry», sagte er. «Wo ist Thierry?» Sein Blick hatte sich keine Sekunde von Isabel abgewandt, und sie spürte, wie sie rot wurde.

Sie hob die Geige an die Schulter. «In der Küche oder im Heizungskeller oder sonst wo. Er baut sich eine Höhle.»

Er setzte sich ins Gras und streckte seine langen Beine von sich. Sie richtete ihren Blick wieder auf die Vettern und spielte weiter. Dabei versuchte sie, sich ganz auf die Musik zu konzentrieren, auf nichts anderes, nicht etwa darauf, was es bedeuten mochte, dass er doch gekommen war. Mir ist egal, was er ist, was er getan hat, als er ein anderer war, dachte sie. Ich bin einfach nur froh, dass er da ist. Sie machte die Augen zu und ließ sich in ihre Musik sinken.

Sie liebte den zweiten Satz, das An- und Abschwellen, die nachdenkliche Melodie. Erst als sie sich dem dramatischen Höhepunkt näherte, wurde ihr klar, warum sie unbewusst dieses Musikstück gewählt hatte. Dieser Teil, dieser bittersüße Teil vor dem Ende des Satzes deutete auf eine neue Einsicht hin, auf die Erkenntnis, dass die Vergangenheit vorbei war, dass es kein Zurück mehr gab.

Sie schlug die Augen auf. Asad hatte den Kopf in den Nacken gelegt, und Henry wischte sich verstohlen eine Träne weg. Sie verharrte auf den letzten Noten, wrang auch noch den letzten Tropfen heraus.

«Na bitte», sagte sie und senkte ihre Geige, «was habe ich ge–»

In diesem Moment kam Kitty auf sie zugeschossen. Sie schlang einen Arm um ihre Mutter, mit der anderen Hand hielt sie ihr Handtuch fest. Sie schluchzte so verzweifelt, dass sie kaum sprechen konnte.

«Kitty!» Isabel wich ein wenig zurück, um ihre Tochter ansehen zu können. «Was ist denn los?»

«Er … Es ist Matt.» Kitty presste die Worte mühsam hervor. «Er ist im Haus.»

«Was?» Byron sprang auf.

Isabel blickte zum Haus. Dann wurde ihr klar, dass ihre Tochter außer dem Handtuch nichts anhatte.

«Hat er dich angefasst?»

«Nein», schluchzte Kitty. «Er ist … er war im großen Schlafzimmer … und dann ist er durch das Loch gekommen … Er macht mir Angst.»

Isabels Gedanken rasten. Sie schaute zu Byron. Ihre Blicke trafen sich.

«Er ist so komisch. Ich konnte ihn nicht dazu bringen zu gehen.» Kitty klammerte sich immer noch an ihre Mutter. «Was können wir tun?»

«Ich weiß es nicht», antwortete Isabel.

«Was hat er jetzt schon wieder vor?» Byrons Gesicht hatte sich verhärtet. Isabel bekam Angst. Nicht vor dem, was er getan hatte, sondern davor, was er vielleicht in ihrem Namen würde tun können.

«Er sagt, er will das Haus in Ordnung bringen», sagte Kitty. «Das Loch zumachen. Aber er ist so komisch. Er ist nicht normal, Mum. Irgendwie …»

«Thierry», unterbrach Byron, und schon rannte er über den Rasen auf das Haus zu.

Oben im Bad wischte Matt mit einem Finger das Fensterglas ab und spähte auf die Versammelten herab. Er sah, wie Isabel kurz aufschaute. Gut. Jetzt würde sie kommen.

Vielleicht konnten sie ja endlich reden.

Er merkte nicht, wie die gusseiserne Wanne immer voller wurde. Er hörte nicht das Knirschen des überlasteten Fußbodens.

Matt McCarthy stieg durchs Loch und wieder zurück ins Schlafzimmer. Langsam ging er zum Bett und setzte sich auf die Kante.

Byron ging mit leisen Schritten nach oben, schaute dabei in jedes Zimmer. Jahre auf der Pirsch hatten seinen Tritt leicht und lautlos gemacht.

Als er oben ankam, hörte er Wasser rauschen. Die Badezimmertür stand offen, aber es war niemand im Raum. Er stieß die Schlafzimmertür auf.

Matt saß auf dem Bett und starrte auf das Loch. Als er Byron hörte, blickte er auf und blinzelte.

Es war klar, dass er jemand anderen erwartet hatte. Byron verharrte im Türrahmen. Und er wusste, dass Matt McCarthy ihn nicht mehr einschüchtern konnte.

«Wo ist Isabel?», fragte Matt. Er war trotz seiner Bräune grau im Gesicht. Nur auf seinen Wangen brannten fiebrige rote Flecken.

«Du solltest jetzt gehen», sagte Byron mit fester Stimme. Aber das Blut pochte ihm so laut in den Ohren, dass er fürchtete, man würde es hören können.

«Wo ist Isabel?», wiederholte Matt. «Sie wollte raufkommen und mit mir reden.»

«Du hast Kitty eine Todesangst eingejagt», sagte Byron. «Verschwinde von hier. Sofort.»

«Verschwinden? Wie kommst du darauf, dass du mir was befehlen kannst?»

«Du bist ein Arschloch, Matt.» Byron konnte fühlen, wie die alte Wut in ihm hochstieg, ein Gefühl, das er längst überwunden geglaubt hatte. «Du schreckst nicht mal davor zurück, ein junges Mädchen einzuschüchtern, bloß weil du unbedingt dieses Haus willst. Aber damit ist es vorbei. Lass dir das gesagt sein.»

Matt starrte durch das Loch auf die Badewanne, die mittlerweile voll war. Das Wasser rann über den Rand und auf den Boden. Er schien gar nicht zugehört zu haben.

«Raus», zischte Byron und spannte seine Muskeln an. «Zum allerletzten Mal, oder …»

Matt drehte sich um und schaute ihn an. «Oder was? Willst du mich etwa zwingen? Nur ein einziges Wort, Byron.» Er lachte, als ob dies ein guter Witz wäre. «*Bewährung*. Sagt dir das was?»

Das Pochen in Byrons Ohren wurde unerträglich. Er sah Matts spöttisches Grinsen, den leeren Ausdruck in seinen

Augen, und plötzlich wurde ihm klar, dass er sich einen Dreck um die Folgen scherte. Er wollte diesem Mistkerl ein für alle Mal zeigen, dass man andere Menschen nicht ungestraft einschüchtern und hintergehen konnte. Und Isabel – wie dieser Mensch sie ausgenutzt hatte. Er hob die Faust, holte aus …

Und sein Atem stockte, denn in diesem Moment ertönte ein schreckliches Ächzen, ein reißendes, kreischendes Geräusch, und der Boden des Badezimmers begann, sich langsam abzusenken.

Byron, dachte Isabel, nahm ihre Geige zur Hand und überlegte, was sie spielen wollte. Irgendetwas Fröhliches zur Ablenkung. Jetzt würde alles gut werden. Weil er da war. Byron würde dafür sorgen, dass nichts passierte. Ein ohrenbetäubendes Geräusch ertönte.

Das Geräusch zerriss die Stille wie ein Gewehrschuss. Ein schreckliches, angsterregendes, unheilverkündendes Geräusch; es saugte gleichsam die Luft aus der Atmosphäre, schuf ein Vakuum. Ein tiefes Grollen und Ächzen, ein schussartiges Krachen, untermalt von zersplitterndem Glas. Das Spanische Haus kollabierte, fiel langsam in sich zusammen, als hätte sich im Erdboden zwischen den beiden Gebäudeflügeln ein Loch aufgetan. Die Erde bebte, die Enten flogen erschrocken quakend aus dem Schilf auf. Langsam neigten sich beide Seiten nach innen. Isabel, Kitty und ihre Gäste starrten schockiert auf das Schauspiel. Das Keuchen war ihnen im Hals stecken geblieben. Eine mächtige Staubwolke stieg auf und füllte den Raum, wo zuvor das Haus gestanden hatte. Und dann verzog sich der Staub, und sie starrten das an, was vom Spanischen Haus übrig war: zwei Mauerreste, deren gesplitterte Balken wie gebrochene Knochen herausragten. Böden, Wände, alles ein einziger

Schutthaufen. In der Mitte stieg ein dünner Wasserstrahl von einem gebrochenen Rohr auf wie ein makabrer Springbrunnen.

Keiner sagte ein Wort. Geräusch und Zeit waren verschluckt worden. Isabel stieß ein geschocktes «Ah!» aus, die Hände vor den Mund geschlagen. Und plötzlich begann Kitty zu heulen, wie eine Sirene, ein verstörendes, durchdringendes Geräusch. Sie zitterte am ganzen Leib, die aufgerissenen Augen auf das gerichtet, was von ihrem Zuhause übrig geblieben war. Sobald sie wieder einigermaßen sprechen konnte, presste sie hervor: «Wo ist Thierry?»

Laura starrte durch die Windschutzscheibe. Sie konnte kaum fassen, was sie da sah. Unmöglich. Das konnte nicht passiert sein. Dort, wo noch vor wenigen Sekunden ein Haus gestanden hatte, war nichts mehr, nur noch ein Skelett, zwei Seitenwände, die wie Finger in die Höhe zeigten. An einer hing noch, schief, ein Bild. Die Hälfte eines Schlafzimmers. Mit Postern an den Wänden.

Hinter ihr, auf dem Rücksitz, winselte der alte Hund.

Mit fahrigen Fingern riss sie am Türgriff, stieß die Beifahrertür auf und stolperte aus dem Auto. Teenager standen in Grüppchen beisammen, stocksteif, manche in Badetücher gewickelt. Isabel starrte aufs Haus, die Hand auf den Mund gepresst. Die Vettern eilten zu ihr. Henry hatte bereits sein Handy herausgeholt und brüllte hinein.

Pottisworth, dachte sie abwesend. Es krachte erneut, Balken bogen sich, splitterten. Sie konnte fast seinen bösartigen Geist fühlen, sein gehässiges Gackern hören.

Und dann kam Nicholas auf sie zugerannt, bleich wie ein Laken, die Aktenmappe an die Brust gedrückt.

«Was zum Teufel …?», keuchte er. «Ich war in der Garage. Was zum Teufel …?»

Aber sie konnte bloß den Kopf schütteln. Langsam gingen sie auf den Garten zu.

«Thierry!»

Sie bogen um die Ecke, und Laura blieb fast das Herz stehen.

«Thierry!» Isabel stand wenige Meter von ihnen entfernt auf dem Rasen. Das Haar stand ihr wild vom Kopf ab. Sie versuchte, einen Schritt zu machen, aber ihre Knie knickten ein, und sie sackte zu Boden.

«Oh nein», hauchte Laura, «nicht das Kind …»

«Das ist Matts Werk», sagte Nicholas. «Er hat die Struktur geschwächt. Ich schwör dir, das Haus war noch in Ordnung, als ich es das erste Mal gesehen habe.»

Laura konnte den Blick nicht von der Witwe abwenden. Sie war kreidebleich, ihre Augen weit aufgerissen.

Ihre Tochter stand schluchzend hinter ihr.

«Mum?», rief jemand. Und noch einmal: «Mum?»

Isabel wandte sich um. Laura war sicher, dass sie ihren Gesichtsausdruck nie vergessen würde. Der Junge kam mit seinem Hund aus dem Wald gesprungen. «Mum?»

Barfuß rannte Isabel übers Gras, an allen vorbei, und riss ihren Sohn an sich. Sie schluchzte derart herzzerreißend, dass auch Laura die Tränen kamen. Und dennoch, einen Teil dieses Kummers hatte sie selbst verschuldet.

Laura wurde unbehaglich zumute. Sie kam sich vor wie eine Voyeurin. Sie wandte sich ab und dem Haus zu, eine Ruine inmitten einer Waldlichtung. Die Front war nur mehr eine Backsteinfassade mit zwei leeren Fenstern als Augenhöhlen und einem Türrahmen, der wie ein aufgerissener Schlund aussah.

Und durch diesen Schlund kam nun ihr Mann herausgestolpert, mit blutigem Kopf und eigenartig verdreht herunterhängendem Arm. Er schien sich nicht weiter an der Katastrophe zu stören, schien sie gar nicht wahrzunehmen. Tatsächlich sah er nicht anders aus, als wenn er soeben ein Haus inspiziert hätte, in dem er einige Arbeiten vornehmen würde.

«Mein Gott», stieß Nicholas hervor. Und auf einmal erkannte Laura das Ausmaß von Matts Wahnsinn.

«Laura?» Matt stapfte über die Trümmer auf sie zu.

«Danke», sagte Isabel. Sie wollte ihren Sohn gar nicht mehr loslassen. «Danke, danke, Gott, ich dachte schon ... Ich hätte es nicht ertragen können. Ich hätte das nicht ertragen können.» Sie sog Thierrys Geruch ein, presste ihren Sohn an sich, vergoss ihre Tränen auf seine Haut.

«Wir haben durchgezählt», verkündete Henry. «Alle sind da.»

«Die Kinder sollen zurückbleiben», befahl Asad. Er unterbrach sich und sog an seinem Inhalator. «Vielleicht sollten sie besser zum See runtergehen.»

Abermals ertönte ein grollendes Poltern.

«Was ist das?», fragte Kitty ängstlich.

Entsetzt schauten sie zu, wie die verbliebene Wand des Westflügels zu zittern begann und dann wie in Zeitlupe in einer Staub- und Geröllwolke in sich zusammensank. Glas splitterte, Balken krachten. Ein paar der Jugendlichen schrien erschrocken auf und rannten zum See hinunter. Isabel nahm ihre Kinder in die Arme und versuchte, ihnen die Augen zuzuhalten.

«Schon gut», sagte sie leise, «schon gut. Uns kann nichts passieren.»

«Aber wo ist Byron?», fragte Kitty.

«Byron?», fragte Thierry fassungslos.

«Er wollte Thierry suchen», sagte Kitty dumpf und sah dorthin, wo eben noch der Heizungskeller gewesen war.

«Ach du großer Gott», sagte Henry.

Isabel war bereits losgelaufen, fiel vor dem Schutthaufen auf die Knie und begann, Steine hinter sich zu werfen.

«Nicht schon wieder», murmelte sie voller Angst. «Nicht schon wieder. Nicht du auch noch.»

Und dann eilten auch die anderen herbei und begannen, Steine wegzuräumen. Schlanke Teenagerarme wurden rotbraun vom Ziegelstaub. Isabels Hände waren zerkratzt und blutig.

«Byron!», brüllte sie. Und immer wieder: «Byron!»

Die Vettern wickelten Kitty und Thierry trotz der Mittagshitze in Badetücher. Thierry zitterte am ganzen Leib, war kreidebleich. Henry drückte ihm eine Cola in die Hand.

«Ist es meine Schuld?», hörte Isabel ihren Sohn fragen, und ihr Gesicht verzerrte sich vor Kummer.

Zu sechst rissen sie an einem Balken. Keuchend bekamen sie ihn frei. Kittys Freunde warnten sich vor Glasscherben und hervorstehenden Nägeln. Zwei Mädchen weinten, eine stand etwas abseits und sprach aufgeregt in ihr Handy.

«Sie werden gleich da sein», sagte Henry, wie um sich selbst zu trösten. «Die Feuerwehr findet ihn schon.»

Isabel grub weiter, verfiel in einen Rhythmus. Sie warf Steine hinter sich, einen, zwei, drei. Dann schaute sie, ob eine Lücke zu sehen war, eins, zwei, drei, seinen Namen rufend. Sie keuchte, das Herz klopfte ihr bis zum Hals.

«Dass mir ja keiner da raufklettert», rief Asad. «Es könnte einstürzen. Und wenn er da drunter ist, dann schaden wir ihm mehr, als wir ihm nützen.»

Wie um seine Worte zu bestätigen, brach ein Balken, und zwei Teenager sprangen mit einem erschreckten Quieken zurück.

«Weg da, weg», rief Asad. «Alle weg da. Die andere Seite könnte auch noch einstürzen.»

Es ist hoffnungslos, dachte Isabel und setzte sich auf. Sie warf einen Blick auf ihre Armbanduhr. Fast zwanzig Minuten waren vergangen, und sie wussten immer noch nicht, wo er war. Sie spürte Hysterie in sich aufsteigen. Hinter ihr stritten sich zwei Leute darüber, wie man einen Balken am besten anhob.

Und ihre Tochter versuchte, Thierry einzureden, dass alles gut werden würde.

Aber das würde es nicht. Byron war irgendwo dort unten, unter den Trümmern des Hauses begraben. Und jede Minute, die verstrich, machte es schlimmer. Hilf mir, flehte sie ihn an und spürte, wie ihr der Schweiß den Rücken hinablief. Hilf mir, dich zu finden. Ich könnte es nicht ertragen, dich auch noch zu verlieren. Sie warf einen Stein hinter sich. Dann setzte sie sich auf und presste ihre staubigen Handballen an die Augen.

So blieb sie etwa eine Minute lang reglos sitzen. Dann schaute sie sich um.

«Ruhe!», rief sie. «Seid mal alle still!»

Und da hörte sie es: aufgeregtes Bellen.

«Thierry!», rief sie. «Wo sind Byrons Hunde? Hol sie!»

Das Gesicht ihres Sohnes hellte sich kurz auf. Verwirrt schauten die Gäste zu, wie er um den See herumflitzte, die Tür von Byrons Auto aufriss und Meg und Elsie rausließ. Die beiden Hündinnen flogen nur so auf sie zu, rannten direkt zum anderen Ende des Hauses.

«Ruhe! Seid alle still!», rief Isabel.

Stille breitete sich aus, eine tiefe, schwere, angespannte Stille. Isabel konnte hören, wie Kitty in Henrys Armen ihr Schluchzen unterdrückte.

Sie warf sich neben den Hunden zu Boden und brüllte erneut: «Byron!» Ihre Stimme war erschreckend, selbst in ihren Ohren, durchdringend, gebieterisch. «Byron!»

Die Stille schien tausend Jahre anzuhalten, lange genug, dass Isabels Herz stillstand, tief genug, um zu hören, dass ihre Tochter mit den Zähnen klapperte. Selbst die Vögel schwiegen, die Bäume hörten auf zu rauschen. Alles hielt den Atem an.

Und dann, man hörte bereits das Heulen von Sirenen in der Ferne, begannen die Hunde, zu winseln und dann immer lebhafter zu bellen. Hektisch scharrten sie im Schutt.

Und dann hörte sie es.

Seine Stimme.

Ihren Namen.

Die schönste Musik, die sie je gehört hatte.

Er sei noch mal glimpflich davongekommen, sagten die Notärzte. Verdacht auf Schlüsselbeinbruch, ein tiefer Riss im Oberschenkel und schwere Blutergüsse. Man würde ihn über Nacht im Krankenhaus behalten, um sicherzugehen, dass er keine inneren Verletzungen davongetragen hatte.

Er lag auf einer Krankentrage, umgeben von Notärzten, die lebhaft diskutierten. In den Streifenwagen knackten die Polizeifunkgeräte. Laura McCarthy sah, wie der Delancey-Junge unbeachtet an die Bahre trat und seinen Kopf auf Byrons Hand legte. Seine kleine Hand lag auf der Brust des großen Mannes. Als dieser das ungewohnte Gewicht spürte, hob er den Kopf, blinzelte ein paarmal und berührte mit einer staubigen Hand die Wange des Jungen.

«Keine Angst, Thierry», sagte er so leise, dass sie es kaum hören konnten. «Ich bin ja noch da.»

Erst als sie ihn in den Rettungswagen einluden, trat Laura vor, griff in ihre Handtasche und drückte ihm ein paar Papiere in die bandagierte Hand.

«Ich weiß zwar nicht, was das jetzt noch wert ist, aber du solltest es trotzdem haben», sagte sie brüsk. Ohne ihm Zeit für eine Antwort zu lassen, wandte sie sich ab und ging.

«Laura?», sagte Matt.

Sein Kopf und sein Arm waren dick eingebunden. Mit einer Decke um die Schultern stand er zwischen zwei Polizisten. Er war wie ein Kind, hilflos, verwundbar. Es ist nichts mehr von ihm übrig, dachte sie. Er ist ebenso zusammengebrochen wie das Haus.

Und am Ende war es ganz einfach. Sie drehte sich zu Nicholas um und berührte seine Wange. Ein guter Mann. Ein Mann, der sich aus seinem Jammertal herausgekämpft hatte.

«Es tut mir so leid», sagte sie leise. Dann nahm sie ihren verstörten Mann beim Arm und führte ihn zu einem Streifenwagen.

KAPITEL 25

Sie verbrachten die Nacht bei Byron im Krankenhaus. Thierry wollte ihn nicht verlassen, und sie hatten sowieso nichts mehr, wo sie hingehen konnten. Als die Schwestern hörten, was passiert war, rollten sie zwei Betten für Kitty und Thierry ins Zimmer. Isabel setzte sich dazwischen und versuchte, während sie schliefen, nicht daran zu denken, was hätte passieren können.

Vom Korridor drangen die zeitlosen Geräusche eines Krankenhauses herein: das Quietschen von Gummisohlen auf PVC, leise Gespräche, ein sporadisches lautes Piepen, wenn jemand Hilfe brauchte. Sie nickte mehrmals ein, und dann hörte sie wieder dieses hässliche reißende, kreischende Geräusch des einstürzenden Hauses, hörte den hohen, unheimlichen Schrei ihrer Tochter und Thierrys fassungslose Stimme: «Mum?» Und dann wachte sie mit einem Ruck auf.

Vor sechs Monaten, als sie noch nach solchen Zeichen Ausschau gehalten hatte, hätte sie gesagt, dass Laurent sie beschützt, dass er sie gerettet hatte. Aber jetzt wusste sie, dass das nicht stimmte. Sie warf einen Blick zu dem Mann im großen Bett. Es gab keine Vorsehung, keine göttliche Intervention. Entweder man hatte Glück, oder man hatte es nicht. Entweder man starb, oder man starb nicht.

Kurz vor fünf Uhr graute der Morgen. Kaltes blaues Licht fiel durch die Jalousien herein. Sie streckte sich, dehnte ihre verkrampften Nacken- und Schultermuskeln. Sie setzte sich an Byrons Bett. Sein Gesicht war ruhig, gelassen, entspannt. Keine Spur seiner sonstigen Wachsamkeit, von Vorsicht, Misstrauen oder Zorn.

Sie musste daran denken, wie er ohne Zögern losgerannt war, als Thierry sich scheinbar in Gefahr befand. Sie dachte an sein frohes, selbstbewusstes Strahlen bei ihrem gestrigen Wiedersehen. Sein Blick war so direkt, so voll von etwas gewesen, das selbst er, wie Isabel vermutete, nicht verbergen konnte. Und zum ersten Mal seit Laurents Tod sah Isabel eine Zukunft. Das Lächeln ihres Sohnes, seine klare, helle Stimme. Ihre Tochter, die wieder ein unbeschwerter, mürrischer Teenager sein durfte. Sie sah eine Aussicht auf Glück.

Er empfand dasselbe für sie, da war sie ganz sicher. Nein, es ist nicht impulsiv, sagte sie sich, es ist das Überlegteste, was ich je getan habe. Sie senkte langsam den Kopf und gab Byron einen Kuss auf die Lippen. Sie waren überraschend weich, schmeckten nach Krankenhaus, nach Desinfektionsmitteln, Seife und darunter – ein Hauch von Wald.

«Byron», flüsterte sie und küsste ihn noch einmal. Seine zerschundenen Hände tasteten nach ihr und fanden sie, drückten sie an sich. Er murmelte ihren Namen. Sie ließ sich an ihn sinken und musste plötzlich gegen Tränen ankämpfen, Tränen der Dankbarkeit dafür, dass er noch da war, dass sie vielleicht doch noch einmal geliebt, gehalten und begehrt werden würde. Sie war froh, dass Laurent nicht länger zwischen ihnen stand. Sie empfand keinerlei Kummer oder Schuldgefühle. Anders als damals bei Matt.

Er war Byron. Nur Byron.

Man kann sich für das Glück entscheiden. Oder dagegen.

Aber als sie kurz darauf den Kopf hob und ihn anschaute, erschrak sie. Er machte eine gequälte Miene. «Hast du Schmerzen?», fragte sie sofort und strich zärtlich über seine Stirn, seine Schläfe, genoss es, ihn anfassen zu können.

Er sagte nichts. Auf seiner rechten Schläfe prangte ein dicker Bluterguss, der nun erst richtig erblüht war.

«Es tut mir leid», sagte er leise.

«Was denn?»

Er schüttelte den Kopf.

Sie richtete sich ein wenig auf. «Was sollte dir denn leidtun?»

«Verzeih. Ich kann das nicht.»

Eine lange, schwere Pause trat ein.

«Ich verstehe nicht.» Sie wich ein Stück zurück.

Es dauerte ein Weilchen, bevor er mit zögernder Stimme zu sprechen begann. Draußen schrillte irgendwo ungeduldig ein Telefon, aber niemand ging ran.

«Das mit uns kann nicht gut gehen.»

Aber ich weiß doch, was ich fühle, hätte sie am liebsten gesagt. Und ich weiß, was du fühlst. Aber solche Sätze erinnerten zu sehr an Matt. «Das ist doch albern.» Sie versuchte zu lächeln. «Können wir nicht einfach … schauen, wie es geht?»

«Das könntest du? Einfach reinspringen und hoffen, dass es gut geht?» So, wie er das sagte, schien es verantwortungslos zu sein.

«So habe ich es nicht gemeint.»

«Isabel, wir sind einfach zu verschieden.»

Sie starrte ihn an, den sturen Zug um seinen Mund, die Art, wie er ihrem Blick auswich.

«Du weißt es, stimmt's?», sagte sie leise.

«Was denn?»

«Das mit Matt.»

Er zuckte zusammen, und da wusste sie, dass sie richtig vermutet hatte.

«Ich wusste es. All das sind bloß Ausflüchte. Also gut, ich will dir sagen, wie das war. Es war in dieser Nacht, als wir den Stromausfall hatten. Ich war betrunken. Ich war einsam. Ich war auf einem absoluten Tiefpunkt, seit mein Mann gestorben war. Und wenn ich ganz ehrlich bin – ein Teil von mir hat geglaubt, dass es das ist, was ich will.»

«Du musst mir nichts erklären …»

«Doch, das muss ich!», entgegnete sie heftig. «Weil es nun mal passiert ist und weil es ein schrecklicher Fehler war. Glaub mir, es ist kein Tag vergangen, an dem ich es nicht bereut hätte. Aber was geschehen ist, hat nichts mit dir zu tun. Mit dem, was ich für dich empfinde.»

«Du brauchst mir …»

«Doch. Denn so bin ich nicht. Ich bin nicht so ein Mensch. Ich bin nicht flatterhaft. Wenn ich mich für jemanden entscheide, dann bleibt es dabei.»

«Ich wollte nicht sagen, dass –»

«Weißt du was? Ich habe bis dahin mit nur einem Mann geschlafen: mit Laurent. Ich musste sechsunddreißig Jahre alt werden, bevor ich mit einem anderen Mann geschlafen habe. Einfach lachhaft! Matt –»

«Es hat nichts mit Matt zu tun!», explodierte er. Kitty drehte sich verschlafen auf die Seite. Byron senkte seine Stimme. «Ich *weiß*, dass er in dieser Nacht bei dir war. Ich war schließlich auch da. Unten im Heizungskeller. Aber ich habe dir das nie vorgeworfen. Ich habe dich *nie* verurteilt. Matt und der ganze Zirkus mit dem Haus, das alles hat nur die Wahrheit verschleiert.»

«Die Wahrheit?»

Er stieß einen tiefen Seufzer aus. «Dass es mit uns nicht funktionieren würde.»

«Wie kannst du so was sagen? Woher willst du das wissen?»

«Isabel …»

«Warum willst du es denn nicht wenigstens versuchen?»

«Weil ich dir nichts zu bieten habe. Nichts! Kein Zuhause. Keine Sicherheit.»

«So was bedeutet mir nichts.»

«Weil du es hast. So was sagt sich leicht, wenn man es hat.»

Er wich noch immer ihrem Blick aus.

Sie wartete.

«Ich will nicht, dass du mich in einem Jahr anschaust und … anders empfindest. Weil ich nichts habe.»

Sie schwiegen einen Moment lang.

Schließlich fragte Isabel: «Siehst du denn nicht, was gestern da draußen passiert ist? Das war das Schlimmste, was ich je erlebt habe. Und ich meine nicht das Haus. Du und Thierry, ihr hättet tot sein können.»

Sie schob den Kopf vor, schaute ihm tief in die Augen. «Aber das seid ihr nicht. Ihr lebt noch. Alle leben noch. Und wenn ich eins gelernt habe im letzten Jahr, dann dies: Man muss das Glück ergreifen, wenn es sich einem bietet.»

Thierry murmelte im Schlaf, aber sie achtete nicht darauf.

«Du hast uns geholfen, nicht aufzugeben. Thierry, Kitty … du hast uns allen etwas gegeben.» Sie war den Tränen nahe. «Etwas, das wir brauchten. Das *ich* brauchte. Bitte, Byron, tu mir das nicht an. Stoß mich nicht weg. Ich brauche dich.»

Er biss die Zähne zusammen. «Isabel … Ich bin nun mal ein Realist. Ich kann die Dinge nicht ändern.» Sein Blick war ins Zimmer gerichtet. «Es ist das Beste. Für uns alle. Glaub mir.»

Sie wartete, hoffte, dass er vielleicht noch etwas sagen würde, aber es kam nichts. «Das war's?», fragte sie fassungslos. «Einfach so? Nach allem, was passiert ist? Nach allem, was wir durchgemacht haben? Du willst mich nicht haben, *bloß weil ich ein Haus besitze?*»

Er schüttelte den Kopf. Und dann drehte er sich mühsam auf die Seite und machte die Augen zu.

Die Vettern boten ihnen die Wohnung über dem Laden an. Nachbarn und Freunde hatten sich ebenfalls erboten, aber dies war die einzige Möglichkeit zusammenzubleiben. Isabel wollte das Spanische Haus gar nicht mehr sehen, andererseits aber auch nicht zu weit davon weg sein. Die Versicherungsunterlagen waren noch dort drinnen und auch alle anderen wichtigen Dokumente.

Asad sagte, als er ihr die Wohnungsschlüssel überreichte: «Bleib, so lange du willst. Wir haben die meisten Vorratskisten rausgeräumt und Klappbetten reingestellt. Wenn es euch also nichts ausmacht, dass alles ein wenig beengt ist, dann sollte es sicher gehen. Es ist zumindest ein Platz zum Schlafen, und ihr habt ein Badezimmer.»

Isabel ließ sich schwer auf das Schlafsofa sinken, die Kinder drängten sich an sie. Sie musste lachen, ein eigenartiges, hicksendes Lachen. Ein Badezimmer. Jetzt hatten sie endlich ein Badezimmer. Thierry schaute erwartungsvoll zu ihr auf, als könnte sie alles in Ordnung bringen. Da riss sie sich zusammen und lächelte. Dafür war sie schließlich da.

Sie hatten das Krankenhaus heute früh mit nichts verlassen – kein Koffer, keine Brieftasche, nur eine Geige. «Das macht nichts», hatte sie zu Asad gesagt, «das sind doch bloß Sachen, oder? Wir sind immerhin die Familie, die sich von den Früchten des Waldes und des Feldes ernährt, von Unkraut und Karnickeln.» Sie hatte es mit betont fröhlicher Stimme gesagt.

«Abwarten», hatte Henry gesagt. «Ich glaube, du wirst feststellen, dass du mehr hast, als du denkst.»

Die Nachricht von dem Unglück hatte sich wie ein Lauffeuer im Dorf verbreitet und eine Welle der Hilfsbereitschaft ausgelöst. Den ganzen Vormittag lang tauchten Leute auf und brachten allerlei Dinge vorbei – Zahnbürsten, Töpfe, Decken.

Er deutete auf eine Kiste in einer Ecke. «Wir haben reingeschaut. Da ist genug drin, bis die Hausratversicherung zahlt.»

Isabel hatte angenommen, dass auch das von den Vettern stammte, doch nun konnte sie sehen, dass in der Kiste Haushaltsartikel waren. Alles sauber, einiges sogar neu, alles sorgfältig eingepackt und hergebracht. Für sie.

«Aber die kennen uns doch gar nicht», staunte Kitty und hielt eine karierte Decke hoch.

«Weißt du, das Leben auf dem Lande wird manchmal ein wenig zu sehr abqualifiziert», sagte Henry. «Es gibt hier viele gute Menschen. Hilfsbereite Menschen. Auch wenn man sie nicht immer sieht. Nicht alle sind so wie …»

Kitty nahm eine Tüte und brachte sie zum Sofa. Dann holte sie heraus, was drin war. Einiges davon war so lieb, so umsichtig, dass Isabel erneut gegen die Tränen kämpfen musste: ein Schminkbeutel mit Make-up und Handcreme, eine Sammelpackung mit unterschiedlichen Frühstücksflocken, damit für jeden Geschmack etwas dabei war, Tupperdosen mit gekochtem Essen. Ein Biskuitkuchen. Ganze Stapel von Kleidung, frisch gewaschen und in ihren jeweiligen Größen. Thierry war entzückt, als er ein Skateboard-T-Shirt fand. Und überall Zettel mit Telefonnummern, mit Mitleidsbezeigungen und Hilfsangeboten.

«Die Polizei hat deine Handtasche in Verwahrung», sagte Asad. «Und die Schlüssel. Die Autoschlüssel», fügte er hastig hinzu.

«Na, dann geht es uns ja wirklich gar nicht so schlecht, oder?», sagte Isabel. «Und wir haben uns. Wie gesagt, der Rest, das sind bloß Sachen. Die lassen sich ersetzen.»

Dann brach sie in Tränen aus. Asad legte eine Hand auf ihre

Schulter und murmelte etwas von einer verspäteten Schockreaktion. Er setzte den Kessel auf und beschäftigte die Kinder, indem er sie bat, Kekse zum Tee zu holen. Sie ließ sich bemuttern, das Gesicht in den Händen vergraben. Wie hätte sie auch sagen können, dass sie nicht um ihr Haus weinte, sondern um den Mann, den sie liebte. Und der nicht genug Mut hatte, um mit ihr zusammen zu sein.

Da stand es noch, sein Auto, auf der Waldlichtung. Byron hatte es ein wenig schräg zum Weg abgestellt in seiner Hast, zur Geburtstagsfeier zu kommen. Hatte sogar vergessen, es abzuschließen.

Drei Tage waren inzwischen vergangen. Er warf seine Tasche auf den Beifahrersitz. Da fiel ihm der Zettel auf, den jemand unter die Wischerblätter geklemmt hatte. Erstaunt zog er ihn hervor und las ihn. Er war von einem Nachbarn, der ihm seine Hilfe anbot. Byron konnte es kaum glauben.

Er hatte seine Hunde gerade bei einem Farmer abgeholt, der sich in den letzten Tagen um sie gekümmert hatte. Und jetzt stand er neben seinem Landrover und sah zu, wie sie um den See herumtobten, voller Freude darüber, wieder in ihrer gewohnten Umgebung zu sein.

Jenseits des Sees ragte die Ruine des Hauses auf. Die Polizei hatte es mit Absperrband gesichert, das im Wind flatterte, wie das traurige Gegenstück zu den Geburtstagsgirlanden. Die Fahrt zur Party, das Sitzen im sonnigen Gras, Isabels Geigenspiel, all das kam ihm vor wie aus einem anderen Leben. Es fiel ihm schwer zu begreifen, wie sich alles, das Haus, das Leben der Familie, die dort gewohnt hatte, so schnell, so drastisch gewandelt hatte. Für ihn war es dagegen keine so schlechte Sache, wie er jetzt erkannte. Ihn hatte der Einsturz gerettet. Vor sich selbst.

Auf einmal war er todmüde. Der Gedanke an die lange Fahrt

zurück zu Frank war erdrückend. Seine Schwester Jan hatte ihn heute Mittag aus dem Krankenhaus abgeholt. Sie hatte gewollt, dass er erst mal eine Weile bei ihr und Jason blieb, um sich richtig zu erholen, aber er hatte abgelehnt. Er wollte sich nicht in das Glück zweier Menschen drängen, wollte überhaupt nicht mit Menschen zusammen sein. Er wollte allein sein. «Ich fahre zurück nach Brancaster», hatte er gesagt.

«Du», hatte sie geantwortet, «bist manchmal dein schlimmster Feind, Bruderherz.»

Byron ging langsam auf das zerstörte Haus zu. Er wollte einen letzten Blick darauf werfen, bevor er fortging. Genau vierundzwanzig Stunden lang hatte er legitim darin gewohnt. Er konnte kaum mehr nachvollziehen, wie leicht, wie glücklich er sich beim Aufwachen in diesem Zimmer gefühlt hatte. Aber er hätte nicht bleiben können. Wenn sie das nicht begriff, dann machte sie sich etwas vor.

Byron blieb vor der Ostseite stehen und hob einen kleinen weißen Porzellanbecher auf. Der Griff war abgebrochen. So viel lag unter diesen Trümmern begraben. Das, was noch von Isabels Familienleben übrig war. Es würde wahrscheinlich auf einer Schutthalde landen.

Er hielt die Tasse hoch, stellte sich Isabel in der Küche vor. Aber nicht ihr Gesicht. Das wollte er sich nicht vorstellen. Wie sie ausgesehen hatte, als er sie abwies. Der gleiche Ausdruck wie beim Einsturz des Hauses. Aber er hatte ihr nun mal nichts zu bieten. Und sie gehabt zu haben und wieder zu verlieren, das war mehr, als er ertragen konnte. Zuzusehen, wie aus Liebe Verachtung wurde. Weil er mal wieder keinen Job hatte. Nicht genug Geld auf den Tisch legen konnte. Ihr Gesicht, wenn die Leute mal wieder über ihn herzogen, alte Geschichten hervorkramten. Zusehen zu müssen, wie ihre Leidenschaft für ihn verebbte. Nein, da wollte er lieber gleich auf sie verzichten.

Er und seine Hunde. Das musste genügen. So war es am einfachsten.

Meg und Elsie brauchten bald etwas zu fressen, und sein Lohn lag in Brancaster. Er suchte in seinen Jackentaschen nach etwas Kleingeld für Hundefutter. Dabei stieß er auf ein zusammengefaltetes Stück Papier. Eine Briefkopie. Er überlegte, woher die kam, und erinnerte sich dumpf, dass Laura McCarthy ihm den Brief in die Hand gedrückt hatte, als man ihn in den Rettungswagen lud.

Das musste seine Steuerkarte sein. Mann, die McCarthys hatten wahrhaftig ein untrügliches Gefühl für den schlechtesten Moment. Er faltete das Blatt auseinander, sah, was es war, und erstarrte. Er las die Sätze, musterte das Siegel, die Zeugenunterschriften. Die handschriftliche Notiz an Laura McCarthy. In Pottisworths unnachahmlicher Handschrift.

Er las alles noch mal. Stand da wirklich sein Name? Sollte das ein Witz sein? Doch dann fiel ihm Laura McCarthys Miene ein, als sie ihm den Brief überreichte. Grimmig, aber auch erleichtert. Er musste an Pottisworth denken, an sein Gemecker über die McCarthys, wie gierig sie seien, wie eingebildet. «Die können es kaum erwarten, das Haus in ihre Finger zu kriegen», hatte er immer wieder gemault. «Leute wie die glauben doch immer, dass sie ein Recht auf alles hätten.»

Byron hatte kaum auf sein Geschwätz geachtet. Pottisworth hatte nie ein freundliches Wort für ihn übrig gehabt, hatte nie auch nur ansatzweise gezeigt, dass er ihn mochte, ihn anderen vorzog. Aber darum ging es ja auch gar nicht bei dieser Sache. Das war kein Geschenk. Es war eine letzte Ohrfeige für die McCarthys, ein letzter Test von Lauras Integrität: Der Alte hatte ihr beide Ausfertigungen gegeben, damit sie sie, wenn sie wollte, vernichten konnte. Ein letzter Stinkefinger für Matt.

Und die ganze Zeit, dachte Byron, während sich die Wahrheit wohlig warm in ihm breitmachte, habe ich mich gefühlt, als wäre ich ein Einbrecher, ein Eindringling. Habe mich monatelang im Heizungskeller versteckt. In *meinem* Heizungskeller. Das Haus hat die ganze Zeit mir gehört.

Das war so absurd, dass er lachen musste. Seine Hunde spitzten die Ohren. Er als Besitzer des Großen Hauses. Bei der Vorstellung wurde ihm schwindlig. Byron, der Herr des Hauses.

Da fiel ihm Isabel ein. Sie würde alles verlieren. Nicht bloß das Haus, auch alles, was damit verbunden war. Ihre Ersparnisse, alles, was sie besaß, hatte sie in dieses Haus gesteckt. Sein Gewinn wäre ihr Verlust.

Byron ließ sich auf einen umgestürzten Baumstamm sinken, das Testament in der Hand. Er starrte über den See. Nun stand er doch nicht mit leeren Händen da.

Die Kinder hatte sie bei den Vettern gelassen. Sie hatte gesagt, sie wolle einkaufen gehen. Aber statt zum Supermarkt zu fahren, war sie hierhergekommen, hatte die Abzweigung beim Schild, das zur Schweinefarm wies, genommen und war über den holprigen Waldweg zum See gefahren.

Sie hatte gedacht, sie würde das Haus nie wiedersehen wollen. Und dennoch war sie hier. Sie musste es einfach sehen. Während sie über den fürchterlichen Feldweg holperte, waren ihr Zweifel gekommen. Sie hatte umkehren wollen, aber das war das Problem mit dem Weg, der zum Spanischen Haus führte: Sobald man ihn einmal eingeschlagen hatte, gab es kein Zurück mehr.

Als sie sich der Lichtung näherte, erkannte sie verwirrt und erschrocken, dass auch die letzte verbliebene Außenwand verschwunden war. Sie hielt in der Auffahrt, in einiger Entfernung von dem Schutthaufen, der einmal ihr Zuhause gewesen war.

Bei diesem Anblick lief ihr trotz des warmen Spätnachmittags ein Schauder über den Rücken. Egal, wie oft sie sich auch eingeredet haben mochte, dass es nie ein Zuhause gewesen war, nur ein vorübergehender Unterschlupf, war das Spanische Haus zu einem Teil ihres Lebens, ihrer Familie geworden. Sie hatten Freud und Leid darin erlebt, Hoffnungen und Wünsche.

Es jetzt so zu sehen war, als wäre sie selbst eingestürzt, sie und ihre Familie. Es fühlte sich an wie eine persönliche Niederlage.

Isabel begann zu weinen. Worum sie weinte, wusste sie selbst nicht so genau. Vielleicht trauerte sie um das alte Haus, darum, dass da, wo etwas gewesen war, jetzt nichts mehr war als ein Haufen Schutt. Um ein Ende und um einen Anfang, der keiner sein durfte.

Wie lange sie so stand, wusste sie nicht. Aber irgendwann – es mochte an der Ruhe des Sees liegen oder an den Geräuschen des Waldes – wichen Schock und Verzweiflung einer wachsenden Resignation. Ein Haus war nur ein Haus, und nirgends wurde das deutlicher als bei diesem Anblick, den es jetzt bot: eingestürzt, eingerissen. Es hatte nichts zu bedeuten, es wäre lächerlich, einen tieferen Sinn in seiner Zerstörung zu suchen. Es war nur ein altes, trauriges, ungeliebtes Gebäude gewesen, ein Haufen Backsteine, Mörtel, Balken und Glas. Nichts, das sich nicht ersetzen ließe.

«Sie können es haben», hatte sie zu Nicholas Trent gesagt, als er anderntags anrief, um sich zu erkundigen, wie es ihnen nach dieser Katastrophe ging. Er hatte hinzugefügt: «Es ist mir ernst. Der Zustand des Hauses ist mir nicht wichtig, Sie …»

«Sie können es haben. Zu Ihrem ursprünglichen Preis», hatte sie ihn unterbrochen. «Aber nur, wenn es schnell geht. Ich will das Ganze hinter mir lassen.»

Sie war noch mit den Gedanken bei diesem Gespräch, als sich plötzlich eine feuchte Hundeschnauze in ihre Hand drückte.

Sie fuhr herum. Und da stand er, nicht weit von ihr entfernt, auf einem Ziegelhaufen. Die Blutergüsse in seinem Gesicht und auf seinen Armen schillerten blaugrün.

Er sah so anders aus, so ganz anders als der Mann, den sie im Krankenhaus zurückgelassen hatte, so fremd, so distanziert. Sie waren durch die Katastrophe zusammengeworfen worden wie zwei Magneten, die, wenn sie nahe genug zusammenkommen, einander anziehen – nur, um sich gleich darauf wieder abzustoßen. Sie wünschte, er wäre nicht hergekommen. Und andererseits war sie froh, dass er hier war.

«Ich musste es sehen», sagte sie, weil sie das Gefühl hatte, ihr Herkommen rechtfertigen zu müssen.

Er nickte.

«Es … es ist gar nicht so schlimm.» Sie lachte über die Absurdität dieser Aussage. «Ich meine … ich meine, es ist nicht mehr beängstigend.»

«Wir haben großes Glück gehabt», sagte er.

«In gewisser Hinsicht.» Sie konnte ihre Bitterkeit über seine Äußerung nicht ganz verbergen.

Sie begann, langsam um das Trümmerfeld herumzugehen, bückte sich gelegentlich, um etwas aufzuheben, eine Bürste, ein Bild. Die Feuerwehr hatte versucht, noch am selben Tag so viele Wertsachen wie möglich aus dem Haus zu retten. Ein Feuerwehrmann hatte gesagt: «Ich glaube, um Plünderer müssen Sie sich keine großen Gedanken machen. Ich glaube nicht, dass viele wissen, dass hier überhaupt ein Haus steht.»

Eine gedankenlose Bemerkung. Denn es stand ja kein Haus mehr. Aber das ist mir egal, redete sie sich ein. Sie besaß ohnehin kaum mehr etwas von Wert. Und das mit Byron wollte sie sich ebenfalls nicht so zu Herzen nehmen. Sie wusste jetzt, dass sie allein zurechtkommen konnte. Sie würde einen Neuanfang wagen. Einen richtigen Neuanfang.

Er sah sie immer noch an. Einen Moment lang schien es, als wollte er etwas sagen. Mit aufkeimendem Zorn wandte sie sich von ihm ab und stapfte weiter im Geröll herum, sein Blick stach in ihren Rücken.

Byron sah zu, wie sie zwischen den im Gras verstreuten Gegenständen umherging, wie das schlechtsitzende T-Shirt sich an ihren Hüften bauschte. Er sah die Kratzer an ihren Armen und Händen, die Narben eines ganzen Sommers.

Er wusste nicht, was er zu ihr sagen, wie er sich bei ihr entschuldigen sollte. Wie sollte er ihr erklären, was mit ihm passiert war? Wie ein kleines Leben im einen Moment zusammenstürzen und im anderen wie neugeboren wiedererstehen konnte?

Die Arme voller Sachen, wandte sie sich schließlich wieder zu ihm um. Als sie sah, dass er sie noch immer anstarrte, wurde sie rot.

«Ich muss zurück zu den Kindern», sagte sie. «Ich komme ein andermal wieder her.»

Er rührte sich nicht.

Auch sie stand still, als warte sie darauf, dass er noch etwas sagte. Dann, mit einem angespannten Lächeln: «Also tschüs.» Sie strich sich das Haar aus dem Gesicht.

Wie zwei Fremde, die sich auf der Straße begegnen.

«Isabel», sagte er, und seine Stimme hing unnatürlich laut in der stillen Luft.

Sie hob die Hand über die Augen, damit sie ihn vor der untergehenden Sonne besser erkennen konnte.

«Die hab ich gefunden.» Er hielt ihr die zerknitterten Blätter hin.

Sie ging zu ihm, blieb gut einen Meter von ihm entfernt stehen. Wortlos nahm sie ihm die Papiere aus der Hand. «Meine Notenblätter», sagte sie.

Er konnte die Augen nicht von ihr abwenden. «Ich weiß, wie viel sie dir bedeuten.»

«Du hast *keine Ahnung*, was mir wie viel bedeutet», stieß sie zwischen zusammengebissenen Zähnen hervor.

Er erschrak, als er ihr Gesicht sah. Die Wut, den Schmerz darin, wie eine klaffende Wunde, die er ihr zugefügt hatte. An diesen Gefühlen war nichts Oberflächliches, nichts Flüchtiges. Alles lag offen zutage. Sie versteckte nichts. Und in dieser Wut, in diesem Schmerz erkannte er sich selbst, erkannte er seine Gefühle für sie, erkannte er das, was er wochen-, ja monatelang nicht hatte wahrhaben wollen.

In wenigen Momenten würde sie für immer aus seinem Leben verschwinden. Was soll ich bloß tun?, dachte er. Ich dachte, ich hätte noch tagelang Zeit, um es mir zu überlegen.

«Viel Glück in Brancaster», sagte sie steif und ging zu ihrem Auto. Plötzlich zog sich alles in ihm zusammen – wie eine schmerzliche Sehnsucht. Das Gefühl war so intensiv, so fremdartig, dass er es nicht ertragen konnte. Da fiel seine Entscheidung.

«Isabel!», rief er. Und als sie nicht reagierte, noch einmal: «Isabel!»

Sie blieb stehen.

«Hör zu … Ich habe mich geirrt.»

Sie legte fragend den Kopf zur Seite.

«Und du hast recht.»

Er ging auf sie zu, trat vorsichtig über lose Ziegel, immer darauf bedacht, nicht am Absperrband hängen zu bleiben.

Er wartete kurz, bevor er weitersprach, denn er wusste, was sie jetzt sagte, würde über alles entscheiden.

«Sag mir die Wahrheit: Meinst du wirklich, was du sagst? Es ist dir egal, wer was und wie viel besitzt?»

Isabel starrte ihn an. Du kapierst es nicht, was?, dachte sie. Ich bin hier die Realistin. Ich habe lernen müssen, was wirklich wichtig ist und was nicht, bitter lernen müssen. Ich würde dich selbst dann an meiner Seite haben wollen, wenn du den Rest deines Lebens keinen Penny mehr besäßest.

Sein schönes Gesicht wirkte auf einmal verletzlich. Sie musste daran denken, wie er unter den Trümmern ihren Namen gerufen hatte. Sie hatte ein ausgezeichnetes Gehör. Sie konnte selbst kleinste Nuancen heraushören. Und sie hatte die Wahrheit gehört, selbst wenn er das nicht wahrhaben wollte. *Isabel*, hatte er gesagt, und die Erleichterung in seiner Stimme hatte nichts mit seiner Lage zu tun gehabt.

Er streckte die Hand aus, zuckte dabei vor Schmerzen zusammen.

«Und?», fragte er.

«Es ist doch bloß ein *Haus*, Byron.»

Sein Arm war noch immer ausgestreckt. Zögernd legte sie ihre schmale Hand in seine breite, starke. Stoß mich bitte nicht wieder zurück, bat sie ihn im Stillen, und auch ihre Augen, ihr Gesicht, ihre Hand flehten ihn an. Wenn ich es riskieren kann, dann du doch auch.

«Es – ist – nur – ein – *Haus.*»

Sein Blick bohrte sich in den ihren, ernst, dunkel, und ihr wurde schwindlig vor Angst.

Dann: «Weißt du was?» Auf seinen wettergegerbten Zügen machte sich ein Grinsen breit. «Das finde ich auch.»

Und mit diesen Worten zog er sie an sich. Ein winziges Zögern, dann küsste er sie, vorsichtig zunächst, dann mit wachsender Leidenschaft. Endlich durfte sie den Duft seiner Haut einatmen, seine starken Arme fühlen. Er küsste sie noch einmal, und es war der Kuss eines Mannes, dem die Welt gehört. Ihren Mund an dem seinen, schlang Isabel lachend die Arme um seinen Hals. Und so standen sie neben den Trümmern des Spanischen Hauses, eng umschlungen, ohne auf die Zeit zu achten oder auf die Sonne, die langsam hinter den Wipfeln der Bäume versank. Die Notenblätter entglitten ihrer Hand und wurden vom Wind in alle Richtungen geweht.

Die Sonne war bereits hinter den Bäumen verschwunden, als sie endlich zu Isabels Auto gingen. Er würde erst morgen zurückfahren. Heute Nacht würde er bei den Delanceys bleiben, in ihrer kleinen Wohnung über dem Dorfladen. Er würde auf dem Sofa schlafen. Er wusste, dass es, wie in der Natur, für alles einen Ort und eine Zeit gab.

Erst auf dem Weg zum Auto fiel es ihm wieder ein. Er nahm den Arm von Isabels Schultern und hob einen großen Stein auf. Dann holte er zwei zerknitterte Blätter aus der Tasche und wickelte den Stein darin ein. Nach einem kurzen Zögern holte er aus und schleuderte den Stein mitten in den See.

«Was war das denn?», fragte Isabel perplex.

Er sah zu, wie die kleinen Wellen ringförmig auseinanderliefen und verflachten.

«Nichts», sagte er und klopfte sich die staubigen Hände ab. «Absolut nichts.»

EPILOG

Matt McCarthy ist nie wieder nach Little Barton zurückgekehrt. Er und seine Frau leben jetzt in einem Haus in der Nähe ihrer Eltern. Wir haben durch Anthony davon erfahren, als er ein paar Tage nach dem Einsturz im Laden vorbeikam. Vor dem Kutscherhaus tauchte ein Verkaufsschild auf, und es wechselte innerhalb von einer Woche den Besitzer. Wundert mich nicht. Mit diesem Haus war ja immer alles in Ordnung.

Anthony macht jetzt eine Ausbildung, irgendwas mit Automechanik. Ich sehe ihn nicht mehr allzu oft. Er war zuerst richtig sauer auf seine Eltern, aber ein bisschen später hat er gesagt, dass sein Vater so was wie einen Nervenzusammenbruch gehabt hat und dass seine Mum meint, man kann Menschen nicht dafür bestrafen, dass sie Menschen sind.

Eine junge Familie aus Suffolk wohnt jetzt in dem Haus. Sie haben zwei kleine Kinder, deren Spielsachen Thierry gelegentlich im Wald findet. Er bringt sie dann am liebsten ganz in der Früh zurück, legt sie aufs Fensterbrett oder auf den Gartenzaun, damit sie glauben, dass es im Wald Feen gibt.

Nicholas, den wir während des Bauprojekts fast jeden Tag gesehen haben, wollte das Haus von Anthonys Eltern nicht kaufen, obwohl Mr. Todd, der hiesige Immobilienmakler, gesagt hat, er hätte damit einen Reibach machen können. Er hat eine Zeitlang komisch reagiert, wenn jemand die McCarthys erwähnte, aber da war er schließlich nicht der Einzige. Jetzt ist er wieder in London und kümmert sich um andere Bauprojekte. Die neuen Nachbarn sind ganz okay. Wir haben nicht viel mit ihnen zu tun.

Niemand ist wegen des Spanischen Hauses vor Gericht gekommen. Die Prüfer meinten, bei einem Haus, das so lange vernachlässigt wurde, könne man schwer sagen, was zu seinem Einsturz geführt hat. Sie haben in den Balken Anzeichen von Holzwurmbefall und von Holzfäule gefunden und gesagt, dafür könne man niemanden zur Verantwortung ziehen. Mum war es eigentlich ganz recht so. Sie wollte die ganze traurige Geschichte sowieso so schnell wie möglich hinter sich lassen.

Mum geht es gut. Sie fährt zweimal pro Woche nach London und spielt wieder in ihrem Orchester. Gemüse baut sie nicht mehr an. Das kauft sie jetzt bei den Vettern. Mit dem größten Vergnügen, wie sie sagt.

Byron ist letzten Frühling aus seinem Wohnwagen ausgezogen. Er wohnt jetzt in einem Cottage, das ihm sein neuer Arbeitgeber zur Verfügung gestellt hat. Er ist Verwalter eines großen Guts, ein paar Kilometer hinter Long Barton. Donnerstags und freitags kümmert er sich um die Ländereien, die an die neue Siedlung am See angrenzen.

Am Wochenende ist er meistens bei uns. Ich hab zu Mum gesagt, dass ich nichts dagegen habe, wenn er bei uns einzieht (ich bin schließlich nicht blöd und Thierry auch nicht), außerdem werde ich nächstes Jahr wahrscheinlich sowieso aufs College gehen. Aber sie hat gesagt, ihnen passt es so, wie es ist. Mum sagt, jeder Mensch braucht seinen Freiraum, und Byron mehr als andere. Wenn er nicht arbeitet, dann zeigt er den Leuten, wie man Bäume stutzt, welche Pflanzen essbar sind und all so was. Er und Thierry sind ständig draußen unterwegs, säen oder buddeln herum.

Vom Spanischen Haus ist nichts mehr übrig. Wir wohnen jetzt seit etwas über einem Jahr in einem der neuen Häuser am See, eines von insgesamt acht. Alle mit großen Gärten, abgetrennt von einer Ligusterhecke, die leider nie ganz so üppig gewachsen ist, wie auf dem Entwurf des Architekten zu sehen war.

Es ist kein besonders schönes Haus. Vier Zimmer und ein Garten, den Thierry und Pepper mit ihrem Ball schon so ziemlich verwüstet haben. Nichts Besonderes, keine alten Balken, kein Stuck. «Ein stinknormales, pflegeleichtes Haus», sagt Mum immer. Und wenn die Leute sich dann wundern, warum sie sich so darüber freut, wo doch heutzutage jeder irgendwelche alten Kamine oder sonstige Features verlangt und mit Quadratmetern um sich wirft, dann kriegt sie dieses Funkeln in den Augen, das immer kommt, kurz bevor sie lachen muss.

Und dann geht sie und wendet sich etwas Interessanterem zu.

DANKSAGUNG

Mein tiefempfundener Dank gilt Karin Leishman und Matthew Souter vom Alberni Quartett, deren musikalisches Genie und wunderschönes Haus eine Inspiration für diesen Roman waren.

Wie immer geht mein Dank an meine Agentin Sheila Crowley, ebenso an Linda Shaughnessy, Teresa Nicholls und Rob Kraitt von APWatt. Ein Dankeschön auch an Carolyn Mays, meine tüchtige Lektorin und gute Freundin, sowie an Lucy Hale, Auriol Bishop, Leni Fostiropolous, Kate Howard, Jamie Hodder-Williams und überhaupt ans ganze Hodder-Personal, besonders an den Vertrieb.

Danke, dass ihr mir auch weiterhin die Treue haltet! Mein Dank gilt ebenfalls Hazel Orme – ein Adlerauge im Verlagsgeschäft.

Ebenso möchte ich mich – in keiner bestimmten Reihenfolge – bei folgenden Leuten bedanken: Tony Chapman, Drew Hazell, Barbara Ralph, Fiona Turner, Chris Cheel, Hannah Collins, Jenny Colgan, Cathy Runciman und bei allen Mitgliedern von Writersblock.

Ein ausdrückliches Dankeschön auch an die Cambridge University Press dafür, dass sie mir gestatteten, einen Auszug aus dem *Brief an Lady Cynthia Asquith* von D.H. Lawrence abzudrucken.

Mein Dank geht an meine Familie: Lizzie und Brian Sanders, Jim und Allison Moyes. Und ganz besonders natürlich an Charles, Saskia, Harry und Lockie, meine absoluten Lieblingsmenschen.

Schließlich noch ein Dankeschön ans Team vom Emmeline Center, Addenbrookes Hospital Trust, ganz besonders an Patrick Axon, der unser Leben komplett veränderte.